RAJKAMAL

STUDENT ENGLISH-HINDI DICTIONARY

राजकमल

विद्यार्थी अंग्रेजी-हिन्दी शब्दकोश

अन्य महत्त्वपूर्ण कोश

पॉकेट हिन्दी शब्दकोश
पॉकेट अंग्रेजी-हिन्दी कोश
पॉकेट हिन्दी-अंग्रेजी कोश
संक्षिप्त हिन्दी शब्दकोश
संक्षिप्त अंग्रेजी-हिन्दी कोश
संक्षिप्त हिन्दी-अंग्रेजी कोश
विद्यार्थी हिन्दी शब्दकोश
राजकमल विद्यार्थी हिन्दी-अंग्रेजी शब्दकोश
राजकमल विद्यार्थी अंग्रेजी-हिन्दी शब्दकोश
राजकमल अंग्रेजी-हिन्दी वाक्यांश एवं मुहावरा कोश
राजकमल हिन्दी-अंग्रेजी वर्णमाला कोश
राजकमल अंग्रेजी-हिंदी पटबंध कोश
पहला हिन्दी-अंग्रेजी शब्दकोश
हिन्दी-अंग्रेजी वर्णमाला कोश
सचित्र बाल हिन्दी शब्दकोश
सचित्र हिन्दी-अंग्रेजी बालकोश
सचित्र हिन्दी बाल कोश
हिन्दी बाल कोश
राधाकृष्ण हिन्दी-अंग्रेजी व्यावहारिक कोश
राधाकृष्ण अंग्रेजी-हिन्दी व्यावहारिक कोश
लोकभारती राजभाषा शब्द कोश (हिन्दी-अंग्रेजी)
लोकभारती राजभाषा शब्द कोश (अंग्रेजी-हिन्दी)
हिन्दी अंग्रेजी पर्यायवाची एवं विपर्याय कोश
लोकभारती हिन्दी मुहावरे और लोकोक्ति कोश
लोकभारती उर्दू-हिंदी कोश (उर्दू लिपि सहित)
लोकभारती प्रामाणिक हिन्दी कोश (संक्षिप्त संस्करण)
लोकभारती उर्दू-हिन्दी-अंग्रेजी त्रिभाषी कोश
लोकभारती वृहद प्रामाणिक हिन्दी कोश
लोकभारती प्रामाणिक हिन्दी बाल-कोश
हिन्दी प्रयोग कोश
उर्दू-हिन्दी कोश
तुकान्तक कोश
मानविकी पारिभाषिक कोश (दर्शन)
मानविकी पारिभाषिक कोश (मनोविज्ञान)
पालि-हिंदी कोश
अरविन्द सहज समांतर कोश
शब्देश्वरी
फ़ारसी हिन्दी शब्दकोश (दो भाग)
लोकभारती हिन्दी क्रिया कोश
संस्कृत वाङ्मय कोश (चार खंड)
अर्थशास्त्र परिभाषा कोश
प्रबंध परिभाषा कोश
ग्रीक नाट्यकला कोश
ग्रीक पुराणकथा कोश
समाज-विज्ञान विश्वकोश (6 खंड)
भारतीय वन्य प्राणियों के संरक्षित क्षेत्रों का विश्व कोश
रामसाहित्य कोश (2 खंडों में)
आधुनिक हिंदी प्रयोग कोश
कम्प्यूटर व सूचना प्रौद्योगिकी शब्दकोश
मनोविज्ञान का पारिभाषिक शब्दकोश
छत्तीसगढ़ : बोली, व्याकरण और कोश
रीतिकालीन साहित्य कोश

RAJKAMAL
STUDENT ENGLISH-HINDI DICTIONARY

राजकमल
विद्यार्थी अंग्रेजी-हिन्दी शब्दकोश

Dr. Dwarka Prasad
Santosh Prasad

राजकमल प्रकाशन

ISBN : 978-81-267-2732-2

ADVISOR
Dr. Krishna Kumar Goswami

Price : ₹250

First Edition : 2004
Reprint : 2024

Published by
Rajkamal Prakashan Pvt. Ltd
1-B, Netaji Subhash Marg, Daryaganj, New Delhi-110 002

Branch : Opposite Science College, Ashok Rajpath, Patna-800 006
First Floor, Darbari Building, M.G. Marg. Allahabad-211 001
1, Anmol Sorabjee Santuk Lane, Dhobi Talaw, Marin Lines, Mumbai-400 002

Websit : www.rajkamalprakashan.com
Email : info@rajkamalprakashan.com

Printed at
B.K. Offset
Naveen Shahdara, Delhi-110 032

RAJKAMAL STUDENT ENGLISH-HINDI DICTIONARY
by. Dr. Dwarka Prasad, Smt. Santosh Prasad

भूमिका

यद्यपि हिन्दी भारत की राष्ट्रभाषा मानी जाती है, यथार्थ यह है कि देश के हर कोने में अभी भी अंग्रेज़ी का महत्त्व कम नहीं हुआ है, बल्कि देखा यह जा रहा है कि अंग्रेज़ी का प्रचार-प्रसार पहले से भी अधिक होता जा रहा है। ऐसी स्थिति में यह आवश्यक हो गया है कि आप कम-से-कम इतनी अंग्रेज़ी तो जानें ही कि अपने काम अंग्रेज़ी में भी चला सकें। अब तो स्कूलों की प्राइमरी कक्षाओं तक में अंग्रेज़ी का प्रचलन होता जा रहा है। ऐसी स्थिति में आपको एक ऐसे कोश की आवश्यकता पड़ती ही है जिसके द्वारा आप दैनिक जीवन के विभिन्न क्षेत्रों में मिलनेवाले अंग्रेज़ी शब्दों का सरल और ग्राह्य अर्थ हिंदी में पा सकें। समाचार-पत्रों और टेलीविजन आदि संचार माध्यमों का उपयोग करते समय भी आपको अंग्रेज़ी के अनेक शब्दों से जूझना पड़ता है। इस कोश की विशेषता है कि अपने सुविधाजनक आकार तथा विशिष्ट व आवश्यक शब्दावली के चलते आप इसे एक साथी की तरह अपने साथ रख सकते हैं। शब्दों के चुनाव में हमने इसका ध्यान रखा है कि यह स्कूल-कॉलेज के विद्यार्थियों के अलावा लेखकों, पत्रकारों, शिक्षकों, दफ्तरों, आदि के लिए भी उपयोगी हो।

हम राजकमल प्रकाशन प्रा. लि. के प्रबंध निदेशक श्री अशोक महेश्वरी के आभारी हैं कि उन्होंने इसे इतने सुन्दर ढंग से प्रकाशित किया है।

मेन रोड, लोहरदगा (झारखंड) —द्वारका प्रसाद
सितंबर, 2003 ई. संतोष प्रसाद

प्रकाशकीय

अंग्रेज़ी भाषा आज हमारे सामाजिक और शैक्षणिक जीवन का अभिन्न हिस्सा हो गई है। प्रत्येक वर्ग और क्षेत्र के व्यक्ति के लिए आज अंग्रेज़ी जानना ज़रूरी है, अगर वह भाषा का पूर्णरूपेण ज्ञाता नहीं है तो भी समाज में गति के लिए उसे अंग्रेज़ी शब्दावली का संतोषजनक ज्ञान होना ही चाहिए।

राजकमल प्रकाशन गत पाँच दशकों से विभिन्न विषयों में विशिष्ट पुस्तकों के प्रकाशन से हिन्दी-भाषी समाज की नित नवीन ज़रूरतों के साथ चलता रहा है। हमने न सिर्फ अपने पाठकों की रुचियों का परिष्कार किया है, बल्कि उनकी रुचियों की विविधता को ध्यान में रखते हुए नए-नए क्षेत्रों में भी कदम बढ़ाए हैं। हिन्दी के छात्रों व पाठकों की वर्तमान आवश्यकताओं के मद्‌देनज़र हिन्दी-अंग्रेज़ी शब्दकोशों की यह शृंखला उसी का नतीजा है।

प्रस्तुत कोश अंग्रेज़ी भाषा की नवीनतम शब्दावली के साथ शब्दों के सम्यक् उच्चारण और उनके व्याकरणसम्मत प्रयोग की जानकारी पाठकों को देता है। इसके अलावा इस कोश के निर्माण में इस बात का भी विशेष ध्यान रखा गया है कि वे शब्द जिनका इस्तेमाल हमारे दैनिक जीवन तथा समाचार-पत्रों, टी.वी., सिनेमा, रेडियो, आदि संचार माध्यमों में होता है, इसमें अवश्य शामिल रहें।

हमें पूरी आशा है कि पाठकगण इस कोश को उपयोगी पाएँगे।

संकेत सूची
(ABBREVIATIONS)

a. • adjective विशेषण
adv. • adverb अव्यय; क्रिया विशेषण
conj. • conjuction संयोजक
e.g. • for example उदाहरणार्थ
f. • feminine स्त्रीलिंग
f.t. • future tense भविष्यकाल
gram. • grammar व्याकरण
i.e. • that is अर्थात्
interj. • interjection विस्मयबोधक
interro. • interrogative प्रश्नवाचक
m. • masculine पुल्लिंग
math. • mathematics गणित
n. • noun संज्ञा
pl. • plural बहुवचन
ppn. • preposition कारक चिह्न
p.t. • past tense भूतकाल
pr.t. • present tense वर्तमानकाल
pron. • pronoun सर्वनाम
sin. • singular एकवचन
vi. • verb intransitive अकर्मक क्रिया
vt. • verb transitive सकर्मक क्रिया
viz. • namely; that is to say यानी

ENGLISH-HINDI DICTIONARY

अंग्रेज़ी-हिन्दी कोश

A

A/a • ए • *n.* अंग्रेजी रोमन वर्णमाला का पहला वर्ण।

a • एक, कोई, फ़ी, प्रति।

aback • अॅबैक • भौचक्का रह जाना।

abacus • ऐबॅकस • *n.* गिनतारा।

abandon • अॅबैंडन • *n.* लापरवाही, बेफिक्री, असंयम, *v.* छोड़ देना, परित्याग कर देना, ~**with** (अॅबैंडन विद) स्वच्छंदता से, **abandoned** (अॅबैंडन्ड) *a.* छोड़ा हुआ, परित्यक्त।

abase • अॅबेस • *vt.* अपमानित करना, नीचा दिखाना।

abashed • अॅबेश्ड • *a.* शर्मिन्दा, लज्जित।

abate • अॅबेट • *vi.* कम करना, मंद या शांत होना (जैसे तूफान का), ~**ment** (अॅबेटमेंट) *n.* अनादर।

abbey • ऐबी • *n.* ईसाई मठ।

abbreviate • ऐब्रिविएट • *vi.* संक्षिप्त करना, छोटा करना, **abbreviation** (ऐब्रिविएशॅन) *n.* संक्षेप, छोटा रूप।

abdicate • ऐबडिकेट • *vi.* (राज-सिंहासन का) त्याग, **abdication** *n.* राज त्याग, गद्दी छोड़ना।

abdomen • ऐबडोमेन • *n.* उदर, पेट, **abdominal** (एबडोमिनॅल) पेट संबंधी।

abduct • ऐबडक्ट • *vt.* भगा ले जाना, अपहरण करना, **abduction** (एबडक्शॅन) *n.* अपहरण, भगा ले जाना, **abductor** (एबडक्टर) *n.* अपहर्ता, भगा ले जाने वाला।

aberration • ऐबेरेशॅन • *n.* रास्ते से हट जाना, विपथन, **aberrant** (ऐबेरेन्ट) *a.* पथ-भ्रष्ट।

abet • अॅबेट • *vi.* उकसाना, उभारना, ~**ment** (अॅबेटमेन्ट) *n.* उकसाहट।

abeyance • अॅबेएन्स • *n.* स्थगन, लागू नहीं करना।

abhor • अॅबहॉर • *vi.* नफ़रत करना,

घृणा करना, **abhorrence** (ॲबहोरेन्स) *n.* घृणा।

abide • ॲबाइड • *vi.* मान लेना, स्वीकार करना, ~ **by** (ॲबाइड बाई) के प्रति निष्ठा रखना, ~ **abiding** (ॲबाइडिंग) *a.* टिकाऊ।

ability • ॲबिलिटि • *n.* योग्यता, सामर्थ्य।

abject • ऐब्जेक्ट • *a.* अत्यंत (अधम, कायर) दयनीय।

abjuration • ऐबज्यूरेशन • *n.* सौगंध के साथ त्याग।

abjure • ऐबूजुअर *vt.* • शपथ के साथ त्याग करना।

ablaze • ॲब्लेज़ • *a.* जलता हुआ, प्रज्वलित।

able • ऐबॅल • *a.* योग्य, सामर्थ्य, ~ **bodied** (ऐबॅल बॉडीड) *a.* हृष्ट-पुष्ट।

ablution • एब्लूशॅन • *n.* हाथ-मुँह धोना, प्रक्षालन।

abnormal • ऐब्नॉर्मल • *a.* असामान्य, अस्वाभाविक, ~ **ity** (ऐब्नॉर्मिलिटि) *n.* असामान्यता।

aboard • अबॉर्ड • *adv.* रेल, जहाज, नाव आदि में सवार।

abode • ॲबोड • *n.* निवास स्थान।

abolish • एबॉलिश • *vt.* उठा देना, समाप्त कर देना।

abolition • एबॉलीशॅन • *n.* समापन, उन्मूलन।

abominable • अबॉमिनेबॅल • *a.* घृणित, घिनौना।

aboriginal • एबॉरिजिनॅल • *a.* आदिम, आदिवासी।

abort • अबॉर्ट • *vt.* गर्भपात कराना, *vi.* विफल होना, ~ **ion** (अबॉर्शन) *n.* गर्भपात।

abound • अबाउंड • *vi.* प्रचुर मात्रा में होना।

about • अबाउट • *adv.* लगभग, ~ **turn** (अबाउट टर्न) पीछे घूमना, *prep.* इधर-उधर।

above • अबॉव • *prep.* के ऊपर, के बाहर, से अधिक, *a.* ऊपरी, उपर्युक्त, ~ **board** (अबॉव बोर्ड) प्रकट रूप से, ~ **mentioned** (अबॉव मेन्शॅन्ड) *a.* उपर्युक्त, ~ **said** (अबॉव सैड) *a.* ऊपर कहा हुआ।

abrasive • अब्रेसिव • *a.* अपघर्षक।

abreast • अब्रेस्ट • *adv.* साथ-साथ, बराबर-बराबर।

abridge • अब्रिज • *vt.* संक्षिप्त करना।

abroad • अब्रॉड • *adv.* विदेश में, बाहर।

abrogate • एब्रोगेट • *vi.* रद्द करना, **abrogation** (एब्रोगेशन) *n.* निराकरण।

abrupt • अब्रप्ट • *a.* आकस्मिक, अचानक, 2. सीधा, खड़ा।

abscess • ऐब्सेस • *n.* फोड़ा।

abscond • ऐबसकॉन्ड • *vi.* फरार होना, भाग जाना।

absence • ऐब्सेन्स • *n.* अनुपस्थिति, गैरहाज़िरी।

absent • ऐबसेन्ट • *a.* गैरहाज़िर,

अनुपस्थित, ~ **ee** (ऐबसेन्टी) *n.* अनुपस्थित व्यक्ति, **~minded** (ऐबसेन्ट माइन्डेड) *a.* अन्यमनस्क।

absolute • ऐबसोल्यूट • *n.* संपूर्ण, बिना शर्त का।

absolutely • ऐबसोल्यूटलि • *adv.* बिल्कुल, पूरी तरह।

absolve • एबजॉल्व • *vt.* छुटकारा देना, मुक्त करना, पाप मुक्त करना।

absorb • अबज़ॉर्ब • *vt.* चूस लेना, सोख लेना, आत्मसात् करना।

absorption • ऐबज़ॉर्पशॅन • *n.* तन्मयता, सोखने की क्रिया।

abstain • ॲब्स्टेन • *vi.* बचते रहना, अलग रहना, ~ **er** (ॲब्स्टेनॅर) *n.* अलग रहने वाला, शराब नहीं पीने वाला, संयमी।

abstinence • ऐब्स्टिनेन्स • *n.* परहेज़, मांस त्याग, मद्य त्याग।

abstinent • ऐब्स्टिनेन्ट • *a.* परेहज़गार, शराब न पीनेवाला, संयमी।

abstract • ऐब्स्ट्रैक्ट • *a.* निराकार, अमूर्त, *n.* सारांश, संक्षेप, *vt.* घटाना, हटाना।

abstruse • ऐब्सट्रूज़ • *a.* दुर्बोध, कठिन, दुरूह।

absurd • ऐब्सर्ड • *a.* बेतुका, ~ **ity** (ऐब्सर्डिटी) *n.* बेतुकापन।

abundance • ॲबन्डैन्स • *n.* प्रचुरता, बहुलता, समृद्धि।

abundant • ॲबन्डैन्ट • *a.* प्रचुर, बहुत, अधिक।

abuse • ॲब्यूज़ • *vi.* का दुरुपयोग करना, दुर्व्यवहार करना, गाली देना, *n.* दुर्व्यवहार, गाली, अपशब्द।

abusive • ॲब्यूसिव • *a.* निंदात्मक, अपमानजनक।

abysmal • ॲबिस्मॅल • *a.* बहुत बुरा, बहुत अधिक (अज्ञान, आदि)।

AC • एसी • alternating current का संक्षिप्त रूप, प्रत्यावर्ती विद्युतधारा का संक्षेप।

A/C • ए/सी • air-conditioned का संक्षिप्त रूप, शीत-ताप नियंत्रित।

Acacia • ॲकेशिआ • *n.* बबूल, कीकर।

academic • ॲकेडेमिक • *a.* शिक्षा संबंधी, शास्त्रीय, शैक्षिक।

academician • ॲकेडेमिशिॲन • *n.* अकादमी का सदस्य।

accede • ऐक्सीड • *vt.* स्वीकार करना, स्थान प्राप्त करना।

accelerate • ऐक्सेलॅरेट • *vt.* चाल बढ़ाना, तेज करना (कार आदि का)।

accelerator • ऐक्सेलॅरेटर • *n.* चाल घटाने-बढ़ाने का यंत्र (मोटर-कार, आदि में) त्वरक।

accent • ऐक्सेन्ट • *n.* स्वराघात, उच्चारण-चिह्न, ~ **uate** (ऐक्सेन्चुएट) स्वराघात, स्वरांकन।

accept • ऐक्सेप्ट • *vt.* मानना, स्वीकार करना, लेना, ~ **able** (एक्सेप्टेबॅल) *a.* स्वीकार योग्य, स्वीकार्य, मानने योग्य, ~ **ance** (ऐक्सेपटेन्स) *n.* स्वीकार करना, मानना, स्वीकृति।

access • ऐक्सेस • *n.* पहुँच, प्रवेश, पैठ, ~ **ible** (ऐक्सेसिबॅल) *a.* जिस तक

पहुँचा जा सकता है, सुगम।

accessory • एक्सेसॅरी • *a.* सहायक, अनुषंगी, स्त्रियों का पहरावा।

accident • ऐक्सिडेंट • *n.* हादसा, अप्रत्याशित दुर्घटना, **~al** (ऐक्सिडेंटॅल) *a.* आकस्मिक।

acclaim • ॲक्लेम • *vt.* तालियों के साथ प्रशंसा करना, अभिनंदन करना, **~ation** (ॲल्केमेशॅन) *n.* जयघोष।

accommodate • ॲकोमोडेट • *n.* अनुग्रह करना, सहायता देना, जगह देना, ठहरने की व्यवस्था करना।

accommodating • ॲकोमोडेटिंग • *a.* मदद करनेवाला (व्यक्ति), उदार।

accommodation • ॲकोमोडेशॅन • *n.* समझौता, समायोजन, 2. आवास, 3. आपूर्ति।

accompany • अकॉम्पनी • *vt.* साथ देना, साथ जाना, 2. (संगति में) संगत करना।

accomplice • ॲकमप्लिस • *n.* सह-अपराधी।

accomplish • अकॉमप्लिश • *vt.* पूरा करना, निष्पादन करना, **~ment** (अकॉमप्लिशमेन्ट) *n.* निष्पत्ति, उपलब्धि।

accord • अकॉर्ड • *vi.* के अनुरूप होना, से मेल खाना, *n.* संगति, मेल, समझौता।

accordion • अकॉर्डियन • *n.* एक बाजा जिसमें हार्मोनियम की तरह धौंकनी होती है।

accost • अकॉस्ट • *vt.* छेड़ना, संबोधित करना, 2. लुभाना, 3. किसी को रोक कर अनुचित प्रस्ताव करना।

account • ॲकाउन्ट • *n.* हिसाब-किताब, गणना, लेखा, *v.* हिसाब या लेखा लेना, समझना, हिसाब देना।

accountancy • ॲकाउन्टेन्सी • *n.* लेखाकर्म।

accountant • ॲकाउन्टेन्ट • *n.* लेखाकार, हिसाब करने वाला।

accredit • ॲक्रेडिट • *vt.* श्रेय देना, 2. प्रमाणित करना, *n.* प्रमाणन।

accumulate • ॲक्युमुलेट • जमा होना, संचित होना, संचय करना।

accumulation • ॲक्युमुलेशॅन • *n.* संचय।

accuracy • ॲक्यूरेसी • *n.* शुद्धता, बिना त्रुटि के होना।

accurate • एक्युरेट • *a.* विशुद्ध, सही, ठीक।

accuse • एक्यूज़ • *vt.* दोषी ठहराना, अभियोग लगाना।

accustom • एक्कस्टम • *vt.* आदी होना, आदत लगाना।

ace • एस • *n.* इक्का (ताश में), 2. श्रेष्ठ (व्यक्ति)।

ache • एक • *n.* दर्द, पीड़ा (जैसे पेट या सिर का)।

achieve • ॲचीव • *vt.* प्राप्त करना, उपलब्ध करना।

acid • एसिड • *n.* अम्ल पदार्थ, तेज़ाब, **~rain** (एसिड रेन), *n.* तेजाब की वर्षा।

acknowledge • ॲकनॉलेज • *vt.*

प्राप्ति सूचना देना, पावती देना, *n.* प्राप्ति सूचना, ~ **ment** (ॲकनॉलेजमेंट) *n.* पावती, प्राप्ति-सूचना।

acme • एक्म • *n.* चरम बिन्दु, पराकाष्ठा।

acoustic • ॲकॉस्टिक • *a.* ध्वनि संबंधी, ~ ***s*** (ॲकॉस्टिक्स) *n.* ध्वनि विज्ञान।

acquaint • ॲक्वेंट • *vt.* परिचय कराना, परिचय होना, अवगत कराना, ~ **ance** (ॲक्वेंटेंस) *n.* परिचय, जान-पहचान, 2. परिचित, मुलाकाती।

acquiesce • ऐक्विज़ • *vt.* चुपचाप मान लेना, ~ **nce** (ऐक्विजेन्स) *n.* मौन सम्मति।

acquire • ॲक्वाऑर • *vi.* उपलब्ध करना, पाना।

acquisition • ऐक्विज़िशॅन • *n.* लाभ पाना, धन-दौलत पाना।

acquisitive • ऐक्विज़िटिव • *a.* धन पाने की प्रवृत्ति वाला।

acquit • ऐक्विट • *vt.* अपराध मुक्त करना, चुकाना (ऋण), ~ **tal** (ऐक्विटल) *n.* अपराध मुक्ति।

acre • एकर • *n.* & *a.* एकड़, 4,840 वर्गगज़ का क्षेत्र।

acrid • ऐक्रिड • *a.* चरपरा, तीखा।

acrimony • ऐक्रिमॉनी • *n.* कटुता, उग्रता।

acrimonious • ऐक्रिमोनिअस़ • *a.* उग्र, कटु।

acrobat • ऐक्रोबैट • *n.* कलाबाज़, ~ **ics** (ऐक्रोबैटिक्स) *n.* कलाबाज़ी।

acropolis • ऐक्रोपोलिस • *n.* नगर-कोट।

across • अक्रॉस • *adv.* (के) पार, उस पार।

acrylic • ऐक्रिलिक • *a. n.* कृत्रिम सूत।

act • ऐक्ट • *n.* काम, कर्म, अंक (नाटक का), अधिनियम, *vi., vt.* अभिनय करना, कोई काम करना, ~ **ing** (ऐक्टिंग) *n.* अभिनय (नाटक, फिल्म, टी.वी. आदि में), ~ **ion** (ऐक्शॅन) *n.* कार्य, क्रिया, 2. मुक़दमा।

activate • ऐक्टिवेट • *vt.* सक्रिय करना।

active • ऐक्टिव • *a.* कर्मठ, 2. कर्तृवाच्य *(gram.)*।

activity • ऐक्टिविटी • *n.* सक्रियता।

actor • ऐक्टर • *n.* अभिनेता।

actual • ऐक्चुॲल • *a.* वास्तविक, असली, ~ **ly** (ऐक्चुॲली) *adv.* वास्तव में।

acumen • ऐक्युमन • *n.* कुशाग्र बुद्धि, विदग्धता।

acu-puncture • अक्यु-पंक्चर • *n.* चीन की एक चिकित्सा-पद्धति जिसमें रोग की अवस्था में विभिन्न स्थानों में सुइयाँ चुभो देते हैं (इससे मिलता-जुलता acupressure, जिसमें उंगलियों आदि पर दबाव डाला जाता है)।

acute • एक्यूट • *a.* तीव्र, पैना, तीक्ष्ण, 2. चतुर।

ad • ऐड • *n.* विज्ञापन (advertisement का संक्षिप्त रूप)।

A.D. • ए.डी. • (Anno Domini) ईसा के बाद (जैसे 2000 A.D.).

adamant • ॲडामेंट • *a.* अटल।

Adam's apple • ॲडम्स ऐपल • *n.* टेंटुआ, कंठमणि।

adapt • ॲडैप्ट • *vt.* (किसी को किसी के) अनुकूल बनाना, रूपान्तरित करना, ~ **able** (ॲडैप्टेबॅल) *a.* अनुकूल बनने की योग्यता वाला, अनुकूलनशील, ~ **er, or** (ॲडैप्टर) *n.* (दो चीज़ों को) जोड़ने वाला, पुर्ज़ा।

add • ऐड • *vt.* जोड़ना, बढ़ाना।

addict • ऐडिक्ट • *vt.* व्यसन डालना, आदत डालना (नशे आदि का), *n.* व्यसनी, ~ **ion** (ऐडिक्शॅन) *n.* लत।

addition • ऐडिशॅन • *n.* योग, संयोजन, बढ़ाना।

address • ऐड्रेस • *n.* पता, ठिकाना, 2. भाषण, 3. काम में (अपने को) लगाना, 4. भाषण देना, ~ **e** (ऐड्रेसी) *n.* चिट्ठी पानेवाला, पत्र प्राप्तिकर्ता।

adept • ॲडेप्ट • *a.* निपुण, दक्ष।

adequate • ॲडेक्वेट • *a.* पर्याप्त, काफ़ी।

adequacy • ॲडेक्वेसी • *n.* पर्याप्तता, काफी होना।

adhere • ॲड्हिॲर • चिपकना, जुड़ना।

adjoin • ऐडजॉयन • *vi., vt.* सटा देना, जोड़ना, संयुक्त करना।

adjourn • ऐडजॉर्न • *vi.,vt.* स्थगित करना।

adjudge • ऐडजॅज • *vt.* मुक़दमे का फ़ैसला देना, निर्णय देना।

adjunct • ऐडजंक्ट • *n.* जोड़, *a.* अनुबद्ध।

adjust • ऐडजॅस्ट • *vt.* ठीक करना, अनुकूल करना।

administer • ऐडमिनिस्टॅर • *vi., vt.* प्रशासन चलाना।

administration • ऐडमिनिस्ट्रेशॅन • *n.* प्रशासन।

administrator • ऐडमिनिस्ट्रेटर • *n.* प्रशासक।

admirable • ऐडमिरेबॅल • *a.* प्रशंसनीय।

admirably • ऐडमिरेबॅली • *adv.* प्रशंसनीय ढंग से।

admiration • ऐडमिरेशॅन • *n.* प्रशंसा, तारीफ़।

admire • ऐडमायर • *vt.* प्रशंसा करना, तारीफ़ करना, ~ **r** (ऐडमायरर) *a.* प्रशंसक, 2. प्रेमी।

admiral • ऐडमिरॅल • *n.* नौ सेनाध्यक्ष।

admission • ऐडमिशॅन • *n.* प्रवेश, 2. स्वीकार करना, स्वीकृति।

admit • ऐडमिट • *vt.* प्रवेश करने देना, अंदर आने देना, 2. मान लेना, स्वीकार करना, ~ **able** (ऐडमिटेबल) *a.* प्रवेश्य, ~ **tance** (ऐडमिटैन्स) *n.* प्रवेश, ~ **edly** (ऐडमिटेडलि) *adv.* सर्वसम्मति से।

admonish • ऐडमॉनिश • *vt.* चेतावनी देना, सावधान करना, समझाना।

ad nauseam • ऐड नॉशियम • *adv.* ऊबा देने (घृणास्पद होने) की सीमा तक।

ado • अॅडू • *n.* हलचल, गड़बड़ी, 2. परेशानी।

adolescence • अॅडोलेसेन्स • *n.* किशोरावस्था।

adopt • अडॉप्ट • *vt.* चुनना, अपनाना, 2. गोद लेना, 3. (प्रस्ताव) स्वीकार करना, पारित करना, ~ **able** (अॅडॉप्टेबल) *a.* अपनाने योग्य, ~**ed** (अडाप्टेड) *a.* गोद लिया हुआ, 2. स्वीकृत (प्रस्ताव, आदि), ~**ion** (अडॉप्शॅन) *n.* गोद लेना।

adore • अॅडोर • *vt.* प्यार करना, श्रद्धा करना।

adorable • अॅडोरेबॅल • *a.* प्यार करने योग्य, श्रद्धेय।

adorn • अॅडॉर्न • *vt.* संवारना, सजाना।

adrift • अॅड्रिफ़्ट • *a.* दिशाहीन, इधर-उधर बहता हुआ।

adroit • अॅड्रॉयट • *a.* कुशल, निपुण।

adult • अॅडॅल्ट • *a.* वयस्क, बालिग़, *n.* वयस्क व्यक्ति।

adulterate • अॅडॅल्टरेट • *vt.* मिलावट करना, ~**d** (अॅडॅल्टरेटेड) *a.* मिलावटी।

adulteration • अॅडॅल्टरेशन • *n.* मिलावट।

adultery • अडॅल्टरी • *n.* किसी पुरुष का अन्य किसी की पत्नी के साथ संभोग/व्यभिचार।

ad valorem • ऐड वेलोरम • *n., adv.* यथामूल्य, भूल्य के अनुसार।

advance • ऐडवान्स • *n.* उन्नति, प्रगति, 2. ऋण, पेशगी, ~**d** (ऐडवान्स्ड) *a.* उन्नत।

advantage • ऐडवान्टेज • *n.* फ़ायदा, लाभ, 2. उत्कर्ष, 3. सुविधा, अनुकूल स्थिति, ~**ous** (ऐडवान्टेजिअॅस) *a.* लाभदायक, 2. अनुकूल।

advent • ऐडवेन्ट • *n.* आगमन।

adventure • ऐडवेन्चर • *n.* जोखिम का काम, साहस का काम, ~**r** (ऐडवेन्चरर) *n.* साहसिक काम करने वाला।

adventurous • ऐडवेन्चॅरस • *a.* साहसिक, जोखिम भरा।

adverb • ऐडवॅर्ब • *n.* क्रिया-विशेषण, अव्यय।

adversary • ऐडवर्सरि • *n.* विरोधी, दुश्मन, शत्रु।

adverse • ऐडवर्स • *a.* प्रतिकूल, विरुद्ध।

adversity • ऐडवर्सिटि • *n.* दुर्भाग्य, बदक़िस्मती।

advertise • ऐडवर्टाइज़ • *vt.* विज्ञापन देना, विज्ञापित करना, ~**ment** (ऐडवर्टाइजमेंट) *n.* विज्ञापन, इश्तहार।

advice • ऐडवाइस • *n.* परामर्श, सलाह।

advise • ऐडवाइज़ • *vt.* सलाह देना, सूचना देना, ~**r** (ऐडवाइज़र) *n.* सलाहकार, परामर्शदाता।

advocate • ऐडवोकेट • *vt.* वकालत करना, दलील देना, *n.* अधिवक्ता, वकील।

aegis • ईजिज़ • *n.* संरक्षण, 2.

तत्वावधान।

aerate • एअरेट • *vt.* हवा भरना, **~d** (एअरेटेड) *a.* गैस-भरा (जैसे सोडा, आदि)।

aerial • एरिअल • *n.* टी.वी., रेडियो आदि का एरियल, *a.* वायव्य, वायु संबंधी, हवाई।

aerobatics • एअरोबेटिक्स • *n. pl.* हवाई करतब।

aerobics • एअरोबिक्स • *n. pl.* फ़ुर्ती से किए जाने वाले व्यायाम, वायुजीवी।

aerodrome • एअरोड्रोम • *n.* हवाई अड्डा।

aerogram • एअरोग्राम • *n.* हवाई डाक से जानेवाले पत्र।

aeronautics • एअरोनॉटिक्स • *n. pl.* वैमानिकी।

aeroplane • एअरोप्लेन • *n.* हवाई जहाज, वायुयान।

aesthete • ऐस्थीट • *n.* रसज्ञ, सौन्दर्य पारखी।

aesthetics • ऐस्थेटिक्स • *n.* सौन्दर्यशास्त्र।

affable • ऐफ़ेबॅल • *n.* मिलनसार।

affair • अफ़ेअर • *n.* कार्य, कारोबार, मामला, प्रेम संबंध, **~s** (अफ़ेअर्स) व्यक्तिगत या कामकाज के मामले।

affect • अफ़ेक्ट • *vt.* असर डालना, प्रभावित करना, 2. ढोंग करना, **~ion** (अफ़ेक्शन) *n.* प्यार, स्नेह।

affectation • अफ़ेक्टेशॅन • *n.* बहाना, ढोंग।

affectionate • अफ़ेक्शनेट • *a.* स्नेही।

affidavit • ऐफ़िडेविट • *n.* शपथ पत्र, हलफ़नामा।

affiliate • ऐफ़िलिएट • *vt.* संबद्ध करना।

affiliation • ऐफ़िलिएशॅन • *n.* किसी संस्था का बड़ी संस्था से संबद्ध होना।

affinity • ऐफ़िनिटी • *n.* संबंध।

affirm • अफ़र्म • *vt.* स्वीकारात्मक उत्तर देना, दृढ़ उत्तर देना।

affix • अफ़िक्स • *vt.* मिलाना, जोड़ना, 2. प्रत्यय *(gram.)*।

afflict • अफ्लिक्ट • *vt.* दुख देना, पीड़ा देना, **~ion** (अफ्लिक्शन) *n.* कष्ट, पीड़ा।

affluence • ऐफ्लुएन्स • *n.* समृद्धि।

affluent • ऐफ्लुएन्ट • *a.* धनी।

afford • अफोर्ड • *vt.* सक्षम होना (किसी काम में), समर्थ होना।

afforest • अफ़ॉरेस्ट • *vt.* जंगल लगाना, **~ation** (अफ़ॉरेस्टेशॅन) *n.* वनरोपण।

affray • एफ़्रे • *n.* झगड़ा, दंगा।

affront • एफ्रंट • *vt.* अपमान करना।

afield • ॲफील्ड • *adv.* (कार्य) क्षेत्र में, घर से परे।

aflame • ॲफ्लेम • *adv.* जलता हुआ।

afloat • ॲफ्लोट • *adv.* तैरता हुआ (समुद्र या झील में), 2. फैला हुआ (अफ़वाह की तरह)।

afoot • ॲफ़ुट • *adv.* पैदल, चालू, चलता हुआ।

afraid • ॲफ्रेड • *a.* भयभीत, डरा हुआ।

afresh • ऑफ्रेश • *adv.* नए सिरे से।

Africa • ऑफ्रीका • *n.* अफ्रीका, ~**n** (ऑफ्रीकन) *a.* अफ्रीका का।

after • ऑफ़्टर • *a.* पीछे का, बाद का, ~**noon** (ऑफ़्टरनून) *n.* तीसरा पहर, मध्यान्ह, ~**wards** (ऑफ्टर-वार्ड्स) *adv.* फिर, बाद में।

again • ॲगेन • *adv.* एक बार फिर।

against • ॲगेन्स्ट • *prep.* ख़िलाफ़, विरुद्ध, के सामने।

agape • ॲगेप • *a.* खुले मुंह (आश्चर्य से)।

age • एज • *n.* आयु, उम्र, 2. युग, *v.i.* बूढ़ा होना।

agency • एजेन्सी • *n.* माध्यम, एजेन्सी, शाख, अभिकरण।

agenda • ॲजेन्डा • *n.* कार्यक्रम।

agent • एजेन्ट • *n.* मुख्तारआम।

aggravate • ॲग्रावेट • *vi., vt.* बढ़ा देना (रोग आदि), बिगाड़ देना, गंभीर बनाना।

aggregate • ऐग्रीगेट • *n.* कुल योग, समष्टि, समूह।

aggression • ऐग्रेसन • *n.* चेढ़ाई, आक्रमण।

aggresive • ऐग्रेसिव • *a.* आक्रमण को तैयार, आक्रामक।

aggrieve • ऐग्रीव • *vt.* पीड़ा देना।

agitate • ऐजिटेट • *vi., vt.* हिलाना, आन्दोलन करना, परेशान करना।

agitation • ऐजिटेशॅन • *n.* आन्दोलन।

agitated • ऐजिटेटेड • *a.* आन्दोलित।

ago • एगो • *adv.* कुछ ही आगे।

agog • अगॉग • *a.* उत्तेजित, उत्सुक।

agonizing • ॲगोनाइज़िंग • *a.* जिससे क्लेश हो, पीड़ादायक।

agony • एगॉनी • व्यथा (शारीरिक या मानसिक पीड़ा)।

agrarian • ऐग्रेरियन • *a.* कृषि या भूमि प्रबंधन संबंधी।

agree • ऐग्री • *vi.* सहमत होना, मान लेना, ~**able** (ऐग्रीएबल) *a.* रुचिकर, पसंद आने लायक, ~**ment** (ऐग्रीमेंट) *n.* सहमति, 2. अनुबंध।

agriculture • ऐग्रीकल्चॅर • *n.* कृषि-कर्म, खेती, कृषि।

aground • अग्राउंड • *adv.* नदी, तालाब, आदि के तल में धंसा हुआ, (जहाज़ का) भूमि पर आ धंसना।

ahead • अहैड • *adv.* आगे, आगे की ओर।

aid • एड • *n.* सहायता, **first** ~ (फ़र्स्ट एड) प्राथमिक उपचार, *vt.* मदद देना (क़ानून) ~**-de-camp** (एड-ड-काँ) ए.डी.सी., परिसहायक, सैनिक अधिकारी का सहायक अफसर, ~**e-memoire** (एडि-मेमोइर) *n.* स्मारक पत्र, ~**er** (एडर) सहायक, मददगार।

AIDS • एड्स • *n.* (acquired immunity deficiency syndrome का संक्षेप), एड्स रोग जिसमें व्यक्ति की रोग निरोधक क्षमता समाप्त हो जाती है।

ailing • एलिंग • *a.* रुग्ण, बीमार।

ailment • एलमेंट • *n.* रोग, बीमारी।

aim • एम • *n.* निशाना, लक्ष्य, *vt.* निशाना लगाना।

air • एअॅर • *n.* हवा, वांयु, ~**chief marshal** (एअॅर चीफ़ मार्शल) *n.* वायु सेना का मुख्य अधिकारी, ~**-conditioner** (एअॅर-कन्डीशनॅर) *n.* वातानुकूलित यंत्र, ~**craft** (एअॅर क्राफ़्ट) *n.* वायुयान, ~**force** (एअॅर फ़ोर्स) *n.* वायुसेना, ~**host-ess** (एअॅर होस्टेस) *n.f.* विमान परिचारिका, ~**lines** (एअॅरलाइन्स) हवाई-सेवा, ~**mail** (एअॅर मेल) हवाई डाक, ~**dry** *vt.* वस्त्रादि (हवा में) सुखाना, 2. बताना।

airy • एअॅरि • *a.* हवादार।

ajar • अजॉर • *a.* अधखुला (दरवाजा)।

akin • एकिन • *a.* समान।

alarm • अलॉर्म • *n.* ख़तरे का संकेत, ~**bell** (अलॉर्म बैल) खतरे की घंटी, ~**clock** (अलार्म क्लॉक) अलार्म-घड़ी, *vt.* डराना।

alas • अलॉस • *interj.* हाय।

albeit • ऑलबीइट • *conj.* यद्यपि, हालांकि।

album • ऐल्बॅम • *n.* अल्बम, डाक टिकट या फ़ोटो रखने की किताब, संगीत का टेप, सी.डी., आदि।

alcohol • एल्कॉहल • *n.* सुरासार।

alderman • ऑल्डरमैन • *n.* नगरपाल, नगरवृद्ध।

ale • एल • *n.* जौ की शराब, ~**house** (एल हाउस) शराबख़ाना।

alert • ॲलर्ट • *a.* सावधान।

algebra • ॲलजेब्रा • *n.* बीजगणित।

alias • एलिअॅस • *n.* उपनाम, उपाधि, उर्फ़।

alien • एलिअॅन • *m.* परदेशी, विदेशी।

alibi • ॲलिबाई • *n.* अन्यत्र-स्थिति, अन्यत्रता।

alight • ॲलाइट • *vt.* नीचे आना, उतरना।

align • ॲलाइन • *vt.* सीध मिलाना, सहमत करके एकसाथ लाना, ~**ment** (ॲलाइनमेंट) *n.* पक्तिबद्धता **non-**~**ment** (नॉन-ॲलाइनमेंट) *n.* तटस्थता (राजनैतिक)।

alike • ॲलाइक • *a.* समान, एक-सा।

alimony • ऐलिमॅनि • *n.* तलाक़शुदा औरत को निर्वाह-व्यय (जो पति को देना होता है)।

alive • ॲलाइव • *a.* जिन्दा, जीवित सक्रिय।

alkali • ॲल्कली • *n.* क्षार।

all • ऑल • *a.* सारा, सब, समस्त, प्रत्येक (वस्तु, आदि), **after** ~ (आफ़्टर ऑल) अंततः ~**along** (ऑल-अलॉन्ग) *adv.* निरंतर, बराबर, ~**powerful** (ऑल पावरफ़ुल) सर्व-शक्तिमान, ~ **purpose** (ऑल पर्पज़) *a.* सभी उद्देश्यों में काम में आने योग्य, ~**right** (ऑल राइट) *a.* हां, ठीक है, ~**rounder** (ऑल राउंडर) *a.* सब कामों में सिद्धहस्त, ~**the same** (ऑल द सेम) तिस पर भी, फिर भी, ~**told** (ऑल टोल्ड) कुल मिलाकर।

allege • ॲलेज • *vt.* आरोप लगाना।
allegation • ऐलीगेशन • *n.* आरोप, आक्षेप।
allergic • ऐलर्जिक • *a.* एलर्जी प्रभावित, नापसंदगी रखने वाला।
allergy • ऐलर्जी • *n.* प्रत्यूर्जता, एलर्जी, किसी खाद्य विशेष, धूल, पुष्प पराग, आदि से किसी व्यक्ति विशेष का हानिकर रूप में प्रभावित होना।
alleviate • ॲलिविएट • *vt.* शांत करना, कम करना, क्रोध, आदि में शांत करना।
alleviation • ॲलिविएशॅन • *n.* कमी, आराम।
alley • ऐलि • *n.* गलियारा, गली।
alliance • ॲलायन्स • *n.* संधि, मैत्री, 2. विवाह संबंध।
allied • ऐलाइड • *a.* संबद्ध, संबंधित, समवर्गी।
alligator • ऐलिगेटॅर • *n.* मगरमच्छ, घड़ियाल।
alliteration • ऐलिटरेशॅन • *n.* अनुप्रास।
allocate • ऐलोकेट • *vt.* बाँटना, भाग बाँटना, (के लिए) अलग करना।
allocation • ऐलोकेशॅन • *n.* नियत करना, बँटवारा।
allopathic • ऐलोपैथिक • *a.* आधुनिक योरोपीय चिकित्सा पद्धति का।
allopathy • ऐलोपैथी • *n.* पश्चिमी चिकित्सा पद्धति। (इसमें विपरीत प्रभावी औषधियाँ दी जाती हैं। यह होमियोपैथी से उलटी है।)
allot • अलॉट • *vt.* बांटना (हिस्से के रूप में), ~**ment** (अलॉटमेन्ट) *n.* आबंटन।
all-out • ऑल-आउट • *a.* भरसक।
allow • अलाउ • *vt.* करने देना, स्वीकार करना, आज्ञा देना, ~**ance** (अलाउन्स) *n.* भत्ता।
alloy • अलॉय • *a.* मिश्रित (धातु)।
allude • अल्यूड • *vi.* किसी बात की ओर संकेत करना।
allure • अल्योर • *vt.* प्रलोभन देना, ~**ment** (अल्योरमेंट) *n.* प्रलोभन।
allusion • अल्युज़न • *n.* संकेत (किसी बात की ओर)।
ally • अलाई • *vt.* दोस्ती करना, विवाह संबंध स्थापित करना।
Almighty • ऑलमाइटी • *a.* सर्व-शक्तिमान (जैसे परमात्मा)।
almond • अलमॉन्ड • *n.* बादाम।
almost • ऑलमोस्ट • *adv.* लगभग, प्रायः।
alms • आम्ज़ • *n.* दान, भिक्षा।
aloft • अलॉफ़्ट • *adv.* ऊपर, जहाज़ के रस्सों पर।
alone • अलोन • *a.* अकेला, 2. केवल।
along • अलांग • *prep.* एक छोर से दूसरे छोर तक, 2. आगे। *adv.* साथ-साथ।
aloof • अलूफ़ • *adv.* दूर, अलग।
aloud • अलाउड • *adv.* ऊँची आवाज़ में।
alphabet • अल्फ़ाबेट • *n.* वर्णमाला, ~**ical** (अल्फ़ाबेटिकॅल) *a.* वर्ण-

क्रमानुसार।

alpine • अल्पाइन • *a.* पर्वतीय, एल्पस पर्वत।

Alps • ऑल्पस • *n.* स्विट्ज़रलैंड की एक पर्वतमाला।

already • ऑलरेडी • *adv.* इससे पहले से ही।

alright • ऑलराइट • *a.* ठीक।

Alsatian • ऐलसेशिअॅन • *n.* बड़े आकार का एक कामकाजी और पहरे का कुत्ता (इसका दूसरा और मौलिक नाम जर्मन शेफ़र्ड है)।

also • ऑल्सो • *adv.* साथ में, भी।

altar • आल्टर • *n.* वेदी।

alter • ऑल्टर • *vt. vi.* बदल जाना, बदल देना, **~ation** (ऑल्टरेशन) *n.* परिवर्तन, फेरबदल।

altercation • ऑल्टरकेशॅन • *n.* झगड़ा, कलह, लड़ाई।

alternate • ऑल्टरनेट • *a.* बारी-बारी से, एक के बाद एक, *v.* बारी-बारी से आना।

alternative • ऑल्टरनेटिव • *a.* वैकल्पिक।

alternator • ऑल्टरनेटॅर • *n.* ए.सी. में बिजली बनाने का उपकरण।

although • ऑल्दो • *conj.* यद्यपि।

altimeter • ऑल्टीमीटर • *n.* समुद्रतल से ऊँचाई नापने का यंत्र (हवाई जहाज़ में विशेष तौर पर काम आता है)।

altitude • ऑल्टीट्यूड • *n.* समुद्रतल से ऊँचाई।

altogether • ऑल्टुगेदर • *adv.* पूर्णतः, पूरे तौर पर।

altruism • ऑल्ट्रूइज़्म • *n.* परोपकार भावना।

alum • ऐलम • *n.* फिटकिरी।

aluminium • ऐल्युमिनिअॅम • *n.* ऐल्यूमीनियम (हल्की सफेद रंग की धातु)।

alumna • अलॅमना • *n.* स्कूल-कॉलेज की छात्रा।

always • ऑल्वेज • *adv.* हमेशा, सर्वदा।

am • ऐम • हूँ।

amalgamate • अमेलगमेट • *vt.* मिल जाना, मिला लेना।

amalgamation • अमेलगमेशॅन • *n.* मिलना, कई कंपनियों आदि का एक साथ मिल जाना, संलयन।

amass • अमैस • *vt.* जमा करना (धन, आदि)।

amateur • अमेट्युअॅर, अमेचर • *n.* शौक़िया (कला, अभिनय, आदि करने वाला) जो सपारिश्रमिक न हो, अव्यवसायी।

amaze • अमेज़ • *vt.* आश्चर्यचकित करना।

amazing • अमेज़िंग • *a.* आश्चर्यजनक, **~ly** (अमेज़िंगली) *adv.* आश्चर्यजनक रूप में।

ambassador • अम्बेसडॅर • *n.* राजदूत।

amber • ऐम्बर • *n.* अंबर।

ambience • ऐम्बिएन्स • *n.* वातावरण।

ambient • ऐम्बिएन्ट • *a.* हर तरफ़।
ambiguity • ऐम्बिगुइटी • *n.* अनेकार्थकता, संदिग्धता।
ambiguous • ऐम्बिगुअॅस • *a.* अस्पष्ट, अनेकार्थक, संदिग्ध।
ambition • ऐमबीशॅन • *n.* उच्चाभिलाषा, महत्वाकांक्षा।
ambulance • ऐम्बुलेन्स • *n.* बीमारों को ले जानेवाली गाड़ी।
ambush • ऐम्बुश • *n.* घात लगाकर बैठना।
ameliorate • ऐमिलियोरेट • *vt., vi.* सुधारना, ठीक करना।
amen • एमेन • *excl.* आमीन, तथास्तु।
amenable • अमेनेबॅल • *a.* जिसे वश में किया जा सकता है (सुधारे जाने योग्य)।
amend • अमेन्ड • *vt.* संशोधन करना (कानून), ~**ment** (अमेन्डमेंट) *n.* संशोधन।
amenities • अमेनिटीज़ • *n.* सुख-साधन।
America • अमेरिका • *n.* अमरीका, ~**n** (अमेरिकन) *a.* अमरीका का, अमरीका संबंधी, अमरीका निवासी।
amiable • ऐमिएबॅल • *a.* मिलनसार।
amicable • ऐम्बीकेबॅल • *a.* सौहार्दपूर्ण।
amid • ॲमिड • *prop.* में, मध्य में।
amiss • ॲमिस • *adv.* ग़लत, *a.* खोया हुआ।
amity • ऐमिटी • *n.* दोस्ती, मैत्री।
ammonia • ऐमोनिया • *n.* अमोनिया गैस।
ammunition • ऐम्युनीशॅन • *n.* गोला-बारूद।
amnesia • ऐम्नेसिया • *n.* स्मृतिलोप, याद्दाश्त लुप्त होना।
amnesty • ऐम्नेस्टी • *n.* सर्वक्षमा।
amoeba • अमीबा • *n.* एक कोशिकीय जीव।
among • अमंग • *ppn.* में से, बीच में।
amoral • अमॉरल • *a.* नीति-निरपेक्ष।
amorous • ऐमोरस • *a.* प्रणय संबंधी, कामुक।
amorphous • अमॉरफस • *a.* बेडौल, भद्दा, 2. रवाहीन, 3. अनियमित रूपी।
amount • अमाउंट • *n.* राशि।
ampere • एम्पीअॅर • *n.* ऐम्पीअर, बिजली खपत की नाप।
amphibious • एम्फीबीअॅस • *a.* उभयचर (जो जीव जल-थल दोनों में रह सके), जल-स्थल चर।
ample • ऐम्पल • *a.* पर्याप्त, लंबा-चौड़ा।
amplifier • ऐम्पिलीफ़ाअॅर • *n.* ध्वनि विस्तारक, लाउडस्पीकर का एक भाग।
amputate • ऐम्पुटेट • *vt.* शरीर का कोई अंग काट देना।
amputation • एप्पुटेशॅन • *n.* अंग काटने का काम।
amulet • ऐम्युलेट • *n.* ताबीज़।
amuse • अम्यूज़ • *vt.* मनोरंजन करना,

मन बहलाना, ~**ment** (अम्यूज़मेन्ट) *n.* मनोरंजन, मन-बहलाव।

an • ऐन • *indefinite article* एक।

anaemia • अनीमिया • *n.* रक्ताल्पता।

anaemic • ऐनीमिक • *a.* रक्ताल्पता का रोगी।

anaesthesia • एनेस्थेसिया • *n.* संज्ञा शून्यता, संज्ञा शून्यक।

anal • ऐनल • *a.* गुदा संबंधी।

analogous • ऐनालोगस • *a.* एक-सा, समान।

analogy • ऐनालॉजी • *n.* अनुरूपता, सादृश्य।

analyse • ऐनालाइज़ • *vt.* विश्लेषण करना।

analysis • ऐनालिसिस • *n.* विश्लेषण।

analyst • ऐनालिस्ट • *a.* विश्लेषक।

analyze • ऐनालाइज़ • *vt.* विश्लेषण (करना)।

anarchist • अनार्किस्ट • *a.* अराजकतावादी।

anarchy • अनार्की • *n.* अराजकता।

anathema • अनाथेमा • *v.* अत्यंत घृणित वस्तु।

anatomy • ऐनाटॉमी • *n.* शरीर-रचनाविज्ञान।

ancestor • ऐनसेस्टर • *n.* पूर्वज, पूर्व पुरुष, पुरखा।

anchor • ऐंकर • *n.* जहाज़ या नाव का लंगर।

ancient • ऐन्शिएन्ट • *a.* प्राचीन, पुरातन, ~**monument** (ऐन्शिएन्ट मॉनुमेंट) *n.* प्राचीन स्मारक।

ancillary • ऐन्सिलॅरी • *a.* गौण, सहायक, अनुषंगी।

and • ऐंड • *conj.* तथा, और।

anecdote • ऐनकडॉट • *n.* गल्प, क़िस्सा, दंतकथा, उपकथा।

anew • अन्यू • *n.* फिर से, नए सिरे से।

angel • ऐन्जॅल • *a.* फ़रिश्ता, देवदूत।

anger • ऐंगर • *n.* क्रोध, गुस्सा, कोप, नाराज़गी।

angina • ऐंजाइना • *n.* हृदय रोग में होनेवाली तीव्र पीड़ा।

angle • ऐंगॅल • *n.* कोण, कोना, *vt.* बंसी से मछली पकड़ना।

Anglican • ऐंग्लिकॅन • *a.* इंग्लैंड संबंधी।

Anglicize • ऐनग्लिसाइज़ • *vt.* अंग्रेज़ी ढंग का बनाना।

Anglo • ऐंग्लो • *pref.* अंग्रेज़ी (जैसे ऐंग्लो-इंडियन)।

angry • ऐंग्री • *a.* क्रुद्ध, कुपित, गुस्सा।

anguish • ऐंग्विश • *n.* अत्यंत शारीरिक अथवा मानसिक यंत्रणा, वेदना, व्यथा।

angular • ऐंगुलॅर • *a.* नुकीला, कोणीय।

animal • ऐनिमॅल • *n.* जन्तु, पशु, जानवर, ~**husbandry** (ऐनिमल हज़्बैंडरी) *n.* पशुपालन।

animate • ऐनिमेट • *a.* जानदार, *vt.* जान डालना। 2. प्रेरित करना।

animosity • ऐनिमॉसिटी • *n.* शत्रुता।

ankle • ऐंकल • *n.* टखना।

annals • ऐनल्स • *n.* इतिहास।

annex • ऐनेक्स • *vt.* मिला लेना, संयुक्त करना, ~**ation** (ऐनेक्सेशन) *n.* मिलाना (किसी भूखंड को), 2. किसी दस्तावेज में जोड़ा गया कागज।

annihilate • एनिहिलेट • *vt.* विनाश कर देना।

annihilation • ऐनिहिलेशॅन • *n.* विनाश, विध्वंस।

anniversary • ऐनिवर्सरी • *n.* वर्षगांठ, वार्षिकोत्सव।

annotate • ऐनोटेट • *vt.* टिप्पणी करना, टीका करना।

announce • अनाउन्स • *vt.* घोषणा करना, एलान करना, ~**ment** (अनाउंसमेन्ट) *n.* घोषणा, सूचना।

annoy • अनॉय • *vt.* चिढ़ाना, खिझाना।

annual • ऐनुअॅल • *a.* वार्षिक, सालाना, *n.* प्रतिवर्ष प्रकाशित होने वाली पत्रिका, पुस्तक, आदि।

annuity • ऐन्युटी • *n.* वार्षिक वृत्ति।

annul • अनल • *vt.* खारिज़ करना, रद्‌द करना।

annunciate • ऐननसिएट • *vt.* एलान करना।

anoint • अनॉइन्ट • *vt.* तेल या मरहम लगाना।

anomalous • ऐनोमेलॅस • *a.* अनियमित, असंगत।

anomaly • ऐनोमॅली • *n.* अनियमितता, असंगति।

another • अनॅदर • *a.* कोई और, दूसरा।

answer • आन्सॅर • *n.* उत्तर, जवाब, *vt.* उत्तर देना, ~ **paper** (आन्सॅर पेपर) *n.* उत्तर पुस्तिका।

ant • ऐंट • *n.* चींटी।

antagonism • ऐंटागोनिज़्म • *n.* शत्रुता।

antagonist • ऐंटागोनिस्ट • *n.* विपक्षी, विरोधी।

antagonistic • ऐंटागोनिस्टिक • *a.* विपक्षी, विरोधी।

antagonise • ऐंटागोनाइज़ • *vt.* दुश्मन बनाना।

Antarctic • ऐंटार्कटिक • *n.* दक्षिणी ध्रुव।

ante chamber • ऐन्टि चैम्बर • *n.* प्रकोष्ठ, उप-कक्ष।

antecedent • एंटिसिडेंट • *a.* पहले का, पूर्व।

antedate • ऐंन्टिडेट • लिखने के पहले की तारीख़ डालना।

antenna • ऐंटेना • रेडियो या टी.वी. का ऐंटेना या एरियल (संकेतग्राही उपकरण)।

anterior • ऐंटिरिअॅर • *a.* पहले का।

anthem • ऐंथम • *n.* गान (जैसे नेशनल ऐंथम = राष्ट्रगान)।

anti • ऐंटि • *pref.* विपरीत।

anti-aircraft • ऐंटि-एयरक्राफ्ट • *n.* विमान विध्वंसक विमान।

anticipate • ऐंटिसिपेट • *vt.* समय पूर्वज्ञान होना, पहले से जान लेना।

anticipation • ऐंटिसिपेशॅन • *n.* पूर्वाभास।

antics • ऐंटिक्स • *n.* हास्योत्पादक हरकत।

anti-climax • ऐन्टि-क्लाइमेक्स • *n.* विरुद्ध स्थिति, जैसा होना स्वाभाविक था उससे विपरीत स्थिति।

antidote • ऐंटिडोट • *n.* विषहर।

anti-histamine • ऐंटि-हिस्टामिन • *n.* एलर्जी में दी जाने वाली एलर्जीनाशक औषधि।

antihelix • ऐंटिहिलिक्स • *n.* प्रति सर्पिल, साँप के विष से बचने के लिए दी जानेवाली औषधि।

antipathy • ऐन्टिपैथी • नफ़रत, चिढ़।

antiquated • ऐंटिक्वेटेड • *a.* पुराना पड़ा हुआ।

antique • ऐंटीक • पुरानी पड़ी कोई वस्तु (घड़ी, फर्नीचर, मूर्तियाँ, आदि)।

antiquity • ऐन्टिक्विटि • पुरावशेष, पुरावस्तु।

antiseptic • ऐंटिसेप्टिक • *a.* रोगाणु निरोधक, प्रतिरोधी।

anti-social • ऐंटिसोशॅल • *a.* असामाजिक।

antlers • ऐंटलर्स • *n.* हिरण की सींग, बारहसिंगे की सींग।

antonym • ऐंटोनिम • *n.* विलोम, विपर्याय।

anus • एनस • *n.* गुदा, मलद्वार।

anvil • ऐनविल • *a.* निहाई, 2. मध्य कर्ण की एक हड्डी जो निहाई जैसी दीखती है।

anxiety • ऐंग्ज़ाइटि • *n.* व्यग्रता, चिंता, दुश्चिंता।

anxious • ऐंक्शॅस • *a.* चिंतित, दुश्चिंताग्रस्त।

any • एनि • *a.* कोई, कोई भी, कुछ भी, ~**body** (एनिबॅडि) *n., pron.* कोई भी, ~**how** (एनिहॉउ) *adv.* जैसे भी हो, किसी भी तरह, ~**one** (एनिवन) *n., pron.* कोई भी, ~**thing** (एनिथिंग) कोई बात, ~**way** (एनिवे) *adv.* किसी न किसी प्रकार से, ~ **where** (एनिव्हेअॅर) *adv.* किसी भी जगह।

apace • अपेस • *adv.* जल्दी से।

apart • अपार्ट • *adv.* अलग, दूर, ~**ment** (अपार्टमेन्ट) *m.* (इमारत में कई कमरों का सेट।

apartheid • एपार्थीड • *n.* (दक्षिण अफ्रीका में) रंगभेदनीति।

apathetic • एपेथेटिक • *a.* उदासीन।

apathy • एपेथि • *n.* उदासीनता।

ape • एप • *n.* पूँछहीन बंदर, *v.* नकल करना।

aperture • ऐपर्चर • *n.* सूराख़, छेद, (जैसे कैमरे का फोटो खींचने वाला छेद)।

apex • एपेक्स • *n.* शिखर, शीर्ष बिन्दु।

apiary • ऐपिअरि • *n.* मधुमक्षिशाला।

apiece • अपीस • *adv.* प्रत्येक के लिए।

aplomb • अप्लॉम्ब • *n.* धीरज, आत्म-विश्वास।

apologetic • अपॉलोजेटिक • *a.* खेद युक्त।

apologize • अपॉलोजाइज़ • *vt.* खेद

जताना, क्षमा मांगना।

apology • अपॉलॉजि • *n.* क्षमा याचना।

apoplexy • ऐपोप्लेक्सि • *n.* मस्तिष्क की नस फटने से बेहोशी (और प्रायः पक्षाघात)।

apostle • अपॉस्टल • *n.* खुदा के द्वारा धर्म प्रचार के लिए भेजा गया देवदूत (ईसाई मत), धर्मदूत।

apostrophe • अपॉसट्रफि • *n.* (') (एक विराम चिह्न) जो वर्णलोप का परिचायक है, संबंधकारक 'का' का चिन्ह।

appal • अपॉल • *vt.* स्तब्ध कर देना, **~ing** (अपालिंग) *a.* डरावना।

apparatus • ऐपरेटस • *n.* उपकरण, औज़ार।

apparent • ऐपैरेंट • *a.* ऊपरी, दृश्य, **~heir** (दीखने वाला उत्तराधिकारी)।

appeal • अपील • *vi.* अनुरोध करना, *n.* पुनर्विचार के लिए की गई प्रार्थना (कानून), अनुरोध, प्रार्थना।

appear • अपिअॅर • *vi.* दीखना, लगना, प्रकट होना।

appearance • अपिअरेन्स • *n.* आविर्भाव, बाध्याकृति।

appease • अपीज़ • *vt.* संतुष्ट करना, **~ment** (अपीजमेंट) *n.* तुष्टिकरण।

appellant • अपेलेन्ट • *n.* अपील करने वाला।

appellate • अपेलेट • *a.* अपील संबंधी।

append • अपेन्ड • *vt.* जोड़ना, संलग्न करना।

appendage • अपेन्डेज़ • *n.* संलग्नक।

appendicitis • अपेन्डिसाइटिस • *n.* उन्डुक की सूजन।

appendix • अपेन्डिक्स • *n.* (पुस्तक का) परिशिष्ट, 2. (आंत का) उन्डुक।

appetite • ऐपिटाइट • *n.* भूख।

appetizer • ऐपिटाइज़ॅर • *n.* क्षुधा-वर्धक।

applaud • अप्लॉड • *vt.* करतलध्वनि करना (प्रशंसा में)।

applause • अप्लॉस • *n.* करतल ध्वनि।

apple • ऐपल • *n.* सेब।

appliance • ऐप्लाइअॅन्स • *n.* उपकरण।

application • ऐप्लिकेशॅन • *n.* आवेदन पत्र, दर्ख़ास्त, 2. प्रयोग।

apply • ऐप्लाई • *vt.* आवेदन करना, 2. प्रयोग में लाना, 3. (औषधि आदि) लगाना।

appoint • अपॉइन्ट • *vt.* नियुक्त करना, **~ment** *n.* नियुक्ति।

appreciate • अप्रिशिएट • *vt.* प्रशंसा करना, 2. मूल्य बढ़ना या बढ़ाना, 3. कृतज्ञ होना।

appreciation • अप्रिशिएशॅन • *n.* प्रशंसा, 2. गुण ग्रहण।

apprehensive • ऐप्रिहेन्सिव • *a.* जिसे आशंका हो।

apprehend • ऐप्रिहेंड • *vt.* आशंका करना, 2. गिरफ्तार करना।

apprentice • अप्रेन्टिस • *n.* प्रशिक्षार्थी, **~ship** (अप्रेन्टिसशिप) *n.* प्रशिक्षित

होने का काम।

approach • ऐप्रोच • *vi.* पास आना, (किसी से) प्रार्थना करना, *n.* पहुँच, **~able** (ऐप्रोचेबॅल) *a.* जहाँ पहुँचना आसान हो।

appropriate • अप्रोप्रिएट • *a.* उचित, उपयुक्त, *vt.* हथियाना।

approval • अप्रूवॅल • *n.* अनुमोदन, स्वीकृति।

approve • अप्रूव • *vt.* पसंद करना, स्वीकृति देना।

approximate • अप्रॉक्सिमेट • *a.* बहुत निकट, नज़दीक, *adv.* लगभग।

apricot • ऐप्रिकॉट • *n.* ज़रदालू, ख़बानी।

April • एप्रिल • *n.* अप्रैल (मास), **~ fool's day** (ऐप्रिल फ़ूल्स-डे) पहली अप्रैल को योरोपियन लोग मूर्खता दिवस के रूप में मनाते हैं और एक-दूसरे को बेवकूफ़ बनाने की कोशिश करते हैं। भारत में भी यह प्रचलित है।

apron • एप्रन • *n.* पोशाक पर धब्बे, आदि से बचने के लिए पहना जाने वाला कपड़ा, 2. नाटक गृह में परदे के आगे का रंगमंच।

apt • ऐप्ट • *a.* उत्सुक, संगत।

aptitude • ऐप्टिट्यूड • *n.* सामर्थ्य, रुझान।

aquarium • अक्वेरिअॅम • *n.* मत्स्य-गृह, मछलीघर।

Aquarius • अक्वेरिअॅस • *n.* कुंभ राशि जो 20 जनवरी से 20 फरवरी के बीच जन्मे लोगों की राशि मानी जाती है।

aquatic • ऐक्वेटिक • *a.* जलचर, पानी में होनेवाला, **~s** (एक्वेटिक्स) *n. pl.* जल में खेले जाने वाले खेल।

Arab • अरब • *n.* अरब का निवासी, अरब, **~ian** (अरेबियन) *a.* अरब का, अरबी, **~ic** (अरेबिक) *a.* अरबी, अरब का, 2. अरबी भाषा।

arable • ऐरेबॅल • *a.* कृषि योग्य।

arbitrary • आर्बिट्रेरि • *a.* मनमाना।

arbitrate • आर्बिट्रेट • *vt.* मध्यस्थता करना।

arbitration • आर्बिट्रेशॅन • *n.* मध्य-स्थता।

arc • ऑर्क • *n.* चाप, कमान।

arcade • ऑर्केड • *a.* मेहराब।

arch • ऑर्च • *n.* तोरण, मेहराब।

archeology • ऑर्किओलॉजी • *n.* पुरातत्त्वविज्ञान।

archaeologist • ऑर्किओलॉजिस्ट • *n.* पुरातत्त्वविद्।

archaic • ऑर्केइक • पुरातन, आदि कालीन।

archbishop • ऑर्चबिशप • *n.* सर्वोच्च पादरी।

archer • ऑर्चर • *n.* धनुर्धारी।

archery • ऑर्चरी • *n.* धनुर्विद्या।

archipelago • ऑर्किपेलेगो • *n.* द्वीप समूह।

architect • ऑर्किटेक्ट • *n.* वास्तुविद्, वास्तुशास्त्री।

architecture • ऑर्किटेक्चर • *n.* वास्तु

कला, स्थापत्य।

archives • ऑर्काइव्स • *n.* पुरालेख, अभिलेख, अभिलेखागार।

archway • आर्चवे • *n.* मेहराबदार मार्ग, तोरण पथ।

Arctic • ऑर्कटिक • *a.* उत्तरी धुव्र संबंधी, *m.* उत्तरी ध्रुव।

ardent • ऑरडेन्ट • *a.* उत्साही, उत्कट।

ardour • ऑरडर • *n.* उत्साह, जोश।

arduous • ऑरडुअॅस • *a.* दुसाध्य, मुश्किल।

area • एरिआ • *n.* क्षेत्र, क्षेत्रफल।

areca • एरिका • *n.* सुपारी का पेड़।

arena • अरीना • *n.* अखाड़ा, रंगभूमि।

argue • आरग्यू • *vi., vt.* तर्क देना, बहस करना।

argument • आरग्यूमेन्ट • *n.* तर्क, दलील, युक्ति।

arid • ऐरिड • *a.* शुष्क या ऊसर (भूमि), **~ity** (ऐरिडिटि) *n.* शुष्कता।

arise • एराइज़ • *vt.* प्रकट होना, 2. ऊपर उठना।

aristocrat • ऐरिस्टॉक्रैट • *n.* अभिजात, कुलीन।

aristocracy • ऐरिस्टॉक्रेसि • *n.* अभिजात्य वर्ग।

arithmetic • ॲरिथमेटिक • *n.* अंक-गणित।

ark • ऑर्क • *n.* एक पेटी जिसमें यहूदियों का नियम-संग्रह था, **Noa's ~** *n.* नूह की नौका (बाइबिल), बड़ी नाव।

arm • ऑर्म • *n.* बाँह, भुजा, 2. कुर्सी का हत्था, 3. हथियार, *vt.* हथियारों से लैस करना।

armada • ऑरमाडा • *n.* सशस्त्र जहाज़ों का बेड़ा।

armament • ऑरमामेन्ट • *n.* युद्ध के हथियार।

armchair • आर्मचेअॅर • *n.* बांहदार कुर्सी।

armistice • आर्मिस्टिस • *n.* युद्ध विराम।

armour • आरमॅर • *n.* कवच, बख़्तर।

army • आर्मी • *n.* सेना, फौज।

aroma • अरोमा • *n.* ख़ुशबू, सुगंध, **~tic** (अरोमॅटिक) *a.* ख़ुशबूदार।

around • अराउंड • हर दिशा में, 2. लगभग, 3. यहाँ-वहाँ, 4. चारों ओर।

arouse • अराउज़ • *vt.* जगाना, उत्तेजित करना।

arrack • ऐरैक • *n.* अरक, चावल की शराब।

arrange • अरेन्ज • *vt.* सजाना, क्रम-पूर्वक रखना, तय करना, **~ ment** *n.* व्यवस्था।

arrears • एरिअॅर्ज • *n.* बकाया।

arrest • अरेस्ट • *vt.* गिरफ्तार करना, 2. रोकना, *n.* गिरफ्तारी।

arrival • अराइवॅल • *n.* आगमन, आना।

arrive • अराइव • *vi.* पहुँचना, आना।

arrogant • ऐरोगेन्ट • *a.* अक्खड़, घमंडी।

arrogance • ऐरोगेन्स • घमंड।

arrow • ऐरो • *n.* वाण, तीर।

arsenal • आर्सनॅल • *n.* शस्त्रागार।

arson • आर्सन • *n.* आगज़नी, ~ **ist** (आर्सनिस्ट) *n.* आगज़नी करने वाला।

art • आर्ट • *n.* कला, कौशल, निपुणता, ~ **ful** *a.* धूर्त्त।

artery • आरटरि • *n.* धमनी।

arthritis • आरथ्राइटिस • *n.* गठिया, वात रोग।

article • आर्टिकॅल • *n.* सामान, सामग्री, 2. लेख, आलेख, 3. अनुच्छेद, भाग।

articulate • आर्टिकुलेट • *vt.* बोलना, *a.* सुस्पष्ट।

articulation • आर्टिकुलेशॅन • *n.* अभिव्यक्ति।

artificial • आर्टिफ़िशॅल • *a.* कृत्रिम, बनावटी, नकली।

artillery • आर्टिलरि • *n.* तोपख़ाना, 2. तोप चलाने वाला सैनिक दल।

artisen • आर्टिसॅन • *n.* शिल्पकार, दस्तकार।

artist • आर्टिस्ट • *n.* कलाकार, ~ **ry** (आर्टिस्टरि) कला-कौशल, ~ **ic** (आर्टिस्टिक) *a.* कलात्मक।

artiste • आर्टिस्ट • *n.* गायक, नट।

artless • आर्टलेस • *a.* भोला-भाला।

art school • आर्ट स्कूल • *n.* कला-विद्यालय।

as • ऐज़ • *adv.* उस समय, जिस समय, तब, ज्योंही।

asbestos • ऐस्बस्टॉस • *n.* अज्वलन-शील तत्त्व, अदह।

ascend • असेंड • *vi.* चढ़ना, ऊपर जाना, ~ **ant,** ~ **ent** (असेंडैन्ट, असेंडेंट) *adj.* प्रभावशाली होना।

ascent • असेंट • *n.* चढ़ाई, आरोहण।

ascertain • ॲसरटेन • *vt.* पता लगाना।

ascetic • ॲसेटिक • *n.* साधू, संन्यासी।

ascorbic acid • अस्कॉर्बिक एसिड • *n.* विटामिन 'सी'।

ascribe • ॲस्क्राइब • *vt.* उल्लेख करना, जिक्र करना।

aseptic • एसेप्टिक • *a.* कीटाणु रहित।

asexual • एसेक्सुॲल • *a.* अलिंगी, अयौन।

ash • ऐश • *n.* खाक, राख, ~ **es** (ऐशेज़) दाह-संस्कार के अवशेष, भस्म।

ashamed • अशेम्ड • *a.* लज्जित, शर्मिन्दा

ashore • अशॉर • *adv.* तट पर।

aside • असाइड • *adv.* एक तरफ़, 2. स्वगत।

ask • आस्क • *vt.* पूछना, निवेदन करना, 2 मांगना।

asleep • अस्लीप • *a.* सोता हुआ, सोया हुआ।

asp • ऐस्प • *n.* विषैला सांप।

asparagus • ॲस्पैरगॅस • *n.* शतावर।

aspect • एसपेक्ट • *n.* पक्ष, आकार, रूप, आकृति, दृष्टिकोण।

aspen • ऐसपेन • *a.* कंपित, कांपता हुआ।

asperity • ऐसपेरिटी • *n.* रूखापन, कर्कशता, चिड़चिड़ापन, कटुता।

aspersion • ऐसपरसॅन • *m.* कलंक, लांछन।

asphalt • ऐस्फाल्ट • *n.* तारकोल, कोलतार।

aspire • ऐस्पाइर • *vi.* आकांक्षा करना, चाहना।

aspirin • ऐस्पिरीन • *n.* ऐस्प्रीन, एक दर्दनाशक दवा (सैलिसिलिक एसिड)।

ass • ऐस • *n.* गधा, 2. मूर्ख।

assailant • ॲसैलेन्ट • *n.* हत्यारा, आक्रमणकारी।

assassin • ॲसैसिन • *n.* हत्यारा, क़ातिल, ~**ation** (असैसिनेशॅन) *n.* हत्या, वध।

assault • असॉल्ट • *n.* प्रहार, हमला।

assemble • असेम्बॅल • *v.* जमा होना, इकट्ठा होना।

assembly • असेमब्लि • *n.* सभा, कानून बनाने वाली सभा, विधायिका।

assent • ॲसेंट • *vi.* राज़ी होना, सहमति देना, *n.* सहमति।

assert • ॲसर्ट • *v., vt.* निश्चय से कहना, ~**ion** (ॲसर्शन) *n.* दावा, अभिकथन।

assess • ॲसैस • *vt.* मूल्यांकन करना, मूल्य निर्धारित करना, दाम लगाना, कर लगाना, ~**ment** *n.* (ॲसैसमेंट) निर्धारण, अनुमान, ~**or** (ॲसैसर) *n.* मूल्यांकक, (कर) निर्धारक।

asset • ऐसेट • *n.* मूल्यवान वस्तु या व्यक्ति, ~**s** (ऐसेट्स) *n.* संपत्ति जो व्यक्ति की निजी हो।

assiduous • ॲसिड्यूअॅस • *a.* मेहनती, परिश्रमी।

assign • ॲसाइन • *vt.* (किसी के) ज़िम्मे लगाना, नियुक्त करना, ~**ment** (ॲसाइनमेन्ट) *n.* नियुक्ति, नियत कार्य।

assimilate • असिमिलेट • *vt.* मिलाना, आत्मसात करना।

assist • असिस्ट • *vt.* सहायता करना, ~**ant** (असिस्टेंट) *a.* सहायक।

associate • असोशिएट • *a. n.* साक्षीदार, सहयोगी, *vt.* जोड़ना, मिलाना।

association • ऐसोसिएशॅन • *n.* संस्था।

assorted • असॉरटिड • *a.* मिला-जुला।

assortment • असॉर्टमेंट • *n.* वर्गीकरण।

assuage • अस्वेज • *vt.* शांत करना, (आवेश) कम करना।

assume • अज़्यूम • *vt.* मानना, हथियाना।

assumption • अज़म्पशॅन • *n.* कल्पना, मानना, धारणा।

assurance • ऐश्योरेन्स • *n.* आश्वासन।

assure • ऐश्योर • *vt.* विश्वास दिलाना, भरोसा दिलाना, वादा करना।

asterisk • ऐस्टरिस्क • तारक चिह्न (※)।

astern • एसटर्न • *adv.* (जहाज़ के) पीछे तरफ।

asthma • ऐस्थॅमा • *m.* दमा, ~**tic**

(ऐस्थमैटिक) *a.n.* दमा का, दमा का रोगी।

astonish • ऐस्टोनिश • *vi.* चकित कर देना, **~ment** (ऐस्टॉनिशमेन्ट) *n.* हैरानी, आश्चर्य।

astound • ऐस्टाउण्ड • *n.* चौंका देना, आश्चर्यचकित कर देना, **~ing** (ऐस्टॉउंडिंग) *a.* हैरत में डालने वाला।

astray • अस्ट्रे • *adv.* भटक जाना।

astrologer • अस्ट्रॉलॉजर • *n.* ज्योतिषी।

astrology • अस्ट्रॉलॉजि • *n.* ज्योतिष शास्त्र।

astronaut • ऐस्ट्रोनॉट • *n.* अंतरिक्ष यात्री।

astronomer • ऐस्ट्रोनमॅर • *n.* खगोल-शास्त्री।

astrophysics • ऐस्ट्रोफ़िज़िक्स • *n.* खगोल-भौतिकी।

astute • ऐस्ट्यूट • *a.* चतुर, चालाक।

at • ऐट • *prep.* पर (जैसे) रास्ते पर, समय पर, कीमत पर)।

atheism • एथिइज़्म • *n.* अनीश्वरवाद, नास्तिकता।

atheist • एथिइस्ट • *n.* अनीश्वरवादी, नास्तिक।

athlete • एथलीट • *n.* खिलाड़ी।

athletics • ऐथलेटिक्स • *n.* खेल-कूद।

atlas • ऐटलस • *n.* मानचित्र।

atmosphere • ऐट्मॉसफ़िअॅर • *n.* वायुमंडल, वातावरण।

atom • ऐटम • *n.* परमाणु, **~bomb** (ऐटम बॉम्ब) *n.* परमाणु बम, **~ic** (ऐटमिक) *a.* परमाणु संबंधी, **~ic age** (ऐटमिक एज) *n.* परमाणु युग, **~ic energy** (ऐटमिक एनर्जि) *n.* परमाणु ऊर्जा।

atop • अटॉप • *prep.* के ऊपर।

atrocious • अट्रोशॅस • *a.* निर्दय, क्रूर, भद्दा।

atrocity • अट्रोसिटि • *n.* अत्याचार।

attach • अटैच • *vt.* जोड़ना, 2. जब्त करना, **~ment** (अॅटैचमेंट) *n.* संयोजन, जोड़ना, 2. आसक्ति।

attache • अॅटैशे • *n.* सहचारी अताशे, **~ case** (अॅटैची केस) अटैची, बक्सा।

attack • अॅटैक • *n.* आक्रमण, चढ़ाई, (रोग का) दौरा।

attain • अॅटेन • *vt.* प्राप्त करना, 2. पहुँचना, **~ment** (अटेनमेन्ट) *n.* उपलब्धि, प्राप्ति।

attempt • अॅटेम्प्ट • *n.* प्रयास, प्रयत्न।

attend • अॅटेंड • *vi.* ध्यान देना, 2. उपस्थित होना, 3. परिचर्या करना, **~ance** (अॅटेंडेन्स) *n.* परिचर्या, 2. उपस्थिति, **~ant** (अटेन्डेंट) *a.* सहवर्ती।

attention • अॅटेन्शॅन • *interj.* सावधान, *n.* ध्यान।

attest • अॅटेस्ट • *vt.* प्रमाण देना, प्रमाणित करना, 2. सत्यापित करना, **~ed** (अॅटेस्टेड) *a.* अनुप्रमाणित।

attic • ऐटिक • *n.* अटारी।

attire • अटाइर • *n.* पहनावा।

attitude • ऐटिट्यूड • *n.* भंगिमा, विचार।

attorney • अटॉर्नी • *n.* वकील, **power of ~** (पॉवर ऑफ अटॉर्नी) मुख्तारनामा।

attract • अ्रैक्ट • *vt.* आकर्षित करना, **~ive** (अ्रैक्टिव) *a.* मोहक।

attribute • ऐट्रिब्यूट • *vt.* वजह ठहराना, विशेषता या दोष देना।

attune • अ्ट्यून • *vt.* सुर मिलाना।

auction • ऑक्शन • *n.* नीलामी, **~eer** (ऑक्सनीयर) *n.* नीलामकर्ता।

audacity • ऑडैसिटि • *n.* ढिठाई, निर्लज्जता, निर्भीकता, गुस्ताख़ी।

audacious • ऑडेशॅस • *a.* साहसी, ढीठ।

audible • ऑडिबॅल • *a.* सुनाई पड़ने वाला।

audience • ऑडिअॅन्स • *n.* श्रोता, श्रोतागण।

audit • ऑडिट • *n.* लेखा-परीक्षा, हिसाब-किताब की जाँच, **~or** (ऑडिटर) लेखापरीक्षक।

auditorium • ऑडिटॉरिअॅम • *n.* प्रेक्षागृह।

auditory • ऑडिटरी • *a.* सुनने संबंधी।

auger • ऑगर • बरमा।

aught • ऑट • कुछ भी।

augment • ऑगमेंट • *vi.* वृद्धि होना, *vt.* बढ़ाना, वृद्धि करना।

August • ऑगस्ट • *n.* ईसवी सन का आठवाँ महीना अगस्त, **august** *a.* गरिमापूर्ण।

aunt • ऑन्ट • *n.* मौसी, चाची, बूआ।

aura • ऑरा • *n.* प्रभामंडल।

auricle • ऑरिकल • *n.* कान का बाहरी भाग।

aurora • ऑरोरा • *n.* सुबह, उषा काल।

auspices • ऑसपिसिज़ • संरक्षण, तत्वावधान।

auspicious • ऑसपिशॅस • *a.* शुभ, मांगलिक।

austere • ऑस्टिअॅर • *a.* संयमी, कठोर।

authentic • ऑथेन्टिक • *a.* सच्चा, प्रमाणित, असली।

author • ऑथर • *n.* लेखक, रचनाकार, **~ship** (ऑथरशिप) *n.* लेखन कार्य।

authority • अथॉरिटी • *n.* सत्ता, प्रभुत्व, 2. प्राधिकरण, प्राधिकारी, 3. प्रभाव।

authoritarian • ऑथारिटेरिअॅन • *a.* अधिकारवादी।

authorise • ऑथोराइज़ • *vt.* अधिकार देना, प्राधिकृत करना।

autobiography • ऑटोबायोग्रॅफी • *n.* आत्मकथा।

autocracy • ऑटोक्रॅसि • *n.* एकतंत्र।

autocrat • ऑटोक्रैट • *n.* स्वेच्छाचारी, तानाशाह।

autograph • ऑटोग्रॉफ • *n.* हस्ताक्षर।

automatic • ऑटोमैटिक • *a.* स्वचालित।

automation • ऑटोमेशॅन • *n.* स्वचालितता।

automobile • ऑटोमॉबिल • *n.* स्वचालित वाहन, मोटरगाड़ी, कार।

autonomous • ऑटोनॉमस • *a.* स्वायत्त।

autonomy • ऑटोनॉमि • *n.* स्वायत्त शासन।

autopsy • ऑटोप्सि • *n.* शव-परीक्षा, अंत्य परीक्षा, पोस्टमार्टम।

autumn • ऑटम • *n.* शरद ऋतु।

avail • अवेल • *vi.* काम आना, उपयोगी होना, ~**able** (अवेलेबॅल) *a.* उपलब्ध, प्राप्य, ~**ability** (अवेलेबिलिटी) *n.* उपलब्धता, प्राप्यता।

avalanche • ऐवलांश • *n.* हिमधाप, 2. बौछार।

avarice • ऐवरिस • *n.* लोभ, लालच।

avenge • अवेन्ज • *vt.* बदला लेना, प्रतिशोध लेना।

avenue • अवेन्यू • *n.* वृक्षाच्छादित मार्ग।

average • ऐवरेज • *n.* औसत, 2. साधारण।

averse • ॲवर्स • *a.* अनिच्छुक, *n.* घृणा, नफरत।

avert • ॲवर्ट • *vt.* फेरना, फेर लेना।

aviary • एविॲरि • *n.* पक्षी, मधुमक्खी, आदि रखने का स्थान।

aviation • ऐविएशॅन • *n.* उड्डयन, हवाई जहाज चलाने की विद्या।

avid • ऐविड • *a.* लालायित, ~**ity** (ऐविडिट) *n.* उत्सुकता।

avocado • ऐवोकेडो • *n.* नाशपाती जैसा एक गूदेदार फल।

avocation • ऐवोकेशॅन • *n.* धंधा, उपव्यवसाय।

avoid • अवॉइड • *vt.* से बचना, न होने देना (दुर्घटना, आदि)।

avow • एवो • *vi.* स्वीकार करना।

await • अवेट • *vi.* प्रतीक्षा करना।

awake • अवेक • *a.* जगा हुआ, जागृत।

award • अवार्ड • *n.* पुरस्कार, 2. न्यायिक निर्णय, अदालती फैसला।

aware • अवेॲर • *a.* अवगत।

awash • अवाश • *a.* पानी से भरा।

away • अवे • *a.* दूर, अनुपस्थित।

awe • ऑ • *n.* श्रद्धा और भय, भययुक्त आदर, विस्मय, डर, रोब।

awful • ऑफ़ुल • *a.* बहुत बुरा, भद्दा।

awhile • अव्हाइल • *adv.* कुछ देर के लिए।

awkward • ऑकवार्ड • *a.* बेढंगा, भद्दा।

awl • ऑल • *n.* आल (लकड़ी आदि में छेद करने वाला सुआ)।

awning • ऑनिंग • *n.* सायबान।

awry • ऑरी • *a. adv.* टेढ़ा, तिरछा, गलत।

axe • ऐक्स • *n.* कुल्हाड़ी

axiom • ऐक्सिॲम • *n.* स्वयंसिद्धता, ~**atic** (ऐक्सिमेटिक) *a.* स्वयंसिद्ध।

axis • ऐक्सिस • *n.* धुरी, कल्पित रेखा।

axle • ऐक्सॅल • *n.* धुरी, धुरा जिस पर पहिया घूमता है।

aye • अए • *excl.* (yes) हाँ, अनवरत, सदैव।

azure • ऐज़्युर • *n.* आसमानी रंग, नीला।

B

B/b • बी • *n.* अंग्रेजी (रोमन) वर्णमाला का दूसरा वर्ण।

B • बी • *n.* (शतरंज में) ऊँट (**bishop** का संक्षेप)।

B.A. • बी.ए. • *n.* **Bachelor of Arts** (बैचलर ऑफ आर्ट्स) का संक्षेप, कला में स्नातक।

babe • बेब • *n.* छोटा बच्चा।

babel • बेबॅल • *n.* शोर-शराबा जिसमें कुछ भी समझा न जा सके।

baboon • बैबून • *n.* बैबून, एक बंदर जाति।

baby • बेबि • *n.* छोटा बच्चा, शिशु, **~sit** (बेबिसिट) *vi.* बच्चे संभालना, **~sitter** (बेबि सिटर) *n.* वह व्यक्ति जो बच्चे की देखभाल करे जब उसकी माँ अनुपस्थित हो।

bachelor • बैचलॅर • *n.* कुमार (कुंआरा), **~of Science** (बैचलर ऑफ साइन्स) *n.* विज्ञान में स्नातक।

bacillus • बैसिलॅस • *n. (pl. bacilli)* एक जीवाणु-दंडाणु जो बीमारियाँ फैलाती हैं।

back • बैक • *n.* पीठ, 2. पिछवाड़ा, 3. उलटा, **~bone** (बैकबोन) *n.* रीढ़ की हड्डी, **~date** (बैक डेट) *vt.* कागज या पत्रादि पर पिछली तारीख डालना, **~drop** (बैकड्रॉप) *n.* रंगमंच पर पीछे का पर्दा, **~ground** (बैकग्राउण्ड) *n.* पृष्ठ, पृष्ठभूमि, **~log** (बैकलॉग) *n.* पीछे से चला आता इकट्ठा काम, **~ward** (बैकवार्ड) *a.* पिछड़ा।

bacon • बेकॅन • *n.* सूअर का माँस (जिसमें नमक लगा हो)।

bacteria • बैकटीरिआ • *n.pl.* सूक्ष्म जीवाणु।

bad • बैड • *a.* खराब, बुरा, घटिया, दुष्ट, **~blood** (बैड ब्लड) *n.* कटुता, **~faith** (बैड फ़ेथ) असद्भाव, **~tempered** (बैड टेम्पर्ड) *a.* चिड़चिड़ा।

badge • बैज • *n.* बिल्ला, तमगा।

baffle • बैफ़ॅल • *vt.* घबड़ा देना, चकरा देना।

baffling • बैफ़लिंग • *a.* चकरा देने वाला।

bag • बैग • *n.* थैला, झोला, **~and baggage** (बैगेज) *n.* सामान।

bagasse • बगेस • *n.* रस निकाला हुआ गन्ने का कचरा, खोई।

bail • बेल • *n.* ज़मानत, प्रतिभूति, *vt.* जमानत पर छोड़ना, **~able** (बेल-एबल) *a.* जमानत के लायक।

bait • बेट • *n.* मछली पकड़ने का चारा।

bake • बेक • *vt.* (भट्ठी में) पकाना, **~r** (बेकर) *n.* नानबाई, **~ry** (बेकरी) *n.* बेकरी, नानबाई की निर्माणशाला।

balance • बैलेंस • *n.* तराजू, 2. समतोल, *vt.* संतुलित करना।
balcony • बालकॅनी • *n.* छज्जा, बरामदा।
bald • बाल्ड • *a.* गंजा, टखला।
bale • बेल • *n.* गाँठ (कपड़े, रुई, आदि की)।
ball • बॉल • *n.* गेंद, 2. अंग्रेजों का एक नृत्य।
ballad • बैलाड • *n.* गाथा गीत।
ballet • बैले • *n.* बैले नृत्य।
balloon • बैलून • *n.* गुब्बारा।
balm • बॉम • *n.* मलहम।
bamboo • बैम्बू • *n.* बाँस।
ban • बैन • *vt.* प्रतिबंधित करना, *n.* प्रतिबंध।
banana • बनाना • *m.* केला।
band • बैंड • *n.* फीता, पट्टा, 2. संगठन, 3. बाजों का समूह।
bandage • बैंडेज • *n.* घाव पर बाँधने की पट्टी।
bandit • बैन्डिट • *n.* डाकू।
bangle • बैन्गल • *n.* चूड़ी, कंगन।
banyan • बैनिऑन • *n.* गंजी, 2. बरगद का पेड़।
banish • बैनिश • *vt.* देश निकाला देना, **~ment** (बैनिशमेंट) *n.* निर्वासन।
banjo • बैन्जो • *m.* गिटार जैसा एक बाजा।
bank • बैंक • *n.* बैंक, नदी का किनारा, बाँध।
bankrupt • बैंक्रप्ट • *n.* दिवालिया।
bankruptcy • बैंक्रप्टसी • *n.* दिवाला।
banner • बैनॅर • *n.* झंडा, पताका, 2. शीर्षक (अखबार में)।
banquet • बैंक्विट • *n.* प्रीतिभोज, भोज।
banter • बैंटर • *n.* हँसी-मजाक।
baptism • बैपटिज़्म • *n.* बपतिस्मा, नामकरण संस्कार।
baptist • बैपटिस्ट • *n.* दीक्षागुरु (ईसाइयों का), दीक्षा देने वाला।
bar • बार • *n.* छड़, 2. न्यायालय, 3. शराबखाना।
barb • बार्ब • *n.* कांटा, **~ed wire** (बार्ब्ड वायर) *n.* कांटेदार तार।
barbarian • बार्बेरिऑन • *n.* असभ्य, जंगली।
barbaric • बार्बेरिक • *a.* असभ्य, जंगली, बर्बर।
barbecue • बार्बेक्यू • *n.* सींक (कबाब पकाने की), 2. भुना हुआ मांस, 3. कबाब।
barber • बारबॅर • *n.* नाई, हज्जाम।
bard • बार्ड • *n.* भाट, चारण।
bare • बेऑर • *a.* नंगा, अनावृत, 2. मात्र।
bargain • बारगेन • *vt.* सौदा करना, मोल-तोल करना।
barge • बार्ज • *n.* बजरा, नौका।
bark • बार्क • *n.* कुत्ते का भौंकना, 2. पेड़ की छाल।
barley • बारलि • *n.* जौ।
barmaid • बारमेड • *n.* साकी, शराबखाने में शराब परोसने वाली स्त्री।

barman • बारमैन • *n.* शराबखाने का सेवक।

barn • बार्न • *n.* खलिहान।

barometer • बैरोमीटर • *n.* बैरोमीटर, वायुदाबमापी।

baron • बैरन • *n.* एक सामंत की उपाधि, (स्त्री. baroness)।

barracks • बैरक्स • *n.* बैरक, वह स्थान जहाँ सैनिक रहते हैं।

barrage • बराज • *n.* भारी गोलीबारी, 2. प्रश्नों की बौछार (भाषण के संदर्भ में), 3. नदी पर बाँध।

barrel • बैरल • *n.* लकड़ी का पीपा, बंदूक या पिस्तौल की नली।

barren • बैरन • *a.* बंजर, बाँझ, बंध्या, **~ness** *n.* बंध्यापन, बांझपन।

barricade • बैरिकेड • *n.* मोर्चा, रुकावट, 2. *vt.* मोर्चा बाँधना।

barrier • बैरिअॅर • *n.* रुकावट, रोक।

barrister • बैरिस्टर • *n.* बैरिस्टर, हाईकोर्ट का वकील, अधिवक्ता।

barrow • बैरो • *n.* हथठेला, स्मारक, समाधि।

bartender • बारटेंडर • *n.* शराबखाने का सेवक।

barter • बारटॅर • *n.* सामान का लेन-देन, सामान की अदला-बदली।

base • बेस • *n.* अड्डा, 2. आधार, 3. पेंदा, 4. तल, 5. यौगिक जो किसी एसिड में मिलकर लवण बनता है। **~coin** (बेस क्वाइन) *a.* नीच, कमीना।

baseball • बेसबॉल • *n.* बेसबॉल (बल्ले और गेंद से खेला जाने वाला खेल)।

basement • बेसमेन्ट • *n.* तहखाना।

bash • बैश • *vt.* चोट मारना।

basket • बासकिट • *n.* डलिया, टोकरी, **~ball** (बासकिटबॉल) *n.* एक खेल।

bastard • बास्टर्ड • *n.* दोगला (संतान), लुच्चा, 2. अभागा।

bat • बैट • *m.* चमगादड़, 2. बल्ला।

batch • बैच • *m.* टोली, जत्था।

bath • बाथ • *n.* नहाना, स्नान।

bathe • बेद • *vi.* नहाना, स्नान करना।

baton • बैटॅन • *n.* हाथ में रखने का डंडा, छड़ी।

battalion • बटालिअॅन • *n.* पल्टन, बटालियन।

battery • बैटरी • *n.* फौज की टुकड़ी 2. बैटरी (बिजली)।

battle • बैटॅल • *n.* लड़ाई, संग्राम, युद्ध, **~ ment** (बैटलमेंट) *n.* फसील, लड़ाई करना।

bauxite • बॉक्साइट • *n.* बॉक्साइट, खनिज (वह खनिज जिससे ऐल्युमिनियम बनता है।)

bawl • बॉल • *vt. vi.* ज़ोर से चिल्लाना।

bay • बे • *n.* तेजपात का पेड़, 2. खाड़ी।

bayonet • बेयॉनेट • *n.* संगीन।

bazaar • बाज़ार • *n.* बाजार।

be • बी • *vi.* होना, जीना, रहना।

be • बी • *pref.* उपसर्ग (जैसे behind, before, etc.)

beach • बीच • *n.* तट, किनारा।

beacon • बीकॅन • *n.* पहाड़ की चोटी

पर संकेत के लिए जलाई गई आग, संकेत-प्रकाश, प्रकाश-गृह, प्रकाश-स्तम्भ।

bead • बीड • *n.* मनका।

beak • बीक • *n.* चोंच।

beaker • बीकर • *n.* बड़ा ग्लास, चोंचदार पात्र।

beam • बीम • *n.* मकान में बोझ उठाने को लगाया गया धरनला, 2 . प्रकाश किरण, *vi.* मुस्कुराना।

bean • बीन • *m.* सेम, फली, सेम का पौधा।

bear • बीअरॅ • *m.* भालू, रीछ, *vi., vt.* ले जाना, 2. ढोना, जन्म देना, 4. सहना, **~er** (बीअरॅर) *n.* ढोने वाला, वाहक, **~er cheque** (बीअरॅर चेक) *n.* सीधे भुगतान लेने वाला चेक, **~hug** (बीअरॅ हग) *n.* अशिष्ट आलिंगन, **the great ~** (द ग्रेट बीअरॅ) *n.* सप्तर्षि।

beard • बिअर्ड • *n.* दाढ़ी, रोयें, बाल, साहसपूर्वक सामना करना।

beast • बीस्ट • *m.* जानवर, पशु।

beat • बीट • *n.* गश्ती स्पंदन, चोट, आघात।

beatitude • बिऐटिट्यूड • *n.* परमानंद।

beautiful • ब्यूटिफ़ुल • *a.* सुन्दर।

beauty • ब्यूटि • *n.* सुन्दरता, सौन्दर्य, खूबसूरती, **~parlour** (ब्यूटि पार्लर) *n.* रूप निखार कक्ष, **~queen** (ब्यूटि क्वीन) *n.* सौंदर्य सम्राज्ञी, **~spot** (ब्यूटि स्पॉट) चेहरे पर काला तिल, **~ful** (ब्यूटिफुल) *a.* सुंदर।

beaver • बीवर • *n.* ऊदबिलाव।

because • बिकॉज़ • *conj.* क्योंकि, चूँकि, के कारण, के परिणामस्वरूप।

beck • बेक • *n.* इशारा, पहाड़ी, नाला।

become • बिकॅम • *v.* होना।

bed • बेड • *n.* शैया, पलंग, खाट, बिस्तर, *v.t.* संभोग करना, **~cover** (बेड कवर) *n.* पलंगपोश, **~fellow** (बेड फ़ेलो) *n.* शैया साथी, **~pen** (बेड पैन) *n.* शैया मलपात्र, **~rock** (बेडरॉक) आधार, तल, शिला।

bedding • बेडिंग • *n.* बिस्तर।

bedroom • बेडरूम • *n.* शयन कक्ष, सोने का कमरा।

bedside • बेडसाइड • *n.* शैयापार्श्व।

bedtime • बेडटाइम • *n.* सोने का समय।

bee • बी • *n.* मधुमक्खी, **~hive** (बीहाइव) मधुमक्खी का छत्ता, **~keeping** (बीकीपिंग) *n.* मधुमक्खी पालन।

beef • बीफ़ • *n.* गोमांस।

beer • बिअॅर • *n.* जौ की शराब।

beet • बीट • *n.* चुकंदर, **~ root** (बीटरूट) *n.* चुकंदर (जड़), **~ red** (बीट रेड) लाल शलगम।

beetle • बीटल • *n.* भृंग (एक कीड़ा), दुरमुट, मोंगरी।

befool • बिफूल • *vt.* बेवकूफ बनाना।

before • बिफ़ोर • *adv.* पहले, आगे, **~hand** (बिफ़ोर हैंड) पहले से ही।

befriend • बिफ्रेंड • *vi.,vt.* दोस्त

बनाना, के साथ मित्रवत् व्यवहार करना।

beg • बेग • *vt., vi.* (भिक्षा) माँगना, भीख माँगना, विनय करना।

beget • बिगेट • *vt.* पैदा करना।

beggar • बैगॅर • *n.* भिखारी, भिक्षुक।

begin • बिगिन • *vt.,vi.* आरंभ करना, आरंभ होना, ~ **ner** (बिगिनर) *n.* नौ-सिखुआ।

beguile • बिगाइल • *vt.* धोखा देना, आकृष्ट करना, जी बहलाना।

behalf • बिहाफ़ • *n.* के ओर (जैसे on behalf of की ओर से)।

behave • बिहेव • *v.* व्यवहार करना, पेश आना।

behaviour • बिहेविअॅर • *n.* व्यवहार, आचरण।

behead • बिहेड • *vt.* सिर काटना।

behest • बिहेस्ट • *n.* आदेश, आज्ञा।

behind • बिहाइन्ड • *adv.* पीछे।

behold • बिहोल्ड • *vt.* देखना।

behove • बिहोव • *vt.* उचित होना।

beige • बेज • *a.* मटमैला।

being • बिइंग • *n.* अस्तित्व होना।

bejewelled • बिज्वेल्ड • *a.* हीरे-जवाहरात से मढ़ा, अलंकृत।

belabour • बिलेबर • *n.* बुरी तरह पीटना, मारना, घोर निंदा करना।

belated • बिलेटेड • *a.* देर से आने वाला।

belfry • बेलफ्राई • *n.* (गिरजा का) घंटाघर।

belief • बिलीफ़ • *n.* विश्वास, भरोसा, आस्था।

believe • (बिलीव) • *vt. vi.* विश्वास करना, ~**r** (बिलीवर) *n.* आस्था रखने वाला, विश्वास करने वाला।

belike • बिलाइक • *adv.* कदाचित।

belittle • बिलिटल • *vt.* कम महत्व देना, छोटा करना।

bell • बॅल • *n.* घंटी।

belle • बेले • *n.* सुंदर बाला।

bellow • बेलो • *vt. vi.* गरजना, हुंकारना, चीखना।

bellows • बेलोज़ • *n.* भाथी, धौंकनी

belly • बेलि • *n.* पेट, उदर।

belong • बिलांग • *vt.* (किसी के) अधिकार में होना।

beloved • बिलव्ड • *a.* प्रिय, प्रिया, प्यारा, प्यारी, प्रियतमा, प्रेयसी।

below • बिलो • *prep.* से नीचे, के नीचे।

belt • बेल्ट • *n.* पेटी, कमरबंद।

bemoan • बिमोन • *vt.* विलाप करना।

bemused • बिम्यूज़्ड • *a.* चकराया हुआ, स्तब्ध।

bench • बेंच • *n.* बैठने की सख्त मेज, 2. न्यायाधीशों का स्थान, न्यायालय।

bend • बेन्ड • *vt.* मोड़ना, झुकाना, *vi.* झुकना, मुड़ना।

beneath • बिनीथ • *prep.* के नीचे, के तले।

benefactor • बेनिफ़ैक्टर • *n.* उपकारी, हितकारी।

beneficial • बेनिफ़िशॅल • *a.* गुणकारी, हितकर।

benefit • बेनिफ़िट • *n.* फायदा, लाभ, नफ़ा।

benevolent • बेनिवोलेन्ट • *a.* हितैषी, परोपकारी।

benign • बिनाइन • *a.* हितकर।

bent • बेन्ट • bend का भूलकालिक रूप, 2. *n.* झुकाव, रुचि।

bequest • बिक्वेस्ट • *m.* (वसीयत में) छोड़ी गई संपत्ति।

bereaved • बिरीव्ड • व्यक्ति जिसके संबंधी की मृत्यु हुई हो, मृत्यु शोर, संतप्त शोकार्त्त।

beri-beri • बेरि-बेरि • देह फूलने की बीमारी, बेरीबेरी।

berry • बेरी • *n.* रसभरी, सरस फल।

berth • बर्थ • (रेल आदि में) सोने की जगह।

beseech • बिसीच • *vt.* प्रार्थना करना, विनयपूर्वक मांगना।

betide • बिटाइड • *vt.* आ पड़ना, घटना।

betimes • बिटाइम्ज़ • *adv.* समय से, यथासमय।

betray • बिट्रे • *vt.* दगा देना, धोखा देना।

betroth • बिट्रॉथ • *vt.* सगाई करना, मंगनी करना, **~al** (बिट्रॉथल) *n.* सगाई।

better • बॅटर • *a.* से अच्छा, बेहतर, श्रेष्ठतर, *vt.* सुधारना।

between • बिटवीन • *adv.* बीच में।

beverage • बिवरेज • *n.* पेय पदार्थ (जैसे शराब, आदि)।

beware • बिवेअॅर • *vi., vt.* सावधान रहना।

bewilder • बिविल्डर • *vt.* परेशान करना, **~ment** (बिविल्डरमेन्ट) *n.* घबड़ाहट, परेशानी।

beyond • बियॉन्ड • *prep.* उसके पार, उसके आगे, उस तरफ, *adv.* से परे, दूर।

Bible • बाइबल • *n.* ईसाइयों का धर्मग्रंथ, एन्जिल।

Biblical • बिबलिकल • *a.* बाइबल संबंधी।

bibliography • बिब्लियोग्राफी • *n.* ग्रंथसूची, संदर्भिका, किसी विषय की पुस्तक सूची।

bicarbonate • बाइकार्बोनेट • *n.* बाइकार्बोनेट (रासायनिक मिश्रण जिसमें तेजाब डालने से कार्बन डाइ-ऑक्साइड निकलता है), मीठा सोडा।

biceps • बाइसेप्स • *n.* (कंधे और कुहनी के बीच की) मांसपेशी।

bicker • बिकर • *vi.* झगड़ना, कलह करना, गड़गड़ाना, छोटी-छोटी बातों पर झगड़ा करना।

bicycle • बाइसिकॅल • *n.* बाइसिकिल, दुपहिया पांव गाड़ी, *vt.* साइकिल चलाना।

bid • बिड • *n.* बोली बोलना, (ताश के पत्ते में) बोली लगाना, **(bade pt., bidden pt.p.)**, **~der** (बिडर) *m.* बोली लगाने वाला।

bide • बाइड • *vt.* उपयुक्त अवसर के लिए राह देखना।

bier • बिअर • *n.* अर्थी, टिकठी।

bifocal • बाइफ़ोकल • *a.* ऐसी ऐनक जिसमें दूर और पास की चीजें देखने के काँच हों, द्वि-फोकसी।

big • बिग • *a.* बड़ा, **bigger, biggest** अधिक बड़ा, सबसे बड़ा।

bigamy • बिगैमी • *n.* द्वि-विवाह।

bigot • बिगॉट • *n.* धर्मांध, कट्टर, **~ry** (बिगॉट्री) *n.* धर्मांधता, **~ed** (बिगॉटिड) *a.* धर्मांध, कट्टर।

bigtop • बिगटॉप • *n.* सर्कस का तंबू।

bikini • बिकिनी • *n.* स्त्रियों की एक (नहाने आदि की) पोशाक जिसमें बहुत संक्षिप्त सी पैंटी (जांघिया) और अत्यंत छोटी कंचुकी होती है।

bilateral • बाइलेटरल • *a.* दोतरफा, द्विपक्षीय।

bile • बाइल • *n.* पित्त, 2. चिड़चिड़ापन।

bilingual • बाइलिंग्वल • *a.* दुभाषिया, दो भाषाएँ जानने, बोलने वाला।

bill • बिल • *n.* बीजक, खरीदे जाने वाले सामान के दाम की सूची, 2. विधेयक, 3. इश्तहार, 4. पक्षी की चोंच।

billet • बिलेट • *n.* सैनिकों के आराम का स्थान, ठिकाना।

billiards • बिल्यर्ड्स • *n.* बड़ी मेज पर खेले जाने वाला एक प्रसिद्ध खेल, बिलियर्ड।

billion • बिलियन • *n.* दस खरब।

bin • बिन • *n.* कोष्ठ, घानी, अनाज रखने की कोठरी, **dust~** (डस्टबिन) *n.* कूड़ा फेंकने का डिब्बा।

bind • बाइन्ड • *vt.* बाँधना, (*pt.* **bound**, *pp.* **bound**), **~er** (बाइन्डर) बांधने वाला, जिल्दसाज़, **~ing** (बाइंडिंग) *n.* जिल्द (किताब आदि की) *a.* बाध्यकारी, जिल्दसाज़ी।

binge • बिंज • *n.* रंगरेलियाँ, रंगरेली।

bingo • बिंगो • *n.* मनोरंजन का एक खेल, (इसे housey (हाउजी) भी कहते हैं)।

binoculars • बाइनोकुलर्स • *n.* दूरबीन।

biochemistry • बायोकेमिस्ट्री • *n.* जीव रसायन।

biographer • बायोग्राफ़र • *n.* जीवनी लेखक।

biography • बायोग्राफ़ि • *n.* जीवन-चरित्र, जीवनी।

biosphere • बायोस्फ़ीअॅर • *n.* जीव मंडल।

biotechnology • बायोटेकनॉलॉजि • *n.* जीव प्रौद्योगिकी, मानव इंजीनियरी।

bipartite • बाइपारटाइट • *a.* द्विपक्षीय, द्विखंडीय।

biped • बाइपेड • *n.* द्विपाद, दो पैरों वाला जीव।

bipolar • बाइपोलर • *a.* द्विध्रुवीय।

birch • बर्च • *n.* भूर्ज, भोजवृक्ष।

bird • बर्ड • *n.* चिड़िया, पक्षी, पाखी।

birth • बर्थ • *n.* जन्म, उत्पत्ति, **~control** (बर्थ कंट्रोल) *n.* जन्म नियंत्रण, **~day** (बर्थडे) जन्मदिन, **~mark** (बर्थ मार्क) जन्म चिह्न, **~place**

(बर्थ प्लेस) *n.* जन्म स्थान, ~ **right** जन्मसिद्ध अधिकार, ~ **stone** (बर्थ स्टोन) शुभ पत्थर, राशि मणि।

bisect • बाइसेक्ट • *vt.* दो टुकड़े करना।

bisexual • बाइसेक्शुअॅल • *a.* उभय-लिंगी, द्विलिंगी (जैसे वह व्यक्ति जिसमें पुरुष और स्त्री दोनों के लक्षण हों), ~ **ity** (बाइसेक्शुअलिटि) *n.* उभयलिंगता।

bishop • बिशप • *n.* (ईसाई मत का) धर्माध्यक्ष।

bison • बाइसन • *n.* गौर, पहाड़ी भैंसा।

bit • बिट • *n.* टुकड़ा।

bitch • बिच • *f.* कुतिया, 2. गंदी औरत, (ईर्ष्यालु स्त्री), सियारिन, मादा भेड़िया।

bite • बाइट • *vt.* दांत से काटना।

bitter • बिटर • *a.* कड़वा, कटु।

bi-weekly • बाइवीकली • *a.* अर्ध-साप्ताहिक, हफ्ते में दो बार होने वाला।

bizarre • बिज़ेअर • *a.* बेतुका, अनोखा।

black • ब्लैक • *a.* काला, अंधेरा, ~ **board** (ब्लैक बोर्ड) *n.* कृष्णपट (स्कूल आदि में पढ़ाने के लिए), ~ **magic** (ब्लैक मैजिक) *n.* काला जादू, ~ **market** (ब्लैक मार्केट) *n.* काला बाजार, ~ **out** (ब्लैक आउट) *n.* तिमिरण, अचेतना, सब कुछ रात में काला कर देना (हवाई हमलों में रात में किया जाता है), ~ **sheep** (ब्लैकशीप) *n.* कुलद्रोही, ~ **smith** (ब्लैकस्मिथ) *n.* लोहार।

blacken • ब्लैकेन • *vt.* काला करना।

bladder • ब्लैडॅर • *n.* मूत्राशय, मूत्र की थैली, थैली।

blade • ब्लेड • *n.* पत्ती (घास की), 2. लोहे की पत्ती (दाढ़ी बनाने की), 3. फलक (तलवार की)।

blame • ब्लेम • *vt.* दोष देना, *n.* दोष।

bland • ब्लैंड • *a.* विनीत, प्रिय, 2. कोमल।

blank • ब्लैंक • *a.* खाली, कोरा, ~ **cheque** (ब्लैंक चेक) कोरा चेक जिस पर हस्ताक्षर तो हो, राशि नहीं भरी गई हो, ~ **verse** (ब्लैंक वर्स) *n.* मुक्तछंद, अतुकांत छंद।

blanket • ब्लैन्किट • *n.* कंबल।

blare • ब्लेअरॅ • *n.* गर्जन, चिल्लाना।

blast • ब्लास्ट • *n.* झोंका (जैसे हवा का), *vt.* धमाके से तोड़ना (जैसे बारूद लगाकर पत्थर तोड़ना), *n.* धमाका, ~ **furnace** (ब्लास्ट फर्नेस) *n.* वातभट्टी, हवा भट्टी।

blatant • ब्लैटेंट • *a.* रूखा, अशिष्ट।

blaze • ब्लेज़ • *n.* चमक, ज्वाला, *vi.* दहकना, धधकना, 2. चमकना।

bleach • ब्लीच • *vt.* रंग उड़ाना, रंगीन को सफेद करना, ~ **ing powder** (ब्लीचिंग पाउडर) *n.* रंग उड़ाने का चूर्ण, विरंजक चूर्ण।

bleak • ब्लीक • *a.* रूखा, उजाड़।

bleat • ब्लीट • *n.* मिमिआहट, (बकरी का) मिमियाना, कमजोर या काँपती

आवाज में बोलना।

bleed • ब्लीड • *vi.* खून निकलना, *vt.* खून निकालना।

blemish • ब्लेमिश • *n.* कलंक, धब्बा, *vt.* बिगाड़ना, क्षति पहुँचाना, *vi.* दाग लगाना।

blend • ब्लेंड • *n.* मिश्रण, *vt.* मिलाना, *vi.* मिलना।

bless • ब्लेस • *vt.* पवित्र घोषित करना, आशीर्वाद देना।

blight • ब्लाइट • *n.* अंगमारी, विनाश, पौधों की एक बीमारी, **~er** (ब्लाइटर) *n.* व्यक्ति जिससे चिढ़ हो, नष्ट करने वाला।

blind • ब्लाइंड • *a.* अंधा, **~alley** (ब्लाइंड ऐली) *n.* अंधी गली, **~fold** (ब्लाइंड फोल्ड) आँखों पर बँधी पट्टी, अविचारी, **~ly** (ब्लाइंडली) *adv.* बिना सोचे-विचारे, **~ness** (ब्लाइंडनेस) *n.* अंधापन, **~spot** (ब्लाइंड स्पॉट) *n.* आँखों के रेटिना में एक स्थान जहाँ पड़ने वाला चित्र दिखाई न दे, अंध बिन्दु।

blink • ब्लिंक • *vi.* आँख का झपकना, आँख से इशारा करना, टिमटिमाना।

blip • ब्लिप • *n.* रडार पर दीखने वाला चिह्न, मशीन की संक्षिप्त आवाज़।

bliss • ब्लिस • *n.* परमानंद।

blister • ब्लिस्टॅर • *n.* छाला, फफोला।

blithe • ब्लाइद • *a.* प्रसन्न, खुश।

blitz • ब्लिट्ज़ • *n.* जबर्दस्त हमला (जो अचानक हो जाए), हवाई हमला।

blizzard • ब्लिज़ार्ड • *n.* बर्फ का तूफान।

bloc • ब्लॉक • *n.* राष्ट्रों या व्यक्तियों का समूह या गुट।

block • ब्लॉक • *n.* लकड़ी या पत्थर का चौकोर टुकड़ा, 2. कुंदा, 3. शिलाखंड, 4. अवरोध, रुकावट, 5. ग्राम समूह या भवन समूह, **~ade** (ब्लॉकेड) *n.* नाकाबंदी।

bloke • ब्लोक • *n.* आदमी, मूर्ख व्यक्ति (आलसी, भोंदू)।

blond • ब्लॉन्ड • *n.* गोरे रंग और सुनहरे बाल का (व्यक्ति), सुनहरा, गोरा।

blonde • ब्लॉन्डि • *n.* भूरे बालों वाली गोरी लड़की।

blood • ब्लॅड • *n.* खून, रक्त, **~donor** (ब्लॅड डोनर) *m.* रक्तदाता, **~donation** (ब्लॅड डोनेशन) *n.* रक्तदान, **~transfusion** (ब्लॅड ट्रान्सफ्यूज़न) *n.* खून चढ़ना, *vt.* खून चढ़ाना, **~y** (ब्लडि) *a.* खूनी, रक्त संबंधी, 2. अपशब्द, एक गाली।

blossom • ब्लॉसम • *n.* फूल, कली, *vi.* खिलना (फूल), पुष्प पुंज।

blot • ब्लॉट • *n.* धब्बा, दाग।

blouse • ब्लाउज़ • *n.* औरतों की कुरती।

blow • ब्लो • *n.* चोट, हाँफना, *vi. vt.* (*pt.* **blow**; *pp.* **blown**) बहना चलना, (जैसे हवा), **~up** (ब्लो अप) उड़ा देना, **~pipe** (ब्लो पाइप) *n.* सुनार की फुंकनी।

blue • ब्लू • *a.* नीला, आसमानी।

bluff • ब्लॅफ़ • *a.* रूखा, अभद्र, *vt.* धोखा देना, *n.* धोखा।

blunder • ब्लन्डर • *n.* भयंकर भूल।

blunt • ब्लंट • *a.* कुंद, मोथर, मुंहफट।

blur • ब्लॅर • *n.* धुंधलापन, विकृत करना।

blurt • ब्लर्ट • *vt.* बक देना।

blush • ब्लश • *n.* (चेहरा) लाल होना।

bluster • ब्लस्टॅर • *vi.* डींग, दर्पोक्ति, गरजकर बहना।

boar • बोर • *n.* **(wild)** जंगली सूअर।

board • बोर्ड • *n.* लकड़ी का तख्ता, *vi. vt.* भोजन का प्रबंध।

boast • बोस्ट • *n.* शेखी, *vi., vt.* शेखी बघारना।

boat • बोट • *n.* नाव, नौका, किश्ती, **~man** (बोट मैन) *n.* नाव चालक, **~swain** (बोट स्वेन) *n.* जहाज का बड़ा अधिकारी, जहाज एवं नाव, आदि की देखभाल करने वाला, झुकना (अभिवादन में), डूबना-उतरना।

bob • बॉब • *vt.* लड़कियों या औरतों के बाल छोटे करके कंधे तक छाँटना।

bodice • बॉडिस • *n.* अंगिया, चोली।

body • बॉडि • *n.* शरीर, देह, **~guard** (बॉडिगार्ड) *n.* अंगरक्षक।

bog • बॉग • *n.* दलदल।

bogie • बोगी • *n.* रेलगाड़ी का डिब्बा, ट्राली।

bogus • बोगस • *a.* जाली, नकली।

boil • बॉइल • *n.* फोड़ा, *vt.* उबलना, उबालना, **~er** *n.* तरल पदार्थ उबालने का पात्र।

boisterous • बॉइस्टरॅस • *a.* तूफानी, प्रचंड, ऊधमी।

bold • बोल्ड • *a.* साहसी, वीर।

bolster • बोलस्टर • *n.* मसनद, गाव तकिया।

bolt • बोल्ट • *n.* खिड़की आदि बंद करने की छिटकिनी, चूड़ीदार कांटी, 2. वज्रपात, **~ upright** (बोल्ट अपराइट) *a.* एकदम सीधा, *vi.* भाग जाना।

bomb • बॉम • *n.* बम, गोला, **~ard** (बॉमबार्ड) *vt.* बम बरसाना, बमबारी करना, **~ ardment** (बॉमबार्डमेन्ट) *n.* बमबारी, **~shell** (बॉम्बशेल) *n.* बम का खोल।

bona fide • बोना फ़ाइड • *a.* असली, सच्चा।

bond • बॉन्ड • *n.* अनुबंध-पत्र, 2. ऋणपत्र, **~age** (बॉन्डेज) *n.* दासता, गुलामी।

bone • बोन • *n.* हड्डी।

bonfire • बॉनफ़ायर • *n.* होली, उत्सवाग्नि।

bongo • बोंगो • *n.* एक बाजा जो हाथ से बजाया जाता है (ढोलक)।

bonnet • बोनेट • *n.* स्त्रियों का टोप, 2. कार के इंजन का ढक्कन।

bonny • बॉनि • *a.* आकर्षक।

bonsai • बॉनसाइ • *n.* बामनवृक्ष, गमले में बौने पेड़ उगाना या इसकी कला।

bonus • बोनस • *n.* लाभ का अंश जो मजदूरों, क्लर्कों आदि को प्रायः वर्ष के अन्त में दिया जाता है।

bony • बोनि • *a.* दुबला-पतला।

book • बुक • *n.* किताब, पुस्तक, *vt.* बुक कराना, सुरक्षित कराना, ~ **balance** (बुक बैलेंस) *n.* खाता शेष, ~**binder** (बुक बाइंडर) *n.* जिल्द-साज, ~**fair** (बुक फ़ेअॅर) *n.* पुस्तक मेला, ~**keeping** (बुक-कीपिंग) *n.* हिसाब-किताब रखना, ~**seller** (बुकसेलर) पुस्तक विक्रेता, ~ **let** (बुकलेट) *n.* पुस्तिका, ~ **shop** (बुकशॉप) पुस्तकों की दूकान, ~ **worm** (बुक वॉर्म) *n.* पुस्तकों का कीड़ा (अधिक किताबें पढ़ने वाला), किताबी कीड़ा।

boom • बूम • *n.* पाल डालने का डंडा, उत्कर्ष, गरज।

boost • बूस्ट • *vt.* सहारा देना, बढ़ाना।

boot • बूट • *n.* जूता।

booth • बूथ • *n.* तंबू, मेले की दूकान, 2. मत डालने का स्थान **polling**~ (पोलिंग बूथ)।

booty • बूटी • *n.* लूट का माल।

borax • बॉरैक्स • *n.* सोहागा।

border • बार्डर • *n.* हद, सीमा, सरहदी ज़मीन।

bore • बोर • *vt.* उबा देना, 2. छेद करना, ~ **dom** (बोरडम) *n.* ऊब।

boring • बोरिंग • *a.* ऊबाऊ, बेधन, छेदन।

born • बॉर्न • *vt.* पैदा हुआ, जन्म हुआ।

borne • बॉर्न • *nt.* सहा हुआ, (**bear** का भूतकालिक रूप), दृढ़तापूर्वक चेतना में लाया गया, ले जाया गया।

borough • बॅरो • *n.* उपनगर, कस्बा।

borrow • बॉरो • *vt.* उधार लेना।

bosom • बुज़म • *n.* छाती, ~**friend** (बुज़मफ्रेंड) दिली दोस्त, जिगरी दोस्त।

boss • बॉस • *n.* मालिक, *vt.* नियंत्रण करना, आदेश देना।

botany • बॉटनी • वनस्पति विज्ञान, **botanist** (बॉटनिस्ट) *n.* वनस्पति वैज्ञानिक, वनस्पतिज्ञ।

both • बोथ • *n.* दोनों।

bother • बादर • *v.* तंग करना, परेशान करना, ~**some** *a.* (बॉदर-सम) परेशानी भरा, कष्टप्रद।

bottle • बॉटल • *n.* बोतल, ~**green** (बॉटल ग्रीन) *a.* बोतल के रंग का हरा रंग, ~**neck** (बॉटल नेक) *n.* संकरा पथ, रुकावट।

bottom • बॉटम • *n.* निचला भाग, तल, 2. नितंब, ~**less** (बॉटम लेस) *a.* अगाध, अथाह।

bough • बाउ • *n.* पेड़ की डाल, फांसी का तख़्ता।

boulder • बोल्डर • *n.* गोल पत्थर।

boulevard • बूलेवार्ड • *n.* बड़ा रास्ता, मुख्य मार्ग।

bounce • बाउन्स • *vi.* उछलना, 2. चेक का बिना भुगतान हुए वापस आना।

bound • बाउन्ड • *n.* बाध्य, ~**ary** (बाउन्डरि) *n.* सीमारेखा।

bouquet • बुके • *n.* गुलदस्ता, पुष्प गुच्छ।

bourbon • बॉर्बन • *n.* भुट्टे की बनी व्हिस्की, खास तरह की व्हिस्की जो अमेरिका में बनती है।

bourgeois • बुअॅरजवा • *n./a.* धनी मध्यम वर्ग का व्यक्ति, पूँजीपति।

bourgeoisie • बुअॅरजवाज़ी • *n.* मध्य वर्ग।

bout • बाउट • *n.* कुश्ती, बल परीक्षा।

bow • बो • *n.* धनुष, 2. गले में बाँधने की टाई, *vi., vt.* झुकना, सलाम करना।

bowel • बॉउअॅल • *n.* अंतड़ी।

bower • बॉउअॅर • *n.* कुंज।

bowl • बॉउल • *n.* कटोरा, *vt.* गेंद फेंकना, ~**er** (बॉउलर) *n.* गेंद फेंकने वाला, (क्रिकेट में) गेंदबाज।

box • बॉक्स • *n.* संदूक, *vi.* मुक्कों से लड़ना, ~**ing** (बॉक्सिंग) *n.* मुक्केबाजी, घूंसेबाजी।

boy • बॉय • *n.* लड़का, युवक, ~**friend** (बॉय फ्रेंड) *n.* (लड़की का) युवक मित्र।

boycott • बॉयकॉट • *n.* बहिष्कार, *vt.* बहिष्कार करना।

bra • ब्रा • *n.* (पूरा शब्द **brassiere** ब्रेज़िअॅर) कंचुकी, चोली, अंगिया।

brace • ब्रेस • *n.* छेद करने का औजार, अवलम्बन, जहाजी रस्से, टेक, पट्टी, दाँत सीधे करने के लिए बिठाया गया एक तार (जो चाँदी का होता है)।

braclet • ब्रेसलिट • *n.* कंगन।

bracket • ब्रैकिट • *n.* कोष्ठक, दीवारगीर।

brag • ब्रैग • *n.* शेखी बघारना, डींग मारना, ~ **gart** (ब्रैग गार्ट) *n.* बड़बोला, शेखीबाज।

braid • ब्रेड • *vt.* गूँथना, बाल गूँथना, *n.* गुँथे हुए बाल।

braille • ब्रेल • *n.* ब्रेल द्वारा आविष्कृत उठे हुए बिंदुओं की वर्णमाला जिससे अंधे छूकर पढ़ सकें, उभरी हुई लिपि।

brain • ब्रेन • *n.* मस्तिष्क, दिमाग, ~**drain** *n.* उच्च शिक्षित लोगों का विदेश जा बसना, ~**wash** (ब्रेनवाश) *vt.* किसी के विचारों को बदल देना, ~**wave** (ब्रेन वेव) *n.* सूझ।

brake • ब्रेक • *n.* ब्रेक, तेज चलनेवाली गाड़ियों (जैसे मोटरकार इत्यादि) को रोकने का साधन, रोधक।

bramble • ब्रेम्बल • *n.* कांटेदार झाड़ी।

bran • ब्रैन • *n.* भूँसी, चोकर।

branch • ब्रांच • *n.* पेड़ की डाल, शाखा, किसी दफ्तर कंपनी आदि के प्रधान कार्यालय के अलावा कार्यालय, शाखा।

brand • ब्रैंड • *n.* छाप, मार्का, ~**new** (ब्रैंड न्यू) *a.* बिलकुल नया।

brandy • ब्रैन्डि • *n.* ब्रांडी, अंगूर की शराब।

brash • ब्रैश • *a.* ढीठ, उतावला।

brass • ब्रास • *n.* पीतल, तुरही।

brassiere • ब्रैज़िअॅर • *n.* कंचुकी, चोली, ब्रा, अंगिया।

brat • ब्रैट • *n.* शरारती बालक।

bravado • ब्रैवाडो • *n.* डींग मारना, अखड़पन।

brave • ब्रेव • *a.* बहादुर, वीर।

bravery • ब्रेवरि • *n.* बहादुरी, वीरता।

bravo • ब्रेवो • *inter.* शाबाश, वाह-वाह, लुटेरा।

brawl • ब्रॉल • *n.* मारपीट, *vt.* मार-पीट करना।

brawn • ब्रॉन • *n.* शारीरिक शक्ति।

bray • ब्रे • *vi.* गधे का रेंकना, रेंक।

brazen • ब्रेजन • *a.* पीतल जैसा, धृष्ठ, ढीठ, बेशर्म।

brazier • ब्रेज़िअर • *n.* कोयला जलाने की अंगीठी, ठठेरा।

breach • ब्रीच • *n.* दरार डालना, उल्लंघन *n.* दरार, ~ **of contract** (ब्रीच ऑफ़ कॉन्ट्रैक्ट) *n.* समझौते का उल्लंघन, ~ **of the peace** (ब्रीच ऑफ़ द पीस) *n.* शांति भंग, दंगा।

bread • ब्रेड • *n.* रोटी, ~ **and butter** (ब्रेड ऐंड बटर) *n.* आजीविका का साधन।

breadth • ब्रेड्थ • *n.* चौड़ाई।

break • ब्रेक • *(pt. broke. pp. broken) vt.* तोड़ना, टुकड़े करना, 2. नए घोड़े को पालतू (चढ़ने लायक) बनाना, ~**away** (ब्रेकअवे) *vi.* भाग जाना, ~**down** (ब्रेकडाउन) *n.* टूट पड़ना, जवाब दे जाना (जैसे गाड़ी आदि), ~**fast** (ब्रेकफ़ास्ट) *n.* सुबह का नाश्ता, ~**through** (ब्रेकथ्रू) *n.* नया आविष्कार।

breast • ब्रेस्ट • *n.* स्तन, छाती, सीना, ~**feed** (ब्रेस्ट फीड) *vt.* स्तनपान कराना।

breath • ब्रेथ • *n.* सांस, श्वास-प्रश्वास, 2. जीवन, प्राण।

breathe • ब्रीद • *vi.* सांस लेना।

breathless • ब्रेथलेस • *a.* हाँफता हुआ।

breathtaking • ब्रेथटेकिंग • *a.* अनुपम, विस्मय, असाधारण।

breech • ब्रीच • *n.* नितंब, चूतड़, ~**es** (ब्रीचेज़) *n.* घुड़सवारी के लिए बना पतलून, जांघिया, घुटन्ना।

breed • ब्रीड • *v. (pt., pp.* **bred***) vt.* जन्म देना, बच्चा देना, *n.* नस्ल।

breeze • ब्रीज़ • *n.* मंद समीर।

brethren • ब्रेदरन • *n.* बंधुगण, भाई लोग।

brevity • ब्रेविटी • *n.* संक्षेप, थोड़े में लिखना या कहना।

brew • ब्रू • *vt.* शराब बनाना, ~**er** (ब्रूअॅर) *n.* शराब बनाने वाला, ~**ery** (ब्रूअॅरि) *n.* शराब बनाने का कारखाना।

bribe • ब्राइब • *n.* घूस, रिश्वत।

brick • ब्रिक • *n.* ईंट, ~**kiln** (ब्रिक किल्न) *n.* ईंट का भट्ठा।

bridal • ब्राइडल • *n.* विवाह, *a.* विवाह संबंधी, वधू का।

bride • ब्राइड • *n.* दुल्हन, बहू, नव

वधू, ~**groom** (ब्राइड ग्रूम) *n.* दूल्हा, वर, नौशा।

bridge • ब्रिज • *n.* पुल, 2. ताश का एक खेल।

bridle • ब्राइडल • *n.* लगाम, रोक, नियंत्रण।

brief • ब्रीफ़ • *a.* संक्षिप्त, *n.* मुकदमे का मसौदा।

briefs • ब्रीफ़्स • *n.* जांघिया, पैन्टी।

brigade • ब्रिगेड • *n.* पल्टन, सैनिक दस्ता।

brigadier • ब्रिग्रेडियर • *n.* सेनानायक, ब्रिगेडियर।

bright • ब्राइट • *a.* **(er, est)** चमकीला, 2. प्रसन्न, 3. प्रतिभाशाली।

brilliant • ब्रिलिअंट • *a.* चमकीला, 2. बुद्धिमान, प्रतिभाशाली।

brim • ब्रिम • *n.* बर्तन का मुँह, बर्तन का किनारा, लबालब होना।

brine • ब्राइन • *n.* नमकीन, खारा पानी।

bring • ब्रिंग • *vt.* *(pt., pp.* **brought***).* लाना, ~ **back** (ब्रिंग बैक) *vt.* लौटाना, वापस लाना, ~**down** *vt.* नीचे गिराना (मूल्य), ~**forth** (ब्रिंग फ़ोर्थ) *v.* उत्पन्न करना, ~**forward** (ब्रिंग फॉरवार्ड) *v.* पेश करना, आगे ले जाना।

brink • ब्रिंक • *n.* छोर, किनारा।

brisk • ब्रिस्क • *a.* फुर्तीला।

bristle • ब्रिसॅल • *n.* जानवर के सख्त बाल जिनसे ब्रुश बनते हैं।

Britain • ब्रिटेन • *n.* विलायत, ब्रिटेन।

British • ब्रिटिश • *a.* विलायती, अंग्रेजी।

brittle • ब्रिटॅल • *a.* भुरभुरा, कड़ा पर आसानी से टूट जाने वाला, ओजहीन।

broad • ब्रॉड • *a.* चौड़ा, ~**en** (ब्रॉडॅन) *vt.* चौड़ा करना, ~**cast** (ब्रॉडकास्ट) *vt.* प्रसारित करना (जैसे आकाशवाणी से)।

brocade • ब्रोकेड • *n.* किमखाब, ज़री का काम (वाला कपड़ा)।

broil • ब्रॉइल • *vt.* भूनना, ~ **er** (ब्रॉइलर) भूनने वाला व्यक्ति, *n.* खाने के काम आने वाला मुर्गा।

broke • ब्रोक • **break** का भूतकालिक रूप, *d.* तंग हाल।

broken • ब्रोकन • **break** का पूर्ण भूतकालिक रूप, *a.* टूटा हुआ, विदीर्ण, भंग।

broker • ब्रोकर • *n.* दलाल ~**age** (ब्रोकरिज) *n.* दलाली।

bromide • ब्रोमाइड • *n.* एक रसायन जो फोटोग्राफी और औषधि में काम आता है।

bronchitis • ब्रॉनकाइटिस • *n.* श्वास नली की सूजन।

bronze • ब्रॉन्ज • *n.* कांसा।

brooch • ब्रूच • *n.* जड़ाऊपिन।

brood • ब्रूड • *n.* बच्चे, शावक (मुर्गी आदि के), 2. समूह, 3. *v.* विचार करना, ~**ing** (ब्रूडिंग) *v.* विचार मग्न होना, सोचना।

brook • ब्रुक • *n.* सोता, नाला।

broom • ब्रूम • *n.* झाड़ू, ~ **stick**

(ब्रूमस्टिक) *n.* झाड़ का डंडा।
broth • ब्रॉथ • *n.* शोरबा।
brothel • ब्रॉथेल • *n.* वेश्यालय।
brother • ब्रदर • *n.* भाई, ~ **hood** (ब्रदरहुड) *n.* भाईचारा, भ्रातृत्व, ~ **in law** (ब्रदर इन लॉ), *n.* साला, बहनोई, जीजा, जेठ, देवर, नंदोई, साढ़ू।
brow • ब्राउ • *n.* भौंह, ~ **beat** (ब्राउ बीट) भौंहें चढ़ाकर धमकी देना।
brown • ब्राउन • *a.* भूरा, भूरे रंग का, ~ **sugar** (ब्राउन शुगर) *n.* मारक, नशीला पदार्थ।
bruise • ब्रूइज • *n.* चोट का नीला निशान, गुमटा, *v.* गुमटा पड़ना।
brunette • ब्रूनेट • *n.* भूरे या काले बालों वाली गोरी स्त्री।
brunt • ब्रंट • *n.* धक्का, आवेग।
brush • ब्रश • *n.* तूलिका, 2. झाड़-झंखाड़, 3. हलका स्पर्श, 4. मुठभेड़, *vt.* झाड़ना।
brusque • ब्रस्क • *adv.* रूखा, अशिष्ट।
brutal • ब्रूटल • *a.* पाशविक, ~ **ity** (बूटैलिटि) *m.* पाशविकता, क्रूरता।
brute • ब्रूट • *n.* जानवर, पशु, *a.* पाशविक।
B.Sc. • बी.एससी. • **Bachelor of Science** (का संक्षेप), विज्ञान स्नातक।
bubble • बबॅल • *n.* बुलबुला।
buck • बक • *n.* हिरन या अन्य जानवरों का नर।
bucket • बकिट • *n.* बाल्टी।
buckle • बकॅल • *n.* बकसुआ।
bud • बड • *n.* कली।
Buddha • बुद्धा • *n.* बुद्ध।
Buddhism • बुद्धिज़्म • *n.* बौद्ध धर्म।
budge • बॅज • *vt.* हिलाना, *vi.* हिलना, सरकना।
budget • बॅजिट • *n.* बजट, आय-व्ययक।
buffalo • बॅफ़लो • *n.* भैंसा, भैंस।
buffer • बॅफ़र • *n.* रोक, टक्कर, भाव रोधक, अन्तर्विरोध।
buffet • बुफे • *n.* (खुद परोसकर लेने वाला) भोजन काउंटर।
buffoon • बफ़ून • *n.* भाँड़, विदूषक, ~ **ery** (बफ़ूनरी) *n.* भड़ैती, मसखरा-पन।
bug • बॅग • *n.* खटमल, कीटाणु।
bugle • ब्यूगॅल • *n.* बिगुल, तुरही।
build • बिल्ड • *vt.* बनाना, निर्माण करना, ~ **er** (बिल्डर) *n.* निर्माता (भवन, आदि का), ~ **ing** (बिल्डिंग) *n.* भवन, इमारत, मकान।
bulb • बल्ब • *n.* कंद (पौधे का), 2. बिजली का बल्ब।
bulge • बल्ज • *n.* सूजन, उभार।
bulk • बल्क • *n.* थोक, ~ **purchase** (बल्क पर्चेज़) *n.* थोक में खरीदारी।
bulky • बल्की • *a.* भारी, स्थूल।
bull • बुल • *n.* साँड़, वृषभ, ~ **dog** (बुलडॉग) एक अंग्रेजी नस्ल का कुत्ता, ~ **s' eye** (बुल्स आई) *n.* चांदमारी का निशाना, लक्ष्य, ~

dozer (बुलडोज़र) *n.* एक बड़ी मशीन जो मकान आदि गिराने के काम आती है, भूमि समतल करने वाला।

bullet • बुलॅट • *n.* बंदूक की गोली, ~**proof** (बुलॅटप्रूफ़) *a.* (कार वगैरह) जिस पर गोली का असर न हो।

bulletin • बुलेटिन • *n.* विज्ञप्ति।

bullfight • बुलफ़ाइट • *n.* साँड के साथ आदमी की लड़ाई (स्पेन का एक जनप्रिय खेल)।

bullion • बुलियन • *n.* सोना-चांदी, बहुमूल्य धातु।

bullock • बुलॅक • *n.* बैल, ~ **cart** (बुलॅककार्ट) *n.* बैलगाड़ी।

bull's eye • बुल्स आई • *n.* निशान लगाने का लक्ष्य, सफल प्रहार।

bully • बुलि • *n.* लोगों को परेशान करनेवाला, धमकाने वाला, *vt.* धौंस जमाना।

bum • बम् • *n.* नितंब, चूतड़, गुदा, आवारा।

bumble • बम्बल • *n.* भौंड़े ढंग से काम करना, ~ **bee** (बम्बलबी) *n.* भौंरा।

bump • बम्प • *n.* धक्का, टक्कर, 2. गुम्मड़ (सर पर का), ~ **off** (बम्प ऑफ़) *vt.* मार डालना, ~ **er** (बंपर) बहुतायत से होने वाला, *n.* मोटर का धक्का बचाने का उपकरण, ~ **kin** (बंपकिन) *n.* देहाती, गंवार, ~ **tious** (बंपशॅस) *a.* घमंडी।

bun • बॅन • *n.* छोटा गोल केक, मीठी रोटी।

bunch • बंच • *n.* फूलों का गुच्छा, अंगूरादि का गुच्छा, 2. चाबियों का गुच्छा।

bundle • बंडल • *n.* गठरी, पोटली, पुलिंदा।

bungalow • बंगॅलो • *n.* बंगला।

bungle • बंगॅल • *vt.* काम बिगाड़ना, *vi.* अनाड़ी जैसा काम करना।

bungling • बंगलिंग • *n.* घपला, गड़बड़ी।

bunk • बंक • *n.* शायिका, सकरा बिस्तर, ~ **er** (बंकर) तहखाना, 2. (सेना में) ज़मीन के नीचे बनाया गया मोर्चा।

bunting • बंटिंग • *n.* झंडियाँ।

buoy • बॉइ • *n.* प्लाव, तैरते रहना, पानी में तैरता पीपा ~ **ancy** (बाइऑन्सी) *n.* पानी में उतराने की शक्ति।

burden • बॅर्डन • *n.* बोझ, भार, *vt.* बोझ डालना।

bureau • ब्यूरो • *n.* लिखने का टेबुल, दफ्तर, दराजों वाली मेज, 2. सरकारी दफ्तर, ~ **cracy** (ब्यूरोक्रेसि) *n.* दफ्तरशाही, नौकरशाही, ~ **crat** (ब्यूरोक्रैट) *n.* नौकरशाह, दफ्तरशाह।

burglar • बर्गलर • *n.* चोर, सेंधमार, ~**alarm** (बर्गलर ॲलार्म) *n.* चोर के घर घुसते ही घरवालों को जगा देने की आवाज करने वाला उपकरण, चोर घण्टी ~**y** (बर्गलरि) *n.* सेंधमारी, चोरी।

burgendy • बर्गेन्डी • *n.* लाल और उजले रंग की शराब का एक नाम।

burial • बरिअॅल • *n.* दफन, ~ **ground** (बरिअॅल ग्राउंड) कब्रिस्तान।

burly • बर्ली • *a.* हृष्ट-पुष्ट।

burn • बर्न • *vi.* जलना, सोता, झरना, ~**down** (बर्न डाउन) आग से जलकर नष्ट हो जाना।

burp • बर्प • *vt.* डकार लेना।

burrow • बरो • *n.* बिल, *vi., vt.* बिल खोदना।

bursar • बर्सर • *n.* कोषाध्यक्ष।

burst • बर्स्ट • *vi., vt.* अचानक टूटना, अचानक तोड़ना।

bury • बरी • *vt.* दफ़नाना, गाड़ना।

bus • बॅस • *n.* मोटरगाड़ी, बड़ी मोटरगाड़ी जिस में सवारियाँ बैठती हैं।

bush • बुश • *n.* झाड़ी।

bushel • बुशेल • *n.* बुशेल (एक माप) पैमाना।

business • बिज़नेस • *n.* काम, व्यवसाय, व्यापार, ~**man** (बिज़िनेस मैन) *n.* व्यवसायी, व्यापारी।

bust • बस्ट • *n.* आवक्ष मूर्ति, छाती तक का (फोटो आदि) 2. स्तन, उरोज, *vt.* तोड़ना, भंग करना।

bustard • बस्टर्ड • *n.* सोहन (सोवे) पक्षी (राजस्थान में अधिकतर पाए जाते हैं)।

bustle • बसॅल • *n.* हड़बड़ी, दौड़-धूप।

busy • बिज़ि • *a.* व्यस्त।

but • बट • *conj.* लेकिन, किंतु, परंतु, फिर भी, को छोड़कर।

butcher • बूचॅर • *n.* कसाई, *vt.* जानवर को मारना (खाने के लिए), आदमियों की हत्या करना।

butler • बटलॅर • *n.* खानसामा, भंडारी।

butt • बट • *n.* टक्कर, धक्का, 2. कुंदा।

butter • बटॅर • *n.* मक्खन, मस्का (मुंबई की हिन्दी), *vt.* मक्खन लगाना, मस्का मारना, ~**milk** (बटर मिल्क) *n.* मट्ठा, लस्सी, ~**fly** (बटरफ्लाइ) *n.* तितली (खूबसूरत चंचल लड़की-व्यंजना में) शौकीन व्यक्ति।

buttock • बटॅक • *n.* नितंब, चूतड़।

button • बटॅन • *n.* बुताम, बटन।

buttress • बट्रेस • *n.* पुश्त, *vt.* पुष्ट करना, सहारा देना।

buxom • बक्सम • *a.* मोटी और आकर्षक (महिला), प्रसन्नचित्त।

buy • बाइ • *vt.* खरीदना, क्रय करना, ~**er** (बाअर) *n.* खरीददार।

buzz • बज़ • *vt.* फुसफुसाना, भिन-भिनाना, 2. खिसकना, ~**er** (बज़ॅर) *n.* बजर, गुंजक।

by • बाइ • *prep.* बगल, नजदीक, निकट, के पास, ~**-election** (बाइ इलेकशन) *n.* मध्यावधि चुनाव, ~**-law** (बाइ लॉ), *n.* उपनियम, ~**-product** (बाइ-प्रोडक्ट) *n.* उपोत्पाद, ~**-stander** (बाइ स्टैंडर) दर्शक।

bye • बाइ • *n.* अलविदा।

C

C/c • सी • *n.* अंग्रेजी (रोमन) वर्णमाला का तीसरा वर्ण।

C • सी • *n.* सेल्सिअस (सेन्टिग्रेड) का चिन्ह।

C.A. • सी.ए. • *n.* चार्टर्ड अकाउन्टेन्ट का संक्षेप।

cab • कैब • *n.* टैक्सी।

cabaret • कैबरे • *n.* रेस्तरां या क्लबों में औरतों का अर्द्धनग्न या लगभग पूर्ण नग्न नृत्य।

cabbage • कैबेज • *n.* बंदगोभी, 2. निठल्ला आदमी।

cabin • कैबिन • *n.* छोटा कमरा।

cabinet • कैबिनिट • *n.* दराजों वाली मेज या अलमारी, 2. मंत्रिमंडल।

cable • केबल • *n.* तार, समुद्र या जमीन के नीचे दबाया हुआ दूरसंचार का तार, **~gram** (केबलग्राम) *n.* समुद्री तार, **~T.V.** (केबल टी. वी.) *n.* तार द्वारा घरों में केबल चालकों द्वारा टी.वी. के प्रसारित कार्यक्रम।

cactus • कैक्टस • *n.* नागफनी (पौधा)।

cad • कैड • *n.* अशिष्ट आदमी।

cadence • कैडेन्स • *n.* लय।

cadet • कैडेट • *n.* सैन्य शिक्षार्थी।

cadre • कैडर • *n.* संवर्ग, कैडर, *n.* संगठन, संगठन का सदस्य।

caeser • सीज़र • *n.* रोम के सम्राट की उपाधि, **~ean, ~ean section** (सीज़ैरिऑन, सीज़ैरिऑन सेक्शन) *n.* शल्य क्रिया द्वारा प्रसव।

cafe • कैफ़े • *n.* जलपान-गृह।

cage • केज • *n.* पिंजरा, पिंजड़ा।

cajole • केजोल • *vt.* खुशामद करना, फुसलाना, **~ ry** (केजोलरी) *n.* चापलूसी, बहलावा।

cake • केक • *n.* केक।

calamity • कैलेमिटी • *n.* आफत, विपत्ति।

calcium • कैल्शियम • *n.* चूना।

calculate • कैल्कुलेट • *vt.* हिसाब करना।

calculation • कैल्कुलेशन • *n.* हिसाब करना।

calculator • कैल्कुलेटॅर • *n.* गणना करने वाला यंत्र।

calendar • कैलेन्डर • *n.* तिथि पत्र, कैलेन्डर।

calender • कैलेंडर • *n.* कपड़े या कागज को इस्त्री करने वाली मशीन।

calf • कॉफ़ • *n.* बछड़ा, 2. पाँव की पिंडली।

calibre • कैलिबॅर • *n.* क्षमता, योग्यता, 2. बंदूक की नली का व्यास, 3. नापने के उपकरण पर चिन्ह लगाना।

call • कॉल • *vt.* बुलाना, पुकारना, *n.* टेलिफोन (की पुकार), (किसी से) मिलने जाना, **~for** (कॉल फॉर) मंगाना, लेने जाना, **~off** (कॉल

ऑफ़) खत्म करना, वापस लेना (जैसे हड़ताल), **~girl** (कॉल गर्ल) *f.* टेलिफ़ोन पर सौदा करने वाली वेश्या।

calligraphy • कैलिग्रैफ़ी • *n.* सुलेख, सुन्दर लिखना।

callous • कैलॅस • *a.* निर्दयी, निर्मम।

calm • कॉम • *a.* शांत।

calorie • कैलोरी • *n.* उष्मांक (भोजन, आदि का)।

calumny • कैलम्नि • *n.* निंदा।

calves • काव्ज़ • *m.* **(calf** का बहुवचन), बछड़े।

camaraderie • कैमराडॅरि • *n.* दोस्ती।

camel • कैमॅल • *n.* ऊँट।

camera • कैमेरा • *n.* (फोटो उतारने का) कैमरा, **in ~** गुप्त बैठक (कानूनी कार्रवाई के लिए प्रयुक्त), 3. कमरा, **~man** (कैमरामैन) *n.* फोटोग्राफ़र।

camouflage • कैमुफ़्लाज • *m.* छद्मावरण, छिपाना।

camp • कैम्प • *n.* शिविर, छावनी, *vi.* छावनी में रहना, **~ fire** (कैम्प फ़ायर) *n.* अलाव, **~follower** (कैंप फ़ॉलोअर) *n.* सेना के साथ चलने वाले (लोग, कुली, वेश्याएँ, आदि)।

campaign • कैम्पेन • *n.* अभियान।

camphor • कैम्फ़र • *n.* कपूर।

campus • कैम्पस • *n.* कॉलेज या विश्वविद्यालय का परिसर।

can • कैन • *vt.* सकना, समर्थ होना, *n.* बाल्टी।

canal • कॅनैल • *n.* नहर, **~ise** (कॅनैलाइज़) *vt.* दिशा देना।

canary • कैनरी • *n.* एक छोटी चिड़िया।

cancel • कैंसॅल • *v., vt.* रद्द करना, **~lation** (कैंसलेशन) *n.* रद्द करना, मंसूखी, निरसन, निरस्त करना।

cancer • कैंसॅर • *n.* कैंसर रोग, 2. कर्क राशि।

candid • कैन्डिड • *a.* स्पष्टवादी, **~ly** (कैंडिडली) *adv.* स्पष्ट रूप से।

candidate • कैंडिडेट • *n.* उम्मीदवार, प्रार्थी।

candidature • कैंडिडेचॅर • *n.* उम्मीदवारी।

candle • कैंडॅल • *n.* मोमबत्ती, शमा, **~ power** (कैंडल पावर) रोशनी नापने की इकाई।

candour • कैंडॅर • *n.* स्पष्टता, खरापन।

candy • कैंडी • *n.* लेमनचूस, मिसरी।

cane • केन • *n.* छड़ी।

canine • केनाइन • *a.* कुत्ते जैसा, कुत्ता संबंधी।

canister • कैनिस्टॅर • *n.* कनस्तर, टीन (का डिब्बा)।

cannibal • कैनिबॅल • *n.* आदमखोर, नरभक्षी, **~ ism** (कैनिबॅलिज़्म) *n.* आदमखोरी, नरभक्षण।

cannon • कैनॅन • *n.* तोप, 2. तोप गोला।

canon • कैनॅन • *n.* धर्मसूत्र, नियम।

canopy • कैनॅपी • *n.* चंदोवा, छतरी।

cant • कैंट • *n.* शब्दाडंबर।

canteen • कैंटीन • *n.* जलपान गृह।

canter • कैन्टॅर • *n.* घोड़े की कदम या चाल।
canto • कैन्टो • *n.* (काव्य का) खंड, स्कंध।
cantonment • कैन्टोनमेंट • *n.* छावनी (सेना की)।
canvas • कैन्वॅस • *n.* टाट, 2. चित्रकारी का फलक।
canvass • कैन्वॉस • *vt.* मत याचना करना, मत प्रचार करना।
cap • कैप • *n.* टोपी।
capability • कैपेबिलिटी • *n.* क्षमता, सामर्थ्य।
capable • कैपेबॅल • *a.* योग्य, समर्थ।
capacious • कैपेशॅस • *a.* क्षमता, धारण करने की सीमा।
cape • केप • *n.* अंतरीप, 2. चोगा।
caper • केपॅर • *vi.* कूदना।
capillary • कैपिलरी • *n.* केशिका, सूक्ष्म नलिका (शरीरशास्त्र)।
capital • कैपिटॅल • *n.* पूँजी, ~**goods** (कैपिटल गुड्स) *n.* सामान बनाने वाली मशीनें, ~**ism** (कैपिटलिज़्म) *n.* पूँजीवाद, ~**ise, ize** (कैपिटलाइज़) *vt.* बड़े अक्षरों में छापना (समाचार, आदि), 2. लाभ उठाना।
capitation • कैपिटेशॅन • *n.* (कॉलेज आदि में दाखिले आदि के लिए) ली जाने वाली रकम।
capitulate • कैपिचुलेट • *vi.* झुकना, समर्पण करना, हार मानना।
capitulation • कैपिचुलेशॅन • *n.* समर्पण, आत्म-समर्पण।
caprice • कैप्रिस • *n.* सनक।
capricious • कैप्रिशस • *a.* सनकी।
capricorn • कैप्रीकॉर्न • *n.* मकर राशि।
capsicum • कैप्सिकॅम • *n.* शिमला मिर्च।
capsize • कैप्साइज़ • *vt.* (जहाज, नाव, आदि) उलट जाना, डूब जाना।
capsule • कैप्सूल • *n.* छोटी संपुटिका जिसमें दवा होती है, कैपसूल।
captain • कैप्टेन • *n.* कप्तान, 2. जहाज का प्रधान अधिकारी, 3. खेल की टीम का प्रधान।
captivate • कैप्टिवेट • *vt.* मोहित करना, आकृष्ट करना (सौंदर्य, आदि से)।
captive • कैप्टिव • *a.* बंदी, गिरफ्तार।
captivity • कैप्टिविटी • *n.* कैद।
captor • कैप्टॅर • *n.* बंदी बनाने वाला।
capture • कैप्चॅर • *vt.* पकड़ना, कब्जा करना, बंदी बनाना।
car • कार • *n.* मोटरकार, गाड़ी।
caramel • कैरामेल • *n.* एक मिठाई।
carat • कैरॅट • *n.* सोना, हीरा, आदि तोलने की छोटी माप (0.20 ग्राम के बराबर)।
caravan • कैरावान • *n.* कारवाँ, काफिला, एक बड़ी मोटरकार जिसमें रहने आदि की व्यवस्था होती है।
caraway • कैरवे • *n.* जीरा।
carbine • कार्बाइन • *n.* छोटी नली की राइफल (बंदूक)।
carbohydrate • कार्बोहाइड्रेट • *n.*

(भोजन में) शक्कर और स्टार्च (जो चावल, आलू, आदि में पाया जाता है)।

carbolic acid • कार्बोलिक एसिड • *n.* एक रोगाणुनाशक औषधि।

carbon • कॉर्बन • *n.* एक तत्त्व जो लकड़ी आदि में पाया जाता है और जो ज्वलनशील होता है, **~dioxide** (कॉर्बन डाइऑक्साइड) *n.* सांस में पाई जाने वाली एक गैस जिसमें कार्बन और ऑक्सीजन होते हैं, **~paper** (कॉर्बन पेपर) कार्बन कागज।

carbuncle • कार्बन्कॅल • *n.* विषैला फोड़ा।

carcass • कार्कस • *n.* जानवर की लाश।

card • कार्ड • *n.* पोस्टकार्ड, 2. ताश का पत्ता, **playing~** (प्लेइंग कार्ड) *n.* ताश, **~ board** (कार्ड बोर्ड) *n.* गत्ता, दफ्ती।

cardemom • कार्डेमॅम • *n.* इलायची।

cardiac • कार्डिएक • *a.* हृदय-संबंधी।

cardigan • कार्डिगॅन • *n.* ऊनी जैकेट।

cardinal • कार्डिनल • *a.* मूलभूत, प्रमुख।

care • केअॅर • *n.* सतर्कता, सावधानी, 2. देखरेख, *vi.* खयाल करना, परवाह करना, देख-रेख करना, **~less** (केअॅरलेस) *a.* असावधान, **~ful** (केअॅरफुल) *a.* सावधान।

career • केरिअॅर • *n.* पेशा, वृत्ति।

caress • केअरेस • *vt.* चुंबन लेना, दुलार करना, प्यार करना, *n.* चुंबन, प्यार।

caret • कैरेट • *n.* लेस् चिह्न।

cargo • कार्गो • *n.* जहाज पर लदा माल।

caricature • केरिकेचॅर • *n.* व्यंग चित्र।

carmine • कार्माइन • *n.* गहरा लाल रंग।

carnage • कार्नेज • *m.* नरसंहार, सामूहिक हत्या।

carnal • कार्नल • *a.* शारीरिक, सांसारिक।

carnation • कार्नेशॅन • *n.* लाल सुंदर (फूल की एक किस्म)।

carnival • कार्निवल • *n.* सार्वजनिक स्थान पर उत्सव।

carnivore • कार्निवोर • *n.* मांसाहारी पशु।

carnivorous • कार्निवोरस • *a.* मांसाहारी, सामिष।

carol • कैरोल • *n.* खुशी के गीत (अधिकांश ईसाइयों के)।

carpenter • कार्पेन्टर • *n.* बढ़ई।

carpet • कार्पेट • *n.* दरी, कालीन।

carriage • कैरेज • *n.* गाड़ी, घोड़ागाड़ी, 2. रेलगाड़ी का डिब्बा।

carrier • कैरिअॅर • *n.* वाहक, सामान ले जाने वाला, 2. साइकिल आदि पर सामान रखने का उपकरण, 3. रोगाणु वाहक तत्व।

carrion • कैरिअॅन • *n.* सड़ा हुआ मांस या शव।

carry • कैरी • *vt.* ढोना, ले जाना,

2. गर्भ धारण किए रहना।

cart • कार्ट • *n.* गाड़ी, *vt.* गाड़ी पर सामान ढोना।

cartel • कार्टेल • *n.* उत्पादक संघ।

cartilage • कार्टिलेज • *n.* उपस्थि (शरीर विज्ञान)।

cartographer • कार्टोग्राफ़र • *n.* नक्शा नवीस।

carton • कार्टन • *n.* गत्ते आदि का डिब्बा।

cartoon • कार्टून • *n.* व्यंग्य चित्र, **~ist** (कार्टूनिस्ट) *n.* व्यंग्य चित्रकार।

cartridge • कार्टरिज • *n.* गोली, कारतूस।

carve • कार्व • *vt.* काटना, 2. लकड़ी या पत्थर काटकर बनाना।

case • केस • *n.* मामला, विषय, प्रकरण, 2. कारक, विभक्ति, 3. बक्सा, **in ~ of** (इन केस ऑफ़) इस दशा में।

cash • कैश • *n.* नकद, रोकड़, **~ account** (कैश एकाउंट) *n.* रोकड़ खाता, **~balance** (कैश बैलेंस) *n.* रोकड़ बाकी, **~book** (कैश बुक) *n.* रोकड़ बही, **~box** (कैश बॉक्स) *n.* रोकड़ पेटी, गुल्लक, **~crop** (कैश क्रॉप) *n.* नकदी फसल, **~deposit** (कैश डिपोजिट) नकद जमा, **~ memo** (कैश मीमो) नकदी की पर्ची, **~ier** (कैशिअॅर) *n.* रोकड़िया।

casino • कैसिनो • *n.* जुआघर।

cask • कास्क • *n.* पीपा, **~et** (कास्केट) *n.* सन्दूकची।

casserole • कैसेरोल • *n.* ऐसा बर्तन जो खाना पकाने और रखने तथा परोसने के काम आता है।

cassette • कैसेट • *n.* टेप रखने का प्लास्टिक का डिब्बा, **~player** (कैसेट प्लेअॅर) *n.* संगीत आदि का कैसेट बजाने का यंत्र, **~recorder** (कैसेट रेकॅर्डर) *n.* कैसेट पर आवाज़ मुद्रित करने का उपकरण।

cast • कॉस्ट • *vt.* फेंकना, डालना, गिराना, 2. नाटक में किसी व्यक्ति को भूमिका देना, 3. प्रतिमूर्ति (जैसे **plaster ~**), *n.* वोट देना, **~off** (कास्ट ऑफ़) *vi.* (नाव या जहाज) खुलना।

caste • कास्ट • *n.* जाति।

castigate • कास्टिगेट • *vt.* फटकारना, दंड देना, सुधारना।

casting • कास्टिंग • *n.* मशीन का ढला हुआ भाग।

cast iron • कॉस्ट आइरन • *n.* ढला हुआ लोहा।

castle • कैसॅल • *n.* गढ़, किला, दुर्ग।

castrate • कैस्ट्रेट • *vt.* बधिया करना।

castration • कैस्ट्रेशनॅ • *n.* बधिया-करण।

casual • कैज़ॅल • *a.* आकस्मिक, **~ leave** (कैज़ुॅअॅल लीव) *n.* आकस्मिक अवकाश, **~ ty** (कैजुअलटी) *n.* दुर्घटना।

cat • कैट • *n.* बिल्ली।

catalogue • कैटलॉग • *n.* सूचीपत्र।

catapult • कैटेपल्ट • *n.* गुलेल।

cataract • कैटेरैक्ट • *n.* मोतिया बिंद

(आँख में), 2. जलप्रपात।

catastrophe • कैटेस्ट्रॉफ़ि • *n.* गहरी विपत्ति।

catch • कैच • *vt.* पकड़ना, लपकना, *n.* पकड़ना, लपकने की क्रिया (जैसे क्रिकेट में गेंद लपकना), **~ment** (कैचमैंट) *n.* वह क्षेत्र जहाँ से बाँध में पानी आता है, या कहीं से कोई सामान आता है।

category • कैटेगरि • *n.* श्रेणी, **categorical** (कैटेगॉरिकल) *n.* सुस्पष्ट, सुनिश्चित।

cater • केटॅर • *v.* खान-पान का प्रबंध करना, **~er** (केटरॅर) *n.* खान-पान प्रबंधक, **~ing** (कैटरिंग) *n.* भोजन प्रबंध।

caterpillar • कैटरपिलरॅ • *n.* सुंडी, इल्ली।

catharsis • कैथारसिस • *n.* विरेचन, शुद्धिकरण।

cathartic • कैथारटिक • *a.* विरेचक।

cathedral • कैथेड्रल • *n.* गिरजाघर।

cathode • कैथोड • *n.* ऋणात्मक पोल (विद्युत विज्ञान)।

Catholic • कैथोलिक • *a.* सार्वभौम, रोमन ईसाइ धर्मानुयायी, रोमन चर्च संबंधी।

cattle • कैटल • *n.* पशु, ढोर, डंगर, मवेशी।

caucus • कॉकस • *n.* गुट।

cauldron • कॉल्ड्रन • *n.* कड़ाह।

cauliflower • कॉलिफ्लावर • *n.* फूल गोभी।

cause • कॉज़ • *n.* कारण, सिद्धांत, *vt.* उत्पन्न करना, **~way** (कॉज़वे) *n.* सेतु मार्ग।

caustic • कॉस्टिक • *n.* दाहक पदार्थ।

caution • कॉशॅन • *n.* सावधानी, चेतावनी, चौकसी, **~money** (कॉशॅन मनी) *n.* अवधान राशि।

cautious • कॉशस • *a.* सावधान, चौकस।

cavalcade • कैवॅलकेड • *n.* शोभा-यात्रा।

cavalier • कैवेलिअॅर • *n.* घुड़सवार, *a.* घमंडी।

cavalry • कैवेलरी • *n.* घुड़सवार सेना।

cave • केव • *n.* गुफा, **~man** (केवमैन) *n.* गुफामानव।

caveat • कैविएट • *n.* आपत्ति-सूचना।

cavern • कैवर्न • *n.* कंदरा, गुफा।

cavity • कैविटी • *n.* छोटा छेद।

cease • सीज़ • *n.* समाप्ति, **~fire** (सीज़फ़ायर) *n.* युद्ध विराम।

cedar • सीडर • *n.* देवदार वृक्ष।

cede • सीड • *vt.* छोड़ देना, दे देना।

ceiling • सीलिंग • *n.* अंदर की छत।

celebacy • सेलिबेसी • *n.* ब्रह्मचर्य।

celebate (सेलिबेट) *n.* ब्रह्मचारी।

celebrate • सेलिब्रेट • *vt.* उत्सव या आनंद मनाना, **~d** (सेलिब्रेटेड) *a.* प्रसिद्ध, **~celebration** (सेलिब्रेशॅन) *n.* समारोह, उत्सव।

celebrity • सेलिब्रिटी • *n.* सुप्रसिद्ध व्यक्ति।

celery • सेलेरी • *n.* अजवायन।

celestial • सेलेसिअॅल • *a.* स्वर्गिक, स्वर्गीय।

cell • सेल • *n.* छोटा कमरा, बैटरी, ~**ar** (सेलर) *n.* तहखाना, ~**ular** (सेलुलॅर) *a.* कोशिकामय।

cellophane • सेलोफ़ेन • *n.* पतला पारदर्शी कागज जैसा पदार्थ।

celluloid • सेलूलॉयड • *n.* प्लास्टिक पदार्थ जिस पर फिल्म आदि बनते हैं।

cement • सिमेंट • *n.* सीमेंट।

cenotaph • सेनोटैफ़ • *n.* स्मारक।

censor • सेन्सर • *n.* सेंसर, व्यक्ति या संस्था जिसे किसी पुस्तक, फ़िल्म आदि का कोई आपत्तिजनक अंश हटाने का अधिकार हो, ~**ship** (सेन्सरशिप) *n.* सेंसर व्यवस्था।

censure • सेन्शर • *n.* निंदा, तीखी आलोचना, ~ **motion** (सेन्शर मोशन) *n.* निंदा प्रस्ताव।

census • सेंसस • *n.* जनगणना, मर्दुमशुमारी।

centenary • सेन्टेनरी • *n.* शताब्दी, शतवार्षिकी।

center • सेंटर • *n.* **centre** की अमेरिकी वर्तनी (हिज्जे) • केन्द्र।

centigrade • सेन्टीग्रेड • *a.* सेल्सिअॅस, गर्मी मापने का एक मापदंड।

centimetre • सेंटीमीटर • *n.* मीटर का सौवाँ भाग।

central • सेंट्रल • *a.* केन्द्रीय।

century • सेन्चुरी • *n.* शताब्दी, 2. शतक (क्रिकेट में)।

cereal • सीरियल • *n.* अनाज, अन्न।

cerebral • सेरेब्रल • *a.* मस्तिष्क संबंधी।

cerebration • सेरिब्रेशन • *n.* मनन, चिन्तन।

ceremonial • सेरिमोनिअॅल • *a.* औपचारिक।

ceremony • सेरिमनी • *n.* अनुष्ठान, संस्कार।

certain • सर्टेन • *a.* निश्चित, निस्संदेह, पक्का, ~ **ly** (सर्टेनली) *adv.* निश्चित रूप से, यकीनन।

certificate • सर्टिफ़िकेट • *n.* प्रमाण-पत्र।

certify • सर्टिफ़ाई • *vt.* प्रमाणित करना।

cerulean • सिरुलयन • *a.* गहरा नीला, आसमानी।

cervical • सर्वाइकल • *a.* गर्दन संबंधी।

cervix • सर्विक्स • *n.* गर्भ ग्रीवा।

cessation • सेशेसन • *n.* ठहराव।

cesspit • सेसपिट • *n.* मलमूत्र फेंकने का स्थान, हौदी।

cesspool • सेसपूल • *n.* देखिए **cesspit** (सेसपिट)।

cf • सीएफ • *n.* देखिए।

chafe • चेफ़ • *vt.* घिसा देना, परेशान करना।

chaff • चाफ़ • *n.* चोकर, भूसी।

chagrin • शैग्रिन • *n.* झेंप, खीझ।

chain • चेन • *n.* जंजीर, सिकड़ी, शृंखला।

chair • चेअॅर • *n.* कुर्सी, *vt.* अध्यक्षता करना, ~**man** (चेअॅरमैन) *n.* अध्यक्ष, ~**person** (चेअॅरपर्सन) अध्यक्ष (पुरुष एवं महिला दोनों के लिए व्यवहृत)।

chalice • चैलिस • *n.* गिरजाघर में व्यवहृत सोने या चांदी का कटोरा।

chalk • चॉक • *n.* चाक, खड़िया।

challenge • चैलेंज • *vt.* चुनौती देना, ललकारना, *n.* चुनौती, ललकार।

chamber • चैम्बर • *n.* कमरा, कोठरी, सभा भवन, ~ **of commerce & industry** (चैम्बर ऑफ़ कॉमर्स एंड इंडस्ट्री) वाणिज्य उद्योग मंडल।

chameleon • कैमीलिअॅन • *n.* गिरगिट।

chempagne • शैम्पेन • *n.* फ्रांसीसी मदिरा।

champion • चैम्पिअॅन • *n.* विजेता, 2. समर्थक, ~**ship** (चैम्पिअॅनशिप) *n.* चैम्पियन बनना।

chance • चान्स • *n.* संयोग, मौका, अवसर, ~ **llor** (चांसलर) *n.* कुलाधिपति, अधिपति।

chandelier • शैन्डेलिअॅर • *n.* झाड़ फानूस।

change • चेंज • *n.* परिवर्तन, बदलाव, ~**over** (चेंज ओवर) *n.* एक से दूसरे में बदलना।

channel • चैनल • *n.* नाला, नाली, समुद्री मार्ग, 2. टी.वी. में विभिन्न प्रसारण मार्ग, *vt.* दिशा देना।

chant • चान्ट • *n.* मंत्र, गीत, *vi., vt.* मंत्रोच्चारण करना।

chaos • केऑस • *n.* अव्यवस्था, उलट-पुलट।

chap • चैप • *n.* लड़का, व्यक्ति।

chapel • चैपल • *n.* गिरजाघर।

chaplain • चैपलेन • *n.* धर्माधिकारी।

chapter • चैप्टर • *n.* अध्याय, परिच्छेद।

character • कैरेक्टर • *n.* चरित्र, चाल-चलन, 2. वर्ण, लिपि, 3. भूमिका (नाटक में), ~**actor** (कैरेक्टर ऐक्टर) *n.* चरित्र अभिनेता।

characteristic • कैरेक्टरिस्टिक • *n.* विशेषता, लक्षण।

characterization • कैरेक्टराइज़ेशॅन • *n.* चरित्र चित्रण।

charade • शराड • *n.* हास्यास्पद काम, शब्द पहेली।

charcoal • चारकोल • *n.* लकड़ी का कोयला।

charge • चार्ज • *n.* अभियोग, आरोप, 2. दाम, 3. हमला, 4. (बिजली में) गति देना, 5. जिम्मा, उत्तरदायित्व।

chariot • चैरिअॅट • *n.* रथ, ~**eer** (चैरिअटियर) *n.* सारथी।

charisma • कैरिज़्मा • *n.* आकर्षित करने वाला गुण (व्यक्ति में), ~**tic** (कैरिज़्मेटिक) *a.* करिश्माई।

charity • चैरिटी • *n.* दयालुता, दानशीलता, 2. दान, **charitable** (चैरिटेबल) दातव्य।

charm • चार्म • *n.* आकर्षण, 2. ताबीज, गंडा, *vt.* आकृष्ट करना।

chart • चार्ट • *n.* विवरणी, रेखाचित्र, *vt.* मानचित्र या रेखाचित्र बनाना, ~**er** (चार्टर) *vt.* किराए पर लेना, *n.* अधिकारपत्र, ~**ered accountant** (चार्टर्ड एकाउंटेंट) सनदी लेखापाल, ~**ered flight** (चार्टर्ड फ्लाइट) *n.* अनुबंधित उड़ान।

chase • चेज़ • *vt.* पीछा करना, शिकार के लिए जानवर का पीछा करना या उसे दौड़ाना, *n.* शिकार।

chasm • चैज़्म • *n.* गहरी खाई, पहाड़ आदि में दरार।

chassis • शैसि • *n.* कार आदि का आधारभूत ढांचा जिस पर उसकी बॉडी (शरीर) टिकी होती है, चौकी, 2. मानव शरीर।

chaste • चेस्ट • *a.* सती, पतिव्रता, शुद्ध, पवित्र, **chastity** (चेस्टिटी) *n.* सतीत्व, पतिव्रात्य।

chasten • चैसन • *n.* दंड के द्वारा सुधारना, संयत करना, ~**ed** (चैसंड) *a.* दंड द्वारा सुधरा हुआ।

chastise • चैस्टाइज़ • *vt.* दंड देना, ~**ment** (चैस्टाइज़मेंट) *n.* अनुशासित करने का काम।

chat • चैट • *vi.* गप्प करना, बात करना, ~**ter** (चैटर) *vi.* बेकार की बातें करना, ~**box** (चैट बॉक्स) *n.* बातूनी आदमी।

chauffeur • शोफ़र • *n.* कार चालक।

chauvinism • शोविनिज़्म • *n.* अपने को श्रेष्ठ और ऊँचा समझने की प्रवृत्ति।

cheap • चीप • *a.* सस्ता, तुच्छ, घटिया, ~**en** (चीपेन) *vt.* सस्ता करना।

cheat • चीट • *vi.* ठगना, छल करना, *n.* ठग, धोखेबाज।

check • चेक • *vt.* रोकना, रोकथाम करना, ~**in** (चेकइन) *vi.* होटल में आना, ~**out** (चेक आउट) *vi.* होटल छोड़ना, ~**mate** (चेकमेट) *n.* शतरंज में शह देना, *vt.* जाँच करना, *n.* रोक, अवरोध; जाँच-पड़ताल, परीक्षण।

cheek • चीक • *n.* गाल, कपोल।

cheer • चीअर • *vt., vi.* वाहवाही देना, प्रोत्साहित करना, प्रसन्न होना, ~**ful** (चीअरफ़ुल) *a.* खुश, प्रसन्नचित्त, ~**less** (चीअरलेस) *a.* उदास, ~**y** (चीअरी) *a.* प्रफुल्लित।

cheese • चीज़ • *n.* पनीर, छेना।

cheetah • चीता • *n.* चीता।

chemical • केमिकल • *a.* रासायनिक, *n.* रसायन।

chemise • शिमीज़ • *n.* समीज, लड़कियों का फ्राक के नीचे पहनने का वस्त्र।

chemist • केमिस्ट • *n.* रसायनज्ञ, औषधि विक्रेता।

cheque • चेक • *n.* चेक, देयपत्र, बैंक से पैसे निकालने का पुर्जा।

cherish • चेरिश • *vt.* प्रेम करना, बहुत चाहना।

cheroot • शॅरूट • *n.* सिगार, चुरूट।

cherry • चेरी • *n.* चेरी, बेर जैसा एक लाल फल।

chess • चेस • *n.* शतरंज, ~**board**

(चेस बोर्ड) बिसात, ~ **man** (चेसमैन) शतरंज की गोटी।

chest • चेस्ट • *n.* छाती, स्तन, 2. संदूक, 3. अल्मारी, तिजोरी।

chew • चिऊ • *vt.* चबाना।

chicanery • शिकैनरि • *n.* झांसा।

chick • चिक • *n.* चूज़ा।

chicken • चिकेन • *n.* चूजा, मुर्गी, ~ **pox** (चिकेन पॉक्स) *n.* छोटी माता, छोटी चेचक।

chide • चाइड • *vt.* डाँटना।

chief • चीफ़ • *n.* मुखिया, प्रधान अधिकारी, *a.* प्रमुख, प्रधान, ~ **inspector** (चीफ़ इन्सपेक्टर) *n.* मुख्य निरीक्षक, ~ **justice** (चीफ़ जस्टिस) *n.* मुख्य न्यायाधीश।

chiffon • शिफॉन • *n.* जाली।

child • चाइल्ड • *n.* बच्चा, ~ **hood** (चाइल्डहुड) *n* . बचपन, ~ **ish** (चाइल्डिश) *a.* बच्चों जैसा, बचकाना, ~ **like** (चाइल्डलाइक) *a. pl.* बच्चे जैसा, ~ **ren** (चिल्ड्रेन) *n.* बच्चे।

chilly • चिली • *n.* मिर्च।

chime • चाइम • *n.* घंटियों की आवाज।

chimney • चिमनी • *n.* चिमनी (लालटेन आदि की)।

chimpanzee • चिम्पैंज़ी • *n.* चिम्पांज़ी, एक बड़ा बंदर, वनमानुष।

chin • चिन • *n.* ठुड्डी, चिबुक।

china • चाइना • *n.* चीनी मिट्टी, चीनी मिट्टी के बर्तन।

chip • चिप • *n.* काँच या लकड़ी का छोटा टुकड़ा, **micro** ~ (माइक्रोचिप) कम्प्यूटर में लगने वाला बेहद पतला, छोटा सिलिकॉन का टुकड़ा।

chiropodist • किरॉपॉडिस्ट • *n.* पाँवों का चिकित्सक, ~ **chiropody** (किरोपोडी) पाद चिकित्सा।

chirp, chirrup • चिरप • *n.* पक्षियों का चहचहाना।

chisel • चाइज़ल, चिज़ल • *n.* छेनी, रुखानी, ~ **ler** (चिज़लर) स्वार्थ के लिए धोखा देने वाला।

chit • चिट • *n.* पुर्जा, चिट्ठा, ~ **chat** (चिटचैट) *n.* गपशप।

chivalry • शिवैलरी • *n.* वीरता।

chloroform • क्लोरोफॉर्म • *n.* बेहोशी की दवा (क्लोरोफॉर्म)।

chlorophyll • क्लोरोफ़िल • *n.* पत्तों का हरापन।

choice • चॉइस • *n.* पसंद, चुनाव।

choir • क्वायर • *n.* गायक दल।

chocke • चोक • *n.* साँस का अवरोध, साँस रुकना।

cholera • कॉलरा • हैजा, विसूचिक।

choose • चूज़ • *vt.* चुनना।

choosy • चूज़ी • *a.* सावधान, नक-चढ़ा।

chop • चॉप • *n.* काट, वार, *vt.* काटना, ~ **off** (चॉप ऑफ़) *vt.* काट कर हटा देना, ~ **per** (चॉपर) *n.* गंड़ासा, हेलिकॉप्टर।

chord • कार्ड • *n.* तार, 2. स्वर संघात, 3. रस्सी।

chore • चोर • *n.* काम, काम-काज।

choreography • कोरियोग्रैफ़ी • *n.* नृत्य रचना, **choreographer** (कोरियोग्राफर) नृत्य रचनाकार।

chorus • कोरस • *n.* समवेत-गान, 2. समवेत-गायक।

christen • क्रिसन • *vt.* नाम देना (ईसाइयों में)।

Christian • क्रिस्चिअॅन • *n.* ईसाई, **~ity** (क्रिस्चिऐनिटी) *n.* ईसाई धर्म।

Christmas • क्रिसमस • यीशु मसीह के जन्म दिन का त्योहार 25 दिसंबर।

chrome/chromium • क्रोम / क्रोमियम • *n.* मिश्रित धातुओं में प्रयुक्त धातु जो सामान पर पानी चढ़ाने या चमकाने के काम आती है।

chromosome • क्रोमोसॅम • *n.* गुण-सूत्र।

chromic • क्रॉमिक • *a.* जीर्ण, पुराना, बहुत समय से चला आता हुआ।

chronicle • क्रॉनिकॅल • *n.* इतिहास, इतिवृत्त।

chronology • क्रॉनोलॉजी • *n.* कालानुक्रम।

chrysanthemum • क्रिसेन्थमम • *n.* गुलदाउदी (पुष्प)।

chubby • चबी • *a.* मोटा-ताजा, मांसल।

chuckle • चकॅल • *n.* दबी हुई हँसी।

chum • चम • *n.* मित्र, दोस्त।

chunk • चंक • *n.* खंड।

church • चर्च • *n.* गिरजाघर।

churlish • चर्लिस • *a.* गंवार, उजड्ड।

churn • चर्न • *n.* दूध का बड़ा बर्तन, मटका, *vt.* मथना।

chute • शूट • *n.* ढालू नाली (जिसके द्वारा ऊपर से नीचे सामान भेजा जाता है)।

chutney • चटनी • *n.* चटनी।

cider, cyder • साइडर • *n.* सेब की शराब।

cigar • सिगार • *n.* चुरूट, सिगार।

cigarette • सिगरेट • *n.* सिगरेट।

cinder • सिन्डर • *n.* अधजला कोयला।

cinema • सिनेमा • *n.* सिनेमा, बायोस्कोप, चलचित्र।

cinnamon • सिनॉमन • *n.* दालचीनी।

cipher, cypher • साइफ़र • *n.* गुप्त लेखन, गूढ़ लेख, 2. शून्य (0)।

circle • सर्कल • *n.* वृत्त, घेरा।

circuit • सर्किट • *n.* परिधि, (विद्युत) परिपथ।

circular • सर्कुलर • *n.* वृत्ताकार, गोल।

circulate • सर्कुलेट • *vt, vi.* घूमना, परिक्रमा करना, घुमाना, फैलाना।

circulation • सर्कुलेशॅन • *n.* संचरण, (अखबार आदि की) कुल बिक्री।

circumcise • सर्कमसाइज़ • *v.* खतना करना, परिशुद्ध करना।

circumference • सर्कमफ़रेन्स • *n.* परिधि।

circumscribe • सर्कमस्क्राइब • *vt.* चारों ओर रेखा खींचना, परिसीमित करना।

circumvent • सर्कमवेंट • *vt.* गतिरोध पैदा करना।

circus • सर्कस • *n.* सर्कस।

cistern • सिस्टर्न • *n.* हौज, जलकुंड।

citadel • सिटाडेल • *n.* किला, गढ़।

cite • साइट • *vt.* उद्धृत करना।

citizen • सिटिज़न • *n.* नागरिक।

city • सिटी • *n.* नगर, शहर।

civic • सिविक • *a.* नागरिक, ~**s** (सिविक्स) *n.* नागरिकशास्त्र।

civil • सिविल • *a.* नागरिक, शिष्ट।

civilian • सिविलिअॅन • *n., a.* असैनिक।

civilization • सिविलाइज़ेशॅन • *n.* सभ्यता।

civilize • सिविलाइज़ • *vt.* सभ्य बनाना।

clad • क्लैड • *n.* वस्त्र पहनना।

claim • क्लेम • *n.* दावा, अधिकार, *vt.* दावा करना, ~**ant** (क्लेमेंट) *n.* दावेदार, अधिकारी।

clairvoyance • क्लेअरवॉएन्स • *n.* दिव्यदृष्टि।

clam • क्लैम • *n.* घोंघा।

clamber • क्लैंबर • *vi.* कठिनाई से हाथ-पाँव के सहारे चढ़ना।

clamour • क्लैमर • *vi.* चिल्लाना, दुहाई देना।

clamp • क्लैंप • *n.* शिकंजा, *vt.* दबाना, शिकंजा कसना।

clan • क्लैन • *n.* गोत्र, कबीला।

clandestine • क्लैन्डसटाइन • *a.* गुप्त, चोरी से किया गया (काम)।

clap • क्लैप • *n.* गड़गड़ाहट, 2. तमाचा, 3. ताली, *vi.* ताली बजाना, ~**ping** (क्लैपिंग) *n.* तालियाँ, ~**trap** (क्लैप ट्रैप) *n.* थोथी बातें।

claret • क्लैरट • *n.* बोर्योशहर की लाल शराब, *a.* गहरा लाल रंग।

clarify • क्लैरिफाइ • *vt.* स्पष्ट करना।

clarification • क्लैरिफ़िकेशॅन • *n.* स्पष्टीकरण।

clarinet • क्लैरिनेट • *n.* शहनाई।

clarion • क्लैरिअॅन • *n.* तुरही।

clash • क्लैश • *vi., vt.* टक्कर होना, दो बातों का एक साथ होना।

clasp • क्लास्प • *n.* आलिंगन, 2. दो वस्तुओं को इकट्ठा रखना, 3. मज़बूती से पकड़ना।

class • क्लास • *n.* वर्ग, श्रेणी, 2. जाति, ~**room** (क्लास रूम) *n.* कक्षा।

classic • क्लैसिक • *a.* शास्त्रीय, ~**al** (क्लैसिकल) *a.* शास्त्रीय।

classification • क्लैसिफ़िकेशॅन • *n.* वर्गीकरण।

classify • क्लैसिफ़ाई • *vt.* श्रेणीबद्ध करना।

clatter • क्लैटर • *n.* कोलाहल, खड़खड़ाहट।

clause • क्लॉज़ • *n.* वाक्यांश (व्याकरण), 2. विधान की धारा।

claw • क्लॉ • *n.* जानवर का पंजा।

clay • क्ले • *n.* चिकनी मिट्टी।

clean • क्लीन • *a.* साफ, स्वच्छ, *vi., vt.* साफ करना, ~ **ly** (क्लीनली) *adv.* साफ तौर पर, ~**se** (क्लीन्ज) *vt.* साफ करना।

clear • क्लीअॅर • *a.* साफ, दोषहीन,

vi., vt. साफ करना, परिष्कार करना, ~ **ance** (क्लीअरेन्स) *n.* सफाई करना, 2. निकासी (सामान आदि की), ~ **ing** (क्लिअरिंग) *n.* जंगल काटकर बनाई गई खुली जगह, ~ **ly** (क्लिअरली) *adv.* साफ-साफ।

cleavage • क्लीवेज • *n.* दरार।

cleave • क्लीव • *vi., vt.* फाड़ना, चीरना।

clemency • क्लीमेंसी • *n.* दया, अनुग्रह।

clement • क्लीमेंट • *a.* अनुकूल।

clench • क्लेंच • *vt.* कसकर पकड़ना।

clergy • क्लर्जी • *n.* पादरी, पादरी समूह।

clerical • क्लेरिकॅल • *a.* लिपिक संबंधी।

clerk • क्लर्क • *n.* किरानी, लिपिक।

clever • क्लेवर • *a.* चतुर, होशियार।

click • क्लिक • *n.* खट-खट।

client • क्लाएंट • *n.* मुवक्किल।

cliff • क्लिफ़ • *n.* खड़ी चट्टान।

climate • क्लाइमेट • *n.* आबोहवा, जलवायु।

climax • क्लाइमेक्स • *n.* चरमोत्कर्ष, चरमावस्था, 2. संभोग में चरम सुख, (अं. **orgasm** ऑर्गेज़्म)।

climb • क्लाइम्ब • *vi.* चढ़ना, ~ **down** (क्लाइम्ब डाउन) *vi.* उतरना, ~ **er** (क्लाइम्बर) *n.* आरोहक, लता (बेल)।

clinch • क्लिंच • *vt.* तय करना, अनुबंध करना।

cling • क्लिंग • *vt. (pp.* **clung** क्लंग) चिपकना, लिपटना।

clinic • क्लिनिक • *n.* औषधालय, चिकित्सालय, ~ **al** (क्लिनिकल) *a.* चिकित्सा संबंधी, चिकित्सकीय।

clink • क्लिंक • *n.* झनझनाहट, खनखनाहट, *vi.* खनखनाना।

clip • क्लिप • *n.* क्लिप।

clique • क्लिक • *n.* गुट

clitoris • क्लिटॉरिस • *n.* भगांकुर।

cloak • क्लोक • *n.* लबादा, ~ **room** (क्लोक रूम) *n.* वस्त्रागार, अमानती सामानगृह।

clock • क्लॉक • *n.* घड़ी, ~ **tower** (क्लॉक टावर) *n.* घंटाघर।

clod • क्लॉड • *n.* मिट्टी का लोंदा, ढेला।

cloister • क्लायस्टर • *n.* मठ, विहार।

close • क्लोज़ • *n.* अंत, समाप्ति, *a.* घनिष्ठ, नजदीक, *adv.* लगभग।

closing • क्लोज़िंग • *a.* बंद हुआ, ~ **balance** (क्लोजिंग बैलेंस) *n.* रोकड़ बाकी, ~ **stock** (क्लोजिंग स्टॉक) *n.* बचा हुआ सामान, शेष माल, ~ **session** (क्लोजिंक सेशॅन) *n.* समापन सत्र।

closure • क्लोज़ॅर • *n.* समाप्ति।

clot • क्लॉट • *n.* थक्का (खून आदि का)।

cloth • क्लॉथ • *n.* कपड़ा।

clothe • क्लोद • *vt.* कपड़े पहनना, ~ **s** (क्लोद्ज़) *n.* पहरावा, पहनने के सिले वस्त्र, पोशाक।

clothing • क्लोदिंग • *n.* कपड़े, पोशाक।

cloud • क्लाउड • *n.* बादल, *vi., vt.* बादल छाना।

clove • क्लोव • *n.* लौंग, 2. चीरा, फाड़, ~**n** (क्लॉवन) *a.* चीरा हुआ, फटा हुआ।

clown • क्लाउन • *n.* मसखरा, विदूषक, जोकर।

club • क्लब • *n.* गदा, डंडा, 2. क्लब, 3. ताश में चिड़ी के पत्ते।

cluck • क्लक • *n.* मुर्गी की बोली।

clue • क्लू • *n.* किसी रहस्य का सुराग।

clump • क्लंप • *n.* पेड़ों का झुरमुट

clumsy • क्लम्ज़ी • *a.* बेढंगा।

clung • क्लंग • **cling** का भूतकालिक रूप, लिपटा हुआ, चिपका हुआ।

cluster • क्लस्टर • *n.* झुंड, समूह, *vi.* इकट्ठा होना।

clutch • क्लच • *n.* चंगुल, 2. मोटर-गाड़ी में गिअर बदलने के लिए दबाया जाने वाला पेडल, *vt.* जकड़ना।

clutter • क्लटॅर • *vt.* बेतरतीब भरना (सामान आदि)।

Co. • सीओ. **company** का संक्षिप्त रूप • कंपनी।

C/o • सी/ओ • केअरऑफ, मार्फत, द्वारा, बजरिए।

coach • कोच • *n.* चार पहियों की घोड़ा-गाड़ी, 2. रेल का डिब्बा, 3. शिक्षक, अध्यापक, *vt.* शिक्षा देना, पढ़ाना।

coal • कोल • *n.* कोयला, ~**field** (कोलफ़ील्ड) *n.* कोयला क्षेत्र, ~**mine** (कोल माइन) *n.* कोयले की खान, कोयला खदान, ~**tar** (कोलतार) *n.* अलकतरा।

coalition • कॉअलिशॅन • *n.* सम्मिलित, बहुदलीय, ~ **government** (कॉअलिशॅन गवर्नमेंट) *n.* मिली-जुली सरकार, बहुदलीय सरकार।

coarse • कोर्स • *a.* अपरिष्कृत, खुरदरा, रूखा, गंवारू।

coast • कोस्ट • *n.* समुद्रतट, ~**al** (कोस्टॅल) *a.* तटीय, तट संबंधी, ~**line** (कोस्ट लाइन) *n.* तट रेखा।

coat • कोट • *n.* कोट, ~**ing** (कोटिंग) *n.* आवरण, ऊपरी तह, 2. कोट का कपड़ा।

coax • कोक्स • *vt.* फुसलाना।

cobble • कॉबल • *vt.* जूते मरम्मत करना, ~**r** (कॉबलॅर) *n.* मोची।

cobra • कोब्रा • *n.* नाग, साँप।

cobweb • कॉबवेब • *n.* मकड़ी का जाल, मकड़जाल।

cock • कॉक • *n.* मुर्गा, ~**sure** *a.* सुनिश्चित, ~**tail** कई शराबों का मिश्रण।

cockroach • कॉकरोच • *n.* तिल-चट्टा।

coconut • कोकोनट • *n.* नारियल।

cod • कॉड • *n.* कॉड मछली।

coddle • कॉडल • *vt.* सहलाना।

code • कोड • *n.* कूट संकेत, गुप्त लिखावट, कोड, ~ **of conduct** (कोड ऑफ़ कन्डक्ट) *n.* आचार-संहिता।

codify • कोडिफ़ाई • *vt.* संहिता बनाना।

co-education • को-एजुकेशॅन • *n.* सह-शिक्षा।

coefficient • कोएफ़िशिएंट • *n.* गुणांक।

coerce • कोअर्स • *vt.* काम करने को बाध्य करना।

coercion • कोअर्सन • *n.* जबर्दस्ती।

co-exist • को-एक्ज़िस्ट • *vi.* साथ रहना, ~**ence** (को-एक्ज़िस्टेन्स) *n.* सह-अस्तित्व।

coffee • कॉफी • *n.* कॉफ़ी, कहवा, ~**house** (कॉफी हाउस) *n.* कॉफ़ी घर, कॉफी बेचने वाला रेस्त्रां।

coffin • कॉफ़िन • *n.* ताबूत।

cogitate • कॉजिटेट • *vi.* चिंतन करना।

cognate • कॉगनेट • *n.* नजदीकी (संबंधी)।

cognize • कॉग्नाइज़ • *v.* ज्ञात करना, बोध होना, (**cognition** कॉग्नीशन-संज्ञान)।

cognizance • काग्निज़ेन्स • *n.* जानकारी।

cohabit • कोहैबिट • *v.* संभोग करना, ~**ation** (कोहैबिटेशॅन) *n.* संभोग, सहवास।

cohere • कोहिअॅर • *vi.* चिपकना।

cohesion • कोहीज़न • *n.* संसक्ति।

coiffure • क्वाफ़्युअॅर • *n.* (स्त्रियों का) केश विन्यास।

coil • कॉयल • *n.* कुंडली।

coin • कॉयन • *n.* सिक्का, *vt.* सिक्के बनाना, गढ़ना।

coincide • कॉइन्साइड • *vi.* दो वस्तुओं का एक साथ होना, दो घटनाएँ एक साथ होना, ~**nce** (कॉइन्सिडेंस) *n.* संयोग।

coir • कॉयर • *n.* नारियल की जटा।

coition • कोइशॅन • *n.* संभोग, मैथुन।

coitus • कॉयटस • *n.* संभोग, सहवास।

coke • कोक • *n.* एक प्रकार का पत्थर कोयला।

cold • कोल्ड • *n.* ठंड, ठंडक, *a.* ठंडा, शीतल, ~ **storage** (कोल्ड स्टोरेज) *n.* शीत भंडार।

colic • कॉलिक • *n.* उदरशूल, पेट दर्द।

collaborate • कॉलेबोरेट • *vt.* सहयोग देना।

collaboration • कॉलेबोरेशन • *vt.* सहयोग, साथ मिलकर काम या व्यवसाय आदि करना।

collaborator • कॉलेबोरेटॅर • *n.* सहयोगी, व्यवसाय में साथी।

collage • कोलाज • *n.* चित्र, कागज आदि के टुकड़े एक साथ जोड़कर, साटकर बनाया गया चित्र।

collapse • कोलैप्स • *vi.* गिर पड़ना, ढह जाना।

collapsible • कोलैप्सिबॅल • *a.* तह होकर मुड़ जाने वाला।

collar • कॉलर • *n.* कालर, पट्टा।

collateral • कोलैटरॅल • *n.* समानांतर, समपार्श्व; गौण।

colleague • कलीग • *n.* सहकर्मी।

collect • कलेक्ट • *vt.* इकट्ठा करना, जमा करना, वसूल करना (जैसे

टैक्स), *vi.* इकट्ठा होना।

collection • कलेक्शॅन • *n.* संग्रह, *v.* एकत्र करना, जमा करना।

collective • कलेक्टिव • *a.* संयुक्त, सामूहिक।

college • कॉलेज • *n.* महाविद्यालय, कॉलेज।

collide • कोलाइड • *vi.* टकरा जाना।

colliery • कोलिअॅरि • *n.* कोयले की खान और उसके प्रबंधन के दफ्तर, इमारतें, आदि।

collision • कॉलिज़न • *n.* टक्कर।

colloquial • कॉलोक्विअॅल • *a.* मिली भगत (अपराध आदि में)।

collusion • कलयन • *n.* कपट समझौता।

colon • कोलन • *n.* बड़ी आंत, 2. अपूर्ण विराम (:)।

colonel • कॅर्नल • *n.* कर्नल।

colonial • कॉलोनियल • *a.* औपनिवेशिक।

colonialism • कोलोनियलिज़्म • *n.* उपनिवेशवाद।

colonize • कोलोनाइज़ • *vt.* उपनिवेश बसाना।

colony • कॉलोनी • *n.* उपनिवेश।

colossal • कॉलोसॅल • *a.* विशाल।

colossus • कॉलोसॅस • *n.* विशाल मूर्ति या व्यक्ति।

colour • कलॅर • *n.* रंग, *vi, vt.* रंगना, ~**bar** (कलर बार) *n.* रंग भेद, ~**ful** (कलॅरफुल) *a.* रंगीन, ~**less** (कलॅरलेस) *a.* बदरंग, रंगहीन, ~**s** (कलर्स) *n.* झंडा।

colt • कोल्ट • *n.* घोड़े का बच्चा, बछेड़ा।

column • कॉलम • *n.* खंभा, स्तंभ, कालम, ~**ist** (कॉलमिस्ट) *n.* स्तंभ लेखक।

coma • कॉमा • *n.* बेहोशी, ~**tose** (कॉमाटोज़) *a.* बेहोश, अचेत।

combat • कॉम्बैट • *vt.* लड़ना, भिड़ंत।

combination • कॉम्बिनेशॅन • *n.* मेल, साथ, सम्मिश्रण।

combine • कम्बाइन • *vt.* जोड़ना, मिलना।

combustible • कम्बस्टिबॅल • *a.* प्रज्वलनशील, आसानी से जल उठने वाला।

combustion • कम्बस्यनॅ • *n.* दहन, जलना।

come • कम • *vi. (pt.* **came**, *pp.* **come**) आना, ~**about** (कम अबाउट) घटित होना, ~**across** (कम अक्रास) संयोग से मिल जाना, ~**along** (कम अलॉन्ग) साथ आना, ~**by** (कम बाई) प्राप्त करना, ~**forward** (कम फॉरवार्ड) सेवा प्रदान करना, ~**of age** (कम ऑफ एज) वयस्क होना, ~**to pass** (कम टु पास) घटित होना।

comedy • कॉमेडी • *n.* प्रहसन, सुखांत (रचना), **comedian** (कॉमेडिअन) हास्य अभिनेता, **comedienne** (कॉमेडिएन) हास्य अभिनेत्री।

comely • कमली • *a.* सुन्दर, मनोरम।

comet • कॉमेट • *n.* धूमकेतु।

comfort • कम्फ़र्ट • *n.* आराम, ~ **able** (कम्फ़र्टेबॅल) *a.* आरामदेह।

comic • कॉमिक • *a.* हास्यजनक, 2. चित्र-कथा।

comma • कॉमा • *n.* अल्प विराम (,)।

command • कमांड • *n.* हुक्म, आज्ञा, आदेश, ~ **er** (कमांडर) *n.* कमांडर, सेनाधिपति।

commando • कमांडो • *n.* कमांडो, आक्रमण के लिए विशेष प्रकार से प्रशिक्षित सैनिक।

commemorate • कॉमेमोरेट • *vt.* स्मृति समारोह मनाना।

commemoration • कॉमेमोरेशन • *n.* स्मरणोत्सव।

commence • कमेंस • *vt.* शुरू करना, *vi.* शुरू होना, ~ **ment** (कमेंसमेंट) *n.* प्रारंभ।

commend • कमेंड • *vt.* सिफारिश करना, प्रशंसा करना, ~ **able** (कमेंडेबल) *a.* प्रशंसनीय।

commensurate • कमेन्सुरेट • *a.* आनुपातिक, बराबर।

comment • कॅमेंट • *n.* टिप्पणी, व्याख्या, *vt.* टिप्पणी करना, ~ **ary** (कॅमेंटरी) *n.* विस्तृत व्याख्या, ~ **ator** (कॉमेंटेटर) *n.* व्याख्याकार, आँखों देखा हाल सुनाने वाला।

commerce • कॉमर्स • *n.* वाणिज्य, व्यापार।

commercial • कॉमर्शियल • *a.* वाणिज्यिक, वाणिज्य संबंधी।

commiserate • कॉमिसरेट • *vi.* समवेदना प्रकट करना।

commission • कॅमीशन • *n.* दलाली, कमीशन, 2. जांच करने वाला व्यक्ति या समिति, आयोग।

commissioner • कमिशनॅर • *n.* आयुक्त।

commit • कमिट • *vt.* अपराध करना, 2. वचनबद्ध होना, 3. सुपुर्द करना, ~ **ment** (कमिटमेंट) *n.* प्रतिबद्धता, ~ **ted** (कमिटेड) *a.* प्रतिबद्ध।

committee • कॉमिटी • *n.* समिति, कमेटी।

commodity • कमोडिटी • *n.* जिंस, माल।

common • कॉमन • *n.* सार्वजनिक, *a.* सामान्य, साधारण, संयुक्त, ~ **wealth** (कॉमनवेल्थ) *n.* राष्ट्रमंडल, ~ **sense** (कॉमनसेंस) *n.* सामान्य बुद्धि।

commotion • कमोशॅन • *n.* हो-हल्ला, शोरगुल।

communal • कम्युनल • *a.* सांप्रदायिक, ~ **ism** (कम्युनलिज़्म) *n.* सांप्रदायिकता, ~ **ist** (कम्युनलिस्ट) *n.* सांप्रदायिक।

communicate • कम्युनिकेट • *vt.* जाहिर करना, बताना।

communication • कम्युनिकेशॅन • *n.* संचारण, संदेश, सूचना।

communion • कम्युनिअॅन • *n.* धर्म समाज, धार्मिक समागम।

communique • कम्युनिके • *n.* विज्ञप्ति।

communism • कम्युनिज़्म • *n.* साम्यवाद।

communist • कम्युनिस्ट • *n.* साम्यवादी।

community • कम्युनिटी • *n.* समुदाय, समाज।

commute • कम्यूट • *vt.* सजा कम करना, 2. नियमित यात्रा करना।

compact • कम्पैक्ट • *a.* ठोस, सुसंबद्ध।

companion • कम्पैनिअॅन • *n.* साथी।

company • कॅम्पनि • *n.* साथ, कर्म या कंपनी, व्यापारिक संस्थान।

compare • कॅम्पेअॅर • *vt.* तुलना करना।

compartment • कम्पार्टमेंट • *n.* डिब्बा (जैसे रेल का), 2. खाना।

compass • कम्पास • *n.* दिशासूचक।

compassion • कॅम्पैशॅन • *n.* करुणा।

compatible • कम्पैटिबॅल • *a.* अनुकूल।

compatibility • कम्पैटिबिलिटी • *n.* अनुकूलता, संगति।

compatriot • कॅम्पैट्रिअॅट • *n.* हम-वतन।

compeer • कम्पिअॅर • *n.* साथी।

compel • कॅम्पेल • *vt.* मजबूर करना।

compendium • कॅम्पेन्डियम • *n.* सारांश।

compensate • कॅम्पेन्सेट • *vt.* क्षति-पूर्ति करना।

compensation • कॅम्पेंसेशॅन • *n.* क्षतिपूर्ति, हर्जाना।

compere • कॉम्पीअॅर • *n.* रंगमंच, टी.वी. आदि पर कलाकारों का कार्यक्रम प्रस्तुत करने वाला व्यक्ति, *vt.* कार्यक्रम प्रस्तुत करना।

compete • कंपीट • *vi.* मुकाबला करना, प्रतियोगिता में भाग लेना।

competence • कॉम्पीटेंस • *n.* कुशलता, क्षमता।

competent • कॉम्पीटेंट • *a.* योग्य, सक्षम, कुशल।

competition • कॅम्पीटीशॅन • *n.* मुकाबला, प्रतियोगिता।

competitive • कॅम्पीटीटिव • *a.* प्रतियोगितात्मक।

competitor • कॅम्पीटीटॅर • *n.* प्रतिस्पर्धी, प्रतियोगी, मुकाबला करने वाला।

compilation • कॉम्पाइलेशॅन • *n.* संकलन।

compile • कॅम्पाइल • *vt.* संकलित करना, ~**r** (कॅम्पाइलर) संकलक।

complacent • कंप्लेसेंट • *a.* संतुष्ट, अपनी सफलता से संतुष्ट।

complain • कंप्लेन • *vi.* शिकायत करना, ~**ant** (कंप्लेनेंट) *n.* फरियादी, शिकायत करने वाला।

complement • कॅम्प्लीमेंट • *n.* पूरक, ~**ary** (कॅम्प्लीमेंटरी) *a.* पूरक।

complete • कॅम्प्लीट • *a.* पूर्ण, पूरा, *vt.* पूरा करना, ~ **ly** (कॅम्प्लीटली) *adv.* पूर्णतया, पूरी तरह से।

completion • कॅम्प्लीशॅन • *n.* पूर्णता।

complex • कॉम्प्लेक्स • *a.* जटिल,

पेचीदा, मिश्रित, 2. मनोग्रंथि, गूढ़ैषा (मनोविश्लेषण में)।

complexion • कॉम्प्लेक्शॅन • *n.* चेहरे का रंग।

compliance • कॉम्प्लाएन्स • *n.* आज्ञा मानना।

complicate • कॉम्प्लीकेट • *a.* जटिल, *vt.* उलझाना, ~**d** (कॉम्प्लीकेटेड) *a.* उलझा हुआ, **complication** (कॉम्प्लीकेशॅन) *n.* उलझन, जटिलता।

complicity • कॅम्प्लीसिटि • *n.* गलत काम में सहयोग।

compliment • कॅम्प्लीमेंट • *n.* प्रशंसा, स्तुति, ~ **ary** (कॅम्प्लीमेंटरी) *a.* प्रशंसापूर्ण, ~**s** (कॅम्पलीमेंट्स) *pl.* शुभ इच्छाएँ।

comply • कॅम्प्लाई • *vi.* मानना, पूरा करना, **compliance** (कॅम्प्लाएन्स) *n.* पालन।

component • कॅम्पोनेंट • *n.* अवयव, किसी वस्तु का अंग (जैसे मशीन आदि का)।

compose • कम्पोज़ • *vt.* व्यवस्थित करना, (छपाई में) टाइप बिठाना, ~**d** (कम्पोज़्ड) *a.* संयत, शान्त, टाइपसेट किया हुआ (छपाई में), **compositor** (कम्पोज़ीटर) *n.* टाइप बिठाने वाला।

composition • कम्पोज़ीशॅन • *n.* रचना (कविता, लेख, आदि)।

compost • कम्पोस्ट • *n.* पत्तों आदि की खाद।

compound • कम्पाउण्ड • *n.* यौगिक, मिला-जुला, मिश्रित, 2. समास, 3. हाता, *a.* मिश्रित, *vt.* मिलाकर बनाना, ~**er** (कम्पाउंडर) *n.* दवाएँ मिलाकर तैयार करने वाला।

comprehend • कॉम्प्रिहेंड • *vi., vt.* समझना, समावेश करना।

comprehension • कॉम्प्रिहेंशॅन • *n.* समझ, समझना।

comprehensive • कॉम्प्रिहेन्सिव • *a.* विशद, व्यापक।

compress • कॅम्प्रेस • *vt.* दबाना, 2. संक्षिप्त करना।

comprise • कॅम्प्राइज • *vt.* समाविष्ट करना।

compromise • कॉम्प्रोमाइज़ • *n.* समझौता, *vi., vt.* समझौता करना, 2. झंझट में डालना, संकट में डालना।

compulsion • कम्पलशॅन • *n.* बाध्यता, दबाव।

compulsive • कम्पलसिव • *a.* बाध्यकारी

compulsory • कम्पलसरी • *a.* अनिवार्य।

computer • कंपूटर • *n.* कम्प्यूटर (यंत्र), संगणक।

comrade • कॉमरेड • *n.* संगी, साथी।

concave • कॉन्केव • *a.* नतोदर।

conceal • कॅन्सील • *vt.* छिपाना।

concede • कॅन्सीड • *vi., vt.* स्वीकार करना, मान लेना।

conceit • कन्सीट • दंभ, ~**ed** (कन्सीटेड) *a.* दंभी, घमंडी।

conceive • कन्सीव • *vt.* गर्भवती

होना, 2. (विचार) मन में लाना।
concentrate • कॉन्सेन्ट्रेट • *vi, vt.* केन्द्रित होना, केन्द्रित करना, ध्यान लगाना।
concentration • कॉन्सेन्ट्रेशॅन • *n.* ध्यान, एकाग्रता।
concept • कॉन्सेप्ट • *n.* विचार, ~ **ion** (कॉन्सेपशन) *n.* विचार (गर्भ धारण)।
concern • कॅन्सर्न • *n.* दिलचस्पी, 2. चिंता, 3. कारोबार, *vt.* महत्व का होना, 2. चिन्ता करना, ~ **ed** (कन्सर्नड्) *a.* चिंतित, संबद्ध।
concert • कन्सर्ट • *n.* समवेत वादन या गायन।
concession • कन्सेशन • *n.* छूट, रियायत।
conch • कॉन्च • *n.* शंख।
conciliate • कॉन्सिलिएट • *vt.* क्रोध शान्त करना।
conciliation • कॉन्सिलिएशॅन • *n.* समझौता, सुलह।
concise • कन्साइज़ • *a.* संक्षिप्त।
conclude • कनक्लूड • *vi., vi.* अंत होना, अंत करना।
conclusion • कनक्लूज़ॅन • *n.* अंत, समाप्ति।
conclusive • कनक्लूसिव • *a.* अंतिम, निर्णायक।
concoct • कॅन्कॉक्ट • *vt.* मिलाना, कई चीजें मिलाकर नई चीज बनाना।
concord • कॉन्कॉर्ड • *n.* मेल, समझौता।
concrete • कॉन्क्रीट • *n.* सिमेंट, बालू, छर्री (रोड़ी) आदि का मिश्रण, *a.* निश्चित, ठोस।
concubine • कॉन्क्यूबाइन • *n.* रखैल, उप-पत्नी।
concur • कॉन्कर • *vi.* सहमत होना, एकसाथ होना, ~ **rent** (कॉन्करेन्ट) *a.* सहयोगी, ~ **ently** (कॉन्करेन्टली) *adv.* एक ही समय, साथ-साथ।
condemn • कॅन्डेम • *vt.* निंदा करना, 2. (सामान) बेकार बताना, 3. दोषी ठहराना।
condensation • कॅन्डेन्सेशॅन • *n.* गाढ़ा होना।
condense • कॅन्डेन्स • *vt.* गाढ़ा करना, गैस से द्रव में बदलना, ~ **r** (कॅन्डेन्सर) *n.* बिजली की ऊर्जा एकत्र करने वाला यंत्र, कैपिसिटर।
condescend • कॉन्डेसेन्ड • *vi.* अपने से निम्न व्यक्ति की बात मान लेना, कृपा करना।
condition • कन्डिशॅन • *n.* दशा, अवस्था, 2. शर्त, *vt.* ठीक करना, ~ **ing** (कन्डिशनिंग) *n.* अनुकूलन।
condole • कन्डोल • *vt.* समवेदना प्रकट करना।
condom • कॉन्डोम • *n.* कंडम, गर्भ-निरोध की रबर की नली (पुरुषों द्वारा व्यवहृत)।
condone • कन्डोन • *vt.* माफ करना।
conducive • कन्ड्यूसिव • *a.* सहायक, प्रेरक।
conduct • कंडक्ट • *vi., vt.* आचरण करना, 2. मार्ग दर्शन करना, *n.*

आचरण व्यवहार, ~ **ion** (कंडक्शॅन) *n.* चालन, ~ **or** (कंडक्टर) *n.* संचालक (चालक)।

conduit • कन्ड्यूइट • *n.* बिजली, टेलीफोन आदि के तार बिछाने वाला पाइप।

cone • कोन • *n.* शंकु, त्रिकोनी वृत्ताकार आकृति (आइसक्रीम आदि रखने के लिए)।

confection • कॉन्फ़ेक्शॅन • *n.* मिठाई।

confederate • कॉन्फ़ेडरेट • *a.* संधि-बद्ध (राज्य), 2. सह-अपराधी, 3. संधि होना।

confer • कन्फ़र • *vt.* उपाधि प्रदान करना।

conference • कॅन्फ़रेंस • *n.* सम्मेलन।

confess • कन्फ़ेस • *vi., vt.* अपराध स्वीकार करना, ~ **ion** (कन्फेक्शन) स्वीकारोक्ति।

confidant • कॅन्फ़िडैंट • *n.* विश्वास-पात्र।

confide • कॅन्फ़ाइड • *vt.* विश्वास में लेना, गुप्त बात करना, ~ **nce** (कन्फीडेंस) *n.* भरोसा, विश्वास, ~ **nt** (कॅन्फ़ीडेंट) *a.* निश्चित, ~ **ntial** (कॅन्फ़िडेंशियल) *a.* गुप्त, गोपनीय।

confine • कॅन्फ़ाइन • *vt.* कैद करना, सीमा में रखना, ~ **s** (कन्फ़ाइन्स) *n.* सीमा, हद।

confirm • कन्फ़र्म • *vt.* पुष्टि करना, सुदृढ़ करना, स्थाई करना, ~ **ation** (कन्फ़र्मेशन) *n.* पुष्टिकरण, संपुष्टि।

confiscate • कॅनफ़िसकेट • *vt.* जब्त करना, **confiscation** (कॅन्फ़िस-केशन) *n.* जब्ती।

conflagration • कॅनफ्लैगरेशन • *n.* अग्निकांड।

conflict • कॅनफ्लिक्ट • *n.* संघर्ष, युद्ध, *v.* में विरोध होना, ~ **ing** (कॅनफ्लिक्टिंग) *a.* विरोधी।

conform • कॅनूफार्म • *vt.* अनुरूप करना, के अनुसार चलना, ~ **ity** (कॅनूफार्मिटी) *n.* अनुपालन।

confound • कॅन्फ़ाउंड • *vt.* गड़बड़ करना, चकित करना।

confront • कॅन्फ्रंट • *vt.* सामना करना, ~ **ation** (कॅन्फ्रंटेशन) *n.* सामना।

confuse • कन्फ़्यूज़ • *vt.* उलझा देना, 2. अस्त-व्यस्त कर देना, **confusion** (कन्फ़्यूज़न) *n.* भ्रमित।

congenial • कन्जिनिअल • *a.* सौहार्द-पूर्ण।

congenital • कन्जेनूइटल • *a.* सहज, जन्मजात।

congest • कन्जेस्ट • *vt.* भीड़ करना, बहाव रोकना, 2. द्रव से भर जाना, ~ **ion** (कन्जेस्चन) *n.* भीड़-भाड़, 2. किसी अंग में द्रव जमा हो जाना।

congratulate • कंग्राचुलेट • *vt.* बधाई देना, मुबारकबाद देना, **congratulation** (कंग्राचुलेशन) *n.* मुबारक-बाद।

congregate • कॉनूग्रिगेट • *vi., vt.* इकट्ठे होना, एकत्र हो जाना,

congregation (कॉनुग्रिगेशन) *n.* जमाव।

congress • कॉन्ग्रेस • *n.* महासभा, अधिवेशन, कांग्रेस।

conic • कोनिक • *a.* नीचे गोल, आधार पर नुकीला, शंक्वाकार।

conifer • कोनिफ़र • *n.* शंकुवृक्ष।

conjecture • कन्जेक्चरॅ • *vi., vt.* अनुमान लगाना, अंदाज करना।

conjugal • कॅन्जुगल • *a.* वैवाहिक, दाम्पत्य।

connect • कॅनेक्ट • *vi., vt.* जोड़ना, मिलाना, ~ **ion** (कॅनेक्शॅन) *n.* संयोजन, जोड़ना, 2. संबंध।

connive • कॅनाइव • *vi.* किसी गुप्त काम के लिए साथ-साथ मिलकर काम करना।

connoisseur • कॉनॅसर • *n.* पारखी, गुणग्राही।

connote • कॅनोट • *n.* लक्षणार्थ देना, संकेत करना, **connotation** (कॅनोटेशॅन) *n.* लक्षणार्थ।

conquer • कॉन्कर • *vt.* विजय पाना, जीतना, ~ **or** (कॉन्करर) *n.* विजेता।

conquest • कॉन्क्वेस्ट • *n.* विजय।

conscience • कॉन्शन्स • *n.* अंतः-करण, अंतर्आत्मा।

conscientious • कॉन्सिएन्शॅस • *a.* विवेकशील, जो अंतःकरण की आवाज़ पर काम करे।

conscript • कॅन्सक्रिप्ट • *n.* अनिवार्य रूप से भर्ती किया गया सैनिक, *vt.* अनिवार्य रूप से सेना में भर्ती करना, ~ **ion** (कॅन्सक्रिप्शॅन) *n.* अनिवार्य रूप में सेना में भर्ती।

consecrate • कॉन्सिक्रेट • *vt.* पवित्र घोषित करना, 2. पवित्र करना, **consecration** (कॉन्सिक्रेशॅन) *n.* अभिषेक।

consecutive • कॉन्सिक्यूटिव • *a.* लगातार, क्रमागत।

consensus • कन्सेन्सॅस • *n.* सर्व-सम्मति।

consent • कॅन्सेंट • *n.* स्वीकृति, अनुमति।

consequence • कॉन्सिक्वेन्स • *n.* नतीजा, परिणाम, फल।

consequently • कॉन्सिक्वेन्टली • *adv.* फलस्वरूप।

conservation • कन्ज़र्वेशन • *n.* संरक्षण, प्राकृतिक संपदा आदि का संरक्षण।

conservative • कन्ज़र्वेटिव • *a.* रूढ़िवादी, दकियानूसी, प्रगति विरोधी।

conservatory • कंज़र्वेटरी • *n.* शीत से पौधों को बचाने का घर।

conserve • कंज़र्व • *vt.* सुरक्षित रखना।

consider • कॅन्सिडर • *vt.* विचार करना, सोचना, ~ **able** (कॅन्सिड-रेबल) *a.* विचारणीय, महत्वपूर्ण, काफी।

considerate • कॅन्सिडरेट • *a.* दूसरों के लिए सहानुभूतिपूर्वक सोचने वाला।

consideration • कॅन्सिडरेशॅन • *n.* सोच-विचार, लिहाज़।

considering • कॅन्सिडरिंग • *prep.* ध्यान रखते हुए।

consign • कॉन्साइन • *vt.* हवाले करना, सौंपना, भेजना, **~ ee** (कॅन्साइनी) *n.* प्रेषित, **~ ment** (कॅन्साइनमेंट) *n.* भेजा जाने वाला सामान, **~ or** (कंसाइनर) *n.* प्रेषक।

consist • कंसिस्ट • *vi.* **~ of** (कंसिस्ट ऑफ़) (से, का) बना होना, **~ ent** (कंसिस्टेंट) *a.* नियमित, एक-सा, **~ ency** (कंसिस्टेंसी) *n.* संगति, सामंजस्य, गाढ़ापन।

consolation • कॉन्सोलेशन • *n.* सांत्वना, तसल्ली।

consolidate • कॉन्सोलिडेट • *vt.* पक्का करना, मजबूत करना, **consolidation** (कॉन्सोलिडेशॅन) *n.* दृढ़ीकरण, पक्का करना।

consonant • कॉन्सोनैंट • *n.* (व्याकरण में) व्यंजन, 2. *a.* मेल खाता हुआ, **consonance** (कॉन्सोनैंस) *n.* अनुरूपता।

consort • कॅन्सॅर्ट • *n.* पति या पत्नी, 2. *vt.* साथ रहना।

conspicuous • कन्स्पीकुअॅस • *a.* प्रत्यक्ष, साफ दीखता हआ।

conspiracy • कन्सपिरेसी • *n.* षड्यंत्र।

conspire • कॅन्सपायर • *vi.* षड्यंत्र करना।

constable • कॉन्सटेबल • *n.* सिपाही।

constancy • कॉन्सटैंसी • *n.* स्थिरता।

constant • कॉन्सटैंट • *a.* स्थिर, अडिग, पक्का, वफादार।

constellation • कॅन्सटेलैशन • *n.* तारामंडल।

consternation • कॅन्स्टरनेशॅन • *n.* भय, आतंक, विस्मय।

constipation • कॅन्स्टिपेशॅन • *n.* कब्ज, कोष्ठबद्धता।

constituency • कॅन्स्टिट्यूएन्सी • *n.* चुनाव क्षेत्र।

constituent • कॅन्स्टिट्युएंट • *n.* घटक, निर्वाचक, अंश, चुननेवाले।

constitute • कॅन्स्टिट्यूट • *vt.* स्थापित करना।

constitution • कॅन्स्टीट्यूशॅन • *n.* संविधान, 2. शारीरिक गठन, **~ al** (कॅन्स्टीट्यूशनल) *a.* संवैधानिक, 2. शरीर संबंधी, शारीरिक।

constrain • कन्स्ट्रेन • *vt.* किसी पर दबाव डालना, **~ t** (कॅन्सट्रेंट) *n.* मजबूरी, प्रतिबंध, दबाव, तनाव।

constrict • कन्सट्रिक्ट • *vt.* संकुचित करना, कसना, **~ ion** (कन्सट्रिक्शन) *a.* संकोचन, दबाव।

construct • कंस्ट्रक्ट • *vt.* निर्माण करना, **~ ion** (कंस्ट्रक्शन) *n.* निर्माण कार्य, **~ ive** (कंस्ट्रक्टिव) *a.* रचनात्मक।

consul • कॉन्सल • *n.* वाणिज्य दूत, **~ ate** (कॉन्सुलेट) *n.* वाणिज्य दूतावास।

consult • कॅन्सल्ट • *vt.* सलाह करना, परामर्श करना, **~ ancy** (कॅन्सल-टैन्सी) *n.* परामर्शदाता का काम,

~**ant** (कॅन्सलटैंट) *n.* परामर्शदाता, विशेषज्ञ (चिकित्सक), ~ **ation** (कॅन्सलटेशन) *n.* परामर्श।

consume • कॅन्ज़्यूम • *vt.* खाना, उपयोग करना, 2. नष्ट करना, ~**r** (कॅन्ज़्यूमर) *n.* उपभोक्ता, ~**r goods** (कॅन्ज़्यूमर गुड्स) *n.* उपभोज्य वस्तुएँ।

consummate • कॅन्ज़्यूमेट • *a.* पूरा, पूर्ण, 2. कुशल, *vt.* विवाह में यौन संबंध होना।

consumption • कॅन्ज़म्प्शॅन • *n.* उपभोग, 2. टी.बी., यक्ष्मा, क्षय रोग।

contact • कॉन्टैक्ट • *n.* स्पर्श, संपर्क, *vt.* संपर्क करना।

contagion • कॅन्टेजॅन • *n.* संक्रमण, छूत।

contagious • कॅन्टेजिअसॅ • *a.* संक्रामक।

contain • कॅन्टेन • *vt.* धारण करना, रखना।

contaminate • कॉन्टेमिनेट • *vt.* गंदा करना, दूषित करना।

contamination • कॉन्टेमिनेशॅन • *n.* दूषण, संदूषण।

contemn • कंटेम • *vt.* तिरस्कार करना।

contemplate • कंटेम्प्लेट • *vt.* विचार करना, ध्यान से सोचना।

contemplation • कंटेम्प्लेशॅन • *n.* गहन विचार।

contemplative • कंटेम्प्लेटिव • *a.* विचार मग्न।

contemporary • कंटेम्परारी • *a.* समकालीन।

contempt • कॅन्टेम्प्ट • *n.* घृणा, ~**ible** (कंटेम्प्टेबॅल) *a.* घृणा योग्य, ~**uous** (कंटेम्प्टुअॅस) *a.* तिरस्कारपूर्ण।

contend • कॅन्टेंड • *vt.* दावा करना, तर्क प्रस्तुत करना।

content • कॅन्टेंट • *n.* संतोष, *a.* संतुष्ट, राजी, 2. मात्रा, धारिता, ~**ment** (कंटेन्टमेंट) *n.* सन्तोष।

contention • कॅन्टेन्शॅन • *n.* तर्क, दावा।

contents • कॅन्टेन्टस् • *n.* विषय-वस्तु, विषय-सूची।

contest • कंटेस्ट • *vt.* विवाद करना, तर्क करना, मुकाबला करना।

context • कॅन्टेक्स्ट • *n.* संदर्भ।

contiguous • कॉन्टिगुअॅस • *a.* लगा हुआ, सटा हुआ, समीपस्थ।

continent • कॉन्टिनेंट • *n.* महाद्वीप, महादेश, ~**al** (कॉन्टिनेन्टल) *a.* महादेशीय, महाद्वीपीय (खास कर योरोप के लिए प्रयुक्त)।

contingancy • कॅन्टिन्जेंसी • *n.* संभावना, आकस्मिकता।

contingent • कॅन्टिंजेंट • *n.* सैन्य दल, *a.* आकस्मिक।

continue • कॅन्टिन्यू • *vi., vt.* घटित होना, चलते रहना, चलते रहने देना।

continuity • कॅन्टिन्यूइटि • *n.* निरंतरता।

continuous • कॅन्टिन्यूअॅस • *a.* निरंतर, बिना रुके।

contort • कॅन्टॉर्ट • *v!.* मरोड़ना, ऐंठना, **~ion** (कॅन्टॉर्शन) *n.* शरीर का मरोड़।

contour • कॉन्टुर • *n.* मानचित्र में समुद्रतट आदि की रूपरेखा।

contraband • कॉन्ट्राबेंड • *n.* वर्जित, निषिद्ध।

contraception • कॅन्ट्रासेप्शॅन • *n.* गर्भ-निरोध।

contraceptive • कॅन्ट्रासेप्टिव • *a.* गर्भ-निरोधक।

contract • कॉन्ट्रैक्ट • *vi.* सिकुड़ना, छोटा होना, *vt.* रोग लगाना, *n.* ठेका, अनुबंधपत्र, **~or** (कॉन्ट्रैक्टर) *n.* ठेकेदार।

contraction • कॅन्ट्रैक्शॅन • *n.* संकुचन, सिकुड़ना।

contradict • कॅन्ट्राडिक्ट • *vt.* बात काटना, **~ion** (कॅन्ट्राडिक्शन) *n.* विरोध, **~ory** (कॅन्ट्राडिक्टरी) *a.* परस्पर विरोधी (बात)।

contrary • कॉन्ट्रैरी • *n.* विपरीत, प्रतिकूल, *a.* प्रतिकूल।

contrast • कॅन्ट्रास्ट • *n.* भेद (दो वस्तुओं में), अंतर।

contravene • कॅन्ट्रावीन • *vt.* कानून आदि का उल्लंघन करना।

contribute • कॅन्ट्रीब्यूट • *vt.* चंदा देना, 2. लेख आदि पत्रों में देना।

contribution • कॅन्ट्रीब्यूशॅन • *n.* चंदा, अंशदान।

control • कंट्रोल • *vt.* नियंत्रित करना, काबू में लाना, *n.* नियंत्रण की शक्ति।

controversy • कॅन्ट्रोवर्सी • *n.* विवाद।

controversial • कॅन्ट्रोवर्सियल • *a.* विवादास्पद।

convalescence • कॉन्वेलेसॅन्स • *n.* स्वास्थ्य लाभ।

convene • कन्वीन • *vt.* आयोजन करना, (सभा, आदि) बुलाना, **~r** (कन्वीनर) *n.* संयोजक, सभा बुलाने वाला।

convenience • कॅन्विनिएन्स • *n.* सुविधा, आराम।

convenient • कॅन्विनिएंट • *a.* सुविधाजनक।

convent • कॉन्वेंट • *n.* महिलाओं का मठ, ईसाई साध्वियों का मठ, आश्रम।

convention • कॅन्वेन्शन • *n.* परिपाटी, 2. सम्मेलन, 3. नियम, **~al** (कॅन्वेंशनल) *a.* पारंपरिक।

converge • कन्वर्ज • *vi.* एक स्थान पर एकत्र होने के लिए बढ़ना।

conversant • कन्वर्सेंट • *a.* अनुभवी, जानकार।

converse • कन्वर्स • *vi.* बात करना, वार्तालाप करना।

conversation • कन्वर्सेशन • *n.* वार्तालाप, बातचीत।

convert • कन्वर्ट • *n.* धर्म परिवर्ती, जिसने अपना धर्म बदला हो, *v.* धर्म परिवर्तन कराना, 2. रूपांतरित करना।

conversion • कन्वर्शन • *n.* धर्म परिवर्तन।

convex • कॉन्वेक्स • *a.* उन्नतोदर।

convey • कन्वे • *vt.* पहुँचाना, सूचित करना।

conveyance • कन्वेएंस • *n.* ले जाना, 2. सवारी (गाड़ी), वाहन।

convict • कन्विक्ट • *vt.* अपराधी ठहराना, *n.* दोषी, अपराधी।

conviction • कन्विक्शॅन • *n.* विश्वास, 2. सजा।

convince • कंविन्स • *vt.* विश्वास दिलाना।

convocation • कॅन्वोकेशॅन • *n.* दीक्षांत समारोह।

convoy • कान्वॉय • *n.* जहाजों, आदि का काफिला।

convulsion • कन्वल्शॅन • *n.* ऐंठन, मरोड़

cook • कुक • *n.* रसोइया, बावर्ची, *vt.* (रसोई) बनाना, रांधना, ~**er** (कुकर) *n.* कुकर, खाना पकाने का बर्तन।

cool • कूल • *a.* ठंडा, शीतल, 2. शांत *vi., vt.* शांत होना, शांत करना।

coolie • कुली • *n.* कुली, भार ढोने वाला।

co-operate • को-ऑपरेट • *vi.* सहयोग देना, **(co-operation** (को-ऑपरेशन) *n.* सहयोग।

co-operative • को-ऑपरेटिव • *a.* सहयोगी, सहकारी।

co-opt • को-ऑप्ट • *vt.* साथ लेना।

co-ordinate • को-ऑर्डिनेट • *a.* समकक्ष, *vt.* समकक्ष करना, 2. समन्वित करना, **co-ordination** (को-ऑर्डिनेशॅन) *n.* समन्वय।

cope • कोप • *vi.* सामना करना।

copious • कॉपिअॅस • *a.* प्रचुर, काफी।

copper • कॉपर • *n.* तांबा, ~**smith** (कॉपरस्मिथ) *n.* ठठेरा।

copra • कोपरा • *n.* गरी।

copulate • कोपुलेट • *vi.* संभोग करना, **copulation** (कोपुलेशॅन) *n.* सहवास, मैथुन।

copy • कॉपी • *n.* प्रतिलिपि, ~**right** (कॉपीराइट) *n.* लेखक, चित्रकार, संगीतकार का अपनी रचना पर प्रकाशनाधिकार।

coral • कोरल • *n.* मूँगा।

cord • कॉर्ड • *n.* रस्सी।

cordial • कॉर्डिअॅल • *a.* हार्दिक, सौहार्दपूर्ण।

cordon • कॉर्डन • *n.* सिपाहियों की पंक्ति, घेरा, *vt.* घेरा डालना।

core • कोर • *n.* अंतर्भाग, *vt.* सार भाग निकालना।

cork • कॉर्क • *n.* काग, डाट।

corn • कॉर्न • *n.* अनाज।

cornea • कॉर्निया • *n.* आँख का श्वेत पटल।

corner • कॉर्नर • *n.* कोना।

cornice • कॉर्निस • *n.* कारनिस।

corollary • कोरोलरी • *n.* निष्कर्ष, 2. उपप्रमेय (रेखागणित)।

coronation • कॉरोनेशॅन • *n.* राज-तिलक, राज्याभिषेक।

coronet • कोरोनेट • *n.* छोटा मुकुट।

corporal • कॉर्पोरल • *a.* शारीरिक।

corporate • कॉर्पोरेट • *a.* निगम संबंधी।

corporation • कॉर्पोरेशॅन • *n.* नगर-निगम।

corporeal • कॉर्पोरिअॅल • *a.* शारीरिक।

corps • कोर • *n.* सेना का भाग।

corpse • कॉर्पस् • *n.* शव, लाश।

corpulent • कॉरपुलेंट • *a.* मोटा, भारी (व्यक्ति)।

corpuscle • कॉर्पुसल • *n.* खून में पाया जानेवाला सूक्ष्म कण, रक्त कणिका।

correct • कॅरेक्ट • *vt.* शुद्ध करना, *a.* शुद्ध, सही, ~**ion** (करेक्शन) *n.* शोधन, संशोधन।

correlate • कोरिलेट • *vi., vt.* परस्पर संबंध होना, करना।

correlation • कोरिलेशॅन • *n.* पारस्परिक संबंध।

correspond • कॉरिस्पौन्ड • *vi.* समान होना, समन्वित होना, ~ **ent** (कॉरिस्पौंडेंट) *n.* संवाददाता, पत्राचार करने वाला व्यक्ति, ~ **ence** (कॉरिस्पौंडेंस) *n.* पत्राचार।

corridor • कॉरिडर • *n.* गलियारा।

corrigendum • कॉरिजेंडम • *n.* शुद्धि-पत्र।

corrigible • कॉरिजिबॅल • *a.* सुधारने योग्य।

corrroboration • कॉरोबोरेशॅन • *n.* परिपुष्टि।

corrugate • कॉरुगेट • *vt.* लोहे की नालीदार चादर बनाना, ~ **d** (कॉरुगेटेड) *a.* नालीदार (चादर)।

corrupt • करॅप्ट • *vi., vt.* भ्रष्ट करना, भ्रष्ट होना, ~ **ion** (करॅप्शॅन) *n.* भ्रष्टाचार।

cosmetic • कॉस्मेटिक • *a./n.* शृंगार साधन।

cosmopolitan • कॉस्मोपॉलिटन • *a.* सर्वदेशीय।

cosmos • कॉस्मॉस • *n.* ब्रह्मांड, सकल विश्व।

cost • कॉस्ट • *n.* दाम, लागत, *vi.* दाम लगाना, **ly** • कॉस्टली • *a.* दामी, मूल्यवान।

co-star • को-स्टार • *n.* सह-अभिनेता, सह-अभिनेत्री (नाटक, सिनेमा, आदि में)।

costume • कॉस्टूम • *n.* पहनावा।

cosy • कोज़ी • *a.* आरामदेह।

cot • कॉट • *n.* चारपाई।

cottage • कॉटेज • *n.* झोंपड़ी, कुटीर, कुटिया, ~ **industry** (कॉटेज इंडस्ट्री) कुटीर उद्योग।

cotton • कॉटन • *n.* रुई, ~ **seed** (कॉटनसीड) *n.* बिनौला, ~ **cake** (कॉटनकेक) खली।

couch • काउच • *n.* सोफा।

cough • कफ़ • *vi.* खाँसना, *n.* खाँसी।

council • कॉउन्सिल • *n.* समिति, ~ **lor** (कॉउन्सिलर) *n.* पार्षद।

counsel • काउन्सेल • *n.* सलाह, परामर्श, 2. वकील, ~ **lor** (काउ-न्सेलर) *n.* परामर्शदाता।

count • काउंट • *vt.* गिनती करना, **~ less** (काउंटलेस) *a.* अनगिनत, 3. यूरोपियनों की एक उपाधि।

countenance • काउंटेनेंस • *vi.* समर्थन करना, 2. साहस देना, *n.* मुखाकृति।

counter • काउंटर • *n.* पटल, काउंटर (दुकान आदि का), *v.* विरोध करना, 2. प्रत्युत्तर देना, 3. सामना करना, **~act** (काउंटर ऐक्ट) *vt.* प्रति-कार्य द्वारा किसी प्रभाव को कम करना, **~ attack** (काउंटर अटैक) *n.* जवाबी हमला, *vi.* जवाबी हमला करना।

counterfeit • काउंटरफेट • *a.* नकली, *vi.* धोखा देने के लिए बारीकी से नकल करना।

counter intelligence • काउंटर इन्टेलिजेंस • *n.* प्रति-गुप्त योजना।

counterpart • काउंटरपार्ट • *n.* दूसरा पक्ष।

counter revolution • काउंटर रिवोलूशॅन • *n.* प्रति-क्रान्ति।

countersign • काउंटरसाइन • *vt.* प्रति-हस्ताक्षर करना।

countess • काउंटेस • *n.* काउंट की पत्नी।

countless • काउंटलेस • *a.* अन-गिनत।

country • कंट्री • *n.* देश, 2. ग्रामीण क्षेत्र, **~man** (कंट्री मैन) *n.* देशवासी, **~side** (कंट्रीसाइड) *n.* ग्रामीण क्षेत्र।

county • काउन्टि • *n.* जिला, प्रांत।

coup • कू • **(coup d'tat)** (कू दता) *n.* चाल, बलात् तख्ता पलट।

coupé • कूपे • *n.* रेल का दो आदमियों के बैठने व सोने का डिब्बा।

couple • कॅपॅल • *n.* जोड़ा, दंपति, पति-पत्नी, दो, *vt.* जोड़ना।

couplet • कपलेट • *n.* दोहा, द्विपदी।

coupon • कूपन • *n.* कूपन, पर्ची।

courage • कॅरेज • *n.* साहस, हिम्मत, **~ous** (करेजस) *a.* साहसी।

courier • कूरीअॅर • *n.* संदेशवाहक, **~service** (कूरिअर सर्विस) *n.* पत्रादि शीघ्र पहुँचाने की गैर-सरकारी और सरकारी सेवा।

course • कोर्स • *n.* दिशा, पथ, मार्ग, 2. विषय, 3. (भोजन की) पारी, 4. (खेल का) मैदान, 5. पाठ्यक्रम, *vt.* तेजी से बहना।

court • कोर्ट • *n.* कचहरी, न्यायालय, दरबार, आँगन, *vt.* प्रणय निवेदन करना, **~martial** (कोर्ट मार्शल) *vt.* सैनिक अदालत।

courteous • कर्टियस • *a.* शिष्ट।

courtesy • कर्टसी • *n.* शिष्टाचार।

courtier • कोर्टियर • *n.* सभासद, दरबारी।

courtship • कोर्टशिप • *n.* प्रेम प्रदर्शन, विवाह, मिलन, आदि के लिए प्रेम प्रदर्शन।

cousin • कज़िन • *n.* चचेरा भाई, चचेरी बहन।

cover • कवर • *vt.* ढंकना, 2. विस्तार करना, *n.* ढक्कन, ढकना, 2. जिल्द (पुस्तक, आदि की), 3. बीमा (क्षति-

पूर्ति के लिए); **~ age** (कवरेज) *n.* समाचार प्रसारण।

covert • कवर्ट • *n.* झाड़ी।

covet • कॉवेट • *vt.* चाहना, लालच करना, **~ ous** (कॅविटॅस) *n.* लालची, लोलुप।

cow • काउ • *n.* गाय, *vt.* डराना।

coward • काउअर्ड • *a.* डरपोक, **~ ly** (कॉउअर्डली) *a.* डरपोक, कायर, **~ ice** (कॉउअर्डिश) *n.* कायरता।

coy • कॉय • *a.* शर्मीला (व्यक्ति)।

crab • क्रैब • *n.* केकड़ा।

crack • क्रैक • *n.* दरार, *vi., vt.* चटकना, दरकना, **~ er** (क्रेकॅर) *n.* पटाखा।

crackle • क्रैकल • *vt.* कड़कड़ आवाज करना।

cradle • क्रैडॅल • *n.* पालना।

craft • क्राफ्ट • *n.* हस्तकौशल, शिल्प-कर्म।

craftsman • क्राफ्ट्सनैन • *n.* हस्त-शिल्पी, शिल्पकार।

crafty • क्राफ्टि • *a.* धूर्त, चालाक।

cram • क्रैम • *vi., vt.* (परीक्षा आदि के लिए) रटना।

cramp • क्रैम्प • *n.* माँसपेशियों का अकड़ना।

crane • क्रेन • *n.* सारस, 2. नीचे से सामान उठाने की एक मशीन, क्रेन, *vi., vt.* गर्दन पसारना।

crank • क्रैंक • *n.* झक्की (आदमी), तुनकमिजाज, 2. मशीन घुमाने का डंडा जो जगह-जगह झुकाया हुआ होता है (मोटरगाड़ी आदि में **crank shaft**) **~ y** (क्रैंकी) *a.* सनकी, चिड़िचिड़ा।

crape • क्रेप • *n.* एक तरह का सिकुड़ने वाला कपड़ा, क्रेप।

crash • क्रैश • *n.* धमाका, *v.* धमाके के साथ दुर्घटनाग्रस्त होना (जैसे हवाई जहाज का)।

crate • क्रेट • *n.* लकड़ी की पेटी।

crater • क्रेटॲर • *n.* बिवर, छेद, ज्वालामुखी का मुँह (जिससे लावा निकलता है)।

crave • क्रेव • *vt.* तीव्र इच्छा करना, याचना करना।

craving • क्रेविंग • *n.* प्रवर इच्छा, लालसा।

crawl • क्रॉल • *n.* धीमी चाल, *vi.* धीमी चाल से चलना।

craze • क्रेज़ • *n.* धुन, सनक, पागलपन (तीव्र इच्छा)।

crazy • क्रेज़ि • *a.* पागल (किसी चीज़ या व्यक्ति या प्यार के लिए)।

cream • क्रीम • *n.* मलाई, सर्वश्रेष्ठ अंश (किसी चीज़ का)।

crease • क्रीज़ • *n.* चुन्नट, सिलवट, *v.* चुन्नट डालना।

create • क्रिएट • *v.* सर्जन करना, निर्माण, रचना, उत्पन्न करना।

creation • क्रिएशन • *n.* सर्जन, सृष्टि।

creator • क्रिएटर • *n.* सर्जक, सृष्टि-कर्ता, सृष्टा, ईश्वर।

creature • क्रीएचर • *n.* प्राणी, पशु।

credence • क्रीडेंस • *n.* प्रमाण-पत्र।

credit • क्रेडिट • *n.* विश्वास, 2. प्रशंसा, 3. श्रेय, 4. उधार, 5. साख, ~ **balance** *n.* जमाशेष।

credible • क्रेडिबॅल • *a.* विश्वास योग्य।

creditable • क्रेडिटेबॅल • *n.* श्रेयस्कर, विश्वास योग्य, विश्वसनीय।

creditor • क्रेडिटरॅ • *n.* ऋणदाता।

credo • क्रेडो • *n.* सिद्धांतों और विश्वासों का विवरण।

credulous • क्रेडुलस • *a.* जल्दी धोखा खा जाने वाला, आसानी से विश्वास कर लेने वाला।

credulity • क्रेडुलिटी • *n.* आसानी से विश्वास करने का स्वभाव।

creed • क्रीड • *n.* सिद्धांत, धार्मिक सिद्धांत, मत।

creek • क्रीक • *n.* तट के समीप की संकरी खाड़ी।

creep • क्रीप • (*p. pt.* **crept**) रेंगना, 2. डर से रोंगटे खड़े होना, ~**er** (क्रीपर) *n.* लता, बेल, ~ **y** (क्रीपी) *a.* डरावना।

cremate • क्रीमेट • *v.* दाह संस्कार करना।

cremation • क्रीमेशॅन • *n.* दाह-संस्कार।

crematorium • क्रिमेटोरियम • *n.* श्मशान घाट, **electric** ~ (इलेक्ट्रिक क्रिमेटोरियम) विद्युत शवदाहक।

creosote • क्रिऑज़ोट • *n.* एक तरल पदार्थ जो लकड़ी आदि को बचाने के काम आता है।

crept • क्रेप्ट • *v.* **creep** का भूत-कालिक रूप।

crescent • क्रीसेंट • *n.* अर्द्ध चंद्र, बालचंद्र की शक्ल की कोई वस्तु।

crest • क्रेस्ट • *n.* शिखा, कलगी, चोटी।

crevice • क्रेविस • *n.* दरार।

crew • क्रू • *n.* (जहाज का) श्रमिक दल।

crib • क्रिब • *n.* चारपाई, 2. शिशु गृह, *vt.* साहित्यिक चोरी करना।

cricket • क्रिकेट • *n.* क्रिकेट खेल, 2. झींगुर।

crime • क्राइम • *n.* अपराध।

criminal • क्रिमिनल • *n.* अपराधी, *a.* आपराधिक।

crimson • क्रिम्ज़न • *a.* गहरे लाल रंग वाला।

cripple • क्रिपल • *a.* अपंग, पंगु, *vt.* पंगु बनाना, बेकार करना।

crisis • क्राइसिस • *a.* विषम स्थिति।

crisp • क्रिस्प • *a.* कुरकुरा।

criterion • क्राइटेरियन • *n.* कसौटी।

critic • क्रिटिक • *n.* आलोचक, ~ **al** (क्रिटिकल) *a.* आलोचनात्मक, 2. संकटकालीन; ~ **ism** (क्रिटिसिज़्म) *n.* आलोचना, ~ **ize** (क्रिटिसाइज़) *vt.* आलोचना करना।

croak • क्रोक • *n.* टर्र-टर्र की आवाज।

crockery • क्रॉकरी • *n.* चीनी-मिट्टी के बर्तन।

crocodile • क्रोकोडाइल • *n.* मगरमच्छ, घड़ियाल, ~ **tears** (क्रोकोडाइल टिअर्स) *a.* घड़ियाली यानी दिखावटी आँसू।

crook • क्रुक • *n.* मोड़, 2. चोर, बदमाश, *vt.* झुकाना, ~ **ed** (क्रुक्ड) *n.* धूर्त, 2. मुड़ा हुआ, टेढ़ा।

crop • क्रॉप • *n.* फसल।

crore • क्रोर • *n.* करोड़।

cross • क्रॉस • *n.* सलीब (ईसाइयों का धर्म चिह्न, ईसा मसीह को फाँसी देने वाली लकड़ी की तख्ती), *vt.* पार करना (नदी, आदि), 2. लिखावट को काट देना, ~ **bar** (क्रॉस बार) *n.* आड़ी कड़ी, ~ **beam** (क्रॉस बीम) *n.* गर्डर, ~ **country** (क्रॉस कंट्री) *n.* खेतपार, ~ **examine** (क्रॉस एक्ज़ामिन) *vt.* जिरह करना, ~ **examination** (क्रॉस एक्ज़ामिनेशॅन) *n.* जिरह (मुकदमे आदि में), ~ **ing** (क्रॉसिंग) *n.* चौराहा, ~ **legged** (क्रॉसलेग्ड) *adv.* पाल्थी मारे हुए, ~ **word** (क्रॉसवर्ड) *n.* वर्ग पहेली।

crotch • क्रॉच • *n.* ऊरु-संधि, द्विशाखी शाखा।

crouch • क्राउच • *vi.* सिमटकर बैठना, गिड़गिड़ाना।

crow • क्रो • *n.* कौवा, *vi.* मुर्गे का बाँग देना, ~ **bar** (क्रो-बार) *n.* सब्बल।

crowd • क्राउड • *n.* भीड़, मजमा, *vt.* भीड़ लगाना।

crown • क्राउन • *n.* मुकुट, *vt.* मुकुट पहनाना, राजगद्दी देना, पुरस्कृत करना।

crucial • क्रुशॅल • *a.* निर्णायक, कठिन।

crucible • क्रुसिबल • *n.* कुठाली, धातु गलाने का पीपा।

crucifix • क्रुसिफ़िक्स • *n.* सलीब पर चढ़ाना, *n.* सलीब की मूर्ति।

crucify • क्रूसिफ़ाई • *vt.* क्रॉस (सलीब पर चढ़ाना, 2. फाँसी देना, मरणतुल्य कर देना, निष्ठुरता का व्यवहार करना।

crude • क्रूड • *a.* अशोधित, कच्चा, ~ **oil** (क्रूड आयल) धरती से निकला कच्चा तेल, 2. असभ्य, संस्कृति-विहीन।

cruel • क्रुएल • *a.* निष्ठुर, क्रूर, ~ **ty** (क्रुएलटी) *n.* निष्ठुरता, क्रूरता।

cruise • क्रूइज़ • *n.* आनंद के लिए समुद्री यात्रा।

crumb • क्रंब • *n.* रोटी का टुकड़ा।

crumble • क्रंबल • *vi, vt.* छोटे-छोटे टुकड़ों में बँटना/बाँटना।

crumple • क्रंपल • *vi.* शिकन पड़ना।

crunch • क्रंच • *n.* चरमराहट, *v.* चबाकर खाना।

crusade • क्रूज़ेड • *n.* जिहाद, धर्मयुद्ध।

crush • क्रॅश • *vt.* जोर से दबाना, पीसना, *n.* संक्षिप्त प्रेम।

crust • क्रस्ट • *n.* रोटी की पपड़ी।

crutch • क्रच • *n.* बैसाखी।

crux • क्रक्स • *n.* मूल प्रश्न, मर्म।

cry • क्राइ • *vi.* आँसू बहाना, रोना, 2. चिल्लाना, *n.* चिल्लाहट।

crystal • क्रिस्टॅल • *n.* क्रिस्टल, स्फटिक।
cub • कब • *n.* बाघ आदि का बच्चा, 2. बाल स्काउट।
cube • क्यूब • *n.* घन, घनाकार ठोस वस्तु।
cubicle • क्यूबिकॅल • *n.* छोटा करना।
cubism • क्यूबिज़्म • *n.* घनाकार आकृतियों में चित्र बनाना।
cuckoo • कुकू • *n.* कोयल।
cucumber • कुकंबर • *n.* खीरा, ककड़ी।
cud • कड • *n.* जुगाली, पागुर।
cuddle • कडल • *vt.* प्रगाढ़ आलिंगन।
cudgel • कजेल • *n.* डंडा, लाठी।
cue • क्यू • *n.* संकेत।
cuff • कफ़ • *n.* आस्तीन की मोहरी, कफ।
cuisine • क्विज़ीन • *n.* पाक प्रणाली, रेस्त्रां में प्राप्त भोजन।
culinary • कॅलिनरी • *n.* खाद्य, *a.* खाद्य संबंधी।
cull • कल • *vt.* छाँटना, चुनना, छाँटकर निकालने की क्रिया।
culmination • कल्मिनेशॅन • *n.* चरमबिंदु, पराकाष्ठा।
culpable • कल्पेबल • *a.* अभियोग योग्य।
culpability • कल्पेबिलिटी • *n.* अभियोज्यता।
culprit • कलूप्रिट • *a.* अपराधी।
cult • कल्ट • *n.* उपासना, भक्ति, पंथ।
cultivate • कल्टिवेट • *vt.* खेती करना, 2. पैदा करना (जैसे मित्रता)।
cultivation • कल्टिवेशॅन • *n.* कृषि, खेती, 2. परिष्कार।
culture • कल्चॅर • *n.* संस्कृति, *v.* संवर्धन।
cultural • कल्चरल • *a.* सांस्कृतिक।
cumin • क्यूमिन • *n.* जीरा।
cumulate • क्यूमुलेट • *vt.* लगाना।
cumulation • क्यूमुलेशॅन • *n.* संचय।
cumulative • क्यूमुलेटिव • *a.* संचयी, संचित।
cunning • कॅनिन्ग • *n.* धूर्तता, चालाकी, *a.* धूर्त, चालाक।
cunt • कंट • *n.* योनि।
cup • कप • *n.* कप, प्याला, ~ **board** (कप बोर्ड) *n.* प्याला आदि रखने की अल्मारी।
cupid • क्यूपिड • *n.* कामदेव, प्रेम का देवता, ~ **ity** (क्यूपिडिटि) *n.* लोभ, लालच।
cur • कर • *n.* गली का कुत्ता।
curator • क्युरेटॅर • *n.* कला संग्रहालय का अध्यक्ष।
curb • कॅर्ब • *n.* रोक, प्रतिबंध, 2. घोड़े की लगाम।
curd • कॅर्ड • *n.* दही।
cure • क्योर • *n.* उपचार, रोग से अच्छा होना, *vi, vt.* उपचार करना, **curable** (क्युरेबल) *a.* जिसकी चिकित्सा संभव है।
curfew • कर्फ्यू • *n.* कर्फ्यू, सरकारी आज्ञा कि अमुक समय से अमुक समय तक नगर के लोग अपने घरों

से बाहर न निकलें।

curio • क्युरियो • *n.* कला की विलक्षण वस्तु।

curiosity • क्युरियोसिटी • *n.* उत्सुकता, कुतूहल।

curious • क्युरिअॅस • *a.* उत्सुक।

curl • कर्ल • *n.* (बालों में) घुमाव, *vt.* (बाल) घुँघराले बनाना, **~y** (कर्ली) *a.* घुंघराले, लच्छेदार।

currant • कॅरान्ट • *n.* किशमिश।

currency • करेन्सी • *n.* प्रचलित मुद्रा, 2. रिवाज, चलन।

current • करेन्ट • *n.* पानी की धारा, प्रवाह, **electric ~** (इलेक्ट्रिक करंट) *n.* विद्युत प्रवाह, बिजली की धारा, *a.* वर्तमान काल का।

curriculam • करिकुलम • *n.* पाठ्यक्रम, पाठ्यचर्या।

curry • करी • *n.* झोल, रसा, रसादार सब्जी, शोरबा।

curse • कर्स • *n.* शाप, अभिशाप, बर्बादी का कारण, *v.* गाली देना, **~d** (कर्सड) *a.* शापित।

cursory • कॅर्सरि • *a.* सरसरी, लापरवाही का।

curtail • कर्टेल • *vt.* छोटा करना।

curtain • कर्टेन • *n.* पर्दा।

curve • कर्व • *n.* मोड़, घुमाव, *vt.* घुमाव लेना।

cu…hion • कुशॅन • *n.* तकिया।

…l • कस्टर्ड • *n.* दूध अंडे का …र्ड।

…स्टोडियन • *n.* किसी सामान, इमारत आदि का संरक्षक, देखभाल करनेवाला।

custody • कस्टडी • *n.* हिरासत, 2. संरक्षण।

custom • कस्टम • *n.* रिवाज, चलन, 2. आयात कर, सीमा कर, **~er** (कस्टमर) *n.* ग्राहक, **~ ary** (कस्टमरी) *a.* रीति के अनुसार।

cut • कट • *vt., vi.* काटना, 2. (फसल) काटना *n.* काटा हुआ अंश **~throat** (कटथ्रोट) *a.* गला काट।

cute • क्यूट • *a.* आकर्षक।

cuticle • क्यूटिकॅल • *n.* नाखूनों के नीचे की त्वचा।

cutlass • कटलैस • *n.* कटार।

cutlery • कटलरी • *n.* छुरी-काँटा, आदि।

cutlet • कॅटलिट • *n.* कटलेट।

cynide • सायनाइड • *n.* सायनाइड विष।

cycle • साइकल • *n.* साइकिल।

cyclone • साइल्कोन • *n.* आँधी, तूफान।

cyclostyle • साइल्कोस्टाइल • *vt.* बड़ी संख्या में हाथ से पर्ची निकालना, *n.* इसका यंत्र, चक्रलेखित्र।

cylinder • सिलिंडर • *n.* बेलनाकार यंत्र, 2. कार के अंदर बेलन जैसी चीज़ जिसके भीतर पिस्टन चलते हैं। सिलिंडर, (आजकल घर-घर में गैस के सिलिंडर मिलते हैं)।

cymbal • सिम्बॅल • *n.* करताल, मजीरा।

cynic • सिनिक • *n.* निंदक, दोषदर्शक, जो हर किसी को शक और वक्रता की दृष्टि से देखता है, **~ ism** (सिनिसिज़्म) *n.* दोषदर्शिता।

cypher • साइफर • *n.* सिफ़र, शून्य।

cypress • साइप्रस • *n.* सरू।

cyst • सिस्ट • *n.* मसाना।

Czar • ज़ार • *n.* रूस का सम्राट (अब नहीं होते)।

Czarina • सिज़ैरिना • *n.* रूस की साम्राज्ञी (अब नहीं होती)।

D

D/d • डी • अंग्रेजी (रोमन) वर्णमाला का चौथा वर्ण।

dabble • डैबॅल • *vi, vt.* सतही तौर पर काम करना, 2. तर करना।

dacoit • डेक्वायट • *n.* डकैत, डाकू, **~ y** (डेक्वायटी) *n.* डकैती।

daft • डाफ़्ट • *n./a.* मूर्ख, बेवकूफ, **~ ness** (डाफ़्टनेस) *n.* बावलापन।

dagger • डैगर • *n.* कटार।

daily • डेली • *adv.* हर रोज, प्रतिदिन।

dainty • डेन्टी • *n.* सुस्वादु भोजन, *a.* सुन्दर, सुकुमार।

damp • डैम्प • *a.* गीला, भीगा हुआ, **~ en** (डैम्पेन) *vt.* गीला करना, भिगोना।

dance • डान्स • *n.* नृत्य, नाच, **~ er** (डान्सर) *n.* नर्तकी, नर्तक।

dandruff • डैन्ड्रॅफ़ • *n.* सिकरी, रूसी।

dandy • डैन्डी • *n.* शौकीन युवक।

danger • डेंजर • *n.* खतरा, जोखिम, **~ ous** (डेंजरस) *a.* खतरनाक।

dapper • डैपर • *a.* साफ-सुथरा।

dapple • डैपल • *vt.* चितकबरा करना, **~ d** (डैपल्ड) *a.* चितकबरा।

dare • डेअर • *vt.* साहस करना, 2. ललकारना, **~ devil** (डेअॅरडेविल) *n.* जांबाज, दुस्साहसी।

dark • डार्क • *a.* अंधकारपूर्ण, काला, गहरा, धुंधला, **~ en** (डार्केन) *vt.* काला करना, अंधेरा करना।

darling • डार्लिंग • *a.* प्रियतम, प्रियतमा, प्रिये।

darn • डार्न • *vt.* रफू करना, **~ ing** (डार्किंग) *n.* रफूगिरी।

dart • डार्ट • *n.* तीर जैसा तीखा अस्त्र।

dash • डैश • *n.* तेज दौड़, 2. झपट, 3. उत्साह, फुर्ती, **~ ing** (डैशिंग) *a.* फुर्तीला, स्फूर्तिपूर्ण।

data • डेटा • *n.* आँकड़े, **~ bank** (डेटा बैंक) *n.* आंकड़ा-संग्रह।

date • डेट • *n.* तारीख, तिथि, दिनांक, 2. खजूर, *vt.* तारीख डालना, 2. प्रिय या प्रियतम से मिलने का समय तय करना या उससे मिलना, **~ d**

(डेटेड) *a.* पुराना, पुराने फैशन का, **out ~ d** (आउटडेटेड) *a.* फैशन में या प्रचलन में पुराना पड़ गया हुआ।

daub • डॉब • *vt.* लीपना, पोतना।

daughter • डॉटर • *n.* बेटी, पुत्री, **~ in-law** (डॉटर इन-लॉ) *n.* बहू, पतोहू।

daunt • डॉन्ट • *vt.* डराना, निराश करना।

dawn • डॉन • *n.* ऊषा, ऊषा काल, अरुणोदय, प्रारंभ, *v.* आरंभ होना।

day • डे • *n.* दिन, रोज, चौबीस घंटे का समय, **~ break** (डेब्रेक) *n.* भोर, **~ light** (डेलाइट) *n.* दिन का उजाला, **~ -to- ~** (डेटुडे) *a.* प्रतिदिन का।

daze • डेज़ • *vt.* भौंचक्का कर देना, चकित कर देना।

dazzle • डैज़ॅल • *vt.* चकाचौंध कर देना।

dead • डेड • *a.* मृतक, मरा हुआ, **~ sure** (डेड श्योर) *a.* पूर्णतया, निश्चित, **~ drunk** (डेड ड्रंक) *a.* अत्यंत नशे में, **~ en** (डेडेन) *vt.* संवेदनहीन कर देना।

deaf • डेफ़ • *a.* बहरा, बधिर, 2. उदासीन, **~ ness** (डेफ़नेस) *n.* बहरापन, **~ mute** (डेफम्यूट) *a.* मूक बधिर, गूँगा-बहरा।

deal • डील • *n.* सौदा, व्यवहार, खरीदना-बेचना, 2. ताश के पत्ते बाँटना, **~ er** (डीलर) *n.* व्यापारी, **~ ings** (डीलिंग्स) *n.* लेन-देन, व्यवहार।

dean • डीन • *n.* विश्वविद्यालय या कॉलेज या गिरजा का अधिकारी।

dear • डिअर • *a.* प्यारा, प्रिय, 2. बहुमूल्य, कीमती, दामी, *n.* प्रिय व्यक्ति, प्रियतम।

dearth • डर्थ • *n.* कमी।

death • डेथ • *n.* मृत्यु, मौत, **~ bed** (डेथ बेड) *n.* मृत्युशय्या, **~ certi bicate** (डेथ सर्टिफ़िकेट) *n.* मृत्यु प्रमाण-पत्र, **~ sentence** (डेथ सेन्टेन्स) *n.* मृत्यु दंड, **~ duty** (डेथ ड्यूटी) *n.* मृत्यु-कर।

debacle • डिबैकॅल • *n.* करारी हार।

debar • डिबार • *n.* रोक देना, प्रतिबंध लगाना।

debase • डिबेस • *vt.* गिरावट लाना (चरित्र आदि में), 2. गुणवत्ता घटाना।

debate • डिबेट • *n.* वाद-विवाद, बहस, *vt.* वाद-विवाद करना।

debenture • डिबेन्चर • *n.* ऋणपत्र।

debility • डेबिलिटी • *n.* दुर्बलता, असमर्थता।

debit • डेबिट • *n.* हिसाब में (लेन-देन में) नाम डालना, *vt.* लेने के खाने में नाम लिखना।

debonair • डिबोनेअॅर • *a.* भद्र, खुश-मिजाज।

debrief • डिब्रीफ़ • *vt.* सूचना देना या लेना।

debris • डेब्री • *n.* कूड़ा-कचरा, मलबा।

debt • डेट • *n.* ऋण, कर्ज, **~ or** (डेटर) *n.* कर्जदार, ऋणी, **bad ~** (बैड डेट) *n.* डूबन्त खाते का पैसा।

debunk • डिबंक • *vt.* वास्तविक रूप दिखा देना।

debut • डेबू • *v.* प्रथम प्रदर्शन, पहली बार जनता के सामने आना।

decadent • डिकेडेन्ट • *n.* ह्रासोन्मुख (लेखन आदि), **decadence** (डिकेडेन्स) *n.* अवनति।

decamp • डिकैम्प • *vt.* कूच करना, डेरा उठाना, भाग जाना।

decay • डिके • *vi., vt.* खराब होना, सड़ना, *n.* सड़न।

decease • डिसीज • *n.* मौत, मृत्यु, **~ed** (डिसीज़्ड) *a.* मृत।

deceit • डिसीट • *n.* ठगी, धोखाधड़ी।

decent • डिसेन्ट • *a.* शालीन।

decency • डिसेन्सी • *n.* शालीनता, मर्यादा।

decentralise • डिसेन्ट्रलाइज़ • *vt.* विकेन्द्रीकरण करना।

decentralisation • डिसेन्ट्रलाइज़ेशन • *n.* विकेन्द्रीकरण।

deception • डिसेपशॅन • *n.* ठगी, धोखा।

decide • डिसाइड • *vt.* तय करना, निर्णय करना।

decision • डिसीज़न • *n.* निर्णय।

decisive • डिसाइसिव • *a.* निर्णायक।

deck • डेक • *n.* ज़हाज का निचला तल्ला, *vt.* सजाना।

declaim • डिक्लेम • *vi, vt.* भाषण देना, सुनाना, **~ation** (डिक्लेमेशॅन) *n.* ओजपूर्ण भाषण।

declaration • डिक्लेरेशॅन • *n.* एलान, घोषणा।

declare • डिक्लेअॅर • *vt.* एलान करना, घोषणा करना।

decline • डिक्लाइन • *vi., vt.* इनकार करना, 2. *n.* गिरावट।

decode • डिकोड • *vt.* गुप्त लिखावट का अर्थ निकालना।

decolonise • डिकोलोनाइज़ • *vt.* उपनिवेश को आजादी देना।

decompose • डिकम्पोज़ • *vi.* सडना।

decontrol • डिकंट्रोल • *vt.* नियंत्रण से बाहर करना।

decorate • डेकोरेट • *vt.* सजाना।

decoration • डेकोरेशॅन • *n.* सजावट, अलंकरण।

decorative • डेकोरेटिव • *a.* सजावटी।

decorus • डिकोरस • *a.*शिष्ट, सुशील।

decorum • डिकोरम • *n.* औचित्य, शिष्टाचार।

decrease • डिक्रीज • *vi., vt.* घटना, कम होना या करना।

decree • डिक्री • *n.* फैसला, डिग्री।

dedicate • डेडिकेट • *vt.* समर्पित करना।

deduce • डिड्यूस • *vt.* निष्कर्ष निकालना।

deduct • डिडक्ट • *vt.* काट लेना, घटाना, **~ ion** (डिडक्शॅन) *n.* घटाव, छूट।

deed • डीड • *n.* काम, 2. डॉकुमेंट, लिखित पत्र, विलेख।

deem • डीम • *vt.* मानना, समझना।

deep • डीप • *a.* गहरा, गहन।

deer • डिअ‍ॅर • *n.* हिरण।

deescalate • डिएस्केलेट • *vi., vt.* घटना, कम होना या करना।

deface • डिफ़ेस • *vt.* गंदा करना, रूप बिगाड़ना।

de facto • डि फ़ैक्टो • *a.* वस्तुतः, वास्तविक, *adv.* वास्तव में।

defame • डिफ़ेम • *vt.* बदनाम करना।

defemation • डिफ़ेमेशॅन • *n.* मान-हानि, बदनामी।

default • डिफॉल्ट • *n.* कर्तव्य न निभाना, 2. बकाया समय पर न देना, ~**er** (डिफ़ॉल्टर) *n.* बाकीदार, चूककर्ता।

defeat • डिफ़ीट • *vt.* हराना, *n.* पराजय, हार।

defecate • डिफ़िकेट • *vi.* मल त्याग करना।

defecation • डिफ़िकेशॅन • *n.* मल त्याग।

defect • डिफ़ेक्ट • *n.* खराबी, त्रुटि, *vi.* दलबदल करना, ~ **ion** (डिफ़ेक्शॅन) *n.* दलबदल या दल-त्याग।

defence • डिफ़ेन्स • *n.* रक्षा, बचाव, 2. सफाई (मुकदमे आदि में)।

defend • डिफ़ेन्ड • *vt.* बचाव करना।

defensive • डिफ़ेन्सिव • *a.* रक्षात्मक।

defer • डेफ़र • *vt.* विलंब करना, टाल देना।

defiance • डिफ़ाएअ‍ॅन्स • *n.* अवज्ञा, चुनौती।

deficient • डेफ़िशिएंट • *a.* त्रुटिपूर्ण, अपर्याप्त।

deficiency • डेफ़िशिएंसी • *n.* कमी, अभाव।

defile • डिफ़ाइल • *vt.* कलुषित करना, ~**ment** (डिफ़ाइलमेंट) *n.* प्रदूषण, गंदा करना।

define • डिफ़ाइन • *vt.* परिभाषित करना।

definition • डेफ़िनिशॅन • *n.* परिभाषा।

definite • डेफ़िनिट • *a.* निश्चित।

definitive • डेफ़िनिटिव • *a.* निर्णायक, अंतिम।

deflate • डिफ़्लेट • *vt.* हवा निकाल देना।

deforestation • डिफ़ॉरेस्टेशॅन • *n.* वनों की कटाई, वन-विनाश।

deform • डिफ़ॉर्म • *vt.* रूप बिगाड़ना, ~**ation** (डिफ़ॉर्मेशन) *n.* विकृति, ~**ity** (डिफ़ार्मिटी) *n.* विकृति।

defrost • डिफ्रॉस्ट • *vt.* पिघलाना, पिघलना।

deft • डेफ़्ट • *a.* निपुण।

defunct • डिफ़ॅन्क्ट • *a.* निष्क्रिय, समाप्त।

defuse • डिफ़्यूज • *vt.* शांत करना।

defy • डिफ़ाई • *vt.* चुनौती देना, अवज्ञा करना।

degenerate • डिजेनरेट • *vi.* गिरना, भ्रष्ट होना, *n.* बिगड़ा हुआ, चरित्र भ्रष्ट।)

degeneration • डिजेनॅरेशॅन • *n.* पतन, अधःपतन।

degrade • डिग्रेड • *v.* दर्जा घटाना,

प्रतिष्ठा कम करना।

degradation • डिग्रेडेशन • *n.* पदावनति।

degree • डिग्री • *n.* उपाधि, डिग्री, 2. पद, 3. मात्रा।

dehumanise • डिह्यूमॅनाइज़ • *vt.* अमानवीकरण करना।

dehumanisation • डिह्यूमनाइज़ेशॅन • *m.* अमानवीकरण।

dehydrate • डिहाइड्रेट • *v.* पानी का अंश निकलना, निकालना।

dehydration • डिहाइड्रेशॅन • *n.* निर्जलीकरण, पानी निकाल देना।

deify • डीइफ़ाई • *vt.* देवता बनाना।

deity • डीइटि • *n.* देवता, देवत्व।

deject • डिजेक्ट • *vt.* दिल तोड़ना।

de jure • डि जुऑरि • *a.* विधि के अनुसार।

delay • डिले • *n.* विलंब, देर, *vt.* देर करना, तिथि आगे कर देना।

delectable • डिलेक्टेबल • *a.* सुखद।

delegate • डेलिगेट • *n.* प्रतिनिधि, *vt.* सौंपना, दायित्व देना, प्रतिनिधि बनाना।

delegation • डेलिगेशॅन • *n.* प्रत्यायोजन, प्रतिनिधि मंडल।

delete • डिलीट • *vt.* हटाना, काट देना।

deletion • डिलीशन • *n.* हटाना, विलोपन।

deliberate • डेलिबॅरेट • *n.* जान-बूझकर किया गया, सुविचारित, सोद्देश्य, *vi., vt.* सोच-विचार करना।

deliberation • डेलिबरेशॅन • *n.* विचार-विमर्श।

delicacy • डेलिकेसी • *n.* सुकुमारता, नज़ाकत, 2. स्वादिष्ट भोजन।

delicate • डेलिकेट • *a.* सुकुमार, नाजुक।

delicious • डिलिशॅस • *a.* सुस्वादु, रुचिकर, स्वादिष्ट।

delight • डिलाइट • *n.* हर्ष, आनंद, **~ed** (डिलाइटेड) *a.* आनंदित, खुश **~ful** (डिलाइटफ़ुल) *a.* आनंदप्रद, सुखद।

delinquent • डिलेन्क्वॅन्ट • *a.* (छोटे-छोटे) अपराध करने वाला।

delirious • डिलिरिअॅस • *a.* प्रलापी, प्रलाप करनेवाला।

delirium • डिलिरिअॅम • *n.* प्रमाद की अवस्था, प्रलापी उत्तेजना।

deliver • डेलिवर • *vt.* (सामान आदि) पहुँचाना, सौंपना, 2. मुक्ति दिलाना, 3. शिशु को जन्म देना, 4. भाषण देना, **~y** (डेलिवरी) *n.* जन्म देना, भाषण देना, सामान पहुँचाना।

deliverance • डेलिवरेंस • *n.* मुक्ति।

dell • डेल • *n.* घाटी।

delta • डेल्टा • *n.* नदी के मुहाने की तिकोनी जमीन, 2. ग्रीक वर्णमाला का तीसरा अक्षर (Δ)।

delude • डिल्यूड • *vt.* भ्रमित करना।

deluge • डिल्यूज • *v.* जलमग्न करना, 2. अभिभूत करना, *n.* जल प्रलय।

delusion • डिल्यूज़न • *n.* भ्रान्ति।

deluxe • डिलक्स • *a.* शानदार, भव्य।

delve • डेल्व • *vt.* गहराई से खोजना, 2. खोदना।

demagnatize • डिमैग्नेटाइज़ • *vt.* विचुंबकित करना।

demagogue • डिमॅगॉग • *n.* लोकोत्तेजक।

demand • डिमांड • *vt.* माँगना, माँग करना, *n.* माँग, आवश्यकता होना।

demarcate • डिमार्केट • *vt.* सीमांकन करना।

demarcation • डिमार्केशॅन • *n.* सीमांकन।

demean • डिमीन • *vt.* नीचा दिखाना, **~our** (डिमीनर) *n.* आचरण, व्यवहार।

dement • डिमेंट • *vt.* पागल करना, **~ed** (डिमेंटेड) *a.* पागल।

demerit • डिमेरिट • *n.* अवगुण।

demilitarise • डिमिलिटराइज़ • *vt.* असैन्यीकरण करना।

demise • डिमाइज़ • *n.* मृत्यु।

demobilise • डिमोबिलाइज़ • *vt.* सैनिक सेवा से मुक्ति देना।

democracy • डिमॉक्रेसी • *n.* लोकतंत्र, प्रजातंत्र।

democrat • डिमॉक्रैट • *n.* लोकतंत्री, **~ic** (डिमॉक्रैटिक) *a.* लोकतांत्रिक।

demolish • डिमॉलिश • *vt.* तोड़ देना, गिराना (इमारत, आदि)।

demon • डीमॅन • *n.* पैशाचिक।

demonetise • डिमॉनिटाइज़ • *vt.* मुद्रा का चलन बंद करना।

demonstrate • डिमॉन्स्ट्रेट • *vt.* प्रदर्शन करना, उदाहरण द्वारा प्रदर्शित करना।

demonstration • डिमॉन्स्ट्रेशॅन • *n.* प्रदर्शन।

demonstrative • डिमॉन्स्ट्रेटिव • *a.* प्रदर्शनात्मक।

demonstrator • डिमॉन्स्ट्रेटर • *n.* प्रदर्शनकर्ता।

demoralise • डिमॉरलाइज़ • *vt.* नैतिक पतन करना, बलहीन करना, मनोबल गिराना।

demote • डिमोट • *vt.* पदावनत करना।

demur • डिमॅर • *vi.* आपत्ति करना।

demure • डिम्युअॅर • *a.* संकोची, नखरेली, लजीला।

demurrage • डिमॅरेज • *n.* समय पर माल न निकासी पर लगनेवाला जुर्माना।

den • डेन • *n.* छोटा कमरा, 2. जंगली पशुओं की मांद।

denationalise • डिनेशनलाइज़ • *vt.* विराष्ट्रीकरण।

denatured alcohol • डिनेचर्ड अल्कोहल • *n.* विषैला पदार्थ मिली शराब।

dengue • डेंगू • *n.* मलेरिया से मिलता-जुलता एक रोग जो विशेष प्रकार के मच्छरों के काटने से होता है।

denial • डिनायल • *n.* इन्कार, अस्वीकृति, प्रतिवाद।

denigrate • डेनिग्रेट • *vt* निंदा करना।

denomination • डिनॉमिनेशॅन • *n.* नामकरण, 2. मुद्रा का मूल्य।

denote • डिनोट • *vt.* का सूचक होना।
denounce • डिनाउंस • *vt.* निंदा करना, भर्त्सना करना।
dense • डेंस • *a.* सघन, घना, 2. मंद बुद्धि।
density • डेन्सिटी • *n.* घनत्व।
dent • डेंट • *n.* पिचकन, दबन, *vt.* पिचकाना।
dental • डेंटल • *vt. a.* दांत का, दांत संबंधी, **dentist** (डेन्टिस्ट) *n.* दंत चिकित्सक।
denude • डिन्यूड • *vt.* उघारना, नंगा करना।
denunciate • डिननसिएट • *vt.* दोष लगाना।
denunciation • डिननसिएशॅन • *n.* भर्त्सना।
denial • डिनायल • *n.* अस्वीकार, खंडन, **self ~** (सेल्फ़-डिनायल) *n.* आत्मत्याग।
deny • डिनाइ • *v.* इनकार करना।
deodorize • डिओडोराइज़ • *vt.* गंधहीन करना, **deodorant** (डियोडोरेंट) *n.* दुर्गंधनाशक।
depart • डिपार्ट • *vi.* रवाना होना, प्रस्थान करना, **~ure** (डिपार्चर) *n.* प्रस्थान, **~ment** (डिपार्टमेंट) *n.* विभाग।
depend • डिपेंड • *vi.* निर्भर होना, **~ence** (डिपेंडेंस) *n.* निर्भरता।
depict • डेपिक्ट • *vt.* वर्णन करना, चित्रित करना, **~ion** (डेपिक्शॅन) *n.* चित्रण, वर्णन।
deplete • डिप्लीट • *vt.* कम करना, **depletion** (डिप्लीशॅन) रिक्तीकरण।
deplore • डिप्लोर • *vi.* अफसोस करना, खेद प्रकट करना।
deploy • डिप्लॉय • *vt.* सैनिक, जहाज आदि तैनात करना।
deport • डिपोर्ट • *vt.* देश निकाला देना, **~ment** (डिपोर्टमेंट) *n.* व्यवहार, तौर-तरीका।
depose • डिपोज़ • *vt.* अपदस्थ करना, राजा को गद्दी से उतारना, 2. गवाही देना।
deposit • डिपोज़िट • *vt.* जमा करना, कराना, *n.* जमा की गई राशि।
depot • डिपो • *n.* गोदाम, भंडार।
depraved • डिप्रेव्ड • *a.* चरित्रहीन।
deprecate • डिप्रिकेट • *vt.* निंदा करना, बुरा समझना।
depreciate • डिप्रिशिएट • *vt.* अवमूल्यन करना, दाम कम होना।
depress • डिप्रेस • *vt.* निराश करना, स्तर गिराना, **~ ed** (डिप्रेस्टड) *a.* निराश, अवसादग्रस्त, धंसा हुआ, **~ion** (डिप्रेशन) *n.* अवसाद, 2. गड्ढा।
deprivation • डेप्रिवेशन • *n.* तंगी, अभाव।
deprive • डिप्राइव • *vt.* वंचित करना, ले लेना, छीन लेना।
depth • डेप्थ • *n.* गहराई, 2. गंभीरता।
depute • डिप्यूट • *vt.* सौंपना, जिम्मा लगाना, प्रतिनिधि नियुक्त करना।
deputize • डेपुटाइज़ • *vt.* किसी और के स्थान पर काम करना।

deputy • डेपुटी • *a.* उप, सहायक।
derail • डिरेल • *vt.* (रेल) पटरी से उतरना।
derange • डिरेंज • *vt.* अस्त-व्यस्त कर देना।
deride • डिराइड • *vi, vt.* हँसी उड़ाना।
derision • डेरीज़न • *n.* उपहास।
derivative • डेरिवेटिव • *n.* व्युत्पन्न शब्द।
derive • डिराइव • *vi, vt.* निकालना।
derogate • डिरोगेट • *vt.* अवमूल्यन करना, अप्रतिष्ठा करना।
derogatory • डिरोगेटरी • *a.* अनादर सूचक।
dervish • डर्विश • *n.* दरवेश, फकीर।
desalinization • डिसैलिनाइज़ेशन • *n.* नमक निकालना, विलवणीकरण।
descend • डिसेंड • *vi.* नीचे आना, उतरना।
descent • डिसेंट • *n.* अवरोहण, नीचे उतरना।
describe • डिस्क्राइब • *vt.* वर्णन करना।
description • डिस्क्रिप्शॅन • *n.* वर्णन, विवरण।
desecrete • डेसिक्रेट • *vt.* दूषित करना, अपवित्र करना।
desert • डेज़र्ट • *n.* मरुभूमि, रेगिस्तान, **~ion** (डेज़र्शन) *n.* परित्याग, छोड़ना, **~ed** *a.* छोड़ा हुआ।
deserve • डिज़र्व • *vt.* योग्य होना।
deserving • डिज़र्विंग • *a.* योग्य, लायक,
design • डिज़ाइन • *n.* इरादा, उद्देश्य, 2. खाका, प्रारूप, किसी इमारत आदि का खाका।
designate • डेज़िग्नेट • *vt.* पदनामित करना, नियुक्त करना।
designation • डेज़िग्नेशन • *n.* पद, पदनाम।
desirable • डिज़ायरेबॅल • *a.* अभीष्ट।
desire • डिज़ायर • *n.* इच्छा, 2. यौन वासना, यौनेच्छा।
desirous • डिज़ायरस • *a.* इच्छुक, अभिलाषी।
desist • डेज़िस्ट • *vt.* विरक्त होना, छोड़ देना।
desk • डेस्क • *n.* मेज।
desolate • डेसोलेट • *a.* वीरान, एकाकी, निर्जन।
desolation • डिसोलेशन • *n.* बर्बादी।
despair • डिस्पेअॅर • *n.* निराशा।
despatch • डिस्पैच • *n.* रवानगी, प्रेषण, *vt.* प्रेषित करना, पठाना, भेजना, **~er** (डिस्पैचर) *n.* प्रेषक।
desperate • डेस्परेट • *a.* दुःसाहसी।
despise • डिस्पाइज • *vt.* उपेक्षा करना, घृणा करना।
despondency • डिस्पॉन्डेंसी • *n.* निराशा।
despondent • डिस्पॉन्डेंट • *n.* निराश।
despot • डिस्पॉट • *a.* स्वेच्छाचारी, **~ism** (डिस्पॉटिज्म) *n.* स्वेच्छाचारिता।
destination • डेस्टिनेशॅन • *n.* गंतव्य, लक्ष्य।
destiny • डेस्टिनी • *n.* नियति, भाग्य।

destitute • डेस्टिट्यूट • *a.* अभावग्रस्त।

destroy • डिस्ट्रॉय • *vt.* नष्ट करना, **~er** (डिस्ट्रॉयर) *n.* तबाह करने वाला, (जल सेना में) शत्रु जहाजों को नष्ट करने वाला जहाज।

destruction • डिस्ट्रक्शॅन • *n.* बर्बादी, तबाही।

desultory • डिसल्टरि • *a.* बेतरतीब।

detach • डिटैच • *vt.* काट देना, हटा देना, खोल देना, **~ed** (डिटैच्ड) *a.* अनासक्त, **~ ment** (डिटैचमेंट) *n.* अनासक्ति।

detail • डिटेल • *n.* विवरण, ब्योरा, तफसील, *vt.* ब्योरा देना, **in ~** (इन डिटेल) ब्योरेबार, विस्तार से।

detain • डिटेन • *vt.* अटकाना, रोक रखना।

detect • डिटेक्ट • *vt.* पता लगाना, सुराग निकालना, **~ive** (डिटेक्टिव) *n.* जासूस, **~or** (डिटेक्टर) *n.* रेडियो संकेत का पता लगाने वाला यंत्र, **~ion** (डिटेक्शन) *n.* जासूसी, पता लगाना।

detente • डे'टांट • *n.* अंतर्राष्ट्रीय क्षेत्र में तनाव में कमी।

detention • डिटेन्शॅन • *n.* रोकना, नजरबंदी।

deter • डेटर • *vt.* रोकना, बाधा देना।

detergent • डिटरजेंट • *n.* कपड़े आदि साफ करने की चीज।

deteriorate • डिटेरियोरेट • *vi., vt.* खराब होना, खराब करना।

deterioration • डिटेरियोरेशॅन • *n.* गिरावट, खराब होना।

determination • डिटर्मिनेशॅन • *n.* निश्चित करना।

determine • डिटरमिन • *vi, vt.* निश्चय करना, दृढ़ इरादा करना।

detest • डिटेस्ट • *vi., vt.* घृणा करना, नफ़रत करना।

dethrone • डिथ्रोन • *vt.* राजगद्दी से उतारना।

detriment • डेट्रिमेंट • *n.* नुकसान, **~al** (डेट्रिमेंटल) *a.* हानिकारक।

devalue & devaluate • डिवैल्यू-डिवैल्यूएट • *vt.* मुद्रा का अवमूल्यन करना।

devastate • डिवास्टेट • *vt.* उजाड़ना।

devastation • डिवास्टेशॅन • *n.* विध्वंस।

develop • डिवेलप • *vi, vt.* विकसित होना या करना, **~ ment** (डिवेलपमेंट) *n.* विकास, उन्नति।

deviate • डेविएट • *vi.* विचलित होना, सामान्य से अलग होना।

deviation • डेविएशॅन • *n.* अलग हो जाना।

device • डिवाइस • *n.* युक्ति, तरीका, 2. योजना।

devil • डेवॅल • *n.* शैतान, **~ish** (डेविलिश) *a.* शैतानीपूर्ण।

devise • डिवाइज़ • *vt.* योजना बनाना।

devoid • डिवॉयड • *a.* बिना, रहित।

devolve • डिवॉल्व • *vi, vt.* जिम्मे आना, या चला जाना।

devote • डिवोट • *vt.* समय देना।

devotee • डिवोटी • *n*. भक्त, उपासक।

devotion • डिवोशॅन • *n*. श्रद्धा, भक्ति।

devour • डिवाउऑर • *vt*. निगलना, खा जाना।

devout • डिवाउट • *a* श्रद्धालु।

dew • ड्यू • *n*. ओस।

dexterity • डेक्सटिरिटी • *n*. निपुणता।

diabetes • डायबिटीज़ • *n*. प्रमेह, मधुमेह।

diabetic • डायबेटिक • *a*. मधुमेह का रोगी।

diabolic, diabolical • डायबोलिक-डायबोलिक • *a*. शैतानी, राक्षसी।

diagnose • डायग्नोज़ • *vt*. निदान, करना, रोग की पहचान करना।

diagnosis • डायग्नोसिस • *n*. निदान, रोग की पहचान।

diagonal • डायगोनल • *a*. तिरछा, कोने से कोने तक।

diagram • डायग्राम • *n*. आरेख, रेखाचित्र।

dial • डायल • *n*. घड़ी का डायल, घड़ी का चेहरा, *vt*. टेलिफोन का नंबर घुमाना।

dialect • डायलेक्ट • *n*. बोली।

dialogue • डायलॉग • *n*. बातचीत, वार्तालाप।

dialysis • डायलिसिस • *n*. गुर्दे के बीमार व्यक्ति के कृत्रिम तौर पर रक्त साफ करने की क्रिया।

diameter • डायमीटर • *n*. व्यास।

diamond • डायमंड • *n*. हीरा, **~jubilee** (डायमंड जुबली) *n*. हीरक जयंती (अमूमन 75 वर्ष की आयु पर या 60 साल राज्य करने पर)।

diaper • डायपर • *n*. पोतड़ा (बच्चे का)।

diaphragm • डायफ्राम • *n*. मध्य पटल (फेफड़े के नीचे), 2. किसी नली का मुँह बंद करने की झिल्ली (जैसे गर्भ-निरोधक के रूप में स्त्रियों की योनि के अंदर डाली जानेवाली एक रबर की झिल्ली)।

diarrhoea • डाइआरिया • *n*. पेचिश, अतिसार, दस्त लगने की बीमारी।

diary • डायरी • *n*. दैनंदिनी, डायरी, तिथि पुस्तिका।

dice • डाइस • *n*. पासा।

diachotomy • डिकोटॉमि • *n*. दो भागों में बांटने की क्रिया, द्विभाजन।

dictate • डिक्टेट • *vt*. लिखवाना, 2. हुक्म देना, *n*. हुक्म, आज्ञा।

dictation • डिक्टेशन • *n*. लिखाने की क्रिया, श्रुतलेख।

dictator • डिक्टेटर • *n*. तानाशाह, अधिनायक, निरंकुश शासक, **~ship** (डिक्टेटरशिप) *n*. तानाशाही।

diction • डिक्शन • *n*. उच्चारण।

dictonary • डिक्शनरी • *n*. शब्दकोश।

die • डाइ • *vi*. मरना, *n*. ठप्पा।

diehard • डाइहार्ड • *n*. कट्टरपंथी।

diesel • डिज़ेल • *n*. डीजल (तेल)।

diet • डायट • *n*. खुराक, **~ary** (डायटरी) *a*. आहार संबंधी।

differ • डिफ़र • *vi.* असहमत होना।

difficult • डिफ़िकल्ट • *a.* कठिन, मुश्किल।

diffidence • डिफ़िडेंस • *n.* शर्मिलापन।

diffident • डिफ़िडेंट • *n.* आत्मविश्वासहीन व्यक्ति, झेंपू।

diffuse • डिफ्यूज़ • *vt.* बिखेरना, *a.* बिखरा हुआ।

dig • डिग • *vt. (pp.* **dug***)* खोदना, गढ़ा बनाना।

digest • डायजेस्ट • *vt.* (खाना) पचाना, हजम करना, *n.* विस्तृत लेखादि का संक्षिप्त रूप, ~**ion** (डाइजश्चन) *n.* हाजमा, पाचन शक्ति।

digit • डिजिट • *n.* (हाथ या पांव की) उंगली, 2. 0 से 9 तक की संख्या, अंक, ~**al** (डिजिटल) *a.* उंगली से किया जाने वाला या चलने वाला।

dignified • डिग्नीफाइड • *a.* प्रतिष्ठित।

dignify • डिग्नीफ़ाई • *vt.* प्रतिष्ठित करना।

dignity • डिग्निटी • *n.* गौरव, मान मर्यादा, बड़प्पन, ख्याति।

digress • डाइग्रेस • *vi.* बात बदलना, भटक जाना, ~**ion** (डाइग्रेसन) *n.* विषयांतर।

dilapidated • डिलैपिडेटेड • *a.* जीर्ण-शीर्ण, टूटा-फूटा।

dilate • डाइलेट • *vt.* फैलाना, चौड़ा करना।

dilatory • डाइलेटरी • *a.* देरी करने वाला।

dilemma • डाइलेमा • *n.* द्विविधा, दुविधा, धर्म संकट।

diligence • डिलिजेंस • *n.* कर्मठता।

diligent • डिलिजेंट • *a.* परिश्रमी, कर्मठ।

dilly-dally • डिली-डैली • *n.* हिच-किचाहट।

dilute • डाइल्यूट • *v.* पतला करना, मिलावट करना।

dilution • डाइल्यूशॅन • *n.* मिलावट, पतला करना।

dim • डिम • *a.* मद्धिम, *vt.* धुंधला करना।

dimension • डाइमेनशॅन • *n.* आयाम।

diminish • डिमिनिश • *vt.* कम करना।

diminution • डिमिन्यूशॅन • *n.* कमी, ह्रास।

dimple • डिम्पल • *n.* गालों में पड़ने वाला गड्ढा।

din • डिन • *n.* शोर-गुल।

dine • डाइन • *v.* खाना, भोजन करना।

dinghy • डिंघी • *n.* डोंगी।

dingy • डिंगी • *a.* गंदा, मलिन।

dinner • डिनर • *n.* रात का भोजन, (पहले दोपहर के भोजन को डिनर कहा जाता था)।

dinosaur • डायनसॉर • *n.* एक प्राचीन जंतु (डायनासोर)।

dip • डिप • *n.* गोता, डुबकी, *vt.* डुबाना, गोता देना।

diptheria • डिपथिरिया • *n.* गले की

एक बीमारी, डिपथिरिया।

diploma • डिप्लोमा • *n.* सनद, उपाधि-पत्र, डिप्लोमा।

diplomacy • डिप्लोमैसी • *n.* कूटनीति।

diplomat • डिप्लोमैट • *n.* कूटनीतिज्ञ।

direct • डिरेक्ट • *a.* सीधा, *adv.* सीधे, *vi, vt.* बतलाना, राह दिखाना, 2. संचालन करना, निर्देशन करना (नाटक, फिल्म, आदि), 3. की ओर लक्ष्य करना, ~ **ion** (डिरेक्शॅन) *n.* दिशा, 2. निर्देशन, ~ **ive** (डिरेक्टिव) *a.* निर्देशात्मक, ~ **orate** (डिरेक्टोरेट) *n.* निदेशालय।

dirt • डर्ट • *n.* धूल, गंदगी, कूड़ा, ~ **y** (डॅर्टी) *a.* गंदा, मैला, 2. (साहित्य, कला, आदि में) अश्लील।

disability • डिसऐबिलिटी • *n.* अक्षमता, अशक्तता, अयोग्यता।

disabled • डिसएबल्ड • *a.* अपंग।

disadvantage • डिसऐडवांटेज • *n.* असुविधा, अहित।

disagree • डिसऐग्री • *vi.* असहमत होना, ~ **ment** (डिसऐग्रीमेंट) *n.* असहमति।

disappear • डिसॅपिअॅर • *vi.* अदृश्य होना, गायब होना, ~ **ance** (डिसॅऐपिअॅरेंस) *n.* लोप, अंतर्धान।

disappoint • डिसॅऐपॉइन्ट • *vt.* निराश करना, ~ **ment** (डिसऐपॉइन्टमेंट) *n.* निराशा, विफलता।

disapprove • डिसऐप्रूव • *vt.* अनुमोदन न करना।

disarm • डिस्आर्म • *vt.* निरस्त्र करना।

disaster • डिज़ास्टर • *n.* घोर विपत्ति।

disastrous • डिज़ास्ट्रस • *a.* अनर्थकारी।

disband • डिस्बैंड • *vt.* भंग करना।

disburse • डिस्बर्स • *vt.* वितरण करना।

disc • डिस्क • *n.* तवा, (ग्रामोफोन का) रिकार्ड।

discard • डिस्कार्ड • *vt.* छाँट देना, हटा देना।

discern • डिसॅर्न • *vt.* समझ लेना।

discharge • डिस्चार्ज • *vt.* दोष मुक्त करना, (नौकरी से) निकाल देना, छाँट देना।

disciple • डिसाइपॅल • *n.* छात्र, शिष्य।

discipline • डिस्प्लिन • *n.* अनुशासन, प्रशिक्षण, साधना, 2. शास्त्र, विद्या, *vt.* अनुशासित करना।

disclaim • डिस्क्लेम • *vt.* दावा छोड़ना, अस्वीकार करना।

disclose • डिसक्लोज़ • *vt.* प्रकट करना।

disclosure • डिस्क्लोज़र • *n.* उद्घाटन, प्रकटन, बता देना।

disco • डिस्को • *n.* डिस्कोथिक का संक्षिप्त रूप, नाच क्लब, नवयुवक नवयुवतियों के उल्लंग नृत्य का एक रूप।

discolour • डिसकलर • *vt.* बदरंग करना।

discomfit • डिसकॉमफ़िट • *vt.* घबड़ा देना।

discomfort • डिसकम्फ़र्ट • *n.* असुविधा, बेआराम, तकलीफ।

discompose • डिसकॉम्पोज़ • *vt.* परेशान करना।

disconcert • डिसकन्सर्ट • *vt.* घबड़ा देना।

disconnect • डिसकॅनेक्ट • *vt.* अलग करना।

disconsolate • डिस्कॉन्सोलेट • *a.* बेचैन।

discontent • डिस्कॉन्टेंट • *n.* असंतोष।

discontinue • डिस्कॉन्टिन्यू • *vt.* अंत करना, क्रम तोड़ना।

discord • डिस्कॉर्ड • *n.* अनबन।

discount • डिस्कॉउंट • *n.* छूट, 2. किसी विनिमयसाध्य बिल का भुनाना।

discourage • डिस्करेज • *vt.* निरुत्साहित करना, हतोत्साहित करना, ~**ment** (डिस्करेजमेंट) *n.* मायूसी।

discourse • डिस्कोर्स • *n.* भाषण, वक्तव्य।

discourteous • डिस्कर्टियस • *a.* अभद्र, अशिष्ट।

discover • डिस्कवर • *vt.* खोज करना, आविष्कार करना, ~**y** (डिस्कवरी) *n.* आविष्कार, खोज

discredit • डिसक्रेडिट • *vt.* अविश्वास पैदा करना, *a.* अविश्वास, नीचता।

discreet • डिस्क्रीट • *a.* होशियार।

discrepancy • डिस्क्रीपैंसी • *n.* हिसाब में अंतर, बात में भिन्नता।

discretion • डिस्क्रीशॅन • *n.* समझबूझ, विवेक, मर्जी, ~**ary** (डिस्क्रीशनरी) *a.* मर्जी का, विवेकात्मक।

discriminate • डिस्क्रीमिनेट • *vi.* भेदभाव करना।

discrimination • डिस्क्रीमिनेशॅन • *n.* भेदभाव, तमीज, विवेक।

discus • डिस्कस • *n.* डिस्कस, चक्का फेंकने के खेल का चक्का।

discuss • डिस्कॅस • *vt.* विचार-विनिमय करना, चर्चा करना।

disdain • डिस्डेन • *n.* अवहेलना।

disease • डिज़ीज़ • *n.* रोग, बीमारी।

disembark • डिसएम्बार्क • *vi.* जहाज से उतरना।

disengage • डिसएन्गेज • *vt.* अलग करना, संबंध तोड़ना, छुड़ाना (जैसे गाड़ी का क्लच)।

disfigure • डिस्फ़िगर • *vt.* शक्ल बिगाड़ना।

disgorge • डिसगार्ज • *vt.* उगलना, वापस करना।

disgrace • डिसग्रेस • *n.* कलंक, अपयश, बदनामी ~**ful** (डिसग्रेसफ़ुल) *a.* शर्मनाक।

disgruntled • डिसग्रन्टॅल्ड • *a.* असंतुष्ट।

disguise • डिसगाइज़ • *n.* छद्मवेश, पहचान छुपाने का ढंग।

disgust • डिसगस्ट • *n.* घृणा, नफरत, विरक्ति।

dish • डिश • *n.* तश्तरी, डिश, रकाबी, 2. परोसा हुआ खाना।

dishearten • डिसहार्टेन • *vt.* हौसला पस्त करना।

dishevelled • डिसहेवेल्ड • *a.* बदहवास, बिखरे बालों वाला, परेशान।

dishonest • डिसऑनेस्ट • *a.* बेईमान।

dishonour • डिसॉनर • *vt.* बेइज्जत करना, 2. बदनामी, बेइज्जती, ~ **able** (डिसॉनरेबल) *a.* बदनामी का कारण बनने वाला।

dishwasher • डिशवार्शर • *n.* बर्तन माँजने वाला/वाली, बर्तन मांजने की मशीन।

disillusion • डिसइलूज़ॅन • *vt.* भ्रम भंग होना, भ्रम दूर करना।

disincentive • डिसइन्सेन्टिव • *n.* उत्साह भंग का कारण होना।

disinfect • डिसइन्फ़ेक्ट • *vt.* कीटाणु रहित करना, रोगाणु रहित करना, **~ant** (डिसइन्फ़ैक्टेंट) *n.* रोगाणु-नाशक।

disinformation • डिसइन्फ़ॉर्मेशॅन • *n.* गलत सूचना।

disingenuous • डिसइनजेनुअॅस • *n.* कपटी।

disinherit • डिसइनहेरिट • *vt.* (संपत्ति आदि के) उत्तराधिकार से वंचित करना।

disintegrate • डिसइन्टिग्रेट • *vt.* छूट जाना, विघटित होना।

disinterested • डिसइन्टरेस्टेड • *a.* निष्पक्ष।

disjointed • डिसज्वाएंटेड • *a.* असंलग्न।

dislike • डिसलाइक • *vt.* नापसंद करना, *n.* नापसंदगी।

dislocate • डिसलोकेट • *vt.* उखाड़ना, उजाड़ना।

dislocation • डिसलोकेशन • *n.* उखड़ा हुआ जोड़।

dismal • डिस्मल • *a.* निराशापूर्ण, निराशाजनक।

dismantle • डिस्मैंटल • *vt.* पुरजे आदि खोलकर अलग करना।

dismay • डिस्मे • *n.* कातरता, व्याकुलता।

dismember • डिसमेम्बर • *vt.* अंग काटकर अलग-अलग करना।

dismiss • डिस्मिस • *vt.* (नौकरी से) निकाल देना।

dismount • डिसमाउंट • *vi.* उतरना।

disobey • डिसओबे • *vi.* अवज्ञा करना, बात न मानना।

disorder • डिसऑर्डर • *n.* गड़बड़ी, अव्यवस्था।

disorganise • डिसऑर्गेनाइज़ • *vt.* विघटन करना।

disorientation • डिसओरिएंटेशॅन • *n.* दिग्भ्रम।

disown • डिसओन • *vt.* परित्याग करना।

dispassionate • डिसपैशॅनेट • *a.* तटस्थ, अनासक्त।

dispatch • डिस्पैच • *n.* प्रेषण, भेजना, *vt.* भेजना, प्रेषित करना।

dispel • डिस्पेल • *vt.* तितर-बितर करना।

dispensary • डिस्पेंसरी • *n.* औषधालय

dispensation • डिस्पेंसेशॅन • *n.* दंड मुक्ति।

disperse • डिस्पर्स • *v.* तितर-बितर होना।

displace • डिस्प्लेस • *vt.* स्थान बदलना।

display • डिस्प्ले • *vt.* दिखाना, प्रदर्शित करना, *n.* प्रदर्शन, सजावट।

displease • डिस्प्लीज़ • *vt.* अप्रसन्न करना, नाराज करना।

disposal • डिस्पोज़ॅल • *n.* निपटाना।

dispose • डिस्पोज़ • *v.* निपटारा करना, 2. फेंक देना, ~ **of** *vt.* निपटाना।

disprove • डिस्प्रूव • *v.* झूठा साबित करना।

disproportionate • डिस्प्रोपोर्शनेट • *a.* असंगत, विषम।

dispute • डिस्प्यूट • *n.* विवाद, झगड़ा, *vi.vt.* झगड़ना।

disqualification • डिसक्वालिफ़िकेशॅन • *n.* अयोग्यता, अनर्हता।

disqualify • डिसक्वालिफ़ाई • *vt.* अयोग्य घोषित करना।

disregard • डिसरिगार्ड • *n.* अनादर, उपेक्षा।

disrepute • डिसरेप्यूट • *n.* बदनामी।

disrespect • डिसरेस्पेक्ट • *n.* अनादर।

disrupt • डिसरॅप्ट • *vt.* अस्त-व्यस्त कर देना, ~ **ion** (डिसरॅप्शॅन) *n.* विघटन।

dissatisfaction • डिससैटिसफ़ेक्शॅन • *n.* असंतोष

dissect • डिसेक्ट • *vt.* चीर-फाड़ करना, ~ **ion** (डिसेक्शॅन) *n.* चीर-फाड़।

disseminate • डिसेमिनेट • *vt.* फैलाना।

dissemination • डिसेमिनेशॅन • *n.* प्रसार।

dissension • डिसेंसन • *n.* मतभेद।

dissent • डिसेंट • *vi.* असहमत होना, *n.* मतभेद, मतांतर।

dissertation • डिसर्टेशॅन • *n.* शोध-प्रबंध (लघु)।

disservice • डिस्सर्विस • *n.* हानिकर कार्य।

dissident • डिसिडेंट • *n.* सहमति-विहीन व्यक्ति।

dissimilar • डिस्सिमिलर • *a.* भिन्न, असमान।

dissipate • डिसिपेट • *vi.,vt.* बिखेरना।

dissipation • डिसिपेशॅन • *n.* अनैतिक जीवन।

dissociate • डिसोशिएट • *vt.* अलग करना।

dissociation • डिसोसिएशॅन • *n.* पृथक्करण।

dissoluble • डिसॉल्युबॅल • *a.* घुलन-शील।

dissolute • डिस्सॉल्यूट • *a.* दुराचारी, व्यसनी।

dissolution • डिसॉल्युशॅन • *n.* विवाह विच्छेद, 2. भागीदारी को अंत करना।

dissolve • डिज़ॉल्द • *vi.,vt.* घुलना, घोलना।

dissuade • डिस्सुएड • *vt.* विचार परिवर्तित करवाना।

distance • डिस्टैंस • *n.* दूरी, फासला।

distant • डिस्टैंट • *a.* दूर, दूर का।

distaste • डिस्टेस्ट • *n.* अरुचि, बेस्वाद ~**ful** (डिस्टेस्टफ़ुल) *a.* अरुचिकर, बेस्वाद

distemper • डिस्टेम्पर • *n.* एक तरह का रंग, 2. कुत्तों का एक रोग।

distil • डिस्टिल • *vi., vt.* चुलाना, शराब चुलाना, अर्क बनाना, ~ **lation** (डिस्टिलेशॅन) *n.* आसवन, चुलाना।

distinct • डिस्टिंक्ट • *a.* सुस्पष्ट, साफ।

distinction • डिस्टिंक्शॅन • *n.* स्पष्ट होना, 2. विशेष योग्यता।

distinctive • डिस्टिंक्टिव • *a.* भिन्न, औरों से अलग।

distinguish • डिस्टिंग्विश • *vi.,vt.* अंतर करना, अंतर बताना।

distract • डिस्ट्रैक्ट • *vt.* ध्यान बंटाना, ~**ion** (डिस्ट्रैक्शॅन) *n.* बाधा, विमनस्कता।

distress • डिस्ट्रेस • *vt.* दुख देना।

distribute • डिस्ट्रिब्यूट • *vt.* बांटना, वितरित करना।

distribution • डिस्ट्रिब्यूशॅन • *n.* बांटना, वितरण।

district • डिस्ट्रिक्ट • *n.* जिला।

distrust • डिस्ट्रस्ट • *n.* अविश्वास, संदेह, *vt.* अविश्वास करना।

disturb • डिस्टर्ब • *vt.* बाधा डालना, परेशान करना, ~**ance** (डिस्टर्बेन्स) *n.* बाधा, परेशानी, शोरगुल, उपद्रव।

disunion • डिसयूनिअॅन • *n.* अलगाव।

disunite • डिसयुनाइट • *vi.,vt.* अलग होना, अलग करना।

disuse • डिस्यूज़ • *n.* किसी चीज़ के व्यवहार में न होने की स्थिति, 2. प्रचलन का न होना, ~**d** (डिस्यूज़्ड) *a.* अप्रचलित।

ditch • डिच • *n.* खाई, *vt.* साथ छोड़ देना, (प्रेम में) धोखा देना।

dither • डिदर • *vi.* फैसला करने में असमर्थ होना।

ditto • डिटो • *n.* वैसा ही जैसा ऊपर है।

divan • डिवान • *n.* दिवान।

dive • डाइव • *vi.* गोता मारना, *n.* गोता, 2. बदनाम क्लब या शराबखाना, *vi.* (हवाई जहाज का) अचानक नीचे आना।

diverge • डाइवॅर्ज • *vi.* अलग होना, भिन्न दिशाओं में जाना, ~ **nce** (डाइवर्जेन्स) *n.* भिन्नता।

diverse • डाइवर्स • *a.* विविध, भिन्न।

diversify • डाइवर्सिफ़ाई • *vt.* विविधता पैदा करना।

diversity • डाइवर्सिटी • *n.* विविधता।

diversion • डाइवर्ज़न • *n.* धोखा, ध्यान बँटाना।

divert • डाइवर्ट • *vt.* अन्य दिशा की ओर मोड़ देना, 2. मनोरंजन करना।

divide • डिवाइड • *vt.* अनेक भागों में बाँटना, विभक्त करना, भाग देना, *vi.* मतदान में दो भागों में बंट जाना।

dividend • डिविडेंड • *n.* लाभांश (शेअर आदि का)।

divine • डिवाइन • *a.* दैवी, ईश्वरीय, *vt.* अनुमान लगाना।

divinity • डिविनिटी • *n.* देवत्व।

division • डिवीज़न • *n.* विभाजन, बंटवारा, 2. मंडल, कमिश्नरी, 3. मतभेद, 4. भाग (गणित), 5. फूट।

divorce • डिवोर्स • *n.* तलाक, विवाह-विच्छेद, *vt.* तलाक देना, ~ **d** (डिवोर्स्ड), ~ **e** (डिवोर्सी) *n.* तलाक-शुदा।

divulge • डाइवल्ज • *vt.* खोलना, प्रकट करना।

dizzy • डिज़ी • *a.* चकराया हुआ, *vt.* चकरा देना, चक्कर आना।

do • डू • *vt.* करना, ~ **er** (डूअर) *a.* करने वाला, ~ **ings** (डूइंग्ज़) *n.* कार्य-कलाप।

docile • डोसाइल • *a.* आज्ञापालक।

docility • डोसिलिटी • *n.* विनय-शीलता।

dock • डॉक • *n.* गोदी (समुद्रतट की), डॉक, ~ **yard** (डॉक यार्ड) *n.* गोदी-बाड़ा, गोदी का वह स्थान जहाँ जहाजों की मरम्मत भी होती है।

doctor • डॉक्टर • *n.* पंडित, डॉक्टरेट की उपाधि प्राप्त व्यक्ति, 2. डॉक्टर, चिकित्सक, *vt.* चिकित्सा करना, ~ **ate** (डॉक्टरेट) *n.* डॉक्टर की उपाधि, ~ **of philosophy** (डॉक्टर ऑफ़ फ़िलॉसफ़ी) *n.* **Ph. D.** (पी-एच.डी.) पी-एच.डी., विद्यावाचस्पति।

doctrine • डॉक्टरीन • *n.* सिद्धांत।

document • डॉकुमेंट • *n.* दस्तावेज, ~ **ary** (डॉकुमेंटरी) *a.* दस्तावेज़ी, लेख्य, *n.* वास्तविक जीवन से संबंधित वृत्तचित्र या फ़िल्म।

dodge • डॉज • *n.* चकमा, *vt.* चकमा देना।

doe • डो • *n.* हिरनी, हरिणी, मृगी।

dog • डॉग • *n.* कुत्ता, ~ **ged** (डॉगेड) *a.* हठी, धुन का पक्का।

dogma • डॉग्मा • *n.* पक्का मत।

doldrums • डॉलड्रम्ज़ • *n.* उदासी, विषाद में डूबे होना।

dole • डोल • *n.* दान, बेरोजगारी भत्ता, ~ **ful** (डोलफ़ुल) *a.* दुखी, उदास।

doll • डॉल • *n.* गुड़िया।

dollar • डॉलर • *n.* अमेरिकी सिक्का, डालर (जो आजकल भारतीय पैंतालीस रुपये से कुछ अधिक का है)।

dolphin • डॉलफ़िन • *n.* डोल्फिन मछली।

domain • डोमेन • *n.* अधिकार-क्षेत्र, रियासत।

dome • डोम • *n.* गुंबद, गुम्बज।

domestic • डोमेस्टिक • *a.* घरेलू, पालतू, देशी।

domicile • डोमिसाइल • *n.* निवास-स्थान।

dominant • डोमिनैंट • *a.* महत्वपूर्ण।

dominate • डोमिनेट • *vt.* अधिकार में रखना, शासन करना, छाया रहना, *vi.*, छा जाना।

domineering • डोमिनियरिंग • *a.* धाक जमाने वाला।

dominion • डोमिनियन • *n.* अधिकार क्षेत्र, राज्य।

don • डॉन • *n.* विश्वविद्यालय में अध्यापक, *vt.* कपड़े पहनना, *n.* अपराधकर्मियों का प्रमुख।

donate • डोनेट • *vt.* दान करना।

donation • डोनेशॅन • *n.* दान, चंदा।

donkey • डॉन्की • *n.* गधा।

donor • डोनर • *n.* दान देने वाला, दाता, दानी।

doodle • डूडॅल • *n.* टेढ़ी-मेढ़ी रेखाएँ खींचना।

doom • डूम • *n.* भाग्य, किस्मत, बुरी किस्मत।

door • डोर • *n.* दरवाजा।

dope • डोप • *n.* नशीली दवा।

dorment • डोरमेंट • *a.* निष्क्रिय, सुप्त, जो लागू न हो।

dormatory • डोरमैटरी • *n.* कई बिस्तरों वाला शयन कक्ष।

dose • डोज़ • *n.* दवा की खुराक।

dossier • डॉसिए • *n.* घटना-विशेष की फ़ाइल या डायरी।

dot • डॉट • *n.* बिंदी, *vi.* बिंदु लगाना।

dote • डोट • *n.* प्यार करना (खासकर बच्चों को)।

dot-matrix printer • डॉट-मैट्रिक्स प्रिंटर • *n.* कम्प्यूटर के लिए एक प्रकार की छपाई मशीन।

double • डबॅल • *n.* दुगुना, दोहरा (सिनेमा में) किसी अभिनेता का उससे मिलता-जुलता दूसरा आदमी भी जो उसके लिए शॉट में दे।

doubt • डाउट • *n.* संदेह, ~**ful** (डाउटफ़ुल), *a.* संदेहजनक, संदेहास्पद, ~**less** (डाउटलेस) *adv.* निस्संदेह।

dough • डफ़ • *n.* गूँथा हुआ आटा, 2. रुपया-पैसा, ~**nut** (डफ़नट) *n.* आटे से बना मीठा खाद्य पदार्थ।

douse • डाउज़ • *vt.* पानी से तर करना।

dove • डव • *n.* फ़ाख़्ता, पंडुक।

dowdy • डाउडी • *a.* भद्दा, फूहड़, गंदे-भद्दे कपड़े पहना (व्यक्ति)।

down • डाउन • *adv.* नीचे की ओर, नीचे, अधोगति की ओर, ~**cast** (डाउनकॉस्ट) *a.* दुखी, ~ **fall** (डाउनफ़ॉल) *n.* पतन, ~ **pour** (डाउनपोर) *n.* मूसलाधार बारिश, ~**stairs** (डाउन स्टेअर्स) *adv.* नीचे की मंजिल पर, ~**trodden** (डाउन-ट्रड्डन) *a.* पददलित।

dowry • डाउअरि • *n.* दहेज।

doze • डोज़ • *n.* ऊँघा, ऊँघना।

dozen • डज़ॅन • *n.* दर्जन।

draft • ड्राफ़्ट • *n.* मसौदा, प्रारूप, रूपरेखा, 2. हुंडी, बैंक ड्राफ्ट, *v.* प्रारूप तैयार करना, रेखाचित्र बनाना, ~**sman** (ड्राफ्टसमैन) *n.* नक्शा बनाने वाला (नक्शानवीस)।

drag • ड्रैग • *vi, vt.* खींचना, मुश्किल से खींचना, घसीटना, *n.* बोझ, रुकावट।

dragon • ड्रैगन • *n.* चीन का एक काल्पनिक भयंकर जानवर।

drain • ड्रेन • *n.* नाली, *vi., vt.* बहाना, बहना, ~**age** (ड्रेनेज) *n.* पानी की निकासी।

drake • ड्रेक • *n.* नर बत्तख।

dram • ड्राम • *n.* एक औंस का सोलहवाँ भाग।

drama • ड्रामा • *n.* नाटक, ~**tic** (ड्रैमेटिक) *a.* नाटकीय, नाटक संबंधी, ~**tise** (ड्रैमेटाइज़) *vt.* कहानी, उपन्यास आदि को नाटक में परिवर्तित करना, ~ **tist** (ड्रैमेटिस्ट) *n.* नाटककार।

drape • ड्रेप • *vt.* कपड़े से सजाना, ~**er** (ड्रेपर) *n.* कपड़े से सजाने वाला।

drastic • ड्रास्टिक • *a.* सख़्त, प्रबल।

draught (Am.) • ड्राफ्ट • *n.* हवा का झौंका, 2. रूपरेखा, इमारत आदि की, *vt.* रूपरेखा बनाना।

draw • ड्रॉ • *n.* (इनाम) निकालना, 2. अनिर्णीत मैच, *vt.* खींचना, 2. (बैंक आदि से रुपये) निकालना, ~**back** (ड्रॉबैक) *n.* हानि, कमी, ~ **ing** (ड्राइंग) *n.* चित्र, चित्रांकन, ~**ing room** (ड्राइंग रूम) *n.* बैठकखाना।

drawl • ड्रॉल • *vi.* धीरे-धीरे बोलना।

dread • ड्रेड • *n.* दहशत, आशंका, *vt.* भयभीत होना, ~**ful** (ड्रेडफ़ुल) *a.* भयानक।

dream • ड्रीम • *n.* स्वप्न, ख़्वाब, 2. कल्पित वस्तु, ~**er** (ड्रीमर) *n.* सपने देखने वाला।

dreary • ड्रिअरी • *a.* दुखद।

dredger • ड्रेजॅर • *n.* नीचे से मिट्टी आदि ऊपर निकालने का यंत्र।

drench • ड्रेंच • *vt.* भिगोना, तर-बतर करना, *n.* मूसलाधार वर्षा।

dress • ड्रेस • *n.* पोशाक, *vi, vt.* कपड़े पहनना, सज्जित करना, ~**ing room** (ड्रेसिंग रूम) *n.* प्रसाधन कक्ष।

dribble • ड्रिबॅल • *n.* धीरे बहने वाली धारा, टपकना।

drift • ड्रिफ़्ट • *n.* राह से हटना, *vi.* राह से हटकर बहना (नौका आदि का)।

drill • ड्रिल • *n.* बरमा, 2. कवायद (सैनिकों आदि की), *vt.* बरमा से छेद करना, कवायद कराना, ~**ing** (ड्रिलिंग) *n.* बरमा चलाना।

drink • ड्रिंक • *vi, vt.* पीना, शराब पीना, *n.* शराब।

drip • ड्रिप • *vi. vt.* टपकना।

drive • ड्राइव • *vt.* चलाना (जैसे मोटरकार आदि), भगाना, *n.* अभियान, ~**er** (ड्राइवर) *n.* चालक।

drizzle • ड्रिज़ॅल • *v.* फुहार पड़ना, *n.* फुहार।

droll • ड्रॉल • *a.* हास्यकर, *vi.* मजाक करना, *n.* विदूषक।

drone • ड्रोन • *n.* नर मधुमक्खी, *vi.* भिनभिनाना।

droop • ड्रुप • *n.* लटकन, झुकाव, *vi.* लटकना, नीचे झुकना (पौधे का)

झुकना, **~ing** (ड्रुपिंग) *a.* झुका हुआ।

drop • ड्रॉप • *n.* बूँद, *vi,vt.* बूँद-बूँद टपकना, टपकाना।

dropsy • ड्रॉप्सी • *n.* जलोदर (रोग)।

drought • ड्राउट • *n.* सूखा, अनावृष्टि।

drown • ड्राउन • *vi., vt.* डूबना, डुबाना, डूबकर मरना, पानी से भर देना।

drowse • ड्राउस • *n.* झपकी, *vi.* झपकी लेना।

drudge • ड्रज • *vi.* नीरस काम करना, **~ry** (ड्रजरी) *n.* नीरस काम।

drug • ड्रग • *n.* औषधि, दवा, 2. नशीला पदार्थ (जैसे गांजा, चरस, आदि), **~gist** (ड्रगिस्ट) *n.* दवा बेचने वाला।

drum • ड्रम • *n.* ढोल, ढोलक, *vt.* ढोल बजाना।

drunk • ड्रंक • *a.* शराब के नशे में चूर, **~ard** (ड्रंकर्ड) *n.* शराबी, **~en** (ड्रंकेन) *a.* शराब के नशे में बेहोश।

dry • ड्राई • *a.* सूखा, 2. रसहीन, *vt.* सूखना, सुखाना।

dual • डूयल • *a.* दोहरा।

duchess • डचेस • *n.* ड्यूक की बीबी।

duck • डक • *n.* बत्तख, *vi, vt.* बचने के लिए झुक जाना।

duct • डक्ट • *n.* नलिका (शरीर की)।

due • ड्यू • *n.* बकाया, 2. योग्य।

duel • ड्युॲल • *n.* द्वंद्व-युद्ध।

duet • ड्यूएट • *n.* युगल गान, दो-गाना।

duffer • डफ़ॅर • *n.* निकम्मा।

dull • डल • *a.* मंद बुद्धि, 2. धुँधला, *vt.* दर्द, दुख कम करना, **~ard** (डलर्ड) *n.* मंदबुद्धि आदमी।

duly • ड्यूली • *adv.* सही रूप में।

dumb • डंब • *a.* गूँगा।

dummy • डमी • *n.* नकली वस्तु, 2. पुस्तक या पत्रिका आदि का नकली नमूना।

dunce • डंस • *n.* पढ़ाई में सुस्त आदमी।

dung • डंग • *n.* गोबर।

dungeon • डंजन • *n.* तहखाना, काल कोठरी।

dupe • ड्यूप • *vt.* ठगना, मूर्ख बनाना।

duplex • ड्यूप्लेक्स • *a.* दोहरा (जैसे डूप्ले अपार्टमेंट, आदि)।

duplicate • डुप्लीकेट • *n.* नकल, प्रतिलिपि, वैसी ही दूसरी चीज़, *vt.* कागज, पत्र, आदि की नकल या दूसरी प्रति, प्रतिलिपि तैयार करना।

duplicity • डुप्लिसिटी • *n.* छल, कपट।

durability • ड्युरेबिलिटी • *n.* टिकाऊपन।

durable • ड्युरेबॅल • *a.* टिकाऊ।

duration • ड्युरेशन • *n.* मियाद।

duress • ड्यूरेस • *n.* दबाव।

during • ड्यूरिंग • *prep.* के दौरान।

dusk • डस्क • *n.* (शाम का) झुटपुटा, **~y** (डस्की) *a.* मटमैला।

dust • डस्ट • *n.* धूल *vt.* धूल झाड़ना, **~bin** (डस्टबिन) *n.* रद्दी का टोकरा,

~**er** (डस्टर) *n.* झाड़न, ~**y** (डस्टी) *a.* धूल-धूसरित।

dutiful • ड्यूटीफ़ुल • *a.* कर्तव्य परायण।

duty • ड्यूटी • *n.* कर्तव्य, 2. शुल्क, 3. कर (जैसे **death duty**), डेथ ड्यूटी, मृत्यु कर, ~**free** (ड्यूटी फ्री) *n.* कर मुक्त।

dwarf • ड्वार्फ़ • *n.* बौना, *vt.* तुलना में छोटा दिखलाना।

dwell • ड्वेल • *vi.* रहना, वास करना, ~**er** (ड्वेलर) *n.* बाशिंदा, ~**ing** (ड्वेलिंग) *n.* निवास, घर।

dwindle • ड्विंडल • *vi.* घटना, कम होना।

dye • डाई • *vt.* रंगना, 2. रंग।

dying • डाईंग • *a.* मरने वाला, जो मर रहा हो।

dyke • डाइक • *n.* समुद्र का पानी निकालने के लिए बना बांध, किसी स्थान से पानी निकालने के लिए बनी नहर।

dynamic • डायनामिक • *a.* ओजस्वी।

dynamite • डायनामाइट • *n.* डायनामाइट, प्रचंड विस्फोटक पदार्थ, *vt.* डायनामाइट से उड़ा देना।

dynamo • डायनामो • *n.* बिजली उत्पादन करने की मशीन, डायनामो।

dynasty • डायनेस्टी • *n.* वंश, कुल, **dynastic** (डाइनैस्टिक) राजवंशीय।

dysentery • डिसेंट्री • *n.* पेचिश, संग्रहणी।

dysfunction • डिस्फंक्शॅन • *n.* ठीक ढंग से काम न करना।

dyspepsia • डिस्पेप्सिया • *n.* बदहजमी, अजीर्ण।

dystrophy • डिस्ट्रॉफ़ी • *n.* मांसपेशियों का क्षीण होना।

E

E/e • ई • *n.* अंग्रेजी (रोमन) वर्णमाला का पाँचवां अक्षर।

each • ईच • *a.* प्रत्येक, हरेक।

eager • ईगर • *a.* उत्सुक, इच्छुक, अधीर।

eagle • ईगल • *n.* गिद्ध, गरुड़ पक्षी।

ear • इअर • *n.* कान, ~**ring** (इयरिंग) *n.* कर्णफूल।

early • अर्ली • *adv.* जल्दी, शीघ्र, 2. प्रातःकाल में, प्रारंभ में।

earn • अर्न • *vt.* कमाना, अर्जित करना, ~**ings** (अर्निंग्स) *n.* कमाई।

earnest • अर्नेस्ट • *a.* गंभीर, उत्साही।

earth • अर्थ • *n.* पृथ्वी, धरती, मिट्टी, ~ **ly** (अर्थली) *a.* सांसारिक, ~ **quake** (अर्थक्वेक) *n.* भूकंप, ~ **worm** (अर्थवॅर्म) *n.* केंचुआ।

ease • ईज़ • *n.* चैन, आराम, *vt.* चिंता

कम करना।

easel • ईजेल • *n.* चित्रफलक।

east • ईस्ट • *n.* पूरब, पूर्व दिशा, **~ern** (ईस्टर्न) *a.* पूर्वी, पूर्वी भाग का।

easy • ईज़ी • *a.* आसान, सरल।

eat • ईट • *vt.* खाना।

eau de cologne • यू डी कोलन • *n.* एक हल्का इत्र।

eaves • ईव्ज़ • *n.* ओरी, ढावा, **~drop** (ईव्ज ड्रॉप) *vt.* छुपकर किसी की बात सुनना।

ebb • एब • *n.* घटना, कम होना, (समुद्र में भाटे के समय) पानी उतरना, **~tide** (एब टाइड) *n.* भाटा।

ebony • एबॅनी • *n.* आबनूस (एक लकड़ी)।

eccentric • एक्सेन्ट्रिक • *a.* सनकी, विचित्र।

ECG • ईसीजी • **electrocardiogram** (एलेक्ट्रोकार्डियोग्राम) का संक्षेप, हृदयगति की विद्युत् तरंगों की माप।

echo • ईको • *n.* प्रतिध्वनि, गूँज।

eclair • एक्लेअर • *n.* उँगली के आकार की जमाई हुई क्रीम।

eclipse • एकलिप्स • *n.* ग्रहण (जैसे सूर्य ग्रहण, चंद्र ग्रहण), *vt.* ग्रहण लगाना, छिपा देना, **solar ~** (सोलर एकलिप्स) *n.* सूर्य ग्रहण, **lunar ~** (लूनर एकलिप्स) *n.* चंद्र ग्रहण।

economic • इकोनॉमिक • *a.* लाभप्रद, **~al** (इकोनॉमिकल) *a.* मितव्ययी, **~s** (इकोनॉमिक्स) *n.* अर्थशास्त्र।

economist • इकोनॉमिस्ट • *n.* अर्थशास्त्री।

economy • इकोनॉमी • *n.* किफायत, अर्थव्यवस्था।

ecstasy • एकस्टैसी • *n.* अत्यानंद।

eczema • एकज़िमा • *n.* खाज, दाद, एकज़िमा।

eddy • एडी • *n.* भंवर।

Eden • इडेन • *n.* अदनबाग जहाँ आदम पैदा हुआ था।

edge • एज • *n.* धार, किनारा।

edgy • एजी • *a.* चिड़चिड़ा।

edible • एडिबल • *a.* खाद्य, खाने योग्य।

edict • एडिक्ट • *n.* राजादेश, धमदिश।

edifice • एडिफ़िस • *n.* इमारत, मकान।

edify • एडिफ़ाई • *vt.* बौद्धिक तथा नैतिक विकास करना।

edit • एडिट • *vt.* संपादन करना, **~ion** (एडीशॅन) *n.* संस्करण, **~or** (एडिटर) *n.* सम्पादक, **~orial** (एडिटोरियल) *n.* संपादकीय।

educate • एडुकेट, एजुकेट • *vt.* शिक्षित करना, पढ़ाना।

education • एडुकेशॅन, एजुकेशॅन • *n.* शिक्षा, विद्या, **~al** (एडुकेशनल) *a.* शैक्षिक, **~ist** (एडेकेशनिस्ट) *n.* शिक्षाशास्त्री।

EEG • ईईजी • **Electroencephalogram** का संक्षेप, *n.* प्रमस्तिष्क का वैद्युत् आरेख।

eel • ईल • *n.* ईल नामक मछली।

eerie • इअरि • *a.* अलौकिक, अजीबो-गरीब।

efface • इफ़ेस • *vt.* मिटा देना।

effect • इफ़ेक्ट • *n.* नतीजा, फल, प्रभाव, ~ **ive** (इफ़ेक्टिव) *a.* प्रभावकारी।

effiminate • एफ़िमिनेट • *a.* स्त्री सुलभ, हाव-भांव में औरतों जैसा (पुरुष)।

efficacious • एफ़िकेशॅस • *a.* असरदार, प्रभावोत्पादक।

efficacy • एफ़िकेसी • *n.* असर, प्रभाव, क्षमता।

efficiency • एफ़िसिएन्सी • *n.* दक्षता, कुशलता।

effigy • एफ़िजी • *n.* पुतला।

effluent • एफ्लुएन्ट • *n.* (कारखाने आदि से) निकलने वाला पानी, नदी, झील आदि से निकलने वाला पानी।

effort • एफ़र्ट • *n.* कोशिश, परिश्रम, प्रयास।

effrontery • एफ्रॉन्टॅरि • *n.* गुस्ताकी।

effusive • एफ़्यूसिव • *a.* भावपूर्ण।

e.g. • ई.जी. • **exmpli gratia)** उदाहरण के लिए, उदाहरणार्थ।

egalitarian • इगैलिटेरिॲन • *a.* समतावादी, ~ **ism** (इगैलिटेरिअ-निज़्म) *n.* समतावाद।

egg • एग • *n.* अंडा, ~ **on** (एगऑन) *vt.* उकसाना, ~ **plant** (एगप्लान्ट) *n.* बैंगन।

ego • ईगो • *n.* अहम्, अहंभाव, मनोविश्लेषण में मन का वह भाग जो समझदार माना जाता है, ~ **ist** (ईगोइस्ट) *a.* अहंकारी, ~ **tism** (ईगोटिज़्म) *n.* अहमन्यता, ~ **tist** (ईगोटिस्ट) *a.* अहंकारी।

egregious • एग्रीजियस • *a.* कुख्यात।

eight • एट • *n.* आठ, ~ **h** (एट्थ) आठवाँ, ~ **een** (एटीन) *n.* अठारह, ~ **y** (एटि) *n.* अस्सी।

either • आइदर • *a.* कोई एक, प्रत्येक, *pron.* दोनों में से एक।

ejaculate • इजैकुलेट • *vi, vt.* स्खलन करना (जैसे वीर्य)।

ejaculation • इजैकुलेशन • *n.* वीर्य पात।

eject • इजेक्ट • *vt.* निकालना, 2. बेदखल करना, ~ **ion** (इजेक्शॅन) *n.* बेदखली।

elaborate • इलैबोरेट • *a.* विस्तृत, 2. जटिल।

elan • एलन • *n.* स्फूर्ति।

elapse • इलैप्स • *vi.* (समय) निकालना, बीत जाना।

elastic • इलास्टिक • *a.* लचीला, लचकदार, खिंच जाने वाला, ~ **ity** (इलास्टिसिटी) *n.* लचीलापन।

elate • इलेट • *vt.* उल्लसित करना।

elation • इलेशॅन • *n.* उल्लास।

elbow • एल्बो • *n.* कुहनी।

elder • एल्डर • *n.* ज्येष्ठ, अग्रज।

elect • इलेक्ट • *v.* चुनना, चुनाव करना, *n.* चुना हुआ, ~ **ion** (एलेक्शॅन) *n.* निर्वाचन, चुनाव, ~ **ioneering** (इलेक्शनियरिंग) *n.* चुनाव संबंधी प्रचार, ~ **ive**

(एलेक्टिव) *a.* निर्वाचित, वैकल्पिक, **~ orate** (इलेक्ट्रोरेट) *n.* मतदाता।

electric • इलेक्ट्रिक • *a.* विद्युत संबंधी, बिजली से संबंधित, **~ al** (एलेक्ट्रिल) *a.* वैद्युतिक, **~ ian** (इलेक्ट्रिशिअॅन) *n.* बिजली मिस्त्री, **~ ity** (इलेक्ट्रिसिटी) *n.* बिजली, विद्युत्।

electrify • इलेक्ट्रिफ़ाई • *vt.* बिजली लगाना।

electrocute • एलेक्ट्रोक्यूट • *vt.* बिजली से मारना।

electron • एलेक्ट्रोन • *n.* इलेक्ट्रोन, **~ ics** (एलेक्ट्रोनिक्स) इलेक्ट्रोनिकी।

elegant • एलिगेंट • *a.* परिष्कृत, चारु।

elegance • एलिगेंस • चारुता, सुन्दरता।

elegy • एलिजी • *n.* शोक गीत।

element • एलिमेंट • *n.* तत्त्व, 2. अंश, **~ ary** (ऐलिमेंटरी) *a.* आसान।

elephant • एलिफ़ेंट • *n.* हाथी, **~ iasis** (एलिफ़ैंटाइसिस) *n.* फील पाँव।

elevate • एलिवेट • *vt.* उठाना, ऊँचा करना।

elevation • एलिवेशॅन • *n.* उठान, उन्नयन, 2. इमारत का हिस्सा।

elevator • एलिवेटर • *n.* लिफ़्ट।

eleven • इलेवन • *n.* ग्यारह, **~ th** ग्यारहवां।

elicit • एलिसिट • *vt.* निकालना, प्रकाश में लाना।

eligible • एलिजॅबॅल • *a.* चुनने लायक, वरणीय।

eligibility • एलिजॅबिलिटि • *n.* योग्यता, वरणीयता, पात्रता।

eliminate • एलिमिनेट • *vt.* छाँटना, निकालना।

elimination • एलिमिनेशॅन • *n.* छंटाई, निष्कासन।

elite • एलीट • *n.* संभ्रांत व्यक्ति, बड़ा आदमी।

elitist • एलिटिस्ट • *n. a.* संभ्रांत, वर्ग-वादी।

elixir • एलिक्जिर • *n.* अमृत।

ellipse • एलिप्स • *n.* अंडाकार आकृति।

elocution • इलोक्यूशॅन • *n.* भाषण देने की कला।

elope • इलोप • *vi.* किसी के साथ घर से भाग जाना, **~ ment** (इलोपमेंट) *n.* छुपकर प्रेमी के साथ लड़की का भागना।

eloquence • इलोक्वेंस • *n.* वाक्-पटुता।

else • एल्स • *adv.* अलावा, दूसरा कोई और, 2. अन्यथा, **~ where** (एल्स-व्हेयर) *adv.* कहीं और।

elucidate • एलुसिडेट • *vt.* स्पष्ट करना।

elude • इल्यूड • *vt.* चालाकी से बचना।

elusive • एल्युसिव • *a.* पकड़ में न आनेवाला।

emaciate • इमैशिएट • *vt.* कमजोर करना।

emanate • इमॅनेट • *vi.* बाहर आना, निकलना।

emancipate • इमैन्सिपेट • *vt.* मुक्त करना, आजाद करना।

emancipation • इमेन्सिपेशॅन • *n.* मुक्ति, आजादी, मुक्त होना, बंधन-हीनता, वर्जनाहीन होना, **emancipated** (इमैन्सिपेटेड) *a.* वर्जनाहीन, स्वच्छंद, मुक्त।

embalm • एम्बाम • *vt.* शव पर मसाला लगाना ताकि वह काफी दिनों तक जैसे का तैसा रहे।

embankment • एम्बैंकमेंट • *n.* बाँध।

embark • एम्बार्क • *vi.* जहाज पर चढ़ना।

embarrass • एम्बैरस • *vt.* लज्जित करना, परेशान करना, **~ ment** (एम्बैरसमेंट) *n.* लज्जा, परेशान।

embassy • एम्बैसी • *n.* राजदूतावास।

embattled • एम्बैटेल्ड • *a.* युद्ध के लिए तैयार।

embers • एम्बर्स • *n.* अंगारे।

embezzle • एम्बैज़ॅल • *vt.* गबन करना।

embitter • एम्बिटर • *vt.* कटुता पैदा करना।

emblem • एम्ब्लम • *n.* प्रतीक, चिन्ह, निशान।

embody • एम्बॉडी • *vt.* साकार रूप देना।

embolden • एम्बोल्डेन • *vt.* साहस दिलाना।

emboss • एम्बॉस • *vt.* उभरे अक्षर या चित्र छापना।

embrace • एम्ब्रेस • *vt.* गले लगाना, आलिंगन करना।

embroider • एम्ब्रॉयडर • *vt.* कशीदा काढ़ना, बेल-बूटे बनाना।

embroil • एम्ब्रॉयल • *vt.* झगड़े में मिलाना।

embryo • एम्ब्रॉयो • *n.* भ्रूण।

emerald • एमेराल्ड • *n.* पन्ना।

emerge • इमर्ज • *vi.* निकलना, बाहर आना।

emergency • इमर्जेन्सी • *n.* आपातृ-काल।

emeritus • इमेरिटॅस • *a.* प्रतिष्ठित (सेवामुक्त)।

emigrant • एमीग्रैंट • *n.* प्रवासी।

emigrate • एमीग्रेट • *vi.* अपना देश छोड़ दूसरे देश में जा बसना।

emigration • एमीग्रेशन • *n.* अन्य देश में जाकर बस जाना।

eminence • एमिनेंस • *n.* प्रतिष्ठा, श्रेष्ठता।

eminent • एमिनेंट • *a.* प्रतिष्ठित।

emissary • एमिसरी • *n.* दूत।

emit • एमिट • *vt.* उत्सर्जन करना, निकालना, फेंकना, **emission** (एमीशॅन) *n.* उत्सर्जन।

emolument • इमॉल्युमॅन्ट • *n.* पारि-श्रमिक।

emotion • इमोशॅन • *n.* भावावेश, भावना, आवेश, **~al** (इमोशनल) *a.* भावनात्मक, आवेशात्मक, आवेशज, भावुक।

emperor • एम्परर • *n.* सम्राट, बादशाह।

emphasis • एम्फैसिस • *n.* ज़ोर, बल।

emphasize • एम्फ़साइज़ • *vt.* ज़ोर डालना।

emphatic • एम्फ़ैटिक • *a.* ज़ोरदार, प्रभावशाली, ~ **ally** (एम्फ़ैटिकली) *adv.* ज़ोर देकर।

empire • एम्पायर • *n.* साम्राज्य।

empirical • एम्पिरीकॅल • *a.* अनुभव-जन्य, अनुभूत।

employ • एम्प्लॉय • *vt.* काम में लगाना, नौकरी देना, ~ **ee** (एम्प्लाई) *n.* नौकर, ~ **er** (एम्प्लायर) *n.* नियोजक, ~ **ment** (एप्लॉयमेंट) *n.* नौकरी, रोजगार।

emporium • एम्पोरियम • *n.* व्यवसाय केन्द्र।

empower • एम्पावर • *v.* शक्ति प्रदान करना, अधिकार देना।

empress • एम्प्रेस • *n.* सम्राज्ञी।

empty • एम्प्टी • *a.* खाली, रिक्त, 2. निरर्थक।

emulate • एमुलेट • *vt.* अनुकरण करना, प्रतिस्पर्धा करना।

emulsion • इमलशॅन • *n.* तरल पदार्थ।

enable • इनेबल • *vt.* समर्थ करना, अधिकार देना।

enact • इनैक्ट • *vt.* कानून बनाना, 2. अभिनय करना।

enamel • इनामेल • *n.* मीना।

enamour • इनामॅर • *vt.* आसक्त करना, ~ **ed** (इनामर्ड) *a.* आकृष्ट, प्रेम में पड़ा हुआ।

en bloc • एन ब्लॉक • *a.* सामूहिक रूप में।

encased • एनकेस्ड • *a.* (किसी चीज़) में बंद।

encephalogram • एन्सेफेलोग्राम • *n.* मस्तिष्क का फोटो।

enchant • एन्चांट • *vt.* मोहित करना, मंत्रमुग्ध करना, ~ **ing** (एन्चांटिंग) *a.* आकर्षक, ~ **ment** (एन्चान्टमेंट) *n.* वशीकरण, ~ **ed** (एन्चांटेड) *a.* आकृष्ट, आसक्त।

encircle • एनसर्किल • *vt.* चारों ओर से घेर लेना, घेरा डालना।

enclave • एन्क्लेव • *n.* 1. विदेशी भूमि से घिरा हुआ क्षेत्र, 2. इन्क्लेव।

enclose • एन्क्लोज़ • *vt.* संलग्न करना (चिट्ठी आदि के साथ कोई कागज), चारों ओर से घेरना।

enclosure • एन्क्लोज़र • *n.* घेरा, बाड़ा।

encompass • एन्कॅम्पास • *vt.* घेरना।

encore • एन्कोर • *excl.* मुकर्रर, फिर से (कहिए, पढ़िए)।

encounter • एन्काउंटर • *n.* मुठभेड़, *vt.* मुठभेड़ करना, *vi.* मुठभेड़ होना।

encourage • एन्करेज • *v.t.* हिम्मत बढ़ाना, साहस दिलाना।

encroach • एन्क्रोच • *vt.* अतिक्रमण करना, ~ **ment** (एन्क्रोचमेंट) *n.* अतिक्रमण।

encumber • एन्कम्बर • *vt.* रुकावट डालना, 2. भीड़ बढ़ाना।

encumbrance • एन्कम्बरेंस • *n.* भार, बोझ।

encyclopaedia • एन्साइक्लोपीडिआ • *n.* विश्वकोश।

end • एंड • *n.* अंत, समाप्ति, 2. सिरा, 3. लक्ष्य, *vi./vt.* अंत करना।

endanger • एन्डेंजर • *vt.* खतरे में डालना।

endear • एंडीअॅर • *vt.* प्रिय बनाना।

endeavour • एन्डेवर • *n.* प्रयास, कोशिश, *vi.* प्रयास करना।

endless • एंडलेस • *a.* अंतहीन।

endorse • एन्डोर्स • *vt.* चेक आदि को प्रमाणीकृत करने के लिए उसकी पीठ पर हस्ताक्षर करना, पृष्ठांकन करना।

endow • एन्डॉव • *vt.* स्थायी आमदनी का प्रबंध करना, देना, ~ **ment** (एन्डॉवमेंट) *n.* दान।

endurance • एन्ड्योरेंस • *n.* सहन शक्ति।

endure • एन्ड्योर • *vi., vt.* सहन करना, मुसीबत उठाना।

enema • एनिमा • *n.* एनिमा, डूश, पेट साफ करने के लिए गुदा में पानी डालना।

enemy • एनिमी • *n.* दुश्मन, शत्रु।

energetic • एनर्जेटिक • *a.* चुस्ती भरा, क्रियाशील।

energy • एनर्जी • *n.* ऊर्जा, शक्ति।

enfeeble • इन्फ़ीबल • *vt.* कमजोर करना।

enfold • एन्फ़ोल्ड • *vt.* आलिंगन में लेना, लपेटना।

enforce • एन्फ़ोर्स • *vt.* लागू करना, (कोई कानून आदि), ~**ment** (एन्फ़ोर्समेंट) *n.* दबाव, कानून लागू करना।

enfranchise • एन्फ्रेंचाइज़ • *vt.* मतदान का अधिकार देना।

engage • एन्गेज़ • *vt.* नौकरी में लेना, 2.हिस्सा लेना, 3. ध्यान आकर्षित करना, ~ **ment** (एन्गेज़मेंट) *n.* सगाई, 2. नियुक्ति।

engender • एन्जेंडर • *vt.* उत्पन्न करना, पैदा करना।

engine • एन्जिन • *n.* यंत्र, इंजन, ~**er** (एन्जिनियर) *n.* इंजीनियर, अभियंता, ~ **ering** (एन्जिनियरिंग) *n.* इंजीनियरी, अभियंत्रणा।

English • इंग्लिश • *n.* अंग्रेजी (भाषा), अंग्रेज, *a.* अंग्रेजी या अंग्रेज का।

engrave • एन्ग्रेव • *vt.* खोदना, अंकित करना।

engraving • एंग्रेविंग • *n.* खुदाई, खोदी हुई कलाकृति।

enhance • एन्हान्स • *vt.* बढ़ाना, ~**ment** (एन्हान्समेंट) *n.* बढ़ोतरी।

enigma • एनिग्मा • *n.* पहेली, समस्या, ~**tic** (एनिग्मैटिक) *a.* रहस्यमय।

enjoin • एन्जॉयन • *v.* आदेश देना, निर्धारित करना।

enjoy • एन्जॉय • *vt.* आनंद लेना, मजा लूटना, ~**able** (एन्जॉएबल) *a.* आनंद लेने योग्य, ~ **ment** (एन्जॉयमेंट) *n.* आनंद, सुख।

enlarge • एन्लार्ज • *vi.,vt.* बड़ा करना, **~ment** (एन्लार्जमेंट) *n.* परिवर्धन।

enlighten • एनलाइटेन • *vt.* ज्ञान बढ़ाना, जानकारी देना।

enlist • एन्लिस्ट • *vt.* सूची में चढ़ाना, 2. सेना में भर्ती होना या करना, 3. नाम लिखना।

en masse • एन मास • *adv.* सामूहिक रूप में।

enmity • एन्मिटी • *n.* शत्रुता, दुश्मनी।

enormous • एनॉर्मस • *a.* वृहद्, बहुत बड़ा।

enough • एनफ़ • *a.* काफी, पर्याप्त, *adv.* पर्याप्त मात्रा में।

enquire • इन्क्वाइअॅर • *vi., vt.* पता लगाना, पूछताछ करना।

enrage • एनरेज • *vt.* क्रुद्ध करना।

enrich • इनरिच • *vt.* धनी बनाना, समृद्ध करना।

enroll • एन्रोल • *vi., vt.* नामांकन होना, करना।

en route • एन रूट • *adv.* रास्ते में।

enshrine • एन्श्राइन • *vt.* पूजा स्थल में स्थापित करना, श्रद्धा से सुरक्षित रखना।

enslave • एन्स्लेव • *vt.* गुलाम बनाना।

ensuing • एन्सुइंग • *a.* आने वाला।

entangle • एन्टैंगल • *vt.* फंसाना, उलझाना।

entente • ऑन्टॉन्ट • *n.* सौहार्द, समझौता।

enter • एंटर • *vt.* प्रवेश करना, घुसना, 2. दर्ज करना।

enterprise • एन्टरप्राइज़ • *n.* साहस, साहस का काम, नया व्यवसाय या धंधा, **free ~** (फ्री एंटरप्राइज़) *n.* मुक्त उद्यम, **private ~** (प्राइवेट इंटरप्राइज़) *n.* निजी व्यापार या उद्यम।

enterprising • एंटरप्राइज़िंग • *a.* उत्साही।

entertain • एंटरटेन • *vi.* स्वागत करना, आवभगत करना, करने को तैयार होना, **~ment** (एंटरटेनमेंट) *n.* आमोद-प्रमोद।

enthral • एनथ्राल • *vt.* मोहित करना, मुग्ध करना।

enthrone • एंथ्रोन • *vt.* सिंहासन पर बिठाना।

enthusiasm • एन्थुज़ियाज़्म • *n.* उमंग, जोश।

enthusiast • एन्थुज़िऐस्ट • *a.* उत्साही, **~ ic** (एन्थुज़िएस्टिक) *a.* उत्साह-पूर्ण।

entice • एन्टाइस • *vt.* फुसलाना।

entire • एन्टायर • *a.* सारा, पूरा का पूरा, **~ly** (एंटायरली) *adv.* पूरी तरह से।

entitle • एन्टाइटल • *vt.* किसी काम का अधिकारी बनाना (किसी को), **~ d** (एन्टाइटल्ड) *a.* का अधिकार होना, (पुस्तक आदि) शीर्षक वाली।

entity • एन्टिटी • *n.* अस्तित्व, सत्ता।

entrails • एन्ट्रेल्स • *n.* अंतड़ियाँ।

entrance • एन्ट्रॅन्स • *n.* प्रवेश, अंदर जाने का रास्ता, *vt.* मंत्रमुग्ध करना,

~examination (एन्ट्रान्स एक्ज़ामिनेशॅन) *n.* प्रवेश परीक्षा।
entrant • एन्ट्रैंट • *n.* (परीक्षा में) जाने वाला।
entreat • एन्ट्रीट • *vt.* याचना करना।
entrenched • एन्ट्रेंच्ड • *a.* डटा हुआ।
entrepreneur • आंट्रप्रूनर • *n.* उद्यमी।
entry • एंट्री • *n.* प्रवेश।
entwine • एंट्वाइन • *vt.* लिपटना।
enumerate • एन्यूमरेट • *vt.* गणना करना।
enumeration • एन्युमरेशॅन • *n.* गणना।
enunciate • एननशिएट • *vt.* स्पष्टता से कहना।
enunciation • एननशिएशॅन • *vt.* स्पष्टीकरण।
envelop • एन्वेलप • *vt.* लपेटना।
envelope • एन्वेलप • *n.* लिफाफा।
envious • एन्वीअॅस • *a.* ईर्ष्यालु।
environment • एन्वायरनमेंट • *n.* पर्यावरण, वातावरण, परिवेश।
envisage • एन्विसेज • *vt.* संभावना पर विचार करना।
envoy • एन्वॉय • *n.* खास राजदूत।
envy • एन्वी • *n.* ईर्ष्या।
ephemeral • एफेमेरल • *a.* क्षणभंगुर।
epic • एपिक • *n.* महाकाव्य, *a.* महाकाव्य-सा या महाकाव्य संबंधी।
epicentric • एपिसेन्ट्रिक • *a.* उत्केन्द्रीय।
epidemic • एपिडेमिक • *n.* महामारी।
epigram • एपिग्राम • *n.* सूक्ति।
epilepsy • एपिलेप्सी • *n.* मिर्गी (रोग) **epileptic** (एपिलेप्टिक) मिर्गी रोगी या मिर्गी रोग संबंधी।
epilogue • एपिलॉग • *n.* नाटक का अंतिम संवाद।
episode • एपिसोड • *n.* प्रसंग, उपाख्यान, 2. टी.वी. सीरियल में प्रसंग।
epitaph • एपिटाफ़ • *n.* समाधि-लेख।
epithet • एपिथेट • *n.* उपाधि, 2. विशेषण।
epoch • ईपॉक • *n.* युग।
equal • इक्वल • *a.* बराबर, सम, 2. सक्षम, *v.* बराबर होना, **~ ity** (एक्वैलिटी) *n.* समता, समानता।
equation • इक्वेशॅन • *n.* समीकरण।
equator • इक्वेटॅर • *n.* पृथ्वी की भूमध्य रेखा।
equip • इक्विप • *vt.* सुसज्जित करना, लैस करना, **~ment** (इक्विपमेंट) *n.* साज-सामान।
equity • इक्विटी • *n.* साधारण हिस्सा (कंपनी आदि में)।
equivalent • इक्विवैलेंट • *a.* समतुल्य, समकक्ष।
equivocal • इक्विवोकल • *a.* अनेकार्थक।
era • एरा • *n.* युग, काल।
eradicate • इरैडिकेट • *vt.* मिटा देना, उन्मूलन करना।
erase • इरेज़ • *vt.* मिटाना।
erect • इरेक्ट • *vt.* निर्माण करना,

a. सीधा खड़ा, ~**ion** (इरेक्शॅन) *vi.* खड़ा होना, 2. पुरुषेन्द्रिय का उत्तेजित होकर खड़ा होना, 3. मकान आदि निर्मित होना।

erode • इरोड • *vi., vt.* खाया जाना, क्षय होना।

erosion • इरोज़ॅन • *n.* क्षय होना, खाया जाना, कटाव (जैसे मिट्टी का)।

erotic • इरोटिक • *a.* कामोत्तेजक, कामुक, ~**a** (इरोटिका) *n.* कामोद्दीपक रचना।

err • अर • *vi.* भूल करना, ~**or** (एरर) *n.* भूल, गलती।

errand • एरंड • *n.* दूत का काम, 2. छोटी यात्रा।

erratic • इरैटिक • *a.* सनकी, अनियमित।

erupt • इरप्ट • *vi.* फूटन, फूटकर निकलना (जैसे ज्वालामुखी फटने से अचानक ज्वाला या लावा निकलना), ~**ion** (इरप्शॅन) *n.* फूटना (चमड़ी पर फुंसी होना)।

escalate • इस्कैलेट • *vi.* (व्यापकता) बढ़ना।

escalator • इस्कैलेटर • *n.* चलनेवाली सीढ़ी।

escapade • एस्केपैड • *n.* साहसी काम (शरारत वाला)।

escape • इस्केप • *n.* पलायन, भागना, निकलना, बचाव, *vi.* भाग निकलना।

escapism • इस्केपिज़्म • *n.* पलायन-वाद।

eschew • इस्चू • *vt.* परहेज करना।

escort • एस्कॉर्ट • *n.* साथ ले जाना, रक्षागारद, *vt.* साथ जाना (रक्षा आदि के विचार से)।

Eskimo • एस्किमो • *n.* उत्तरी ध्रुव की एक जाति।

esoteric • एसॅटेरिक • *a.* रहस्यमय।

ESP • ईएसपी • **extra sensory perception** (एक्स्ट्रा सेंसरी पर-सेप्शन) *n.* अतीन्द्रिय अनुभव या ज्ञान।

especially • इस्पेशली • *adv.* खासतौर से।

espionage • एस्पिओनेज • *n.* जासूसी।

espouse • इसपाउज़ • *vt.* समर्थन करना, अपनाना।

essay • एसे • *n.* निबंध, रचना, *vt.* प्रयास करना।

essence • एसेंस • *n.* सत्त्व।

essential • एसेन्शिअॅल • *a.* अनिवार्य।

establish • इस्टैब्लिश • *vt.* स्थापित करना, 2. प्रमाणित करना, ~**ment** (इस्टैब्लिशमेंट) *n.* स्थापना, प्रतिष्ठान।

estate • इस्टेट • *n.* भू-संपत्ति।

esteem • एसटीम • *n.* सम्मान, आदर।

esthetic • एस्थेटिक • *a.* सौंदर्यीय, ~**s** (एस्थेटिक्स) *n.* सौन्दर्यशास्त्र।

estimate • एस्टिमेट • *v.* आकलन करना, *n.* आकलन, कूतना।

estimation • एस्टिमेशॅन • *n.* आकलन, अनुमान।

et al • एट ॲल • *abr.* और अन्य, आदि।

et cetera • एट सेट्रा *(etc.)* • *adv.* इत्यादि, वगैरह।

etch • एच • *vi.,vt.* उकेरना, खोदाई करना।

eternal • इटॅर्नल • *a.* शाश्वत, निरंतर।

eternity • इटर्निटी • *n.* शाश्वतता।

ether • ईथर • *n.* ईथर, आकाश।

ethic • एथिक • *n.* नीतिशास्त्र, ~**s** (एथिक्स) *n.* आचारशास्त्र, ~ **al** (एथिकल) *a.* आचारशास्त्रीय, नैतिक।

ethnic • एथनिक • *a.* सजाति विषयक।

ethos • ईथॉस • *n.* लोकाचार।

etiquette • एटिकेट • *n.* शिष्टाचार।

etymology • एटिमॉलॉजी • *n.* व्युत्पत्ति।

eulogy • यूलॅजी • *n.* प्रशंसा।

eunuch • यूनॅक • *n.* नपुंसक, हिजड़ा।

euphemism • युफ़िमेज़्म • *n.* शिष्ट उक्ति।

euphoria • युफ़ोरिया • *n.* उल्लासोन्माद।

evacuate • इवैकुएट • *vt.* खाली करना, कराना।

evacuee • इवैकुई • *n.* निष्कासित।

evade • इवेड • *vt.* टालना, बच जाना।

evaluate • इवैलुएट • *vt.* मूल्यांकन करना।

evaluation • इवैलुएशॅन • *n.* मूल्यांकन।

evaporate • इवैपोरेट • *vi, vt.* भाप बनकर उड़ जाना।

evaporation • इवैपोरेशन • *n.* वाष्पीकरण, वाष्पणव।

evasion • इवेज़ॅन • *n.* टालना, बहाना।

eve • ईव • *n.* पूर्व संध्या।

Eve • ईव • *n.* हव्वा, पृथ्वी की प्रथम स्त्री जिसे प्रथम पुरुष आदम के पांव की हड्डी से खुदा ने बनाया था (बाइबल, ओल्ड टेस्टामेंट)।

even • इवॅन • *n.* संध्या, *a.* चौरस, *adv.* फिर भी।

evening • इवनिंग • *n.* सांध्यकाल, संध्या, शाम।

event • इवेंट • *n.* घटना।

eventual • इवेन्चुअॅल • *a.* संभावित, अंतिम।

ever • एवर • *adv.* किसी समय, 2. हमेशा।

every • एवरी • *a.* प्रत्येक, हरेक, ~**body** (एवरीबॅडी) *pron.* हर व्यक्ति, ~**thing** (एवरीथिंग) *n.* हरकुछ, प्रत्येक वस्तु, ~**where** (एवरीव्हेअर) *adv.* हर जगह, सर्वत्र।

evict • एविक्ट • *vt.* निकाल बाहर करना, निष्कासन करना, बेदखल करना, ~**ion** (एविक्शन) *n.* बेदखली, निष्कासन।

evidence • एविडेंस • *n.* गवाही, साक्ष्य, प्रमाण।

evident • एविडेंट • *a.* साफ, स्पष्ट।

evil • ईवॅल • *a.* अशुभ, अमंगल, *n.* विपत्ति, दुष्टता।

evince • इविन्स • *vt.* प्रदर्शित करना।

evocate • इवोकेट • *vt.* बुलाना।

evoke • इवोक • *vt.* बुलाना, आह्वान करना।

evolve • इवॉल्व • *vi., vt.* विकसित

होना-करना।

evolution • इवोल्यूशन • *n.* विकास।

exacerbate • एक्सकर्बेट • *vt.* बदतर बनाना।

exact • एक्ज़ैक्ट • *a.* सही, सटीक, *vt.* वसूलना।

exaggerate • एक्जैज़रेट • *vt.* अतिशयोक्ति करना, बढ़ा-चढ़ा कर कहना।

exaggeration • एक्ज़ैज़रेशन • *n.* अतिशयोक्ति, अतिरंजना।

exalt • एक्लॉल्ट • *vt.* तारीफ करना, **~ation** (एक्ज़ॉल्टेशन) *n.* उत्कर्षता।

exam • एक्ज़ैम • *n.* इम्तहान, **~ination** (एक्ज़ैमिनेशॅन) *n.* परीक्षा।

example • एक्ज़ाम्पल • *n.* उदाहरण।

exasperate • एक्ज़ैस्परेट • *vt.* गुस्सा दिलाना, शर्मिंदा करना।

exasperation • एक्जैस्परेशन • *n.* क्षोभ।

excavate • एक्सकैवेट • *vt.* खोदना।

excavation • एक्एकैवेशॅन • *n.* उत्खनन, खुदाई।

exceed • एक्सीड • *vi, vt.* बढ़कर होना, से बढ़ना।

excel • एक्सेल • *vt.* उत्कृष्ट होना, **~lence** (एक्सेलेंस) *n.* उत्कृष्टता, उत्तमता।

except • एक्सेप्ट • *n.* शामिल न करना, *prep.* को छोड़कर, के अतिरिक्त, 2. लेकिन, **~ion** (एक्सेप्शॅन) *n.* अपवाद।

excerpt • एक्सर्पट • *n.* उद्धरण।

excess • एक्सेस • *n.* अधिकता, आधिक्य, अति, *a.* अतिरिक्त।

exchange • एक्सचेंज • *n.* विनिमय, 2. टेलिफोन केन्द्र, 3. शेयर बाजार, *vt.* विनिमय करना, अदला-बदली करना।

exchequer • एक्सचेकर • *n.* राजकोष, राजकीय खजाना।

excise • एक्साइज़ • *n.* आबकारी, 2. उत्पाद शुल्क, *vt.* काट कर निकालना।

exite • एक्साइट • *vt.* उत्तेजित करना, भड़काना, **~ ment** (एक्साइटमेंट) *n.* उत्तेजना (जैसे सेक्सुअल एक्साइटमेंट = यौन उत्तेजना या लिंग का उत्थित होना, या योनि में पानी आना)।

exclaim • एक्सक्लेम • *vt.* चिल्लाकर कहना।

exclamation • एक्सक्लेमशन • *n.* उद्गार, चिल्लाहट।

exclude • एक्सक्लूड • *vt.* वर्जित करना, निकालना।

exclusive • एक्सक्लूसिव • *a.* एकमात्र, अनन्य।

excommunicate • एक्सकॉम्युनिकेट • *vt.* बहिष्कृत करना, जाति या धर्म या संप्रदाय से बहिष्कृत करना।

excommunication • एक्सकॉम्युनिकेशन • *n.* (संप्रदाय या धर्म से वहिष्करण, जाति बहिष्कार, जात निकाला, धर्म निकाला।

excrement • एक्सक्रिमेंट • *n.* विष्टा।

excursion • एक्सकॅर्शन • *n.* सैर, भ्रमण।

excuse • एक्सक्यूज़ • *vt.* क्षमा करना, *n.* माफी, क्षमा, 2. बहाना, सफाई।

execute • एक्जिक्यूट • *vt.* कार्यान्वियन करना, 2. फांसी देना, अनुबंध करना।

execution • एक्जिक्यूशन • *n.* निष्पादन, 2. फांसी या मौत की सजा दे देना, 3. डीड या दस्तावेज पर दस्तखत कर देना।

executive • एक्जेक्यूटिव • *a.* कार्य-कारिणी, प्रबंधक।

exemplary • एक्ज़ंपलरी • *a.* अनु-करणीय, उदाहरणात्मक।

exempt • एक्ज़ेंपट • *a.* मुक्त, *vt.* मुक्त करना, **~ion** (एक्ज़ेम्पशॅन) *n.* छूट, माफी।

exercise • एक्सरसाइज • *n.* कसरत, व्यायाम, 2. अभ्यास, *vt.* काम में लाना, व्यायाम करना।

exert • एक्ज़र्ट • *vt.* काम में लाना, **~ion** (एक्ज़र्शॅन) *n.* श्रम, मेहनत।

exhale • एक्सहेल • *vi., vt.* साँस बाहर निकालना।

exhalation • एक्सहेलेशॅन • *n.* श्वास निकालना।

exhaust • एक्जॉस्ट • *n.* निकास, गाड़ी आदि से भाप, गैस आदि निकालने की नली, *vt.* थकाना, खाली करना, **~ion** (एक्जॉशॅन) *n.* थकावट।

exhaustive • एक्जॉस्टिव • *a.* गहन, विस्तृत।

exhibit • एक्जिबिट • *n.* प्रदर्शन हेतु रखी वस्तु, **~ion** (एक्ज़िबीशॅन) *n.* प्रदर्शनी, नुमायश, **~or** (एक्ज़िबीटर) *n.* फ़िल्म आदि का प्रदर्शक।

exhilarating • एक्ज़िलैरेटिंग • *a.* आह्लादित करनेवाला।

exhort • एग्ज़ॉर्ट • *vt.* उत्साहित करना, आग्रह करना।

exile • एक्ज़ाइल • *n.* देश निकाला, *vt.* देश निकाला देना।

exist • एक्ज़िस्ट • *vi.* जीवित होना, अस्तित्व में होना, **~ence** (एक्ज़िस्टेंस) *n.* अस्तित्व।

exit • एक्ज़िट • *n.* निकास, बाहर का रास्ता, 2. बाहर जाना, 3. मृत्यु, 4. अभिनेता का रंगमंच से प्रस्थान।

exodus • एक्ज़ोडस • *n.* जाना, भीड़ का जाना, 2. बाइबल के अनुसार यहूदियों का देश छोड़कर जाना।

ex-officio • एक्स-ऑफिशियो • *a.* पदेन, पद के अधिकार से।

exonerate • एक्ज़ोनरेट • *vt.* बरी करना, निर्दोष ठहराना।

exorbitant • इक्ज़ॉर्बिटेंट • *a.* अत्यंत अधिक।

exorcise • एक्सोरसाइज़ • *vt.* भूत-प्रेत भगाना (किसी की देह से या स्थान से)।

exotic • एक्जोटिक • *a.* विदेश से लाया हुआ, विदेश का, आकर्षक।

expand • एक्सपैंड • *vt.* बढ़ाना, फैलाना, प्रसारित करना, फुलाना, विस्तृत करना।

expanse • एक्सपैंस • *n.* विस्तृत स्थान,

खुला मैदान।

expansion • एक्सपैन्शॅन • *n.* विस्तार, फैलाव।

expatriate • एक्सपैट्रिएट • *vt.* निर्वासित करना, अपना देश छोड़कर चला जाना, *a./n.* जो देश छोड़कर चला गया हो।

expect • एक्सपेक्ट • *vt.* आस लगाना, आशा करना, राह देखना, 2. मां बनने की आशा करना (गर्भवती होना), **~ing** (एक्सपेक्टिंग) गर्भवती होना, **~ancy** (एक्सपेक्टैंसी) *n.* (कितने दिन जिएगा) इसकी आशा, **life~ancy** (लाइफ़ एक्सपेक्टेंसी) *n.* आयु।

expedience/expediency • एक्सपीडिएंस/एक्सपीडिएंसी • *n.* कार्यसाधकता।

expedient • एक्सपीडिएंट • *a.* कार्य साधक, नीतिसम्मत।

expedite • एक्सपीडाइट • *vt.* काम बढ़ाना, जल्दी काम कराना।

expedition • एक्सपीडीशॅन • *n.* अभियान, विशेष प्रयोजन से की गई यात्रा (समुद्री या अन्य प्रकार की), संधान यात्रा।

expel • एक्सपेल • *vt.* निकाल बाहर करना, खदेड़ना।

expend • एक्सपेंड • *vt.* खर्च करना, **~able** (एक्सपेंडेबल) *a.* काम में लेने के लिए रखा गया।

expensive • एक्सपेंसिव • *a.* कीमती, महंगा।

experiment • एक्सपेरिमेंट • *n.* प्रयोग, *vi.* प्रयोग करना।

expert • एक्सपर्ट • *n.* विशेषज्ञ।

expire • एक्सपायर • *vi.* अंत होना, समाप्त होना, 2. मर जाना।

explain • एक्सप्लेन • *vi., vt.* समझाना, स्पष्ट करना, 2. सफाई देना।

explanation • एक्सप्लेनेशॅन • *n.* सफाई, स्पष्टीकरण।

explicit • एक्सप्लिसिट • *a.* साफ, सुस्पष्ट, व्यक्त।

explode • एक्सप्लोड • *v.* विस्फोट होना, *vt.* विस्फोट करना, *v.* गुस्से में फट पड़ना।

explosion • एक्सप्लोज़ॅन • *n.* विस्फोट, धमाका।

explosive • एक्सप्लोसिव • *a.* विस्फोटक।

exploit • एक्सप्लॉयट • *vt.* शोषण करना, 2. कारनामा, **~ation** (एक्सप्लॉयटेशॅन) *n.* शोषण।

explore • एक्सप्लोर • *vt.* अन्वेषण करना, खोजना, छानबीन करना।

exploration • एक्सप्लोरेशॅन • *n.* खोज, अन्वेषण।

exponent • एक्सपोनेंट • *n.* आख्याता, प्रवक्ता।

export • एक्सपोर्ट • *n.* निर्यात, *vi., vt.* निर्यात करना।

expose • एक्सपोज़ • *vt.* सामने रख देना, निरावृत करना।

exposure • एक्सपोज़र • *n.* रहस्योद्घाटन, भंडाभोड़।

express • एक्सप्रेस • *n.* प्रकट करना, अभिव्यक्त करना, कहना, *a.* स्पष्ट, सोचा-बूझा, *n.* तेज रेलगाड़ी (आदि), *adv.* शीघ्रता से, ~**ion** (एक्प्रेशॅन) *n.* अभिव्यक्ति, भाव-मुद्रा।

expulsion • एक्सपल्शॅन • *n.* निकाल देना।

expunction • एक्सपंक्शन • *n.* निकाल देने की क्रिया।

expunge • एक्सपंज • *vt.* मिटा देना, काट देना, निकाल देना।

exquisite • एक्सक्यूज़िट • *a.* संवेदनशील, उत्कृष्ट।

extend • एक्सटेंड • *vt.* बढ़ाना, *vi.* फैलना।

extension • एक्सटेंशॅन • *n.* प्रसार, फैलाव (तार, आदि का) बढ़ाव, लंबा करना, लंबा लगाना।

extensive • एक्सटेंसिव • *a.* विस्तृत, व्यापक।

extent • एक्सटेंट • *n.* विस्तार, सीमा, फैलाव।

extenuating • एक्सटेनुएटिंग • *a.* लघुकारक, अपराध को हल्का करने वाला (जैसे परिस्थितियाँ)।

exterior • एक्सटिरियर • *a.* बाहरी।

exterminate • एक्सटर्मिनेट • *vt.* मिटा देना, समाप्त कर देना।

external • एक्सटर्नल • *a.* बाहरी।

extinct • एक्सटिंक्ट • *a.* बुझा हुआ, जो लुप्त हो गया हो।

extinguish • एक्सटिंग्यूइश • *vt.* बुझाना, मिटाना, ~**er** (एक्सटिंगुइशर) *n.* अग्निशामक, आग बुझाने का उपकरण।

extol • एक्सटॉल • *vt.* गुणगान करना।

extort • एक्सटॉर्ट • *vt.* धमकी देकर माल (या कुछ) लेना, ~**ion** (एक्सटॉर्शन) *n.* लूटने की क्रिया।

extra • एक्स्ट्रा • *a.* अतिरिक्त, अधिक (सिनेमा में अतिरिक्त अभिनेता) जिन्हें बहुत छोटा, न के बराबर, पार्ट दिया जाता है), ~**territorial** (एक्स्ट्रा टेरिटोरियल) *a.* क्षेत्र के बाहर का, राज्य सीमा से बाहर का, ~**ordinary** (एक्स्ट्रा ऑर्डिनरी) *a.* असाधारण, ~**curricular** (एक्स्ट्रा करीकुलर) *a.* पाठ्यक्रम के अतिरिक्त (गतिविधियाँ)।

extradite • एक्स्ट्राडाइट • *n.* किसी अपराधी को उसके अपने देश को वापस भेज देना।

extramarital • एक्स्ट्रामैरिटल • *a.* विवाहेतर।

extraneous • एक्स्ट्रानिअॅस • *a.* बाहरी, विषयेतर, जो बाहर से जोड़ा गया हो।

extrasansory • एक्स्ट्रासेंसरी • *a.* इन्द्रियेतर (ज्ञान), जो सामान्य पाँच ज्ञानेन्द्रियों के अलावा किसी अनजानी ज्ञानेन्द्रिय द्वारा प्राप्त हो।

extravagant • एक्स्ट्रावैगेंट • *a.* उच्छृंखत, अनियंत्रित।

extreme • एक्स्ट्रीम • *n.* चरम सीमा, पराकाष्ठा।

extemist • एक्स्ट्रीमिस्ट • *a.* उग्रवादी।

extremity • एक्सट्रिमिटी • *n.* सीमा, छोर।

extricate • एक्सट्रिकेट • *vt.* निकालना, छुड़ाना।

extrinsic • एक्सट्रिन्ज़िक • *a.* बाहरी।

exult • एक्ज़ल्ट • *vt.* अत्यंत खुशी मनाना।

eye • आई • *n.* आँख, **~ball** (आई बॉल) *n.* अक्षगोलक, **~brow** (आई ब्रो) *n.* भौंह, **~lid** (आई लिड) *n.* पलक, **~sore** (आई सोर) *n.* आँख का शूल, **~witness** (आई विटनेस) *a.* चश्मदीद गवाह, **~let** (आईलेट) जूतों का छल्ले जैसा सूराख जिसमें फीता लगता है, **~glasses** (आई-ग्लासेज) *n.* चश्मा, **~sight** (आई साइट) *n.* दृष्टि (शक्ति)।

F

F/f • एफ़ • *n.* रोमन (अंग्रेज़ी) वर्णमाला का छठा अक्षर।

fable • फ़ेबल • *n.* दंत कथा, छोटी काल्पनिक कहानी।

fabric • फ़ैब्रिक • *n.* कपड़ा, बनावट, ढांचा।

fabricate • फ़ैब्रिकेट • *vt.* ढाँचा तैयार करना, बनाना, गढ़ना (झूठ, आदि)।

fabrication • फ़ैब्रिकेशॅन • *n.* गढ़ना, जालसाज़ी।

fabulous • फ़ैबुलॅस • *a.* श्रेष्ठ, आश्चर्यजनक।

facade • फ़साड • *n.* मकान का सामने का भाग, मुखौटा।

face • फ़ेस • *n.* चेहरा, मुखड़ा, *vt.* सामना होना, सामना करना।

facile • फ़ैसाइल • *a.* आसान।

facilitate • फ़ैसिलिटेट • *vt.* सरल बनाना।

facility • फ़ैसिलिटी • *n.* सुविधा।

fact • फ़ैक्ट • *n.* तथ्य, सचाई, **~ual** (फ़ैक्चुअॅल) *a.* सच, तथ्यात्मक।

faction • फ़ैक्शन • *n.* दल, गुट।

factor • फ़ैक्टर • *n.* उपादान, कारक।

factory • फ़ैक्टरी • *n.* कारखाना।

faculty • फ़ैकल्टी • *n.* क्षमता, 2. संकाय, 3. प्राध्यापक वर्ग।

fad • फ़ैड • *n.* सनक।

fade • फ़ेड • *vt./vi.* फीका होना, लुप्त होना।

faeces • फ़ीसिज़ • *n. (pl.)* मल, विष्ठा।

faggot • फ़ैगॅट • *n.* लकड़ी का गट्ठा।

fahrenheit • फहरनहाइट • *n.* एक तरह का थर्मामीटर जिसमें शरीर का ताप 98° माना जाता है।

fail • फ़ेल • *vt., vi.* अनुत्तीर्ण होना,

असफल होना।

failing • फ़ेलिंग • *n.* त्रुटि, कमी।

failure • फ़ेल्योर • *n.* असफलता, नाकामयाबी।

faint • फ़ेंट • *a.* धुंधला, *n.* मूर्च्छा, बेहोशी, *vi.* बेहोश होना।

fair • फ़ेअॅर • *a.* न्यायसंगत, 2. गोरा, मनोहर, *adv.* नम्रता से, निष्पक्षता से, ~ **play** (फ़ेअॅर प्ले) *n.* निष्पक्ष व्यवहार, ~ **sex** (फ़ेअॅर सेक्स) औरत।

fairy • फ़ेअॅरी • *n.* परी, ~ **land** (फ़ेअॅरीलैंड) *n.* परीलोक, ~ **tale** (फ़ेअॅरीटेल) *n.* परीकथा।

faith • फ़ेथ • *n.* विश्वास, निष्ठा, 2. धार्मिक विश्वास अथवा धर्म, ~ **ful** (फ़ेथफुल) *a.* आज्ञाकारी।

fake • फ़ेक • *a.* नकली, *v.* धोखा देना।

falkon • फ़ाल्कन • *n.* बाज।

fall • फ़ॉल • *vi.* गिरना, 2. कम होना, 3. ढलान, 4. पतन, 5. ह्रास, 6. शरत् ऋतु।

fallacious • फ़ैलेशॅस • *a.* भ्रामक, न्याय विरुद्ध, अतर्कसंगत।

fallible • फ़ालिबॅल • *a.* भूल करने वाला, इसका उल्टा **infallible** (इन्फ़ॉलिबल) जो कभी भूल कर ही नहीं सकता जैसे ईश्वर या रोमन कैथलिक ईसाइयों का पोप।

fallow • फ़ैलो • *a.* ऊसर (भूमि), परती भूमि।

false • फ़ाल्स • *a.* झूठा, नकली, ~ **hood** (फ़ाल्सहुड) *n.* असत्य कहना।

falsify • फ़ाल्सिफ़ाई • *vt.* झूठा बनाना।

falter • फ़ॉल्टर • *vi./vt.* लड़खड़ाकर चलना।

fame • फ़ेम • *n.* ख्याति, नाम।

familiar • फ़ेमिलीअॅर • *a.* परिचित, जाना हुआ, ~ **ize** (फ़ेमिलीअॅराइज़) *vt.* परिचित बनाना, अभ्यस्त करना।

family • फ़ेमिली • *n.* परिवार, कुटुंब, कुनबा, ~ **planning** (फ़ेमिली प्लैनिंग), *n.* परिवार नियोजन।

famine • फ़ेमिन • *n.* अकाल, दुर्भिक्ष।

famous • फ़ेमॅस • *a.* विख्यात, प्रसिद्ध।

fan • फैन • *n.* पंखा, *a.* भक्त, प्रशंसक।

fanatic • फैनेटिक • *a.* कट्टरपंथी, धर्मांध।

fanciful • फ़ैन्सीफ़ुल • *a.* धुनी, अनोखा।

fancy • फैंसि • *n.* तरंग, मौज, 2. विश्वास करने का रुझान होना, ~ **dress** (फ़ैंसी ड्रेस) विचित्र कपड़ों के पहनने का उत्सव।

fang • फ़ैंग • *n.* तीखा दांत।

fantastic • फ़ैन्टास्टिक • *a.* ऊटपटाँग, बेढंगा, 2. बहुत अच्छा।

fentasy • फ़ैंटसी • *n.* मनोहर सपना, उपजाऊ कल्पना।

far • फ़ार • *a.* दूर, परे, अधिक अच्छा, ~ **away** (फ़ारअवे) *a.* दूर, परे, जो बहुत दूर हो।

farce • फ़ार्स • *n.* स्वांग, ढोंग।

farcical • फ़ार्सिकल • *a.* नाटकीय (रहस्यजनक)।

fare • फ़ेअॅर • *n.* किराया, भाड़ा, *vi.* उन्नति करना, ~ **well** (फ़ेअॅरवेल)

n. विदा होने या करने की क्रिया, (गुडबाई = अल्विदा कहना)।

farm • फ़ार्म • *n*. खेती या पशु-पक्षी आदि पालने की भूमि/स्थान, फारम, *vt*. खेती करना, ~ **house** (फ़ार्म हाउस) *n*. कृषि भवन या स्थल, ~ **worker** (फ़ार्म वर्कर) *n*. खेतिहर मजदूर, ~ **yard** (फ़ार्म-याडी) *n*. फार्म का अहाता।

fart • फ़ार्ट • *vi*. पादना।

farther • फ़ार्दर • *a*. आगे, और आगे।

farthest • फ़ार्देस्ट • *a*. एकदम आगे।

fascinate • फ़ैसिनेट • *vt*. मोहित करना, स्तंभित करना।

fascination • फ़ैसिनेशॅन • *n*. सम्मोहन।

fashion • फ़ैशन • *n*. पहनावे की शैली, *vt*. किसी प्रकार का बनाना या रूप देना, ~ **able** (फ़ैशनेबॅल) *a*. शौकीनी, प्रथानुसार, चलन वाला।

fast • फ़ास्ट • *a*.तेज, तेज चलने वाला, *adv*. तेज-तेज, तेजी से, *v*. उपवास करना, *n*. उपवास।

fasten • फ़ासॅन • *vt*. बांधना।

fastness • फ़ास्टनेस • *n*. पक्का।

fat • फ़ैट • *a*. मोटा, तगड़ा, *n*. चर्बी, वसा।

fatal • फ़ैटॅल • *a*. घातक, मारक, प्राणांतक।

fatalism • फ़ैटेलिज्म • *n*. भाग्यवाद।

fatalist • फैटेलिस्ट • *a*. भाग्यवादी, नियतिवादी।

fate • फ़ेट • *n*. भाग्य, नियति, तकदीर, नसीब।

fateful • फ़ेटफुल • *a*. निर्णायक।

father • फ़ादर • *n*. पिता, बाप, जनक, ~ **-in-law** (फ़ादर-इन-लॉ) *n*. ससुर।

fathom • फ़ैदम • *n*. पानी की गहराई, *vi*. पानी की गहराई नापना।

fatigue • फ़ैटीग • *n*. थकान, थकावट, *v*.. थकना।

fatten • फ़ैटेन • *vt*. मोटा करना, *vi*. मोटा होना।

fatty • फ़ैटी • *a*. मोटा, चर्बी भरा।

fatuous • फैचुअॅस • *a*. बुद्धू।

fault • फ़ॉल्ट • *n*. दोष, त्रुटि, ~ **less** (फ़ॉल्टलेस) *a*. त्रुटिहीन।

fauna • फ़ॉना • *n*. जानवर।

favour • फ़ेवर • *n*. कृपा, अनुग्रह, 2. पक्षपात, 3. सहायता, *vt*. विश्वास करना, पक्षपात करना, ~ **ite** (फ़ेवरिट) *a*. कृपापात्र, प्रिय पात्र, ~ **itism** (फेवरिटिज़्म) *n*. पक्षपात।

fawn • फ़ॉन • *n*. मृगशावक, 2. पीलापन लिए भूरा रंग।

fear • फ़िअॅर • *n*. भय, डर, *vi*., *vt*. डरना।

feasible • फ़ीज़िबॅल • *a*. संभव, साध्य, व्यवहार्य।

feasibility • फ़ीज़िबिलिटी • *n*. साध्यता, व्यवहार्यता।

feast • फ़ीस्ट • *n*. भोज, *vi*./*vt*. खाना-पीना।

feat • फ़ीट • *n*. साहसिक काम।

feather • फ़ेदअॅर • *n*. पंख, पर, ~

weight (फ़ेदअॅर वेट) *n.* हल्का वजन।

feature • फ़ीचर • *n.* रंगरूप, 2. लेख, 3. पत्रिका में खास स्थान देना।

fecund • फ़ीकॅन्ड • *a.* उपजाऊ, उर्वर, **~ity** (फ़ीकन्डिटी) *n.* बच्चा देने की क्षमता।

federal • फ़ेडरल • *a.* संघीय, **~ism** (फ़ेडरलिज़्म) *a.* संघवाद।

federation • फ़ेडरेशॅन • *n.* संघ, महासंघ।

fee • फ़ी • *n.* फ़ीस, शुल्क।

feeble • फ़ीबॅल • *a.* कमज़ोर, अशक्त।

feed • फ़ीड • *vt.* खिलाना, **~back** (फ़ीडबैक) *n.* प्रतिपुष्टि, (के संबंध में) खबर मिलते रहना।

feel • फ़ील • *vt.* महसूस करना, अनुभव करना, छूकर देखना, *n.* संवेदना, **~ing** (फ़ीलिंग) *n.* अनुभूति, संवेदनशीलता।

feet • फ़ीट • *n.* पाँव, चरण, 2. **foot** (फुट) का बहुवचन रूप।

feign • फ़ेन • *v.* बहाना करना।

felicitate • फ़ेलिसिटेट • *vt.* बधाई देना, मुबारकबाद देना।

feline • फ़ेलाइन • *a.* बिल्ली की तरह, बिलाड़ संबंधी।

fellow • फ़ेलो • *n.* साथी, 2. सदस्य, **~feeling** (फ़ेलो फ़ीलिंग) *n.* मित्र भावना, **~ ship** (फ़ेलोशिप) *n.* अध्येतावृत्ति।

felon • फ़ेलन • *n.* महापराधी, **~ y** (फ़ेलोनी) *n.* महापराध।

felt • फ़ेल्ट • *n.* नमदा, *v.* **feel** का भूतकालिक रूप।

female • फ़ीमेल • *n.* मादा।

feminine • फेमिनिन • *a.* स्त्री सुलभ, स्त्रियोचित, स्त्रीलिंग, औरत जैसा।

feminist • फ़ेमिनिस्ट • *a.* नारीवादी (नारी को मर्द के बराबर अधिकार हो यह मानने वाला/वाली)।

fence • फ़ेन्स • *n.* घेरा, 2. तलवार-बाजी, *vt.* बाड़ा लगाना, घेरना।

fend • फेंड • *n.* जंगला, कार को ढंकने वाला हिस्सा।

ferment • फ़र्मेंट • *n.* खमीर, 2. उत्तेजना, *v.* खमीर उठना।

fern • फ़र्न • *n.* रोएँदार पत्तों वाला पौधा।

ferocious • फ़ेरोशॅस • *a.* भयानक, दारुण।

ferret • फ़ेरेट • *vi.* ढूँढना।

ferry • फ़ेरी • *n.* नौका, नौका घाट

fertile • फ़र्टाइल • *a.* उपजाऊ, उर्वर।

fertilizer • फ़र्टिलाइज़र • *n.* उर्वरक, खाद (विशेषतः रासायनिक खाद, यूरिया आदि)।

fester • फ़ेस्टर • *vt.* घाव आदि का पीव से भर जाना/सड़ना।

festival • फ़ेस्टिवल • *n.* समारोह, उत्सव।

festivities • फ़ेस्टिविटीज़ • *n.* आनन्दोत्सव।

festoon • फेस्टून • *n.* सजावट के लिए कागज आदि की लड़ियाँ।

fetch • फ़ेच • *vt.* लाना, जाकर लाना,

~**ing** (फ़ेचिंग) *a.* मोहक।
fete • फ़ेट • *n.* मेला, जश्न।
fetter • फ़ेटर • *n.* बेड़ी, *vt.* बेड़ियाँ पहनाना।
fetus • फ़ीटस • *n.* भ्रूण।
feud • .फ़्यूड • *n.* कबीलों या कुटुंबों के झगड़े।
feudal • .फ़्यूडल • *a.* सामंतवादी, ~**ism** (.फ़्यूडलिज़्म) *n.* सामंतवाद।
fever • फ़ीवर • *n.* बुखार, ज्वर, ~**ish** (फ़ीवरिश) *a.* जिसे बुखार हो।
few • फ़िऊ • *a.* थोड़ा-सा, थोड़े-से, कुछ **(fewer, fewtest)**।
fiance' • फ़िआन्से • *n.* पुरुष जिसकी सगाई हो चुकी हो, वाग्दत्त।
fiancee' • फ़िआन्सी • *n.* स्त्री जिसकी सगाई हो चुकी हो, वाग्दत्ता।
fiasco • फ़िआस्को • *n.* विफलता।
fibre • फ़ाइबर • *n.* रेशा।
fickle • फ़िकल • *a.* अस्थिरचित्त।
fiction • फ़िक्शॅन • *n.* कल्पना पर आधारित साहित्य (गल्प, कहानी, उपन्यास)।
fictitious • फिक्टिशस • *a.* काल्पनिक, कल्पनाजनित, मनगढ़ंत।
fiddle • फ़िडॅल • *n.* बेहला जैसा बाजा।
fidelity • फ़ाइडेलिटी • *n.* निष्ठा, एक पत्नीव्रत, आवाज की तदनुरूपता।
fidget • फ़िजेट • *vi.* बेचैन होना।
field • फ़ील्ड • *n.* खेत, मैदान, कृषि भूमि, **battle** ~ (बैटल फ़ील्ड) *n.* युद्ध का मैदान, **play** ~ (प्ले फ़ील्ड) *n.* खेल का मैदान, *vi./vt.* क्रिकेट आदि में गेंद रोकना।
fiend • फ़ीन्ड • *a.* राक्षस, पिशाच।
fierce • फ़ीअर्स • *a.* भयावना।
fiery • फ़ाइअरि • *a.* आग की तरह गरम।
fifteen • फ़िफ़्टीन • *a.* पंद्रह।
fifth • फ़िफ़्थ • *a.* पाँचवां।
fifty • फ़िफ्टी • *n.* पचास।
fig • फ़िग • *n.* अंजीर।
fight • फ़ाइट • *v.* लड़ना, युद्ध करना, ~**er** (फ़ाइटॅर) *n.* लड़ने वाला।
figurative • फ़िगरेटिव • *a.* आलंकारिक।
figure • फ़ीगर • *n.* आकृति, 2. संख्या, *vi./vt.* भाग लेना।
filament • फ़िलामेंट • *n.* तंतु।
file • फ़ाइल • *n.* संचिका, मिसिल, 2. रेती, 3. पंक्ति, *vt.* रेतना (रेती से), 2. संचिका में लगाना, 3. पंक्तिबद्ध होना, करना।
filial • फ़िलिअॅल • *a.* संतानीय, बच्चों का (मां/बाप का बच्चों के प्रति होने वाला प्रेम)।
filigree • फ़िलिग्री • *n.* जरी का काम।
fill • फ़िल • *vi./vt.* भरना, 2. (नौकरी का पद) भरना।
film • फ़िल्म • *n.* सिनेमा, चलचित्र, 2. पतली झिल्ली, *vt.* छायाचित्र बनाना।
filter • फ़िल्टॅर • *n.* छनना, फिल्टर, *vt.* छानना।
filth • फ़िल्थ • *n.* गंदगी।
fin • फ़िन • *n.* मछली का चोंचटा।

final • फ़ाइनल • *a.* अंतिम, आखिरी, निर्णायक।

finance • फ़ाइनैन्स • *n.* वित्त, *vt.* धन लगाना (व्यवसाय आदि में)।

financial • फ़ाइनैन्शिअॅल • *a.* वित्तीय।

financier • फ़ाइनैन्सिअॅर • *a.* वित्त लगाने वाला, व्यवसाय में धन लगाने वाला।

find • फ़ाइन्ड • *vt.* पाना, प्राप्त करना, खोज कर पाना, *a.* प्राप्त वस्तु।

fine • फ़ाइन • *n.* दंड, जुर्माना, *a.* सुंदर, अच्छा, *vt.* जुर्माना लगाना, ~**ry** (फ़ाइनरी) *n.* सुंदर वेश-भूषा।

finger • फिंगर • *n.* अंगुली, उंगली।

finish • फ़िनिश • *vt.* समाप्त करना, पूरा करना।

finite • फाइनाइट • *a.* सीमित।

fir • फ़र • *n.* देवदार।

fire • फ़ायर • *n.* आग, *vi./vt.* आग जलाना, बंदूक छोड़ना, गोली चलाना।

firm • फ़र्म • *a.* सख्त, ठोस, *n.* व्यवसाय संघ, कंपनी।

firmament • फ़र्मामॅन्ट • *n.* आकाश।

first • फ़र्स्ट • *a.* पहला, प्रथम, ~**ly** (फ़र्स्टली) *adv.* सबसे पहले।

fish • फ़िश • *n.* मछली, ~**er** (फ़िशर) *n.* मछली पकड़ने वाला, मछेरा।

fishery • फ़िशरी • *n.* समुद्र का वह भाग जहाँ मछली पकड़ने का काम होता है।

fission • फ़िशॅन • *n.* परमाणु विस्फोट, विभाजन।

fist • फ़िस्ट • *n.* मुट्ठी।

fistula • फ़िस्ट्यूला • *n.* भगंदर।

fit • फ़िट • *a.* सही, योग्य, मूर्च्छा का दौरा।

fitter • फ़िटर • *n.* मिस्त्री।

fitting • फ़िटिंग • *a.* सही, उचित।

five • फ़ाइव • *a.* पाँच।

fix • फ़िक्स • *vi./vt.* गढ़ना, बैठना, जमाना, तैयार करना, *n.* दुविधा।

fixation • फिक्सेशॅन • *n.* (मनो.) किसी एक बात पर अचेतन का जड़ हो जाना (जैसे प्रेम)।

fizzle • फ़िज़ॅल • *vi.* असफल रहना, बेकार हो जाना, धीरे-धीरे समाप्त हो जाना।

flabbergast • फ़्लैबरगास्ट • *vt.* हक्का-बक्का कर देना।

flabby • फ्लैबी • *a.* थुल-थुला।

flag • फ़्लैग • *n.* झंडा।

flagellation • फ़्लैजिलेशॅन • *n.* कोड़े लगाना।

flagrant • फ़्लैगरैंट • *a.* लज्जाजनक।

flair • फ़्लेअॅर • *n.* रुझान, अंतःप्रेरणा।

flamboyant • फ्लैमबॉयंट • *a.* भड़कीला।

flame • फ़्लेम • *n.* लपट।

flank • फ्लैंक • *n.* कोख, बगल, *vt.* बगल में होना, 2. बगल से हमला करना।

flannel • फ्लैनेल • *n.* फलालैन।

flap • फ्लैप • *n.* पल्ला, किताब का आवरण, *v.* फड़फड़ाना।

flare • फ़्लेअॅर • *vt.* धधकना, *n.* धधक।

flash • फ्लैश • *vi./vt.* कौंधना, ~ **back** *n.* पीछे का भाग (फिल्मों आदि में)।

flask • फ्लास्क • *n.* सुराही, फ्लास्क।

flat • फ्लैट • *a.* चौरस, समतल, *n.* कक्ष, फ्लैट (इमारत का)।

flatter • फ़्लैटॅर • *vt./vi.* चापलूसी करना, ~**y** (फ़्लैटरी) *n.* चापलूसी, खुशामद।

flatulent • फ़्लैटुलेंट • *a.* वातग्रस्त।

flatulence • फ़्लैटुलेंस • *n.* उदरवायु।

flaunt • फ्लॉन्ट • *vt.* दिखावा करना, इठलाना।

flavour • फ्लेवर • *n.* सोंधी सुगंध, विशिष्ट स्वाद, *vt.* सुगंधि डालना।

flaw • फ्लॉ • *n.* दोष, त्रुटि।

flay • फ़्ले • *vt.* चमड़ी उधेड़ना।

flea • फ़्ली • *n.* पिस्सू।

fleck • फ़्लेक • *n.* धब्बा, चित्ती।

fled • फ़्लेड • **flee** (भागने) का भूतकालिक रूप।

flee • फ़्ली • *pp.* **(fled)** *vi./vt.* भाग जाना।

fleece • फ़्लीस • *n.* भेड़ की ऊन, *vt.* खाल उधेड़ना, लूटना।

fleet • फ़्लीट • *n.* जंगी जहाजों (अथवा वाहनों) का बेड़ा।

fleeting • फ्लीटिंग • *a.* क्षणभंगुर, थोड़ी देर की (जैसे मुलाकात या क्षण)।

Flemish • फ्लेमिश • *n.* बेल्जियम की भाषा या वहाँ का निवासी।

flesh • फ्लेश • *n.* मांस।

flew • फ्लू • **fly** का भूतकालिक रूप, भाग गया।

flex • फ्लेक्स • *n.* बिजली का लचीला तार, *vt.* झुकना, ~ **ible** (फ्लेक्सिबल) *a.* लचीला।

flick • फ़्लिक • *n.* हल्का प्रहार।

flicker • फ़्लिकर • *vi.* टिमटिमाना।

flight • फ्लाइट • *n.* उड़ान, भागना, हवाई उड़ान, 2. सीढ़ियों का क्रम, *n.* भागना।

flinch • फ़्लिन्च • *vi.* पीछे रहना।

fling • फ़्लिन्ग • *vi./vt.* जोर से फेंकना।

flint • फ़्लिंट • *n.* चकमक पत्थर।

flip • फ़्लिप • *v.* उछालना, पलटना, *n.* झटका, ~ **pancy** (फ़्लिपेंसी) *n.* झटकना, चंचलता, छिछोरापन।

flirt • फ्लर्ट • *n.* चोंचलेबाज (लड़की), इश्क लड़ानेवाली लड़की, *vi.* इश्क लड़ाना।

flit • फ़्लिट • *vt.* फुदकना।

float • फ़्लोट • *vt./vi.* तैरना, बहना, बहाना, 2. नया काम शुरू करना।

flock • फ़्लॉक • *n.* झुंड।

flog • फ्लॉग • *vt.* (*pt., pp.* **flogged**) कोड़ा मारना।

flood • फ्लड • *n.* बाढ़।

floor • फ़्लोर • *n.* फ़र्श।

flop • फ्लौप • *vt./vi.* मार खाना, पिट जाना (जैसे नई फिल्म)।

floral • फ्लोरल • *a.* फूल संबंधी।

florid • फ्लोरिड • *a.* सुसज्जित।

florist • फ्लोरिस्ट • *n.* फूल विक्रेता।

flotilla • फ्लोटिला • *n.* नौ बेड़ा।

flounder • फ्लॉउंडर • *vi./vt.* लड़खड़ाना।

flour • फ्लाउअॅर • *n.* आटा।

flourish • फ़्लॅरिश • *v./vt.* सफल होना, 2. पैंतरा, 3. अलंकृत अक्षर।

flout • फ़्लाउट • *vt.* निरादर करना, हँसी उड़ाना।

flow • फ़्लो • *vi.* बहना, *n.* गति, बहाव।

flower • फ्लावर • *n.* पुष्प, फूल, *vi.* फूलना, खिलना, विकसित होना।

flu • फ्लू • *n.* (इन्फ्लूएंजा का संक्षिप्त रूप) सर्दी, बुखार।

fluctuate • फ्लकचुएट • *vi.* घटना-बढ़ना, 2. बदलते रहना।

fluctuation • फ्लक्चूएशॅन • *n.* उतार-चढ़ाव।

fluent • फ्लूएंट • *a.* धारा प्रवाह (जैसे बोलना)।

fluid • फ्लूइड • *a.* तरल, 2. अस्थिर, *n.* द्रव।

fluorescent • फ्लूरोसेंट • *a.* प्रतिदीप्तमान।

flush • फ्लश • *v.* बहाना, 2. *vt.* गंदगी बहा देना, *a.* बराबर, सपाट।

flute • फ़्लूट • *n.* बांसुरी।

flutter • फ़्लटर • *vi.* (पंख) फड़फड़ाना, 2. घबरा देना।

fly • फ़्लाइ • *v.* उड़ना, *vt.* उड़ाना, *n.* मक्खी, पैंट में बटन लगाने की जगह, **~over** (फ्लाइओवर) रेल लाइन या सड़क के ऊपर बना हुआ पुल, **~past** (फ्लाइपास्ट) *n.* सलामी उड़ान, **~ing squad** (फ्लाइंग स्कवाड) *n.* उड़न दस्ता।

foal • फ़ोल • *n.* (घोड़े या गधे का) बछेड़ा, *vt.* घोड़ी या गधी का बच्चे देना।

foam • फ़ोम • *n.* फेन, 2. झाग।

focus • फ़ोकस • *v.* किसी बिंदु पर प्रकाश केन्द्रित करना, *n.* प्रकाश का केन्द्र बिंदु, *vt.* केन्द्रित करना।

fodder • फ़ॉडर • *n.* चारा।

foe • फ़ो • *n.* दुश्मन, शत्रु।

foetus • फ़ीइटॅस • *n.* भ्रूण, 2. गर्भ में बढ़ता हुआ शिशु।

fog • फ़ॉग • *n.* कुहरा, 2. कुहासा, *vi./vt.* धुंधला होना, करना।

foil • फ़ॉयल • *vt.* विफल करना, 2. *n.* पन्नी।

foist • फ़ाइस्ट • *v.* किसी के गले मढ़ना।

fold • फ़ोल्ड • *v./vt.* तह करना, 2. लपेटना, *n.* बाड़ा, परत, 3. सलवट, **~er** (फोल्डर) चौपन्ना।

foliage • फ़ॉलिएज • *n.* पत्तों का समूह।

folio • फ़ोलियो • *n.* पन्ना, फोलिओ।

folk • फ़ोक • *n.* लोक, 2. जन, *a.* लोकजन, **~dance** (फोकडान्स) *n.* लोकनृत्य, **~ lore** (फोकलोर) *n.* लोकवार्ता, **~ tale** (फोकटेल) *n.* लोककथा।

follow • फ़ॉलो • *vt.* पीछा करना, पीछे-पीछे चलना, अनुयायी होना, 2. बात समझना, ग्रहण करना, **~ er** (फॉलोअॅर) *n.* अनुयायी, **~ ing**

(फ़ॉलोइंग) *n.* बाद का, *n.* समर्थकों का दल।

folly • फ़ॉली • *n.* मूर्खता, बेवकूफी।

foment • फ़ोमेंट • *vt.* सेंकना, उकसाना।

fond • फ़ॉन्ड • *a.* प्रिय, ~ **le** (फ़ॉन्डॅल) *vt.* दुलारना, (स्तन आदि पर) हाथ फेरना।

food • फ़ूड • *n.* खाना, भोजन, ~ **poisoning** (फ़ुड पॉयज़निंग) *n.* खाने का विषकारक प्रभाव शरीर पर पड़ना, ~ **stuff** (फ़ूडस्टॅफ़) *n.* खाद्य सामग्री।

fool • फ़ूल • *a.* बेवकूफ, मूर्ख, *vt.* बेवकूफ बनाना, धोखा खाना, ~ **proof** (फ़ूल प्रूफ़) जिसमें धोखे का डर न हो।

foot • फ़ुट • *n.* **(pl. feet)** पाँव, पैर का निचला भाग, 2. 12 इंच का नाप, ~ **the link** (फ़ुट द लिंक) चुकती करना, ~ **board** (फ़ुट बोर्ड) *n.* पायदान, ~ **-note** (फ़ुटनोट) *n.* पाद टिप्पणी, ~ **path** (फ़ुटपाथ) *n.* पगडंडी, ~ **print** (फ़ुटप्रिंट) *n.* चरण चिह्न, ~ **wear** (फ़ुटवीऍर) *n.* जूते आदि (पैर में पहनने के उपकरण)।

for • फ़ॉर • *prep.* वास्ते, के लिए, 2. क्योंकि।

foray • फ़ोरे • *vt.* छापा मारना, *n.* धावा।

forbear • फ़ॉरबिऑर • *vi./vt.* से बचे रहना, ~ **ance** (फ़ॉरविअरेन्स) *n.* धैर्य, सहिष्णुता।

forbid • फ़ॉरबिड • *vt.* मना करना, वर्जित करना, ~ **ding** (फ़ॉरबिडिंग) *a.* वर्जित, मना किया हुआ।

force • फ़ोर्स • *n.* ताकत, बल, शक्ति, 2. टुकड़ी (सेना या पुलिस की), ~ **s** (फ़ॉर्सेज़) *n.* सेना।

forceps • फॉर्सेप्स • *n.* संडासी, चिमटी।

ford • फ़ोर्ड • *vi.* नदी पार करना, *n.* पार की जा सकने वाली नदी।

fore • फ़ोर • *adv.* आगे, सामने, *n.* अगला हिस्सा।

forecast • फ़ोरकास्ट • *vt.* पूर्वानुमान लगाना, *n.* पूर्वानुमान (जैसे **weather forecast**)।

forefather • फ़ोरफ़ादर • *n.* पूर्वज, पुर्खे।

forefinger • फ़ोरफ़िंगर • *n.* तर्जनी उंगली।

forefront • फ़ोरफ्रंट • *n.* अगला भाग।

forego • फ़ोरगो • *vt.* त्यागना, छोड़ देना, *a.*आगे-आगे चलना।

forehead • फ़ोरहेड • *n.* माथा, ललाट।

foreign • फ़ॉरेन • *a.* विदेशी, परदेशी।

foreman • फ़ोरमैन • *n.* मेठ (कारखाने आदि का)।

foremost • फ़ोरमोस्ट • *a.* प्रमुख।

forensic • फ़ोरेन्ज़िक • *a.* अदालती, कानूनी।

forenoon • फ़ोरनून • *n.* दोपहर से आगे।

foreplay • फ़ोरप्ले • *n.* संभोग के लिए तैयार करने के लिए की जाने वाली

प्रेमक्रीड़ा–चुंबन, स्तनमर्दन, आदि।

foresee • फ़ोरसी • *vt.* पहले से अनुमान लगाना।

foreshadow • फ़ोरशैडो • *vt.* पूर्वाभास देना।

foresight • फ़ोरसाइट • *n.* पूर्व दृष्टि, दूरदर्शिता।

forest • फ़ॉरिस्ट • *n.* जंगल, वन, **~ry** (फ़ॉरिस्टरि) वन लगाने का काम, वन प्रांत, वन विज्ञान।

forestall • फ़ोरस्टॉल • *vt.* पेशबंदी करना।

foretell • फ़ोरटेल • *vt.* भविष्यवाणी करना।

forewarn • फ़ोरवार्न • *vt.* पहले से खतरे की चेतावनी देना।

foreword • फ़ोरवर्ड • *n.* प्राक्कथन, पहली बात।

forfeit • फ़ोरफ़िट • *vt.* जब्त करना।

forge • फ़ोर्ज • *n.* भट्ठी, *vt.* धातु का सामान ढालना।

forget • फ़ॉर्गेट • *vi.* भूल जाना।

forgive • फ़ार्गिव • *vi./vt.* माफ़ करना, क्षमा करना।

forgo • फ़ारगो • *vt.* छोड़ देना।

forgot • फ़ॉरगॉट • *vi.* **forget** का भूतकालिक रूप, भूल गया, **~ten** (फ़ॉरगॉटन) *pp.* **of forget.**

fork • फ़ोर्क • *n.* भोजन करने का कांटा, पुआल उठाने का औजार।

forlorn • फ़ॉरलोर्न • *a.* अकेला, परित्यक्त (व्यक्ति), असहाय।

form • फ़ार्म • *n.* आकार, आकृति, रूप, तरीका, 2. प्रपत्र, छपा हुआ कागज, 3. बनाना।

formal • फ़ॉर्मल • *a.* औपचारिक।

format • फ़ॉर्मेट • *n.* पुस्तक का आकार, प्रारूप।

formation • फ़ॉर्मेशॅन • *n.* बनावट, रचना।

former • फ़ॉर्मर • *a.* पहले का, भूतपूर्व।

formidable • फ़ार्मिडेबॅल • *a.* मुश्किल, भयानक।

formula • फ़ॉर्मूला • *n.* सूत्र, नुस्खा।

fornicate • फ़ॉर्निकेट • *vt.* व्यभिचार करना।

fornication • फ़ॉर्निकेशॅन • *n.* व्यभिचार।

forsake • फ़ॉरसेक • *vi.* छोड़ देना, त्यागना।

fort • फ़ोर्ट • *n.* किला, गढ़, **~ress** (फ़ोटरिस) *n.* गढ़ी, छोटा किला।

forth • फ़ोर्थ • *adv.* आगे, **~coming** (फ़ोर्थकमिंग) *a.* आगामी।

fortify • फ़ोर्टिफ़ाई • *vt.* मजबूत करना, किलेबंदी करना।

fortitude • फ़ोर्टिट्यूड • *n.* धैर्य, सहन-शक्ति।

fortnight • फ़ोर्टनाइट • *n.* पक्ष, पखवारा।

fortunate • फ़ॉर्च्युनेट • *a.* भाग्यशाली, खुशकिस्मत।

forty • फ़ॉर्टी • *a.* चालीस।

forum • फ़ोरम • *n.* सभा भवन, मंच।

forward • फॉर्वर्ड • *a.* आगे, आगे की ओर, *vt.* आगे बढ़ाना।

fossil • फ़ॉसिल • *n.* जीवाश्म।
foul • फ़ाउल • *a.* गंदा, नियम से विपरीत, *vt.* गंदा करना।
found • फ़ाउंड • *vt.* बनाना, नींव डालना, 2. पिघलाकर सामान बनाना, **~ation** (फ़ाउंडेशॅन) *n.* बुनियाद, नींव, 2. प्रतिष्ठान, **~er** (फ़ाउंडर) *n.* प्रतिष्ठाता, संस्थापक।
foundry • फ़ाउंड्री • *n.* ढलाई कारखाना।
fount • फ़ाउंट • *n.* झरना, फव्वारा, 2. स्रोत, **~ain** (फ़ाउंटेन) *n.* फव्वारा।
four • फ़ोर • *a.* चार, **~teen** (फ़ोरटीन) *a.* चौदह, **~th** (फ़ोर्थ) *a.* चौथा।
fowl • फ़ाउल • *n.* मुर्गा, मुर्गी।
fox • फ़ॉक्स • *n.* लोमड़ी।
fraction • फ्रेक्शॅन • *n.* खंड, भिन्न।
fracture • फ्रेक्चर • *n.* टूटना (जैसे हड्डी), *vi./vt.* टूटना।
fragile • फ्रैजाइल • *a.* आसानी से टूटने वाला, सुकुमार।
fragment • फ्रैगमेंट • *n.* टूटा हुआ टुकड़ा, खंड।
fragrant • फ्रैगरॅन्ट • *a.* खुशबूदार।
frail • फ्रेल • *a.* कमज़ोर, सुकुमार।
frame • फ्रेम • *n.* चौखटा, चौखट (दरवाजे आदि का)। *vt.* जड़ना।
franchise • फ्रैन्चाइज़ • *n.* मताधिकार।
frank • फ्रैंक • *a.* स्पष्टवादी।
fraternal • फ्रैंटर्नल • *a.* भाई की तरह।
fraternity • फ्रैटर्निटी • *n.* भाईचारा।
fratricide • फ्रैट्रिसाइड • *n.* भ्रातृ हत्या, *a.* भ्रातृहंता।
fraud • फ्रॉड • *n.* कपट, 2. धोखेबाज, **~ulent** (फ्रॉडुलेंट) *a.* कपटपूर्ण।
fraught • फ्रॉट • *a.* से भरा हुआ।
fray • फ्रे • *n.* कलह, झगड़ा।
freak • फ्रीक • *n.* विचित्र व्यक्ति, 2. असामान्य, सनकी।
free • फ्री • *a.* मुक्त, आजाद, निःशुल्क, **~dom** (फ्रीडम) *n.* स्वतंत्रता, **~enterprise** (फ्री एन्टरप्राइज़) *n.* मुक्त व्यापार, **~hold** (फ्रीहोल्ड) *n.* मुक्त भूमि का अधिकार, **~thinker** (फ्री थिंकर) *n.* मुक्त विचारक, **~verse** (फ्री वर्स) *n.* मुक्तक।
freeze • फ्रीज़ • *vi./vt.* जमना (जैसे पानी से बर्फ बन जाना), **~r** (फ्रीज़र) *n.* बर्फ बनाने वाला (सामान)।
freight • फ्रेट • *n.* ढुलाई, भाड़ा।
French • फ्रेंच • *a.* फ्रांस का, फ्रांस की भाषा, फ्रांसीसी।
frenzy • फ्रेंज़ी • *n.* उन्माद।
frequency • फ्रीक्वेंसी • *n.* बारंबारता।
frequent • फ्रीक्वेंट • *a.* बार-बार होने/आने वाला, *vi.* बार-बार आना-जाना।
fresh • फ्रेश • *a.* ताजा।
fret • फ्रेट • *vi./vt.* झुंझलाना, *n.* झुंझलाहट।
friction • फ्रिक्शन • *n.* 1. घर्षण, 2. मनमुटाव।
Friday • फ्राइडे • *n.* शुक्रवार।
fridge • फ्रिज • *n.* फ्रीज, रेफ्रिजरेटर, खाद्य सामग्री ठंडा रखने की मशीन।

friend • फ्रेंड • *n.* मित्र, दोस्त, ~ **ship** (फ्रेंडशिप) *n.* दोस्ती, ~ **ly** (फ्रेंडली) *a.* दोस्ताना।

fright • फ्राइट • *n.* डर, भय, ~ **end** (फ्राइटेंड) *a* . भयभीत, ~ **ful** (फ्राइटफ़ुल) *a.* डरावना।

frigid • फ्रिजिड • *a.* शीतल, कामशीतल, वह स्त्री जिसके अंदर कामेच्छा नहीं हो, (नपुंसक का उलटा), ~ **ity** (फ्रिजिडिटी) *n.* कामशीतलता।

fringe • फ्रिंज • *n.* किनारा।

frisk • फ्रिस्क • *vi./vt.* उछलना-कूदना।

fritter • फ्रिटर • *vt.* नष्ट करना।

frivolous • फ्रिवॅलस • *a.* छिछोरा, जो गंभीर न हो, ओछा।

frizzle • फ्रिज़ल • *vi./vt.* छल्ले बनना, बनाना, ~ **out** (फ्रिज़ल आउट) *vi.* आप से आप नष्ट हो जाना।

frock • फ्रॉक • *n.* औरत या बच्चों का फ्रॉक।

frog • फ्रॉग • *n.* मेढ़क।

frolic • फ्रॉलिक • *n.* आमोद-प्रमोद।

from • फ्रॉम • *prep.* से (जैसे यहाँ से वहाँ)।

front • फ्रंट • *n.* सामने, बाहर का भाग, आगे का हिस्सा, 2. मोर्चा (युद्ध में), 3. मुख, *a.* सामने का अगला, ~ **ier** (फ्रंटिअॅर) *n.* सरहद।

frost • फ्रॉस्ट • *n.* पाला।

froth • फ्रॉथ • *n.* फेन, झाग।

frown • फ्राउन • *vt.* भवें टेढ़ी करना।

froze • फ्रोज़ • **freeze** (जमने) का भूतकालिक रूप।

fructify • फ्रक्टीफ़ाई • *vt.* फलना।

frugal • फ्रूगल • *a.* किफायती, ~ **ity** (फ्रूगैलिटी) *n.* किफायतसारी।

fruit • फ्रूट • *n.* फल, ~ **ful** (फ्रूटफ़ुल) *a.* लाभदायक, ~ **ion** (फ्रूइशॅन) *n.* काम पूरा होना, ~ **less** (फ्रूटलेस) *a.* फलविहीन।

frustrate • फ्रस्ट्रेट • *vt.* विफल करना, हताश करना।

frustration • फ्रस्ट्रेशन • *n.* हताशा, मायूसी, कुंठा।

fry • फ्राइ • *vt.* तलना।

fuel • फ़्यूएल • *n.* ईंधन।

fugitive • फ़्यूजिटिव • *a.* भगोड़ा।

fulcrum • फ़ुलक्रम • *n.* आलंब।

fulfil • फ़ुलफ़िल • *vt.* पूरा करना।

full • फ़ुल • *a.* भरा हुआ।

fulminate • फ़ल्मिनेट • *vi.* घोर निंदा करना, 2. एक रासायनिक मिश्रण जो धमाके से फटता है।

fulsome • फ़ुलसम • *a.* अतिरंजित (जैसे तारीफ)।

fumble • फ़ंबल • *v.* टटोलना।

fume • फ़्यूम • *n.* धुआँ, *vi.* लाल-पीला होना।

fun • फ़ॅन • *n.* मज़ाक, हँसी-ठट्ठा, आमोद-प्रमोद, आनंद लूटना।

function • फंक्शॅन • *n.* काम, प्रकार्य 2. उत्सव, 3. कर्तव्य, 4. पेशा, *vi.* काम करना, ~ **al** (फंक्शनल) *a.* आवश्यक, काम का, प्रयोजनमूलक।

fund • फ़ंड • *n.* कोष, निधि, *vt.* वित्त की व्यवस्था करना, धन देना, ~ **s**

(फंड्स) *n.* धन, वित्त।

fundamental • फ़ंडामेंटल • *a.* मूलभूत, प्रारंभिक, ~ **ist** (फंडामेंटलिस्ट) *a.* कट्टरपंथी, रूढ़िवादी, ~ **ism** (फंडामेंट-लिज़्म) *n.* रूढ़िवादिता।

fungus • फ़न्गास • *(pl. fungi) n.* फफूंद।

funnel • फ़नॅल • *n.* कुप्पी।

funny • फ़नी • *a.* हास्यास्पद, जिसे देखकर हँसी छूटे।

fur • फ़र • *n.* रोएँदार ऊपरी सतह (जानवर आदि की)।

furious • फ़्यूरियस • *a.* आगबबूला, अत्यंत क्रोधित।

furnace • फ़र्नेस • *a.* भट्ठी।

furnish • फ़र्निश • *vt.* मेज-कुर्सी से कमरा आदि सजाना, जुटाना, ~ **ings** (फर्निशिंग्स) *n.* घर सजाने के सामान।

furniture • फ़र्नीचर • *n.* मेज-कुर्सी आदि।

furore • फ्यूरॅर • *n.* शोर-शराबा, उत्तेजना।

furrow • फ़रो • *n.* हल जोतने से पड़ी लकीर।

furry • फ़री • *a.* रोएँदार (खाल)।

further • फ़र्दर • *a.* और, अतिरिक्त, आगे का, और दूर, और आगे, *vt.* आगे बढ़ाना।

furthest • फ़र्देस्ट • *a.* सबसे आगे।

furtive • फ़र्टिव • *a.* गोपनीय, नजर बचाकर काम करने वाला।

fury • फ़्यूरी • *n.* क्रोध, आक्रोश।

fuse • फ़्यूज़ • *n.* पलीता, 2. बिजली का फ़्यूज (वोल्टेज अधिक होने से जल जाने वाला तार ताकि लाइन कट जाए)।

fusion • फ़्यूज़ॅन • *n.* संगलन, *vt.* धातुओं को पिघलाकर मिलाना।

fuss • फ़ॅस • *n.* हंगामा, संभ्रम।

future • फ़्यूचॅर • *a.* भविष्य, भावी।

G

G/g • जी • *n.* अंग्रेजी (रोमन) वर्णमाला का सातवां अक्षर।

gad • गैड • *n.* अंकुश, *vt.* भटकना।

gadget • गैजेट • *n.* सामान (मशीन आदि), ~ **ry** (गैजेट्री) *n.* मशीन संबंधी चीजें।

gag • गैग • *n.* (मुँह) बंद करना, कपड़ा, ठूँसना, 2. प्रतिबन्ध।

gain • गेन • *vi., vt.* पाना, प्राप्त करना, 2. लाभ उठाना, *n.* वृद्धि, लाभ बढ़ोतरी।

gait • गेट • *n.* चलने का ढंग, चाल।

gaity • गेटी • *n.* खुशी, प्रसन्नता, 2. रंगरेलियाँ।

gala • गाला • *a./n.* समारोह, उत्सव (संबंधी)।
galaxy • गैलेक्सी • *n.* तारा-समूह।
gale • गेल • *n.* आँधी, झंझावात।
gallant • गैलेंट • *a.* बहादुर, ~ **ry** (गैलेंट्री) *n.* बहादुरी, वीरता।
gallery • गैलरी • *n.* चित्रागार, 2. सर्कस आदि में दर्शकों के बैठने का बेंचनुमा क्षेत्र, **art** ~ (आर्ट गैलरी) *n.* कला दीर्घा।
galley • गैली • *n.* जहाज, 2. छापेखाने में टाइप सजाकर रखने की ट्रे।
gallon • गैलन • *n.* तरल पदार्थ का एक नाप जो साढ़े चार लीटर के बराबर होता है।
gallop • गैलप • *n.* सरपट (चाल घोड़े की), *vi./vt.* सरपट दौड़ना, दौड़ाना।
gallows • गैलोज़ • *n.* फाँसी का तख्ता।
gallup-poll • गैलप पॉल • *n.* जनमत-संग्रह।
galore • गैलोर • *adv.* अधिकता से।
gamble • गैंबल • *n.* जुआ, *vi./vt.* जुआ खेलना।
game • गेम • *n.* खेल, 2. शिकार।
gander • गैंडर • *n.* बत्तख।
gang • गैंग • *n.* गिरोह, ~ **ster** (गैंगस्टॅर) *n.* डाकू, ~ **way** (गैंग वे) *n.* रास्ता।
gangrene • गैंग्रीन • *n.* रक्त-प्रवाह रुक जाने के कारण शरीर के किसी अंग की सड़न का रोग।
gap • गैप • *n.* दरार, 2. अंतर।
gape • गेप • *vi.* उबासी लेना, जम्हाई लेना, 2. मुँह खोलकर देखना, 3. खुला होना (जैसे घाव)।
garage • गराज • *n.* मोटरगाड़ी रखने की जगह, मोटरकार मरम्मत का कारखाना।
garb • गार्ब • *n.* कपड़ा, पहरावा।
garbage • गार्बेज • *n.* कूड़ा।
garden • गार्डेन • *n.* फुलवारी, बागान, ~ **er** (गार्डनर) *n.* माली।
gargle • गार्गल • *vi.* गरारे करना, कुल्ला करना।
garland • गार्लेंड • *n.* हार, माला।
garlic • गार्लिक • *n.* लहसुन।
garment • गार्मेंट • *n.* पहनावा, वस्त्र।
garner • गार्नर • *vt.* जमा करना।
garrison • गैरिसन • *n.* सैन्यदल।
garrulous • गैरुलॅस • *a.* बातूनी।
gas • गैस • *n.* गैस, ~ **eous** (गैसॅस) *a.* गैसीय, ~ **ify** (गैसीफ़ाइ) *vt.* गैस बनना, बनाना।
gash • गैश • *vt.* गहरा घाव भरना, *n.* गहरा घाव।
gasoline • गैसोलिन • *n.* पेट्रोल।
gasp • गैस्प • *vi./vt.* हाँफना।
gastric • गैस्ट्रिक • *a.* आमाशयी, पेट संबंधी।
gate • गेट • *n.* फाटक।
gather • गैदर • *vi./vt.* जमा होना/करना, 2. चुनना।
gauge • गेज • *n.* माप, मोटाई, 2. रेल की पटरियों की दूरी।
gauntlet • गॉन्टलेट • *n.* लोहे का

दस्ताना, 2. दंड, सजा।

gauze • गॉज़ • *n.* जाली।

gavel • गैवेल • *n.* जज की हथौड़ी।

gawk • गॉक • *vi.* बेवकूफी से ताकना।

gay • गे • *a.* खुश, प्रफुल्ल, 2. भड़कीला, 3. *n.* समयौन पुरुष।

gaze • गेज़ • *vi.* एकटक देखना, टकटकी लगाकर देखना, *n.* ताक-झाँक।

gazelle • गैज़ेल • *n.* तांबाई रंग का हिरण।

gazette • गॅज़ेट • *n.* राजपत्र, गज़ट।

gear • गिअॅर • *n.* साज-सामान, 2. मोटर की चालन-शक्ति घटाने-बढ़ाने का हैंडल, *vt.* साज लगाना, गिअर डालना।

gel • जेल • *n.* जेल, अवलेह जैसा घोल।

gelatine • जिलैटिन • *n.* सरेस।

gem • जेम • *n.* रत्न, 2. मूल्यवान (व्यक्ति)।

gender • जेंडर • *n.* लिंग, (जैसे पुल्लिंग, स्त्रीलिंग)।

gene • जीन • *n.* जीन, जीव में वंश गुण निर्धारित करने वाले तत्त्व, **~ology** (जीनियोलॉजी) *n.* वंशावली।

general • जेनरल • *a.* सामान्य, 2. सेना का उच्च अधिकारी, **~knowlege** (जेनरल नॉलेज) *n.* सामान्य ज्ञान, **~ ize** (जेनरलाइज़) *vt.* सामान्यीकरण करना।

generate • जेनेरेट • *vt.* पैदा करना, 2. प्रजनन करना।

generation • जेनरेशॅन • *n.* पीढ़ी, प्रजनन, पैदा करने की क्रिया।

generator • जेनरेटर • *n.* उत्पादक (जैसे बिजली उत्पादन करने का यंत्र)।

generic • जेनरिक • *a.* जातिगत।

generous • जेनरस • *a.* उदार।

genesis • जेनेसिस • *n.* उत्पत्ति, 2. बाइबल का प्रथम अध्याय (ओल्ड टेस्टामेंट)।

genetic • जिनेटिक • *a.* आनुवंशिकी संबंधी।

genetics • जेनेटिक्स • *n.* आनुवंशिकी।

genial • जीनिअॅल • *a.* मिलनसार, प्रसन्न।

genital • जेनिटल • *a.* लैंगिक।

genius • जीनिअॅस • *n.* प्रतिभा, 2. प्रतिभाशाली व्यक्ति।

genocide • जेनोसाइड • *n.* नरसंहार।

gentle • जेंटल • *a.* विनम्र, 2. हल्का।

gentry • जेंट्री • *n.* भद्रलोक।

genuine • जेनुइन • *a.* प्रामाणिक, सच्चा।

genus • जीनस • *n.* जाति, वर्ग।

geography • जिओग्रॅफ़ि • *n.* भूगोल।

geology • जिओलॉजी • *n.* भू-विज्ञान।

geometry • जिओमेट्री • *n.* ज्यामिती, रेखागणित।

georgette • ज्यॉर्जेट • *n.* जारजेट कपड़ा।

germ • जर्म • *n.* कीटाणु।

German • जर्मन • *a.* जर्मनी का, 2. जर्मनी की भाषा, जर्मन निवासी।

germane • जर्मेन • *a.* नजदीकी रूप

से संबद्ध, संगत।

gesticulate • जेस्टिकुलेट • *vi.* (बोलते समय) हाथ आदि हिलाना।

gesture • जेस्चॅर • *n.* भाव-भंगिमा।

get • गेट • *vt.* पाना, प्राप्त करना, 2. समझना।

geyser • गीज़र • *n.* पानी गर्म करने का यंत्र।

ghastly • गास्टलि • *a.* मृतवत।

ghost • घोस्ट • *n.* प्रेत, भूत।

giant • जायंट • *n.* राक्षस, लंबा-चौड़ा आदमी।

gibber • जिबर • *vi.* बकर-बकर करना।

gibbon • गिब्बन • *n.* लंबी बाँहों वाला लंगूर।

giddy • गिड्डी • *a.* जिसको चक्कर आ रहा हो।

giddiness • गिड्डीनेस • *n.* चक्कर आना।

gift • गिफ़्ट • *n.* उपहार, 2. जन्मजात गुण।

gigantic • जाइगैन्टिक • *a.* विशाल।

gild • गिल्ड • *vt.* सोने का पानी चढ़ाना।

gill • गिल • *n.* मछली का गलफड़ा।

gin • जिन • *n.* एक शराब जो प्रायः गर्मियों में पी जाती है।

ginger • जिन्जर • *n.* अदरक।

gipsy • जिप्सी • *n.* जिप्सी, एक यायावर जाति जो योरोप में है और जिसे भारत मूल का माना जाता है।

giraffe • जिराफ़ • *n.* जिराफ़, एक बहुत लंबी गर्दन वाला घोड़े की तरह का अफ्रीकी जानवर।

gird • गर्ड • *vt.* लपेटना।

girder • गर्डर • *n.* शहतीर, गार्डर।

girdle • गर्डल • *n.* मेखला, कमरबंद।

girl • गर्ल • *n.* कन्या, लड़की, बालिका।

girth • गर्थ • *n.* परिधि, गोलाई (जैसे कमर की)।

gist • जिस्ट • *n.* सारांश।

give • गिव • (*p.* **gave**; *pp.* **given**) देना, सुपुर्द करना, ~**up** (गिव अप) *v.* बंद करना, प्रयत्न छोड़ देना, ~ **and take** (गिव एंड टेक) *n.* लेन-देन।

glacier • ग्लैसिअॅर • *n.* हिमखंड, हिमनद।

glad • ग्लैड • *a.* खुश, प्रसन्न, हर्षित, ~**ly** (ग्लैडली) खुशी से।

glade • ग्लेड • *a.* वन का खुला मैदान।

glamour • ग्लैमर • *n.* सुंदरता, हुस्न, मोहकता।

glance • ग्लान्स • *n.* निगाह, सरसरी दृष्टि, *v.* सरसरी निगाह डालना।

gland • ग्लैंड • *n.* ग्रंथि।

glare • ग्लेअॅर • *vt.* चमकना, घूर कर देखना, *n.* चमक।

glass • ग्लास • *n.* शीशा, काँच, ~ **ware** (ग्लासवेअॅर) *n.* कांच के सामान।

glaucoma • ग्लॉकोमा • *n.* ग्लोकोमा, आँख की एक बीमारी।

glaze • ग्लेज़ • *vi./vt.* शीशे की तरह चमकदार होना, बनाना, *n.* चमक।

gleam • ग्लीम • *n.* चमक, *vt.* चमकाना।

glee • ग्ली • *n.* प्रसन्नता।

glen • ग्लेन • *n.* संकरी घाटी।

glide • ग्लाइड • *vi.* सरकना, 2. विमान का बिना इंजन उड़ान भरना, **~r** (ग्लाइडर) *n.* इंजनविहीन वायुयान।

glimmer • ग्लिमर • *vi.* टिमटिमाना।

glimpse • ग्लिम्पस • *n.* झलक।

glint • ग्लिन्ट • *vi.* चमकना, चमक।

glisten • ग्लिसॅन • *vi.* झिलमिलाना।

glitter • ग्लिटर • *vi.* जगमग करना, *n.* चमक, 2. लावण्य।

gloat • ग्लोट • *vt.* आँख सेंकना (रूप से)।

global • ग्लोबल • *a.* वैश्विक, भूमंडलीय।

globe • ग्लोब • *n.* पृथ्वी, पृथ्वी के आकार जैसा।

gloom • ग्लूम • *n.* अंधेरा, *vi./vt.* धुंधला होना/करना, उदास होना, **~y** (ग्लूमी) *a.* उदास, अंधकारमय।

glorious • ग्लोरियस • *a.* गौरवपूर्ण।

glory • ग्लोरी • *n.* गौरव, प्रशंसा।

gloss • ग्लॉस • *n.* चमक, 2. बाहरी चमक।

glossary • ग्लॉसरी • *n.* शब्दों की सूची तथा उनके अर्थ, शब्दावली।

glove • ग्लॅव • *n.* दस्ताना।

glow • ग्लो • *vi.* चमकना, दमकना।

glucose • ग्लूकोज़ • *n.* शर्करा, अंगूर की चीनी।

glue • ग्लू • *n.* गोंद, सोस।

glut • ग़्लट • *vt.* बहुत खाना, **~ton** (ग्लटन) *n.* भुक्खड़, बहुत अधिक खाने वाला।

glycerine • ग्लिसरीन • *n.* ग्लिसरीन।

gnarled • नार्ल्ड • *a.* ऊबड़खाबड़, टेढ़ा-मेढ़ा।

gnash • नैश • *vi./vt.* दांत पीसना।

gnaw • नॉ • *vi./vt.* कुतरना, चबाना।

go • गो • *vi.* जाना, चलना, **~against** (गो अगेन्स्ट) विरोध करना, **~ahead** (गो अहेड) आगे बढ़ते जाना, **~ along** (गो अलॉन्ग) साथ जाना, **~back** (गो बैक) पीछे लौटना, **~forward** (गो फॉरवर्ड) आगे बढ़ना, **~in** (गो इन) अंदर जाना, **~out** (गो आउट) बाहर जाना, **~up** (गो अप) चढ़ना, **~round** (गो राउंड) यात्रा करना, **~slow** (गो स्लो) धीरे काम करना (जैसे एक प्रकार की हड़ताल में)।

goad • गोड • *vt.* अंकुश करना, *n.* अंकुश।

goal • गोल • *n.* लक्ष्य, 2. फुटबॉल, हॉकी आदि में गेंद अंदर डालने का लक्ष्य स्थान, **~keeper** (गोल कीपर) गोल रक्षक।

goat • गोट • *n.* बकरा, **~herd** (गोट हर्ड) *n.* गड़ेरिया, **~ee** (गोटी) *n.* बकरदाढ़ी, बुच्ची दाढ़ी, **~ish** (गोटिश) *a.* लम्पट।

gobble • गॉबल • *vt./vi.* भकोसना।

goblin • गॉब्लिन • *n.* पिशाच।

God • गॉड • *n.* ईश्वर, खुदा, अल्लाह।

god • गॉड • *n.* देवता।

godown • गोडाउन • *n.* गोदाम।

goggle • गॉगल • *vi.* आँखें फाड़कर देखना, **~ s** (गॉगल्स) *n.* धूप का काला चश्मा।

goiter • गॉयटर • *n.* घेघा।

gold • गोल्ड • *n.* सोना, स्वर्ण, **~ smith** (गोल्डस्मिथ) *n.* स्वर्णकार, सोनार।

golf • गॉल्फ़ • *n.* गल्फ़ खेल, **~ course** (गॉल्फ़ कोर्स) *n.* गल्फ़ का मैदान।

gonad • गोनैड • *n.* यौन ग्रंथि।

gong • गॉन्ग • *n.* घंटा, **dinner ~** (डिनर गॉन्ग) *n.* खाने पर बुलाने की घंटी।

gonorrhoea • गॉनॅरीअॅ • *n.* सूज़ाक, आतशक।

good • गुड • *a.* अच्छा, भला, **~ s** (गुड्स) *n.* माल, सामान, **~ morning** (गुड मॉर्निंग) *n.* सुप्रभात, सुबह खैर, नमस्कार, **~ bye** (गुड बाई) अल्विदा, **~ looking** (गुड लुकिंग) *a.* खूबसूरत, सुन्दर, **~ evening/night** (गुड ईवनिंग/गुड नाइट) शुभ रात्रि, शब्बाख़ैर, **~ natured** (गुड नेचर्ड) *a.* अच्छे स्वभाव वाला, सुशील, **~ ness** (गुडनेस) *n.* अच्छाई, **~ will** (गुड्विल) *n.* (किसी कंपनी, व्यवसाय, आदि का) सुनाम, साख।

goose • गूज़ • *n.* हंस।

gore • गोर • *n.* जमा हुआ खून, गहरा घाव।

gorge • गोर्ज • *n.* तंग घाटी।

gorgeous • गॉर्जस • *a.* शानदार, मोहक।

gorilla • गोरिला • *n.* गोरीला बंदर।

gory • गोरी • *a.* रक्तरंजित।

gospel • गॉस्पेल • *n.* बाइबल (न्यू टेस्टामेंट) की चार किताबों में कोई एक ब्रह्मवाक्य।

gossip • गॉसिप • *vi.* गप्प मारना, *n.* गप्प।

got • गॉट • **get** का भूतकालिक रूप।

gouge • गाउज • *n.* रुखानी, 2. चिकनी मिट्टी।

gourd • गुअॅर्ड • *n.* कद्दू।

gout • गाउट • *n.* गठिया।

govern • गवर्न • *vi./vt.* शासन करना, राज करना, **~ ance** (गवर्नेन्स) *n.* शासन, **~ ment** (गवर्नमेंट) *n.* सरकार, **~ or** (गवर्नर) *n.* राज्यपाल, **~ ness** (गवर्नेस) *n.* आया, बच्चों को पढ़ाने वाली आया या अध्यापिका।

gown • गाउन • *n.* गाउन।

grab • ग्रैब • *vt.* झपटना, पकड़ लेना, छीनना, *n.* छीना-झपटी।

grace • ग्रेस • *n.* सौन्दर्य, सद्भावना, अनुग्रह, **~ ful** (ग्रेसफुल) *a.* शोभनीय, सुन्दर (सौम्य), **~ less** (ग्रेसलेस) *a.* अशिष्ट, अशोभनीय।

gracious • ग्रेशॅस • *a.* शिष्ट, दयालु।

grade • ग्रेड • *n.* श्रेणी।

gradual • ग्रैजुअॅल • *a.* धीरे-धीरे, आहिस्ता-आहिस्ता, **~ ly** (ग्रैजुअॅली) *adv.* धीरे-धीरे, क्रमशः।

graduate • ग्रेजुएट • *n.* स्नातक।

graft • ग्राफ्ट • *n.* कलम (पौधे की शाख पर दूसरी शाख से नया पौधा पैदा करना, 2. घूस, रिश्वत।

grain • ग्रेन • *n.* अनाज, दाना।

grammar • ग्रामॅर • *n.* व्याकरण।

grammatical • ग्रैमेटिकल • *a.* व्याकरण के नियमानुकूल।

gramophone • ग्रेमॅफ़ोन • *n.* ग्रामोफ़ोन।

granary • ग्रैनरी • *n.* अनाज का भंडार।

grand • ग्रैंड • *a.* महत्वपूर्ण, शानदार, भव्य, ~ **father** (ग्रैंड फ़ादर) *n.* दादा, नाना, ~ **mother** (ग्रैंड मदर) *n.* दादी, नानी, ~ **son** (ग्रैंडसन) *n.* पोता, नाती, ~ **daughter** (ग्रैंड डॉटर) पोती, नतिनी।

grandeur • ग्रैंजर • *n.* श्रेष्ठता, उच्चता।

granite • ग्रैनाइट • *n.* दानेदार चट्टान।

granny • ग्रैनी • *n.* दादी, नानी।

grant • ग्रांट • *n.* रियायत, भत्ता, अनुदान, *vt.* अनुमति देना, प्रार्थना स्वीकार करना।

grape • ग्रेप • *n.* अंगूर।

graph • ग्राफ़ • *n.* रेखाचित्र, ग्राफ ~ **paper** (ग्राफ़ पेपर) *n.* ग्राफ पेपर, ~ **ic** (ग्राफ़िक) *a.* रेखाचित्र संबंधी, ~ **ics** लेख विज्ञान।

graphite • ग्रेफाइट • *n.* काला शीशा।

grapple • ग्रेपल • *vi.* जोर से पकड़ना, संघर्ष करना, सामना करना।

grasp • ग्रास्प • *vt.* कस कर पकड़ना, समझना, 2. पकड़ने की क्रिया।

grass • ग्रास • *n.* घास, ~ **hopper** (ग्रास हॉपर) *n.* टिड्डी।

grate • ग्रेट • *n.* अंगीठी की जाली, *vi./vt.* रगड़कर चूर करना।

grateful • ग्रेटफुल • *a.* एहसानमंद, कृतज्ञ।

gratify • ग्रेटिफाइ • *vt.* (*pp.* **gratified**) संतुष्ट करना।

gratification • ग्रेटिफिकेशॅन • *n.* संतोष।

gratis • ग्रेटिस • *a.* मुक्त।

gratitude • ग्रेटिट्यूड, ग्रेटिच्यूड • *n.* एहसान, कृतज्ञता।

gratuity • ग्रेट्यूइटी, ग्रेच्यूइटी • *n.* सेवा पारितोषित, सेवा के बदले दी गई अनुग्रह राशि, उपदान।

grave • ग्रेव • *a.* गंभीर, *vt.* नक्काशी करना, *n.* कब्र।

gravel • ग्रेवल • *n.* कंकड़।

graveyard • ग्रेवयार्ड • *n.* कब्रिस्तान।

gravity • ग्रैविटी • *n.* गुरुत्वाकर्षण, गंभीरता।

graze • ग्रेज़ • *vi.* जानवर का घास वगैरह चरना, *vt.* रगड़ खाना, *n.* खरौंच।

grease • ग्रीस • *n.* चर्बी, ग्रीस।

great • ग्रेट • *a.* (~ ***er***, ~ ***est***) बड़ा, श्रेष्ठ।

greed • ग्रीड • *n.* लालच, लोभ, ~ **y** (ग्रीडी) *n.* लालची।

Greek • ग्रीक • *a.* यूनानी, *n.* यूनान की भाषा, यूनानवासी।

green • ग्रीन • *a.* हरा, हरे रंग का,

कच्चा, अनाड़ी, भोला-भाला, ~**card** (ग्रीनकार्ड) अमेरिका में किसी विदेशी के बाशिंदा हो जाने का प्रमाण-पत्र, ~**ery** (ग्रीनरी) *n.* हरियाली।

greet • ग्रीट • *vt.* स्वागत करना, अगवानी करना, *a.* अभिवादन, ~**ings** (ग्रीटिंग्स) *n.* बधाई।

grenade • ग्रीनेड • *n.* हथगोला।

grey (gray) • ग्रे • *a.* भूरा (रंग), ~**hound** (ग्रेहाउंड) *n.* कुत्ते की एक जाति।

grid • ग्रिड • *n.* जाली, एक दूसरे से जुड़ी प्रणाली, बिजली की एक व्यवस्था।

grief • ग्रीफ़ • *n.* शोक।

grieve • ग्रीव • *vi.* शोक मनाना, *vt.* दुख देना।

grievous • ग्रीवॅस • *a.* दारुण, दुखद।

grill • ग्रिल • *n.* लोहे की जाली, 2. भुना हुआ मांस, मछली, वगैरह, *vt.* जाली पर भूनना।

grim • ग्रिम • *a.* निर्दयी।

grin • ग्रिन • *vi./vt.* इस तरह मुस्कराना कि दांत कुछ-कुछ दीखें।

grind • ग्राइंड • *vi./vt. (pp.* **ground***)* पीसना।

grip • ग्रिप • *vi./vt.* पकड़ना, कसकर पकड़ना, *n.* पकड़।

grisly • ग्रिज़ली • *a.* डरावना।

groun • ग्रोन • *vi./vt.* कराहना।

grocer • ग्रॉसर • *n.* परचूनिया, खुदरा सामान विक्रेता, ~ **y** (ग्रॉसरी) *n.* परचून की दुकान।

groin • ग्रॉइन • *n.* जानु-संधि, जांघों के बीच की जगह।

groom • ग्रूम • *n.* दूल्हा, 2. साईस, **bride** ~ (ब्राइडग्रूप) *n.* दूल्हा, नौशा।

groove • ग्रूव • *n.* लीक।

grope • ग्रोप • *vi./vt.* टटोलना (जैसे अंधेरे में)।

gross • ग्रॉस • *a.* भद्दा, घना, अशिष्ट, कुल, सकल, *n.* बारह दर्जन (144)।

grotesque • ग्रोटेस्क • *n.* बेढंगा।

grouch • ग्राउच • *vi.* शिकायत करना, बड़बड़ाना।

ground • ग्राउंड • *n.* जमीन,, मैदान, ~**floor** (ग्राउंड फ्लोर) *n.* मकान का सबसे निचला भाग।

ground • ग्राउंड • *(p., pp.* **of grind***)* ग्राइंड का भूतकालिक रूप।

group • ग्रुप • *n.* समूह, झुंड।

grove • ग्रोव • *n.* पेड़ों का समूह।

grow • ग्रो • *vi. (p.* **grow**, *pp.* **grown***)* पैदा होना, उगना, बढ़ना, *vt.* उगाना, पैदा करना।

growl • ग्राउल • *vi.* (पशुओं का) गुर्राना।

growth • ग्रोथ • *n.* वृद्धि, विकास, 2. पैदावार।

grudge • ग्रज • *vt.* अनिच्छापूर्वक करना या देना।

gruel • ग्रूएल • *n.* लप्सी।

grumble • ग्रंबल • *vi./vt.* झुंझलाना, शिकायत करना।

guarantee • गैरॅन्टी • *n.* जमानत, *vt.* जमानत या आश्वासन देना, गारंटी देना।

guarantor • गैरन्टॅर • *n.* जमानतदार।
guard • गार्ड • *n.* चौकसी, 2. चौकीदार, पहरेदार, 3. रेलगाड़ी का गार्ड, *vt.* रक्षा करना, ~**ian** (गार्डियन, गार्जियन), *n.* अभिभावक।
guash • गअॅस • *vi./vt.* दाँत पीसना।
guava • ग्वावा • *n.* अमरूद।
guerrilla • गुरिल्ला • *n.* गुरिल्ला, छापामार सैनिक, ~**war** छिपकर की जाने वाली लड़ाई।
guess • गैस • *vt.* अंदाज़ लगाना, अनुमान लगाना, *n.* अंदाज़, अनुमान।
guest • गैस्ट • *n.* अतिथि, मेहमान, ~**house** (गैस्ट हाउस) *n.* अतिथि गृह, अतिथिशाला, ~**room** (गैस्ट रूम) *n.* अतिथि कक्ष।
guidance • गाइडेंस • *n.* मार्गदर्शन।
guide • गाइड • *n.* मार्गदर्शक, गाइड, मार्गदर्शक पुस्तक, *vt.* दिशा या मार्ग दिखाना, ~**girl** (गर्ल गाइड) *n.* कन्या स्काउट, ~**lines** (गाइडलाइंस) *n.* कोई काम करने के दिशानिर्देश।
guild • गिल्ड • *n.* संघ, व्यवसाय संघ।
guile • गाइल • *n.* धोखा, विश्वासघात, ~**less** (गाइललेस) *a.* निष्कपट, सीधा सादा।
guillotine • गिलॉटीन • *n.* झटके से सर धड़ से अलग कर देने का फ्रांस का एक यंत्र, *vt.* सर धड़ से अलग करना।
guilt • गिल्ट • *n.* अपराध, दोष, ~**y** (गिल्टी) *a.* अपराधी, दोषी।
guinea • गिनी • *n.* गिन्नी, सोने का एक सिक्का, ~**pig** (गिनीपिग) *n.* चूहे जैसा एक जानवर।
guise • गाइज़ • *n.* छद्म वेश, 2. बहाना।
guitar • गिटार • *n.* गिटार।
gulf • गल्फ़ • *n.* खाई, खाड़ी।
gull • गॅल • *n.* एक समुद्री पक्षी, ~**ible** (गॅलीबॅल) *a.* भोला, जिसे आसानी से बेवकूफ बनाया जा सके।
gulp • गल्प • *vi.* मुँह से हवा निगलना, गटकना।
gum • गम • *n.* मसूड़ा, 2. गोंद, ~**boot** (गमबूट) रबड़ के ऊँचे जूते।
gumption • गंप्शन • *n.* सूझबूझ।
gun • गन • *n.* बंदूक, ~**ner** (गनर) *n.* बंदूकची, ~**metal** (गनमेटल) *n.* तांबा, रांगा या जस्ता मिश्रित एक धातु, ~**powder** (गनपाउडर) *n.* बारूद।
gunny • गनी • *n.* टाट।
gurgle • गॅर्गल • *n.* गटगट, *vt.* गर्रगर्ट करके पानी निकालना, गरारे करना।
guru • गुरू • *n.* गुरु।
gush • गश • *vi.* तेज धार से पानी दौड़ना, *n.* तेज धारा।
gust • गस्ट • *n.* वर्षा या हवा का तेज झोंका, 2. भावावेग, ~**o** (गस्टो) *n.* उत्साह, जोश।
gut • गट • *n.* आंत, *vt.* आँतें निकालना, ~**s** (गट्स) *n.* साहस, ~**ter** (गटर) *n.* नाली, परनाला।
guy • गाइ • *n.* आदमी, 2. शामियाना खड़ा रखने की रस्सी।
guzzle • गज़ॅल • *vi.* ठूँस कर खाना।

gym • जिम • *n.* **gymnasium** (जिम नैज़ियम) का संक्षेप, व्यायामशाला, ~**nast** (जिमनास्ट) *n.* व्यायाम-निपुण।

gynaecologist • गाइनेकोलॉजिस्ट • *n.* स्त्रीरोग विशेषज्ञ।

gynaecology • गाइनेकोलॉजी • *n.* स्त्रीरोग चिकित्सा।

gypsum • जिप्सम • *n.* खड़िया मिट्टी।

gypsy • जिप्सी • *n.* जिप्सी, यायावर।

gyrate • जाइरेट • *vi.* चक्कर काटना, घूमना, चक्राकार घूमना।

H

H/h • अंग्रेजी वर्णमाला का आठवां अक्षर।

habeas corpus • हैबिअॅस कॉर्पस • *n.* बंदी, प्रत्यक्षीकरण।

haberdashery • हैबरडैशरी • *n.* रिबन, पिन, आदि जैसी चीजें जो पोशाक में इस्तेमाल होती हैं।

habit • हैबिट • *n.* अभ्यास, आदत, ~**ual** (हैबिचुअॅल) *a.* आदी, अभ्यस्त, सामान्य, आदत संबंधी।

habitable • हैबिटेबॅल • *a.* रहने योग्य।

habitat • हैबिटैट • *n.* निवास स्थान।

habitation • हैबिटेशॅन • *n.* निवास, वास स्थान।

habituate • हैबिचुएट • *vi.* आदी होना, *a.* आदी।

hack • हैक • *vt.* काटना, *n.* किराए का घोड़ा, ~**ney** (हैकनि) *n.* मामूली घोड़ा।

had • हैड • **have** का भूतकालिक रूप, रखता था।

Hades • हेड्ज़ • *n.* पाताल, नरक।

haemoglobin • हेमोग्लाबिन • *n.* रुधिर कणिका, खून की लाली।

haemorrhage • हेमॅरेज • *n.* रक्तस्राव, खून बहना।

hag • हैग • *n.* कुरूप उम्रदराज स्त्री।

haggard • हगार्ड • *a.* चिंतित, मरियल।

haggle • हैगल • *vi.* सौदेबाजी करना, मोल-तोल करना।

Hail • हेल • *n.* बौछार, ओला, *vt.* पुकारना, स्वागत करना, अभिवादन करना, *vi.* ओले पड़ना

hair • हेअॅर • *n.* बाल, केश, ~**dresser** (हेअरड्रेसर) *n.* केश सज्जा करने वाला, ~**dye** (हेअरडाई) *n.* खिजाब।

hale • हेल • *a.* स्वस्थ, ~**and hearty** (हेल ऐंड हरटी) अच्छा खासा तंदुरुस्त और खुश।

half • हाफ़ • *a.* आधा, ~**hearted** (हाफ़ हार्टेड) *a.* आधे मन से किया गया (काम, आदि), ~**yearly** (हाफ़

-इअर्ली) *a.* अर्द्धवार्षिक, छमाही।

hall • हॉल • *n.* बड़ा कमरा, सभा भवन।

hallo, hello, hullo • हैलो, हेलो, हल्लो • *n./v.* टेलिफ़ोन आने पर बोला जाने वाला पहला शब्द, जी, हाँ, अभिवादन का एक रूप।

hallucinate • हैलुसिनेट • *vt.* दृष्टि या श्रुतिभ्रम होना।

hallucination • हैलुसिनेशॅन • *a.* दृष्टि या श्रुतिभ्रम, जो चीज़ वहाँ न हो वह दीखना, जो आवाज वहाँ न हो वह सुनाई पड़ना।

halo • हैलो • *n.* आभा, चंद्रमा, सूर्य या किसी महापुरुष के चारों ओर पड़नेवाला प्रभामंडल।

halt • हॉल्ट • *n.* रोक, रेल का छोटा पड़ाव, *vt.* रोकना, सेना आदि की परेड में रुकने को कहने का शब्द।

halve • हाव • *vt.* दो भाग करना।

ham • हैम • *n.* सूअर का मांस।

hamlet • हैमलेट • *n.* छोटा गाँव, **Hamlet** (हैमलेट) *n.* शेक्स्पीअर का एक नाटक, उस नाटक का नायक।

hammer • हैमॅर • *n.* हथौड़ी, हथौड़ा, *vt.* हथौड़ा मारना, चलाना।

hammock • हैमॅक • *n.* रस्सियों का झूला (जो अमूमन दो पेड़ों की डालों के सहारे उनके बीचोबीच लटकाया जाता है)।

hamper • हैम्पर • *n.* डाली, टोकरी, उपहार में भेजी गई डाली, *vt.* बाधा डालना।

hand • हैंड • *n.* हाथ (कलाई के नीचे का भाग), ओर (जैसे **right hand** (दाईं ओर), **~s up** (हैंड्स अप) आत्म-समर्पण करना, **in ~** (इन हैंड) हाथ में, **live from ~ to mouth** (लिव फ्राम हैंड टु माउथ) किसी तरह जीविका चलाना, गरीबी में रहना, **~writing** (हैंड राइटिंग) हाथ की लिखावट, **~book** (हैंड बुक) *n.* पुस्तिका, **~ cuff** (हैंड कफ) *n.* हथकड़ी, **~icap** (हैंडीकेप) *n.* बाधा, **~icapped** (हैंडी केप्ड) विकलांग, **~icraft** (हैंडीक्राफ़्ट) *n.* हस्तशिल्प, **~iwork** (हैंडीवर्क) *n.* दस्तकारी, **~over** (हैंड ओवर) *vt.* दे देना, सुपुर्द करना।

handle • हैंडल • *n.* हत्था, मुट्ठा, *vt.* संभालना।

handsome • हैंडसम • *a.* आकर्षक, सुंदर (पुरुष)।

handy • हैंडी • *a.* सुलभ, आसानी से मिलनेवाला, **~man** (हैंडी मैन) *n.* छोटे-मोटे काम करने वाला व्यक्ति (या नौकर)।

hang • हैंग • *vi./vt.* लटकना, लटकाना, **~ing** (हैंगिंग) फांसी चढ़ाना, लगाना, **~ar** (हैंगर) *n.* विमान रखने का घर, **~er** (हैंगर) *n.* कपड़ा टांगने का लटकन।

hank • हैंक • *n.* सूत का लच्छा।

hanker • हैंकर • *vi.* तीव्र इच्छा होना, उत्कंठा होना, *n.* **~chief** (हैंकर चीफ़) *n.* रूमाल

hankie/hanky • हैंकी • *n.* रूमाल।

haphazard • हैपहज़र्ड • *a.* बेसिलसिले वार।

happen • हैपेन • *vi.* होना, घटित होना।

happy • हैपी • *a.* सुखी, खुश।

harass • हरास • *vt.* परेशान करना, **~ment** (हरासमेंट) *n.* उत्पीड़न।

harbinger • हार्बिन्जर • *n.* संदेश लाने वाला।

harbour • हरर्बर • *n.* बंदरगाह, *vi./vt.* संरक्षण देना, मन में रखना।

hard • हार्ड • *a.* सख्त, कड़ा, कठोर, **~luck** (हार्ड लक) *n.* दुर्भाग्य, **~working** (हार्ड वर्किंग) *a.* डटकर काम करने वाला, **~en** (हार्डेन) *vi./vt.* कड़ा करना, **~ihood** (हार्डीहुड) *n.* दृढ़ता, साहस, **~ly** (हार्डली) *adv.* मुश्किल से, **~y** (हार्डी) *a.* सख्त, साहसी, तगड़ा, **~ware** (हार्डवेअर) *n.* लोहे के सामान, मशीन के पुर्जे, 2. कंप्यूटर के पुर्जे, **~ship** (हार्डशिप) *n.* कठिनाई, मुश्किलें, तंगदस्ती, **~up** (हार्ड अप) *a.* तंगहाल।

hare • हेअर • *n.* खरगोश।

harem • हेअरॅम • *n.* हरम, अंतःपुर (जहाँ सिर्फ एक पुरुष की अनेक पत्नियाँ रखी जाती हैं)।

hark • हार्क • *vi.* सुनना।

harlot • हार्लट • *n.* वेश्या, रंडी।

harm • हार्म • *n.* नुकसान, *vt.* नुकसान पहुँचाना, **~ ful** (हार्मफ़ुल) *a.* नुकसानदेह, **~less** (हार्मलेस) *a.* निर्दोष, हानिरहित।

harmonious • हार्मोनियस • *a.* सुसंगत।

harmonium • हार्मोनियम • *n.* हार्मोनियम नामक बाजा।

harness • हार्नेस • *vt.* घोड़े का जीन कसना, घोड़े को जोतना, *n.* घोड़े का साज।

harp • हार्प • *n.* वीणा।

harrow • हैरो • *n.* खेत पर चलाने का पाटा।

harry • हैरी • *vt.* नष्ट करना।

harsh • हार्श • *a.* सख्त।

haste • हेस्ट • *n.* जल्दबाजी, **~n** (हैसन) *vi.* जल्दी करना।

hasty • हेस्टी • *a.* जल्दबाज, जल्दबाजी का।

hat • हैट • *n.* टोप, हैट, **~trick** (हैट ट्रिक) *n.* क्रिकेट के खेल में लगातार तीन खिलाड़ियों को आउट करना।

hatch • हैच • *vt.* अंडा सेना।

hatchet • हैचेट • *n.* कुल्हाड़ी।

hate • हेट • *vi.* नफरत करना, घृणा करना, *n.* नफरत, घृणा।

hatred • हेटरिड • *n.* घृणा।

haughty • हॉटि • *a* घमंडी।

haul • हॉल • *vt.* खींचना।

haunch • हॉन्च • *n.* कूल्हा, चूतड़, नितंब।

haunt • हॉन्ट • *vt.* (एक ही स्थान पर) बार-बार आते रहना, (किसी का) बार-बार खयाल आना, **~ed** (हॉन्टेड) *a.* भूतों के बसेरा वाला।

have • हैव • *vt. (p., pp.* **had***)* होना, रखना।

haven • हैवन • *n.* बंदरगाह, आश्रय।

havoc • हैवक • *n.* तबाही, विनाश।

hawk • हॉक • *n.* बाज (पक्षी), ~**er** (हॉकर) *n.* फेरी वाला।

hay • हे • *n.* पुआल।

hazard • हज़ार्ड • *n.* खतरा, जोखिम, ~**ous** (हजार्डस) *a.* खतरनाक।

haze • हेज़ • *n.* धुंध, *vt.* परेशान करना।

hazy • हेज़ी • *a.* धुंधला।

H-bomb • एच बॉम्ब • *n.* **Hydrogen bomb** (हाइड्रोजन-बॉम्ब) का संक्षेप।

he • ही • *n.* वह (पुल्लिंग)।

head • हेड • *n.* सर, सिर, 2. प्रधान, 3. मद, ~**ache** (हेडेक) *n.* सरदर्द, ~**light** (हेडलाइट) *n.* मोटर की सामने की बड़ी बत्ती, ~**strong** (हेड स्ट्रांग) *a.* जिद्दी।

heal • हील • *vi./vt.* भर जाना, स्वस्थ करना।

health • हेल्थ • *n.* स्वास्थ्य, सेहत, ~**y** (हेल्दी) *a.* स्वस्थ, सेहतमंद, तंदुरुस्त।

heap • हीप • *n.* ढेर, *vt.* ढेर लगाना।

hear • हीअर • *vi./vt. (p.pp.* **heard***)* सुनना, ~**ing** (हियरिंग) *n.* सुनने की शक्ति, 2. (कचहरी में मुकदमे की) सुनवाई, ~**say** (हीअरसे) *a.* सुनी-सुनाई बात।

hearse • हॅर्स • *n.* मुर्दागाड़ी, शव-वाहन।

heart • हार्ट • *n.* दिल, हृदय, ~**ache** (हार्टेक) *n.* दिल का दर्द, ~**beat** (हार्टबीट) *n.* दिल की धड़कन, ~**failure** (हार्ड फेल्योर) *n.* हृदयगति का अवरोध, ~ **en** (हार्टेन) *vt.* दिलासा देना।

hearth • हर्थ • *n.* चूल्हा, रसोईघर।

heartily • हार्टिली • *adv.* चाव से।

hearty • हार्टी • *a.* हार्दिक, दिली।

heat • हीट • *n.* गर्मी, ऊष्मा, ~**proof** (हीट प्रूफ़) *a.* ऊष्मा अवरोधक, ~**stroke** (हीट स्ट्रोक), *n.* लू लगना, *vi./vt.* गर्म करना, ~**ed** (हीटेड) *a.* गर्म किया हुआ,(भाषण) गरमागरम, ~**er** (हीटर) *n.* गर्म करने का बिजली का उपकरण, 2. मादा का गर्भधारण के लिए गर्माना।

heathen • हीदन • *a.* मूर्तिपूजक, काफिर, जो इस्लाम या ईसाई धर्म को न मानता हो।

heave • हीव • *vt.* ताकत लगाकर उठाना, साँस भरना, *n.* धक्का।

heaven • हेवन • *n.* स्वर्ग, आसमान, ~**ly** (हेवनली) *a.* स्वर्गिक।

heavy • हैवी • *a.* भारी, 2. काफी।

Hebrew • हेब्रू • *n.* यहूदी, यहूदियों की भाषा।

hectare • हेक्टेअॅर • *n.* जमीन की एक माप जो 10,000 वर्ग मीटर (लगभग 2½ एकड़) के बराबर होती है।

hedge • हेज • *n.* बाड़, झाड़ियों का घेरा।

heed • हीड • *vt.* ध्यान देना।

heel • हील • *n.* एड़ी।

hefty • हेफ़्टी • *a.* पुष्ट, मोटा-ताजा।

height • हाइट • *n.* ऊँचाई, ~ **en** (हाइटेन) *vt.* ऊँचा करना।
heinous • हीनॅस • *a.* घृणित, कुत्सित।
heir • एअॅर • *n.* उत्तराधिकारी, वारिस।
helicopter • हेलीकॉप्टर • *n.* हेलीकॉप्टर, जमीन से सीधे ऊपर उठने और सीधे नीचे उतरने वाला हवाई जहाज।
helium • हीलियम • *n.* हीलियम गैस।
hell • हैल • *n.* दोजख़, नरक।
helm • हेल्म • *n.* (नाव की) पतवार।
helmet • हेल्मेट • *n.* लोहे का टोप (जो धक्के से सर की सुरक्षा के लिए पहना जाता है)।
help • हेल्प • *n.* सहायता, मदद, *vt.* मदद करना, ~ **less** (हेल्पलेस) *a.* बेसहारा, विवश, ~ **mate** (हेल्पमेट) *n.* साथी, संगी, *vi./vt.* मदद पहुँचाना, सहायता करना।
helter-skelter • हेल्टॅर-स्केल्टॅर • *adv.* उतावली में, जल्दबाजी में।
hemisphere • हेमिस्फ़ीअॅर • *n.* गोलार्द्ध।
hemlock • हेमलॉक • *m.* एक जहरीला पौधा, (इसी का विष सुकरात को पीने को दिया गया था)।
hemoglobin • हेमोग्लोबिन • *n.* रक्त की लाली, हेमोग्लोबिन।
hemp • हेम्प • *n.* सन जिससे रस्सी बनती है, 2. गांजा, ~ **en** हेम्पन, ~ **a.** सन का, भाँग का।
hen • हेन • *n.* मुर्गी।
hence • हेन्स • *adv.* इसलिए, यहीं से।
henchman • हेन्चमैन • *n.* पिछलग्गू, हुक्मी काम करने वाला आदमी, गुर्गा, चमचा।
henna • हेना • *n.* मेंहदी।
henpecked • हेनपेक्ड • *a.* जोरू का गुलाम।
hepatitis • हेपेटाइटिस • *n.* यकृत-शोथ, गुर्दे का एक रोग।
heptagon • हेप्टागॉन • *n.* सात भुजाओं वाला।
her • हर • *pro.* उस (स्त्री का), उसे (उस स्त्री को), (उस) स्त्री से संबंधित।
herald • हेरल्ड • *n.* अग्रदूत, उद्घोषक, *vt.* घोषणा करना, पूर्व सूचना देना।
herb • हर्ब • *n.* जड़ी-बूटी, ~ **al** (हर्बल) जड़ी-बूटी से बना।
herculean • हर्कुलियन • *a.* अत्यधिक साहसिक (काम)।
herd • हर्ड • *n.* झुंड (पशुओं का), *vt.* इकट्ठा करना (पशुओं को)।
here • हिअर • *adv.* यहाँ, इधर।
hereditary • हेरेडिटरी • *a.* पुश्तैनी, पैतृक, खानदानी।
heredity • हेरिडिटी • *n.* आनुवंशिकता, खानदानी गुण।
heresy • हेरेसी • *n.* कुफ्र, चलते धार्मिक सिद्धांतों के विपरीत मत।
heretic • हेरेटिक • *a.* काफिर, विधर्मी।
heritage • हेरिटेज • *n.* विरासत, उत्तराधिकार।
hermit • हर्मिट • *n.* संन्यासी, साधु।
hernia • हर्निया • *n.* आंत उतरना

(उतरने का रोग)।

hero • हिरो • *n.* नायक।

heroin • हेरोइन • *n.* अफीम से बना एक मादक पदार्थ।

heroine • हिरोइन • *n.* नायिका।

heron • हेरॅन • *n.* बगुला।

herring • हेरिंग • *n.* हिल्सा (मछली)।

hers • हर्स • *pro.* उस (स्त्री) का।

herself • हर्सेल्फ़ • *pro.* (स्त्री के लिए प्रयुक्त) स्वयं को, स्वयं से।

hesitant • हेज़िटेंट • *a.* अनिश्चयी, हिचकिचाहट वाला।

hesitate • हेज़िटेट • *vi.* हिचकिचाना।

hesitation • हेज़िटेशॅन • *n.* हिच-किचाहट।

hessian • हेसिअॅन • *n.* टाट, पटसन का कपड़ा।

hetero • हेटेरो • *pref.* विषम।

heterogeneous • हेटेरोजिनियस • *a.* विषमजातीय।

heterosexual • हेटेरोसेक्सुअॅल • *a.* विषमलिंगी पुरुष का स्त्री के साथ या स्त्री का पुरुष के साथ (काम संबंध या आकर्षण, आदि)।

hew • ह्यू • *vt.* (कुल्हाड़ी से) काटना, चीरना।

hex-hexa • हेक्स-हेक्सा • छः।

hexagon • हेक्सागॉन • *n.* षटकोण, छः कोनों वाला आकार, **~ al** (हेक्सागोनल) *a.* षट्कोणीय।

hey day • हेडे • *n.* स्वर्णकाल, अच्छा समय, बहार, पराकाष्ठा।

hi • हाय • हैलो का संक्षिप्त रूप, (प्रायः मिलने पर कहा जाता है)।

hiatus • हियाटस • *n.* क्रम भंग, बात करते वक्त रिक्तता आ जाना।

hibernate • हाइबर्नेट • *vi.* (अनेक जीवों का) शीतकाल में लंबे समय तक सो कर समय गुजारना।

hibernation • हाइबर्नेशन • *n.* जाड़ों में लम्बे समय तक (जीवों का) सो जाना।

hiccough, hiccup • हिकॉप • *n.* हिचकी, *v.* हिचकी लेना।

hide • हाइड • *vi.* छिपना, *vt.* छिपाना, *n.* जानवर की खाल, **~ and seek** (हाइड ऐंड सीक) *n.* लुका-छिपी (का खेल)।

hideous • हीडियस • *a.* भयंकर, भयानक, भद्दा।

hi-fi • हाइ-फ़ाइ • *a.* (**high fidelity** का संक्षिप्त रूप) अच्छे (उपकरण)।

high • हाई • *a.* ऊंचा।

highrise • हाइराइज़ • *a.* ऊँचा (मकान), बहुमंजिली (इमारत)।

highway • हाइवे • *n.* राजमार्ग।

His Highness/Her Highness • हिज़हाइनेस, हरहाइनेस • *a.* राजा-महाराजाओं, रानियों, महारानियों का संबोधन।

highjack • हाइजैक • *n.* (विमान आदि का) अपहरण, **~ er** (हाइजैकर) (विमान का) *n.* अपहरणकर्ता।

hike • हाइक • *vt.* (सामान आदि के दाम) बढ़ाना, 2. लंबी पदयात्रा करना, **~ r** (हाइकर) *a.* पदयात्री।

hilarious • हिलेअॅरिअॅस • *a.* बेहद हँसाने वाला।

hilarity • हिलैरिटी • *n.* प्रफुल्लता, हँसी।

hill • हिल • *n.* पहाड़ी, ~**y** (हिली) *a.* पहाड़ी, पहाड़ का।

hilt • हिल्ट • *n.* (तलवार की) मूठ, **to the** ~ (टु द हिल्ट) बिल्कुल अंदर तक।

him • हिम • *pro.* **he** का संप्रदानकारक रूप, उसको (पुल्लिंग)।

hind • हिंड • *a.* पीछे का, पिछला, *n.* हिरनी।

hinder • हिंडर • *vt.* बाधा डालना, रुकावट पैदा करना।

hindrance • हिंड्रैन्स • *n.* रुकावट, बाधा।

Hindu • हिन्दू • *n.* हिन्दू।

hinge • हिंज • *n.* कब्जा (दरवाजे आदि का)।

hint • हिंट • *vt.* संकेत देना, *n.* संकेत, इशारा।

hinterland • हिंटरलैंड • *n.* समुद्र तट के पीछे की जमीन, पृष्ठ, प्रदेश।

hip • हिप • *n.* कूल्हा, पुट्ठा, नितंब, चूतड़।

hippie, hippy • हिप्पी • *n.* गृह/देश त्यागी, आवारा लोग, हिप्पी।

hippo, hippopotamus • हिप्पो, हिपॅपोटॅमॅस • *n.* दरियाई घोड़ा।

hire • हायर • *vt.* किराए पर लेना, भाड़े पर लेना, नौकरी में रखना, ~**and fire** (हायर एंड फायर) *vt.* (नौकर) रखो-निकालो (अमरीकी तरीका), ~**purchase** (हायर पर्चेज़) *n.* किराये पर सामान खरीदना।

his • हिज़ • *a.* उस (पुरुष) का, उसकी।

hiss • हिस • *vi.* (सांप का) फुफकारना।

historian • हिस्टोरियन • *n.* इतिहासज्ञ, इतिहासकार।

historic/historical • हिस्टोरिक, हिस्टोरिकल • *a.* ऐतिहासिक, तवारीखी।

history • हिस्ट्री • *n.* इतिहास, तवारीख।

hit • हिट • *vt.* मारना, चोट पहुँचाना, *n.* सफल होना (जैसे फिल्मों का), ~**and run** (हिट एंड रन) मारो और भागो।

hitch • हिच • *n.* कठिनाई, मुश्किल, बाधा, *vt.* (रस्सी आदि से) अटकाना, बांधना, ~**hike** (हिच हाइक) *vi.* राह चलते कार-मोटर आदि से लिफ्ट माँगना, ~**hiker** (हिच हाइकर) *n.* इस तरह यात्रा करने वाला।

hither • हिदर • *adv.* यहाँ।

hive • हाइव • *n.* मधुमक्खियों का छत्ता।

hoar • होर • *a.* सफेद (केश)।

hoard • होर्ड • *n.* खजाना, *vt.* जमा करना, छिपाकर जमा करना, ~**ing** (होर्डिंग) *n.* माल छिपाना, विज्ञापन का बड़ा बोर्ड।

hoarse • होर्स • *a.* फटी हुई (आवाज), बैठा हुआ (गला)।

hoax • होक्स • *n.* धोखा, छल।

hobble • हॉबल • *vi.* लंगड़ाना,

n. (घोड़े की) टाँगें बाँधना।

hobby • हॉबी • *n.* शौक, रुचि, हौबी।

hobnob • हॉबनॉब • *vi.* मेल-जोल रखना।

hockey • हॉकी • *n.* एक खेल जो स्टिक और गेंद से खेला जाता है, हॉकी।

hocus-pocus • होकस-पोकस • *n.* हेरा-फेरी।

hoe • हो • *n.* कुदाली, फावड़ा।

hog • हॉग • *n.* सूअर जो बधिया किया हुआ हो।

hoist • हॉयस्ट • *vt.* ऊपर उठाना, कांटे से ऊपर उठाना, *n.* ऊपर उठाने का कांटा।

hold • होल्ड • *vt. (p., pp.* **hold***)* पकड़ना, पकड़े रहना, टेलिफोन की लाइन पकड़े रहना, ~**all** (होल्डऑल) *n.* बिस्तर बंद, ~**on** (होल्ड ऑन) डटे रहना, ~**out** (होल्ड आउट) सामना करना, ~**over** (होल्ड ओवर) टाल देना, ~**up** (होल्ड अप) रोकना, ~**er** (होल्डर) *n.* पकड़ने वाला, पकड़ने का साधन, ~**ing** (होल्डिंग) *n.* अधिसंपत्ति।

hole • होल • *n.* छेद, *vi./vt.* छेद करना।

holiday • हॉलिडे • *n.* छुट्टी का दिन।

holiness • होलिनेस • *n.* पवित्रता।

hollow • हॉलो • *n.* खोखला, पोला, 2. झूठा।

holy • होलि • *a.* पवित्र।

homage • होमेज • *n.* श्रद्धांजलि।

home • होम • *n.* घर, वतन, ~**life** (होम लाइफ़) *n.* घरेलू जीवन, ~**made** (होम मेड) *a.* घर का बना, ~**rule** (होमरूल) *n.* स्वराज, ~**work** (होम वर्क) *n.* गृह कार्य, विद्यार्थियों द्वारा घर से करके ले आने वाले काम।

homicide • होमिसाइड • *n.* मनुष्य हत्या, नर वध।

homoeopath • होमियोपैथ • *n.* होमियोपैथी चिकित्सक।

homoeopathy • होमियोपैथी • *n.* होमियोपैथी, (इलाज की पद्धति)।

homogeneous • होमोजिनियस • *a.* समरूप, एक-सा।

honest • ऑनेस्ट • *a.* ईमानदार।

honey • हनी • *n.* मधु, शहद, ~**moon** (हनीमून) *n.* सुहागरात।

honorary • ऑनोररी • *a.* अवैतनिक, सम्मानसूचक (उपाधि आदि)।

honour • ऑनर • *n.* सम्मान, प्रतिष्ठा, मान, इज्जत, *vt.* मान देना, सम्मानित करना, चेक आदि का भुगतान करना, ~**able** (ऑनॅरबल) *a.* आदरणीय, माननीय, ईमानदार।

hood • हुड • *n.* टोप, कार का हुड (छज्जा)।

hoodlum • हुडलम • *n.* गुंडा।

hoodwink • हुडविंक • *vt.* धोखा देना।

hoof • हुफ़ • *pl.* **(hooves)** *n.* खुर, *vt.* खुर मारना।

hook • हुक • *n.* अंकुसी, *vt.* पकड़ना,

अंकुसी से पकड़ना।

hooligan • हुलीगन • *n.* गुंडा, तोड़-फोड़ करने वाला आदमी।

hoop • हुप • *n.* चक्करदार पट्टी, जो पीपे आदि के चारों ओर लगाते हैं।

hoot • हूट • *n.* उल्लू की बोली, थियेटर, खेल, आदि में चिढ़ाने या नाराजगी प्रकट करने के लिए दर्शकों द्वारा की जाने वाली आवाज।

hop • हॉप • *vi./vt.* कूदना, उछलना, *n.* यात्रा का एक भाग।

hope • होप • *n.* आशा, उम्मीद, ~**ful** (होपफुल) *a.* आशावान, ~**less** (होपलेस) *a.* निराशाजनक।

horde • हॉर्ड • *n.* झुंड, घुमक्कड़ लोगों का दल।

horizon • होराइज़न • *n.* क्षितिज, ~**tal** (होरिज़न्टल) *a.* समतल, समानांतर।

horn • हॉर्न • *n.* सींग (जानवरों का), 2. भोंपू (कार आदि का)।

horoscope • होरोस्कोप • *n.* जन्म कुंडली।

horrible • हॉरिबॅल • *a.* भयानक, डरावना।

horrid • हॉरिड • *a.* डरावना।

horrify • हॉरिफ़ाई • *vt.* भयभीत करना, डराना।

horror • हॉरॅर • *n.* आतंक, भय।

horse • हॉर्स • *n.* घोड़ा, ~**power** (हॉर्स पावर) *n.* अश्वशक्ति।

horticulture • हॉर्टीकल्चर • *n.* बागवानी, उद्यान विज्ञान।

hose • होज़ • *n.* रबड़ या प्लास्टिक आदि की नली।

hospitable • हॉस्पिटेबल • *a.* अतिथि-सत्कार करने वाला।

hospitality • हास्पिटैलिटी • *n.* अतिथि सत्कार।

host • होस्ट • *a.* अनेक, *n.* मेजबान, आतिथेय, ~**age** (होस्टेज) *n.* बंधक (आदमी)।

hostel • हॉस्टल • *n.* छात्रावास।

hostess • होस्टेस • *n.* मेहमानदारिन, **air** ~ (एअर होस्टेस) *n.* विमान परिचारिका, एअर होस्टेस।

hostile • होस्टाइल • *a.* शत्रुतापूर्ण।

hostility • होस्टिलिटी • *n.* शत्रुता, दुश्मनी, ~**hostilities** *n.* युद्ध की स्थिति।

hot • हॉट • *a.* गर्म, 2. तीता, 3. तीव्र, ~**blooded** (हॉट ब्लडेड) *a.* उग्र, ~**line** (हॉट लाइन) *n.* सीधा टेलिफोन संपर्क, ~**news** (हॉट न्यूज़) *n.* गर्मागर्म खबर, ~**tempered** (हॉट टेम्पर्ड) *a.* गर्म मिज़ाज, गुस्सावर, क्रोधी।

hotch-potch • हॉच-पॉच • *n.* मिला-जुला, खिचड़ी।

hotel • होटेल • *n.* होटल, ~**keeper,** ~**ier** (होटेल कीपर, होटेलियर) *n.* होटल मालिक।

hound • हाउंड • *n.* शिकारी कुत्ता, *vt.* पीछा करना।

hour • ऑवर • *n.* घंटा।

houri • हुऑरी • *n.* मुसलमानों की

जन्नत की हूर, परी, सुन्दर स्त्री।

house • हाउस • *n.* घर, मकान, प्रतिष्ठान, सदन, *vt.* ठहराना, रखना, घर में ठहराना।

hovel • हॉवेल • *n.* झोंपड़ी, सायबान।

hover • होवर • *vi.* हवा में एक ही जगह चक्कर लगाना, मंडराना (चिड़िया या विमान आदि का)।

how • हाउ • *adv.* कैसे, किस तरह।

howdah • हाउदा • *n.* हाथी का हौदा।

howl • हाउल • *n.* (जानवरों आदि की) चिल्लाहट, *vi./vt.* चिल्लाना, चीखना।

hub • हब • *n.* धुरी, धुरा (पहिए का)।

hubble-bubble • हबॅल-बबॅल • *n.* हुक्का।

huddle • हडॅल • *vi.* सटकर बैठना।

hue • ह्यू • *n.* रंग, ~ **and cry** (ह्यू एंड क्राई) शोरगुल।

hug • हग • *vt.* लिपटना, लिपटाना, आलिंगन में लेना, सीने से लगाना।

huge • ह्यूज • *a.* विशाल, बहुत बड़ा।

hull • हल • *n.* छिलका।

hullo • हलो • *int.* हलो!

hum • हम • *vi./vt.* गुनगुनाना।

human • ह्यूमन • *a.* मानवीय, ~ **ize** (ह्यूमनाइज़) *vt.* मानवीय बनाना, सभ्य बनाना।

humane • ह्यूमेन • *a.* उदार, सहृदय।

humanities • ह्युमैनिटीज़ • *n.* मानविकी, दर्शन, कला, साहित्य आदि का अध्ययन।

humanity • ह्युमैनिटि • *n.* मानवता, आद मित्रता।

humble • हंबल • *a.* नम्र, *vt.* नीचा दिखाना।

humbug • हंबग • *n.* कपट, गप, धोखा।

humdrum • हमड्रम • *a.* नीरस।

humid • ह्यूमिड • *a.* गीला, नम।

humiliate • ह्यूमिलिएट • *vt.* नीचा दिखाना, शर्मिंदा करना, बेइज्जत करना, अपमानित करना।

humiliation • ह्यूमिलिएशन • *n.* अपमान, शर्मिंदगी।

humility • ह्यूमिलिटी • *n.* दीनता।

humorist • ह्यूमॅरिस्ट • *a.* विनोदी।

humorous • ह्यूमॅरस • *a.* मज़ाकिया, हास्यजनक।

humour • ह्यूमॅर • *n.* विनोद, मजाक।

hump • हंप • *n.* कूबड़, अवसाद।

hunch • हॅन्च • *vt.* झुकाना, मोड़ना, *n.* कूबड़।

hundred • हंड्रॅड • *a.* सौ।

hung • हंग • *(p., pp.* **of hang)** हैंग का भूतकालिक रूप, लटकाया हुआ।

hunger • हंगर • *n.* भूख, क्षुधा, ~ **strike** (हंगर स्ट्राइक) *n.* भूख हड़ताल।

hungry • हंग्री • *a.* भूखा।

hunt • हंट • *vi./vt.* शिकार करना, आखेट करना, *n.* आखेट, शिकार, 2. खोज, तलाश, ~ **sman** (हंट्समैन) *n.* शिकारी।

hurdle • हर्डल • *n.* बाधा, रुकावट, ~ **race** (हर्डल रेस) *n.* बाधा दौड़।

hurl • हर्ल • *vt.* फेंकना, फेंककर मारना।

hurrah • हुर्रा • *int.* वाह-वाह !

hurricane • हॅरिकेन • *n.* आँधी।

hurry • हरी • *n.* जल्दबाजी, *vi./vt.* जल्दी करना।

hurt • हर्ट • *vi./vt.* चोट पहुँचाना, घायल होना, *n.* चोट।

husband • हजबेंड • *n.* पति, खाविंद, **~man** (हजबेंड मैन) *m.* किसान, **~ry** (हज़्बैंड्री) *n.* किसानी, कृषि-कर्म।

hush • हश • *vi./vt.* चुप करना या चुप होना।

husk • हस्क • *n.* भूसा, भूसी, **~y** (हस्की) *a.* भूसीदार, लंबा-तगड़ा, भर्राई हुई (आवाज)।

hustle • हसॅल • *vi./vt.* धक्का खाना, देना, *n.* चहल-पहल।

hut • हट • *n.* झोंपड़ी, कुटिया, कुटीर, **~ment** (हटमेंट) *n.* डेरा, अस्थायी घर।

hyacinth • हाइअॅसिन्थ • *n.* कुमुदिनी जैसा पानी का पौधा।

hybrid • हाइब्रिड • *a.* ऊँची नस्ल का, वर्णसंकर, कलम किया हुआ (पौधा)।

hydrate • हाइड्रेट • *n.* पानी मिला पदार्थ।

hydrogen • हाइड्रोजॅन • *n.* उद्‌जन गैस, हाइड्रोजन, **~bomb** (हाइड्रोजन बॉम्ब) *n.* हाइड्रोजॅन बम।

hydrophobia • हाइड्रोफ़ोबिया • *n.* जलभय, पानी से डरने का रोग (यह प्रायः पागल कुत्ते या अन्य जानवरों को होता है और उनके काटने से मनुष्य को)।

hyena • हायना • *n.* लकड़बग्घा।

hygiene • हाइजीन • *n.* स्वास्थ्य विज्ञान।

hygienic • हाइजीनिक • *a.* स्वास्थ्य-कर।

hymen • हाइमेन • *n.* सतीत्त्छद, कुमारी कन्या के भग के अंदर एक झिल्ली।

hymn • हिम • *n.* स्तुति, प्रार्थना।

hype • हाइप • *n.* धोखा, 2. *vt.* किसी उत्पादन का जोरदार प्रचार करना।

hyper • हाइपॅर • *n.* बहुत अधिक।

hyperbole • हाइपॅरबोले • *n.* अति-शयोक्ति।

hypersensitive • हाइपॅर सेन्सिटिव • *a.* अतिसंवेदनशील।

hypertension • हाइपॅर टेंशन • *n.* उच्च रक्तचाप।

hypertensive • हाइपॅरटेन्सिव • *a.* उच्च रक्तचापग्रस्त।

hyphen • हाइफ़ॅन • *n.* समास का चिह्न (-)।

hypnosis • हिप्नोसिस • *n.* सम्मोहन।

hypnotist • हिप्नोटिस्ट • *a.* सम्मोहक।

hypnotise • हिप्नोटाइज़ • *vt.* सम्मो-हित करना।

hypocrisy • हिपोक्रिसी • *n.* पाखंड।

hypocritical • हिपोक्रिटिकॅल • *a.* पांखडपूर्ण।

hypocrite • हिपोक्रीट • *a.* पाखंडी।

hypothesis • हाइपोथीसिस • *n.* परिकल्पना, अनुमान।

hysteria • हिस्टीऑरिआ • *n.* उन्माद, हिस्टीरिया।

hysterical • हिस्टेरिकॅल • *a.* उन्माद-ग्रस्त।

hysterics • हिस्टेरिक्स • *n.* उन्माद (हिस्टीरिया के दौरे)।

I

I/i • आई • अंग्रेजी वर्णमाला का नौवाँ अक्षर।

I • आई • *pro.* मैं।

ibid • इबिड • *a.* पूर्वोक्त (पुस्तक)।

ice • आईस • *n.* बर्फ, **~cream** (आईस क्रीम) *n.* आइसक्रीम, मलाई बर्फ, **~Age** (आईसएज) *n.* हिमयुग, **~berg** (आइसबर्ग) *n.* पानी में तैरती बर्फ की चट्टान, *vt.* ठंडा करना, बहुत ठंडा करना।

icy • आईसी • *a.* बहुत ठंडा।

idea • आइडिया • *n.* विचार, भावना, 2. योजना।

ideal • आइडिअॅयल • *a.* आदर्श, **~ism** (आइडियलिज़्म) *n.* आदर्शवाद, **~ist** (आइडियलिस्ट) *a.* आदर्शवादी, **~ize** (आइडियलाइज़) *vt.* आदर्श बनाना।

identical • आइडेन्टिकल • *a.* वैसा ही।

identify • आइडेन्टिफ़ाई • *vt.* पहचानना।

identity • आइडेन्टिटी • *n.* पहचान, **~card** (आइडेन्टिटी कार्ड) पहचान पत्र।

ideology • आइडियोलॉजी • *n.* विचार-धारा, सिद्धांत।

idiom • इडिअॅम • *n.* मुहावरा।

idiot • इडियट • *n.* मूर्ख, मंदबुद्धि।

idle • आइडल • *a.* सुस्त, आलसी, 2. सारहीन (बातें, आदि), **~r** (आइडलर) *n.* आलसी आदमी।

idol • आइडॉल • *n.* मूर्ति, बुत।

if • इफ़ • *conj.* यदि, अगर।

igneous • इग्निअॅस • *a.* आग्नेयरी (जैसे चट्टान)।

ignite • इग्नाइट • *vt.* जलाना, आग लगाना।

ignoble • इग्नोबल • *a.* नीच, अधम।

ignominious • इग्नोमिनियस • *a.* निंदनीय, शर्मनाक।

ignominy • इग्नोमिनी • *n.* कलंक।

ignorance • इग्नोरेंस • *n.* अज्ञान, अनभिज्ञता।

ignorant • इग्नोरैंट • *a.* अज्ञान, अनजान।

ignore • इग्नोर • *vt.* ध्यान न देना, उपेक्षा करना।

ill • इल • *a.* बीमार, रुग्ण, रोगी।

illegal • इल्लिगल • *a.* गैर-कानूनी, अवैध।

illegible • इल्लिजिबॅल • *a.* जो पढ़ा न जा सके।

illegitimate • इल्लिजिटिमेट • *a.* नाजायज, ऐसे पुरुष-स्त्री से उत्पन्न जो परस्पर विवाहित न हों।

illicit • इल्लिसिट • *a.* अवैध, ग़ैर-कानूनी, निषिद्ध।

illiteracy • इल्लिटॅरेसी • *n.* अशिक्षा, निरक्षरता।

illiterate • इल्लिटॅरेट • *a.* निरक्षर, अनपढ़।

ill-mannered • इलमैनर्ड • *a.* बदतमीज़।

illness • इलनेस • *n.* बीमारी, रोग।

illtreat • इलट्रीट • *vt.* बुरा व्यवहार करना।

illuminate • इलुमिनेट • *vt.* जलाना, रोशन करना, आलोकित करना, रोशनी से सजाना।

illusion • इल्यूज़ॅन • *n.* भ्रम, भ्रांति, वहम।

illustrate • इलस्ट्रेट • *vt.* चित्रित करना, उदाहरण देकर समझाना।

illustration • इलस्ट्रेशॅन • *n.* चित्र।

illustrious • इलसट्रियस • *a.* प्रतापी, विख्यात।

image • इमेज • *n.* प्रतिभा, छवि, ~ **ry** (इमेजरी) *n.* बिंब विधान (साहित्य में)।

imaginary • इमैजिनरी • *a.* काल्पनिक।

imagination • इमैजिनेशॅन • *n.* कल्पना, कल्पना-शक्ति, ख़याल।

imaginative • इमैजिनेटिव • *a.* कल्पनाशीत।

imagine • इमैजिन • *vt.* कल्पना करना, **imaginable** (इमैजिनेबॅल) कल्पना की जाने योग्य।

imbecile • इम्बेसील • *a.* बेवकूफ़, अल्पमति।

imbibe • इम्बाइब • *vt.* ग्रहण करना, आत्मसात करना, (शराब) पीना।

imitate • इमिटेट • *vt.* नकल करना, अनुकरण करना।

imitation • इमिटेशॅन • *n.* नकल, 2. नकली।

immaculate • इमैकुलेट • *a.* निष्पाप, निष्कलंक।

immaterial • इम्मेटेरियल • *a.* तुच्छ, 2. अमूर्त, 3. आत्मिक।

immature • इम्मैच्योर • *a.* अपरिपक्व, कच्चा।

immediate • इमिडिएट • *a.* तात्कालिक, तुरंत होने वाला, निकट-तम, ~ **ly** (इमिडिएटली) *adv.* तुरंत, फ़ौरन।

immemorial • इम्मेमोरियल • *a.* स्मृति से परे।

immense • इम्मेन्स • *a.* विशाल, ~ **ly** (इमेन्सली) *adv.* बहुत अधिक।

immigrant • इमीग्रैन्ट • *n.* आप्रवासी।

immigrate • इमीग्रेट • *vt.* परदेश जाकर बस जाना।

imminent • इमीनेंट • *a.* तुरंत आने वाला।

immobile • इम्मोबाइल • *a.* गतिहीन।
immoderate • इम्माडरेट • *a.* असामान्य, बहुत ज़्यादा।
immodest • इम्मॉडेस्ट • *a.* निर्लज्ज, बेशर्म।
immolate • इम्मोलेट • *vt.* बलि चढ़ाना, क़ुर्बान करना।
immolation • इम्मोलेशन • *n.* क़ुर्बानी, बलि।
immoral • इम्मॉरल • *a.* अनैतिक।
immortal • इम्मॉर्टल • *a.* अमर।
immovable • इम्मूवेबल • *a.* अडिग, अचल।
immune • इम्यून • *a.* सुरक्षित, निरापद।
immunity • इम्यूनिटि • *n.* असंक्राम्यता, रोग नहीं होने का गुण।
immunization • इम्यूनाइज़ेशन • *n.* प्रतिरक्षण।
imp • इम्प • *n.* नटखट बालक, छोटा प्रेत।
impact • इम्पैक्ट • *n.* धक्का, 2. प्रभाव, असर।
impair • इम्पेअॅर • *vt.* क्षति पहुँचाना।
impart • इम्पार्ट • *vt.* देना, बतलाना।
impartial • इम्पार्शल • *a.* निष्पक्ष।
impassable • इम्पासेबल • *a.* अगम्य, दुर्गम।
impasse • इम्पास • *n.* गतिरोध, जिच।
impassioned • इम्पैशंड • *a.* जोशीला।
impassive • इम्पैसिव • *a.* शांत।
impatience • इम्पेशेन्स • *n.* बेसब्री, उतावलापन।
impatient • इम्पेशेंट • *a.* बेसब्र, अधीर।
impeach • इम्पीच • *vt.* अभियोग लगाना, ~ **ment** (इम्पीचमेंट) *n.* महाभियोग।
impeccable • इम्पेकेबॅल • *a.* त्रुटि-हीन।
impede • इम्पीड • *vt.* बाधा देना।
impediment • इम्पेडिमेंट • *n.* बाधा, अड़चन, रुकावट।
impel • इम्पेल • *vt.* उकसाना, प्रेरित करना।
impending • इम्पेंडिंग • *a.* शीघ्र होने वाला, आसन्न।
imperative • इम्पेरेटिव • *a.* अनिवार्य।
imperfect • इम्पर्फ़ेक्ट • *a.* अधूरा।
imperial • इम्पीरिअॅल • *a.* राजकीय, शाही, ~ **ism** (इम्पीरियलिज़्म) *n.* साम्राज्यवाद, ~ **ist** (इम्पीरियलिस्ट) *a.* साम्राज्यवादी।
imperil • इम्पेरिल • *vt.* ख़तरों में डालना।
impersonate • इम्पर्सोनेट • *vt.* दूसरे व्यक्ति का रूप धारण करना।
impertinence • इम्पर्टिनेंस • *n.* धृष्टता।
impertinent • इम्पर्टिनेंट • *a.* अभद्र, अशिष्ट।
impervious • इम्पर्विअॅस • *a.* जिसमें पानी न सूखे, जो पानी न सोखे।
impetuous • इम्पेचुअॅस • *a.* उतावला, अविवेकी।

impetus • इम्पेटसॅ • *n.* वेग, प्रेरणा।

impiety • इम्पाइटी • *n.* आदर का अभाव।

impious • इम्पायस • *a.* अपवित्र।

implacable • इम्प्लेकेबॅल • *a.* कठोर, जिसे संतुष्ट न किया जा सके।

implement • इम्प्लीमेंट • *n.* यंत्र, औज़ार, *vt.* (कोई काम) लागू करना।

implicate • इम्प्लीकेट • *vt.* फंसाना, उलझाना।

implication • इम्प्लीकेशन • *n.* उलझन, 2. आशय, तात्पर्य।

implicit • इम्प्लीसिट • *a.* सन्निहित, 2. निश्चित।

implore • इम्प्लोर • *vt.* प्रार्थना करना।

implosion • इम्प्लोज़ॅन • *n.* विस्फोट, आंतरिक विस्फोट।

imply • इम्प्लाई • *vt. (p., pp.* **implied***)* अर्थ बताना, अर्थ की ओर संकेत करना।

impolite • इम्पोलाइट • *a.* अशिष्ट।

import • इम्पोर्ट • *vt.* आयात करना, *n.* अर्थ, महत्त्व, आयात।

importance • इम्पॉर्टेन्स • *n.* महत्त्व।

important • इम्पॉर्टेन्ट • *a.* महत्त्वपूर्ण।

importune • इम्पॉट्यून • *vi./vt.* आग्रह करना, दुराग्रह करना।

impose • इम्पोज़ • *vt.* थोपना, लगाना।

imposition • इम्पोज़ीशॅन • *n.* थोपना।

impossible • इम्पॉसिबॅल • *a.* असंभव, नामुमकिन।

impost • इम्पोस्ट • *n.* झूठा दावा करने वाला।

impotence • इम्पोटेंस • *n.* नपुंसकता।

impotent • इम्पोटेंट • *n.* नपुंसक, क्लीव, नामर्द, शक्तिहीन, निःसहाय।

impound • इम्पाउंड • *vt.* जब्त करना।

impoverish • इम्पोवरिश • *vt.* अशक्त करना, गरीब बनाना।

impracticable • इम्प्रैक्टिकेबॅल • *a.* अव्यवहार्य, अव्यावहारिक।

impregnable • इम्प्रेग्नेबॅल • *a.* अजेय, जिसे जीता न जा सके, जिसे भेदकर अंदर न जाया जा सके।

impresario • इम्प्रेसारियो • *n.* आयोजक।

impress • इम्प्रेस • *vt.* प्रभावित करना, मुहर लगाना, *n.* प्रभाव।

imprint • इम्प्रिन्ट • *vt.* अंकित करना, *n.* छाप, मुहर।

imprison • इम्प्रिज़ॅन • *vt.* जेल में डालना, कैद करना, बंदी बनाना, ~**ment** (इम्प्रिज़ॅनमेंट) *n.* क़ैद, कारावास।

improbable • इम्प्रोबेबॅल • *a.* असंभव, ग़ैर-मुमकिन।

impromptu • इम्प्रॉम्प्टू • *a.* तात्कालिक, बगैर तैयारी के (व्याख्यान आदि)।

improper • इम्प्रॉपर • *a.* अनुचित, ग़ैर-वाजिब।

improve • इम्प्रूव • *vt.* उन्नत करना, सुधारना, ~**ment** (इम्प्रूवमेंट) *n.* उन्नति, सुधार।

improvident • इम्प्रॉविडॅन्ट • *a.* नानसझ, फ़िज़ूल खर्च, लापरवाह।

improvisation • इम्प्रोवाइज़ेशॅन • *n.* कामचलाऊ।

improvise • इम्प्रोवाइज़ • *vi./vt.* बिना तैयारी के (अभिनय करना या बोलना), प्राप्त चीजों से काम चलाना।

impudence • इम्प्युडॅन्स • *n.* गुस्ताख़ी।

impudent • इम्प्युडेंट • *a.* गुस्ताख।

impulse • इम्पल्स • *n.* प्रेरणा, आवेग।

impulsive • इम्पल्सिव • *a.* आवेगी, जोश में काम कर देने वाला।

in • इन • *prep. n.* भीतर, अंदर।

inability • इनएबिलिटी • *n.* अशक्यता, असमर्थता।

inaccurate • इनऐक्यूरेट • *a.* गलत।

inactive • इनऐक्टिव • *a.* निष्क्रिय।

inadequate • इनऐडिक्वेट • *a.* नाकाफ़ी।

inadmissible • इनऐडमिसिबॅल • *a.* अग्राह्य।

inadvertantly • इनऐडवर्टेन्टलि • *adv.* असावधानी में।

inane • इनेन • *a.* निरर्थक, रिक्त।

inanimate • इनऐनिमेट • *a.* निर्जीव।

inappropriate • इनऐप्रोप्रिएट • *a.* अनुपयुक्त।

inarticulate • इनअर्टिक्युलेट • *a.* अस्पष्ट, जो अपनी बात ठीक से न कह सके।

inaugurate • इनऑगुरेट • *vt.* उद्‌घाटन करना।

inauguration • इनऑगुरेशॅन • *n.* उद्‌घाटन।

inauspicious • इनआसपिशॅस • *a.* अशुभ।

inborn • इन्बॉर्न • *a.* जन्मजात।

inbred • इन्ब्रेड • *a.* जन्मजात, एक ही माँ-बाप से उत्पन्न पुरुष-स्त्री की संतान, 2. सहज, स्वाभाविक।

incalculable • इनकैलक्युलॅबॅल • *a.* गणना से परे, बहुत अधिक, अनगिनत।

in camera • इन कैमरा • *a.* कमरे में, गुप्त रूप से सुनवाई वाले कक्ष में।

incapable • इनकैपेबॅल • *a.* अयोग्य।

incapacitate • इनकैपेसिटेट • *vt.* असमर्थ बना देना।

incendiary • इनसेन्डिअरी • *a.* आग लगाने वाला (सामान)।

incense • इन्सेंस • *n.* लोबान, धूप।

incentive • इन्सेन्टिव • *a.* प्रेरणा, प्रेरक कार्य।

inception • इन्सेप्शॅन • *n.* आरंभ।

incessant • इन्सेसैंट • *a.* लगातार।

incest • इन्सेस्ट • *n.* अगम्यागमन, उसके साथ संभोग जिसके साथ सामाजिक मान्यता न हो। अपने निकट परिवार के पुरुष-स्त्री के बीच यौन संबंध।

inch • इंच • *n.* एक फुट का बारहवाँ भाग, 2.54 सेंटीमीटर, *vt.* धीरे-धीरे आगे बढ़ना।

incident • इन्सिडेंट • *n.* घटना।

incinerate • इन्सिनरेट • *vt.* जला देना।

incise • इन्साइज़ • *vt.* काटना।

incite • इन्साइट • *vt.* भड़काना।

inclement • इनक्लिमेंट • *a.* प्रतिकूल, तूफानी, खराब (मौसम के लिए प्रयुक्त)।

inclination • इनक्लिनेशॅन • *n.* झुकाव।

incline • इनक्लाइन • *vi./vt.* ढलान होना, झुकना।

include • इनक्लूड • *vt.* शामिल करना।

inclusion • इनक्लूज़ॅन • *n.* सम्मिलित करना, समावेश।

inclusive • इनक्लूसिव • *a.* सम्मिलित करते हुए।

incognito • इनकॉग्निटो • *a.* क्षद्म नाम वाला, *adv.* क्षद्म नाम से, न पहचाने जाने वाले रूप में।

incoherent • इनकोहेरेंट • *a.* असंगत।

incombustible • इनकॅम्बॅस्टिबॅल • *a.* जिसे जलाया न जा सके।

income • इन्कम • *n.* आय, आमदनी, **~tax** (इन्कमटेक्स) *n.* आय कर।

incomparable • इनकॅम्पेरेबॅल • *a.* अतुलनीय।

incompatible • इनकॅम्पैटिबॅल • *a.* बेमेल, असंगत।

incompetence • इनकम्पिटेंस • *n.* अक्षमता।

incompetent • इनकम्पिटेंट • *a.* अक्षम, अयोग्य।

incomplete • इनकमप्लीट • *a.* अपूर्ण, अधूरा।

incomprehensible • इनकॉम्प्रिहें-सिबल • *a.* समझ में न आने लायक।

inconceivable • इन्कॅन्सीवेबॅल • *a.* कल्पना से परे।

incongruous • इनकॉन्ग्रुअॅस • *a.* असंगत।

inconsiderate • इनकॉन्सिडरेट • *a.* बेमुरौवत।

inconsistent • इनकान्सिस्टेंट • *a.* असंगत।

incontrovertible • इन्कॉन्ट्रॅवॅर्टिबॅल • *a.* अकाट्य।

incorporate • इन्कॉर्पोरेट • *vt.* शामिल करना, समाविष्ट करना, **~d** (इन्कॉर्पोरेटेड) *a.* समाविष्ट (जैसे एक कंपनी का दूसरी कंपनी में)।

incorrect • इनकॉरेक्ट • *a.* अशुद्ध, ग़लत।

incorrigible • इनकॉरिजिबॅल • *a.* जिसे सुधारा न जा सके।

incorruptible • इनकॉरप्टेबॅल • *a.* जिसे भ्रष्ट न किया जा सके, ईमानदार।

increase • इन्क्रीज़ • *vt.* बढ़ाना, *n.* वृद्धि, बढ़ोतरी।

incredible • इनक्रेडिबॅल • *a.* अविश्व-सनीय।

incredulous • इनक्रेड्युलॅस • *a.* अविश्वसनीय।

increment • इनक्रिमेंट • *n.* वृद्धि, वेतन-वृद्धि।

incubate • इन्क्यूबेट • *vi./vt.* अंडे सेना।

incubator • इनक्यूबेटर • *n.* अंडे सेने

की मशीन।

inculcate • इनकल्केट • *vt.* मन में बिठाना।

incumbent • इनकॅम्बेंट • *n.* पदस्थ, पदधारी, वृत्ति भोगी, 2. पुजारी।

incur • इन्करॅ • *vt.* अपने ऊपर (ऋण या दोष आदि) लेना।

incurable • इन्क्योरेबॅल • *a.* असाध्य, जो रोग अच्छा न हो सके।

incursion • इन्करशॅन • *n.* सहसा हमला।

indebted • इन्डेटिड् • *a.* ऋणी, आभारी।

indecent • इनडिसेंट • *a.* अभद्र, गंदा, अशिष्ट।

indecision • इनडिसीज़न • *n.* असमंजस, अनिर्णय।

indeed • इन्डीड • *adv.* अवश्य, वास्तव में।

indefatigable • इनडिफ़ैटिगेबॅल • *a.* अथक।

indefensible • इनडिफ़ेन्सिबॅल • *a.* जिसका बचाव नहीं किया जा सके, अरक्षणीय।

indefinite • इनडेफ़िनिट • *a.* अनिश्चित।

indelible • इनडेलिबॅल • *a.* अमिट, जो मिटाया न जा सके।

indemnify • इनडेम्निफ़ाई • *vt.* क्षतिपूर्ति करना।

indemnity • इनडेमनिटी • *vt.* हर्जाना देना, क्षतिपूर्ति करना।

indent • इन्डेंट • *vi./vt.* दांतेदार बनना, बनाना, 2. दोहरा प्रलेख बनाना, 3. गड्डा बनाना, 4. मंगाना, ऑर्डर देना।

independence • इन्डिपेन्डेंस • *n.* स्वाधीनता, आजादी।

independent • इन्डिपेन्डेंट • *a.* आज़ाद, स्वतंत्र।

indescribable • इन्डिस्क्राइबेबॅल • *a.* जिसका वर्णन न किया जा सके।

indestructible • इन्डिस्ट्रक्टिबॅल • *a.* जिसे नष्ट न किया जा सके।

indeterminate • इन्डिटर्मिनेट • *a.* अनिश्चित।

index • इन्डेक्स • *n.* अनुक्रमणिका, *vt.* अनुक्रमणिका बनाना।

India • इन्डिया • *n.* भारत, हिन्दुस्तान, ~**n** (इंडियन) *a.* भारतीय, हिन्दुस्तानी।

indicate • इन्डिकेट • *vt.* बताना।

indicator • इन्डिकेटॅर • *n.* सूचक।

indict • इन्डिक्ट • *vt.* आरोप लगाना।

indifference • इन्डिफ़रेंस • *n.* उदासीनता।

indifferent • इन्डिफ़रेंट • *a.* उदासीन।

indigestible • इन्डाइजेस्टिबॅल • *a.* अपच।

indignant • इन्डिगनॅन्ट • *a.* क्रुद्ध, कुपित, नाराज़।

indignity • इन्डिगनिटी • *n.* अपमान, अनादर।

indigo • इन्डिगो • *n.* नील।

indirect • इन्डाइरेक्ट • *a.* परोक्ष।

indiscreet • इन्डिस्क्रीट • *a.* नासमझ, जो बात अपने अंदर न रख सके।

indiscriminate • इन्डिस्क्रिमिनेट • *a.*

अंधाधुंध (काम करने वाला)।

indispensable • इन्डिस्पेन्सेबॅल • *a.* अनिवार्य।

indisputable • इन्डिस्प्यूटेबॅल • *a.* निर्विवाद।

individual • इन्डिविजुअॅल • *n.* व्यक्ति, *a.* व्यक्तिगत।

indivisible • इन्डिविज़िबॅल • *a.* जिसे बाँटा न जा सके।

indoctrinate • इन्डॉक्ट्रिनेट • *vt.* विचार लादना, विचार परिवर्तित करना।

indolence • इन्डोलेंस • *n.* अकर्मण्यता।

indolent • इन्डोलेंट • *a.* अकर्मण्य।

indomitable • इन्डोमिटेबॅल • *a.* अदम्य।

indoor • इन्डोर • *n.* भीतरी, घर के अंदर का।

indubitable • इन्ड्युबिटेबॅल • *a.* निश्चित, निःसंशय।

induce • इन्ड्यूस • *vt.* फुसलाना, **~ment** (इन्ड्यूसमेंट) *n.* लालच, प्रेरणा।

induct • इन्डॅक्ट • *vt.* प्रवेश कराना, आरंभ कराना, **~ion** (इन्डॅक्शॅन) *n.* प्रवेश लेना, पाना।

indulge • इन्डॅल्ज • *vt.* तृप्त करना, **~nce** (इन्डलजेंस) *n.* अति तृप्त, कृपा।

industrial • इन्डस्ट्रिअॅल • *a.* औद्योगिक।

industrialist • इन्डस्ट्रिअलिस्ट • *n.* उद्योगपति।

industry • इन्डस्ट्री • *n.* उद्योग।

inedible • इनएडिबॅल • *a.* अखाद्य।

ineffective • इनइफ़ेक्टिव • *a.* अप्रभावी, निष्प्रभावी।

inefficient • इनएफ़िशिएंट • *a.* अकुशल।

inelegant • इनएलिगैंट • *a.* लावण्यहीन, देखने में जो अच्छा न हो।

ineligible • इनएलिजिबॅल • *a.* अपात्र, अनुपयुक्त।

ineligibility • इनएलिजिबिलिटी • *n.* अपात्रता, अनुपयुक्तता।

inept • इनेप्ट • *a.* असंगत।

inequality • इनइक्वैलिटी • *n.* असमानता।

inescapable • इनइस्केपेबॅल • *a.* जिससे बचा न जा सके।

inestimable • इनएस्टिमेबॅल • *a.* अपरिमेय।

inevitable • इनएविटेबॅल • *a.* अपरिहार्य, जो होना ही है।

inexpensive • इनएक्सपेन्सिव • *a.* कम खर्च, सस्ता।

inexperienced • इनएक्सपिरिएन्स्ड • *a.* अनुभवहीन।

inexplicable • इनएक्सप्लीकेबॅल • *a.* जिसे समझाया न जा सके।

infallible • इनफ़ॉलिबॅल • *a.* जो गलती कर ही न सके।

infamous • इन्फ़ेमॅस • *a.* बदनाम।

infancy • इन्फ़ैंसी • *n.* बचपन, शैशव।

infant • इनफ़ैन्ट • *n.* शिशु, छोटा

बच्चा, ~**icide** (इन्फ़ैन्टीसाइड) *n.* शिशु हत्या।

infantry • इन्फ़ैन्ट्री • *n.* पैदल सेना।

infatuated • इन्फैचुएटेड • *a.* प्रेम में दीवाना, किसी पर लट्टू।

infatuation • इन्फ़ैचुएशॅन • *n.* प्रेमांधता, दीवानगी।

infect • इन्फ़ेक्ट • *vt.* रोग से संक्रामित करना, ~ **ion** (इन्फ़ेक्शॅन) *n.* संक्रमण, ~ **ious** (इन्फ़ेक्शॅस) *a.* संक्रामक।

infer • इन्फ़र • *vt.* परिणाम निकालना, ~**ence** (इन्फ़रेंस) *n.* निष्कर्ष।

inferior • इन्फ़िरीयर • *a.* घटिया।

interior • इन्टिरीअॅर • *a.* आंतरिक, अंदरूनी।

infertile • इन्फ़र्टाइल • *a.* ऊसर, 2. बांझ।

infest • इन्फ़ेस्ट • *vt.* आक्रमण करना (जैसे रोग, कीटाणु, आदि)।

infidel • इन्फ़ाइडेल • *a.* अविश्वासी, नास्तिक, ~**ity** (इन्फ़ाइडेलिटी) *n.* नास्तिकता, 2. अन्यगमन (पति का पत्नी से या पत्नी का पति से विश्वास-घात)।

infiltrate • इन्फ़िल्ट्रेट • *vt.* छानना, 2. घुसना।

infiltration • इन्फ़िल्ट्रेशॅन • *n.* घुस-पैठ।

infiltrator • इन्फ़िल्ट्रेटॅर • *n.* घुस-पैठिया।

infinite • इन्फ़िनिट • *a.* असीम।

infinity • इन्फ़िनिटी • *n.* अनंतता।

infirm • इन्फ़र्म • *a.* निर्बल, कमज़ोर, अशक्त।

inflame • इन्फ़्लेम • *vi./vt.* प्रज्वलित होना, क्रोधित होना, लाल होना।

inflammation • इन्फ़्लेमेशॅन • *n.* प्रज्वलन, दाहन, 2. सृजन, शोथ।

inflate • इन्फ़्लेट • *vt.* फुलाना, हवा भरना।

inflation • इन्फ़्लेशॅन • *n.* मुद्रा-स्फीति।

inflection • इन्फ़्लेक्शॅन • *n.* स्वर का उतार-चढ़ाव।

inflexible • इन्फ़्लेक्सिबॅल • *a.* अटल।

inflict • इन्फ़्लिक्ट • *v.* पहुँचाना, (जैसे कष्ट, आदि)।

inflow • इन्फ्लो • *n.* अंतर्वाह, अंदर-अंदर बहना।

influence • इन्फ़्लूएंस • *n.* प्रभाव, असर, *vt.* प्रभाव डालना, असर करना।

influential • इन्फ्लूएन्शिअॅल • *a.* प्रभावशाली।

influenza • इन्फ़्लूएन्ज़ा • *n.* इन्फ़्लूएन्ज़ा रोग।

influx • इन्फ़्लॅक्स • *n.* अंतर्वहन।

inform • इन्फ़ॉर्म • *vt.* सूचित करना।

informal • इन्फ़ॉर्मल • *a.* अनौप-चारिक।

information • इन्फ़ॉर्मेशॅन • *n.* सूचना।

informative • इन्फ़ॉर्मेटिव • *a.* सूचनात्मक।

informer • इन्फ़ॉर्मर • *n.* मुखबिर, सूचना देने वाला।

infrastructure • इन्फ्रॉस्ट्रक्चर • *n.* आधारभूत सुविधा या ढाँचा।

infringe • इन्फ्रिन्ज • *vt.* नियमोल्लंघन, अतिक्रमण, ~ **ment** (इन्फ्रिन्जमेंट) *n.* अतिक्रमण।

infuriate • इन्फ्यूरिएट • *vt.* गुस्सा कराना, क्रोधित करना।

infuse • इन्फ़्यूज़ • *vt.* भिगोना, तर करना, जान फूँकना।

ingenious • इन्जीनियस • *a.* प्रवीण, कुशल, चतुर।

ingenuity • इन्जीन्युइटि • *n.* कुशलता, प्रवीणता, चतुरता।

ingenuous • इन्जेनुअॅस • *a.* भोला, सरल हृदय, सीधा-सादा।

ingot • इनगॉट • *n.* सिल्ली।

ingratiate • इन्ग्रैशिएट • *n.* अनुग्रह प्राप्त करना।

ingratitude • इन्ग्रैटिट्यूड • *n.* कृतघ्नता।

ingredient • इन्ग्रैडीएंट • *n.* अंश, संघटक।

inhabit • इन्हैबिट • *vt.* निवास करना, ~ **able** (इन्हैबिटेबॅल) *a.* रहने लायक, वास करने योग्य।

inhale • इन्हेल • *vi./vt.* साँस अंदर लेना।

inherent • इन्हेरेंट • *a.* अंतर्निहित, सहज।

inherit • इन्हेरिट • *vt.* उत्तराधिकार में पाना।

inhibit • इनहिबिट • *vt.* मना करना, निरोध करना, रोकना, ~ **tion** (इनहिबीशन) *n.* रोक, निषेध।

inhospitable • इनहॉस्पिटबॅल • *a.* असत्कारशील।

inhuman • इनह्यूमॅन • *a.* अमानवीय, अमानुषिक।

inhumane • इनह्यूमेन • *a.* निर्दय।

inimical • इनिमिकल • *a.* शत्रुतापूर्ण।

inimitable • इनिमिटेबल • *a.* जिसकी नकल संभव न हो।

initial • इनीशियल • *a.* आरंभिक, *n.* नाम का प्रथम अक्षर।

initiate • इनीशिएट • *vt.* शुरू करना।

initiation • इनीशिएशॅन • *n.* प्रवेश, दीक्षा।

initiative • इनीशिएटिव • *n.* प्रारंभ, पहला कदम।

inject • इन्जेक्ट • *vt.* सुई आदि द्वारा कुछ अंदर डालना, ~ **ion** (इन्जेक्शन) *n.* सुई, टीका आदि।

injunction • इन्जंक्शन • *n.* निषेधाज्ञा।

injure • इन्ज्योर • *vt.* घायल करना।

injury • इन्जरी • *n.* ज़ख़्म, चोट।

injustice • इन्जस्टिस • *n.* अन्याय।

ink • इंक • *n.* स्याही।

inland • इन्लैंड • *a.* अंतर्देशीय।

in-laws • इन्लॉज़ • *a.* ससुराल वाले।

inlay • इन्ले • *vt.* पच्चीकारी करना।

inmate • इन्मेट • *n.* सहवासी।

inn • इन • *n.* सराय, ~ **keeper** (इन-कीपर) *n.* सराय वाला।

innate • इन्नेट • *a.* सहज, अंतर्जात।

inning • इनिंग • *n.* पाली, पारी।

innocent • इनोसेंट • *a.* निर्दोष, भोला।

innocuous • इनोक्युअॅस • *a.* अहानिकर।

innovate • इनोवेट • *vt.* नयापन लाना।

innovation • इनोवेशॅन • *n.* नयापन, नवप्रवर्तन।

innuendo • इन्युएन्डो • *n.* व्यंग्योक्ति, इशारे से कुछ कहना।

innumerable • इन्यूमरेबॅल • *a.* अनगिनत।

inoculate • इनोक्यूलेट • *vt.* टीका लगाना।

inoffensive • इनऑफ़ेन्सिव • *a.* अनाक्रामक, जो हानि न पहुँचाए।

inopportune • इनऑपर्चुन • *a.* अनुपयुक्त, असामयिक।

inordinate • इनऑर्डिनेट • *a.* असाधारण।

inorganic • इनऑर्गेनिक • *a.* अकार्बनिक।

input • इन्पुट • *n.* निवेश।

inquest • इन्क्वेस्ट • *n.* विस्तृत जाँच, मृत्यु के कारणों की जाँच।

inquire • इन्क्वायर • *vi./vt.* पूछना, जानकारी हासिल करना।

inquiry • इन्क्वायरि • *n.* जाँच, पूछताछ।

inquisitive • इन्क्वीज़िटिव • *a.* जिज्ञासु।

inquisiter • इन्क्वीज़िटर • *n.* जाँच करने वाला।

inroad • इन्रोड • *n.* अनाधिकार प्रवेश, छापा, हमला।

insane • इन्सेन • *a.* पागल।

insanitary • इन्सेनिटरी • *a.* अस्वच्छ।

insanity • इन्सेनिटी • *n.* पागलपन।

insatiate • इन्सेशिएट • *a.* अतृप्त।

inscribe • इन्स्क्राइब • *vt.* लिखना, खोदना।

inscription • इनस्क्रिप्शन • *n.* खुदा हुआ।

inscrutable • इन्स्क्रूटेबॅल • *a.* समझ में न आने योग्य।

insect • इन्सेक्ट • *n.* कीड़ा, कीट, ~**icide** (इन्सेक्टिसाइड) *n.* कीटाणु-नाशक।

insecure • इन्सिक्योर • *a.* असुरक्षित।

insecurity • इन्सिक्योरिटि • *n.* असुरक्षा।

inseminate • इन्सेमिनेट • *vt.* वीर्यारोपण करना।

insensate • इन्सेन्सेट • *a.* मूढ़, संज्ञाहीन।

insensible • इन्सेन्सिबल • *a.* बेहोश, बेख़बर।

inseparable • इन्सेपरेबॅल • *a.* जो अलग न हो सके, जिसे अलग न किया जा सके।

insert • इन्सर्ट • *vt.* दर्ज करना, चढ़ाना (लिखित में), लिखना, अंदर डालना।

insertion • इन्सर्शन • *n.* चढ़ाना, अंदर डालना, निवेश, प्रवेश।

inservice • इन्सर्विस • *a.* सेवाकाल में।

inside • इन्साइड • *n.* भीतर, अंदर, अंदर की तरफ़।

insight • इन्साइट • *n.* परिज्ञान, अंतर्दृष्टि।

insignia • इन्सिग्निया • *n.* अधिकार-चिह्न।

insignificant • इन्सिग्निफ़िकैंट • *a.* निरर्थक, अर्थहीन।

insincere • इन्सिन्सिअॅर • *a.* अविश्वसनीय, कपटपूर्ण।

insinuate • इन्सिन्यूएट • *vt.* चुपचाप स्थान बना लेना।

insipid • इन्सिपिड • *a.* बेस्वाद।

insist • इन्सिस्ट • *vi./vt.* आग्रह करना, **~ ence** (इन्सिस्टेंस) *n.* हठ, आग्रह, ज़ोर डालना।

insolent • इन्सोलेंट • *a.* गुस्ताख़।

insoluble • इन्सॉल्यूबॅल • *a.* अघुलनशील, जो घुल न सके।

insolvency • इन्सॉल्वेंसी • *n.* दिवाला।

insolvent • इन्सॉल्वेंट • *a.* दिवालिया।

insomnia • इन्सॉम्निआ • *n.* अनिद्रा, अनिद्रारोग।

inspect • इन्स्पेक्ट • *vt.* जाँच करना, निरीक्षण करना, **~ or** (इन्सपेक्टर) *n.* निरीक्षक।

inspiration • इन्सपिरेशॅन • *n.* प्रेरणा।

inspire • इन्स्पायर • *vt.* प्रेरणा देना, प्रोत्साहन देना।

instability • इन्स्टेबिलिटि • *n.* अस्थायित्व, अस्थिरता, चंचलता।

install • इन्स्टॉल • *vt.* नियुक्त करना, बैठाना, *n.* संस्थापन।

instalment • इन्स्टॉलमेंट • *n.* किस्त।

instance • इन्स्टॉन्स • *n.* दृष्टांत, उदाहरण।

instant • इन्स्टैंट • *n.* क्षण, समय, *a.* तत्काल, तुरंत।

instead • इन्स्टेड • *adv.* उसकी जगह पर।

instigate • इन्सटिगेट • *vt.* बहकाना, भड़काना।

instigation • इन्स्टिगेशॅन • *n.* उकसाना, उत्तेजना, बहकावा।

instil, instill • इन्सिटल • *vt.* मन में बिठा देना।

instinct • इन्सटिंक्ट • *n.* प्रवृत्ति, **~ ive** (इन्सटिंक्टिव) *a.* प्रवृत्त्यात्मक।

institute • इन्स्टीट्यूट • *n.* संस्था, संस्थान, *vt.* संस्थापित करना।

instruct • इन्स्ट्रक्ट • *vt.* शिक्षित करना, आदेश देना, **~ ion** (इन्स्ट्रक्शॅन) *n.* प्रशिक्षण, अनुदेश, **~ or** (इन्स्ट्रक्टर) *n.* प्रशिक्षक।

instrument • इन्स्ट्रूमेंट • *n.* औज़ार, उपकरण, **~ al** (इन्स्ट्रूमेंटॅल) *a.* उपकरण संबंधी, **~ al music** (इन्स्ट्रमेंटॅल म्यूजिक) *n.* वाद्यसंगीत।

insubordinate • इन्सबॉर्डिनेट • *a.* उद्धत, आदेश न मानने वाला, अवज्ञाकारी।

insubordination • इन्सबॉर्डिनेशन • *n.* उद्धतता, अवज्ञा, अनाज्ञाकारिता।

insufferable • इन्सफ़रेबॅल • *a.* असह्य।

insufficient • इन्सफ़िशिएंट • *a.* नाकाफ़ी, कम, अपर्याप्त।

insular • इन्सूलर • *a.* द्वीपीय, पृथक्कारी, ~ **ity** (इन्सूलैरिटी) *n.* पृथक्करण।

insult • इन्सल्ट • *vt.* अपमानित करना, *n.* अनादर, अपमान।

insurance • इन्श्योरेंस • *n.* बीमा।

insure • इन्श्योर • *vt.* बीमा करना, बीमा कराना, तय करना।

insurgency • इन्सर्जेंसी • *n.* विद्रोह।

insurgent • इन्सर्जेंट • *n.* विद्रोही।

insurmountable • इन्सरमाउन्टेबॅल • *a.* अपराजेय, दुर्लंघ्य।

insurrection • इन्सरेक्शॅन • *n.* बग़ावत, विप्लव।

intact • इन्टैक्ट • *a.* अक्षुण्ण, अक्षत, साबुत।

intangible • इन्टैन्जिबॅल • *a.* अमूर्त, अगोचर, अस्पष्ट।

integrity • इन्टेग्रिटी • *n.* ईमानदारी, सत्यनिष्ठा, सचाई।

intellect • इन्टेलेक्ट • *n.* बुद्धि, ज्ञानशक्ति, मनीक्षा, ~**ual** (इन्टेलेक्चुअॅल) *a.* प्रबुद्ध, बुद्धिजीवी।

intelligence • इन्टेलिजेंस • *n.* बुद्धि।

intelligent • इन्टेलिजेंट • *a.* बुद्धिमान।

intelligentsia • इन्टेलिजेन्सिया • *n.* बुद्धिजीवी वर्ग, मनीषी वर्ग।

intelligible • इन्टेलिजिबॅल • *a.* समझने लायक।

intemperate • इन्टेम्पॅरेट • *a.* असंयमी।

intend • इन्टेन्ड • *vt.* इच्छा करना, इरादा करना।

intense • इन्टेन्स • *a.* उत्कट, तीव्र।

intensive • इन्टेन्सिव • *n.* गहन, **I.C.U.** (आई.सी.यू.) **intensive care unit** का संक्षिप्त रूप, गहन चिकित्सा कक्ष।

intent • इन्टेन्ट • *a.* उतारू, उद्यत, प्रबल, 2. आशय, इरादा, ~ **ion** (इन्टेन्शॅन) *n.* आशय, अभिप्राय, मकसद।

intentional • इन्टेन्शनल • *a.* इरादे से किया गया, साभिप्राय।

inter • इन्टर • *vt. (p., pp.* ~**red**) (शव को) गाड़ना, *pref.* परस्पर संबंध के अंतर का द्योतक, ~**act** (इन्टर-ऐक्ट) *vt.* एक दूसरे पर क्रिया करना, ~**alia** (इन्टरएलिया) अन्य बातों के साथ-साथ, ~**breed** (इन्टरब्रीड) *vt.* संक्रमण करना, ~**cept** (इन्टरसेप्ट) *vt.* रुकावट डालना, रोकना, ~ **change** (इन्टरचेंज) *vt.* आपस में बदलना, ~**course** (इण्टरकोर्स) *n.* मैथुन, आपसी व्यवहार, ~**dependent** (इन्टरडिपेन्डेंट) *a.* परस्पर निर्भर, ~**est** (इन्टरेस्ट) *n.* रुचि, दिलचस्पी, 2. सूद, ब्याज, ~**esting** (इन्टरेस्टिंग) *a.* रुचिकर, रोचक ~ **fere** (इन्टर-फ़ीअॅर) *vt.* दख़ल देना, ~ **ference** (इन्टरफ़ीअरेन्स) *n.* दखलंदाज़ी, ~ **im** (इन्टेरिम) *a.* अस्थायी, मध्य समय का, अंतरिम, ~ **link** (इंटरलिंक) *vt.* आपस में जोड़ना,

~**ior** (इन्टीरिअॅर) *a.* भीतरी, अंदरूनी, 2. भीतरी प्रदेश, ~**lock** (इन्टरलॉक) *vt.* आपस में मिलाना, ~**lude** (इन्टरल्यूड) *n.* मध्यावकाश (नाटक, आदि में), ~**marry** (इन्टर मैरी) *vt.* अंतर्जातीय विवाह करना, ~**mediary** (इन्टरमीडियरी) *n.* मध्यस्थ, ~**mediate** (इन्टरमीडिएट) *a.* बीच का, मध्यवर्ती, ~**terminable** (इन्टरमिनेबॅल) *a.* अंतहीन, ~**mingle** (इन्टरमिंगल) *vi./vt.* परस्पर मिश्रित होना, परस्पर मिश्रित करना, ~**mission** (इन्टर-मिशन) मध्यांतर, ~**mittant** (इन्टर-मिटैन्ट) *a.* बीच-बीच में आने-जाने वाला, ~ **n** (इन्टर्न) *vt.* नज़रबंद करना, ~ **nment** (इन्टर्नमेंट) *n.* नज़रबंदी, ~ **nal** (इन्टर्नल) *a.* अंदरूनी, भीतरी, ~ **national** (इन्टरनेशनल) *a.* अंतर्राष्ट्रीय, ~**necine** (इन्टरनेसाइन) *a.* परस्पर संहरक, ~ **play** (इन्टरप्ले) *n.* अन्योन्य क्रिया, ~ **polation** (इन्टर पोलेशॅन) *n.* क्षेपक, अनधिकार प्रवेश, ~**pret** (इन्टरप्रेट) *vt.* व्याख्या करना, समझाना, ~**preter** (इन्टरप्रेटर) *n.* व्याख्याकार, दुभाषिया, ~ **rupt** (इन्टरप्ट) *vt.* बाधा देना, ~ **val** (इन्टरवल) *n.* मध्यांतर, ~**vention** (इन्टरवेन्शॅन) *n.* हस्तक्षेप, ~**view** (इन्टरव्यू) *vt.* साक्षात्कार करना, *n.* साक्षात्कार, ~**weave** (इन्टरवीव) *vt.* एक में एक बुनना।

intestine • इन्टेस्टाइन • *n.* आंत।

intimacy • इन्टीमेसी • *n.* आंतरिकता, घनिष्ठता।

intimate • इन्टीमेट • *a.* घनिष्ठ।

intimation • इन्टीमेशॅन • *n.* सूचना।

intimidate • इन्टीमिडेट • *vt.* डराना, आंतकित करना।

into • इन्टू • *prep.* के भीतर, भीतर में।

intolerable • इन्टॉलरेबॅल • *a.* असह्य।

intolerance • इन्टॉलरेन्स • *n.* असहिष्णुता, दूसरे की बात सहन न करना।

intolerant • इन्टॉलरेन्ट • *a.* असहिष्णु।

intonation • इन्टोनेशॅन • *n.* अनुतान, स्वरोत्पादन, स्वर शैली।

in toto • इन टोटो • *adv.* पूरी तरह।

intoxicant • इन्टॉक्सिकैन्ट • *a.* मादक द्रव्य।

intoxication • इन्टॉक्सिकेशॅन • *n.* नशा।

intractable • इन्ट्रैक्टेबॅल • *a.* अदम्य।

intransigent • इन्ट्रैन्सिजॅन्ट • *a.* हठी, न मानने वाला।

intransitive • इन्ट्रैन्ज़िटिव • *a.* अकर्मक।

intravenous • इन्ट्रावीनस • *a.* शिरा में (टीका या सुई)।

intricate • इन्ट्रीकेट • *a.* पेचीदा, उलझा हुआ।

intrigue • इन्ट्रीग • *n.* षड्यंत्र, 2. गुप्त

प्रेम संबंध।

intrinsic • इन्ट्रीन्ज़िक • *a.* मूलभूत।

introduce • इन्ट्रोडूयूस • *vt.* परिचय कराना।

introduction • इन्ट्रोडक्शॅन • *n.* परिचय, 2. भूमिका, विषय-प्रवेश, प्रस्तावना।

introspection • इन्ट्रोस्पेक्शॅन • *n.* अंतर्निरीक्षण, अंतर्दर्शन।

introvert • इन्ट्रोवर्ट • *n.* अंतर्मुखी।

intrude • इन्ट्रूड • *vt.* घुसाना, अतिक्रमण करना।

intuition • इन्ट्यूइशॅन • *n.* सहज बोध, अंतःप्रज्ञा।

inundate • इनअन्डेट • *vt.* जल प्लावित करना।

inundation • इनन्डेशॅन • *n.* जल प्लावन, जलमग्न।

invade • इन्वेड • *vt.* हमला करना।

invasion • इन्वेज़ॅन • *n.* आक्रमण।

invalid • इन्वैलिड • *a.* अशक्त, जो काम करने लायक न रह गया हो (बीमारी, बुढ़ापा, आदि के कारण)।

invaluable • इन्वैलुएबॅल • *a.* बहुमूल्य, अमूल्य, अनमोल।

invariable • इन्वैरिएबॅल • *a.* अपरिवर्तनीय।

invective • इन्वेक्टिव • *n.* फटकार, भर्त्सना।

invent • इन्वेन्ट • *vt.* आविष्कार करना, **~ion** (इन्वेन्शॅन) *n.* आविष्कार।

inventory • इन्वेन्टरी • *n.* माल की सूची।

invert • इन्वर्ट • *v.* औंधा करना, विलोम करना, **~ ed** (इन्वर्टेड) *a.* उल्टा, औंधा, **~ ed commas** (इन्वर्टेड कॉमाज़) *n.* उद्धरण चिह्न।

invertebrate • इन्वर्टिब्रेट • *n.* अपृष्ठ-वंशी, जिसमें रीढ़ की हड्डी न हो।

invest • इन्वेस्ट • *vi./vt.* पूँजी लगाना, **~ ment** (इन्वेस्टमेंट) *n.* पूँजी निवेश।

investigate • इन्वेस्टिगेट • *vt.* खोज करना, अन्वेषण करना, जाँच-पड़ताल करना।

investigation • इन्वेस्टिगेशॅन • *n.* अन्वेषण, जाँच-पड़ताल।

invigilate • इन्वीजिलेट • *vt.* निरीक्षण करना (परीक्षा में)।

invigilation • इन्वीजिलेशन • *n.* वीक्षण, निरीक्षण।

invigorating • इन्विगॉरेटिंग • *a.* पौष्टिक।

invincible • इविन्सिबॅल • *a.* अजेय।

invisible • इविज़िबॅल • *a.* अदृश्य।

invite • इन्वाइट • *vt.* निमंत्रित करना, दावत देना।

invitation • इन्विटेशन • *n.* निमंत्रण, दावत।

invocation • इन्वोकेशॅन • *n.* आह्वान।

invoice • इन्वॉयस • *n.* बीजक।

invoke • इन्वोक • *vt.* आह्वान करना।

involve • इन्वॉल्व • *vt.* शामिल करना, **~ment** (इन्वॉल्वमेंट) *n.* उलझाव।

invulnerable • इन्वलनरेबॅल • *a.* अभेद्य।

inward • इन्वार्ड • *a.* भीतरी, अंदरूनी।

irate • इरेट • *a.* उत्तेजित, क्रुद्ध।

ire • आयर • *n.* क्रोध, रोष।

iron • आइरन • *n.* लोहा, 2. इस्त्री, **~age** (आइरन एज) *n.* लौह युग, **~smith** (आइरनस्मिथ) *n.* लोहार।

ironic • आइरोनिक • *a.* व्यंग्यात्मक।

irony • आइरनी • *n.* व्यंग्य।

irrational • इरैशनल • *n.* विवेकहीन, अविवेकी, असंगत, तर्कहीन।

irreconcilable • इरेकॅन्साइलॅबल • *a.* परस्पर विरोधी, असंगत, असंगत।

irrecoverable • इरिकवरेबॅल • *a.* अप्राप्य, जो वापस नहीं मिल सकता, 2. अचिकित्सीय।

irredemable • इरिडीमबॅल • *a.* अमोचनीय, अशोध्य।

irreducible • इरिड्यूसिबॅल • *a.* अपरिवर्तनीय, अलघुकरणीय।

irrefutable • इरिफ्यूटबॅल • *a.* अकाट्य।

irregular • इरेगुलर • *a.* विषम, बेकायदा, अवैध, ग़ैर-कानूनी, नियम विरुद्ध।

irrelevant • इरेलेवेन्ट • *a.* अप्रासंगिक।

irreparable • इरिपेरेबॅल • *a.* जिसकी मरम्मत न की जा सके, असंशोधनीय।

irrepressible • इरिप्रेसिबॅल • *a.* अदम्य।

irresistible • इरेसिस्टिबॅल • *a.* अति सम्मोहक, अप्रतिरोध्य।

irresponsible • इरीस्पॉन्सिबॅल • *a.* ग़ैरज़िम्मेदार, अनुत्तरदायी।

irreversible • इरिवरसिबॅल • *a.* अनुत्क्रमणीय, जिसे बदला न जा सके।

irrevocable • इरीवोकेबॅल • *a.* अटल, जिसे वापस न लिया जा सके, अखंड।

irrigate • इरीगेट • *vt.* सींचना।

irrigation • इरीगेशॅन • *n.* सिंचाई।

irritable • इरीटेबॅल • *a.* चिड़चिड़ा।

irritate • इरीटेट • *vt.* उत्तेजित करना, चिड़चिड़ाना।

irritation • इरीटेशॅन • *n.* क्षोभ, उत्तेजना।

island • आइलैंड • *n.* द्वीप, टापू।

isolate • आइसोलेट • *vt.* अलग करना, पृथक करना।

isolation • आइसोलेशॅन • *n.* अलगाव, पार्थक्य।

issue • इशू, इस्यू • *n.* निर्गमन, 2. अंक, 3. संतान, 4. समस्या, *vt.* जारी करना।

isthmus • इस्मॅस • *n.* जलडमरू मध्य।

it • इट • *pron.* यह (वस्तु या व्यक्ति)।

italic • इटैलिक • *a.* तिरछा अक्षर।

itch • इच • *n.* खुजली।

item • आइटम • *n.* विषय, मद।

iterate • इटरेट • *vt.* बार-बार दुहराना।

ivory • आइवॅरि • *n.* हाथी दांत।

ivy • आइव्इ • *n.* सिरपेच नामक लता, मारवल्ली, **~gourd** (आइवी गूर्ड) *n.* कुदार।

J

J/j • जे • अंग्रेजी वर्णमाला का दसवाँ अक्षर।
jabber • जैबर • *vi./vt.* बड़बड़ करना, *n.* बकवास।
jack • जैक • *n.* (गाड़ी, कार, आदि) को ऊँचा उठाने का उपकरण।
jackal • जैकॅल • *n.* गीदड़, सियार।
jackass • जैकस • *n.* गधा, मूर्ख।
jacket • जैक्इट • *n.* जैकेट, 2. आवरण (किताब, आदि का)।
jackpot • जैकपॉट • *n.* बहुत बड़ा इनाम।
jade • जेड • *n.* संगयशव, हरिताश्म, 2. मरियल घोड़ा, 3. कुल्टा।
jaguar • जैगुअॅर • *n.* एक तरह का चीता।
jail • जेल • *n.* जेलख़ाना, कैदख़ाना, बंदीगृह।
jam • जैम • *vt.* ठूसना, घुसेड़ना, *n.* मुरब्बा, भीड़भाड़।
jar • जार • *vi.* अप्रिय लगना, *n.* मर्तबान, जार।
jargon • जार्गन • *n.* अनाप-शनाप, 2. विशेष बोली, डींग मारना।
jasmine • जैसमिन • *n.* जूही, चमेली।
jasper • जैस्पर • *n.* सूर्यकांत।
jaundice • जॉन्डिस • *n.* पीलिया (रोग), पांडु रोग।
jaunt • जॉन्ट • *n.* भ्रमण, सैर, *vi.* भ्रमण करना।
javelin • जैवेलिन • *n.* नेजा, भाला।
jaw • जॉ • *n.* जबड़ा।
jazz • जाज़ • *n.* जाज़, अमेरिका का नीग्रो संगीत।
jealous • जेलस • *a.* ईर्ष्यालु, **~ y** (जेलसी) *n.* ईर्ष्या।
jeans • जीन्स • *n.* जीन की पतलून।
jeep • जीप • *n.* द्वितीय विश्वयुद्ध में आविष्कृत एक कार जो ऊबड़-खाबड़ भूमि में भी चल सकती है, **general purpose** का संक्षिप्त रूप।
jeer • जियर • *vt.* उपहास करना, हँसी उड़ाना, *n.* उपहास।
jehad • जेहाद • *n.* जिहाद।
jelly • जेली • *n.* जेली।
jeopardize • जियोपॅर्डाइज़ • *vt.* खतरे में डालना।
jerk • जर्क • *vt.* झकझोरना, *n.* झटका।
jersey • जर्सी • *n.* जर्सी, बंडी।
jest • जेस्ट • *n.* मज़ाक, हँसी, *vt.* मज़ाक करना, हँसी उड़ाना।
jet • जेट • *n.* धारा, जेट, *vi.* फूट निकलना, धार फेंकना।
jetty • जेटी • *n.* जेटी, नाव या जहाज घाट।
jewel • जूअॅल • *n.* रत्न, **~ ler** (जिवेलर) *n.* जौहरी।

jingle • जिंगल • *vi.* छनकना, *n.* तुकबंदी।

job • जॉब • *n.* नौकरी, काम।

jockey • जॉकी • *n.* घुड़दौड़, (रेस के) घोड़े का सवार।

jocular • जॉकुलर • *n.* विनोदी, मज़ाकिया, हंसोड़।

jocund • जोकंड • *a.* प्रसन्न, ख़ुश, मस्त।

jog • जॉग • *n.* झटका, 2. धीरे-धीरे दौड़ना, ~**ging** (जॉगिंग) *n.* धीमी दौड़ (कसरत के लिए)।

join • जॉइन • *vt.* जोड़ना, ~**t** (जॉयन्ट) *a.* सम्मिलित, संयुक्त, *n.* जोड़, अड्डा, शराब घर।

joke • जोक • *n.* मज़ाक, चुटकुला, *vi.* मज़ाक करना, ~**r** (जोकर) *n.* जोकर, मसखरा, ताश के पत्तों का जोकर।

jolly • जॉली • *a.* ख़ुशमिजाज़।

jolt • जोल्ट • *n.* धक्का, झटका, *vt.* धक्का या झटका देना।

jostle • जोसल • *vt.* धक्कम-धक्का करना।

journal • जर्नल • *n.* रोजनामचा, डायरी, 2. सामाचारपत्र।

journey • जर्नी • *n.* यात्रा, सफर।

jovial • जोवियल • *a.* हंसमुख।

joy • जॉय • *n.* हर्ष, उल्लास।

jubilant • जुबिलैंट • *a.* आनंदविभोर, उल्लसित।

jubilee • जुबिली • *n.* जयंती, **silver**~ (सिल्वर जुबिली) *n.* रजत जयंती, **diamond**~ (डायमंड जुबिली) *n.* हीरक जयंती।

judge • जॅज • *n.* न्यायाधीश, जज, *vt.* फैसला करना, ~ **ment** (जजमेन्ट) *n.* फैसला, निर्णय, विवेक।

judicature • ज्युडिकेचर • *n.* न्यायालय, अदालत, न्याय व्यवस्था।

judicial • ज्युडिशियल • *a.* न्यायिक, न्यायालय संबंधी, 2. न्यायसम्मत।

judiciary • ज्युडिसिअॅरी • *n.* न्यायपालिका।

judicious • जुडिशॅस • *a.* विवेकपूर्ण।

jug • जग • *n.* सुराही, जग।

juggler • जग्लर • *n.* बाजीगर, ~ **y** (जग्लरी) *n.* बाजीगरी।

juice • जूस • *n.* रस।

juicy • जूसी • *a.* रसदार।

July • जुलाई • *n.* अंग्रेजी कैलेंडर का सातवाँ महीना।

jumble • जम्बल • *vt.* मिलाना, उलझाना, *n.* अव्यवस्था।

jumbo • जम्बो • *n.* भारी-भरकम।

jump • जम्प • *vi.* कूदना, छलांग लगाना, *n.* कुदान, उछाल।

junction • जंक्शन • *n.* संधि स्थल, (रेलवे का) जंक्शन (वह स्थान जहाँ से कई दिशाओं को लाइनें जाती हैं)।

June • जून • *n.* अंग्रेज़ी वर्ष का छठा महीना।

jungle • जंगल • *n.* वन, जंगल।

junior • जूनिअॅर • *a.* कनिष्ठ, छोटा, अवर।

junk • जंक • *n.* कबाड़।

Jupiter • जुपिटर • *n.* बृहस्पति (ग्रह)।

jurisdiction • जुरिसडिक्शॅन • *n.* क्षेत्राधिकार।

jurisprudence • जुरिसप्रूडेन्स • *n.* न्यायशास्त्र।

jury • जूरी • *n.* जूरी, मुकदमे में जज की सहायता के लिए बनाए गए सदस्य।

just • जस्ट • *a.* उचित, न्यायसंगत, *adv.* अभी-अभी, मुश्किल से।

justice • जस्टिस • *n.* न्याय, 2. न्याय-मूर्ति।

justify • जस्टिफ़ाई • *vt.* सफाई देना, न्यायसंगत सिद्ध करना।

jute • जूट • *n.* पटसन।

juvenile • जुवेनाइल • *a.* किशोर।

juxtapose • जक्स्टॅपोज़ • *vt.* पास-पास रखना।

juxtaposition • जक्स्टॅपोज़ीशन • *n.* सान्निध्य।

K

K/k • के • अंग्रेज़ी वर्णमाला का ग्यारहवाँ अक्षर।

Kaiser • काइज़र • *n.* सम्राट्।

kala-azar • कालाआज़ार • *n.* कालाज़ार (रोग)।

kaleidoscope • कलाइडॅस्कोप • *n.* बहुरूपदर्शी।

kangaroo • कंगारू • *n.* कंगारू, आस्ट्रेलिया का एक बड़ा चौपाया।

karate • कराटे • *n.* कराटे (एक जापानी युद्धकला जिसे लड़कियाँ प्रायः आत्मरक्षा के लिए सीखती हैं)।

kebab • कबाब • *n.* कबाब।

keel • कील • *n.* नौतल, जहाज़, *vi.* औंधना, उलट जाना।

keen • कीन • *a.* पैना, तेज़, 2. उत्साही, जोशीला।

keep • कीप • *n.* *(p., pp.* **kept***)* देख-रेख, 2. गढ़ी, 3. रखैल, 4. भरण-पोषण, *vt.* रखना, पालना, **~away** (कीप अवे) अलग रहना, **~back** (कीप बैक) पीछे रहना, **~on** (कीप ऑन) लगे रहो, **~off** (कीप ऑफ़) अलग रहो, **~out** (कीप आउट) दूर रहो, **~er** (कीपर) *n.* रखवाला, रक्षक, **~save** (कीप सेव्र) स्मृति चिह्न।

keg • केग • *n.* छोटा पीपा।

ken • केन • *n.* ज्ञान की सीमा, पहुँच।

kennel • केनॅल • *n.* कुत्ताघर।

kerchief • करचीफ़ • *n.* रूमाल।

kernel • कर्नेल • *n.* गिरी, गूदा।

kerosene • केरोसिन • *n.* मिट्टी तेल, किरासिन।

ketchup • केचॅप • *n.* टोमैटो सॉस, चटनी।

kettle • केटॅल • *n.* केतली।

key • की • *n.* कुंजी, चाबी, 2. टाइप मशीन के बटन, 3. पुस्तक की कुंजी।

khaki • खाकी • *n.* ख़ाकी (कपड़ा)।

khan • खान • *n.* ख़ान (साहब)।

kick • किक • *n.* ठोकर, 2. उमंग, *vi./vt.* ठोकर मारना, ~ **back** (किक बैक) *n.* घूस, ~ **off** (किक ऑफ़) (खेल) आरंभ करना।

kid • किड • *n.* मेमना, *v.* ब्याना, चिढ़ाना, हँसी उड़ाना, ~ **nap** (किडनैप) *vt.* अपहरण करना, ज़बर्दस्ती उठा ले जाना, ~ **napper** (किडनैपर) *n.* अपहर्ता।

kidney • किड्नी • *n.* गुर्दा, वृक्क।

kill • किल • *vt.* मार डालना, हत्या करना, 2. नष्ट करना (जैसे अखबार में कोई समाचार (आदि)।

kiln • किल्न • *n.* ईंट भट्ठा।

kilo • किलो • *n.* kilogram का संक्षिप्त रूप, किलो (जो एक सेर के थोड़ा ज्यादा होता है), 2. हजार।

kimono • किमोनो • *n.* एक जापानी ढीले बाँह का गाऊन।

kin • किन • *n.* संबंधी, रिश्तेदार।

kind • काइन्ड • *n.* क़िस्म, प्रकार, 2. जाति, *a.* दयालु, ~ **ness** (काइन्डनेस) *n.* दयालुता, ~ **hearted** (काइन्ड हार्टेड) *a.* दयावान, कृपालु।

kindergarten • किंडरगार्टन • *n.* शिशुओं की पाठशाला, किंडरगार्टेन।

kindle • किंडल • *vi./vt.* आग लगाना, जलाना, जलना।

kindred • किंड्रिड • *n.* संबंध, रिश्तेदारी, जीव, बिरादरी।

king • किंग • *n.* राजा, 2. शतरंज में सबसे बड़ा मोहरा (बादशाह), ~ **dom** (किंगडन) *n.* राज्य।

kinsfolk • किन्सफ़ोक • *n.* भाई-बंद।

kinship • किनशिप • *n.* खून का रिश्ता।

kiss • किस्स • *vt.* चूमना, चुंबन लेना, *n.* चुंबन, चुम्मा।

kit • किट • *n.* बिल्ली का बच्चा, सैनिकों का सामान, किट, ~ **bag** (किट बैग) *n.* झोला, थैला।

kitchen • किचॅन • *n.* रसोईघर।

kite • काइट • *n.* पतंग, 2. चील।

kith and kin • किथ एंड किन • *n.* परिचित और संबंधी।

kitten • किटेन • *n.* बिल्ली का बच्चा।

kitty • किट्टी • *n.* बिल्ली का बच्चा, ~ **party** (किट्टी पार्टी) अमीर औरतों की फुर्सत का वक्त बिताने की पार्टी।

kleptomania • क्लेप्टोमैनिया • *n.* चौर्योन्माद, चोरी करने की बीमारी (एक मानसिक रोग)।

knack • नैक • *n.* कौशल।

knap • नैप • *vt.* तोड़ना, ~ **sack** (नैपसैक) *n.* झोला।

knave • नेव • *n.* धोखेबाज़, 2. ताश के पत्ते का गुलाम।

knead • नीड • *vt.* गूंधना (आटा आदि), सानना।

knee • नी • *vt.* घुटना, ~ **l** (नील) *vi.* घुटनों के बल बैठना।

knell • नेल • *n.* अशुभ माने जाने वाली घंटे की आवाज़।

knick-knack • निक-नैक • *n.* लिफ़ाफ़िया चीज़ें, दिखाऊ वस्तुएँ।

knife • नाइफ़ • *n.* छुरी, *vt.* छुरा मारना, छुरा भोंकना।

knight • नाइट • *n.* सामंत, शूरवीर, घुड़सवार, 2. (शतरंज में) घोड़ा, 3. नाइट (एक अंग्रेज़ी उपाधि), **~hood** (नाइटहुड) *n.* सामंत या नाइट की उपाधि।

knit • निट • *vt.* बुनना, **~wear** (निट-वीअँर) *n.* बुना हुआ वस्त्र, **~ting** (निटिंग) *n.* बुनाई।

knob • नॉब • *n.* मूठ, दस्ता।

knock • नॉक • *v.* खटखटाना, प्रहार करना, *n.* प्रहार, 2. खटखट आवाज़।

knot • नॉट • *n.* गाँठ, *vt.* गाँठ लगाना।

know • नो • *v.* जानना, (से) परिचित होना, संभोग करना (बाइबल के अनुसार), **~ledge** (नॉलेज) *n.* ज्ञान, **~ ledgeable** (नॉलेजेबॅल) *a.* सुविज्ञ।

knuckle • नकल • *n.* उँगली की गाँठ।

kohl • कोल • *n.* अंजन, सुर्मा।

kudos • कुडोज़ • *n.* ख्याति, गौरव।

kulak • कुलक • *n.* ज़मींदार रूपी किसान, कुलक।

L

L / l • एल • अंग्रेज़ी वर्णमाला का बारहवाँ अक्षर।

lab • लैब • *n.* laboratory का संक्षिप्त रूप, प्रयोगशाला।

label • लेबल • *n.* लेबुल।

laborious • लेबोरियस • *a.* मेहनती, परिश्रमी, श्रमसाध्य।

labour • लेबर • *n.* श्रम, परिश्रम, मेहनत, 2. श्रमिक वर्ग, मज़दूर, **in ~** (इन लेबर) प्रसव पीड़ा में, **~ force** (लेबर फ़ोर्स) *n.* श्रमिक वर्ग, 3. प्रसव पीड़ा, प्रसव, **~ er** (लेबरर) *n.* श्रमिक, मज़दूर।

laburnum • लेबरनम • *n.* अमलतास।

labyrinth • लैबिरिन्थ • *n.* भूल-भुलैया, **~ine** (लैबिरिन्थाइन) *a.* पेचीदा, जटिल।

lac • लैक • *n.* लाख (की संख्या), 2. लाख, लाक्षा, लाह।

lace • लेस • *n.* फीता, तसमा, जाली, *vt.* फीता बाँधना।

lack • लैक • *vt.* (से) रहित होना, *n.* कमी, अभाव।

lackadaisical • लैकेडेज़िकल • *a.* निरुत्साह, निस्तेज।

lackey • लैकी • *n.* पिछलग्गू, टहलुआ, नौकर।

laconic • लैकोनिक • *a.* सारगर्भित, संक्षिप्त।

lacquer • लैकर • *n.* रोग़न, लाख का काम।

lactation • लैक्टेशन • *n.* दुग्ध स्रवण,

स्तन से दूध निकलना, 2. दूध पिलाना।

lacuna • लैक्यूना • *n.* कमी।

lad • लैड • *n.* लड़का।

ladder • लैडर • *n.* सीढ़ी।

ladle • लैडल • *n.* करछी, चमचा, *vt.* परोसना, करछुल से निकालना।

lady • लेडी • *n.* महिला, औरत, ~**like** (लेडी लाइक) *a.* महिलोचित।

lag • लैग • *vi.* पिछड़ना, पीछे रह जाना, ~ **gard** (लैगॉर्ड) *a.* फिसड्डी, आवारागर्द।

lair • लेअॅर • *n.* मांद, 2. बिछावन।

laity • लेटी • *n.* जनसाधारण।

lake • लेक • *n.* झील।

lamb • लैम्ब • *n.* मेमना।

lambast • लैम्बास्ट • *vt.* फटकारना, पीटना।

lame • लेम • *a.* लंगड़ा, पंगु, अधूरा, असंतोषजनक (जैसे **lame excuse** = झूठा बहाना)।

lament • लैमेन्ट • *vi.* विलाप करना।

laminate • लैमिनेट • *vt.* परतदार बनाना, *a.* परतदार।

lamination • लैमिनेशॅन • *n.* परतदार करना।

lamp • लैम्प • *n.* चिराग़, बत्ती।

lampoon • लैम्पून • *n.* निंदा-लेख, अवगीत, *vt.* निंदा करना।

lance • लान्स • *n.* भाला, बरछा, बल्लम, *vt.* भाले से मारना, बरछा मारना।

lancet • लॉन्सेट • *n.* नश्तर।

land • लैंड • *n.* ज़मीन, भूमि, *vt.* उतारना, *vi.* उतरना, ~ **forces** (लैंडफ़ोर्सेज़) थल सेना, ~**lord** (लैंड-लॉर्ड) *n.* ज़मींदार, मकान-मालिक, ~ **ing** (लैंडिंग) *n.* ज़मीन पर उतारना, ~**scape** (लैंडस्केप) *n.* प्राकृतिक दृश्य।

lane • लेन • *n.* गली, पथ।

language • लैंग्वेज़ • *n.* भाषा, बोली, ज़बान।

languid • लैंग्विड • *a.* शिथिल, दुर्बल, निरुत्साह।

languish • लैंग्विश • *vi.* सुस्त होना, घुलना, मुर्झाना।

languor • लैंगॅर • *n.* क्लांति।

langur • लंगूर • *n.* लंगूर।

lantern • लैंटर्न • *n.* लालटेन।

lap • लैप • *n.* गोद, गोदी, पहलू, *vi./vt.* चाटना, 2. कपड़ा लपेटना।

lapse • लैप्स • *vi.* अवनति होना, *n.* चूक, ग़लती, भूल।

lard • लार्ड • *n.* सूअर की चर्बी, ~**er** (लार्डर) *n.* भोजनशाला।

large • लार्ज • *a.* बड़ा, 2. उदार, ~ **hearted** (लार्ज हरर्टेड) *a.* उदार हृदय वाला।

lark • लार्क • *n.* लवा (पक्षी)।

larva • लार्वा • *n.* इल्ली, डिंभक।

lash • लैश • *n.* चाबुक, कोड़ा, *vt.* चाबुक मारना, **eye** ~ (आई लैश) *n.* पलक।

lass • लैस • *n.* कन्या, बालिका, प्रेमिका, छोकरी।

lasso • लैसो • *n.* जंगली घोड़े आदि को फंदा डालकर पकड़ने वाली रस्सी।

last • लास्ट • *a.* अंतिम, आख़िरी, *vi.* टिकना, बना रहना, पर्याप्त होना, **~ing** (लास्टिंग) *a.* स्थायी (काफी दिनों तक) चलने वाला।

latch • लैच • *n.* सिटकिनी।

late • लेट • *adv.* देर करके, *a.* विलंबित, **~r on** (लेटर ऑन) बाद में, **~ly** (लेटली) *adv.* हाल में।

latent • लैटेन्ट • *a.* गुप्त, अप्रकट, निहित।

laterite • लैटेराइट • *n.* लाल मिट्टी।

lathe • लेद • *n.* खराद।

lather • लैदर • *n.* फेन, झाग, **~y** (लैदरी) *a.* झागदार।

Latin • लैटिन • *n.* लैटिन (रोम की प्राचीन भाषा)।

latitude • लैटिट्यूड • *n.* अक्षांश, अक्षांश रेखा।

Latrine • लैट्रीन • *n.* शौचालय।

latter • लैटर • *a.* परवर्त्ती, बाद वाला।

lattice • लैटिस • *n.* लकड़ी की जाली।

laudable • लॉडेबॅल • *a.* प्रशंसनीय।

laugh • लॉफ़ • *n.* हँसी, *vi.* हँसना, **~at** (लाफ़ ऐट) *vt.* हँसी उड़ाना, **~ter** (लाफ़्टर) *n.* हँसी, हास्य।

launch • लॉन्च • *n.* जलावतरण, नाव पानी में उतारना, 2. पुस्तक विमोचन, 3. नाटक/फ़िल्म आदि में किसी को पहले-पहले उतारना, 4. रॉकेट आदि छोड़ना।

launder • लॉन्डर • *vt.* कपड़े धोना, कपड़े पर इस्तरी करना।

laundry • लॉन्ड्री • *n.* धुलाई घर, धुलने को रखे कपड़े।

laureate • लॉरिएट • *a.* सम्मानित, प्रतिष्ठित, **poet ~** (पोएट लॉरिएट) *n.* राजकवि।

laurel • लॉरेल • *n.* जयपत्र, लारेल पौधा।

lava • लावा • *n.* लावा, ज्वालामुखी से निकला गाढ़ा द्रव।

lavatory • लैवॅटरि • *n.* शौचालय।

lavender • लैवेन्डर • *n.* लवेंडर, सुगंधित।

lavish • लैविश • *a.* उदार, 2. प्रचुर।

law • लॉ • *n.* कानून, **~ and order** (लॉ एंड ऑर्डर) *n.* विधि-व्यवस्था, **~yer** (लॉयर) *n.* वकील।

lawn • लॉन • *n.* घास का मैदान, लॉन।

lax • लैक्स • *a.* शिथिल, ढीला, लापरवाह।

laxative • लैक्सेटिव • *n.* रेचक, पेट साफ करने की औषधि।

lay • ले • *vi./vt. (p.,pp.* **laid***)* बिछाना, लगाना, रखना, *a.* साधारण आदमी, **~er** (लेअॅर) *n.* तह।

lazy • लेज़ी • *a.* आलसी, कामचोर।

lead • लीड • *n.* अगुआई, नेतागिरी, मार्गदर्शन, 2. प्रधान पात्र (नाटक या फ़िल्म में) *n.* सीसा, **~er** (लीडर) *n.* नेता, **~ing** (लीडिंग) *a.* महत्वपूर्ण, **~article** (लीडिंग आर्टिकल) *n.* संपादकीय।

leaf • लीफ़ • *n.* पत्ती, 2. पन्ना, **~let**

(लीफ़लेट) *n.* पर्चा, विज्ञप्ति।

league • लीग • *n.* तीन मील की दूरी, 2. संघ, संगठन, **League of Nations** (लीग ऑफ़ नेशन्स) *n.* राष्ट्र संघ।

leak • लीक • *n.* दरार, रिसाव, छेद, *vi.* चूना, टपकना, *vt.* भेद खुलना, बात प्रकट होना।

lean • लीन • *vt.* (*p., pp.* **leaned**) झुकना, टेढ़ा होना, किसी के सहारे खड़ा होना।

lean • लीन • *a.* दुबला, **~ and thin** (लीन ऐंड थिन) *a.* दुबला-पतला, मरियल।

leaning • लीनिंग • *n.* झुकाव।

leap • लीप • *n.* छलाँग, *vi.* कूदना, छलाँग लगाना।

learn • लर्न • *vi./vt.* सीखना, ज्ञान प्राप्त करना, **~ ing** (लर्निंग) *n.* विद्वता, ज्ञान।

lease • लीज़ • *n.* पट्टा, ठेका, *vt.* पट्टे पर देना-लेना।

least • लीस्ट • *a.* न्यूनतम।

leather • लेदर • *n.* चमड़ा।

leave • लीव • *n.* अवकाश, छुट्टी, *vt.* छोड़ना, त्यागना।

lecture • लेक्चर • *n.* भाषण, *vt.* भाषण देना, व्याख्यान देना, **~ r** (लेक्चरर) *n.* व्याख्याता, प्राध्यापक, प्राध्यापिका।

ledger • लेजॅर • *n.* खाता।

lee • ली • *n.* हवा से बचाव की सुरक्षित जगह।

leach • लीच • *n.* जोंक, 2. शोषक।

leer • लिअॅर • *vt.* किसी की ओर बुरी नज़र से घूरना।

left • लेफ़्ट • *n.* बाईं दिशा, बायाँ, वामपंथ, *adv.* बाईं ओर, *a.* बायाँ।

leftovers • लेफ़्टओवर्स • *n.* जूठन, उच्छिष्ट, 2. अवशेष।

leg • लेग • *n.* टाँग, पाँव, 2. पड़ाव।

legacy • लिगेसी • *n.* बपौती, पैतृक संपत्ति।

legal • लीगल • *a.* कानूनी, वैध, **~ aid** (लीगल एड) *n.* क़ानूनी सहायता, **~ tender** (लीगल टेन्डर) *n.* चालू मुद्रा, वैध मुद्‌दा।

legation • लिगेशॅन • *n.* दूत कार्य, दूतावास, प्रतिनिधि मंडल।

legend • लेजन्ड • *n.* दंत कथा, किबदंती, 2. शीर्षक, **~ ary** (लिजेन्डरी) *a.* पौराणिक, प्रसिद्ध।

legible • लिजिबल • *a.* स्पष्ट, सुपाठ्य।

legion • लीज़न • *n.* सेना, *a.* बहुत।

legislate • लेजिस्लेट • *vt.* क़ानून बनाना।

legislation • लेजिस्लेशॅन • *n.* विधि-निर्माण, विधान, कानून बनाना।

legislative • लेजिस्लेटिव • *a.* वैधानिक।

legislator • लेजिस्लेटर • *n.* विधायक।

legislature • लेजिस्लेचर • *n.* विधायिका।

legitimacy • लिजिटिमॅसी • *n.* वैधता।

legitimate • लिजिटिमेट • *a.* वैध, न्यायसंगत।

legume • लेग्यूम • *n.* फली।
leisure • लेश़्ज्यर • *n.* फ़ुर्सत, अवकाश।
lemon • लेमन • *n.* नींबू।
lend • लेन्ड • *vt.* उधार देना, **~er** (लेन्डर) *n.* ऋणदाता।
length • लेंग्थ • *n.* लंबाई, **~y** (लेंग्दी) *a.* लंबा।
lenient • लीन्यिन्ट • *a.* उदार।
lens • लेन्स • *n.* ताल, वीक्ष, लेन्स।
lentil • लेन्टिल • *n.* मसूर दाल।
leopard • लेपॅर्ड • *n.* चीता, तेंदुआ।
leper • लेपॅर • *a.* कोढ़ी।
leprosy • लेप्रॅसी • *a.* कोढ़, कुष्ठ रोग।
lesbian • लेस्बिअॅन • *a.* स्त्री-समयौन, **~ism** (लेस्बिअनिज़्म) *n.* स्त्री-समयौनता, स्त्री-समलैंगिकता।
lesion • लीश्ज़न • *n.* घाव।
let • लेट • *vt.* होने देना, करने देना, 2. किराए पर देना, **to~** (टु लेट) किराए पर देना है, **~out** (लेट आउट) किराए पर देना।
lethal • लीथॅल • *a.* घातक, प्राण घातक।
lethargy • लेथार्जी • *n.* आलस्य।
letter • लेटर • *n.* अक्षर, 2. चिट्ठी, पत्र, **capital~** (कैपिटल लेटर) *n.* बड़े अक्षर (अंग्रेजी के **ABC** *etc.*), **small ~**छोटे अक्षर (अंग्रेजी के **abc** *etc.*)।
level • लेवल • *a.* समतल, सपाट, 2. सतह।
lever • लीवर • *a.* उत्तोलक।
levy • लेवी • *n.* चंदा, उगाही।
lewd • लूड • *a.* कामुक।
lexicon • लेक्सीकॅन • *n.* शब्द-कोश।
liability • लायबिलिटी • *n.* दायित्व, दायिता, ज़िम्मेदारी।
liable • लाइअॅबल • *a.* ज़िम्मेदार, जवाबदेह।
liaison • लिएज़ों • *n.* संपर्क, 2. अनुचित (स्त्री-पुरुष) संबंध, **~ officer** (लियाज़ों ऑफिसर) *n.* जन-संपर्क अधिकारी।
liar • लायर • *n.* झूठा।
libel • लाइबॅल • *n.* अपमान लेख, **~lous** (लाइबलॅस) *a.* मानहानिकारक।
liberal • लिबरल • *a.* उदार, **~ization** (लिबरलाइज़ेशन) *n.* उदारीकरण।
liberate • लिबरेट • *vt.* आज़ाद करना।
leberation • लिबरेशॅन • *n.* मुक्ति, आज़ादी।
libido • लिबिडो • *n.* कामभाव, काम प्रवृत्ति।
library • लाइब्रेरी • *n.* पुस्तकालय।
lice • लाइस • *n.* जूँ।
licence • लाइसेन्स • *n.* अनुज्ञापत्र, लाइसेन्स, **~licensee** (लाइसेन्सी) *n.* अनुज्ञाधारी, *v.* अनुज्ञा देना।
lick • लिक • *vt.* चाटना।
lid • लिड • *n.* ढक्कन।
lie • लाइ • *n.* झूठ, असत्य, *vi.* झूठ बोलना, 2. लेटना।
lieutenant • लेफ़्टिनेन्ट • *n.* लेफ़्टिनेन्ट, सहायक, **~governor** (लेफ़्टिनेन्ट गवर्नर) *n.* उप-राज्यपाल।

life • लाइफ़ • *n.* प्राण, जीवन, ज़िंदगी, ~ **history** (लाइफ़ हिस्ट्री) *n.* जीवनवृत्त, ~ **insurance** (लाइफ़ इन्श्योरेन्स) *n.* जीवन बीमा, ~ **sentence** (लाइफ़ सेन्टेन्स) *n.* उम्र क़ैद, आजीवन कारावास।

lift • लिफ़्ट • *vt.* उठाना, ऊपर उठाना, 2. चुराना, *n.* लिफ़्ट (एक तल से दूसरे तल तक ले जानेवाला बिजली द्वारा संचालित कमरा)।

ligament • लिगामेन्ट • *n.* स्नायु, अस्थिबंध।

ligate • लाइगेट • *v.* बाँधना।

ligature • लिगेचर • *n.* पट्टी, 2. बंध, बंधन, अनुबंध।

light • लाइट • *n.* ज्योति, प्रकाश, रोशनी, 2. दीया, बत्ती, *vt.* जलाना, ~**er** (लाइटर) *n.* सिगरेट, गैस-चूल्हा आदि जलाने का यंत्र, ~**house** (लाइट हाउस) *n.* समुद्र में स्थित जहाजों का मार्गदर्शन करने वाला प्रकाश स्तंभ, ~**year** (लाइट इयर) *n.* प्रकाश वर्ष।

lightning • लाइटनिंग • *n.* तड़ित, आकाश में चमकने वाली बिजली।

lignite • लिग्नाइट • *n.* भूरा कोयला।

like • लाइक • *vt.* चाहना, पसंद करना, *a.* जैसा, *prop.* एक जैसा, *adv.* उसी तरह, *conj.* जैसा।

likable • लाइकेबल • *a.* पसंद आने लायक, चाहे जाने योग्य, आकर्षक।

liking • लाइकिंग • *n.* पसंद।

lilac • लाइलक • *n.* नीलक, बकायन।

lilt • लिल्ट • *n.* गीत, *v.* झूमकर जाना।

lily • लिलि • *n.* कुमुदिनी।

limb • लिम्ब • *n.* अवयव।

limbo • लिम्बो • *n.* स्वर्ग प्रांत, 2. जेलखाना।

lime • लाइम • *n.* चूना, ~**juice** (लाइमजूस) *n.* नींबू रस।

limelight • लाइमलाइट • *n.* प्रकाश-बिंदु, लोक ख्याति।

limerick • लाइमेरिक • *n.* हास्य कविता।

limit • लिमिट • *n.* सीमा, हद, *vt.* सीमाबद्ध करना, ~ **ation** (लिमिटेशॅन) *n.* सीमा, प्रतिबंध, ~**ed** (लिमिटेड) *a.* सीमित।

limp • लिम्प • *vi.* लंगड़ाना।

limpid • लिम्पिड • *a.* निर्मल, सुस्पष्ट।

line • लाइन • *n.* रेखा, लकीर, 2. वंश क्रम, 3. पद्धति, 4. दिशा, ~**age** (लाइनेज) *n.* वंश परंपरा।

lining • लाइनिंग • *n.* अस्तर।

linen • लिनिन • *n.* बिस्तर की चादरें आदि, अधोवस्त्र।

linger • लिंगर • *v.* देर लगाना, 2. ठहर जाना।

linguistics • लिंग्विस्टिक्स • *n.* भाषा विज्ञान।

link • लिंक • *n.* कड़ी, 2. संबंध, *vt.* संयुक्त करना।

linseed • लिन्सीड • *n.* अलसी, तीसी।

lint • लिंट • *n.* फाहा।

lion • लायन • *n.* सिंह, शेर, ~**ize** (लायोनाइज़) *v.* महत्व देना।

lip • लिप • *n.* होंठ, ओष्ठ, अधर, **~service** (लिप सर्विस) *n.* बनावटी प्रेम, **~ stick** (लिपस्टिक) *n.* होंठ रंजक, लिपस्टिक।

liquid • लिक्विड • *a.* तरल, *n.* द्रव, **~ate** (लिक्विडेट) *vt.* मार डालना, समाप्त करना, **~ation** (लिक्विडेशॅन) *n.* परिसमापन।

liquor • लिकर • *n.* मद्य, शराब।

lisp • लिस्प • *vi.* तुतलाना, हकलाना।

lissom • लिसम • *a.* फुर्तीला, लचीला।

list • लिस्ट • *n.* सूची, तालिका, *vi./vt.* सूची पर चढ़ाना, **~less** (लिस्ट-लेस) *a.* निर्जीव।

listen • लिसॅन • *vi.* सुनना, ध्यान से सुनना।

literal • लिटरॅल • *a.* जैसा का तैसा, ज्यों का त्यों, 2. शाब्दिक, अक्षरशः।

literate • लिटरेट • *a.* शिक्षित, साक्षर।

literature • लिटरेचॅर • *n.* साहित्य।

literary • लिटररी • *a.* साहित्यिक।

lithe • लाइद • *a.* लचीला।

litigant • लिटिगॅन्ट • *n.* मुकद्दमेबाज़।

litigate • लिटिगेट • *vi./vt.* मुकद्दमेबाज़ी करना।

litigation • लिटिगेशॅन • *n.* मुकद्दमेबाज़ी।

little • लिटॅल • *a.* छोटा, अल्प, थोड़ा-सा।

live • लिव • *v.* जीना, ज़िंदा रहना, (लाइव) *a.* ज़िंदा, सीधा (जैसे दूरदूर्शन आदि पर प्रसारण)।

livelihood • लाइवलिहुड • *n.* जीविका, रोजी-रोटी का साधन।

lively • लाइवली • *a.* सजीव, 2. रोचक।

liver • लीवर • *n.* जिगर, कलेजा, यकृत।

livery • लिवरी • *n.* नौकरों की वर्दी।

livestock • लाइवस्टॉक • *n.* घरेलू जानवर (गाय, बकरी, घोड़े, आदि)।

lizard • लिज़र्ड • *n.* छिपकली, गिरगिट।

load • लोड • *n.* बोझ, भार, *vi./vt.* लादना, भार डालना, (बंदूक में गोली) भरना।

loaf • लोफ़ • *vi.* आवारा फिरना, *n.* पावरोटी, डबल रोटी।

loafer • लोफ़र • *n.* आवारा।

loam • लोम • *n.* उपजाऊ मिट्टी।

loan • लोन • *n.* उधार।

loath • लोथ • *a.* अनिच्छुक।

loathe • लोद • *vi.* घृणा करना, नफ़रत करना, **~some** (लोदसम) *a.* घृणित, घृण्य।

lobby • लॉबि • *n.* लौबी, प्रकोष्ठ, सभा भवन।

local • लोकल • *a.* स्थानीय, **~ity** (लोकैल्टि) *n.* स्थान, इलाक़ा, मुहल्ला, **~ise** (लोकेलाइज़) *vt.* क्षेत्र सीमित करना, **~ization** (लोकलाइज़ेशन) *n.* स्थानीयकरण।

locate • लोकेट • *vt.* पता लगाना, स्थान निर्धारित करना, बिठाना, स्थापित करना।

location • लोकेशॅन • *n.* स्थिति, स्थान।

loci • लोसाई • *n.* (*pl.* of **locus**) बिंदु पथ।

lock • लॉक • *n.* ताला, 2. लट (बालों का), 3. जलपाश, बांध, *v.* ताला बंद करना, बंद करना, जाम होना, **~ out** (लॉकआउट) *n.* तालाबंदी (फैक्टरी आदि में), **~ up** (लॉक-अप) *n.* हवालात, **~ er** (लॉकर) *n.* सामान सुरक्षित रखने का बक्सा (जैसे बैंक आदि में होता है)।

locomotion • लोकोमोशॅन • *n.* गति, चलना।

locomotive • लोकोमोटिव • *n.* चलनशील (जैसे रेलगाड़ी), इंजिन।

locus • लोकस • *n.* बिंदु पथ।

locust • लोकस्ट • *n.* टिड्डी।

lodge • लॉज • *n.* डेरा, ठहरने की जगह, *vi.* ठहरना, रहना।

lodging • लॉजिंग • *n.* वास स्थान।

loft • लॉफ़्ट • *n.* अटारी, *vt.* गेंद ऊँचा मारना (क्रिकेट में)।

log • लॉग • *n.* लकड़ी का कुंदा, **~ book** (लॉग बुक) *n.* कार्य पंजिका।

loggerhead • लॉगरहेड • *n.* जड़-बुद्धि, बेवकूफ़।

logic • लॉजिक • *n.* तर्कशास्त्र, न्याय शास्त्र, **~ ian** (लॉजिशियन) *n.* तार्किक, तर्कशास्त्री, **~ al** (लॉजिकल) *a.* तर्कसंगत।

loin • लॉइन • *n.* कमर, **~ cloth** (लॉइन क्लॉथ) *n.* धोती, लुंगी।

loiter • लॉयटर • *vi.* इधर-उधर घूमना, मटरगश्ती करना।

loll • लॉल • *v.* आराम से लेटे रहना।

lone • लोन • *a.* अकेला, **~ ly** (लोन्ली) *a.* एकांत, **~ some** (लोनसम) *a.* एकाकी, सुनसान, **~ liness** (लोन्ली-नेस) *n.* अकेलापन।

long • लॉन्ग • *a.* लंबा, *v.* तरसना, ललकना, **~ cloth** (लॉन्ग क्लॉथ) *n.* लट्ठा, **~ evity** (लोन्गिविटी) *n.* दीर्घायु, **~ range** (लॉन्ग रेन्ज) *a.* दीर्घकालिक, **~ sighted** (लॉन्ग साइटेड) *a.* दूरदर्शी, **~ standing** (लॉन्ग स्टैंडिंग) *a.* बहुत दिन से चला आता हुआ।

loo • लू • *n.* शौचालय।

look • लुक • *n.* चेहरा, रूप, शक्ल, *v.* देखना।

loom • लूम • *n.* कर्घा, खड्डी, ताँत।

loop • लूप • *n.* फंदा, (गर्भनिरोध के लिए लगाया जाना वाला) लूप, **~ hole** (लूपहोल) *n.* बचाव का रास्ता।

loose • लूज़ • *a.* ढीला, खुला, *vt.* ढीला करना।

loot • लूट • *n.* लूट, *vt.* लूटना।

loquacious • लोकेशॅस • *a.* वाचाल, गप्पी।

lord • लॉर्ड • *n.* स्वामी, मालिक, 2. सामंत, ज़मींदार, 3. **(Lord)** प्रभु (ईश्वर के लिए व्यवहृत), *v.* प्रभुत्व जमाना, **~ ly** (लॉर्डली) *a.* प्रतापी, घमंडी, **~ ship** (लॉर्डशिप) *n.* जज का संबोधन शब्द।

lore • लोर • *n.* जनश्रुति, कहानी, **folk ~** (फ़ोकलोर) *n.* लोक कथा।

lorry • लॉरि • *n.* लारी, ट्रक (मोटर-गाड़ी)।

lose • लूज़ • *vt.* खोना, 2. गंवाना, 3. हारना।

loss • लॉस • *n.* हानि, घाटा।

lost • लॉस्ट • *a.* गुम, खोया हुआ, 2. हक्का-बक्का।

lot • लॉट • *n.* ढेर, कुल, 2. भाग्य, क़िस्मत, ~ **tery** (लॉटरी) *n.* लाटरी, भाग्य का खेल।

lotion • लोशॅन • *n.* मलहम, लोशन।

lotus • लोटस • *n.* कमल (फूल)।

loud • लाउड • *a.* ज़ोर का, ऊँचे स्वर वाला, 2. चटकीला (रंग आदि), ~**speaker** (लाउडस्पीकर) *n.* ध्वनि विस्तारक, लाउडस्पीकर।

lounge • लाउंज • *n.* आराम कक्ष, विश्राम कक्ष।

louse • लाउज़ • *n.* जूँ, *a.* ख़राब।

lousy • लाउज़ी • *a.* घिनौना, अप्रिय।

lout • लाउट • *a.* असभ्य, गंवार।

love • लव • *n.* प्रेम, प्यार, इश्क़, मुहब्बत, *vt.* प्यार करना, **to be in ~ with** (टु बी इन लव विद) किसी के प्यार में होना, ~**affair** (लव अफ़ेयर) *n.* प्रेम-प्रसंग, ~**ly** (लवली) *a.* सुंदर, मनोहर, ~**liness** (लवली-नेस) *n.* सौन्दर्य, ~**r** (लवर) *n.* आशिक़, प्रियतम, प्रेमी, प्यार करनेवाला, ~**ing** (लविंग) *a.* स्नेही।

low • लो • *a.* नीचा, 2. साधारण, 3. दरिद्र, *adv.* नीचे, ~**cost** (लो कॉस्ट) *a.* कम दाम का, ~**key** (लो की) *a.* हल्का, ~**land** (लो लैंड) *n.* निचली भूमि, ~**priced** (लो प्राइस्ड) *a.* कम दाम का।

loyal • लॉयल • *a.* स्वामिभक्त, आज्ञाकारी।

lozenge • लॉज़ेन्ज • *n.* लौजेन्ज, चूसने की मीठी गोली।

lubricant • लुब्रिकैन्ट • *n.* चिकनाई।

lucid • लुसिड • *a.* स्पष्ट, सुबोध।

luck • लक • *n.* तक़दीर, नसीब, भाग्य, नियति, सौभाग्य, ~ **y** (लकी) *a.* भाग्यशाली।

lucre • लूकर • *n.* आर्थिक लाभ।

lucrative • लुक्रेटिव • *a.* फ़ायदेमंद, लाभकारी।

ludicrous • लुडिक्रस • *a.* हास्यास्पद।

luggage • लगेज • *n.* सामान, बिस्तर, आदि।

lukewarm • लुकवार्म • *a.* गुनगुना, हल्का गर्म।

lull • लॅल • *vi./vt.* चुप करना, गाकर सुलाना, ~**aby** (लॅलाबाइ) *n.* लोरी।

lumbar • लम्बॅर • *a.* कमर का, कटि संबंधी।

lumber • लम्बर • *n.* काठ-कबाड़, 2. इमारती लकड़ी, *vi.* शोरगुल करते हुए चलना।

luminary • लुमिनरी • *n.* नक्षत्र, प्रकाश पुंज, 2. तेजस्वी व्यक्ति, प्रकांड विद्वान।

luminous • लुमिनॅस • *a.* ज्योतिर्मय, प्रदीप्त।

lump • लम्प • *n.* ढेर, 2. गोबर-गणेश।

lunacy • लुनेसि • *n.* पागलपन।

lunar • लूनर • *n.* चाँद से संबंधित।

lunatic • लुनैटिक • *n.* पागल, ~ **asylum** (लुनैटिक असाइलम) *n.* पागलख़ाना।

lunch • लंच • *n.* दोपहर का भोजन।

lung • लंग • *n.* फेफड़ा, फुफ्फुस।

lunge • लॅन्ज • *n.* झपट्टा, 2. झपटना।

lure • ल्योर • *vt.* फंसाना, लुभाना, *n.* प्रलोभन।

lurk • लर्क • *n.* घात में बैठना, छिपना, ताक लगाना।

lush • लश • *a.* ताज़ा, रसीला, हरा-भरा।

lust • लस्ट • *n.* लालसा, कामुकता, कामवासना, *v.* कामातुर होना, ललकना।

lustre • लस्टर • *n.* कांति, चमक।

lustrous • लस्ट्रस • *a.* चमकीला।

lusty • लस्टी • *a.* हृष्ट-पुष्ट।

luxurious • लक्ज़ूरियस • *a.* विलासप्रिय, राजसी, ऐशोआराम पसंद।

luxury • लक्ज़री • *n.* भोग-विलास की वस्तुएँ और उनका प्रयोग, विषय-सुख।

lying • लाइंग • *a.* झूठा, मिथ्यावादी, 2. लेटा हुआ, *n.* झूठ।

lymph • लिम्फ़ • *n.* लसीका।

lynch • लिन्च • *vt.* भीड़ में जनता द्वारा किसी को मार डालना।

lyric • लिरिक • *n.* गीतिकाव्य, *a.* गीतात्मक, ~ **ism** (लिरिसिज़्म) *n.* प्रगीतत्व।

lyrist • लिरिस्ट • *n.* गीतकार।

M

M/m • एम • अंग्रेज़ी वर्णमाला का तेरहवाँ अक्षर।

m. • एम • *metre, mile, million* का संक्षेप।

M.A. • एम.ए. • *Master of Arts* का संक्षेप, एम.ए. की उपाधि, किसी विषय (कला) का आचार्य।

macabre • मैकेबर • *a.* घिनौना, डरावना।

mace • मेस • *n.* भारी गदा।

machination • मैशिनेशॅन • *n.* षड्यंत्र।

machine • मैशीन • *n.* यंत्र, मशीन, कल, ~ **ry** (मैशीनरी) *n.* यंत्र-समूह।

macro • मैक्रो • *pref.* वृहत्, ~ **cosm** (मैक्रोकॉज़्म) *n.* विश्व, ब्रह्मांड, ~ **cephalic** (मैक्रो-सिफैलिक) *a.* वृहत् कापालिक (अत्यंत बड़े सर वाला)।

mad • मैड • *a.* पागल, ~ **ness** (मैडनेस) *n.* पागलपन।

madam • मैडॅम • *n.* महोदया, मैडम।

madame • मदॉम • *n.* महोदया, श्रीमती।

made • मेड • *a.* बना हुआ, निर्मित।

maestro • माएस्ट्रो • *n.* आचार्य, संगीतज्ञ।

mafia • माफ़िया • *n.* माफिया, कानून विरोधी, ग़ैर-कानूनी कामों में लगे लोग।

magazine • मैगज़ीन • *n.* पत्रिका, 2. बारूदख़ाना।

magenta • मैजेन्टा • *a.* मैजंटा (रंग), गहरा लाल।

maggot • मैगोट • *n.* कीड़ा।

magic • मैजिक • *n.* जादू, ~ **ian** (मैजिशियन) *n.* जादूगर।

magistrate • मैजिस्ट्रेट • *n.* दंडाधिकारी।

magnanimity • मैग्नेनिमिटी • *n.* उदारता, विशाल हृदयता।

magnanimous • मैग्नेनिमस • *a.* विशाल हृदय, उदार।

magnate • मैग्नेट • *n.* चुंबक।

magnetic • मैग्नेटिक • *a.* चुंबकीय।

magnetism • मैग्नेटिज़्म • *n.* चुंबकत्व।

magnificent • मैग्निफ़िशेन्ट • *a.* शानदार, भव्य।

magnify • मैग्निफ़ाई • *vt.* बड़ा करना, अतिरंजित करना, बढ़ा-चढ़ाकर कहना।

magnitude • मैग्निच्यूड • *n.* विस्तार, महानता, परिमाण, मात्रा।

magpie • मैगपाइ • *n.* बकवादी व्यक्ति।

mahogany • मैहॉगनि • *n.* तून की लकड़ी, लाल-भूरा रंग।

maid • मेड • *n.* कुमारी, 2. दासी, नौकरानी, ~ **servant** (मेड सर्वेन्ट) *n.* नौकरानी, दाई।

maiden • मैडेन • *n.* कुंवारी युवती, कुमारी, तरुणी, ~ **name** (मैडेन नेम) *n.* विवाह से पूर्व कुल नाम।

mail • मेल • *n.* डाक, डाक में ले जाने वाले पत्र, डाक व्यवस्था, *vt.* डाक से भेजना।

maim • मेम • *vt.* लंगड़ा-लूला बना देना, हाथ-पांव काट देना, बिगाड़ना।

main • मेन • *a.* प्रमुख, मुख्य, ~ **land** (मेन लैंड) देश के मुख्य भाग की भूमि, ~ **spring** (मेन स्प्रिंग) *n.* मुख्य प्रेरणा, घड़ी की मुख्य स्प्रिंग।

maintain • मेन्टेन • *vt.* सहारा देना, गुज़ारा चलाना, जारी रखना।

maintenance • मेन्टेनॅन्स • *n.* भरण-पोषण, गुज़ारा भत्ता।

maize • मेज़ • *n.* मक्का, मकई।

majestic • मैजेस्टिक • *a.* वैभवशाली।

majesty • मैजेस्टी • *n.* वैभव, शान-शौकत।

major • मेजर • *a.* वयस्क (व्यक्ति), ~ **ity** (मैजोरिटी) *n.* वयस्कता, 2. बहुमत (मतदान या चुनाव, आदि में)।

make • मेक • *vt.* बनाना, *n.* प्रकार, शैली, ब्रैंड, मार्का, **to ~ up** (टू मेक अप) *v.* दोस्ती करना, ~ **believe** (मेक बिलीव) *n.* काल्पनिक,

~**shift** (मेक शिफ़्ट) *a.* कामचलाऊ, ~**up** (मेक-अप) *n.* सिंगार।
malady • मैलेडी • *n.* बीमारी।
malaria • मॅलेरिअ • *n.* मलेरिया, जूड़ी, फ़सली बुख़ार।
male • मेल • *n.* पुरुष, नर।
malevolent • मैलेवोलॅन्ट • *a.* अहितकारी, शत्रुतापूर्ण, अपकारी।
malfunction • मालफंक्शन • *n.* सही तरीके काम न करना।
malice • मैलिस • *n.* दुर्भाव, दुर्भावना।
malicious • मैलिशॅस • *a.* दुर्भावनापूर्ण।
malign • मलाइन • *vt.* निंदा करना, बुराई करना, *a.* अनिष्टकर, अशुभ, ~ **ant** (मैलिग्नेन्ट) *a.* घातक, ~ **ancy** (मैलिग्नैन्सी) *n.* घातकता।
malinger • मैलिन्गर • *v.* रोग का बहाना करना, ~ **er** (मैलिन्गरर) *a.* बहानेबाज़, कामचोर।
mall • मॉल • *n.* वृक्षदार मार्ग, सड़क जिसके दोनों ओर पेड़ लगे हों।
malleable • मैलिएबल • *a.* पिटवां, ऐसी मिश्र धातु जो आसानी से मुड़ सके।
mallet • मैलेट • *n.* हथौड़ा।
malnutrition • मालन्यूट्रीशॅन • *n.* कुपोषण।
malpractice • मालप्रैक्टिस • *n.* कदाचार।
malt • माल्ट • *n.* माल्ट, यवरस।
maltreat • मालट्रीट • *v.* बुरा बर्ताव करना।
mammal • मैमल • *n.* स्तनपायी जीव।
mammon • मैमन • *n.* धन का देवता कुबेर, 2. धन संपत्ति।
man • मैन • *n.* आदमी, मनुष्य, पुरुष, 2. पति, *v.* प्रबंध करना।
manage • मैनेज • *vt.* प्रबंध करना, व्यवस्था करना, इंतज़ाम करना, ~**ment** (मैनेजमेंट) *n.* प्रबंधन, ~**r** (मैनेजर) *n.* प्रबंधक, व्यवस्थापक।
managing director • मैनेजिंग डाइरेक्टर **(MD)** • *n.* प्रबंध निदेशक।
mandate • मैन्डेट • *n.* आदेश, आदेश-पत्र।
mandatory • मैन्डेटॅरी • *a.* आदेशात्मक, अनिवार्य।
mane • मेन • *n.* अयाल (घोड़े आदि का)।
manganese • मैंगेनीज़ • *n.* मैंगनीज़ धातु।
manger • मैंजर • *n.* नाँद (पशुओं के भोजन की)।
mangle • मैंगल • *v.* कुचलना।
mango • मैंगो • *n.* आम।
manhandle • मैनहैन्डल • *vt.* बुरी तरह पेश आना, पीटना।
manhood • मैनहुड • *n.* पुरुषत्व, मर्दानगी, पौरुष।
manhunt • मैनहंट • *n.* अपराधी की खोज।
mania • मैनिया • *n.* उन्माद, ~**c** (मैनिअक) *a.* उन्मादग्रस्त।
manicure • मैनीक्युर • *v.* हाथ-पाँव के नाखूनों का प्रसाधन करना, *n.* हाथ-पांव के नखों का प्रसाधन।

manicurist • मैनीक्युरिस्ट • *n.* हाथ-पाँव के नखों का प्रसाधक।

manifest • मेनिफेस्ट • *a.* प्रकट, प्रत्यक्ष, स्पष्ट, *vt.* प्रकट या व्यक्त करना, प्रकट होना, **~ation** (मैनिफ़ेस्टेशॅन) *n.* प्रकटीकरण, आविर्भाव।

manifesto • मैनिफ़ेस्टो • *n.* घोषणा-पत्र।

manifold • मेनीफोल्ड • *a.* अनेक, विविध।

manipulate • मैनिपुलेट • *vt.* चलाना, 2. झुठलाना, 3. तोड-मरोड़ कर किसी भी तरह काम निकालना।

manipulation • मैनिपुलेशॅन • *n.* चालाकी, जोड़-तोड़ कर काम निकालने की क्रिया।

mankind • मैनकाइन्ड • *n.* मनुष्य जाति।

manly • मैन्ली • *a.* पुरुषोचित।

manner • मैनर • *n.* प्रकार, ढंग, आचरण, रीति, **~ s** (मैनर्स) *n.* व्यवहार, आचरण, चालचलन, **~ism** (मैनरिज़्म) *n.* व्यवहार (वैचित्र्य), **~ less** (मैनरलेस) *a.* अशिष्ट।

manpower • मैनपावर • *n.* जन शक्ति।

mansion • मैन्सन • *n.* इमारत, हवेली, कोठी।

manslaughter • मैनस्लॉटर • *n.* नर हत्या।

mantlepiece • मैंटलपीस • *n.* अँगीठी, कारनिस।

manual • मैनुअल • *a.* हाथ से किया जाने वाला, **~ labour** (मैनुअल लेबर) *n.* आदमी का श्रम, मजदूरी।

manufacture • मैनुफ़ैक्चर • *vt.* बनाना, निर्माण करना, उत्पादन करना, **~ r** (मैनुफ़ैक्चरर) *n.* उत्पादक, निर्माता।

manure • मैन्योर • *n.* खाद।

manuscript • मैनुस्क्रिप्ट • *n.* पांडुलिपि।

many • मेनि • *a.* अनेक, एकाधिक।

map • मैप • *n.* नक्शा, मानचित्र, *vt.* नक्शा बनाना।

mar • मार • *v.* बिगाड़ना।

marathon • मैरॅथॅन • *n.* लंबी दौड़।

marauder • मैराडर • *n.* लुटेरा।

marble • मार्बल • *n.* संगमरमर।

March • मार्च • *n.* ग्रेगोरियन (अंग्रेज़ी) कैलेन्डर का तीसरा महीना, *v.* पैदल चलना, प्रयाण करना, मार्च करना।

mare • मेअर • *n.* घोड़ी, गधी।

margarine • मार्जरीन • *n.* चर्बी।

margin • मार्जिन • *n.* हाशिया, 2. किनारा, 3. नफ़ा।

marigold • मेरीगोल्ड • *n.* गेंदा (फूल)।

marijuana • मेरीजुआना • *n.* गांजा, चरस।

marine • मॅरीन • *a.* समुद्र संबंधी, जहाज़ी।

marionette • मैरिओनेट • *n.* कठ-पुतली।

marital • मैरिटल • *a.* वैवाहिक, दांपत्य, **~ relations** (मैरिटल रिलेशन्स) वैवाहिक संबंध, मैथुन।

maritime • मैरिटाइम • *a.* समुद्र संबंधी, समुद्री, समुद्रवर्ती, तटवर्ती।

mark • मार्क • *n.* चिह्न, निशान, 2. अंक (परीक्षा में प्राप्त), *vt.* चिह्न लगाना।

market • मार्केट • *n.* बाज़ार, हाट, मंडी, *vt.* खरीदारी करना, **~place** (मार्केट प्लेस) *n.* बाज़ार, हाट, **~ price** (मार्केट प्राइस) *n.* बाज़ार दर, **~ing** (मार्केटिंग) *n.* दुकानदारी, विपणन, सामान बेचना, सामान विक्रय का प्रबंध करना।

maroon • मॅरून • *n.* गाढ़ा लाल-भूरा (रंग), *vt.* निर्जन द्वीप पर अकेले रह जाना।

marriage • मैरेज • *n.* विवाह, शादी, ब्याह, **~ party** (मैरेज पार्टी) *n.* बरात।

marrow • मैरो • *n.* मज्जा (जो हड्डी के अंदर होती है)।

marry • मैरी • *vt.* शादी करना, ब्याह करना, विवाह करना।

marsh • मार्श • *n.* दलदल।

marshal • मार्शल • *n.* मार्शल, सेना का उच्चाधिकारी, *vt.* क्रमबद्ध करना।

mart • मार्ट • *n.* बाज़ार।

martial • मार्शल • *a.* युद्ध संबंधी।

martyr • मार्टअर • *n.* शहीद, **~dom** (मार्टअरडम) *n.* शहादत।

marvel • मार्वेल • *n.* अचंभा, चमत्कार, **~lous** *a.* चमत्कारी।

masculine • मैस्कुलीन • *a.* नर, 2. पुरुषोचित, मर्दाना, 3. पुल्लिंग।

mask • मास्क • *n.* मुखौटा, **gas ~** (गैस मास्क) *n.* गैस से बचने का नकाब।

mason • मैसॅन • *n.* राज मिस्त्री।

mass • मास • *n.* ढेर, बहुसंख्या, जनर.मूह।

massacre • मैसॅकर • *n.* ख़ूनखराबा, नरसंहार।

massage • मसाज • *n.* मालिश, *vt.* मालिश करना।

massive • मैसिव • *a.* वृहत्, भारी डीलडौल वाला, 2. पर्याप्त।

mast • मास्ट • *n.* मस्तूल।

master • मास्टर • *n.* मालिक, स्वामी, **~key** (मास्टर की) *n.* ऐसी चाबी जिससे सभी ताले खुल सकें, **~ful** (मास्टरफ़ुल) *a.* रोबदार, **~ly** (मास्टर्ली) *a.* प्रवीण, उत्तम।

mastiff • मैस्टिफ़ • *n.* एक प्रकार का बड़ा कुत्ता।

mat • मैट • *n.* चटाई।

match • मैच • *n.* दियासलाई की कांटी, 2. मुकाबला (खेल का), 3. जोड़, जोड़ीदार, 4. वर, वधू (विवाह में), *vt.* विवाह कराना, जोड़ा मिलाना, मेल खाना, **~box** (मैच बॉक्स) *n.* दियासलाई की डिबिया, **~stick** (मैचस्टिक) *n.* दियासलाई की तीली, **~maker** (मैच मेकर) *n.* घटक, विवाह का दलाल।

mate • मेट • *n.* सखा, साथी, पति-पत्नी, *vt.* जोड़ा खाना या जोड़ा खिलाना (पशुओं का)।

material • मेटिरियल • *n.* सामान,

कच्चा माल, *a.* भौतिक, सांसारिक, **~ism** (मेटिरियलिज़्म) *n.* भौतिकवाद, **~ ize** (मेटिरियलाइज) *v.* प्रकट करना/होना, **~ ization** (मेटिरियलाइज़ेशॅन) *n.* पूरा होना।

maternal • मेटरनल • *a.* मातृ-सुलभ, मातृवंशीय, **~uncle** (मेटरनल अंकल) *n.* मामा।

maternity • मेटरनिटी • *n.* प्रसूति, मातृत्व, **~ centre** (मेटरनिटी सेंटर) *n.* प्रसूति केन्द्र, **~ leave** (मेटरनिटी लीव) *n.* प्रसूति अवकाश।

mathematics • मैथमेटिक्स • *n.* गणित।

maths • मैथ्स • *n.* **mathematics** का संक्षिप्त रूप, गणित।

matinee • मैटिनी • *n.* दिन का खेल (सिनेमा, नाटक आदि का)।

matric • मैट्रिक • *n.* **matriculation** का संक्षिप्त रूप, माध्यमिक, मैट्रिक।

matricide • मैट्रिसाइड • *vt.* मातृ हत्या।

matrimonial • मैट्रिमोनियल • *a.* विवाह संबंधी, वैवाहिक।

matrimony • मैट्रिमॉनी • *n.* विवाह।

matron • मैट्रन • *n.* प्रौढ़ा, विवाहिता, मैट्रन, अस्पताल की वरिष्ठ परिचारिका।

matter • मैटर • *n.* पदार्थ, तत्त्व, 2. विषय, कार्य, *vi.* महत्वपूर्ण होना।

mattress • मैट्रेस • *n.* गद्दा।

maturate • मैच्युरेट • *vi.* पकना, परिपक्व होना।

maturation • मैच्युरेशॅन • *n.* परिपक्वता, परिपक्व होने की क्रिया।

mature • मैच्योर • *a.* वयस्क, परिपक्व, 2. भुगतान का दिन आना (बीमा आदि का)।

mausoleum • मैसोलियम • *n.* मक़बरा, भव्य समाधि।

mauve • मॉव • *a.* चमकीले बैंगनी रंग का।

maxim • मैक्सिम • *n.* सूक्ति, सुभाषित, सूत्र।

maximum • मैक्सिमॅम • *a.* अधिकतम।

May • मे • *n.* मई, अंग्रेज़ी कैलेन्डर का पांचवाँ महीना।

may • मे • *vi.* **he ~ go** (ही-मेगो) वह जा सकता है, सकना, **~ be** (मे बी) शायद, संभवतः।

mayhem • मेहेम • *n.* अंग-भंग, विध्वंस।

mayor • मेयर • *n.* नगरपति, मेयर, महापौर।

maze • मेज़ • *n.* भूलभुलैया।

meadow • मीडो • *n.* घास स्थली।

meagre • मीगर • *a.* थोड़ा, कम, अपर्याप्त।

meal • मील • *n.* खाना, भोजन।

mean • मीन • *a.* नीच, कमीना, *vt.* इरादा होना, आशय होना, **~ s** (मीन्स) *n.* साधन, **~ ness** (मीननेस) *n.* नीचता।

meander • मिॲन्डर • *vi.* टेढ़े-मेढ़े बहना, इधर-उधर भटकना।

meaning • मीनिंग • *n.* अर्थ, अभिप्राय, **~ful** (मीनिंगफुल) *a.* सार्थक, **~less** (मीनिंगलेस) *a.* व्यर्थ, अर्थहीन।

meant • मेन्ट • *n.* **mean** का *pt., pp.* (मीन का भूतकालिक रूप)।

meanwhile • मीनव्हाइल • *adv.* इसी बीच।

measles • मीज़ल्स • *n.* खसरा।

measly • मीज़ली • *a.* नीच, कंजूस, बहुत कम।

measure • मेॅज़र • *n.* माप, नाप, 2. मात्रा, परिमाण, 3. मानदंड, पैमाना, 4. योजना, उपाय, **~ment** (मेज़र मेन्ट) *n.* नाप, माप।

meat • मीट • *n.* मांस, गोश्त।

Mecca • मेक्का • *n.* मक्का।

mechanic • मेकैनिक • *n.* मिस्त्री, मेकेनिक, **~s** (मेकैनिक्स) *n.* गति का वैज्ञानिक सिद्धांत, **~al** (मेकैनिकल) *a.* मशीन द्वारा बना, बगैर सोचे-विचारे किया गया।

mechanism • मेकैनिज़्म • *n.* मशीन, यंत्र-रचना।

medal • मेडल • *n.* तमगा, पदक।

meddle • मेडल • *vi.* हस्तक्षेप करना।

media • मीडिया • *n.* माध्यम, मीडिया (समाचारपत्र, रेडियो, टी.वी., आदि)।

median • मीडियन • *a.* मध्यम, 2. मध्यांतर, रेखा, 3. मध्यस्थ रेखा (त्रिभुज में)।

mediate • मीडिएट • *vt.* मध्यस्थता करना।

mediation • मीडिएशॅन • *n.* मध्यस्थता।

mediator • मीडियेटर • *n.* मध्यस्थ।

medical • मेडिकल • *a.* चिकित्सीय।

medicinal • मेडिसिनल • *a.* औषधि संबंधी।

medicine • मेडिसिन • *n.* दवा, औषधि।

mediocre • मेडियोकर • *a.* साधारण, सामान्य योग्यता का (व्यक्ति)।

mediocrity • मीडियोक्रिटि • *n.* सामान्यता।

meditate • मेडिटेट • *vi.* ध्यान लगाना, ध्यान करना।

meditation • मेडिटेशॅन • *n.* ध्यान।

Mediterranean • मेडिटरैनियन • *n.* भूमध्य सागर।

medium • मीडियम • *n.* माध्यम, 2. सम्मोहन में माध्यम का काम करने वाला व्यक्ति, *a.* मध्यम।

meek • मीक • *a.* विनीत, दब्बू।

meet • मीट • *v.* से मिलना, भेंट होना, मुलाकात करना।

meeting • मीटिंग • *n.* सभा, अधिवेशन, बैठक।

megalomania • मेगैलोमेनिया • *n.* महत्वोन्माद।

melancholy • मेलन्कॅली • *n.* अवसाद, विषाद, *a.* अवसादग्रस्त, उदास।

mellow • मेलो • *a.* पका हुआ मुलायम (जैसे फल)।

melodious • मेलोडियस • *a.* सुरीला।

melodrama • मेलोड्रामा • *n.* अति-संवेगी नाटक, ~**tic** (मेलोड्रैमेटिक) *a.* अतिनाटकीय।

melody • मेलॅडी • *n.* स्वर माधुरी।

melon • मेलन • *n.* तरबूज।

melt • मेल्ट • *v.* पिघलना, घुलना।

member • मेम्बर • *n.* सदस्य।

membrane • मेम्ब्रेन • *n.* झिल्ली।

memo • मेमो • **memorandum** का संक्षिप्त रूप, ज्ञापन, स्मरण-पत्र, मेमो, नोट।

memorable • मेमोरेबल • *a.* स्मरणीय, याद रखने लायक।

memorial • मेमोरियल • *n.* स्मारक।

memorize • मेमोराइज़ • *vi.* याद करना, रटना।

memory • मेमरी • *n.* स्मरण शक्ति, स्मृति।

men • मेन • **man** का बहुवचन, अनेक पुरुष, अनेक आदमी।

menace • मिनेस • *n.* ख़तरा।

mend • मेन्ड • *vi./vt.* बनाना, मरम्मत करना, सुधारना।

mendicant • मेन्डिकैन्ट • *n.* साधु, भिक्षुक।

menial • मीनियल • *a.* घटिया, नौकर का, दासोचित।

meningitis • मेनिन्जाइटिस • *n.* तानिकाशोथ (एक रोग)।

menses • मेन्सेज़ • *n.* स्त्रियों का मासिक धर्म।

menstruation • मेन्स्ट्रएशॅन • *n.* स्त्रियों का मासिक धर्म।

mensuration • मेन्सुरेशॅन • *n.* क्षेत्रमिति।

mental • मेन्टल • *a.* मानसिक, ~**ity** (मेन्टैलिटी) *n.* मानसिकता।

menthol • मेन्थॅल • *n.* पिपरमिन्ट।

mention • मेन्शॅन • *vt.* उल्लेख करना, ज़िक्र करना।

menu • मेनू • *n.* भोजनतालिका।

mercentile • मर्केन्टाइल • *a.* व्यापारिक, वाणिज्यिक, तिजारती।

mercenary • मर्सिनरी • *a.* धनलोलुप, पैसों के लिए काम करने वाला।

merchandise • मर्चेन्डाइज़ • *n.* व्यापार का सामान, माल।

merchant • मर्चेन्ट • *n.* व्यापारी।

merciful • मर्सिफ़ुल • *a.* दयालु।

merciless • मर्सिलेस • *a.* निष्ठुर, कठोर, दयाहीन।

mercury • मर्करी • *n.* पारा, 2. बुध ग्रह।

mercy • मर्सी • *n.* क्षमा, दया।

mere • मिअर • *a.* सिर्फ़, केवल।

merge • मर्ज • *v.* लीन होना, मिल जाना।

meridian • मेरिडिअॅन • *n.* भूमध्य रेखा।

merit • मेरिट • *n.* गुण, श्रेष्ठता, ~**orious** (मेरिटोरियस) *a.* काबिल, योग्य, श्रेष्ठ, गुणवान।

mermaid • मर्मेड • *n.* जलपरी।

merriment • मेरिमेन्ट • *n.* आमोद-प्रमोद।

merry • मेरी • *a.* आनंदित, प्रसन्नचित्त,

~**go round** (मेरी गो-राउन्ड) *n.* घूमने वाला चक्र (मनोविनोद के लिए मेले आदि में लगाते हैं)।

mesalliance • मेज़ैलिआन्स • *n.* बेमेल विवाह।

mesh • मेश • *n.* जाली, जाल, *vt.* फंसाना।

mesmerism • मेस्मेरिज़्म • *n.* सम्मोहन विद्या।

mesmerise • मेस्मेराइज़ • *vt.* सम्मोहित करना।

mess • मेस • *n.* भोजनालय, 2. घोटाला, गड़बड़ी, ~**y** (मेसी) *a.* गंदा, ~**iness** (मेसीनेस) *n.* गंदापन।

message • मेसेज • *n.* संदेश, ~**nger** (मेसेन्जर) *n.* संदेशवाहक।

messiah • मेसाइआ • *n.* मसीह।

metal • मेटल • *n.* धातु, ~**lurgy** (मेटलर्जी) *n.* धातु विज्ञान।

metaphor • मेटाफ़र • रूपक, रूपालंकार, ~ **ical** (मेटाफॅरिकल) *a.* लाक्षणिक।

metaphysics • मेटाफ़िज़िक्स • *n.* तत्त्व मीमांसा।

meteor • मीटिअॅर • *n.* उल्का।

meteorology • मीटिरिओलॉजी • *n.* मौसम विज्ञान।

meter • मीटर • मापक, बिजली का मीटर, यंत्रों का मापकर्ता।

method • मेथड • *n.* तरीका, विधि, ~**ical** (मेथाडिकल) *a.* व्यवस्थित।

meticulous • मेटिक्यूलॅस • *a.* कुशलता से किया गया, सतर्क।

metre • मीटर • *n.* छंद, वृत्त, मीटर, 100 सेंटीमीटर या 39.37 इंच।

metro • मेट्रो • भूमिगत रेलवे।

metropolitan • मेट्रोपॉलिटन • *a.* महानगरीय।

metropolis • मेट्रोपॉलिस • *n.* राजधानी, 2. महानगर।

mettle • मेटॅल • *n.* ओज, उत्साह, दिलेरी।

mezzanine • मेज़नीन • *n.* बीच का तल्ला, नीमछत्ती, दुछत्ती।

mica • माइका • *n.* अभ्रक, अबरक।

mice • माइस • mouse का बहुवचन।

micro • माइक्रो • *a.* लघु, ~**cosm** (माइक्रोकॉज़्म) *n.* लघु जगत, ~**phone** (माइक्रोफोन) *n.* ध्वनिग्राहक, ~**scope** (माइक्रोस्कोप) *n.* सूक्ष्मदर्शी, ~**wave** (माइक्रोवेव) *n.* सूक्ष्म तरंग।

mid • मिड • *a.* मध्य, *adv.* बीच में, ~**day** (मिड डे) *n.* दोपहर, ~**dle** (मिडल) *a.* मध्यवर्गी, ~**get** (मिजेट) *n.* नाटा, बौना, ~**night** (मिड नाइट) *n.* अर्ध रात्रि, मध्य रात्रि, आधी रात ~**stream** (मिड स्ट्रीम) *n.* मझधार, ~**wife** (मिड वाइफ़) *n.* धाई, दाई।

middle • मिडॅल • *a.* मध्य का, बीच का, मध्यवर्ती भाग, कमर, ~**aged** (मिडॅल एजेड) *a.* अधेड़, ~**class** (मिडल क्लास) *n.* मध्यम वर्ग, मध्य वित्त, ~**man** (मिडॅल मैन) *n.* दलाल।

middling • मिडॅलिंग • *a.* मध्यम दर्जे का।

midget • मिजेट • *n.* बौना।
midst • मिड्स्ट • *n.* बीच।
midsummer • मिडसमर • *n.* ग्रीष्म का मध्यकाल।
mien • मीन • *n.* चाल-चलन।
might • माइट • *n.* ताकत, शक्ति, **~y** (माइटी) *a.* शक्तिशाली।
migrant • माइग्रैन्ट • *n.* प्रवासी (मनुष्य, पशु, पक्षी आदि)।
migrate • माइग्रेट • *vi.* परदेस जा बसना, प्रव्रजन, देशान्तरण।
migration • माइग्रेशन • *n.* प्रवसन, परदेश जाकर बस जाना।
migratory • माइग्रेटरी • *a.* प्रवासी, 2. यायावर।
mike • माइक • *n.* **microphone** का संक्षिप्त रूप, ध्वनि ग्राहक।
milch • मिल्च • *a.* दूध देने वाली (जंतु, जैसे गाय, भैंस, बकरी)।
mild • माइल्ड • *a.* मृदु, शांत, **~ly** (माइल्डली) *adv.* नम्रता से।
mile • माइल • *n.* मील (1760 गज या 1.6 किलोमीटर), **~age** (माइलेज) *n.* मील में दूरी।
militant • मिलिटेन्ट • *a.* लड़ाकू।
military • मिलिटरी • *a.* फौजी, सैन्य, सैनिक।
milk • मिल्क • *n.* दूध, **~ maid** (मिल्कमेड) *n.* दूध बेचनेवाली, ग्वालिन, **~man** (मिल्कमैन) *n.* दूध बेचने वाला, ग्वाला, *vt.* दूध दुहना, 2. दूध देना, **~y** (मिल्की) *a.* दूधिया, **~y way** (मिल्की वे) *n.* आकाश गंगा।
mill • मिल • *n.* कारखाना, मिल, *vi./vt.* पीसना (जैसे गेहूँ, आदि), **~er** (मिलॅर) *n.* चक्की चलाने वाला।
millenium • मिलेनियम • *n.* सहस्राब्दिक, हजार साल का, 2. स्वर्ण-युग।
millet • मिलेट • *n.* ज्वार, बाजरा।
million • मिलियन • *a.* दस लाख।
mimic • मिमिक • *a.* नकल उतारने वाला, *n.* बहुरूपिया, नक़लची, *vi.* नक़ल उतारना।
mimosa • मिमोसा • *n.* लाजवंती (का पौधा), छुईमुई।
minaret • मिनारेट • *n.* छोटी मीनार।
mince • मिन्स • *vl.* क़ीमा बनाना, *n.* क़ीमा।
mind • माइन्ड • *n.* मन, 2. इरादा, *vi.* ध्यान रखना, बुरा मानना, **~ful** (माइन्डफ़ुल) *a.* सावधान, **~less** (माइन्डलेस) *a.* असावधान।
mine • माइन • *n.* खान, खदान, poss. *pro.* मेरा, मेरी, *vt.* खान खोदना, खान से खनिज पदार्थ निकालना, **~er** (माइनर) *n.* खनिक।
mineral • मिनरल • *n.* खनिज, **~oil** (मिनरल ऑयल) *n.* खनिज तेल।
mingle • मिंगल • *vi./vt.* मिलना, मिलाना, मिश्रण करना।
mingy • मिंजी • *a.* कंजूस, कृपण।
mini • मिनी • *a.* छोटा, छोटी, **~ature** (मिनिएचॅर) *n.* लघु चित्र, लघु रूप,

a. लघु, छोटा, ~ **mum** (मिनिमम) *a.* कम-से-कम, न्यूनतम, अल्पतम।

minion • मिनिऑन • *n.* कृपापात्र।

minister • मिनिस्टर • *n.* मंत्री, 2. पुरोहित, 3. अभिकर्ता, *vt.* सहायता करना, सेवा करना, उपचार करना, **chief** ~ (चीफ़ मिनिस्टर) *n.* मुख्यमंत्री, **prime** ~ (प्राइम मिनिस्टर) *n.* प्रधानमंत्री।

ministry • मिनिस्ट्री • *n.* मंत्रालय, 2. पुरोहित वर्ग।

mink • मिन्क • *n.* ऊदबिलाव जैसा एक छोटा जानवर या उसका फर (रोआँदार हिस्सा)।

minor • माइनर • *a.* अल्पवयस्क, नाबालिग़, ~ **ity** (माइनॉरिटी) *n.* अल्पवयस्कता, अल्पसंख्यक वर्ग।

minstrel • मिन्स्ट्रल • *n.* भाट, चारण।

mint • मिन्ट • *n.* टकसाल (जहाँ सिक्के ढलते हैं), *vt.* सिक्के ढालना, रुपये कमाना।

minus • माइनस • *n.* ऋण, 2. ऋणात्मक।

minuscule • मिनस्क्यूल • *a.* बहुत छोटा।

minute • मिनिट • *n.* मिनट, 2. टिप्पणी, ~ **s** (मिनिट्स) *n.* विवरण।

minute • माइन्यूट • *a.* बहुत छोटा, सूक्ष्म।

miracle • मिरैकल • *n.* चमत्कार।

miraculous • मिरैकुलस • *a.* चमत्कारी, जादुई।

mirage • मिराज • *n.* मृग मरीचिका।

mirror • मिरर • *n.* आईना, दर्पण, शीशा।

mirth • मर्थ • *n.* प्रसन्नता।

misappropriation • मिसएप्रोप्रिएशन • *n.* ग़बन।

misbehaviour • मिसबिहेविऑर • *n.* दुर्व्यवहार।

miscalculation • मिसकैल्कुलेशॅन • *n.* ग़लत गणना, ग़लत हिसाब।

miscarriage • मिसकैरेज • *n.* गर्भपात।

miscarry • मिसकैरी • *v.* गर्भपात होना।

miscellaneous • मिसिलेनियस • *a.* खुदरा, विविध।

mischief • मिसचीफ़ • *n.* शरारत, हानि।

mischievous • मिस्चीवस • *a.* शरारती।

misconception • मिस्कन्सेप्शॅन • *n.* ग़लत धारणा, भ्रांत धारणा।

misconduct • मिसकन्डक्ट • *n.* दुर्व्यवहार, दुराचरण, 2. व्यभिचार।

miscreant • मिस्क्रिअन्ट • *n.* बदमाश।

misdeed • मिस्डीड • *n.* अपराध, दुष्कर्म।

misdeameanour • मिस्डिमेनर • *n.* अपराध, उप-अपराध।

misdirect • मिस्डिरेक्ट • *vt.* ग़लत निर्देश देना।

miser • माइज़र • *n.* कंजूस, मक्खीचूस।

miserable • मिज़रॅबल • *a.* दुखी,

विपद्ग्रस्त, दयनीय।

misery • मिज़ॅरि • *n.* दुख, दुर्गति।

misfire • मिस्फ़ाइअर • *vt.* गोली न चलना, गलत निशाने पर जा लगना।

misfortune • मिस्फ़ॉच्युन • *n.* दुर्भाग्य, बदनसीबी।

misgiving • मिस्गिविंग • *n.* संदेह, आशंका।

misguide • मिस्गाइड • *vt.* ग़लत राह पर ले जाना, ग़लत रास्ता बतलाना, **~d** (मिसगाइडेड) *a.* जो बहकाया गया हो।

mishandle • मिस्हैंडल • *vt.* के साथ बुरा व्यवहार करना।

mishap • मिस्हैप • *n.* सामान्य दुर्घटना, छोटा हादसा।

misinterpret • मिस्इन्टरप्रेट • *vt.* ग़लत अर्थ लगाना।

misjudge • मिस्जज • *vt.* ग़लत समझना।

mislead • मिस्लीड • *vt.* बहकाना, पथ भ्रष्ट करना।

misnomer • मिस्नोमर • *n.* अयथार्थ नाम, ग़लत नाम।

misplace • मिस्प्लेस • *vt.* ग़लत जगह पर रखना।

misprint • मिस्प्रिन्ट • *vt.* छपाई की अशुद्धि।

misrepresent • मिसरिप्रेज़ेन्ट • *vt.* ग़लत विवरण देना, ग़लत ढंग से प्रस्तुत करना।

miss • मिस • *vt.* कुमारी, सुश्री (अविवाहिता स्त्री का संबोधन)।

miss • मिस • *vt.* निशाना चूकना, 2. देर से पहुँचना (ट्रेन आदि पकड़ने के लिए), 3. का अभाव अनुभव करना।

misshapen • मिस्शेपॅन • *a.* विकृत, बदसूरत।

missile • मिसाइल • *n.* प्रक्षेपास्त्र।

missing • मिसिंग • *a.* लापता।

mission • मिशॅन • *n.* उद्देश्य, 2. शिष्ट मंडल, 3. धर्मांतरण के लिए काम करना और उसके लिए बना संघ।

misspent • मिस्स्पेन्ट • *a.* अकारथ गया हुआ (जैसे यौवन)।

mist • मिस्ट • *n.* कुहरा, कुहासा।

mistake • मिस्टेक • *n.* ग़लती, अशुद्धि, *vt.* ग़लत समझना, **~n** (मिस्टेकन) *a.* ग़लत, अयथार्थ।

mister • मिस्टर • *n.* महाशय (पुरुष का संबोधन)।

mistress • मिस्ट्रेस • *n.* रखैल, 2. स्वामिनी, 3. अध्यापिका, (Mrs.)।

mistrust • मिस्ट्रस्ट • *vt.* अविश्वास करना, भरोसा न करना।

misty • मिस्टी • *a.* धुंधला।

misunderstand • मिसअंडरस्टैंड • *vt./vi.* ग़लत समझना, **~ ing** (मिसअंडरस्टैन्डिंग) *n.* ग़लतफ़हमी।

misuse • मिस्यूज़ • *n.* दुरुपयोग।

mitigate • मिटिगेट • *vt.* उग्रता कम करना।

mix • मिक्स • *vi./vt.* मिलाना, मिश्रित करना, *n.* मिश्रण, **~ed** (मिक्स्ड) *a.* मिश्रित, **~er** (मिक्सर) *n.* मिलाने

वाला, मिश्रक, ~ **ture** (मिक्स्चर) *n.* मिश्रण।

moan • मोन • *v.* कराहना, विलाप करना, *n.* कराह।

moat • मोट • *n.* खाई, परिखा।

mob • मॉब • *n.* भीड़, उत्तेजित भीड़।

mobile • मोबाइल • *a.* गतिशील, चलता-फिरता।

mobility • मोबिलिटी • *n.* गतिशीलता।

mobilize • मोबिलाइज़ • *vt.* चलाना, लामबंदी करना।

mobilization • मोबिलाइज़ेशॅन • *n.* लामबंदी।

mock • मॉक • *v.* हँसी उड़ाना, उपहास करना, *n.* उपहास, *a.* बनावटी, दिखावटी, ~ **ery** (मॉकरी) *n.* उपहास, मज़ाक।

mode • मोड • *n.* ढंग, विधि, प्रणाली।

model • मॉडेल • *n.* नमूना, माडल, 2. चित्रकारी या मूर्तिकारी के लिए नमूने के रूप में खड़ा होने वाला पुरुष, खड़ी होनेवाली स्त्री, 3. फ़ैशन प्रदर्शनियों में वस्त्रों को पहन कर दिखलाने वाला पुरुष या स्त्री, 4. मूर्ति गढ़ना।

moderate • मॉडरेट • *a.* संयत, संतुलित, मृदु, *vt.* हल्का करना, मर्यादा में रखना।

moderator • मॉडरेटर • *n.* निर्णायक, मध्यस्थ।

modern • मॉडर्न • *a.* आधुनिक, ~ **ity** (मॉडर्निटी) *n.* आधुनिकता, ~ **ise** (मॉडर्नाइज़) *vt.* आधुनिक बनाना।

modest • मॉडेस्ट • *a.* शीलवान, विनम्र, संकोची, ~ **y** (मॉडेस्टी) *n.* लज्जा, शालीनता।

modify • मॉडिफ़ाई • *vt.* हेर-फेर करना, रूपांतरित करना।

modulate • मॉडुलेट • *vt.* सुधार करना, 2. संगीत में स्वर को ऊँचा-नीचा करना।

modulation • मॉड्यूलेशॅन • *n.* स्वर-परिवर्तन।

moist • मॉइस्ट • *a.* भीगा हुआ।

moisture • मॉइस्चर • *n.* आर्द्रता, नमी।

molar • मोलॅर • *n.* दाढ़, चर्वण-दंत, *a.* चर्वण।

molasses • मोलैसेज़ • *n.* छोआ, शीरा।

mole • मोल • *n.* तिल।

molecule • मोलेक्युल • *n.* अणु।

molest • मॉलेस्ट • *vt.* परेशान करना, छेड़छाड़ करना, ~ **ation** (मॉलेस्टेशॅन) *n.* छेड़छाड़, उत्पीड़न।

mollify • मॉलिफ़ाई • *vt.* शांत करना।

moment • मॉमेंट • *n.* पल, क्षण, ~ **ary** (मॉमेन्टरी) *a.* क्षणभंगुर।

momentum • मॉमेंटम • *n.* संवेग, बल।

monarch • मोनार्क • *n.* राजा, ~ **y** (मोनार्की) *n.* राजतंत्र।

monastery • मोनैस्ट्री • *n.* मठ, विहार।

money • मनी • *n.* मुद्रा, धन।

monetary • मॉनिटरि • *a.* आर्थिक।

monger • मॅन्गर • *n.* व्यापारी।

mongoose • मॉन्गूज़ • *n.* पानेवाला।

mongrel • मॅन्गरेल • *a.* दोग़ला, *n.* दोग़ला कुत्ता।

monitor • मॉनिटर • *n.* छात्र नायक, कक्षानायक, प्रबोधक, *vt.* नियंत्रण के लिए संचालन करना।

monk • मॅन्क • *n.* मठवासी, वैरागी।

monkey • मॉन्की • *n.* बंदर।

mono • मोनो • *comb.* एक।

monochrome • मॉनॅक्रोम • *n.* एकरंगा चित्र।

monogamy • मॉनॅगेमि • *n.* एक विवाह की प्रथा।

monograph • मॉनोग्राफ • *n.* प्रबंध।

monolith • मॉनोलिथ • *n.* अखंड, एकाश्म।

monologue • मॉनोलॉग • *n.* एकालाप।

monomania • मॉनोमेनिय • *n.* एकोन्माद।

monopolize • मॅनोपोलाइज़ • *vt.* एकाधिकार करना।

monopoly • मॅनोपॉली • *n.* एकाधिकार।

monotheism • मोनोथिइज़्म • *n.* एकेश्वरवाद।

monotony • मोनोटॅनी • *n.* एकरसता।

monsoon • मॉन्सून • *n.* मानसून, बरसात, वर्षा ऋतु।

monster • मॉन्स्टर • *n.* राक्षस, दैत्य।

monstrous • मॉन्स्ट्रस • *a.* राक्षसी।

month • मंथ • *n.* महीना, मास।

monument • मॉनुमेन्ट • *n.* स्मारक।

moo • मू • *n.* गाय का रंभाना।

mood • मूड • *n.* मिज़ाज, मनोदशा, 2. क्रिया का रूप (व्याकरण)।

moon • मून • *n.* चंद्रमा, चाँद, माहताब, ~ **light** (मूनलाइट) *n.* चाँदनी।

moor • मूर • *n.* बंजरभूमि।

mope • मोप • *v.* उदास होना।

moral • मॉरल • *a.* नैतिक, *n.* सदाचार।

morale • मॅराल • *n.* मनोबल, हौसला।

moralist • मॉरैलिस्ट • *a.* सदाचारी, नीतिवादी।

morality • मॉरैलिटी • *n.* नैतिकता।

moralise • मॉरैलाइज़ • *vi./vt.* उपदेश देना, सदाचारी बनाना।

morass • मोरैस • *n.* दलदल।

morbid • मॉर्बिड • *a.* रोगग्रस्त, अस्वस्थ, विकृत।

more • मोर • *a.* अधिक, ज़्यादा, 2. फिर, ~ **over** (मोरओवर) *adv.* इसके अलावा।

morning • मॉर्निंग • *n.* सुबह, प्रातः-काल।

morose • मॅरोज़ • *a.* चिड़चिड़ा, उदास।

morphia • मॉर्फ़िया • *n.* अफ़ीम का सत, मार्फिया।

morsel • मॉर्सेल • *n.* कौर।

mortal; • मॉर्टल • *a.* मरणशील, नाशवान, ~ **ity** (मॉर्टैलिटी) *n.* मरणशीलता, मृत्यु, मृत्यु संख्या।

mortar • मॉर्टर • *n.* गारा (दीवार आदि का मसाला), 2. तोप।

mortgage • मॉर्टगेज • *vt.* गिरवी

रखना, बंधक रखना।

mortgager • मॉर्टगेजर • *n.* बंधक रखने वाला।

mortgagee • मॉर्टगेजी • *n.* बंधक लेने वाला गिरवीदार।

mortify • मॉर्टिफ़ाई • *vt.* किसी की भावना को ठेस पहुँचाना।

mortification • मॉर्टिफ़िकेशन • *n.* आत्मदहन, तपस्या।

mosaic • मोज़ेइक • *n.* पच्चीकारी।

mosque • मॉस्क • *n.* मस्जिद।

mosquito • मॅस्कीटो • *n.* मच्छर।

moss • मॉस • *n.* काई

most • मोस्ट • *n.* अधिकांश, *a.* अधिकतम, ज़्यादातर।

moth • मॉथ • *n.* पतंगा, 2. कपड़े का कीड़ा।

mother • मॅदर • *n.* मां, माता, अम्मा, 2. साध्वियों की अध्यक्षा, ~ **in-law** (मॅदर-इन-लॉ) सास, ~ **land** (मॅदर-लैंड) *n.* मातृभूमि।

motif • मोटीफ़ • *n.* मूल-भाव, मूल, 2. अभिप्राय, रूपांकन।

motile • मोटाइल • *a.* गतिशील, चर, चलने वाला।

motion • मोशॅन • *n.* गति, चाल, गति क्षमता, 2. प्रस्ताव, 3. मल त्याग, *v.* इशारा करना।

motivate • मोटिवेट • *vt.* प्रेरित करना।

motivation • मोटिवेशॅन • *n.* प्रेरणा, प्रयोजन।

motley • मॉटलि • *a.* बहुत-सा, बहुरंगा।

motor • मोटॅर • *a.* गति प्रदान करने वाला, चालक, *n.* मोटरगाड़ी, बिजली की मोटर, ~ **cycle** (मोटर साइकल) *n.* फटफटिया, मोटर साइकल।

motto • मोटो • *n.* आदर्श वाक्य, उद्देश्य।

mould • मोल्ड • *n.* साँचा, *vt.* गढ़ना, साँचे में ढालना।

mound • माउन्ड • *n.* टीला।

mount • माउन्ट • *n.* पहाड़, पर्वत, *vt.* चढ़ना, सवार होना, *vt.* जड़ना (फ्रेम, आदि में)।

mountain • माउन्टेन • *n.* पहाड़, पर्वत, ~ **eer** (माउंन्टिनिअॅर) *n.* पर्वतारोही।

mourn • मॉउर्न • *v.* शोक मनाना, **ing** (माउर्निंग) *n.* शोक।

mouse • माउस • *n.* चूहा।

moustache • मसटेश • *n.* मूँछ।

mouth • माउथ • *n.* मुँह, ~ **ful** (माउथफ़ुल) *a.* कौर, निवाला।

move • मूव • *v.* चलना, *vt.* खिसकाना, स्थिति बदलना, *n.* चाल (जैसे शतरंज में मोहरे की), ~ **ment** (मूवमेन्ट) *n.* आन्दोलन, चलना, गति।

movie • मूवि • *n.* फ़िल्म, चलचित्र, ~ **star** (मूवि स्टार) *n.* स्टार, सितारा (फिल्मों का)।

mow • मोअ • *vt.* काटना (जैसे घास), 2. मुँह बनाना।

much • मॅच • *a.* बहुत अधिक, बहुत, ज़्यादा।

mucus • म्यूकॅस • *n.* श्लेष्मा, कफ, बलग़म।

mud • मॅड • *n.* कीचड़, ~ **dy** (मॅडी)

a. कीचड़ से भरा हुआ, ~ **dle** (मॅडल) *n.* गड़बड़ी।

muff • मॅफ़ • *n.* रोएँदार दस्ताना, ~ **le** (मॅफ़ल) *n.* अवगुंठन, ~ **ler** (मॅफ़लर) *n.* गुलूबंद।

mug • मॅग • *n.* प्याला।

Muhammedan • मुहैम्मडॅन • *n.* मुसलमान।

mulberry • मॅलबेरी • *n.* शहतूत, तूत।

mule • म्यूल • *n.* खच्चर, ~ **teer** (म्यूलेटिअॅर) *n.* खच्चर हाँकनेवाला।

mulish • म्यूलिश • *a.* अड़ियल।

mullion • मलियन • *n.* खिड़की की बिचली छड़।

multi- • मॅल्टि • *pref.* अधिक, ~ **coloured** (मल्टीकलर्ड) *a.* बहुरंगा, ~ **millionaire** (मल्टीमिलिओनेयर) *n.* करोड़पति।

multiple • मॅल्टिपल • *a.* विविध, अनेक।

multiplication • मॅल्टिप्लिकेशॅन • *n.* गुणा, ~ **table** (मॅल्टिप्लिकेशन टेबल) *n.* पहाड़ा।

multiply • मॅल्टिप्लाई • *vt.* गुणा करना।

multitude • मॅल्टिट्यूड • *n.* भीड़, अत्यधिक संख्या।

mum • मॅम • *int.* ख़ामोश, चुप, ~ **ble** (मॅम्बल) *vi./vt.* बड़बड़ाना, अस्पष्ट बोलना।

mummy • मॅमी • *n.* ममी, परिरक्षित (मसालों में रखा) शव।

mummy • ममी • *n.* मां, ममी, अम्मा।

mumps • मॅम्प्स • *n.* कर्णमूल, कनपेड़ा।

munch • मॅन्च • *vt.* चबाना।

mundane • मॅन्डेन • *a.* सांसारिक।

municipal • म्यूनिसिपॅल • *a.* नागर, नगर का, ~ **ity** (म्यूनिसिपैलिटी) *n.* नगरपालिका।

munificent • म्युनिफ़िसॅन्ट • *a.* उदार, दयालु।

munition • म्यूनिशॅन • *n.* युद्ध सामग्री।

mural • म्युअरॅल • *a.* दीवार से संबंधित।

murder • मॅर्डर • *n.* हत्या, ख़ून, क़त्ल, ~ **er** (मर्डरर) *n.* हत्यारा, ख़ूनी, क़ातिल।

murmur • मॅर्मर • *n.* बड़बड़ाहट, 2. धीमी आवाज़, 3. शिकायत, *vi./vt.* धीमे स्वर में बोलना, बड़बड़ाना।

muscle • मॅसॅल • *n.* मांसपेशी।

muscular • मॅस्क्यूलर • *a.* मांसल।

muse • म्यूज़ • *vi.* चिंतन करना।

museum • म्यूज़िअॅम • *n.* अजायबघर।

mushroom • मॅशरूम • *n.* कुकरमुत्ता, खुंभी, क्षत्रक।

music • म्यूज़िक • *n.* संगीत, ~ **al** (म्यूज़िकल) *a.* गीतात्मक, सुरीला।

musk • मॅस्क • *n.* कस्तूरी।

musket • मॅस्किट • *n.* बंदूक, ~ **eer** (मॅस्केटियर) *n.* बंदूकधारी।

muslin • मॅस्लीन • *n.* मलमल।

must • मॅस्ट • *v.* पड़ेगा, जरूर होना

है, चाहिए, *n.* अनिवार्य बात।
mustard • मॅस्टर्ड • *n.* सरसों।
muster • मस्टर • *v.* जमा करना, जमा होना।
mutable • म्यूटेबॅल • *a.* परिवर्तनशील।
mute • म्यूट • *a.* गूंगा।
mutilate • म्यूटिलेट • *vt.* अंगभंग करना।.
mutilation • म्यूटिलेशॅन • *n.* अंगच्छेद।
mutineer • म्युटिनिऑर • *n.* विद्रोही, बाग़ी।
mutiny • म्युटिनी • *n.* विद्रोह।
mutter • मॅटर • *v.* बुदबुदाना।
mutton • मॅटॅन • *n.* मांस, गोश्त, बकरे या भेड़ का मांस।
mutual • म्युचुअॅल • *a.* पारस्परिक।
muzzle • मॅज़ल • *n.* थूथन, *vt.* थूथना, बांधना।
my • माई • *pron.* मेरा, ~ **self** (माइ-सेल्फ़) स्वयं, अपने-आप।
myopia • माइओपिया • *n.* निकट दृष्टि।
myriad • मिरिअॅड • *n.* बहुत बड़ी संख्या, असंख्य।
mysterious • मिस्टिअरियस • *a.* रहस्यपूर्ण।
mystery • मिस्टॅरि • *n.* रहस्य।
mystic • मिस्टिक • *a.* रहस्यमय, ~ **ism** (मिस्टिसिज़्म) *n.* रहस्यवाद।
myth • मिथ • *n.* मिथक, कल्पित कथा, ~ **ology** (माइथोलॉजी) *n.* पौराणिक कथा, मिथक विद्या।

N

N/n • अंग्रेज़ी वर्णमाला का चौदहवाँ अक्षर।
nab • नैब • *vt.* पकड़ना, गिरफ़्तार करना।
nadir • नेडिर • *n.* अधोबिंदु, सबसे नीचे का स्थान।
nag • नैग • *vi.* परेशान करना (औरत का अपने पति को), तरह-तरह की बातें कहकर तंग करते रहना।
nail • नेल • *n.* कांटी, मेख, कील, 2. नाख़ून, *vt.* कांटी या कील ठोंकना, ~ **down** (नेलडाउन) पता लगा लेना, ~ **cutter** (नेलकटर) नाखून कर्तनी।
naive • नाइव • *a.* सीधा, भोला-भाला।
naked • नेकिड • *a.* नग्न, नंगा, वस्त्रहीन।
name • नेम • *n.* नाम, ~ **ly** (नेमली) *adv.* अर्थात्, ~ **sake** (नेमसेक) हमनाम।
nanny • नैनि • *n.* आया, धाई।
nap • नैप • *n.* हल्की नींद, झपकी।
nape • नेप • *n.* गर्दन का पिछला हिस्सा।

napkin • नैप्किन • *n.* रूमाल, नैपकिन।

nappy • नैपी • *n.* बच्चे का पोतड़ा।

narcissism • नार्सिसिज़्म • *n.* आत्म-मोह, आत्मप्रेम।

narcissus • नार्सिसॅस • *n.* नरगिस का फूल।

narcotic • नार्कॉटिक • *n.* नशीली दवा, उपविष।

narrate • नैरेट • *vt.* वर्णन करना, (कहानी) कहना।

narrative • नैरेटिव • *n.* कथा, कहानी।

narrow • नैरो • *a.* संकरा, तंग, *vi.* संकरा या तंग होना।

nasal • नैज़ॅल • *a.* नाक का, नाक संबंधी, नासिक्य।

nasty • नैस्टि • *a.* गंदा, घिनौना, अप्रिय।

nation • नेशॅन • *n.* राष्ट्र, ~ **al** (नेशनल) *a.* राष्ट्रीय, जातीय, ~ **alism** (नैशॅनलिज़्म) *a.* राष्ट्रीयता, राष्ट्रवाद, ~**alize** (नैशॅनलाइज़) *vt.* राष्ट्रीयकरण करना, ~**ality** (नैशॅनलिटी) *n.* राष्ट्रीयता।

native • नेटिव • *n.* देशवासी, *a.* सहज, जन्मजात, देशज।

natural • नैचुरल • *a.* स्वाभाविक, प्राकृतिक, ~**ism** (नैचुरलिज़्म) *n.* प्रकृतिवाद, ~**list** (नैचुरलिस्ट) *a.* प्रकृतिवादी, ~**ize** (नैचुरलाइज़) *vt.* नागरिकता का अधिकार देना, ~**ly** (नैचुरली) *adv.* स्वाभाविक तौर पर।

nature • नेचर • *n.* प्रकृति, स्वभाव।

naught • नॉट • *n.* कुछ नहीं।

nautch • नॉच • *n.* पेशेवर नर्तकी का नृत्य, ~**girl** (नॉच गर्ल) *n.* नर्तकी, मुजरा करने वाली लड़की।

nautical • नॉटिकल • *a.* समुद्री (जहाज़, नाविक, समुद्रिक चीज़ों के संबंध में प्रयुक्त), ~**mile** (नॉटिकल माइल) *n.* समुद्री मील (1,852 मीटर जितना)।

naval • नैवॅल • *a.* नौ सेना संबंधी, ~**officer** (नैवॅल ऑफ़िसर) *n.* नौ सेना अधिकारी।

navel • नेवॅल • *n.* नाभि, नाभी।

navigate • नैविगेट • *vt.* जहाज चलाना, वायुयान या समुद्री जहाज़ से पार करना।

navigation • नैविगेशॅन • *n.* जहाज़-रानी।

navigator • नैविगेटर • *n.* नौ चालक, नाव, जहाज़, आदि चलाने वाला।

navy • नेवी • *n.* नौसेना।

nay • ने • *adv.* नहीं।

near • निअॅर • *adv.* निकट, पास, समीप, ~**ness** (निअरॅनेस) *n.* नज़दीकी, निकटता, समीपता।

neat • नीट • *a.* साफ़-सुथरा।

nebula • नेब्यूला • *n.* नीहारिका।

nebulous • नेब्यूलस • *a.* नीहारिका-मय, कुहरेदार।

necessary • नेसिसॅरी • *a.* आवश्यक, ज़रूरी।

necessity • निसेसिटी • *n.* ज़रूरत, आवश्यकता।

neck • नेक • *n.* गर्दन, ~ **lace**

(नेकलिस) *n.* कंठहार, ~ **tie** (नेक्टाइ) *n.* टाई।

nectar • नेक्टर • *n.* अमृत।

need • नीड • *n.* आवश्यकता, ज़रूरत, 2. तंगहाली, ~ **ful** (नीडफ़ुल) *a.* आवश्यक।

needle • नीडॅल • *n.* सुई।

nefarious • निफ़ेरिअॅस • *a.* जघन्य।

negative • निगेटिव • *a.* नकारात्मक, निषेधात्मक, *n.* निगेटिव (फोटो का)।

neglect • नेग्लेक्ट • *vt.* उपेक्षा करना, ध्यान न देना, काम की देखभाल न करना, छोड़ देना, *n.* उपेक्षा।

negligee • नेग्लिजी • *n.* स्त्रियों का रात्रि परिधान, ढीले-ढाले कपड़े।

negligence • नेग्लिजॅन्स • *n.* लापरवाही।

negligent • नेग्लिजेन्ट • *a.* असावधान।

negligible • नेग्लिजिबल • *a.* नहीं के बराबर।

negotiate • निगोशिएट • *vt.* बातचीत करना, मोल-तोल करना, समझौते के लिए बातचीत करना।

negotiable • निगोशिएबॅल • *a.* जिस पर समझौता हो सके, अंतरण के योग्य (चेक, आदि)।

negotiation • निगोशिएशॅन • *n.* समझौता वार्ता।

Negro • नीग्रो • *n.* हब्शी।

neighbour • नेबर • *n.* पड़ोसी, प्रतिवेशी, ~**hood** (नेबरहुड) *n.* पड़ोस।

neither • नाइदॅर • *a., pron.* दोनों में से कोई नहीं।

neo • निओ • *pref.* आधुनिक।

nephew • नेफ़्यू • *n.* भतीजा, भांजा।

nepotism • निपोटिज़्म • *n.* भाई-भतीजावाद।

Neptune • नेपच्यून • *n.* एक ग्रह, वरुण।

nerve • नॅर्व • *n.* तंत्रिका, नस, ~ **less** (नॅर्वलेस) *n.* निस्तेज, शक्तिहीन।

nervous • नॅर्वस • *a.* स्नायविक, 2. अधीर, विकल, ~ **ness** (नर्वसनेस) *n.* घबराहट, भयातुर।

nest • नेस्ट • *n.* घोंसला, नीड़, आशियाना, *v.* घोंसला, बनाना, ~ **ing** (नेस्टिंग) *n.* घोंसला बनाना।

nestle • नेसॅल • *v.* सुख से बसना या बसाना, चिपट जाना, चिपटाना, छाती से चिपटा लेना।

nestling • नेसलिंग • *n.* चिड़िया का बच्चा।

net • नेट • *n.* जाल, *v.* जाल में फंसाना, *a.* शुद्ध (लाभ), ~ **work** (नेटवॅर्क) रेडियो, टेलिविज़न का जाल, ~ **profit** (नेट प्रॉफ़िट) *n.* शुद्ध लाभ, ~ **income** (नेट इन्कम) शुद्ध आय, ~ **result** (नेट रिज़ॅल्ट) *n.* वास्तविक परिणाम।

nether • नेदर • *a.* निचला, निम्नस्थ, ~ **world** (नेदर वर्ल्ड) *n.* अधोलोक, नरक, ~ **most** (नेदरमोस्ट) निम्नतम।

neurology • न्यूरोलॉजी • *n.* तंत्रिका विज्ञान।

neuter • न्यूटॅर • *a.* नपुंसक, 2. अकर्मक।

neutral • न्यूट्रल • *a.* तटस्थ, 2. उदासीन।

neutron • न्यूट्रॅन • *n.* न्यूट्रॉन।

never • नेवर • *adv.* कभी नहीं।

new • न्यू • *a.* नया, नवीन, **~comer** (न्यूकमॅर) नव आगंतुक, **~born** (न्यूबॉर्न) *a.* नया जन्मा, नवजात, **~-fashioned** (न्यू-फ़ैशन्ड) *a.* आधुनिक (फ़ैशन का)।

news • न्यूज़ • *n.* समाचार, ख़बर, **~ paper** (न्यूज़पेपर) अख़बार, समाचारपत्र, **~ conference** (न्यूज़ कॅन्फ़रेन्स) *n.* संवाददाता सम्मेलन, **~print** (न्यूज़प्रिंट) *n.* अख़बारी कागज़, **~agency** (न्यूज़ एजेन्सी) *n.* समाचार समिति।

next • नेक्स्ट • *a.* अगला।

nexus • नेक्सस • *n.* संबंध।

nib • निब • *n.* निब (कलम का)।

nibble • निबल • *vi./vt.* कुतरना, 2. नुक्ताचीनी करना।

nice • नाइस • *a.* सुखद, अच्छा, रुचिकर, 2. सुशील, आचारनिष्ठ, **~ty** (नाइसटी) *n.* सूक्ष्मता, बारीकी।

niche • निच • *n.* ताख, आला।

nick • निक • *n.* ऐन मौक़ा, अच्छी दशा।

nickname • निकनेम • *n.* उपनाम।

nickel • निकॅल • *n.* निकल।

nicotine • निकोटिन • *n.* निकोटिन, तंबाकू के अंदर का सत्त (जो अत्यंत ज़हरीला और हानिकारक होता है)।

niece • नीस • *n.* भतीजी, भांजी।

niggard • निगॅर्ड • *n.* कंजूस, कृपण।

nigh • नाइ • *a.&adv.* पास का, निकटवर्ती।

night • नाइट • *n.* रात, रात्रि, शब, **~ fall** (नाइटफ़ॉल) *n.* शाम, **~ mare** (नाइटमेअॅर) *n.* दुःस्वप्न।

nightingale • नाइटिन्गेल • *n.* बुलबुल, **Florence Nightingale** (फ्लोरेन्स नाइटिन्गेल) *n.* एक महिला जिन्होंने नर्सिंग का काम आरंभ करवाया।

nil • निल • *n.* कुछ नहीं, शून्य।

nimble • निम्बल • *a.* चपल, फुर्तीला।

nine • नाइन • *n.a.* नौ, दस से एक कम, नौ की संख्या (9)।

nineteen • नाइन्टीन • *n.a.* उन्नीस, बीस से एक कम, उन्नीस की संख्या (19)।

ninetieth • नाइन्टिएथ • *a.* नब्बेवां।

ninny • निनी • *n.* बुद्धू।

nip • निप • *vi./vt.* चिकोटी काटना, खोंटना, **~in the bud** (निप इन द बॅड) बढ़ने से पहले ही खोंट देना, *n.* चुटकी, कटाव, चुस्की।

nipple • निपॅल • *n.* स्तनाग्र, चूची, 2. रबर की चुसनी, निपल।

Nirvana • निर्वाना • *n.* मोक्ष, मुक्ति, निर्वाण।

nitrate • नाइट्रेट • *n.* तेज़ाब का नमक।

nitric • नाइट्रिक • *a.* शोरे का, ~ **acid** (नाइट्रिक एसिड) *n.* शोरे का तेज़ाब।

nitrogen • नाइट्रोजॅन • *n.* नाइट्रोजन, नेत्रजन गैस।

nitwit • निटविट • *n.* मंद बुद्धि।

no • नो • *a.* नहीं, ~ **body** (नोबॅडि) कोई नहीं, ~ **where** (नोव्हेअर) कहीं नहीं, **by** ~ **means** (बाई नो मीन्स) किसी तरह से नहीं।

nobble • नॉबल • *vt.* धोखा देना।

nobility • नोबिलिटी • *n.* कुलीनता।

noble • नोबॅल • *a.* उदात्त, उच्च, कुलीन।

nocturnal • नॉकटॅरनॅल • *a.* रात का, रात्रि संबंधी।

nod • नॉड • *vi./vt.* सिर हिलाना, स्वीकृति में सिर हिलाना।

node • नोड • *n.* गाँठ।

nodule • नोड्यूल • *n.* ग्रंथि।

noise • नॉयज़ • *n.* शोर, ~ **less** (नॉयज़ -लेस) *a.* शोरहीन, शांत।

noisome • नॉइसम • *a.* कोलाहल भरा।

noisy • नॉइज़ी • *a.* शोर मचाने वाला, मुखर।

nomad • नोमैड • *n.* यायावर, बंजारा।

nomenclature • नोमेनक्लेचर • *n.* नामावली।

nominal • नॉमिनॅल • *a.* बराएनाम, नाममात्र।

nominate • नॉमिनेट • *vt.* नामांकित करना।

nominee • नॉमिनी • *n.* नामांकित व्यक्ति।

nomination • नॉमिनेशॅन • *n.* नामांकन।

nominative • नॉमिनेटिव • *a.* कर्ता कारक (का)।

non- • नॉन • *pref.* नकारात्मक उपसर्ग।

non-aggression • नॉन-अग्रेसन • *n.* अनाक्रमण समझौता।

non-alignment • नॉन-अलाइन्मेंट • *n.* निरपेक्षता।

non-compliance • नॉन-कम्प्लॉएन्स • *n.* अवहेलना करना।

non-conductor • नॉन-कंडक्टॅर • *n.* कुचालक (विद्युत् का)।

non-cooperation • नॉन को-ऑपरेशॅन • *n.* असहयोग।

non-existent • नॉन-एक्सिज़ेन्ट • *a.* अस्तित्वहीन, काल्पनिक।

non-interference • नॉन-इन्टॅरफ़िअ-रेन्स • *n.* अहस्तक्षेप।

non-payment • नॉन-पेमेन्ट • *n.* ऋण चुकता न करना।

non-plussed • नॉनप्लॅस्ड • *a.* परेशान, चकित, किंकर्तव्यविमूढ़।

non-smoker • नॉन-स्मोकॅर • *n.* धूम्रपान न करने वाला।

non-stop • नॉन-स्टॉप • *a.* बिना रुके।

non-violence • नॉन-वाइअॅलेन्स • *n.* अहिंसा।

none • नॅन • *pron.* कोई नहीं, ~ **ntity** (नॅनेन्टिटि) *n.* महत्त्वहीन।

nonetheless • नॅनदलेस • *adv.* फिर भी।

nonsense • नॉनसेन्स • *n.* अनाप-शनाप, बकवास।

noodles • नूडॅल्स • *n.* एक प्रकार का खाद्य पदार्थ, नूडेल।

nook • नुक • *n.* कोना।

noon • नून • *n.* दोपहर।

no one • नो वन • *n.* कोई नहीं।

noose • नूज • *n.* फंदा, फाँसी का फंदा।

nor • नॉर • **neither** के बाद व्यवहृत।

norm • नॉर्म • *n.* मानक, प्रतिमान।

normal • नॉर्मल • *a.* सामान्य, साधारण, स्वस्थता के अर्थ में, जैसा कि होना चाहिए, ~**ly** (नॉर्मली) *adv.* सामान्यतया।

north • नॉर्थ • *n.* उत्तर (दिशा), **North Pole** (नॉर्थ पोल) *a.* उत्तरी ध्रुव।

nose • नोज़ • *n.* नाक।

nostalgia • नॉस्टेलजिया • *n.* घर की बातें याद आना, गृह-विरह, बचपन की बातें याद आना।

nostril • नॉस्ट्रिल • *n.* नथुना, नासा छिद्र।

not • नॉट • *adv.* नहीं, न, ~**at all** (नॉट ऐट ऑल) बिल्कुल नहीं, ~**withstanding** (नॉटविदस्टैंडिंग) *pre.* के होते हुए भी।

notable • नोटेबॅल • *a.* उल्लेखनीय, महत्त्वपूर्ण।

notary • नोटॅरी • *n.* लेख्य प्रमाणक।

notation • नोटेशॅन • *n.* अंकन, संकेत।

notch • नॉच • *n.* खांचा, *v.* खांचा डालना।

note • नोट • *n.* स्वर, स्वर चिह्न, लक्षण, ख्याति, प्रतिष्ठा, ~**ed** (नोटेड) *a.* प्रतिष्ठित, ख्यात।

nothing • नथिंग • *a.* कुछ नहीं, ~**ness** (नथिंगनेस) *n.* नगण्यता, अनस्तित्व।

notice • नोटिस • *n.* सूचना, नोटिस, *v.* देख लेना, सूचना देना, ध्यान देना।

notify • नोटिफ़ाई • *vt.* सूचना देना।

notification • नोटिफ़िकेशॅन • *n.* विज्ञप्ति, अधिसूचना।

notion • नोशॅन • *n.* विचार, धारणा।

notoriety • नोटोराइऑटि • *n.* बदनामी।

notorious • नोटोरिअॅस • *a.* बदनाम, कुख्यात।

noun • नाउन • *n.* संज्ञा।

nourish • नॉरिश • *vt.* पोषण करना, खिलाना, ~ **ing** (नॉरिशिंग) *a.* पौष्टिक, ~**ment** (नॉरिशमेन्ट) *n.* आहार, पोषण।

novel • नॉवेल • *n.* उपन्यास, *a.* नया, नूतन, ~**ty** (नॉवॅल्टि) *n.* नवीनता।

November • नॉवेम्बॅर • *n.* नवंबर (मास)।

novice • नॉविस • *a.* नवसिखुआ।

now • नाउ • *adv.* अब, अभी, *n.* वर्तमान काल।

noxious • नॉक्शॅस • *a.* अनिष्टकर, ज़हरीला।

nozzle • नॉज़ॅल • *n.* टोंटी।

nuance • न्यूआन्स • *a.* सूक्ष्मभेद (स्वर, रंग आदि में)।

nuclear • न्यूक्लिअॅर • *a.* नाभिक, नाभिकीय, **~weapon** (न्यूक्लिअॅर वेपॅन) *n.* अणु अस्त्र, **~ energy** (न्यूक्लिअॅर एनॅर्जी) *n.* अणु शक्ति, परमाणु ऊर्जा।

nucleus • न्यूक्लिअॅस • *n.* केन्द्र, 2. परमाणु का नाभिक।

nude • न्यूड • *a.* नग्न, नंगा, वस्त्रहीन, निर्वस्त्र, 2. नग्नचित्र या नग्न मूर्ति (कला), पुरुष या स्त्री की नग्न मूर्ति या नग्न चित्र।

nudge • नॅज • *vt.* कुहनीमार कर इशारा करना, टहोका देना, *n.* टहोका।

nudist • न्यूडिस्ट • *n.* अनावरण रहने की प्रथा का समर्थक।

nudity • न्यूडिटी • *n.* नग्नता।

nuisance • न्यूसेन्स • *n.* उपद्रव, परेशान करने वाली चीज़।

null • नॅल • *a.* शून्य, **~ity** (नॅलिटी) *n.* निष्प्रभावित करना।

numb • नम्ब • *a.* सुन्न, *vt.* स्तब्ध कर देना, सुन्न कर देना।

number • नम्बॅर • *n.* अंक, संख्या, *vi.* अंक लगाना।

numeral • न्यूमरॅल • *a.* संख्यात्मक, संख्यावाचक।

numerous • न्यूमॅरॅस • *a.* अनेक, बहुत-से।

nun • नॅन • *n.* संन्यासिनी, भिक्षुणी।

nuptial • नप्शिअॅल • *a.* वैवाहिक।

nurse • नॅर्स • *n.* परिचारिका, नर्स।

nursery • नॅर्सरी • *n.* बालकक्ष, पौधों का संरक्षण स्थान, स्थान जहाँ पौधे बनाए जाते हैं, **~school** (नॅर्सरी स्कूल) *n.* शिशु पाठशाला, छोटे बच्चों का स्कूल।

nursing home • नर्सिंग होम • *n.* नर्सिंग होम, उपचार गृह।

nurture • नॅर्चर • *n.* पोषण, प्रशिक्षण, *v.* पालना, पोसना।

nut • नॅट • *n.* गिरीदार फल।

nutrient • न्यूट्रिएन्ट • *n.* पौष्टिक, पौष्टिक आहार।

nuzzle • नॅज़ॅल • *n.* नाक, नाक से खोदना, नाक घुसेड़ना।

nylon • नाइलॅन • *n.* नाइलन।

nymph • निम्फ़ • *m.* परी, सुंदरी, **~omania** (निम्फ़ोमैनिया) *n.* किसी स्त्री में अत्यधिक कामेच्छा होना।

O

O/o • ओ • अंग्रेज़ी वर्णमाला का पंद्रहवाँ अक्षर।

O • ओ • हे!, ओ!

oak • ओक • *n.* बलूत का पेड़।

oar • ओर • *n.* पतवार।

oasis • ओयसीस • (*pl.* **oases**) *n.* मरुद्यान, नखलिस्तान।

oat • ओट • *n.* जई।

oath • ओथ • *n.* क़सम, सौगंध, शपथ।

obedience • ओबिडियॅन्स • *n.* आज्ञाकारिता।

obedient • ओबिडिएन्ट • *a.* आज्ञाकारी।

obeisance • ऑबेसेन्स • *n.* नमस्कार, सम्मान प्रदर्शन, नमन।

obese • ओबीस • *a.* मोटा।

obesity • ओबेसिटी • *n.* मोटापा, स्थूलता।

obey • ओबे • *vt.* आज्ञा पालन करना, हुक्म मानना।

object • ऑब्जेक्ट • *n.* विषय, उद्देश्य, वस्तु, चीज़, सकर्मक क्रिया या संबंधवाचक अव्यय का कर्म (व्याकरण), *vi./vt.* आपत्ति करना, **~ion** (ऑब्जेक्शॅन) *n.* आपत्ति, एतराज़।

objective • ऑब्जेक्टिव • *a.* वस्तुनिष्ठ, वास्तविक, *n.* उद्देश्य।

objectivity • ऑब्जेक्टिविटी • *n.* निष्पक्षता।

obligation • ऑब्लीगेशॅन • *n.* आभार।

oblige • ऑब्लाइज़ • *v.* अनुग्रह करना।

oblique • ऑब्लिक • *a.* तिरछा, 2. अप्रत्यक्ष।

obliterate • ऑब्लिटरेट • *vt.* मिटाना।

oblong • ऑब्लॉन्ग • *a.* आयताकार।

obnoxious • ऑब्नॉक्शॅस • *a.* घिनौना, गंदा।

obscene • ऑब्सीन • *a.* गंदा, अश्लील।

obscenity • ऑब्सीनिटि • *n.* अश्लीलता।

obscure • ऑब्सक्योर • *a.* दुर्बोध, छिपा हुआ।

obscurity • ऑब्सक्युरिटि • *n.* अस्पष्टता, दुर्बोधता।

observe • ऑब्ज़र्व • *v.t.* ध्यान से देखना, निरीक्षण करना।

observation • ऑब्ज़र्वेशॅन • *n.* निरीक्षण, देखना, 2. राय।

obsess • ऑब्सेस • *v.* अभिभूत करना, (विचार का) अपने वश में कर लेना, **~ion** (ऑब्सेशॅन) *n.* आवेश (किसी भी विचार से इस तरह ग्रस्त होना कि आपके लाख चाहने पर भी वह आपका पीछा न छोड़े—जैसे इश्क, मुहब्बत, प्रेम), 2. सम्मोहन।

obsolescent/obsolete • ऑबसोलेसेन्ट/आब्सोलीट • *a.* पुराना, जीर्ण, जो अब काम लायक नहीं रह गया है।

obstacle • ऑब्सटैकॅल • *n.* बाधा।

obstinacy • ऑब्सटिनैसि • *n.* ज़िद।

obstinate • ऑब्सटिनेट • *a.* ज़िद्दी।

obstruct • ऑब्सट्रक्ट • *vt.* बाधा देना, रोकना, रुकावट डालना, **~ion** (ऑब्सट्रक्शॅन) *n.* बाधा, रुकावट।

obstructive • ऑब्सट्रक्टिव • *a.* बाधक।

obtain • ऑब्टेन • *vi./vt.* प्राप्त करना, पाना।

obtrude • ऑब्ट्रूड • *vt.* उभर आना,

जबर्दस्ती घुस पड़ना।

obtuse • ऑब्ट्यूज़ • *a.* कुंद, कुंठित।

obviate • ऑब्विएट • *vt.* निवारण करना, निराकरण करना, दूर करना, हटाना।

obvious • ऑबविअॅस • *a.* साफ, स्पष्ट।

occasion • ऑकेज़ॅन • *n.* मौक़ा, अवसर, 2. कारण, **~ al** (ऑकेज़नल) *a.* कभी-कभी होने वाला, **~ally** (ऑकेज़ॅनली) *adv.* कभी-कभी, यदा-कदा।

occult • ऑकॅल्ट • *a.* गूढ़, रहस्यमय, गुप्त, **~ism** (ऑकॅल्टिज़्म) *n.* गुप्त विधा, तंत्र-मंत्र।

occupancy • ऑक्युपेन्सि • *n.* आवास काल, कब्ज़ा।

occupant • ऑक्युपॅन्ट • *n.* दखलकार।

occupation • ऑक्यूपेशॅन • *n.* व्यवसाय, काम, अधिकार, कब्ज़ा।

occupier • ऑक्यूपाअॅर • *n.* अधिकारी जिसके कब्ज़े में (कुछ) हो।

occupy • ऑक्यूपाई • *vt.* कब्ज़ा करना, अधिकार में लेना, 2. निवास करना, रहना, 3. ध्यान में रहना।

occur • अॅकॅर • *vi.* होना, घटना, **~rence** (अॅकॅरेन्स) *n.* घटना।

ocean • ओशॅन • *n.* महासागर।

ochre • ओकर • *n.* गेरुआ।

octave • ऑक्टेव • *n.* सरगम, सप्तक, अष्टक (संगीत में)।

octogenarian • ऑक्टोजेनैरियन • *a.* अस्सी से नवासी साल की उम्र का व्यक्ति।

octopus • ऑक्टोपस • *n.* अष्टभुज जन्तु (समुद्री)।

octroi • ऑक्ट्रॉय • *n.* चुंगी।

ocular • ऑक्यूलर • *a.* नेत्र संबंधी।

oculist • ऑक्युलिस्ट • *n.* नेत्र चिकित्सक।

odd • ऑड • *a.* विषम, अतिरिक्त, 2. अनूठा, **~s** (ऑड्स) संभाव्यता।

odious • ओडियॅस • *a.* घिनौना, कुत्सित।

odour • ओडर • *n.* गंध, महक।

odyssey • ओडिसि • *n.* भ्रमण, वीर-गाथा।

of • ऑफ़ • *prep.* का, की, के।

off • ऑफ़ • *adv.* दूर, अलग, **~day** (ऑफ़डे) *n.* छुट्टी का दिन, **~duty** (ऑफ़ड्यूटी) *n.* काम से छुट्टी, **~ season** (ऑफ़सीज़न) मंदी का समय, **~ stage** (ऑफ़स्टेज) स्टेज से बाहर, नेपथ्य, **~set** (ऑफसेट) ऑफ़सेट छपाई।

offend • ऑफ़ेंड • *vt.* अप्रसन्न करना, नाराज़ करना, अपराध करना, नुकसान पहुँचाना, **~ed** (ऑफ़ेन्डेड) *a.* क्रुद्ध, कुपित, जिसके प्रति अपराध किया गया हो।

offensive • ऑफ़ेन्सिव • *a.* अप्रिय, घृणायोग्य, 2. आक्रामक, हमलावर।

offer • ऑफ़र • *n.* देना, प्रस्ताव, *vt.* देना, भेंट करना, अर्पण करना, चढ़ाना, **~ing** (ऑफ़रिंग) *n.* चढ़ावा, मन्नत।

offhand • ऑफ़हैंड • *a.* तत्काल, तुरंत, बिना तैयारी का।

office • ऑफ़िस • *n.* दफ्तर, कार्यालय, पद, ~ **r** (ऑफ़िसर) *n.* अधिकारी, अफ़सर।

official • ऑफ़िशिअॅल • *a.* सरकारी, आधिकारिक, ~ **ly** (ऑफ़िशिअली) *adv.* औपचारिक तौर पर ~ **language** (ऑफिशिअॅल लेंग्वेज) *n.* राजभाषा।

officiate • ऑफ़िशिएट • *vt.* (के) स्थान पर काम करना।

often • ऑफ़न • *adv.* प्रायः।

ogle • ऑगल • *vt.* घूरना।

oil • ऑयल • *n.* तेल, ~ **y** (ऑयली) *a.* तैलीय, चिकना, ~ **mill** (ऑयल मिल) *n.* तेल की मिल।

ointment • ऑयन्टमेन्ट • *n.* मलहम।

old • ओल्ड • *a.* पुराना, बुड्ढा, बूढ़ा।

oligarch • ऑलिगार्क • *n.* अल्पतंत्र, कुलीनतंत्र।

olive • ओलिव • *n.* जैतून, ~ **oil** (ओलिव ऑयल) *n.* जैतून का तेल।

omelette • ऑमलेट • *n.* आमलेट।

omen • ओमेन • *n.* लक्षण, सगुन।

ominous • ओमिनस • *a.* अशुभ।

omission • ऑमिशॅन • *n.* चूक, छूट।

omit • ऑमिट • *vt.* छोड़ देना, हटाना।

omnipotence • ऑमनिपोटेन्स • *n.* सर्वशक्तिमत्ता।

omnipotent • ऑमनिपोटेन्ट • *a.* सर्वशक्तिमान।

omnipresent • ऑमनिप्रेज़ेन्ट • *n.* सर्वव्यापक।

omniscient • अमनिशिअॅन्ट • *m.* सर्वज्ञ।

on • ऑन • *prep.* पर।

once • वन्स • *adv.* एक बार, **at ~** (ऐटवन्स) *adv.* फ़ौरन, तुरंत, ~ **upon a time** (वन्स अपॉन अ टाइम) एक समय (की बात है)।

one • वॅन • *a.* एक।

onerous • ऑनरॅस • *a.* कष्टप्रद, दुःखसाध्य।

oneself • वनसेल्फ़ • *pron.* अपने को, स्वयं।

onion • ऑनियन • *n.* प्याज़।

onlooker • ऑनलुकर • *n.* दर्शक।

only • ओन्ली • *a.* केवल, मात्र, एकमात्र, सिर्फ।

onomatopoeia • ओनोमोटोपिआ • *n.* ध्वनि-अनुकरण, एक अलंकार जिसमें एक सी ध्वनि बार-बार आती है।

on slaught • ऑन स्लॉट • *n.* घातक आक्रमण।

onus • ओनॅस • *n.* जवाबदेही।

onward • ऑनवार्ड • *a.* आगे जाता हुआ।

ooze • ऊज़ • *vi.* रिसना।

opal • ओपॅल • *n.* सफेद पत्थर।

opacity • ओपेसिटी • *n.* अपारदर्शिता।

opaque • ओपेक • *a.* अपारदर्शी।

open • ओपॅन • *a.* खुला, खुला हुआ, *vt.* खोलना, *vi.* खुलना, ~ **ly** (ओपनॅली) *adv.* साफ-साफ, खुले तौर

पर ~ **ness** (ओपनॅनेस) *n.* खुलापन।

opera • ऑपेरा • *n.* ओपरा, गीति नाट्य, ~ **house** (ओपरा हाउस) *n.* रंगशाला।

operate • ऑपरेट • *vt.* चलाना, चालू करना, *n.* शल्य क्रिया करना, चीर-फाड़ करना।

operation • ऑपरेशॅन • *n.* चलाना, प्रचालन, शल्यक्रिया, चीर-फाड़।

opinion • ऑपिनियन • *n.* राय, विचार, सम्मति।

opium • ओपियॅम • *n.* अफीम।

opportunity • ऑपरचुनिटी • *n.* मौक़ा, अवसर, ~ **opportunist** (ऑपरचुनिस्ट) *a.* मौकापरस्त, अवसरवादी।

oppose • ॲपोज़ • *vt.* विरोध करना।

opposite • ॲपोज़िट • *a.* उल्टा, विपरीत, सामने का।

opposition • ॲपोज़िशॅन • *n.* विरोध, ~**party** (ॲपोज़िशॅन पार्टी) *n.* विरोधी दल।

oppress • ऑप्रेस • *vt.* सताना, अत्याचार करना, ~ **ion** (ऑप्रेशॅन) *n.* अत्याचार, दमन, ~ **ive** (ऑप्रेसिव) *a.* अत्याचारी, कठोर।

opt • ऑप्ट • *n.* पसंद करना, चुनना।

optic • ऑप्टिक • *a.* आँख संबंधी, 2. प्रकाशकीय, प्रकाश संबंधी।

optimism • ऑप्टिमिज़्म • *n.* आशावाद।

optimist • ऑप्टिमिस्ट • *a.* आशावादी।

option • ऑप्शन • *n.* विकल्प।

opulance • ऑप्युलॅन्स • *n.* ऐश्वर्य, 2. अधिकता, बहुतायत।

opulant • ऑप्युलॅन्ट • *a.* मालदार, अति संपन्न।

opus • ओपॅस • *n.* रचना, कृति।

or • ऑर • *conj.* या, अथवा।

oracle • ओरैकल • *n.* दिव्य पुरुष, देववाणी।

oral • ओरॅल • *a.* मुँह संबंधी, मौखिक, ज़बानी।

orange • ओरेन्ज • *n.* संतरा, नारंगी।

oration • ओरेशॅन • *n.* भाषण, व्याख्यान।

orator • ओरेटर • *n.* व्याख्याता, भाषणकर्ता

orbit • ऑर्बिट • *n.* कक्ष मार्ग, 2. नेत्र कोटर, 3. कार्यक्षेत्र।

orchard • ऑर्चर्ड • *n.* फल वाटिका।

orchestra • ऑर्केस्ट्रा • *n.* वाद्य वृंद।

orchid • ऑर्किड • *n.* ऑर्किड।

ordain • ऑर्डेन • *vt.* फरमाना, आदेश देना, विहित करना।

ordeal • ऑर्डीयल • *n.* कठिन परीक्षा, अग्नि परीक्षा।

order • ऑर्डर • *n.* आदेश, आज्ञा, हुक्म, 2. दर्जा, 3. क्रम, व्यवस्था, ~ **book** (ऑर्डर बुक) *n.* आदेश पुस्तिका, **out of** ~ (आउट ऑफ़ ऑर्डर) बिगड़ा हुआ।

ordinance • ऑर्डिनेन्स • *n.* अध्यादेश।

ordinary • आर्डिनरी • *a.* साधारण।

ordnance • आर्डनेन्स • *n.* युद्ध सामग्री, अस्त्र-शस्त्र।

organ • ऑर्गन • *n.* इन्द्रिय, अंग, अवयव, 2. बाजा, आर्गन।

organic • ऑर्गेनिक • *a.* जैव, जैव वैज्ञानिकी, कार्बनिक, 2. ऐन्द्रिय।

organism • ऑर्गेनिज़्म • *n.* जीव।

organisation • ऑर्गेनाइज़ेशॅन • *n.* संगठन, संस्थान।

organize • ऑर्गेनाइज़ • *vt.* संगठित करना।

orgasm • ऑर्गैज़्म • *n.* चरम सुख (मैथुन में)।

orgy • ऑर्जि • *n.* व्यभिचार, मैथुनादि में अतिशयता, लांपट्य, विलासोत्सव।

orient • ऑरिएन्ट • *n.* पूर्व (देश), ~**al** (ऑरिएन्टॅल) *a.* पूर्वी (जैसे योरप के लिए भारत ओरिएन्ट है और भारत के लिए जापान)।

origin • ऑरिजिन • *n.* उद्‌भव, मूल, उद्‌गम, ~**al** (ऑरिजिनल) मौलिक।

ornament • ऑर्नामेन्ट • *n.* गहना, आभूषण, ज़ेवर।

ornithology • ऑर्निथोलॉजी • *n.* पक्षी विज्ञान।

orphan • ऑर्फ़ेन • *n.* अनाथ, यतीम, ~ **age** (ऑर्फ़ेनेज) *n.* अनाथालय, यतीमख़ाना।

orthodox • ऑर्थोडॉक्स • *a.* रूढ़िवादी, सनातनी, *n.* रूढ़िवादी व्यक्ति।

oscillate • ऑसिलेट • *vi.* दोलन, झूलना।

oscillation • ऑसिलेशॅन • *n.* झूलना, दोलन।

ostensible • ऑस्टेन्सिबल • *a.* प्रत्यक्ष।

ostentation • ऑस्टेन्टेशॅन • *n.* मिलावटी, आडंबर।

ostracise • ऑस्ट्रेसाइज़ • *vt.* जात निकाला, बहिष्कार करना।

ostrich • आस्ट्रिच • *n.* शुतुरमुर्ग।

other • अदॅर • *pron.* अन्य, कोई और, ~**wise** (अदॅरवाइज़) अन्यथा।

ought • ऑट • *v.* चाहिए, *n.* कर्तव्य, किंचित्।

ounce • आउन्स • *n.* आउन्स, 2. थोड़ा-सा।

our • अवर • *a.* हमारा, ~**selves** (अवर सेल्वज़) हम खुद, हम स्वयं।

oust • आउस्ट • *v.* निकाल देना, ~**er** (आउस्टर) *n.* बेदख़ली।

out • आउट • *adv.* बाहर, 2. दूर, ~**bid** (आउटबिड) *vt.* बढ़कर बोली लगाना, ~ **break** (आउटब्रेक) *v.* प्रकोप होना (महामारी, आदि का), ~**burst** (आउटवॅर्स्ट) *n.* विस्फोट, भड़ास, ~**caste** (आउटकास्ट) *a.* जातिच्युत, ~ **come** (आउटकम) परिणाम, ~**dated** (आउटडेटेड) *a.* पुराना, (जिसकी तारीख बीत चुकी है।) ~**door** (आउटडोर) *a.* बाहरी, खुली हवा का, ~**fit** (आउटफ़िट) *n.* साज-सज्जा, ~**growth** (आउटग्रोथ) *n.* अपवृद्धि, ~**house** (आउटहाउस) *n.* उप-भवन, बाहरी गृह, ~**ing** (आउटिंग) *n.* भ्रमण, विहार, ~**law** (आउटलॉ) निर्वासित, भगोड़ा, डाकू, ~**lay** (आउटले) *n.* लागत, व्यय, ~**let** (आउटलेट) निकास, ~**line**

(आउटलाइन) *n.* रूपरेखा, **~live** (आउटलिव) *v.* अधिक समय तक जीवित रहना, **~look** (आउटलुक) *n.* दृष्टिकोण, **~ patient** (आउट-पेशेन्ट) *n.* बाहरी रोगी (रोगी जो अस्पताल में भर्ती न हो), **~rage** (आउटरेज) *n.* अत्याचार, **~right** (आउटराइट) *a.* पूरी तरह, स्पष्ट, **~ set** (आउटसेट) *n.* शुरुआत, **~side** (आउटसाइड) *n.* बाहर, **~size** (आउटसाइज़) *a.* अतिकाय, **~skirts** (आउटस्कर्टस) *n.* सीमा से बाहर, वाह्यांचल, **~ spoken** (आउटस्पोकन) स्पष्टवादी, **~standing** (आउटस्टैंडिंग) *a.* बकाया, 2. विशिष्ट, **~strip** (आउटस्ट्रिप) *vt.* से आगे बढ. जाना, **~ vote** (आउटवोट) *vt.* मतदान में पराजित करना, **~ ward** (आउटवार्ड) *a.* बाहरी, **~ weigh** (आउटवे) *v.* से भारी होना।

oval • ओवल • *a.* अंडाकार।

ovary • ओवरी • *n.* गर्भस्थली, गर्भाशय, बच्चादानी।

oven • ओवन • *n.* चूल्हा, तंदूर।

over • ओवर • *adv.* पार, 2. *prep.* एक तरफ से दूसरी तरफ, 3. समाप्त, **~act** (ओवरऐक्ट) *v.* अत्यभिनय करना, **~age** (ओवरएज) *a.* अधिक-वय, **~anxiety** (ओवर ऐन्ज़ॉइटी) अभिचिंता, **~ anxious** (ओवर ऐन्कशस) *a.* अति चिंतित, **~bal-ance** (ओवर बैलेन्स) *n.* अतिभार, **~bearing** (ओवर बिअरिंग) *a.* दबंग, **~burden** (ओवर बर्डेन) *vt.* अत्यधिक बोझ देना, **~ charge** (ओवर चॉर्ज) *vt.* ज़्यादा कीमत लेना, **~come** (ओवरकम) *vt.* हराना, **~confidence** (ओवर कन्फ़िडेन्स) *n.* अति विश्वास, **~crowded** (ओवर क्राउडेड) *a.* भीड़ भरा, **~ dose** (ओवर डोज़) *n.* अति मात्रा, **~due** (ओवरड्यू) *a.* बकाया, **~estimate** (ओवर एस्टिमेट) *vt.* अधिक महत्व देना, **~flow** (ओवर-फ्लो) *vt.* छलकना, **~haul** (ओवर-हॉल) *vt.* मरम्मत करना, **~head** (ओवरहेड) *a.* अतिरिक्त, **~hear** (ओवर हिअर) *vt.* छिपकर सुनना, **~joyed** (ओवरजॉयड) *a.* आनंद विभोर, **~loaded** (ओवरलोडेड) *a.* अधिक भार डाला हुआ, **~look** (ओवरलुक) *vt.* अनदेखी करना, **~play** (ओवरप्ले) *vt.* डींग हाँकना, **~power** (ओवरपावर) *vt.* कब्ज़े में करना, **~rule** (ओवररूल) *vt.* अस्वीकृत करना, **~run** (ओवररन) *vt.* कुचलना, **~seas** (ओवरसीज़) *adv.* सागर पार, **~stay** (ओवरस्टे) *vi.* अधिक दिन किसी के घर रुक जाना, **~take** (ओवरटेक) *vi.* आगे बढ़ जाना, **~throw** (ओवरथ्रो) उलट देना, **~time** (ओवरटाइम) *a.* अधिकाल, नियत समय से अधिक देर काम करना या लेना, **~ture** (ओवरचर) *n.* संधि प्रस्ताव, **~turn**

(ओवरटर्न) *vt.* गिरा देना, ~ **whelm** (ओवरह्लेल्म) *vt.* छा जाना, कुचल डालना, दबा देना, ~ **work** (ओवर-वर्क) *v.* सीमा से अधिक काम करना, ~ **write** (ओवरराइट) *vt.* के ऊपर लिखना।

ovulation • ओव्युलेशॅन • *n.* डिंब निकलना (मादा के गर्भाशय के डिंबाशय से डिंब निकलकर फैलोपिअन ट्यूब में आ ठहरना)।

ovum • ओवॅम • *n.* डिंब।

owe • ओ • *vt.* ऋणी होना।

owl • आउल • *n.* उल्लू।

own • ओन • *pron.* अपना, *vt.* मालिक होना, 2. स्वीकार करना।

ox • ऑक्स • *n.* बैल।

oxygen • ऑक्सिजन • *n.* प्राण वायु।

oyster • ऑइस्टर • *n.* सीप।

ozone • ओज़ोन • *n.* घना ऑक्सिजन।

P

P/p • अंग्रेज़ी वर्णमाला का सोलहवाँ अक्षर।

pace • पेस • *n.* वेग, प्रगति, डग, कदम।

pacific • पैसिफ़िक • *a.* शांतिप्रिय।

pack • पैक • *n.* गठरी, जानवरों का झुंड, दल, गिरोह, *vt.* सूटकेस आदि में सामान रखना, ~ **age** (पैकेज) *n.* गठरी, पार्सल, ~ **et** (पैकेट) *n.* छोटा पार्सल, ~ **ing** (पैकिंग) भरने की क्रिया, ~ **ing case** (पैकिंग केस) *n.* पेटी।

pact • पैक्ट • *n.* समझौता।

pad • पैड • *n.* गद्दी, लिखने के कागज़ का पैड।

paddle • पैडल • *n.* छोटा चप्पू।

paddy • पैडी • *n.* धान।

pagan • पैगॅन • *n.* जो ईसाई, यहूदी या मुसलमान न हो।

page • पेज • *n.* पन्ना, पृष्ठ, 2. नौकर, बाल परिचर।

pageant • पैजॅट • *n.* जलूस, शोभा-यात्रा।

paid • पेड • **pay** का भूतकालिक रूप, दे दिया, *a.* दिया हुआ।

pain • पेन • *n.* पीड़ा, दर्द, ~ **staking** (पेन्सटेकिंग) *a.* परिश्रमी।

paint • पेन्ट • *vt.* रंगना, *n.* रंग, ~ **er** (पेन्टर) *n.* चित्रकार, 2. रंगनेवाला (जैसे साइन बोर्ड, आदि), ~ **ing** (पेन्टिंग) *n.* चित्र, चित्रांकन।

pair • पेअर • *n.* जोड़ा, जोड़, युग्म, *vt.* जोड़ा लगाना।

pal • पाल • *n.* मित्र, दोस्त।

palace • पैलेस • *n.* महल।

palanquin • पैलेनक्विन • *n.* पालकी।

palate • पैलेट • *n.* तालू, 2. स्वाद।
palatial • पैलेशियल • *n.* आलीशान, महल जैसा, महलनुमा।
pale • पेल • *a.* पीला, फीका।
palette • पैलेट • *n.* रंग पट्टिका।
pall • पॉल • *n.* ताबूत ढकने का कपड़ा।
pallet • पैलेट • *n.* गुदड़ी, 2. रंग पट्टिका।
pallid • पैलिड • *a.* पांडु, कमज़ोर।
palm • पाम • *n.* हथेली, करतल, **~ istry** (पामिस्ट्रि) *n.* सामुद्रिक, हस्त-रेखा विज्ञान।
palpable • पैल्पॅबल • *a.* इन्द्रिय गोचर, सुस्पष्ट।
palpitate • पैल्पिटेट • *vt.* (हृदय का) धड़कना।
palpitation • पैल्पिटेशन • *vt.* (हृदय की) धड़कन।
palsy • पाल्सी • *n.* पक्षाघात, फ़ालिज़, लकवा।
paltry • पॉल्ट्री • *a.* तुच्छ, नगण्य, रद्दी।
pamper • पैम्पर • *vt.* लाड़-प्यार करना।
pamphlet • पैम्फ़लेट • *n.* पैम्फलेट, पुस्तिका।
pan • पैन • *n.* तवा, कड़ाह, *pref.* अखिल (जैसे **pan Indian** अखिल भारतीय)।
panacea • पैनॅसिआ • *n.* रामवाण, वह औषधि जो हर किसी को ठीक कर दे।
panache • पॅनेश • *n.* कलगी।
pancake • पैनकेक • *n.* मालपूआ।
pancreas • पैन्क्रिअॅस • *n.* अग्नाशय (चिकित्साशास्त्र)।
panchromatic • पैन्क्रोमैटिक • *a.* सर्व वर्णिक, हर रंग का।
pandemonium • पैन्डेमोनियॅम • *n.* कोहराम, हो-हल्ला।
pander • पैन्डर • *vt.* (कुटनी के) काम में सहायता करना, *n.* दलाल, भड़ुआ।
pandit • पैंडिट • *n.* पंडित।
pane • पेन • *n.* फलक, शीशा।
pang • पैंग • *n.* टीस, (भूख, आदि) कसक।
panic • पैनिक • *n.* आतंक, *vi./vt.* आतंकित होना, **~ky** (पैनिकी) *a.* आतंकित, संत्रस्त।
panorama • पैनोरमा • *n.* वृहत् दृश्य।
pant • पैंट • *v.* हाँफना, *n.* हाँफ, **~aloon** (पैंटालून) *n.* पतलून।
panther • पैन्थर • *n.* तेंदुआ।
pantomime • पैंटोमाइम • *n.* मूका-भिनय।
pantry • पैंट्री • *n.* रसोई का भंडार घर।
papa • पापा • *n.* पापा, पिताजी।
papal • पैपल • *a.* पोप का।
papaya • पॅपाया • *n.* पपीता।
paper • पेपर • *n.* कागज़, **~ weight** (पेपरवेट) कागज़ दाब, **news ~** (न्यूज़पेपर) *n.* अख़बार, समाचार-पत्र।
papier-mache • पेप्येमाशे • *n.* कुट्टी, लुग्दी से बना सामान।

parable • पैरॉबॅल • *n.* नीति कथा।

parachute • पैरॉशूट • *n.* पैराशूट, हवाई छाता।

paradigm • पैरॉडाइम • *n.* रूपावली, दृष्टांत, 2. प्रतिमान।

paradise • पैरॉडाइज़ • *n.* स्वर्ग।

paradox • पैरॉडॉक्स • *n.* विरोधाभास।

paraffin • पैरॉफ़िन • *n.* पराफ़िन, मोमबत्ती बनाने का एक सामान।

paragon • पैरागॉन • *n.* आदर्श।

paragraph • पैरॉग्राफ • *n.* पैरा, पैराग्राफ, अनुच्छेद।

parallel • पैरॅलेल • *n.* समानांतर रेखा, *a.* समांतर, ~ **ogram** (पैरॅलेलोग्राम) *n.* समांतर चतुर्भुज।

paralysis • पैरॅलिसिस • *n.* लक़वा, पक्षाघात।

paralyse • पैरॅलाइज़ • *vt.* लकवा मारना, बेकार कर देना।

paramount • पैरॉमाउन्ट • *a.* सर्वोपरि।

paramour • पारामुअॅर • *n.* यार, उपपति, उपपत्नी।

parapet • पैरापेट • *n.* मुंडेर

paraphernalia • पैरॉफ़ॅरनेलिया • *n.* साज़-सामान, निजी सामान।

paraphrase • पैरॉफ्रेज़ • *v.* भावानुवाद करना, *n.* पदान्वय, अनुच्छेद, भावानुवाद।

paraplegia • पैराप्लेज़िया • *n.* अधरांग घात।

parapsychology • पैरासाइकॉलॅजी • *n.* परामनोविज्ञान।

parasite • पैरॉसाइट • *n.* परजीवी।

parasol • पैरासोल • *n.* छतरी, छाता।

paratroops • पैराट्रूप्स • *n.* छतरी धारी फौज़।

paratyphoid • पैरॅटायफ़ॉयड • *n.* पैराटाइफ़ड।

parcel • पार्सल • *n.* पार्सल, पुलिंदा।

parch • पार्च • *vi.* सूखना, *vt.* भूनना।

parchment • पार्चमॅन्ट • *n.* खाल से बना कागज़।

pardon • पार्डन • *n.* क्षमा, माफ़ी, *vt.* माफ़ करना, क्षमा प्रदान करना।

parent • पेरेन्ट • *n.* माता-पिता, माँ-बाप, जनक, ~ **age** (पेरेन्टेज) *n.* पितृत्व।

par excellence • पार एक्सॅलेन्स • *a.* सर्वश्रेष्ठ।

pariah • पारिअॅ • *n.* अछूत।

parish • पैरिश • *n.* यजमानी, पैरिश।

parity • पैरिटी • *n.* बराबरी, समता।

park • पार्क • *n.* पार्क, उद्यान, उपवन, *vt.* गाड़ी खड़ी करना, ~ **ing** (पार्किंग) *n.* कार आदि खड़ी करने की जगह।

parley • पार्ले • *vi.* संधिवार्ता।

parliament • पार्लियामेंट • *n.* संसद।

parlour • पार्लर • *n.* बैठकखाना, बैठक।

parochial • पैरोकिअॅल • *a.* सीमित, पल्ली-विषयक, संकीर्ण, अनुदार।

parole • पैरोल • *n.* प्रतिश्रुति, पैरोल, प्रतिज्ञा पर जेल से छोड़ा जाना।

parrot • पैरटॅ • *n.* सुग्गा, तोता।

parry • पैरी • *vt.* दाव काटना, वार बचाना।

parsimony • पार्सिमॅनि • *n.* कंजूसी।

parson • पार्सन • *n.* पुरोहित, पादरी।

part • पार्ट • *n.* भाग, पुर्ज़ा, टुकड़ा, खंड, अवयव, **~ ial** (पार्शियॅल) *a.* आंशिक, *v.* अलग होना, बिछुड़ना, **~ ition** (पार्टिशॅन) *n.* बँटवारा।

partake • पार्टेक • *vi.* भाग लेना।

participate • पार्टिसिपेट • *vi.* भाग लेना, हिस्सा लेना, सम्मिलित होना।

participant • पार्टिसिपेन्ट • *n.* भाग लेने वाला।

particle • पार्टिकॅल • *n.* कण।

particular • पार्टिकुलॅर • *a.* विशेष।

partisan • पार्टिज़न • *n.* पक्षपाती, अन्ध भक्त, गुरिल्ला, देशभक्त।

partner • पार्टनॅर • *n.* भागीदार, साथी, संगी।

partridge • पार्टरिज • *n.* तीतर।

party • पार्टी • *n.* दल, पक्ष, 2. प्रीति-भोज-पार्टी।

pass • पास • *vt.* आगे बढ़ना, 2. समाप्त होना, बीतना, बिताना, घटित होना, *n.* दर्रा, घाटी, 2. पास, प्रवेश-पत्र, रास्ता।

passage • पैसेज • *n.* गलियारा, राह, 2. लेख का अंश।

pass book • पास बुक • *n.* पास-बुक (पोस्ट ऑफ़िस, बैंक आदि में रुपये-पैसे रखने की हिसाब-बही)।

passenger • पैसेन्जर • *n.* यात्री, मुसाफ़िर।

passion • पैशॅन • *n.* कामेच्छा, तीव्र इच्छा, आवेश, **~ ate** (पैशनेट) *n.* तीव्र कामेच्छुक, अत्यंत भावुक।

passport • पासपोर्ट • *n.* परापत्र, वह पुस्तिका जिस पर व्यक्ति को विदेश जाने की सरकारी अनुमति होती है।

past • पास्ट • *prep.* के बाद, से अधिक, *n.* भूतकाल, गुज़रा हुआ वक्त, *a.* भूतपूर्व, पहले का, समाप्त, **~ master** (पास्ट मास्टर) *n.* प्रवीण, विशेषज्ञ।

paste • पेस्ट • *n.* लेई, *vt.* लेई से चिपकाना।

pasteurized • पैस्चराइज़्ड • *a.* कीटाणु रहित किया हुआ (जैसे पैस्चराइज़्ड दूध)।

pastime • पास्टाइम • *n.* मन बहलाव, मनोरंजन, मनोरंजन का साधन।

pastor • पास्टॅर • *n.* ईसाई पुरोहित।

pastry • पेस्ट्री • *n.* एक मिठाई, पेस्ट्री।

pasture • पास्चॅर • *n.* चारागाह।

pasty • पेस्टी • *n.* पाव रोटी से बना एक पकवान।

pat • पैट • *vt.* थपथपाना।

patch • पैच • *n.* पैबंद, 2. जमीन का टुकड़ा, *vt.* थिगली लगाना।

pate • पेट • *n.* चाँद, खोपड़ी।

patent • पेटेन्ट • *n.* किसी नई वस्तु पर एकाधिकार का दस्तावेज़, पेटेन्ट।

paternal • पेटरनल • *a.* पैतृक।

path • पाथ • *n.* रास्ता।

pathetic • पैथेटिक • *a.* कारुणिक।

pathological • पैथोलॉजिकॅल • *a.* रोगात्मक।

patience • पेशेन्स • *n.* धैर्य, धीरज।

patient • पेशेन्ट • *a.* धैर्यशाली, 2. रोगी, मरीज़।

patriot • पैट्रिऑट • *n.* देशभक्त, ~ **ism** (पैट्रिऑटिज़्म) *n.* देशभक्ति।

patrol • पट्रोल • *n.* गश्त, *vt.* गस्त लगाना, पहरा देना, ~ **ling** (पट्रोलिंग) *n.* पहरा, गस्त लगाना।

patron • पैट्रॅन • *n.* संरक्षक, ~ **age** (पैट्रोनेज) *n.* संरक्षण, ~ **ess** (पैट्रोनेस) *n.* संरक्षिका।

pattern • पैटॅर्न • *n.* प्रतिरूप, नमूना, आकृति, *vt.* नमूना बनाना।

paucity • पॉसिटी • *n.* अभाव, कमी।

paunch • पॉन्च • *n.* तोंद।

pauper • पॉपर • *n.* कंगाल, दरिद्र।

pause • पॉज़ • *n.* विराम, ठहराव, 2. न्यास, वक्फ़, *vi.* रुकना।

pave • पेव • *vt.* खड़ंजा डालना, रास्ता बनाना।

pavillion • पैविलिऑन • *n.* शामियाना, मंडप।

paw • पॉ • *n.* पंजा।

pawn • पॉन • *n.* (शतरंज में) प्यादा, 2. गिरवी, *vt.* गिरवी रखना।

pay • पे • *vt.* देना, चुकाना, ~ **able** (पेएबल) *a.* देय, जिसका भुगतान करना है, ~ **ment** (पेमेन्ट) *n.* भुगतान।

pea • पी • *n.* मटर।

peace • पीस • *n.* शान्ति, अमन, ~ **ful** (पीसफ़ुल) *a.* शांत।

peacock • पीकॉक • *n.* मोर, मयूर।

peak • पीक • *n.* पहाड़ की चोटी, शिखर, 2. पराकाष्ठा।

peanut • पीनट • *n.* मूँगफली, चिनिया बादाम।

pearl • पर्ल • *n.* मोती।

peasant • पीज़ेन्ट • *n.* किसान।

peat • पीट • *n.* दलदल।

pebble • पेबॅल • *n.* कंकड़ी।

peck • पेक • *vi./vt.* चोंच मारना।

peculiar • पिक्यूलिऑर • *a.* विचित्र, अनोखा।

pecuniary • पिक्युनिऑरी • *a.* आर्थिक।

pedal • पेडॅल • *n.* पैडल, 2. पैर का, *v.* पैडल मारना।

pedantic • पेडॉन्टिक • *a.* पंडिताऊ।

peddle • पेडॅलॅ • *v.* फेरी लगाकर बेचना, ~ **s** (पेडलर) *n.* फेरीवाला।

pedestrian • पेडेस्ट्रिॲन • *n.* पैदल चलने वाला, 2. नीरस, 3. साधारण, मामूली।

pedicure • पेडिक्योर • *n.* नख-पाद चिकित्सा।

pedigree • पेडिग्री • *n.* वंशावली।

peek • पीक • *vi.* झाँकना, *n.* झाँकी।

peel • पील • *vt.* छीलना।

peer • पीअर • *n.* साथी, समकक्ष व्यक्ति, हमउम्र संगी, एक क्लास में पढ़नेवाला साथी, सामंत, रईस।

peevish • पीविश • *a.* चिड़चिड़ा।

peg • पेग • *n.* खूँटी, मेख, *v.* खूँटी गाड़ना, 2. स्थिर रखना।

pellet • पेलेट • *n.* गुटिका, गोली।

pell-mell • पेल-मेल • *adv.* गोलमाल।

pelt • पेल्ट • *n.* खाल, प्रहार, फेंक, *v.* फेंकना, फेंककर मारना।
pelvic • पेल्विक • *a.* श्रोणीय।
pelvis • पेल्विस • *n.* श्रोणि, श्रोणिप्रदेश।
pen • पेन • *n.* लेखनी, कलम, 2. बाड़ा, *v.* बाड़े में बंद करना, 2. लिखना।
penal • पीनॅल • *a.* दंड विषयक, ~ **code** (पीनॅल कोड) *n.* दंडविधान, दंडसंहिता।
penance • पैनॅन्स • *n.* प्रायश्चित।
penchant • पेंचैन्ट • *n.* रुझान।
pencil • पेन्सिल • *n.* पेन्सिल।
pendancy • पेन्डेन्सी • *n.* विचाराधीनता।
pendant • पेन्डैन्ट • *n.* लटकन।
pendulum • पेन्डुलम • *n.* लोलक।
penetrate • पेनिट्रेट • *vt.* अंदर घुसना, प्रवेश करना, घुसाना, प्रवेश कराना, घुसेड़ना, 2. मर्म समझना।
penetration • पेनिट्रेशॅन • *n.* प्रवेश, घुसाना, घुसेड़ना, अंदर डालना।
penfriend • पेनफ्रेन्ड • *n.* पत्र मित्र।
penguin • पेन्गुइन • *n.* पेन्गुइन, अन्टार्टिका का एक पक्षी।
penicillin • पेनिसिलिन • *n.* एक कीटाणुनाशक औषधि, पेनिसिलिन।
peninsula • पेनिनसुला • *n.* प्रायद्वीप।
penis • पेनिस • *n.* शिश्न, लिंग।
penitent • पेनिटेन्ट • *n.* पश्चातापी।
penitentiary • पेनिटेन्शिअॅरी • *n.* बंदीगृह।
pension • पेंशॅन • *n.* पेंशन, सेवानिवृत्ति वेतन, ~ **er** (पेंशनॅर) *n.* पेंशन पाने वाला।
pensive • पेन्सिव • *a.* विचारशील, विचारमग्न।
penury • पेन्युरी • *n.* ग़रीबी।
peon • पीअॅन • *n.* चपरासी, पीयून।
people • पीपॅल • *n.* लोग।
pep • पेपॅ • *n.* उत्साह।
pepper • पेपर • *n.* गोल मिर्च।
per • पर • *prep.* प्रति, ~ **capita** (पर कैपिटा) *adv.* प्रति व्यक्ति, ~ **cent** (पर सेंट) प्रति सैकड़ा, प्रतिशत।
perambulate • पेराम्ब्युलेट • *vi.* चलना, चक्कर मारना।
perambulator • पेराम्ब्युलेटर • *n.* बच्चों की गाड़ी, पैराम्बुलेटर।
perceive • पर्सिव • *vi.* देखना, महसूस करना।
perception • पर्सेप्शॅन • *n.* प्रत्यक्ष ज्ञान।
perceptive • पर्सेप्टिव • *a.* अनुबोधक।
perch • पर्च • *n.* चिड़ियों के बैठने की जगह, *v.* आराम करने को बैठना।
percolate • पर्कोलेट • *v.* रिसना, टपकना।
peremptory • पेरेम्पटॅरि • *a.* अलंघनीय।
perennial • पेरेनिअॅल • *a.* बारहमासी, चिरस्थायी।
perfect • पर्फ़ेक्ट • *a.* पूर्ण, पूरा, श्रेष्ठ, ~ **ion** (पर्फ़ेक्शॅन) *n.* पूर्णता, श्रेष्ठता।
perfidy • परफिडि • *n.* विश्वासघात।
perforate • पर्फ़ॉरेट • *vt.* छेद करना।

perforation • पर्फ़ोरेशॅन • *n.* छेद करना।

perform • परफॉर्म • *vt.* पालन करना, पूरा करना, ~**ance** (परफॉमेन्स) *n.* पालन, निष्पादन।

perfume • पर्फ्यूम • *n.* सुगंध, इत्र।

perfunctory • परफंक्टरी • *a.* सरसरी तौर पर किया गया।

perhaps • पर्हैप्स • *adv.* शायद, स्यात्, कदाचित्।

peril • पेरिल • *n.* ख़तरा, जोखिम, ~**ous** (पेरिलस) *a.* ख़तरनाक।

perimeter • पेरिमीटॅर • *n.* परिधि।

period • पीरियड • *n.* अवधि, मियाद, युग, 2. पूर्ण विराम, 3. क्लास का घंटा।

periphery • पेरिफेरी • *n.* परिधि।

periscope • पेरिस्कोप • *n.* परिदर्शक, (इसका प्रयोग अधिकतर सबमेरीन में होता है)।

perish • पेरिश • *vi.* नष्ट होना, ~**able** (पेरिशेबॅल) *a.* नष्ट या बर्बाद हो जाने वाला।

perjury • पर्जअॅरी • *n.* झूठी गवाही।

perk • पर्क • *v.* इतराना, *n.* ऊपरी देय (वेतन के अलावा)।

permanence • पर्मानेन्स • *n.* स्थायित्व।

permanent • पर्मनेन्ट • *a.* स्थायी।

permeate • पर्मिएट • *v.* अंदर तक फैल जाना।

permission • पर्मिशॅन • *n.* आज्ञा, अनुमति, हुक्म।

permissive • पर्मिसिव • *a.* अनुज्ञात्मक, सब कुछ चलता है, इस तरह का।

permit • परमिट • *vt.* अनुमति देना, मौका देना, *n.* अनुमति पत्र।

permutation • पर्मुटेशॅन • *n.* प्रस्तार, क्रमपरिवर्तन।

pernicious • पर्निशॅस • *a.* हानिकारक।

perpendicular • पर्पेन्डिक्युलॅर • *a.* लंब।

perpetuate • पर्पेच्युएट • *vt.* बनाए रखना।

perpetuity • पर्पेच्युइटी • *n.* निरंतरता, सततता।

perplex • पर्प्लेक्स • *vt.* उलझाना, घबड़ा देना, ~**ity** (पर्प्लेक्सिटी) *n.* घबड़ाहट, उलझन।

persecute • पर्सेक्यूट • *vt.* उत्पीड़ित करना, सताना, तंग करना, अत्याचार करना।

persevere • पर्सिवीअॅर • *v.* लगातार प्रयास करना।

Persian • पर्शियन • *a.* फ़ारस का, *n.* फ़ारसी।

persist • पर्सिस्ट • *v.* अड़ना, डटे रहना, अड़े रहना, ~**ence** (पर्सिस्टेन्स) *n.* दृढ़ता, डटे रहना, ~**ent** (पर्सिस्टेन्ट) *a.* लगातार रहने वाला, होने वाला।

person • पर्सन • *n.* व्यक्ति।

personable • पर्सनेबल • *a.* सुंदर।

personage • पर्सोनेज • *n.* विख्यात व्यक्ति।

personal • पर्सनॅल • *a.* व्यक्तिगत,

~ity (पर्सनैलिटी) *n.* व्यक्तित्व।

personalise • पर्सनॅलाइज़ • *v.* व्यक्तिगत बना लेना, व्यक्तित्व भाव जगाना।

personate • पर्सोनेट • *vt.* अभिनय करना।

personnel • पर्सोनेल • *n.* कर्मचारी वर्ग।

perspective • पर्सपेक्टिव • *n.* परि-दृश्य, अनुदृश्य, सापेक्ष, महत्त्व।

perspire • पर्सपायॅर • *vi.* पसीना आना।

perspiration • पर्सपिरेशॅन • *n.* पसीना।

persuade • पर्सुएड • *vt.* समझाना, समझाकर अपनी बात मनवाना, क़ायल करना।

pertain • पर्टेन • *vi.* संबंध होना, **~ing to** (पर्टेनिंग टु) संबंधित।

pertinent • पर्टिनेन्ट • *a.* प्रासंगिक, प्रसंगोचित।

perturb • पर्टर्ब • *vt.* घबड़ा देना, उद्विग्न करना, व्याकुल करना, **~ing** (पर्टर्बिंग) *a.* घबड़ा देने वाला।

peruse • पेरुज़ • *vt.* ध्यान से पढ़ना।

pervade • पर्वेड • *vt.* में फैल जाना, में व्याप्त होना।

pervasive • पर्वेसिव • *a.* व्यापक।

pervert • पर्वर्ट • *vt.* विकृत करना, भ्रष्ट करना, *n.* विकृतिकामी।

perversion • पर्वर्शन • *n.* विकृति विकार।

pessary • पेसॅरि • *n.* गर्भ निरोध के लिए व्यवहृत योनि में लगाने का एक उपकरण (पेसरी)।

pessimism • पेसिमिज़्म • *n.* निराशा-वाद।

pessimist • पेसिमिस्ट • *a.* निराशावादी।

pest • पेस्ट • *n.* नाशक जीव (पेड़-पौधों को नष्ट करने वाले), *a.* परेशान करने वाला, उबाऊ, **~ilence** (पेस्टिलेन्स) *n.* महामारी।

pestle • पैसॅल • *n.* मूसल (छोटा)।

pet • पेट • *n.* पालतू (जानवर आदि), *a.* दुलारा।

petal • पेटॅल • *n.* पंखड़ी।

petition • पिटिशॅन • *n.* आवेदनपत्र, दरख़्वास्त, प्रार्थनापत्र, **~er** (पिटीशनर) *n.* प्रार्थी।

petrify • पेट्रिफ़ाई • *vi./vt.* सड़ना, सन्न हो जाना या कर देना, पथराना।

petrol • पेट्रोल • *n.* पेट्रोल, **~eum** (पेट्रोलियम) *n.* पेट्रोलियम।

petticoat • पेटिकोट • *n.* साया, पेटीकोट।

petty • पेटी • *a.* तुच्छ, लघु, छोटा।

petulant • पेटुलेन्ट • *a.* चिड़चिड़ा।

phalanx • फ़ैलेंक्स • *n.* अंगुलस्थि, 2. व्यूह।

phallic • फ़ैलिक • *a.* लिंग संबंधी, शैश्निक।

phallus • फ़ैलॅस • *n.* शिश्न, लिंग।

phantasm • फ़ैनटैज़्म • *n.* मरीचिका, माया, छायाभास।

phantasy • फ़ैन्टैसी • *n.* कल्पना, फंतासी।

phantom • फ़ैन्टम • *n.* भूत-प्रेत।

pharmacy • फ़ार्मेसी • *n.* दवाखाना, औषधालय।

pharynx • फ़ैरिंक्स • *n.* हाथ की पकड़ने वाली उंगलियाँ।

phase • फ़ेज़ • *n.* दशा, अवस्था, 2. चरण, पक्ष।

pheasant • फ़ेजन्ट • *n.* तीतर।

phenomenon • फेनॉमिनॅन • *n.* तथ्य, सत्ता (जो दृष्टिगोचर है), **phenomenal** (फेनोमेनॅल) *a.* अपूर्व।

phial • फ़ायल • *n.* शीशी।

philander • फिलैंडॅर • *vt.* इश्क लड़ाना, **~ er** (फिलैन्डरर) *n.* इश्कबाज़।

philanthropist • फिलेन्थ्रॉपिस्ट • *a.* मानवप्रेमी, परोपकारी।

philanthropy • फिलैन्थ्रॉपी • *n.* मानव प्रेम।

philosopher • फिलॉसफ़र • *n.* दार्शनिक।

philosophy • फिलॉसॅफ़ी • *n.* दर्शनशास्त्र।

philosophical • फिलॉसोफिकॅल • *a.* दार्शनिक।

phobia • फोबिया • *n.* आत्यंतिक भय, दुर्मीत।

phone • फोन • *n.* (**telephone** का संक्षिप्त रूप) *n.* दूरभाष, टेलिफोन, *vt.* फोन करना, फोन पर बात करना।

phonetic • फोनेटिक • *a.* स्वर विज्ञान संबंधी, स्वर ध्वनि।

phosphate • फॉस्फेट • *n.* स्फुर अम्ल, फास्फेट।

phosphorus • फॉस्फोरस • *n.* फास्फोरस।

photo • फोटो • *n.* (**photograph** का संक्षिप्त रूप) फोटो, छायाचित्र।

photostat • फोटोस्टेट • *n.* लिखावट की चित्रलिखित प्रति तैयार करने का यंत्र, **~ copy** (फोटोस्टेट या फोटो-कॉपी) *n.* इस तरह तैयार प्रति।

phrase • फ्रेज़ • *n.* वाक्यांश, मुहावरा।

phthisis • थाइसिस • *n.* यक्ष्मा, तपेदिक, क्षयरोग।

physical • फिज़िकल • *a.* शारीरिक।

physics • फिज़िक्स • *n.* भौतिकशास्त्र।

physiology • फिज़ियोलॉजी • *n.* शरीर क्रिया विज्ञान।

physique • फिज़ीक़ • *n.* शारीरिक गठन।

piano • पिआॅनो • *n.* पियानो।

pick • पिक • *n.* चुनाव, 2. कुदाली, *vi./vt.* छाँटना, चुनना, **~ pocket** (पिकपॉकेट) *n.* जेबकतरा।

pickle • पिकॅल • *n.* अचार।

picnic • पिकनिक • *n.* वन भोजन, उपवन भोजन, घर से बाहर जाकर कहीं सुंदर स्थान में जाकर खाना-पीना।

pictorial • पिक्टोरियल • *a.* सचित्र, चित्रमय।

picture • पिक्चॅर • *n.* चित्र, तस्वीर, **~ sque** (पिक्चरस्क) *a.* चित्रसम।

pie • पाई • *n.* एक पक्षी, 2. कचौड़ी जैसा व्यंजन, खिचड़ी।

piece • पीस • *n.* टुकड़ा, खंड, ~ **meal** *adv.* टुकड़े-टुकड़े में।
pierce • पिअर्स • *vi./vt.* छेद करते हुए प्रवेश करना।
piety • पाइटि • *n.* ईश्वर भक्ति।
pig • पिग • *n.* सूअर।
pigeon • पिजिन • *n.* कबूतर।
pigheaded • पिगहेडेड • *a.* ज़िद्दी।
pigsty • पिगस्टी • *n.* सूअर का बाड़ा।
pigtail • पिगटेल • *n.* वेणी, बालों की चोटी।
pile • पाइल • *n.* खंभा, ~ **up** (पाइल अप) *vt.* ढेर लगाना।
piles • पाइल्स • *n.* बवासीर।
pit • पिट • *n.* गड्ढा, खदान, 2. आर्केस्ट्रा का स्थान जो प्रायः रंगमंच के सामने होता है।
pitch • पिचॅ • *n.* पराकाष्ठा, 2. खेल का (क्रिकेट आदि का) मैदान, *vt.* फेंकना।
pitcher • पिचॅर • *n.* घड़ा।
piteous • पिटिअॅस • *a.* करुणाजनक।
pittance • पिटेन्स • *n.* थोड़ा, अल्प मात्रा।
pituitary • पिट्यूटॅरि • *n.* पीयूष ग्रंथि।
pitiable • पिटिएबल • *a.* दयनीय।
pitiful • पिटीफुल • *a.* दयनीय।
pity • पिटि • *n.* करुणा, दया।
pivot • पिवॅट • *n.* धुरी, कीली।
placard • प्लेकार्ड • *n.* इश्तहार, विज्ञापन का कागज़।
placate • प्लेकेट • *vt.* शांत करना, संतुष्ट करना।
place • प्लेस • *n.* स्थान, 2. ओहदा, *v.* यथा स्थान रखना, सजाकर रखना, ~ **ment** (प्लेसमेन्ट) *n.* पद पर स्थापन, नौकरी ढूँढ़ देना।
placenta • प्लेसेन्टा • *n.* पुरइन, खेड़ी।
placid • प्लेसिड • *a.* शांत, शांतिप्रिय।
plagiarism • प्लैज़िअरिज़्म • *n.* साहित्यिक चोरी।
plagiarize • प्लैजिअराइज़ • *vt.* साहित्यिक चोरी करना।
plague • प्लेग • *n.* प्लेग, ताऊन, एक महामारी।
plain • प्लेन • *n.* समतल ज़मीन, *a.* स्पष्ट, 2. सुष्पष्ट, 3. सीधा सादा।
plaint • प्लेन्ट • *n.* वादपत्र, अर्ज़ी दावा, ~ **iff** (प्लेन्टिफ़) *n.* मुद्दई, वादी।
plait • प्लैट • *n.* चुनर, वेणी।
plan • प्लैन • *n.* योजना, 2. खाका, रेखाचित्र, *vt.* योजना बनाना, मानचित्र बनाना, ~ **ning commission** (प्लैनिंग कमीशन) *n.* योजना आयोग।
plane • प्लेन • *n.* समतल, 2. रंदा, 3. वायुयान, *a.* समतल, सपाट, *v.* रंदना, समतल करना।
planet • प्लैनेट • *n.* ग्रह, ~ **arium** (प्लैनेटेरियम) *n.* ताराघर, कृत्रिम तारा मंडल।
plank • प्लैन्क • *n.* तख़्ता, पटरा, *v.* पटरा लगाना।
plant • प्लांट • *n.* पौधा, 2. यंत्र, 3. कारखाना, *vt.* रोपना, पौधा लगाना, ~ **ation** (प्लान्टेशॅन) बाग़ बगीचा,

~ain (प्लैन्टेन) *n.* केला।
plaque • प्लाक • *n.* पटिया।
plaster • प्लास्टॅर • *n.* पलस्तर।
plastic • प्लास्टिक • *a.* प्लास्टिक, सुनम्य (वस्तु)।
plate • प्लेट • *n.* थाल, प्लेट, रकाबी, तश्तरी, *vt.* मुलम्मा चढ़ाना।
plateau • प्लेटो • *n.* पठार, अधित्यका।
platform • प्लेटफॉर्म • *n.* प्लेटफार्म, मंच, चबूतरा, सभा मंच।
platinum • प्लैटिनम • *n.* प्लैटिनम, एक मूल्यवान धातु।
platitude • प्लैटिट्यूड • *n.* नीरस बात।
platoon • प्लैटून • *n.* पलटन।
plaudit • प्लॉडिट • *n.* शाबासी।
plausible • प्लॉज़िबल • *a.* युक्ति-संगत, विश्वसनीय।
play • प्ले • *n.* क्रीड़ा, खेल, 2. नाटक, **~back** (प्लेबैक) *n.* पृष्ठ गायन, पार्श्व गायन, **~ground** (प्ले ग्राउंड) *n.* खेल का मैदान, **~ing cards** (प्लेइंग कार्डस) *n.* ताश, **~wright** (प्लेराइट) नाटककार, **~ mate** (प्लेमेट) *n.* खेल का साथी, **~house** (प्ले हाउस) *n.* नाट्यशाला।
plaza • प्लाज़ा • *n.* चौक।
plea • प्ली • *n.* निवेदन, 2. दलील।
pleader • प्लीडर • *n.* वकील, अधिवक्ता।
pleasant • प्लेज़ेन्ट • *a.* सुखद, आनंददायक, **~ry** (प्लेज़ेन्ट्री) *n.* हंसी-मजाक।
please • प्लीज़ • *vi./vt.* खुश करना, प्रसन्न करना, *interj.* कृपया, मेहरबानी करके, **~ing** (प्लीज़िंग) *a.* मनोहर।
pleasure • प्लेश्ज़र • *n.* सुख, मज़ा, प्रसन्नता।
plebiscite • प्लेबिसाइट • *n.* जनमत संग्रह।
pledge • प्लेज • *n.* बंधक, 2. शपथ, *vt.* बंधक रखना, गिरवी रखना, 2. शपथ खाना।
plentitude • प्लेन्टीट्यूड • *n.* प्रचुरता।
plentiful • प्लेन्टीफ़ुल • *a.* बहुत अधिक।
plenty • प्लेन्टी • *a.* काफी, पर्याप्त, अधिक।
pleurisy • प्लिउरिसी • *n.* प्लुरिसी, फुफ्फुस (फेफड़े) का शोथ।
pliable • प्लाइअॅबॅल • *a.* लचीला।
pliant • प्लायेन्ट • *a.* लचीला।
pliars • प्लायर्स • *n.* प्लास, संड़सी।
plight • प्लाइट • *n.* दशा, दुर्दशा।
plinth • प्लिन्थ • *n.* मकान की कुर्सी।
plod • प्लॉड • *vi./vt.* मेहनत से आगे बढ़ना।
plot • प्लॉट • *n.* भूखंड, 2. षड्यंत्र, *vt.* नक्शा बनाना, षड्यंत्र चलाना।
plough • प्लाउ • *n.* हल, *vt.* खेत जोतना, हल चलाना।
ploy • प्लॉय • *n.* तिकड़म, युक्ति।
pluck • प्लक • *vt.* तोड़ना, नोचना, 2. खींचकर सितार आदि का तार बजाना, *n.* साहस, 2. झटका।
plug • प्लग • *n.* छेद बंद करने की

डाट, 2. मोटरगाड़ी का स्पार्क प्लग (जिससे बिजली का झटका गैस को जलाता है), *vt.* बंद करना।

plum • प्लॅम • *n.* आलूचा, आलू-बुखारा।

plumb • प्लम्ब • *a.* साहुल, *a.* लंब, सीधा, **~er** (प्लम्बर) *n.* नल का काम करने वाला, नलकार, **~ ing** (प्लम्बिंग) *n.* नलकारी, नलसाज़ी।

plump • प्लम्प • *a.* गोल-मटोल।

plunder • प्लंडर • *vt.* लूटना, *n.* लूट, लूट-पाट।

plunge • प्लॅन्ज • *v.* गोता लगाना, डुबकी मारना।

plural • प्लुरॅल • *a.* अनेक, बहुवचन (व्याकरण)।

plus • प्लस • *prep.* धन, जोड़, (+) चिह्न।

plush • प्लश • *a.* मखमली।

ply • प्लाई • *v.* घुमाना, चलाना (जैसे बस, आदि), *n.* परत, **~ wood** (प्लाईवुड) *n.* परतदार लकड़ी, प्लाईउड।

pneumonia • न्यूमोनिया • *n.* फुफ्फुस प्रदाह का रोग, निमोनिया।

poach • पोच • *vt.* पानी में (अंडे आदि) पकाना, 2. चोरी से शिकार करना, 3. चुराकर ले जाना, 4. अनधिकार प्रवेश करना, **~er** (पोचर) *n.* चोरी से शिकार करने वाला।

pocket • पॉकेट • *n.* जेब, *vt.* जेब में डालना, हथियाना।

pod • पॉड • *n.* फली, छींबी, *v.* छीलना।

podium • पोडियम • *n.* मंच, चबूतरा।

poem • पोइम • *n.* कविता।

poet • पोएट • *n.* कवि, **~ess** (पोएटेस) कवयित्री, **~ic** (पोएटिक) *a.* काव्यमय, **~ry** (पोएट्री) *n.* कविता।

poignant • पॉयग्नैन्ट • *a.* मार्मिक, मर्मस्पर्शी।

point • पॉइन्ट • *n.* बिन्दु, 2. नोक, 3. विषय, *v.* इशारा करना, **~blank** (पॉइन्ट ब्लैंक) *a.* दो-टूक, **~ er** (पॉइन्टर) *n.* नक्शे पर जगह दिखलाने वाली छड़ी।

poise • पॉइज़ • *n.* संतुलन।

poison • पॉइज़ॅन • *n.* विष, ज़हर, *vt.* ज़हर देना, **~ous** (पॉइज़नॅस) *a.* ज़हरीला, विषैला।

poke • पोक • *vi./vt.* घुसाना, घोंपना।

polar • पोलॅर • *a.* ध्रुवीय, विपरीत, **~ bear** (पोलर बीअर) *m.* सप्तर्षि (तारासमूह) 2. ध्रुव प्रदेश में रहने वाला भालू।

pole • पोलॅ • *n.* ध्रुव (दक्षिणी या उत्तरी), 2. डंडा, लग्गा, **~ star** (पोलस्टार) *n.* ध्रुवतारा, **~vault** (पोल वॉल्ट) *n.* लग्गा से कूद।

police • पॉलिस • *n.* पुलिस, आरक्षी, आरक्षक, **~man** (पॉलिसमैन) *n.* सिपाही।

politic • पॉलिटिक • *a.* नीति कुशल, **~al** (पॉलिटिकॅल) *a.* राजनैतिक,

राजनीतिक, ~ **al science** (पॉलिटि-कॅल साइंस) *n.* राजनीति विज्ञान, ~ **ian** (पॉलिटिशियॅन) *n.* राजनीतिज्ञ, राजनेता, ~ **s** (पॉलिटिक्स) *n.* राजनीतिशास्त्र, राजनीति।

polity • पॉलिटी • *n.* राजशासन।

poll • पोल • *v.* मतदान, *v.* मत डालना (चुनाव में), ~ **ing** (पोलिंग) *n.* मतदान, ~ **ing booth** (पोलिंग बूथ) *n.* मतदान केन्द्र।

pollinate • पॉलिनेट • *vt.* पराग सींचना।

pollination • पॉलिनेशॅन • *n.* परागण (पौधों में नर पुष्प के पराग का मादा पुष्प में तितलियों आदि द्वारा सिंचित करना)।

pollute • पॉलूट • *vt.* गंदा करना, प्रदूषित करना।

pollution • पॉलूशॅन • *n.* प्रदूषण, **air** ~ (एअर पॉलूशॅन) *n.* वायु प्रदूषण, **noise** ~ (नॉयज़ पॉलूशॅन) *n.* ध्वनि प्रदूषण।

polo • पोलो • *n.* घोड़े पर सवार होकर डंडों से हॉकी जैसा एक खेल, पोलो।

polygamy • पॉलिगैमी • *n.* बहु-विवाह, (**polyandry** पॉलिऐन्ड्री = एक स्त्री का अनेक पुरुषों से विवाह)।

polyglot • पॉलिग्लॉट • *n.* अनेक भाषाविद्।

polygon • पॉलिगॉन • *n.* बहुभुज (रेखागणित)।

polytechnic • पॉलिटेकनिक • *n.* बहुशिल्प।

polytheism • पॉलिथिइज़्म • *n.* बहुदेववाद।

polythene • पॉलिथिन • *n.* पौलीथिन।

polyuria • पॉलियुअरिऑ • *n.* बहु मूत्रता।

pomegranate • पॉमेग्रैनेट • *n.* अनार।

pomp • पॉम्प • *n.* ठाट-बाट, ~ **ous** (पॉम्पॅस) शानदार।

pond • पॉन्ड • *n.* तालाब, पोखर।

ponder • पॉन्डर • *vt./vi.* चिंतन करना, सोचना।

pontoon • पॉन्टून • *n.* पीपों अथवा नौकाओं का पुल।

pony • पॉनी • *n.* टट्टू।

pool • पूल • *n.* गड्ढा, पोखर, तालाब, *v.* इकट्ठा करना, मिलाना, **swimming** ~ (स्विमिंग पूल) *n.* तैरने का कृत्रिम तालाब।

poor • पूअॅर • *a.* गरीब, दरिद्र, 2. बेचारा।

pop • पॉप • *n.* तड़ाक की आवाज़, 2. एक प्रकार का योरोपीय लोक संगीत, *vt.* अचानक निकल आना।

pope • पोप • *n.* रोमन-कैथोलिक गिरजों का सर्वोच्च धर्माधिकारी (यह वैटिकन सिटी में रहते हैं), पोप।

poplar • पोप्लॅर • *n.* वनपीपल।

poplin • पॉपलिन • *n.* एक प्रकार का सूती कपड़ा, पोपलिन।

poppy • पॉपी • *n.* पोस्त का पौधा।

populace • पॉप्युलेस • *n.* जन-साधारण।

popular • पॉप्युलर • *n.* लोकप्रिय, जनप्रिय।

population • पॉप्युलेशॅन • *n.* जनसंख्या, आबादी।

porch • पोर्च • *n.* मक़ान के सामने पटा हुआ मोटर आदि खड़ी करने का बरामदा, पोर्च, पोर्टिको।

porcupine • पोर्क्युपाइन • *n.* साही।

pore • पोर • *n.* रोमकूप, *vt.* पर ध्यान देना, ध्यान से अध्ययन करना।

pork • पोर्क • *n.* सूअर का माँस।

pornography • पोर्नोग्रैफ़ी • *n.* कामोत्तेजक साहित्य (हिन्दी में इसके लिए 'अश्लील साहित्य' शब्द चलता है)।

porridge • पॉरिज • *n.* दलिया।

port • पोर्ट • *n.* बंदरगाह, 2. एक शराब।

portable • पोर्टेबॅल • *n.* सुबाह्य, जो वस्तु आसानी से उठाकर एक स्थान से दूसरे स्थान पर ले जाई जा सके।

portals • पोर्टल्स • *n.* सिंहद्वार।

portend • पोर्टेन्ड • *v.* पूर्वाभास देना।

portent • पोरटेन्ट • *n.* अपशकुन, शकुन, चमत्कार।

porter • पोर्टर • *n.* कुली।

portfolio • पोर्टफ़ोलियो • *n.* बस्ता, फाइल, 2. विभाग (मंत्रियों का)।

portico • पोर्टिको • *n.* मकान के सामने की ड्योढ़ी जहाँ कार खड़ी की जा सके।

portion • पोर्शन • *n.* भाग।

portly • पोर्टली • *a.* मोटा, स्थूलकाय।

portrait • पोर्ट्रेट • *n.* चित्र, ~ **ure** (पोर्ट्रेचर) *n.* चित्रकारिता, चित्रकला।

portray • पोर्ट्रे • *vt.* चित्रण करना, ~ **er** (पोर्टेयर) *n.* चित्रकार।

pose • पोज़ • *n.* भंगिमा, फोटो खिंचाने के लिए भंगिमा के साथ बैठना या खड़े होना, 2. ढोंग, आडंबर, *vt.* भंगिमा से खड़ा होना या बैठना।

posh • पॉश • *a.* शानदार।

position • पोज़िशॅन • *n.* स्थिति, दशा, अवस्था, प्रतिष्ठा।

positive • पोज़िटिव • *a.* धनात्मक, सकारात्मक, 2. फोटो का पॉज़िटिव (निगेटिव से उठाया सही चित्र)।

possess • पॉज़ेस • *vt.* का मालिक होना, पर अधिकार करना, ~ **ion** (पॉज़ेशॅन) *n.* आधिपत्य, ~ **ive** (पॉज़ेसिव) *a.* स्वत्वबोधक, मालिक होने का भाव (कि यह मेरा या मेरी है ऐसा भाव)।

possible • पॉसिबॅल • *a.* संभव, मुमकिन।

possibility • पॉसिबिलिटी • *n.* संभाव्यता, मुमकिन होना।

post • पोस्ट • *n.* खंभा, पद, नौकरी, *vt.* चिपकाना, 2. डाक में (चिट्ठी आदि) छोड़ना, ~ **age** (पोस्टेज) *n.* डाक व्यय, ~ **al order** (पोस्टल ऑर्डर) *n.* डाक द्वारा धनादेश, ~ **man** (पोस्टमैन) *n.* डाकिया, ~ **master** (पोस्ट मास्टर) *n.* डाक बाबू, पोस्ट मास्टर, ~ **office** (पोस्ट ऑफिस) *n.* डाकघर, डाकख़ाना।

poster • पोस्टर • *n.* इश्तहार, विज्ञापन, पोस्टर।

posterior • पॉस्टिरिअ‌ॅर • *a.* पिछला, उत्तरकालीन, परवर्ती, *n.* नितंब, चूतड़, ~ **ity** (पॉस्टिरिअ‌ॅरिटी) उत्तर-कालीनता, 2. भावी पीढ़ियाँ।

posthumous • पोस्थमॅस • *a.* मरणोत्तर, मरणोपरान्त।

postmortem • पोस्टमॉर्टम • *n.* शव परीक्षा, अंत्य परीक्षा।

postpone • पोस्टपोन • *vi.* स्थगित करना।

postscript • पोस्टस्क्रिप्ट • *n.* पुनश्च, बाद का लेख।

postulate • पोस्चुलेट • *vt.* अधिकार माँगना, *n.* स्वीकृत सिद्धांत।

posture • पोस्चर • *n.* भंगिमा, आसन।

pot • पॉट • *n.* बर्तन।

potash • पोटाश • *n.* क्षार, पोटाश।

potato • पोटेटो • *n.* आलू।

potency • पोटेन्सी • *n.* शक्ति।

potent • पोटेन्ट • *a.* शक्तिवान।

potentate • पोटेन्टेट • *n.* शासक, अधिकारी व्यक्ति।

potential • पोटेन्शिअ‌ॅल • *a.* संभावित, संभाव्य, शक्य, ~ **ity** (पोटेन्शिअलिटी) *n.* संभाव्यता।

potion • पोशॅन • *n.* औषधि।

potter • पॉटर • *n.* बर्तन बनानेवाला, कुम्हार, कुंभकार, ~ **y** (पॉटॅरि) *n.* मिट्टी के बर्तन।

potty • पॉटि • *n.* शिशु शौचपात्र, *a.* अर्धविक्षिप्त।

pouch • पाउच • *n.* बटुआ, थैली, जेब।

poultry • पॉल्ट्री • *n.* मुर्गा-मुर्गी, **farming** (पॉल्ट्री फ़ार्मिंग) *n.* कुक्कुट पालन।

pounce • पाउन्स • *vi.* झपटना।

pound • पाउन्ड • *vi.* टुकड़े-टुकड़े करना, पीसना, *n.* इंग्लैंड की एक मुद्रा जो संप्रति लगभग 60 भारतीय रुपये के बराबर है (पौंड), 2. तौल की इकाई (पाउन्ड), 3. काजीहौस।

pour • पॉर • *vt.* ढालना (तरल पदार्थ), 2. मूसलाधार पानी बरसना।

poverty • पॉवर्टी • *n.* ग़रीबी, दरिद्रता।

powder • पाउडर • *n.* चूर्ण, पाउडर, **gun** ~ (गन पाउडर) *n.* बारूद, *v.* मुँह में पाउडर लगाना।

power • पाउवर • *n.* शक्ति, बल, ऊर्जा, ~ **house** (पाउवर हाउस) *n.* बिजली उत्पादन केन्द्र, ~ **ful** (पाउवरफ़ुल) *a.* शक्तिशाली, ~ **less** (पाउवरलेस) *a.* शक्तिहीन, कमज़ोर।

practical • प्रैक्टिकॅल • *a.* व्यावहारिक, व्यवहारकुशल, 2. प्रयोगात्मक, ~ **class** (प्रैक्टिकॅल क्लास) *n.* वैज्ञानिक प्रयोग कक्षा।

practice • प्रैक्टिस • *n.* अभ्यास, 2. चिकित्सा (की प्रैक्टिस)।

practitioner • प्रेक्टिशॅनॅर • *n.* अभ्यासकर्ता, 2. चिकित्सा की प्रैक्टिस करने वाला, डाक्टर।

Prairie • प्रेअ‌ॅरि • *n.* उत्तरी अमेरिका का घास का मैदान।

praise • प्रेज़ • *vt.* प्रशंसा करना, तारीफ़ करना, *n.* प्रशंसा, तारीफ़।

prank • प्रैंक • *n.* मज़ाक, शरारत।

prattle • प्रैटॅल • *vi.* बकवास करना।

pray • प्रे • *vi.* प्रार्थना करना, ~**er** (प्रेअर) *n.* प्रार्थना।

pre- • प्री • *pref.* पूर्व।

preach • प्रीच • *vi.* उपदेश देना, ~**er** (प्रीचॅर) *n.* उपदेशक।

preamble • प्रीऐम्बल • *n.* आमुख, प्रस्तावना।

precarious • प्रीकैरिअॅस • *a.* नाजुक, अस्थिर।

precaution • प्रीकॉशॅन • *n.* सतर्कता।

precede • प्रिसीड • *vi./vt.* क्रम में पहले होना, ~ **nce** (प्रिसिडेन्स) *n.* वरीयता, ~**nt** (प्रिसिडेन्ट) *n.* नज़ीर, मिसाल।

precinct • प्रीसिन्क्ट • *n.* अहाता, ~**s** (प्रीसिन्क्ट्स) *n.* परिवेश, पड़ोस।

precious • प्रेशॅस • *a.* बहुमूल्य, क़ीमती।

precipitate • प्रेसिपिटेट • *a.* उतावली का, *vt.* जल्दी कराना, 2. घोल से अलग कराना।

precis • प्रेसी • *n.* सारांश।

precise • प्रिसाइज • *a.* ठीक, सही-सही।

precision • प्रिसीश्ज़ॅन • *n.* यथार्थता, सही होना।

preclude • प्रिक्लूड • *vt.* बाधा डालना, होने से रोकना।

precocious • प्रिकॉशॅस • *a.* अकाल पक्व, जो समय से पहले परिपक्व हो जाए (जैसे अकालपक्व बच्चा)।

preconditon • प्रीकन्डीशॅन • *n.* अनिवार्य शर्त।

predecessor • प्रीडिसेसॅर • *a.* पूर्वज, पूर्वाधिकारी।

predicament • प्रीडिकॉमेंट • *n.* उलझन, कठिन परिस्थिति।

predict • प्रेडिक्ट • *vt.* भविष्यवाणी करना।

predominant • प्रीडोमिनॅन्ट • *a.* प्रबल।

prefabricate • प्रीफ़ैब्रिकेट • *vt.* इमारत के टुकड़े-टुकड़े सामान बनाना जिन्हें जोड़कर पूरी इमारत खड़ी की जा सके।

preface • प्रीफ़ेस • *n.* प्रस्तावना (पुस्तक, आदि की)।

prefect • प्रीफ़ेक्ट • *n.* कक्षा की व्यवस्था बनाए रखने के लिए विद्यार्थियों में बनाया गया मुखिया, 2. क्षेत्रीय अधिकारी।

prefer • प्रेफ़ॅर • *vt.* कइयों में किसी एक को चुनना या पसंद करना, ~**ably** (प्रेफ़रेबॅली) *adv.* अच्छा हो कि, ~**ential treatment** (प्रेफ़ेन्शिअॅल ट्रीटमॅन्ट) औरों की तुलना में अधिक रियायत भरा व्यवहार।

prefix • प्रीफ़िक्स • *n.* उपसर्ग।

pregnancy • प्रेग्नैन्सी • *n.* गर्भ, गर्भवती होने की स्थिति।

pregnant • प्रेग्नैन्ट • *a.* गर्भवती।

prehistoric • प्रिहिस्टोरिक • *a.* प्रागैतिहासिक।

prejudge • प्रिजॅज • *vt.* बिना सुने फ़ैसला करना।

prejudice • प्रिजुडिस • *n.* पूर्वग्रह, पूर्वधारणा, पूर्वाग्रह, पक्षपात।

preknowledge • प्रिनॉलेज • *n.* पूर्व ज्ञान।

preliminary • प्रिलिमिनॅरी • *a.* प्राथमिक।

prelude • प्रिल्यूड • *n.* भूमिका।

premarital • प्रिमैरिटॅल • *a.* विवाह पूर्व।

premature • प्रिमैच्योर • *a.* असामयिक, समय पूर्व।

premeditate • प्रिमेडिटेट • *vi.* पहले से विचार करना।

premeditation • प्रिमेडिटेशॅन • *n.* पूर्व चिंतन।

premier • प्रिमिअॅर • *a.* प्रमुख, *n.* प्रधान मंत्री, **~e** (प्रिमिअॅरे) *n.* प्रथम प्रदर्शन।

premise • प्रेमिस • *n.* आधार-वाक्य।

premium • प्रिमियम • *n.* बीमा की किस्त, 2. पुरस्कार, 3. अधिशुल्क।

premonition • प्रिमोनिशॅन • *n.* (किसी घटना का) पूर्वाभास।

preoccupation • प्रिऑक्यूपेशॅन • *n.* तन्मयता।

preoccupied • प्रिऑक्यूपाइड • *a.* लवलीन, तन्मय।

preparation • प्रिपरेशन • *n.* तैयारी।

preparatory • पिपरेटरी • *a.* तैयारी संबंधी।

prepare • प्रिपेअॅर • *vt.* तैयारी करना, *vi.* तैयार होना।

prepay • प्रिपे • *vt.* पहले ही भुगतान कर देना।

preponderate • प्रिपॉन्डरेट • *vt.* बढ़-चढ़कर होना, अधिक प्रचलित होना।

preposition • प्रिपॉज़िशन • *n.* संबंधवाचक शब्द (व्याकरण)।

prepossess • प्रिपॉज़ेस • *vt.* प्रभावित करना (अपने पक्ष में), **~ ing** (प्रिपॉज़ेसिंग) *a.* आकर्षक।

preposterous • प्रिपॉस्टॅरॅस • *a.* निरर्थक, अनर्गल, बेतुका।

prerecord • प्रिरिकॅर्ड • *vt.* पहले से ध्वनि अंकित करना।

prerequisite • प्रिरिक्विज़िट • *n.* पूर्वापेक्षा, *a.* पूर्वापेक्षित।

prerogative • प्रिरॉगॅटिव • *n.* विशेषाधिकार, प्राधिकरण।

presage • प्रिसेज • *n.* पूर्वाभास, शकुन, पूर्व सूचना।

presbyopia • प्रेसबायोपियॉ • *n.* दूरदृष्टिदोष।

prescribe • प्रेस्क्राइब • *vt.* नुस्खा लिखना, दवा लिखना, 2. निर्धारण करना (जैसे पाठ्यपुस्तकें)।

prescription • प्रिस्क्रिपशॅन • *n.* नुस्ख़ा।

presence • प्रेजॅन्स • *n.* उपस्थिति, हाज़िरी।

present • प्रेज़ेन्ट • *a.* हाज़िर, उपस्थित, मौजूदा, आज का, *n.* वर्तमान काल, 2. उपहार, *v.* परिचय कराना, सामने

उपस्थित करना, प्रदर्शित करना, ~**able** (प्रेज़ेन्टेबल) *a.* सामने रखने योग्य, देने योग्य, ~**ation** (प्रेज़ेन्टेशन) *n.* प्रस्तुतिकरण, 2. अभिनय, ~**iment** (प्रेज़ेन्टिमेंट) *n.* पूर्वाभास, पूर्व ज्ञान, ~**ly** (प्रेज़ेन्टली) *adv.* शीघ्र, जल्दी ही।

preservation • प्रिज़र्वेशॅन • *n.* संरक्षण, परिरक्षण (फल, सब्ज़ी, आदि)।

preservative • प्रिज़र्वेटिव • *a.* परिरक्षक।

preserve • प्रिज़र्व • *vt.* परिरक्षित करना, क्षति होने से बचाना, जीवित रखना।

preside • प्रेज़ाइड • *vi.* सभापतित्व करना, अध्यक्षता करना।

presidency • प्रेज़िडेन्सी • *n.* अध्यक्ष पद, अध्यक्षता काल, 2. महाप्रांत (जैसे मुंबई प्रेज़िडेंसी)।

president • प्रेज़िडेन्ट • *n.* अध्यक्ष, सभापति, 2. (भारत, अमेरिका, आदि का राष्ट्रपति)।

press • प्रेस • *n.* दबाना, निचोड़ना, 2. छापाखाना, मुद्रणालय, *vt.* इस्तरी करना, ~**conference** (प्रेस कॉन्फ्रेन्स) *n.* संवाददाता सम्मेलन, **printing** ~ (प्रिंटिंग प्रेस) *n.* छापाखाना, ~ **ure** (प्रेशर) *n.* दबाव, भार।

prestige • प्रेस्टिज • *n.* प्रतिष्ठा, *a.* प्रतिष्ठापूर्ण, गौरवपूर्ण।

presume • प्रिज़्यूम • *vi./vt.* पहले से तय कर लेना, पहले से सच मान लेना।

presumptive • प्रिज़मटिव • *a.* पूर्व मान्य, अनुमानित, संभावित।

presuppose • प्रिसपोज़ • *vt.* पहले से मान लेना।

presupposition • प्रिसपोज़िशॅन • *n.* पूर्वधारणा।

pretence • प्रिटेन्स • *n.* बहाना।

pretend • प्रिटेन्ड • *vi./vt.* बहाना बनाना, बहाना करना, ~**er** (प्रिटेन्डॅर) *n.* बहानेबाज़, झूठा।

pretension • प्रिटेन्शॅन • *n.* दावा, मिथ्याभिमान।

pretentious • प्रिटेन्शस • *a.* मिथ्याभिमानी।

pretext • प्रिटेक्स्ट • *n.* बहाना।

pretty • प्रिटी • *a.* सुंदर, सुदर्शन, ख़ूबसूरत।

prevail • प्रिवेल • *vt.* प्रबल होना, प्रचलित होना।

prevalent • प्रिवेलेन्ट • *a.* प्रचलित, चालू।

prevent • प्रिवेन्ट • *vt.* रोकना, मना करना।

prevention • प्रिवेन्शॅन • *n.* निवारण, रोक।

preventive • प्रिवेन्टिव • *a.* निवारक।

previous • प्रीवियस • *a.* पहले का, पूर्व।

prey • प्रे • *n.* शिकार।

price • प्राइस • *n.* दाम, मूल्य।

prick • प्रिक • *vt.* छेदना, चुभाना।

prickle • प्रिकॅल • *n.* काँटा, नुकीली वस्तु।

pride • प्राइड • *n.* गर्व, घमंड, अभिमान, अहंकार।

priest • प्रीस्ट • *n.* पुरोहित।

prima facie • प्राइमा फ़ेसी • *adv.* प्रथम दृष्टया।

primary • प्राइमॅरि • *a.* प्राथमिक।

prime • प्राइम • *a.* मुख्य, प्रधान, *n.* चढ़ती जवानी, ~ **minister** (प्राइम मिनिस्टर) *n.* प्रधान मंत्री।

primer • प्राइमर • *n.* प्रथम पुस्तक (बच्चों की)।

primeval • प्राइमिवल • *n.* आदिम।

primitive • प्रिमिटिव • *a.* आदिकालीन, पुरातन।

primogenitor • प्राइमोजेनिटॅर • *n.* आदि पुरुष, 2. ज्येष्ठाधिकार (कि पिता का ज्येष्ठ पुत्र ही उत्तराधिकारी होगा यह सिद्धांत)।

primordial • प्राइमॉर्डियल • *a.* आदि-कालीन।

primrose • प्रिमरोज़ • *n.* बसंती गुलाब।

prince • प्रिंस • *n.* राजकुमार, ~ **ly** (प्रिंसली) *a.* राजकुमारोचित, ~ **ss** (प्रिंसेस) *n.* राजकुमारी।

principal • प्रिन्सिपॅल • *a.* प्रधान, 2. कॉलेज का प्राचार्य, 3. मूलधन।

principle • प्रिन्सिपिल • *n.* मूल सिद्धांत।

print • प्रिंट • *vi./vt.* छापना, मुद्रित करना, *n.* मोहर, ठप्पा, ~ **er** (प्रिंटर) *n.* मुद्रक, ~ **ing press** (प्रिंटिंग प्रेस) मुद्रणयंत्र, छापाख़ाना, मुद्रणालय।

prior • प्रायर • *a.* पूर्ववर्ती, पिछला, ~ **ity** (प्रायरिटी) *n.* प्राथमिकता।

prism • प्रिज़्म • *n.* प्रिज़्म, समपार्श्व।

prison • प्रिज़ॅन • *n.* क़ैदख़ाना, जेल, कारागार, कारागृह, ~ **er** (प्रिज़्नॅर) *n.* क़ैदी, बंदी।

privacy • प्राइवेसी • *n.* एकांत, गोपनीयता।

private • प्राइवेट • *a.* गोपनीय, निजी, व्यक्तिगत।

privation • प्राइवेशॅन • *n.* अभाव, तंगी।

privilege • प्रिविलेज • *n.* विशेषाधिकार, सुविधा।

privy • प्रिवी • *a.* निज़ी, गूढ़, ~ **purse** (प्रिवी पर्स) *n.* राजा को निजी खर्च के लिए दी जाने वाली राशि (भारत में अब यह बंद हो गई है)।

prize • प्राइज़ • *n.* इनाम, पुरस्कार, पारितोषिक, *vt.* बहुमूल्य मानना।

pro- • प्रो • *pref.* उपसर्ग, समर्थक, हिमायती।

pros and con • प्रॉस ऐंड कॉन • पक्ष तथा विपक्ष।

probability • प्रोबॅबिलिटि • *n.* संभाव्यता, संभावना।

probable • प्रोबेबॅल • *n.* संभव, मुमकिन।

probation • प्रोबेशॅन • *n.* परिवीक्षा, ~ **ary period** (प्रोबेशनॅरि पीरियड) *n.* परखने का समय, परिवीक्षाकाल।

probe • प्रोब • *vt.* जाँच-पड़ताल।
problem • प्रॉब्लॅम • *n.* समस्या।
procedure • प्रोसेड्यॅर • *n.* कार्य-प्रणाली।
proceed • प्रोसीड • *vi.* अग्रसर होना, आगे बढ़ना, ~ **ing** (प्रोसिडिंग) *n.* मीटिंग की कार्यवाही की रिपोर्ट।
process • प्रोसेस • *n.* तरीका, परिपाटी, प्रणाली, सम्मन, कार्यवाही, *v.* मुकदमा चलाना, 2. तैयार करना।
procession • प्रोसेशॅन • *n.* जलूस, शोभायात्रा।
proclaim • प्रोक्लेम • *vi.* घोषित करना, ~ **ation** (प्रोक्लेमेशॅन) *n.* घोषणा।
proctor • प्रॉक्टर • *n.* (विश्वविद्यालय का) शासक, अभिकर्ता।
procure • प्रोक्योर • *vt.* हासिल करना, ~ **ment** (प्रोक्यूरमेन्ट) *n.* प्राप्ति।
prodigal • प्रॉडिगॅल • *a.* फिज़ूलखर्च।
prodigious • प्रॉडिजिअॅस • *a.* अस्वाभाविक, 2. अति विशाल।
prodigy • प्रॉडिगी • *n.* विलक्षण, प्रतिभासंपन्न व्यक्ति (या बच्चा)।
produce • प्रोड्यूसॅ • *vt.* उत्पन्न करना, पैदा करना, *n.* उपज, ~ **r** (प्रोड्यूसॅर) *n.* उत्पादक, 2. सूत्रधार, निर्माता (फ़िल्म, टी.वी. सीरियल, आदि का)।
product • प्रोडॅक्ट • *n.* उपज, फल, परिणाम, ~ **ion** (प्रोडक्शॅन) *n.* निर्माण, उत्पादन।
profane • प्रोफ़ेन • *a.* लौकिक, धर्म-निरपेक्ष, 2. अपवित्र।
profanity • प्रोफ़ैनिटी • *n.* अपवित्रता, 2. लौकिकता।
profess • प्रोफ़ेस • *v.* प्रकट करना, प्रदर्शित करना, दावा करना, स्वीकार करना, ~ **ion** (प्रोफ़ेशॅन) *n.* पेशावृत्ति, धंधा, 2. स्वीकारोक्ति, ~ **ional** (प्रोफ़ेशॅनल) *a.* व्यावसायिक।
professor • प्रोफ़ेसर • *n.* प्राध्यापक, आचार्य।
proffer • प्रॉफ़अर • *vt.* अर्पित करना।
proficiency • प्रॉफ़िशिएन्सी • *n.* प्रवीणता।
proficient • प्रॅफ़िशिएन्ट • *a.* प्रवीण, कुशल।
profile • प्रोफ़ाइल • *n.* रूपरेखा, ख़ाका।
profit • प्रॉफ़िट • *n.* लाभ, नफ़ा, मुनाफ़ा, ~ **and loss** (प्रॉफ़िट ऐंड लॉस) *n.* लाभ-हानि, ~ **able** (प्रॉफ़ि-टेबॅल) *a.* लाभदायक।
profligate • प्रॉफ़्लिगेट • *a.* अपव्ययी, लंपट।
proforma • प्रोफ़ॅर्मा • *n.* नमूने का फार्म (प्रपत्र)।
profound • प्रोफ़ाउंड • *a.* गहरा, 2. पारंगत।
progeny • प्रॉजिनी • *n.* संतान।
prognosis • प्रॉग्नोसिस • *n.* रोग का पूर्वानुमान।
programme • प्रोग्रॅाम • *n.* कार्यक्रम, 2. कंप्यूटर की कार्यसूची (program)।

progress • प्रॉग्रेस • *n.* प्रगति, विकास, **~ive** (प्रॉग्रेसिव) *a.* प्रगतिशील।

prohibit • प्रॉहिबिट • *vt.* मना करना, रोकना, वर्जित करना, **~ion** (प्रॉहिबिशॅन) *n.* वर्जना, निषेध, 2. मद्य-निषेध, नशाबंदी।

project • प्रॉजेक्ट • *n.* योजना, परियोजना, *v.* व्यक्त करना, **~or** (प्रॉजेक्टॅर) *n.* प्रक्षेपक, सिनेमा की फ़िल्म प्रदर्शित करने की मशीन।

prolatarian • प्रोलेटैरियॅन • *a.* श्रम-जीवी संबंधी।

proletariat • प्रोलेटैरिएट • *n.* सर्वहारा वर्ग, मज़दूर वर्ग।

proliferate • प्रॉलिफ़रेट • *v.* प्रचुर मात्रा में उगना।

proliferation • प्रॉलिफ़रेशॅन • *n.* प्रचुर मात्रा में उत्पत्ति।

prolific • प्रॉलिफ़िक • *a.* बहुत फलदायक।

prologue • प्रोलॉग • *n.* प्रस्तावना।

prolong • प्रोलौंग • *vt.* लंबा खींचना, दीर्घ करना, 2. जारी रखना।

promenade • प्रोमिनेड • *n.* चहल-कदमी, विचरण, 2. रास्ता।

prominence • प्रॉमिनेन्स • *n.* प्रधानता, विशिष्टता

prominent • प्रॉमिनेन्ट • *a.* प्रमुख, उन्नत, बाहर की ओर निकला हुआ।

promiscuous • प्रॉमिस्कुअॅस • *a.* बहुगामी, असंयत संभोगी।

promise • प्रॉमिस • *n.* वादा, प्रतिज्ञा, वचन, *v.* वादा करना।

promissory • प्रॉमिसरी • *a.* प्रॉमिसरी, सप्रतिज्ञा (जिसे करने का सरकार आदि द्वारा वचन दिया गया हो)।

promote • प्रोमोट • *v.* पदोन्नति करना, तरक्की देना, 2. प्रचार करना, बढ़ाना।

promotion • प्रॅमोशॅन • *n.* तरक्की, पदोन्नति।

prompt • प्रॉम्प्ट • *a.* तुरंत का, तात्कालिक, *v.* (पीछे से) संकेत देना, डायलॉग बताना, (रंगमंच के अभिनेताओं को)।

promulgate • प्रॉमलगेट • *vt.* घोषित करना, जारी करना।

prone • प्रोन • *a.* अधोमुख, 2. ढालू।

pronoun • प्रोनाउन • *n.* सर्वनाम।

pronounce • प्रोनाउन्स • *v.* घोषित करना, कहना, उच्चरित करना, **~ment** (प्रोनाउन्समेंट) *n.* उद्घोषणा, घोषणा।

pronunciation • प्रोननशिएशॅन • *n.* उच्चारण।

proof • प्रूफ़ • *n.* प्रमाण, 2. प्रेस का प्रूफ़, *a.* अडिग, जिस पर असर न हो (जैसे वाटरप्रूफ़ = जिस पर पानी का प्रभाव न पड़े)।

prop • प्रॉप • *n.* सहारा, टेक, *v.* सहारा देना।

propaganda • प्रोपगैन्डा • *v.* प्रचार।

propagate • प्रॉपगेट • *v.* प्रचार करना।

propel • प्रॉपेल • *vt.* आगे ढकेलना, **~ler** (प्रोपेलर) *n.* प्रेरक (वायुयान के सामने लगे पंखे जो उसे ढकेलने का काम करते हैं)।

propensity • प्रॉपेन्सिटी • *n.* प्रवृत्ति, झुकाव।

proper • प्रॉपर • *a.* उचित, सही, ~**ly** (प्रॉपर्ली) *adv.* ठीक ढंग से।

property • प्रॉपर्टी • *n.* संपत्ति, जायदाद।

prophesy • प्रॉफेसी • *n.* भविष्यवाणी, *vi./vt.* भविष्यवाणी करना।

prophet • प्रॉफ़ेट • *n.* पैग़ंबर, दूत, ~**ic** (प्रॉफ़ेटिक) *a.* भविष्यसूचक।

propitious • प्रॉपिशॅस • *a.* अनुकूल, प्रसन्न, कृपालु।

proportion • प्रॉपोर्शन • *n.* अनुपात, अंश।

proposal • प्रपोज़ॅल • *n.* प्रस्ताव।

propose • प्रपोज़ • *vi./vt.* प्रस्ताव करना, ~**r** (प्रोज़ॅर) *n.* प्रस्तावक।

proposition • प्रपोज़िशॅन • *n.* प्रस्ताव, 2. साध्य, 3. समस्या।

propound • प्रॅपाउन्ड • *vt.* प्रतिपादन करना।

proprietary • प्रोप्राइॅटरी • *a.* स्वामित्व संबंधी, मालिकाना।

propriety • प्रोप्राइटी • *n.* औचित्य।

pro rata • प्रोराटा • *adv.* अनुपात में, प्रत्येक के हिस्से के अनुसार।

prosaic • प्रोज़ैक • *a.* गद्य की तरह।

proscribe • प्रोस्क्राइब • *vt.* अवैध घोषित करना।

prose • प्रोज़ • *n.* गद्य।

prosecute • प्रॉसिक्यूट • *vt.* जारी रखना, 2. किसी पर अभियोग चलाना।

prosecution • प्रॉसिक्यूशॅन • *n.* अभियोग, अभियोजना।

prosecutor • प्रॉसिक्यूटॅर • *n.* अभियोजक।

prosody • प्रॉसॅडि • *n.* छंदशास्त्र।

prospect • प्रोस्पेक्ट • *n.* लक्षण, आसार, संभावना, *v.* खोजना, पूर्वेक्षण करना, ~**ive** (प्रॉस्पेक्टिव) *a.* संभावित, ~**us** (प्रॉस्पेक्टॅस) *n.* विवरण-पत्र।

prosper • प्रॉस्पर • *vi./vt.* उन्नति करना, ~ **ity** (प्रास्परिटी) उन्नति, समृद्धि, ~**ous** (प्रॉस्परॅस) *a.* समृद्ध।

prostitute • प्रॉस्टिट्यूट • *n.* वेश्या, रंडी, वार वनिता।

prostitution • प्रॉस्टिट्यूशॅन • *n.* वेश्यावृत्ति।

prostrate • प्रॉस्ट्रेट • *n.a.* दंडवत् पड़ा हुआ, *v.* गिरा देना, पराजित करना।

prostration • प्रॉस्ट्रेशॅन • *n.* साष्टांग दंडवत्।

protect • प्रोटेक्ट • *v.* बचाना, ~**ive** (प्रोटेक्टिव) *a.* रक्षा करने वाला।

protein • प्रोटीन • *n.* प्रोटीन।

protest • प्रोटेस्ट • *v.* विरोध प्रकट करना, *n.* विरोध।

proto- • प्रोटो- • *n.* आदि, पूर्व।

protocol • प्रोटोकोल • *n.* विशेष अवसरों पर बरते जाने वाले तरीकों का सरकारी रूप।

proton • प्रोटोन • *n.* प्रोटोन।

protract • प्रोट्रैक्ट • *vt.* बढ़ाना, लंबा करना।

protrude • प्रोट्रूड • *vt.* बाहर निकला हुआ होना।

protuberant • प्रोट्यूबरेन्ट • *a.* उभरा हुआ।

proud • प्राउड • *a.* गर्वीला, घमंडी, अहंकारी।

prove • प्रूव • *v.* प्रमाणित करना, सिद्ध करना।

proverb • प्रोवर्ब • *n.* कहावत, लोकोक्ति।

provide • प्रोवाइड • *v.* पूर्ति करना, का प्रबंध करना, मुहैया करना।

providence • प्रॉविडेन्स • *n.* ईश्वर का विधान।

provident • प्रॉविडेन्ट • *a.* दूरदर्शी, अग्रसोची, मितव्ययी, ~ **fund** (प्रॉविडेन्ट फ़ंड) *n.* भविष्य निधि।

province • प्राविन्स • *n.* प्रांत, प्रदेश।

provision • प्राविज़न • *n.* व्यवस्था, प्रबंध, 2. संभार, भंडार, रसद, खाद्य सामग्री, पूर्व योजना, ~ **al** (प्रोविज़नॅल) *a.* अस्थायी, अंतरिम।

provocation • प्रोवोकेशॅन • *n.* उत्तेजना, उत्तेजित करने का काम।

provoke • प्रोवोक • *v.* उकसाना, उत्तेजित करना।

prowess • प्रॉवेस • *n.* पराक्रम, वीरता।

prowl • प्राउल • *v.* शिकार खोजते फिरना, *n.* खोजना।

proximity • प्रॉक्सिमिटी • *n.* निकटता।

proxy • प्रॉक्सी • *n.* प्रतिनिधि, मीटिंग में किसी व्यक्ति की उपस्थिति किसी और छात्र द्वारा दर्ज कराना, ~ **war** (प्रॉक्सीवार) छिपा युद्ध, छद्म युद्ध।

prude • प्रूड • *n.* छद्म लज्जालु कुमारी या स्त्री, (सेक्स के मामले में अपने को अति सती दिखलाने के भाव वाली स्त्री), ~ **ry** (प्रूडरी) अति-सलज्जता।

prudence • प्रूडेन्स • *n.* समझदारी।

prudent • प्रूडेन्ट • *a.* दुनियादार, समझदार, विवेकी।

prune • प्रून • *v.* छाँटना (पौधे आदि)।

pry • प्राइ • *vi.* ताकना-झाँकना।

psalm • साम • *n.* ईसाइयों का भजन।

pseudo • स्यूडो • *a.* छद्म, ~ **nym** (स्यूडोनिम) छद्म नाम।

psyche • साइकि • *n.* मन, मानस।

psychiatric • साइकिआट्रिक • *a.* मनोचिकित्सा संबंधी।

psychiatrist • साइकिएट्रिस्ट • *n.* मनोचिकित्सक, मनोरोग चिकित्सक।

psychic • साइकिक • *a.* अतीन्द्रिय, *n.* ऐसा व्यक्ति जिसे अतीन्द्रिक अनुभव होता है।

psychoanalysis • साइकोऐनलिसिस • *n.* मनोविश्लेषण।

psychoanalyst • साइकोऐनलिस्ट • *n.* मनोविश्लेषक।

psychological • साइकोलॉजिकल • *a* मनोवैज्ञानिक।

psychologist • साइकोलॉजिस्ट • *a.* मनोविद्, मनोविज्ञानी, मनोवैज्ञानिक।

psychology • साइकोलॉजी • *n.* मनोविज्ञान, मनोविधा।

psychopath • साइकोपैथ • *a.* मनोविकृत।

psychosis • साइकोसिस • *n.* मनो-विकृति।

psychosomatic • साइकोसोमैटिक • *a.* मनोशारीरिक।

psychotherapist • साइकोथेरैपिस्ट • *n.* मानस चिकित्सक।

psychotherapy • साइकोथेरैपी • *n.* मानस चिकित्सा।

puberty • प्यूबर्टी • *n.* यौवनारम्भ, तारुण्य।

pubic • प्यूबिक • *n.* जानु संबंधी।

public • पॅब्लिक • *a.* सार्वजनिक, आम, *n.* समूह, ~ **holiday** (पॅब्लिक हॉलीडे) सार्वजनिक अवकाश, ~ **life** (पॅब्लिक लाइफ) लोक जीवन, ~ **opinion** (पॅब्लिक ओपिनियन) *n.* लोकमत, जनमत, ~ **relations** (पब्लिक रिलेशन्स) *n.* जनसंपर्क, ~ **school** (पॅब्लिक स्कूल) अभिजात स्कूल, ~ **sector** (पॅब्लिक सेक्टर) *n.* राजकीय/सार्वजनिक क्षेत्र, ~ **works** (पॅब्लिक वर्क्स) *n.* लोक-निर्माण कार्य, ~ **ise** ~ **ize** (पॅब्लिसाइज़) *vt.* प्रचार करना, ~ **ation** (पब्लिकेशॅन) *n.* प्रकाशन।

publicity • पब्लिसिटी • *n.* प्रचार।

publish • पब्लिश • *vt.* प्रकाशित करना, ~ **er** (पब्लिशर) प्रकाशक।

pudding • पुडिंग • *n.* हलवा।

puddle • पुडॅल • *n.* कीचड़, डबरा।

pudenda • पुडेन्डा • *n.* उपस्थ।

puerile • प्युराइल • *a.* बचकाना।

puff • पॅफ़ • *n.* फूँक, 2. झोंका, 3. कश, दम, 4. उभार।

pugnacious • पॅग्नेशस • *a.* लड़ाकू, झगड़ालू।

pugnacity • पॅग्नेसिटी • *n.* झगड़ालू-पन।

pull • पुल • *vt.* खींचना, ~ **over** (पुल-ओवर) *n.* स्वेटर।

pulley • पुली • *n.* गरारी।

pulmonary • पॅल्मनरि • *a.* फेफड़े का, फेफड़ा संबंधी।

pulp • पॅल्प • *n.* लुगदी, *vt.* गूदा निकालना।

pulpit • पॅलपिट • *n.* (ईसाइयों आदि का) प्रवचन मंच।

pulse • पॅल्स • *n.* नाड़ी।

pulverize • पॅल्वराइज़ • *vi./vt.* पीसना, चूर करना।

pump • पंप • *n.* पंप, दमकल, ज़मीन के नीचे से पानी खींचने का यंत्र, साइकिल आदि के ट्यूब में हवा देने का यंत्र।

pumpkin • पंपकिन • *n.* कद्दू, लौकी।

pun • पॅन • *n.* श्लेष, दुमानिया शब्द।

punch • पंच • *v.* घूसा मारना, छेद करना, *n.* घूसा, मुक्का।

punctual • पंक्चुअॅल • *a.* समय का पाबंद, ~ **ity** (पंक्चुअलिटी) *n.* समय की पाबंदी।

punctuate • पंक्चुएट • *vt.* विराम आदि चिह्न लगाना।

punctuation • पंक्चुएशॅन • *n.* विराम चिह्न।

puncture • पंक्चॅर • *n.* (रबड़ आदि में) छेद, *v.* रबड़ आदि के ट्यूब में छेद होने से हवा निकल जाना।

pungent • पंजेंट • *a.* तेज़, तीखा।

punish • पनिशॅ • *vt.* दंड देना, सज़ा देना, **~ment** (पनिशॅमेंट) *n.* दंड, सज़ा।

punitive • प्युनिटिव • *a.* दंडात्मक।

puny • प्यूनी • *a.* अदना, छोटा-सा।

pupil • प्युपिल • *n.* शिष्य, चेला, 2. आँख की पुतली।

puppet • पॅपेट • *n.* गुड़िया, कठपुतली, **~eer** (पपेटियर) *n.* कठपुतली का नाच दिखाने वाला।

pup, puppy • पॅप, पपी • *n.* कुत्ते का पिल्ला, कुत्ते का छोटा बच्चा।

purblind • पर्ब्लाइंड • *a.* अंधा-सा।

purchase • पर्चेज़ • *vt.* खरीदना।

purdah • पर्दा • *n.* पर्दा।

pure • प्योर • *a.* पवित्र, पाक, निर्दोष।

purgative • पॅर्गेटिव • *a.* शोधक, रेचक, पेट साफ करने वाला।

purgatory • पर्गेटरी • *n.* नरक।

purge • पॅर्ज • *v.* शुद्ध करना।

purify • प्युरिफ़ाई • *vt.* शुद्ध करना।

purification • प्युरिफ़िकेशॅन • *n.* शुद्धिकरण।

puritan • प्युरिटॅन • *n.* अति धार्मिक, प्युरिटन।

purple • पॅर्पल • *a.* बैंगनी।

purport • पॅर्पर्ट • *n.* प्रयोजन, मतलब, अर्थ।

purpose • पॅर्पस • *n.* उद्देश्य, अभिप्राय।

purr • पॅर • *vi.* बिल्ली की तरह धीमी आवाज़ करना।

purse • पर्स • *n.* बटुआ।

pursue • पर्सू • *v.* पीछा करना, काम जारी रखना।

pursuit • पर्स्यूट • *n.* पीछा करना, अनुसरण, खोज।

purview • पॅरविउ • *n.* विस्तार।

pus • पॅस • *n.* पीव, ममाद।

push • पुशॅ • *vi./vt.* धक्का देना, धक्का लगाना, *n.* आघात, धक्का।

put • पुटॅ • *vi./vt.* रखना, 2. फेंकना (जैसे **shot put**), **~forward** (पुॅट फ़ारवर्ड) *vt.* आवेदन करना, **~off** (पुॅट ऑफ़) *vt.* टाल देना, **~on** (पुॅट ऑन) पहनना, **~ up** (पुॅट अप) (फ़ाइल आदि) सामने रखना।

putrefy • प्यूट्रिफ़ाई • *vt./vi.* सड़ना, 2. सड़ाना।

putrid • प्युट्रिड • *a.* सड़ा हुआ।

Puzzle • पज़ॅल • *n.* पहेली।

Pygmy (pigmy) • पिग्मी • *n.* अफ्रीका का निवासी, एक जाति के लोग जो बहुत ठिगने होते हैं, ठिगना।

pyramid • पिरैमिड • *n.* पिरामिड (मिस्र के)।

pyre • पाइअॅर • *n.* चिता।

python • पाइथॅन • *n.* अजगर।

pythoness • पाइथॅनिस • *n.* डाइन, जादूगरनी।

Q

Q/q • क्यू • अंग्रेजी वर्णमाला का सत्रहवाँ अक्षर।

quack • क्वैक • *n.* नीम-हकीम, 2. बत्तख की आवाज़, शेखी मारना।

quadrangle • क्वैड्रेन्गल • *n.* चतुर्भुज।

quadruped • क्वैडरुपेड • *n.* चौपाया।

quadruple • क्वैडरुपल • *a.* चौगुना, *vi./vt.* चौगुना करना।

quail • क्वेल • *n.* बटेर।

quaint • क्वेंट • *a.* सनकी, अनूठा, निराला।

quake • क्वेक • *vi.* काँपना।

qualification • क्वालिफ़िकेशॅन • *n.* अर्हता, योग्यता।

qualified • क्वालिफ़ाइड • *a.* योग्य, अर्हता प्राप्त, उपाधि प्राप्त।

qualify • क्वालिफाई • *vt.* योग्यता प्राप्त करना, 2. सीमित करना।

quality • क्वालिटी • *n.* गुण, गुणवत्ता।

qualm • क्वाम • *n.* संदेह, शक, आशंका।

quandary • क्वॉन्डरी • *n.* उलझन में।

quantity • क्वान्टिटि • *n.* मात्रा, राशि, संख्या।

quarantine • क्वॉरॅन्टाइन • *n.* छूत के रोग से बचाने के लिए अलग रखना।

quarrel • क्वॅरॅल • *n.* झगड़ा, *vi.* झगड़ा करना, लड़ना, ~**some** (क्वॅर्लसम) *a.* झगड़ालू।

quarry • क्वैरि • *n.* आखेट, शिकार का जानवर, 2. खुली खदान।

quart • क्वॉर्ट • *n.* गैलन का चौथाई भाग।

quarter • क्वॉर्टर • *n.* चौथाई भाग, 2. घंटे का चौथा भाग (15 मिनट), 3. तीन महीने का समय, 4. रहने का स्थान, ~ **ly** (क्वॉर्टरली) *a.* तिमाही।

quartz • क्वॉर्ट्ज़ • *n.* स्फटिक पत्थर।

quash • क्वैश • *vt.* कुचल देना, रद्द कर देना।

quay • क्वे • *n.* जहाज घाट।

queen • क्वीन • *n.* रानी, राजा की पत्नी।

queer • क्विअरॅ • *a.* विचित्र।

quell • क्वेल • *vt.* दबा देना।

quench • क्वेन्च • *vt.* बुझाना (जैसे प्यास बुझाना)।

querulous • क्वरुलॅस • *a.* झगड़ालू।

query • क्वेअॅरि • *n.* प्रश्न, अन्वेषण।

quest • क्वेस्ट • *n.* खोज, तलाश, *n.* खोजना।

question • क्वेश्चॅन • *n.* प्रश्न, सवाल, ~**paper** (क्वेश्चॅन पेपर) प्रश्न पत्र, *vt.* सवाल करना, प्रश्न पूछना, ~**able** (क्वेश्चॅनेबल) *a.* संदेहजनक, ~**naire** (क्वेश्चनेअॅर) *n.* प्रश्नावली।

queue • क्यू • *n.* लाइन, पंक्ति, *vi.* पंक्ति में खड़ा होना।

quiescent • क्विएसॅन्ट • *a.* शांत, निष्क्रिय।

quiet • क्वाइअॅट • *n.* शांति, नीरवता, *a.* शांत, नीरव, *vt.* शांत करना, *vi.* शांत होना।

quill • क्विल • *n.* पंख की कलम, पंख, काँटा।

quilt • क्विल्ट • *n.* रजाई।

quinine • क्विनीन • *n.* कुनैन, औषधि जो मलेरिया में दी जाती है।

quintessence • क्विन्टेसॅन्स • *n.* तत्त्व, सार, पंचतत्त्व।

quip • क्विप • *n.* चुटकुला, *v.* चुटकुला छोड़ना।

quire • कॉयर • *n.* दस्ता।

quirk • क्वॅर्क • *n.* विशेषता।

quisling • क्विॅज़लिंग • *n.* देशद्रोही।

quit • क्विॅट • *vi.* रिहा, मुक्त, *v.* छोड़ देना, चला जाना।

quite • क्वाइट • *adv.* नितांत, पूरी तरह।

quiver • क्विवॅर • *vi.* काँपना, *n.* कंपन, तरकश।

quixotic • क्विकज़ॉटिक • *a.* अव्यावहारिक, डॉनक्विजोट की तरह।

quiz • क्विज़ • *n.* प्रश्नोत्तरी, प्रश्नावली।

quorum • कोरॅम • *n.* कोरम, गणपूर्ति, किसी सभा में वह निम्नतम उपस्थिति जिससे काम हो सके।

quota • कोटॉ • *n.* कोटा, नियतांश।

quotation • क्वोटेशॅन • *n.* उद्धरण।

quote • क्वोट • *vi.* उद्धृत करना, *n.* उद्धरण।

quotient • क्वोशॅन्ट • *n.* भागफल।

R

R/r • आर • अंग्रेजी वर्णमाला का अठारहवाँ अक्षर।

rabbi • रैबी • *n.* यहूदियों का गुरु, रब्बी।

rabbit • रैबिट • *n.* खरगोश, खरहा।

rabid • रैबिड • *a.* पागल (कुत्ता आदि)।

rabies • रैबिज़ • *n.* जलांतक, पागल कुत्ते से उत्पन्न रोग।

race • रेसॅ • *n.* जाति, नस्ल, 2. दौड़, दौड़ का मुकाबला।

racial • रेशॅल • *a.* जातीय, **~ism** (रेशॅलिज़्म) *n.* जातिवाद।

rack • रैक • *n.* आल्मारी, *vt.* यातना देना।

racket • रैकेट • *n.* हल्ला, शोरगुल, 2. तिकड़म, कूट योजना, 3. (टेनिस, बैडमिंटन आदि का) रैकेट, **~eering** (रैकेटिअरिंग) *n.* ठगी।

radial • रेडियल • *a.* त्रिज्यीय।

radiate • रैडिएट • *vi.* विकिरण करना, फैलाना।

radiation • रैडिएशॅन • *n.* विकिरण, प्रसारण।

radical • रैडिकॅल • *a.* बुनियादी, 2. अतिवादी, उग्र सुधारवादी, ~ **ism** (रैडिकल्ज़िम) *n.* उग्र सुधारवाद।

radio • रेडिओ • *n.* रेडियो, आकाशवाणी, ~ **station** (रेडिओ स्टेशन) *n.* रेडियो प्रसारण केन्द्र, ~ **active** (रेडियोऐक्टिव) *a.* रेडियोधर्मी।

radish • रैडिश • *n.* मूली।

radium • रेडिॲम • *n.* रेडियम।

radius • रेडिॲस • *n.* अर्धव्यास।

raft • राफ़्ट • *n.* बेड़ा।

rag • रैग • *n.* चिथड़ा, *v.* सताना, ~ **ging** (रैगिंग) *n.* कॉलेजों में नवागंतुक छात्र-छात्राओं के साथ पुराने छात्र-छात्राओं का परिचय कराने के बहाने क्रूरतापूर्वक किए गए खेल।

rage • रेज • *n.* क्रोध, क्रोधांधता।

ragged • रैगेड • *a.* फटा-पुराना।

raid • रेड • *n.* हमला, छापा।

rail • रेल • *n.* दंड, रेल की पटरी, ~ **way** (रेलवे) *n.* रेल मार्ग, ~ **ing** (रेलिंग) *n.* बाड़ा, जंगला।

rain • रेन • *n.* बारिश, वर्षा, वृष्टि, बरसात, ~ **bow** (रेनबो) *n.* इंद्रधनुष, ~ **fall** (रेनफ़ॉल) *n.* वर्षा, *vi.* पानी बरसना।

raise • रेज़ • *vt.* उठाना, 2. इकट्ठा करना (जैसे चंदा)।

raisin • रेज़िन • *n.* किशमिश।

rake • रेक • *n.* पांचा, जेली (*tool*), 2. दुश्चरित्र (व्यक्ति), *vi./vt.* छानना, छानबीन करना।

rally • रैली • *n.* इकट्ठे होना, जुटना, *n.* जमघट।

ram • रैम • *n.* भेड़ (नर), मेढ़ा, 2. दुरमुट, 2. थापी, *vi.* कूटना।

ramble • रैम्बॅल • *vi.* भ्रमण करना।

rambling • रैम्बलिंग • *a.* असंबद्ध।

ramification • रैमिफ़िकेशॅन • *n.* शाखा विस्तार।

ramp • रैम्प • *n.* ढलान।

rampant • रैम्पैन्ट • *a.* अनियमित, उच्छृंखल, उग्र।

rampart • रैम्पॉर्ट • *n.* परकोटा।

ramshakle • रैम्शैकॅल • *n.* जर्जर।

ramson • रैमसॅन • *n.* लहसुन।

ranch • रान्च • *n.* बड़ा फार्म, बड़ा चक।

rancid • रैन्सिड • *a.* बासी, विकृत गंधी।

rancour • रैंकॅर • *n.* विद्वेष।

random • रैन्डॅम • *a.* बेतरतीब, अनियमित।

range • रेन्ज • *n.* माला, श्रेणी (जैसे **mountain range** = पर्वतमाला), 2. पहुँच, 3. चूल्हा, 4. चाँदमारी का स्थान।

ranger • रेन्जर • *n.* वनपाल।

rank • रैंक • *n.* पद, कोटि, वर्ग, *vi.* पंक्तिबद्ध करना, ~ **and file** (रैंक ऐंड फ़ाइल) *n.* सामान्य सैनिक, सामान्य जन

ransack • रैनसैक • *vt.* लूटना, 2. छानबीन करना।

ransom • रैनसॅम • *n.* फिरौती, किसी अपहृत व्यक्ति के लिए माँगी गई रकम।

rant • रैंट • *v.* प्रलाप करना।

rap • रैप • *n.* खटखट, *vt.* खटखटाना।

rape • रेप • *vt.* बलात्कार करना, *n.* बलात्कार।

rapid • रैपिड • *a.* तेज, तीव्र, ~ **ly** (रैपिडॅली) *adv.* तेजी से, जल्दी से।

rapine • रैपाइन • *n.* लूट, लूटमार।

rapist • रेपिस्ट • *a.* बलात्कारी।

rapport • रैपॉर्ट • *n.* घनिष्ठता, आत्मीयता।

rapt • रैप्ट • *a.* निमग्न, तन्मय, सम्मोहित।

rapture • रैप्चॅर • *n.* हर्षातिरेक, उल्लास।

rapturous • रैप्चरसॅ • *a.* उल्लासपूर्ण।

rare • रेऑर • *a.* असामान्य, दुर्लभ, 2. अति उत्तम, ~ **ly** (रेअरलि) *adv.* मुश्किल से।

rarity • रेअरिटी • *n.* दुष्प्राप्यता।

rascal • रास्कॅल • *n.* बदमाश, दुष्ट।

rash • रैश • *a.* जल्दबाज़, *n.* शरीर पर निकलने वाले छोटे दाने।

raspberry • रैज़बॅरी • *n.* रसभरी (एक फल)।

rat • रैट • *n.* चूहा।

rate • रेट • *n.* भाव, दर।

rather • राद॔र • *adv.* बल्कि।

ratification • रैटिफ़िकेशॅन • *vt.* समर्थन।

ratify • रैटिफ़ाई • *vt.* समर्थित करना।

rating • रेटिंग • *n.* शुल्क, 2. दर्जा, 3. मूल्य निर्धारण।

ratio • रेशो • *n.* अनुपात।

rational • रैशनॅल • *a.* विवेकपूर्ण, तर्कसंगत, ~ **ization** (रैशनलाइ-ज़ेशॅन) *n.* औचित्य स्थापन, यौक्ति-कीकरण।

ration • राशॅन • *n.* राशॅन, *vi.* सीमित करना, ~ **ing** (राशनिंग) *n.* नियंत्रित वितरण (सामग्री का)।

rattle • रैटॅल • *vi.* खड़खड़ाना।

raucous • रॉकस • *a.* कर्कट।

ravage • रैवेज • *vt.* उजाड़ना, विध्वंस करना।

rave • रेवॅ • *v.* प्रलाप करना।

raving • रेविंग • *n.* प्रलाप।

raven • रैवॅन • *n.* काला जंगली कौआ, ~ **ous** (रैवेनॅस) *a.* क्षुधातुर, बेहद भूखा।

ravine • रैवाइन • *n.* तंग घाटी, दर्रा।

ravish • रैविश • *vt.* हरना, बलात्कार करना।

raw • रॉ • *a.* कच्चा, 2. खालिस, शुद्ध, 3. अनगढ़, सीधा-सादा।

ray • रे • *n.* किरण।

rayon • रेऑन • *n.* रेयन।

raze • रेज़ • *vt.* मिटा देना।

razor • रेज़ॅर • *n.* छुरा, उस्तरा, **safety** ~ (सेफ़्टी रेज़र) *n.* सेफ्टी रेज़र।

re • री • *prep.* किसी चीज या व्यक्ति के संबंध में 'फिर' के अर्थ में उपसर्ग।

reach • रीच • *vi./vt.* पहुँचना, पहुँचाना, *n.* पहुँच।

react • रीऐक्ट • *vi.* प्रतिक्रिया करना, ~ **ion** (रिऐक्शॅन) *n.* प्रतिक्रिया, ~ **ionary** (रिऐक्शनॅरी) *a.* अप्रगतिशीलता, पश्चाद्गामिता, ~ **or** (रीऐक्टॅर) *n.* (परमाणु) भट्ठी।

read • रीडॅ • *vi./vt.* पढ़ना, **well** ~ (वेल रेड) *a.* शिक्षित, पढ़ा-लिखा, विद्वान, ~ **able** (रीडेबॅल) *a.* पठनीय, पढ़ने के लायक, ~ **er** (रीडॅर) *n.* पढ़नेवाला, विश्वविद्यालय का उच्च प्राध्यापक, **proof** ~ **er** (प्रूफ़ रीडर) प्रूफ़ पढ़ने वाला।

readily • रेडिली • *adv.* स्वेच्छा से, सहर्ष।

readiness • रेडीनेस • *n.* तैयारी।

ready • रेडि • *a.* तैयार, प्रस्तुत, ~ **money** (रेडि मनी) *n.* नकद (पैसे), ~ **reckoner** (रेडि रेकॅनर) *n.* अनुगणक।

real • रीअॅल • *a.* वास्तविक, यथार्थ, **ity** ~ (रिअलिटी) *n.* वास्तविकता, यथार्थता, ~ **istic** (रिअलिस्टिक) *a.* यथार्थ, वास्तविक, ~ **isation** (रिअलाइज़ेशॅन) *n.* सिद्धि, उपलब्धि, बोध, ~ **ise** (रिअलाइज़) *vt.* स्पष्ट समझ पाना, 2. वसूल करना, ~ **ly** (रिअॅलि) *adv.* सच में, सचमुच।

realm • रेल्म • *n.* राज्य, क्षेत्र।

ream • रीम • *n.* कागज के 500 पन्ने, रीम (20 क्वायर), 2. अधिक।

reap • रीप • *vt.* काटना (फसल या लाभ)।

reappear • रीऐपिअॅर • *vi.* फिर प्रकट होना।

rear • रीअॅर • *a.* पिछला, *n.* पिछला भाग, *vt.* पालन-पोषण करना, ~ **view** (रीअॅर व्यू) *n.* कार का ड्राइवर के सामने का छोटा आईना जिसमें पीछे का दृश्य दीखता है।

reason • रीज़ॅन • *n.* कारण, वजह, 2. तर्क शक्ति, *vt.* तर्क करना, समझाना, ~ **able** (रीज़नेबॅल) *a.* तार्किक, युक्तिसंगत।

reassurance • रीऐश्योरेन्स • *n.* आश्वासन, तसल्ली।

reassure • रीऐश्योर • *vt.* आश्वासन देना।

rebate • रीबेट • *n.* छूट (बिक्री के माल, आदि पर)।

rebel • रीबेल • *n.* विद्रोही, **lion** (रीबेलिअॅन) *n.* विद्रोह, ~ **lious** (रीबेलिअॅस) *a.* विद्रोही।

rebound • रीबाउन्ड • *vi.* टकराकर वापस आना, *n.* टकराकर वापसी।

rebuff • रीबॅफ़ • *n.* कोरा जवाब, दो टूक उत्तर।

rebuke • रिब्यूकॅ • *vt.* डाँटना, डपटना, फटकारना, *n.* फटकार, भर्त्सना।

rebut • रीबटॅ • *vt.* खंडन करना, ~ **tal** (रीबटॅल) *n.* डाँट, फटकार, खंडन।

recall • रीकॉल • *v.* वापस बुलाना।

recapitulation • रीकैपिचुलेशॅन • *n.* फिर से दुहराना, सार कथन।

recapture • रीकैप्चॅर • *vt.* फिर से पकड़ लेना, फिर कब्ज़ा करना।

recast • रीकास्ट • *vt.* दुबारा ढालना।

recede • रीसीड • *vi.* पीछे हटना।

receipt • रिसीट • *n.* रसीद।

receive • रिसीव • *vt.* पाना, प्राप्त करना, 2. स्वागत करना, ~ **r** (रिसीवर) *n.* पाने वाला, 2. कोर्ट द्वारा किसी इस्टेट के द्वारा नियुक्त व्यवस्थापक।

reception • रिसेप्शॅन • *n.* स्वागत, 2. स्वागत समारोह, ~**ist** (रिसेप्शनिस्ट) *a.* स्वागतकर्ता, अभ्यर्थक।

recent • रीसेन्ट • *a.* आधुनिक, हाल का।

recess • रिसेस • *n.* मध्यावकाश।

recession • रिसेशॅन • *n.* व्यापार में मंदी।

recharge • रिचॉर्ज • *vt.* फिर से ऊर्जा प्रदान करना।

recipe • रेसिपि • *n.* नुस्खा।

recipient • रिसिपिएन्ट • *a.* प्राप्ति-कर्ता, पानेवाला।

reciprocal • रेसिप्रोकॅल • *a.* आपसी, पारस्परिक।

reciprocate • रेसिप्रोकेट • *vt.* बदले में देना, लौटाना।

recitation • रेसिटेशॅन • *n.* कविता पाठ, सस्वर पाठ।

recite • रिसाइट • *vt.* आवृत्ति करना, कविता पाठ करना।

reckless • रेकलेस • *a.* लापरवाह, उतावला, दुःसाहसी।

reckon • रेकॅन • *v.* समझना, मानना, ~**ing** (रेकॅनिंग) *n.* अनुमान।

reclaim • रिक्लेम • *vt.* सन्मार्ग पर लाना, कृषि योग्य बनाना (बंजर भूमि को), 2. वापस माँगना।

reclamation • रिल्केमेशॅन • *n.* उद्धार, सुधार।

recline • रिल्काइन • *vi.* लेटना, 2. टिककर बैठना या खड़ा होना।

recluse • रिकल्यूज़ • *n.* एकांत सेवी।

recognition • रिकॉगनिशॅन • *n.* मान्यता, पहचान।

recognize • रिकॉगनाइज़ • *vt.* पहचानना, 2. मान्यता प्रदान करना।

recoil • रिकॉयल • *v.* पीछे हटना, 2. धक्का देना।

recollect • रिकॅलेक्ट • *v.* याद करना, ~**ion** (रिकॅलेक्शॅन) *n.* याद, स्मृति।

recommend • रिकॅमेन्ड • *v.* सिफ़ारिश करना, ~ **ation** (रिकॅमेन्डशॅन) *n.* सिफ़ारिश।

recompensate • रिकॉम्पन्सेट • *v.* क्षतिपूर्ति करना।

reconcile • रिकॅन्साइल • *vt.* मेल-मिलाप कराना, शांत करना।

reconciliation • रिकॅन्सिलिएशन • *n.* मेल-मिलाप।

reconsider • रिकॅन्सिडर • *vi./vt.* फिर से विचारना।

reconstruct • रिकॅन्सट्रक्ट • *vt.* पुनः निर्माण करना।

record • रिकॅर्ड • *v.* लिखना, (टेपरिकॅडर

आदि पर) अंकित करना, *n.* वृत्त, इतिहास।

recount • रिकाउन्ट • *v.* दोबारा गिनना।

recoup • रिकूप • *v.* पूर्ति करना, अच्छा होना (बीमारी, आदि से)।

recourse • रिकोर्स • *n.* शरण, सहारा।

recover • रिकॅवर • *vt.* फिर से पाना, 2. रोग से मुक्त होना, चंगा होना, **~y** (रिकॅवरी) *n.* चंगा होना, पुनः प्राप्ति, वसूली।

recreate • रिक्रिएट • *vt.* मन बहलाना, ताज़ा करना, 2. फिर से बनाना।

recreation • रिक्रिएशॅन • *n.* मन बहलाव, मनोरंजन।

recreative • रिक्रिएटिव • *a.* मनोरंजक।

recrimination • रिक्रिमिनेशॅन • *n.* प्रत्यारोप।

recruit • रिक्रूट • *n.* रंगरूट, *vt.* भर्ती करना, **~ment** (रिक्रूटमेंट) *n.* भर्ती।

rectangle • रेक्टैन्गल • *n.* आयत।

rectangular • रेक्टैन्ग्युलर • *a.* आयताकार।

rectify • रेक्टिफ़ाई • *vt.* सुधारना।

recuperate • रेक्यूपरेट • *v.* स्वास्थ्य लाभ करना।

recur • रीकर • *v.* फिर से घटित होना।

recycle • रीसाइकल • *v.* बनी चीज़ को तोड़कर फिर से नया बनाना।

red • रेड • *a.* लाल, **~cross** (रेडक्रॉस) *n.* रेडक्रॉस नामक संगठन, **~-handed** • रेडहैन्डेड • *a.* रंगे हाथों (चोरी आदि करते समय पकड़ना), **~tape** (रेडटेप) *n.* लालफीताशाही।

redeem • रिडीम • *vt.* ऋण चुकाना, पाप मुक्त करना।

redirect • रिडाइरेक्ट • *vt.* आई चिट्ठी को नए पते पर भेजना।

redress • रिड्रेस • *n.* हर्जाना, *vt.* सुधारना।

reduce • रिड्यूस • *vt.* कम करना, घटाना।

redundant • रिडन्डैन्ट • *a.* फ़ालतू, अनावश्यक।

reed • रीड • *n.* सरकंडा।

reel • रील • *n.* फिर की, 2. सिनेमा की फिल्म की रील, बॉबीन पर लिपटा धागा और बॉबीन, *vt.* डगमगाना।

refer • रेफ़ॅर • *vi.* निबटारे के लिए (किसी को) सौंपना, (जानकारी के लिए किसी के पास) भेजना, **~ee** (रेफ़ॅरी) *n.* खेल में निर्णय देने वाला, रेफ़री, **~ ence** (रिफ़रेन्स) *n.* हवाला, सिफ़ारशी चिट्ठी।

refill • रीफ़िल • *vt.* फिर से भरना, 2. बालॅ पेन का रिफिल।

refine • रिफ़ाइन • *vt.* शुद्ध करना।

reflect • रिफ्लेक्ट • *vt.* प्रकाश को परावर्तित करना, 2. प्रतिष्ठा घटाना।

reflex • रिफलेक्स • *n.* अनैच्छिक (या स्वैच्छिक) शारीरिक क्रिया (जैसे आँख झपकाना)।

reform • रिफ़ॉर्म • *n.* सुधार, *vi.* सुधर जाना, *vt.* सुधारना।

refrain • रिफ्रेन • *vi.* कोई काम न करना।
refresh • रिफ्रेश • *vt.* ताज़ा करना, 2. नई शक्ति देना।
refrigerator • रेफ्रिजरेटर • *n.* रेफ्रिजरेटर, फ्रिज़, वह बक्सा जो चीज़ों को ठंडा रखकर उन्हें सड़ने से बचाए।
refuel • रिफ्यूएल • *vi.* मोटरगाड़ी आदि में पेट्रोल फिर से भरना।
refuge • रिफ़्यूज • *n.* आश्रय, शरण, **~e** (रिफ़्यूजी) *n.* शरणार्थी।
refund • रिफ़ंड • *n.* वापस करना, *vt.* (पैसा) लौटाना।
refurbish • रिफ़र्बिश • *vt.* (कमरा, आदि) फिर से सजाना।
refusal • रिफ़्यूज़ॅल • *n.* अस्वीकार, अस्वीकृति, नामंजूरी।
refuse • रिफ़्यूज़ • *vi./vt.* मना करना, अस्वीकार करना, इन्कार करना, *n.* कूड़ा-करकट।
refute • रिफ़्यूट • *vt.* (बात को) काटना।
regain • रिगेन • *vt.* पुनः प्राप्त करना।
regal • रीगॅल • *a.* राजकीय, राजसी।
regale • रीगेल • *vt.* मनोरंजन करना।
regard • रिगार्ड • *n.* सम्मान, *vt.* ध्यान से देखना, मानना, सम्मान देना, **~s** (रिगार्ड्स) *n.* सम्मान, **~ ing** (रिगार्डिंग) *prep.* के संबंध में, **~less** (रिगार्डलेस) के होते हुए भी।
regenerate • रिजेनॅरेट • *vt.* फिर से जीवित करना, नवजीवन प्रदान करना।
regime • रेजीम • *n.* शासन, शासन प्रणाली, शासन काल।
regimen • रेजिमेन • *n.* पथ्यापथ्य नियम (चिकित्सा में)।
regiment • रेजिमेन्ट • *n.* सैन्य दल, रेजिमेंट।
region • रीजन • *n.* क्षेत्र, इलाका।
register • रेजिस्टॅर • *n.* रजिस्टर, पंजिका, *vt.* पंजीकरण करना, **~ed** (रजिस्टॅर्ड) *a.* पंजीकृत।
registrar • रेजिस्ट्रार • *n.* कुलसचिव, पंजीयक रजिस्ट्रार, 2. कॉलेज या विश्वविद्यालय का एक अधिकारी।
registration • रेजिस्ट्रेशॅन • *n.* पंजीकरण।
registry • रजिस्ट्री • *n.* पंजीकरण (कार्य), पंजीकार्यालय (स्थान)।
regret • रिग्रेट • *vt.* अफसोस करना, खेद प्रकट करना, *n.* खेद, **~table** (रिग्रेटॅबल) *a.* खेदजनक, सोचनीय।
regular • रेगुलॅर • *a.* नियमित, 2. पक्का।
regulate • रेगुलेट • *vt.* नियमित करना, (मात्रा आदि)।
regulation • रेगुलेशॅन • *n.* नियम।
regulator • रेगुलेटॅर • *n.* यंत्र का वह पुर्जा जो दूसरी गति आदि को नियमित करे।
rehabilitate • रिहैबिलिटेट • *vt.* पुनः प्रतिष्ठित करना, मानसिक बीमार आदि का पुनः घर या समाज में स्थापित करना।
rehearsal • रिहर्सल • *n.* पूर्वाभ्यास (नाटक आदि में कलाकारों का)।

rehearse • रिहॅर्स • *vt.* पूर्वाभ्यास करना।

reign • रेन • *n.* शासनकाल।

reimburse • रिइम्बॅर्स • *vt.* कर्मचारियों द्वारा खर्च की गई राशि का भुगतान करना।

rein • रेन • *n.* लगाम, *vt.* लगाम लगाना।

reinforce • रिइन्फ़ोर्स • *vt.* मज़बूत या सुदृढ़ करना।

reinstate • रिइन्सटेट • *vt.* पुनः नियुक्त करना।

reiterate • रिइटिरेट • *vt.* पुनः पुनः दुहराना।

reject • रिजेक्ट • *vt.* इन्कार कर देना, अस्वीकार करना, **~ion** (रिजेक्शॅन) *n.* अस्वीकृति, इन्कार।

rejoice • रिजॉयस • *vi.* खुशी मनाना।

rejoin • रिजॉयन • *vt.* फिर से जोड़ना, 2. नौकरी से अलग होने के बाद फिर काम पर आना।

rejoinder • रिजॉयन्डर • *n.* प्रत्युत्तर, उत्तर।

rejuvenate • रिजुवेनेट • *vt.* नया कर देना, पुनः जवानी वापस देना।

relapse • रिलैप्स • *n.* फिर से बीमार हो जाना।

relate • रिलेट • *vt.* वर्णन करना, बतलाना।

relation • रिलेशॅन • *n.* संबंध, ताल्लुक़, **~ship** (रिलेशॅनशिप) *n.* संबंध।

relative • रिलेटिव • *n.* संबंधी, *a.* संबंधित।

relax • रिलैक्स • *vi.* नरम पड़ना, शिथिल होना, **~ation** (रिलैक्सेशॅन) *n.* शिथिलीकरण, विश्राम, **~ed** (रिलैक्सड) *a.* शिथिल।

relay • रिले • *n.* प्रसारण करना, *n.* प्रसारण (रेडियो, दूरदर्शन आदि से प्रोग्राम)।

release • रिलीज़ • *v.* छोड़ना, मुक्त करना, 2. प्रकाशित करना, *n.* रिहाई।

relent • रिलेन्ट • *vi.* नरम पड़ना।

relevance • रिलेवैन्स • *n.* प्रासंगिकता।

relevant • रिलेवैन्ट • *a.* संगत, प्रासंगिक।

reliable • रिलाइअॅबॅल • *a.* विश्वसनीय।

reliance • रिलायन्स • *n.*विश्वास, भरोसेमंद।

relic • रेलिक • *n.* स्मृति चिह्न, स्मृति शेष।

relieve • रिलीव • *vt.* छुट्टी देना, 2. कम करना, आराम देना।

relief • रिलीफ • *n.* राहत, 2. मदद, 3. उभार।

religion • रिलीजॅन • *n.* मज़हब, धर्म।

relinquish • रेलिन्क्विश • *vt.* त्यागना।

relish • रेलिश • *vt.* स्वाद लेना, पसंद करना, *n.* रस, स्वाद।

reluctance • रिलेक्टेन्स • *n.* अनिच्छा।

relunctant • रिलक्टेंट • *a.* अनिच्छुक।

rely • रिलाई • *v.* विश्वास करना, पर भरोसा करना।

remain • रिमेन • *v.* रह जाना, रुक

जाना, ~**der** (रिमेन्डर) *n.* शेष, बाकी।
remand • रिमांड • *vt.* फिर जेल भेजना, 2. वापस करना, *n.* वापसी।
remark • रिमॉर्क • *vt.* देख लेना, (ध्यान से) देखना, 2. टिप्पणी करना, ~**able** (रिमॉर्केबल) *a.* विशिष्ट।
remarry • रिमैरी • *v.* पुनर्विवाह करना।
remedy • रेमेडी • *n.* उपचार चिकित्सा, *v.* चिकित्सा करना।
remember • रिमेम्बर • *v.* याद करना, स्मृति में आना।
remembrance • रिमैमब्रेन्स • *n.* स्मरण, याद, स्मृति।
remind • रिमाइन्ड • *vt.* याद दिलाना, ~**er** (रिमाइन्डर) *n.* तकाज़ा, स्मरण-पत्र।
remit • रेमिट • *vt.* भेजना, 2. छूट देना, माफ़ करना।
remnant • रेमनैन्ट • *n.* अवशेष।
remonstrate • रिमॉन्स्ट्रेट • *vt.* विरोध करना, उलाहना देना, डाँटना।
remorse • रिमॉर्स • *n.* पश्चाताप।
remote • रिमोट • *a.* दूरस्थ, 2. अलग।
removal • रिमूवॅल • *n.* बर्ख़ास्त करना, हटाना, निष्कासन।
remove • रिमूव • *vt.* हटाना, दूर करना, अलग करना।
remuneration • रिम्यूनॅरेशॅन • *n.* मेहनताना, पारिश्रमिक, 2. इनाम, पुरस्कार।
renaissance • रिनेसॅन्स • *n.* पुनर्जागरण।
render • रेन्डॅर • *v.* प्रस्तुत करना, प्रदर्शित करना, ~ **ing** (रेन्डॅरिंग) *n.* अभिनय, प्रदर्शन।
renegade • रेनिगेड • *n.* भगोड़ा, धर्म त्यागी, दलबदलू।
renew • रिन्यू • *vt.* नवीकरण करना, बदलना, नया करना, दोबारा स्थापित करना, ~**al** (रिन्यूवॅल) *n.* नवीकरण।
renounce • रिनाउन्स • *vi./vt.* छोड़ना, त्याग देना, अपना अधिकार छोड़ देना।
renovate • रिनोवेट • *vt.* नया करना, पुनरुद्धार करना।
renovation • रिनोवेशॅन • *n.* नवीनीकरण, सुधार।
renown • रिनाउन • *n.* ख्याति, यश, प्रसिद्धि, ~**ed** (रिनाउन्ड) *a.* प्रख्यात, सुप्रसिद्ध।
rent • रेन्ट • *n.* भाड़ा, किराया, 2. दरार, *v.* किराए पर देना, ~**al** (रेन्टल) *n.* किराया।
renunciation • रिननसिएशॅन • *n.* त्याग, परित्याग, 2. संन्यास।
reopen • रिओपन • *vi./vt.* फिर से खुलना, फिर से खोलना।
reorganisation • रिऑर्गनाइज़ेशॅन • *n.* पुनर्गठन।
reorganise • रिऑर्गनाइज़ • *vi./vt.* पुनः गठन करना।
reorientate, reorient • रिऑरिएन्टेट, रिऑरिएन्ट • *vi./vt.* पुनः परिस्थिति के अनुकूल बनना या बनाना।
repair • रिपेअॅर • *vt.* मरम्मत करना।

reparable • रिपॅरेबॅल • *a.* मरम्मत योग्य।

reparation • रिपॅरेशॅन • *n.* मरम्मत, सुधार, उद्धार।

repartee • रिपार्टी • *n.* प्रत्युत्तर।

repast • रिपॉस्ट • *n.* भोजन, दावत।

repatriate • रिपैट्रिएट • *v.* स्वदेश वापस भेजना, स्वदेश वापस लौटना।

repay • रिपे • *vt.* राशि वापस करना, बदला देना।

repeal • रिपील • *vt.* रद्द करना, निरस्त करना।

repeat • रिपीट • *vt.* दुहराना, **~edly** (रिपीटड्ली) *adv.* बार-बार।

repel • रिपेल • *vt.* दूर करना, मार भगाना।

repent • रिपेन्ट • *v.* पछताना, पश्चाताप करना, **~ ance** (रिपेन्टेन्स) *n.* पश्चाताप।

repercussion • रिपॅरकॅशॅन • *n.* प्रतिक्रिया, अप्रत्यक्ष प्रभाव।

repertory • रिपर्टरि • *n.* भंडार, संग्रह।

repetition • रिपिटीशॅन • *n.* दुहराना, आवृत्ति।

repetitious • रिपिटीशस • *a.* आवृत्ति-मूलक।

repine • रिपाइन • *v.* खीजना, चिढ़ना।

replace • रिप्लेस • *vi./vt.* वापस रख देना, का स्थान लेना, बदलना।

replay • रिप्ले • *vt.* कोई खेल फिर से खेलना, कोई दृश्य फिर से दिखाना।

replenish • रिप्लेनिश • *vt.* फिर से भर देना, **~ment** (रिप्लेनिशमेन्ट) *n.* पुनः पूर्ति।

replete • रिप्लीट • *a.* भरपूर, **~with** (रिप्लीट विद) भरा हुआ।

reply • रिप्लाई • *vi./vt.* जवाब देना, *n.* उत्तर, जवाब।

report • रिपॉर्ट • *vi./vt.* प्रतिवेदन करना, रिपोर्ट करना, विवरण देना, *n.* रिपोर्ट, प्रतिवेदन।

repose • रिपोज़ • *vi./vt.* आराम करना, *n.* विश्राम, आराम।

reprehend • रेप्रिहेन्ड • *vt.* फटकारना।

represent • रिप्रेज़ॅन्ट • *vt.* प्रतिनिधित्व करना, **~ation** (रिप्रेज़ेन्टेशॅन) *n.* प्रतिनिधित्व, चित्रण, प्रतिरूप, 2. निवेदन, प्रतिवेदन, **~ ative** (रिप्रेज़ेन्टेटिव) *n.* प्रतिनिधि।

repress • रिप्रेस • *vt.* दबाना, दमन करना, **~ion** (रिप्रेशॅन) *n.* दमन।

reprieve • रिप्रिव • *vt.* सज़ा को रोक देना, *n.* सज़ा पर रोक।

reprimand • रेप्रिमान्ड • *vt.* झिड़कना, फटकारना, *n.* फटकार, झिड़की।

reprint • रिप्रिन्ट • *vt.* पुनः मुद्रण करना, *n.* पुनः मुद्रण।

reprisal • रिप्राइज़ॅल • *n.* प्रतिशोध।

reproach • रिप्रोच • *vt.* भर्त्सना करना, *n.* भर्त्सना, निंदा।

reprobate • रिप्रोबेट • *vt.* धिक्कारना।

reproduce • रिप्रोड्यूस • *vt.* पुनः बनाना, प्रतिलिपि तैयार करना।

reproduction • रिप्रोडक्शॅन • *n.* पुनरुत्पादन।

reproof • रिप्रूफ़ • *n.* निन्दा।

reprove • रिप्रूव • *vt.* झिड़कना।

reptile • रेप्टाइल • *n.* रेंगनेवाला जीव।

republic • रिपब्लिक • *n.* गणतंत्र, लोकतंत्र।

republication • रिपब्लिकेशॅन • *n.* पुनर्प्रकाशन।

repugnant • रिपग्नैन्ट • *a.* अरुचिकर, घिनौना।

repulse • रिपल्स • *vt.* खदेड़ना, दूर भगाना।

repulsion • रिपॅल्शॅन • *n.* घृणा, नफ़रत।

repulsive • रिपॅल्सिव • *a.* घृणा-योग्य, वीभत्स।

reputable • रेप्यूटेबॅल • *a.* प्रसिद्ध, ख्याति-प्राप्त।

reputation • रेप्यूटेशॅन • *n.* ख्याति, नाम।

repute • रेप्यूट • *n.* प्रतिष्ठा, नाम।

request • रिक्वेस्ट • *n.* अनुरोध, प्रार्थना, *v.* अनुरोध करना।

require • रिक्वाऑर • *vi.* चाहना, मांगना, ~**ment** (रिक्वाऑरमेंट) *n.* अपेक्षा, ज़रूरत।

requisite • रिक्विज़िट • *n.* आवश्यक काम, ज़रूरी शर्त।

requisition • रिक्विज़ीशॅन • *n.* माँग, सरकार की ओर से किसी सामग्री की माँग।

resale • रिसेल • *n.* पुनः विक्रय।

rescue • रेस्क्यू • *n.* सहायता, मुसीबत से बचाना।

research • रिसर्च • *n.* शोध, खोज, अनुसंधान, ~**er** (रिसर्चर) *n.* शोध-कर्ता ~**scholar** (रिसर्च स्कॉलर) *n.* शोधार्थी।

resemblance • रिज़ेम्बलेन्स • *n.* समरूपता, सूरत-शक्ल में मेल होना।

resemble • रिज़ेम्बॅल • *vt.* के जैसा होना।

resent • रिज़ेन्ट • *vt.* बुरा मानना, ~**ment** (रिज़ेन्टमेंट) *n.* नाराज़गी।

reservation • रिज़र्वेशॅन • *n.* आरक्षण।

reserve • रिज़र्व • *vt.* आरक्षित कराना।

reservoir • रिज़र्वायर • *n.* टंकी, हौज, 2. जलाशय, तालाब।

reset • रिसेट • *v.* फिर से ठीक करना, ~**tlement** (रिसेटलमेंट) *n.* पुनर्वास।

reshuffle • रिशफॅल • *vi./vt.* फिर से फेंटना, अदल-बदल करना।

reside • रिज़ाइड • *v.* निवास करना, रहना, ~**nce** (रेज़िडेन्स) *n.* निवास स्थान, ~**nt** (रेज़िडेन्ट) *n.* निवासी।

residue • रेसिड्यू • *n.* अवशेष।

resign • रिज़ाइन • *vt.* इस्तीफ़ा देना, पद त्याग करना, ~**ation** (रेज़िग्नेशन) *n.* त्याग-पत्र, इस्तीफ़ा।

resile • रिज़ाइल • *v.* लचीला होना, उछालना।

resilience • रेज़िलिएन्स • *n.* लचीलापन।

resin • रेज़िन • *n.* धूना, राल।

resist • रेज़िस्ट • *v.* विरोध करना,

~**ance** (रेज़िस्टैन्स) *n.* बाधा, बाधकता, विरोध।

resolute • रिज़ोल्यूट • *a.* अटल, दृढ़।

resolution • रिज़ॉल्यूशॅन • *n.* इरादा, प्रतिज्ञा, 2. प्रस्ताव।

resolve • रिज़ाल्व • *v.* निश्चय करना।

resonance • रिज़ॉनेन्स • *n.* प्रतिध्वनि अनुगूँज।

resort • रिज़ॉर्ट • *v.* की शरण लेना, *n.* सैरगाह, आश्रय।

resound • रिसाउन्ड • *vi.* प्रतिध्वनित होना।

resource • रिसोर्स • *n.* साधन, संपत्ति, ~**ful** (रिसोर्सफ़ुल) *a.* साधन संपन्न, उपाय कुशल।

respect • रिसपेक्ट • *n.* आदर, सम्मान, श्रद्धा, ~**able** (रिस्पेक्टेबॅल) *a.* श्रद्धेय, आदर योग्य, *v.* आदर करना, सम्मान करना।

respire • रेस्पाऑर • *v.* साँस लेना।

respiration • रेस्पिरेशॅन • *n.* साँस।

respite • रेस्पाइट • *n.* आराम, राहत, *v.* आराम देना, प्रतिलंबन देना।

resplendence • रिसप्लेन्डेन्स • *n.* दीप्ति।

resplendent • रिसप्लेन्डेन्ट • *a.* देदीप्यमान।

respond • रिस्पॉन्ड • *vt.* जवाब देना, उत्तर देना।

response • रिस्पॉन्स • *n.* उत्तर।

responsibility • रिस्पॉन्सिबिलिटी • *n.* उत्तरदायित्व।

responsible • रिस्पॉन्सिबॅल • *a.* उत्तरदायी, जवाबदेह।

rest • रेस्ट • *v.* आराम करना, आराम देना, सुस्ताना, *n.* आराम, टेक, 2. अवशेष, शेष, 4. अवकाश।

restaurant • रेस्टॅरेन्ट • *n.* रेस्तरां, भोजनगृह, भोजनालय।

restrain • रिस्ट्रेन • *vt.* नियंत्रित करना, रोकना, ~**t** (रिस्ट्रेंट) *n.* रोक।

restrict • रेस्ट्रिक्ट • *n.* सीमित करना, प्रतिबंध लगाना, ~**ion** (रस्ट्रिक्शन) *n.* प्रतिबंध, रुकावट।

result • रिज़ल्ट • *n.* फल, परिणाम, प्रभाव, नतीजा, *vi.* परिणाम निकलना।

retail • रिटेल • *n.* फुटकर, खुदरा, *v.* फुटकर बेचना, ~**er** (रिटेलॅर) *n.* फुटकर विक्रेता।

retain • रिटेन • *vt.* रखना, बनाए रखना, 2. याद रखना, ~**er** (रिटेनॅर) *n.* शुल्क, फ़ीस।

retaliate • रिटैलिएट • *v.* बदला लेना, प्रतिकार करना।

retaliation • रिटैलिएशॅन • *n.* बदला, प्रतिहिंसा।

retard • रिटॉर्ड • *vt.* मंद करना, विलंब करना, ~**ation** (रिटार्डेशॅन) *n.* बाधा, आहिस्ता करना, **mental**~**ation** (मेन्टल रिटार्डेशॅन) मंद बुद्धिता।

reticence • रेटिसेन्स • *n.* चुप्पी, अल्पभाषिता।

reticent • रेटिसेन्ट • *a.* मौन, चुप, चुप्पी।

retina • रेटिना • *n.* आँख का पटल, दृष्टि पटल।

retinue • रेटिन्यू • *n.* परिवार, कर्मचारी -गण।

retire • रिटाअॅर • *v.* अवकाश ग्रहण करना, सेवानिवृत्त होना, **~ment** (रिटाअॅरमेन्ट) *n.* सेवानिवृत्ति, नौकरी से अवकाश ग्रहण कर लेना।

retort • रिटॉर्ट • *v.* जवाब देना, प्रत्युत्तर देना।

retrench • रिट्रेन्च • *v.* (नौकरी से) निकाल देना, **~ ment** (रिट्रेन्चमेंट) *n.* छँटनी।

retribution • रिट्रिब्यूशॅन • *n.* बदला, प्रतिशोध।

retrieve • रिट्रिव • *v.* पुनः प्राप्त करना, दूर गई वस्तु को ले आना।

retrograde • रिट्रोग्रेड • *a.* अवनतिशील, पश्चाद्गामी, अवनत।

retrogressive • रिट्रोग्रेसिव • *a.* प्रतिगामी।

retrospect • रिट्रोस्पेक्ट • *n.* सिंहावलोकन **(also retrospection)**।

return • रिटर्न • *vi./vt.* लौटना, लौटाना, *vt.* लौटाना।

reveal • रिवील • *v.* प्रकट करना, प्रकाश में लाना, कह देना, **~ation** (रिवीलेशॅन) *n.* प्रकटीकरण, रहस्योद्घाटन, इलहाम, भविष्य में क्या होना है इसकी ईश्वरीय भविष्यवाणी।

revel • रेवॅल • *vt.* आमोद-प्रमोद करना, *n.* आनंदोत्सव, **~ry** (रिवेलॅरी) *n.* गुलछर्रे।

revenge • रिवेन्ज • *vt.* बदला लेना, *n.* बदला, प्रतिशोध।

revenue • रेवेन्यू • *n.* राजस्व, आमदनी।

revere • रिविअॅर (रेवर) • *vt.* आदर करना, सम्मान देना, **~nice** (रिवरंस) *n.* आदर, सम्मान।

reverie • रेवरि • *n.* दिवास्वप्न।

reverse • रिवॅर्स • *a.* उल्टा, विपरीत।

revoke • रिवोक • *vt.* रद्द करना।

revolt • रिवोल्ट • *v.* विद्रोह करना, 2. से घृणा करना।

revolution • रिवोल्यूशॅन • *n.* विद्रोह, क्रांति, इन्क़लाब।

revulsion • रिवॅल्शॅन • *n.* घृणा, नफ़रत।

reward • रिवॉर्ड • *n.* इनाम, पुरस्कार, **~ing** (रिवॉर्डिंग) *a.* लाभप्रद।

rewrite • रिराइट • *vt.* फिर से लिखना, दुबारा लिखना।

rhetoric • रिटोरिक • *n.* अलंकार शास्त्र, 2. वाक्पटुता।

rheumatic • रुमैटिक • *a.* गठिया रोग से संबंधित।

rheumatism • रुमैटिज़्म • *n.* गठिया।

rhinoceros • राइनॉसेरसॅ या **rhino** राइनो • *n.* गैंडा।

rhyme • राइम • *n.* तुकांत (कविता), *v.* तुक मिलाना, तुक मिलना, **without ~or reason** (विदाउट राइम ऑर रीज़न) *a.* अकारण, बेवजह।

rhythm • रिद्म • *n.* लय, ताल।

rib • रिबॅ • *n.* पसली।

ribald • रिबॅल्ड • *a.* गंदा, फक्कड़बाज़, **~ry** (रिबॅल्डरी) *n.* फक्कड़बाजी।

ribbon • रिबॅन • *n.* फीता, रीबन।

rice • राइस • *n.* चावल।

rich • रिच • *a.* अमीर, धनी, धनाढ्य, 2. कीमती, **~ness** (रिचनेस) *n.* धनाढ्यता, अमीरी, **~es** (रीचेज़) *n.* धन, संपत्ति।

rickets • रिकेट्स • *n.* बच्चों में प्रायः होनेवाली हड्डी सूखने की बीमारी।

rid • रिड • *(p, pp. rid) vt.* पीछा छुड़ाना, निकालना, **~ dance** (रिडैन्स) *n.* पीछा छूटना, मुक्ति, **~den** (रिडन) *a.* जकड़ा हुआ।

riddle • रिडॅल • *n.* पहेली।

ride • राइड • *v.* चढ़ना, सवार होना, सवारी करना, **~r** (राइडर) *n.* सवार।

ridge • रिज • *n.* मेड़, 2. पर्वत श्रेणी।

ridicule • रिडिकुल • *v.* हँसी उड़ाना।

ridiculous • रिडिकुलस • *a.* हास्यास्पद, बेतुका।

rifle • राइफ़ल • *n.* बंदूक, राइफल।

rift • रिफ़्ट • *n.* दोस्तों में फूट।

rig • रिग • *vt.* जहाज में रस्सी, पाल आदि लगाना, **~ging** (रिगिंग) *n.* बेजा फायदा उठाना (जैसे निर्वाचन में फर्ज़ी वोट डलवाना)।

right • राइट • *a.* दाहिना, सही, ठीक, दक्षिण, सच, न्यायपूर्ण, *vt.* ठीक करना, सुधारना।

righteous • राइटस • *a.* अच्छा, नेक, सदाचारी, धर्मपरायण।

rigid • रिजिड • *a.* कठोर, सख़्त, कड़ा, **~ity** (रिजिडिटी) *n.* कठोरता, सख़्ती।

rigour • रिगर • *n.* कठोरता।

rim • रिम • *n.* किनारा, पहिए का किनारा, (चश्मे का) घेरा।

rind • राइन्ड • *n.* (फल का) छिलका, *v.* छीलना।

ring • रिंग • *n.* अंगूठी, छल्ला, 2. घेरा, *v.* चक्कर काटना, 2. बजाना (जैसे घंटी बजाना)।

rinse • रिन्स • *vt.* खगालना, (कपड़े में से) पानी निचोड़ना।

riot • रायट • *n.* दंगा, बलवा।

rip • रिप • *vt.* फाड़ना (कपड़ा आदि)।

ripe • राइप • *a.* पका हुआ, परिपक्व (जैसे फल), 2. प्रौढ़, तैयार, **~n** (राइपेन) *v.* पककर तैयार होना, *vt.* पकाना।

ripple • रिपल • *n.* लहर।

rise • राइज़ • *n.* चढ़ाई, चढ़ाव, 2. वृद्धि, *vi.* ऊपर आना (जैसे सुबह सूरज का), 2. (बिस्तर से) उठना, (नींद से) जगना, 3. उन्नति करना।

risk • रिस्क • *n.* ख़तरा, संकट, *vt.* जोखिम उठाना, **~ y** (रिस्की) *a.* जोखिम भरा, संकटपूर्ण।

rite • राइट • *n.* आचार, रीति, रिवाज।

ritual • रिचुअॅल • *n.* धार्मिक विधि, कर्मकाण्ड।

rival • राइवॅल • *n.* रक़ीब, प्रतिद्वंद्वी, **~ry** (राइवल्री) *n.* प्रतिद्वंद्विता, रक़ाबत।

river • रिवॅर • *n.* नदी, सरिता, दरिया, **~bed** (रिवॅर बेड) नदी तल, **~ valley** (रिवर वैली) *n.* नदी-घाटी।

rivet • रिवेट • *n.* कीलक, रीवीट या रीपीट (गराज वालों की बोली में)।

rivulet • रिव्यूलेट • *n.* छोटी नदी।
road • रोड़ • *n.* सड़क, मार्ग, राजपथ।
roam • रोम • *vi./vt.* इधर-उधर घूमना।
roar • रोर • *v.* गरजना, *n.* गर्जन।
roast • रोस्ट • *vi./vt.* भूना जाना, भूनना, **~ er** (रोस्टॅर) *n.* क़बाब बनाने वाला।
rob • रॉब • *vt.* लूटना, **~ber** (रॉबर) *n.* डकैत, लुटेरा, **~bery** (रॉबरी) *n.* लूट, डकैती।
robe • रोब • *n.* पहनावा, जामा, ऊपर का कपड़ा, लबादा।
robin • रॉबिन • *n.* भूरे रंग की एक छोटी चिड़िया, रोबिन।
robot • रोबो या रोबोट • *n.* यंत्र मानव।
robust • रॉबस्ट • *a.* हट्टा-कट्टा, तगड़ा।
rock • रॉक • *n.* चट्टान, पत्थर, *vt.* झुलाना, डुलाना, **~bottom** (रॉक बॉटम) *n.* निम्नतम।
rocket • रॉकेट • *n.* रॉकेट, 2.अग्नि-बाण, 3. प्रक्षेपास्त्र।
rocky • रॉकी • *a.* चट्टानी।
rod • रॉड • *n.* छड़, दंड, डंडा।
roe • रो • *n.* हरिणी, मृगी।
rogue • रोगॅ • *n.* दुष्ट, दुर्जन, बदमाश।
role • रोल • *n.* (नाटक सिनेमा आदि में) भूमिका, 2. कार्य।
roll • रोल • *n.* मुट्ठा, गोल गड्डी, 2. सूची, 3. रजिस्टर, *v.* लुढ़कना, *vt.* लुढ़काना, **~ call** (रोल कॉल) *n.* उपस्थिति (दर्ज करना), **~er** (रोलर) *n.* बेलन, **road ~** (रोड रॉलर) *n.* सड़क को चौरस करने वाला यंत्र।
romance • रोमांस • *n.* रोमांस, रूमान, प्रेमकथा, 2. प्रेम प्रसंग, प्रेमलीला।
romantic • रोमांटिक • *a.* रूमानी, प्रेमलीला संबंधी, कल्पना प्रधान।
romp • रॉम्प • *vi.* कूद-फाँद करना, *n.* उछल-कूद।
roof • रूफ़ • *n.* छप्पर।
room • रूम • *n.* कमरा, जगह।
roost • रूस्ट • *n.* बसेरा, *vt.* बसेरा लेने के लिए बैठना, **~er** (रूस्टॅर) मुर्गा।
root • रूट • *n.* जड़, मूल, 2. मूल कारण, *v.* जड़ पकड़ना।
rope • रोप • *n.* रस्सी, रस्सा।
rose • रोज़ • *n.* गुलाब।
roster • रोस्टॅर • *n.* तालिका, सूची, कार्यावली।
rostrum • रॉस्ट्रम • *n.* मंच, प्लेटफार्म।
rosy • रोज़ी • *n.* गुलाबी, उज्ज्वल।
rot • रॉट • *n.* गलना, क्षय, *vt.* गलना, सड़ना।
Rotary • रोटरी • *n.* रोटरी क्लब, **(Rotary Club)** एक अंतरर्राष्ट्रीय संस्था जो कुछ सामाजिक काम भी कभी-कभार करती है, अर्थात यह धनवान और प्रभावशाली व्यक्तियों का एक क्लब है, 2. *a.* घूर्णनशील, घूमने वाला, **~press** (रोटरी प्रेस) *n.* एक तेज़ छापने वाला मुद्रण यंत्र।
rotate • रोटेट • *vi./vt.* चक्कर खाना, चक्कर खिलाना, घूमना।

rotation • रोटेशॅन • *n.* घूर्णन, घूमना।

rote • रोट • *n.* बिना समझे याद कर लेना, रटना, यंत्रवत् स्मरण।

rotund • रोटन्ड • *a.* गोल-मटोल।

rouble • रूबल • *n.* रूसी सिक्का।

rouge • रूज • *n.* लाल, चेहरा रंगने के लिए व्यवहृत लाल रंग।

rough • रफ़ • *a.* खुरदरा, ऊबड़-खाबड़, 2. अशांत (जैसे मौसम या सागर)।

roulette • रूलेट • *n.* जुआ खेलने का एक घूमने वाला यंत्र।

round • राउन्ड • *a.* गोल, 2. गोलाकार, *adv.* पीछे से, सब ओर से, *n.* (खेल में) पारी, *vi./vt.* गोल बनाना, ~ **about** (राउन्ड अबाउट) *a.* चक्करदार, टेढ़ा।

rouse • राउज़ • *vi./vt.* जागना, जगाना।

rout • राउट • *n.* अशांति, परास्त कर देना।

route • रूट • *n.* मार्ग।

routine • रूटीन • *n.* नित्यकर्म, नित्य-चर्चा।

rove • रोव • *v.* भ्रमण करना, ~ **r** (रोवॅर) *n.* भ्रमणकर्ता, 2. बालचर (स्काउटिंग में)।

row • रो • *n.* कतार, *vt.* खेना, नाव खेना, 3. झगड़ा, ऊधम, उपद्रव, ~ **dy** (राउडी) *a.* हुल्लड़बाज़।

royal • रॉयल • *a.* शाही, राजकीय, ~ **ty** (रॉयल्टी) *n.* राजसत्ता, 2. स्वत्व शुल्क (जैसे पुस्तक, संगीत, चित्र आदि पर रचनाकार को मिलने वाल शुल्क)।

rub • रब • *v.* रगड़ना, मलना, घिसना, *n.* रगड़, घिसाई, ~ **ber** (रबॅर) *n.* लिखा हुआ मिटाने वाला रबर।

rubbish • रबिश • *n.* कूड़ा-करकट, 2. अनाप-शनाप (बातचीत या लेखन आदि में)।

ruby • रूबी • *n.* मानिक, लाल।

rudder • रडॅर • *n.* पतवार।

rude • रूड • *a.* अनगढ़, गंवार, असभ्य, अशिष्ट, अभद्र, 2. अपमानजनक।

rudiment • रूडीमेंट • *n.* प्रारंभिक ज्ञान, मूलतत्त्व, ~ **al** (रूडिमेन्टल) *a.* आरंभिक, कच्चा, ~ **ary** (रूडिमेन्टरी) *a.* प्रारंभिक।

ruffian • रफ़िऑन • *n.* बदमाश, गुंडा।

rug • रग • *n.* कालीन।

rugged • रगेड • *a.* अनगढ़, ऊबड़-खाबड़।

ruin • रुइन • *vt.* तबाह करना, बर्बाद करना, नष्ट करना, *n.* तबाही, ~ **s** (रुइन्स) *n.* खंडहर, भग्नावशेष।

rule • रूल • *n.* नियम, सिद्धांत, 2. शासन, *vt.* शासन करना, राज करना, 2. तय करना, निर्णय देना, ~ **er** (रूलर) *n.* शासक, 2. लाइन खीचने वाला स्केल।

rumble • रम्बल • *v.* घड़घड़ाना, *n.* घर्घर (आवाज़)।

rummy • रमी • *n.* ताश का एक खेल, रमी।

rumour • रुमॅर • *n.* अफ़वाह, किंबदंती।

run • रन • *v.* दौड़ना, 2. भाग जाना, *n.* दौड़ (क्रिकेट आदि में) एक बार में एक विकेट से दूसरे विकेट तक दौड़ जाना, 2. (चुनाव में) खड़ा होना, **~ner** (रनर) *a.* दौड़नेवाला।

rung • रॅन्ग • *n.* सीढ़ी का डंडा।

rupee • रूपी • *n.* रुपया।

rupture • रप्चॅर • *v.* फट जाना, *vt.* फाड़ना, *n.* फटना।

rural • रूरॅल • *a.* ग्रामीण, देहाती।

rush • रश • *vi./vt.* जल्दी से आना, जल्दी से जाना, *n.* भीड़, धक्का।

Russian • रशॅन • *a.* रूसी।

rust • रस्ट • *n.* जंग, मोर्चा, *vt.* जंग लगना, मोर्चा लगना।

rusticate • रस्टिकेट • *vi./vt.* किसी शिक्षा संस्था से किसी विद्यार्थी को अधिकारियों द्वारा निकाल देना।

rustle • रसॅल • *vt.* सरसराना।

rut • रट • *n.* मादा पशुओं को गर्भाधान के लिए गरमाना, मद, मदकाल।

ruthless • रथलेस • *a.* बेरहम, निष्ठुर।

rye • राई • *n.* राई (घास), 2. मदिरा।

ryot • रॉयट • *n.* रैयत, किसान।

S

S/s • एस • अंग्रेज़ी वर्णमाला का उन्नीसवाँ अक्षर।

Sabbath • सैबॅथ • *n.* रविवार, जब ईसाई विश्राम का दिन मनाते हैं, 2. शनिवार जिसे यहूदी और कुछ ईसाई विश्राम का दिन मानते हैं।

sabotage • सैबोटाज • *n.* तोड़-फोड़ करना।

sabre • सैबॅर • *n.* कटार, कृपाण।

sac • सैक • *n.* शरीर में थैली जैसा अंग।

saccharine • सैकेरिन • *n.* एक कृत्रिम चीनी।

sachet • सैशे • *n.* छोटी थैली, बस्ता।

sack • सैक • *n.* बोरा, नौकरी से निकाल देना, बर्ख़ास्तगी, *v.* लूटपाट करना।

sacrament • सैक्रामेन्ट • *n.* ईसा मसीह के अंतिम भोज का प्रतीक भोज।

sacred • सेक्रेड • *a.* पवित्र।

sacrifice • सैक्रिफ़ाइस • *n.* बलिदान, क़ुर्बानी, *vt.* बलिदान करना, क़ुर्बानी करना।

sacrilege • सैक्रिलेज • *n.* पवित्र स्थान या वस्तु को अपवित्र करना।

sacrosanct • सैक्रोसैंक्ट • *a.* पावन, जिसे बदला नहीं जा सके।

sad • सैड • *a.* उदास, बुरा, **~ness** (सैडनेस) *n.* उदासी।

saddle • सैडॅल • *n.* घोड़े की ज़ीन, *vt.* ज़ीन कसना।

sadism • सेडिज़्म • *n.* परपीड़न, घर्षकाम, दूसरे (या प्रिय पात्र) को पीड़ा पहुँचाकर आनंद प्राप्त करना।

sadist • सेडिस्ट • *a.* घर्षकामी, परपीड़क, **~ic** (सेडिस्टिक) *a.* परपीड़कता।

safari • सफ़ारी • *n.* यात्रा, कारवाँ (यह एक अफ्रीकी रिवाज है)।

safe • सेफ़ • *a.* सुरक्षित, **~ guard** (सेफ़गार्ड) सुरक्षा, बचाव, **~ ly** (सेफ़्ली) *adv.* सुरक्षित तौर पर, *n.* तिजोरी, लोहे की आलमारी, **~ ty** (सेफ़्टी) *n.* सुरक्षा।

saffron • सैफ़रॅन • *n.* केसर, ज़ाफ़रान।

sag • सैग • *v.* झोल पड़ना, झुक जाना, ढलकना, *n.* झोल।

sagacious • सैगेशॅस • *a.* दूरदर्शी, होशियार।

sage • सेज • *n.* बुद्धिमान, विवेकी।

sago • सैगो • *n.* साबूदाना।

sail • सेल • *n.* पाल, बादबान (नाव का), *v.* (नाव का, या व्यक्ति का नाव या जलयान से) रवाना होना, **~or** (सेलॅर) *n.* नाविक, मल्लाह।

saint • सेन्ट • *n.* संत, **~ly** (सेन्टॅली) *a.* संत सम, संत जैसा।

sake • सेक • *n.* के कारण।

salacious • सैलेशॅस • *a.* कामुक, लंपट, अश्लील।

salad • सैलॅड • *n.* सलाद।

sale • सेल • *n.* बिक्री, विक्रय, 2. नीलामी, **~ sman** (सेल्समैन) *n.* विक्रेता, **~s tax** (सेल्स टैक्स) *n.* बिक्री कर।

salient • सैलिएन्ट • *a.* प्रमुख, 2. निकला हुआ।

saline • सैलाइन • *a.* नमकीन।

salinity • सैलिनिटी • *n.* खारापन।

saliva • सलाइवा • *n.* लार, **~te** (सैलिवेट) *v.* लार चूना या बहना, **~tion** (सैलिवेशॅन) *n.* लारस्रवण।

sallow • सैलो • *n.* पीलापन, फीका होना।

sally • सैली • *n.* धावा, 2. सैर, 3. चुटकुला, *v.* झपटना।

salmon • सामॅन • *n.* एक मछली, सामन।

saloon • सैलून • *n.* आलीशान कमरा, 2. शराबखाना, 3. सैलून।

salt • सॉल्ट • *n.* नमक।

salubrious • सैलुब्रिॲस • *a.* स्वास्थ्य-प्रद।

salute • सैल्यूट • *v.* सलाम करना, सम्मान देना, *n.* सलामी।

salvage • सैलवेज • *n.* डूबती नाव को बचाना, 2. सामान की रक्षा, *vt.* उबारना, रक्षा करना, बचाना।

salvation • सैल्वेशॅन • *n.* मुक्ति, मोक्ष।

salvo • साल्वो • *n.* अनेक तोपों का एक साथ दगना।

same • सेम • *a.* वही, एक ही, समान, वैसा ही।

sample • सैम्पॅल • *n.* नमूना।

sanatorium • सैनॅटोरिॲम • *n.* आरोग्य-सदन।

sanctify • सैंक्टिफ़ाई • *vt.* पवित्र करना।

sanctity • सैंक्टिटि • *n.* पवित्रता।

sanctimony • सैंक्टिमॅनी • *n.* ढोंग, पाखंड।

sanction • सैंक्शॅन • *n.* मंजूरी, स्वीकृति, *vt.* स्वीकार करना, मंज़ूरी देना।

sanctuary • सैंक्चुअरी • *n.* अभयारण्य।

sand • सैंड • *n.* बालू, रेत।

sandal • सैंडॅल • *n.* चंदन, 2. चप्पल।

sandwich • सैंडविच • *n.* सैंडविच, *vt.* बीच में भरना या ठूँसना।

sane • सेन • *a.* मानसिक रूप में स्वस्थ, स्वस्थचित्त।

sanguin • सैंग्विन • *a.* प्रसन्नचित्त, आशावादी, प्रफुल्ल, सुप्रत्याशी।

sanitary • सैनिटॅरि • *a.* स्वास्थ्य संबंधी।

sanitation • सैनिटेशॅन • *n.* स्वच्छता, सफाई की व्यवस्था।

sap • सैप • *n.* रस, 2. ओज, *vt.* कमज़ोर करना।

sapling • सैपलिंग • *n.* पौधा।

sapphire • सफ़ायॅर • *n.* नीलम।

sarcasm • सरकॉज़्म • *n.* कटाक्ष, ताना।

sardonic • सार्डोनिक • *a.* अवज्ञापूर्ण।

sartorial • सारटोरिअॅल • *a.* पोशाक संबंधी।

sash • सैश • *n.* कमरबंद, 2. चौखटा।

satan • सेटॅन • *n.* शैतान।

satchel • सैचॅल • *n.* बस्ता, बच्चों का किताब ले जाने का थैला।

satellite • सैटेलाइट • *n.* उपग्रह, 2. पिछलग्गू।

satin • सैटिन • *a.* चिकना, *n.* साटन।

satire • सटायर • *n.* व्यंग्य।

satisfaction • सैटिस्फ़ेक्शॅन • *n.* संतोष, यक़ीन।

satisfy • सैटिस्फ़ाई • *v.* संतुष्ट करना, खुश करना, 2. यकीन दिलाना।

saturate • सैचुरेट • *vt.* तर-बतर करना।

saturation • सैचुरेशॅन • *n.* संतृप्ति।

Saturn • सैटॅर्न • *n.* शनि।

satyr • सैटॅर • *a.* कामुक।

sauce • सॉस • *n.* सौस, एक प्रकार की चटनी, केचप।

sauna • सॉना • *n.* फ़िनलैंडवासियों का वाष्पस्नान।

sausage • सॉसेज • *n.* सॉसेज, एक प्रकार का कबाब।

savage • सैवेज • *a.* जंगली, बर्बर।

savant • सैवॅन्ट • *n.* विद्वान।

save • सेव • *v.* बचाना, रक्षा करना, 2. जमा करना, 3. उद्धार करना, मुक्ति दिलाना।

saviour • सेविअॅर • *n.* मुक्तिदाता, ईसा मसीह।

savour • सेवॅर • *n.* स्वाद, सुस्वाद, **~y** (सेवॅरी) *a.* ज़ायकेदार, सुस्वादु, स्वादिष्ट।

saw • सॉ • *v.* *see* का भूतकालिक रूप, 2. *n.* आरा।

say • से • *p.,pp. (said) v.* कहना, *n.*

बात, ~ **ing** (सेयिंग) *n.* कथन, उक्ति, कहावत।

scabbard • स्कैबर्ड • *n.* म्यान।

scaffold • स्कैफ़ोल्ड • *n.* ढाँचा, 2. फांसी का तख़्ता, *v.* पाड़ बाँधना।

scald • स्कॉल्ड • *v.* (गरम पानी से) जलना, *n.* चमड़े का जला स्थान।

scale • स्केल • *n.* तराज़ू, काँटा, 2. मछली का चोंचटा, 3. पैमाना, 4. संगीत का सरगम, *v.* परत उतारना।

scalp • स्कैल्प • *n.* खोपड़ी।

scamp • स्कैम्प • *n.* बदमाश।

scan • स्कैन • *vi./vt.* बारीकी से जाँच करना, 2. छंद की परीक्षा करना।

scandal • स्कैन्डॅल • *n.* कलंक, लोकनिंदा, घोटाला, ~ **ous** (स्कैन्डलॅस) *a.* कलंक योग्य।

scant • स्कैन्ट • *a.* अपर्याप्त, ~ **y** (स्कैन्टी) *a.* न्यून, लघु (जैसे स्कैन्टी ड्रेस = छोटा पहनावा)।

scar • स्कॉर • *n.* घाव का निशान, *vi./vt.* निशान पड़ना, डालना।

scarce • स्केअॅर्स • *a.* दुर्लभ।

scarcity • स्केअर्सिटी • *n.* दुर्लभता, न्यूनता, कमी।

scare • स्केअॅर • *v.* डराना।

scarf • स्कार्फ़ • *n.* दुपट्टा, चादर।

scarlet • स्कारलेट • *n./a.* गहरा लाल।

scatter • स्कैटॅर • *v.* छितराना, बिखेरना, *n.* छितराव।

scavenge • स्कैवेन्ज • *v.* सफाई करना, ~ **r** (स्कैवेन्जॅर) *n.* झाड़ू लगाने वाला, सफाई करने वाला, जमादार।

scenario • सिनारिओ • *n.* दृश्यलेख, टी.वी. य सिनेमा के लिए लिखा गया नाटकीय आलेख।

scene • सीन • *n.* दृश्य, 2. घटनास्थल, 3. मंच सज्जा अथवा नाटक का दृश्य, *n.* प्राकृतिक दृश्य, 2. रंगमंच का दृश्य, मंच सज्जा।

scent • सेन्ट • *n.* सुगंध, 2. इत्र, सेन्ट, *vt.* सुगंधित करना।

sceptic • स्केप्टिक • *a.* नास्तिक, मज़हब पर विश्वास नहीं करने वाला, संदेहवादी।

sceptre • सेप्टर • *n.* राजदंड।

schedule • शेड्यूल • *n.* फ़ेहरिश्त, कार्यसूची, तालिका, अनुसूची।

scheme • स्कीम • *n.* योजना, 2. षड्यंत्र।

scholar • स्कॉलर • *n.* विद्यार्थी, छात्र, छात्रा, 2. विद्वान, ~ **ship** (स्कॉलर-शिप) छात्रवृत्ति, वजीफ़ा, 2. विद्वता।

scholastic • स्कॉलैस्टिक • *a.* विद्या अथवा विद्यालय से संबंधित।

school • स्कूल • *n.* विद्यालय, पाठशाला, स्कूल, *vt.* पढ़ाना।

science • साइंस • *n.* विज्ञान।

scientific • साइन्टिफ़िक • *a.* वैज्ञानिक, विज्ञान संबंधी।

scientist • साइन्टिस्ट • *n.* वैज्ञानिक, विज्ञानविद्।

scimitar • सेमिटॅर • *n.* तलवार।

scissors • सिज़ॅर्स • *pl, n.* कैंची।

scoff • स्कॉफ़ • *n.* ताना, *v.* ताना

मारना।

scold • स्कोल्ड • *v.* झिड़कना, डाँटना।

scoop • स्कूप • *n.* बेलचा, कलकी, 2. अनूठी खबर, ऐसी सनसनीखेज खबर जो पहले किसी ने छापी नहीं है। *v.* सनसनीख़ेज खबर देना।

scooter • स्कूटॅर • *n.* स्कूटर, एक दुपहिया वाहन।

scope • स्कोप • *n.* गुंजाइश, कार्यक्षेत्र, पहुँच।

scorch • स्कॉर्च • *vt.* झुलसना, जलाना।

score • स्कोर • *n.* प्राप्तांक, 2. बीस, 3. स्वर-लिपि, *v.* अंक बनाना, क्रिकेट में रन बनाना, ~**board** (स्कोर बोर्ड) *n.* अंक पट्ट।

scorn • स्कॉर्न • *n.* तिरस्कार, घृणा, *v.* तिरस्कार करना।

scorpion • स्कॉर्पिअॅन • *n.* बिच्छू।

scotch • स्कॉच • *n.* अवरोध, ओट (गाड़ी के पहिए के नीचे उसे रोकने के लिए लगाया गया पत्थर, आदि)।

Scotch • स्कॉच • *a.* स्कॉटलैंड का, ~ **whisky** (स्कॉच व्हिस्की) *n.* स्कॉच व्हिस्की, स्कॉटलैंड की बनी यव की शराब (अब यह सारी दुनिया में बनती है)।

scoundrel • स्काउन्ड्रेल • *n.* दुष्ट, बदमाश।

scourge • स्कॉर्ज • *n.* चाबुक, कोड़ा, *v.* चाबुक मारना।

scout • स्काउट • *n.* बालचर, स्काउट।

scowl • स्काउल • *v.* त्योरी चढ़ाना, भौंहों पर बल डालना, *n.* तेवर।

scramble • स्क्रैम्बॅल • *v.* (हाथ-पाँव के सहारे) चढ़ना, 2. रेंगना *n.* छीना-झपटी।

scrap • स्क्रैप • *n.* टुकड़ा, रद्दी माल, 2. कतरन, ~**book** (स्क्रैप बुक) *n.* कतरनों की कॉपी।

scrape • स्क्रेप • *v.* कुरेदना, खुरचना, रगड़ना।

scratch • स्क्रैच • *v.* खरोंचना, बकोटना, नोंचना।

scrawl • स्क्रॉल • *v.* घसीटना, *n.* घसीटने की क्रिया।

scream • स्क्रीम • *v.* चीखना, चीख़।

screech • स्क्रीच • *vi./vt.* चीख मारना, *n.* चीख़।

screen • स्क्रीन • *n.* पर्दा, 2. ओट, आड़, *vt.* (वर्षा आदि से) बचाना, परखना, छाँटने के लिए देखना, ~**ing** (स्क्रीनिंग) *n.* छानबीन, ~ **play** (स्कीन प्ले) *n.* टी.वी. या फ़िल्म की पटकथा।

screw • स्क्रू • *n.* पेंच, *v.* पेंच कसना, 2. संभोग करना (अमेरिकन अंग्रेज़ी)।

scribble • स्क्रिबॅल • *v.* घसीट कर लिखना, लिख डालना।

scribe • स्क्राइब • *n.* लिखने वाला, मुंशी, *v.* निशान बनाना, लिखना।

script • स्क्रिप्ट • *n.* लिपि, हस्तलिपि या (टाइप) लिपि (किसी पुस्तक आदि की), आलेख।

scripture • स्क्रिप्चॅर • *n.* धार्मिक पुस्तक।

scroll • स्क्रोल • *n.* सूची, 2. लपेटा

हुआ कागज़।

scrotum • स्क्रोटॅम • *n.* अंडकोश, फ़ोता।

scrub • स्क्रब • *n.* झाड़ी, *vt.* माँजना।

scruple • स्क्रूपॅल • *n.* संकोच, हिचक, कोई बुरा काम करने में हिचकिचाहट।

scrupulous • स्क्रूपलस • *a.* धर्मभीरु, ईमानदार, कर्तव्यनिष्ठा।

scrutinize • स्क्रूटिनाइज • *vt.* जाँचना।

scrutiny • स्क्रूटिनी • *n.* जाँच, सूक्ष्म परीक्षण, छानबीन।

scuffle • स्कफ़ॅल • *n.* हाथापाई, *v.* हाथापाई करना।

sculptor • स्कल्प्टॅर • *n.* मूर्तिकार।

sculpture • स्कल्पचॅर • *n.* मूर्ति।

scum • स्कॅम • *n.* झाग, मलफेन, गाद, 2. नीच, निकम्मा।

scurrilous • स्कॅरिलॅस • *a.* फूहड़, बदज़बान।

scurvy • स्कर्वी • *n.* घृणित, तुच्छ, *n.* स्कर्बी (रोग)।

scythe • साइथ • *n.* हंसुआ, हंसिया, दरांती।

sea • सी • *n.* समुद्र, सागर, **~level** (सीलेवॅल) *n.* समुद्री सतह, **~side** (सी साइड) *n.* समुद्रतट, **~beach** (सी बीच) *n.* समुद्रतट।

seal • सील • *n.* मोहर, 2. सील मछली, *v.* मोहरबंद करना, मोहर लगाना।

seam • सीम • *n.* संधि रेखा, 2. सीअन, सीवन, 3. दरार, *v.* धारियाँ बनाना, 2. सिलाई करना, **~ stress** (सीमस्ट्रेस) *n.* दर्जिन।

seance • सिआंसे • *n.* प्रेत बुलाने की बैठक।

sear • सिअर • *vt.* जलाना, *a.* कुम्हलाया हुआ।

search • सॅर्च • *v.* खोजना, तलाशी लेना, *n.* छानबीन, जाँच।

season • सीज़ॅन • *n.* ऋतु, मौसम, 2. मौका, 3. समय, *v.* तैयार करना, 2. स्वादिष्ट बनाना, 3. लकड़ी को सुखाकर काम लायक बनाना, **~al** (सीज़नॅल) *a.* मौसमी, ऋतु का।

seat • सीट • *n.* आसन, सीट, 2. स्थान, *v.* बैठना, *vt.* बिठाना।

secede • सिसीड • *vi.* अलग होना।

seclusion • सिक्लूज़ॅन • *n.* अकेलापन, एकांत।

second • सेकॅन्ड • *a.* दूसरा, द्वितीय, गौण, *n.* सेकंड (मिनट का साठवां भाग), **~ary** (सेकॅन्डरी) *a.* गौण, **~ary school** (सेकॅन्डरी स्कूल) *n.* माध्यमिक पाठशाला।

secret • सिकरेट • *a.* गुप्त, **~service** (सिकरेट सर्विस) *n.* खुफ़िया विभाग।

secretary • सेक्रेटॅरि • *n.* सचिव, (समिति में) मंत्री।

secretariat • सेक्रेटरिॲट • *n.* सचिवालय।

secrete • सिक्रीट • *v.* स्रावित करना, निकालना (बहाना)।

sect • सेक्ट • *n.* संप्रदाय, पंथ, मत, **~arian** (सेकटैरिॲन) *a.* मतांध, सांप्रदायिक।

section • सेक्शॅन • *n.* धारा, दफ़ा

(क़ानून में), 2. विभाग, उप-विभाग।

sector • सेक्टॅर • *n.* क्षेत्र, अंचल।

secular • सेक्युलर • *a.* सांसारिक, धर्मनिरपेक्ष, **~ ism** (सेक्युलरिज़्म) ऐहिकता, सांसारिकता, धर्मनिरपेक्षता।

secure • सिक्योर • *vi./vt.* पाना (जैसे परीक्षा में अंक पाना), 2. सुरक्षा का प्रबंध करना, 3. जकड़ना, कसना, *a.* निरापद, सुरक्षित।

security • सिक्युरिटि • *n.* सुरक्षा, निरापदता, 2. प्रतिभूति, ज़मानत।

sedate • सिडेट • *a.* गंभीर, शांत।

sedative • सिडेटिव • *n.* शमक (औषधि), दवा जो तन-मन को शांत कर दे।

sedentary • सिडॅन्टरि • *a.* अभ्रमण-शील, ऐसा जो अधिकतर काम बैठ कर करे, जैसे पढ़ना, लिखना।

sediment • सेडिमेंट • *n.* तलछट, बैठना, **~ation** (सेडिमेन्टेशन) *n.* तलछटन।

sedition • सिडिशॅन • *n.* राजद्रोह।

seditious • सिडिशॅस • *a.* राज-द्रोहात्मक।

seduce • सिड्यूस • *vt.* बहकाना, पथभ्रष्ट करना, (स्त्री का शीलभंग करना), (पुरुष का) पहली बार मैथुन में प्रवृत्त करना, **~r** (सिड्यूसॅर) *a.* बहकाने वाला, पथ भ्रष्टक।

seductive • सिडक्टिव • *a.* बहकाने वाला, सम्मोहक (आदर, आदि)।

see • सी • *vi./vt.* देखना, 2. ध्यान रखना, **~off** (सीऑफ़) विदा करना।

seed • सीड • *n.* बीज, *vt.* बीज बोना।

seek • सीक • *vt.* खोजना, तलाश करना, **~er** (सीकर) *n.* जिज्ञासु, ढूँढ़ने वाला।

seep • सीप • *vt.* रिसना, **~age** (सीपेज) *n.* रिसाव।

seer • सीॲर • *n.* द्रष्टा, 2. पैग़ंबर, 3. ऋषि।

seesaw • सीसॉ • *n.* एक प्रकार का झूला।

seethe • सीद • *vi./vt.* उबलना, उबालना, 2. उत्तेजित होना।

segment • सेग्मेन्ट • *n.* खंड, भाग, **~ed** (सेग्मेन्टेड) *a.* विभाजित।

segregate • सेग्रिगेट • *vi./vt.* पृथक करना, अलग-अलग करना।

segregation • सेग्रिगेशॅन • *n.* अलगाव, पृथक्करण।

seigneur, segnior • सेन्यार • *n.* सामंत, जागीरदार।

seize • सीज़ • *vt.* पकड़ना, 2. ज़ब्त करना।

seizure • सीज़ॅर • *n.* ज़ब्ती, कुर्की।

seldom • सेल्डॅम • *adv.* कभी-कभार।

select • सिलेक्ट • *vt.* चुनना, पसंद करना, छाँटना।

self • सेल्फ़ • *n.* अहम्, 2. स्वयं, खुद, **~less** (सेल्फ़लेस) *a.* निस्स्वार्थ, **~-centred** (सेल्फ़-सेन्टर्ड) *a.* आत्म केन्द्रित, **~-confidence** (सेल्फ़-कन्फिडेन्स) *n.* आत्मविश्वास, **~-conscious** (सेल्फ़-कॅन्शॅस) *a.* संकोची, संकोचशील, **~-contained**

(सेल्फ़-कन्टेन्ड) *a.* स्वतःपूर्ण, **~-control** (सेल्फ़-कन्ट्रोल) *n.* आत्म-नियंत्रण, **~-defence** (सेल्फ़-डिफेंस) *n.* निजी बचाव, आत्मरक्षा, **~-discipline** (सेल्फ-डिसीप्लिन) *n.* आत्मानुशासन, **~-employed** (सेल्फ़-एम्प्लॉयड) *a.* स्वरोज़गारी, **~expression** (सेल्फ़-एक्सप्रेशन) *n.* आत्मप्रकाश, आत्माभिव्यक्ति, **~-help** (सेल्फ़हेल्प) *n.* आत्मनिर्भरता, **~-interest** (सेल्फ़-इंटेरेस्ट) *n.* स्वार्थपरता, स्वार्थ, **~ realisation** (सेल्फ़-रिअलाइज़ेशॅन) आत्मज्ञान, **~-reliance** (सेल्फ़-रिलाएन्स) *n.* आत्मनिर्भरता, **~-respect** (सेल्फ़-रेस्पेक्ट) *n.* आत्मसम्मान, **~-sacrifice** (सेल्फ़-सैक्रिफ़ाइस) *n.* आत्म-बलिदान, **~satisfaction** (सेल्फ़-सैटिसफैक्शन) *n.* आत्म-संतोष, **~-service** (सेल्फ़-सर्विस) *n.* स्वयं सेवा, **~-sufficient** (सेल्फ-सफ़िशिएन्ट) *a.* आत्म-निर्भर, **~ish** (सेल्फ़िश) *a.* स्वार्थी, स्वार्थपरक, **~ishness** (सेल्फ़िशनेस) *n.* स्वार्थ-परता।

ell • सेल • *vt.* बेचना, बिक्री करना, विक्रय करना, **~er** (सेलर) *n.* विक्रेता।

emblance • सेम्ब्लेन्स • *n.* आकृति, प्रतिरूप।

emen • सीमेन • *n.* वीर्य, शुक्र, धात।

emester • सिमेस्टॅर • *n.* अर्द्धवार्षिक, 2. सत्र।

emi- • सेमि- • *pref.* आधा, अर्ध।

semi-circular • सेमि-सर्कुलर • *a.* अर्ध-वृत्ताकार।

semicolon • सेमिकोलन • *n.* अर्ध विराम।

semi-conductor • सेमि-कंडक्टर • *n.* अर्धचालक (जैसे विद्युत धारा का)।

semi-final • सेमि-फ़ाइनल • *a.* उपांत, सेमिफ़ाइनल।

seminar • सेमिनार • *n.* विचार गोष्ठी, **~y** (सेमिनरी) *n.* गुरुकुल।

semi-official • सेमि-ऑफिशॅल • *a.* अर्ध-सरकारी।

semi-skilled • सेमि-स्किल्ड • *a.* अर्ध कुशल।

senate • सिनेट • *n.* अधि सभा, 2. (राज्य का) राजसभा, 3. सीनेट (जैसे विश्वविद्यालय का)।

send • सेन्ड • *vt.* भेजना, प्रेषित करना, प्रेषण, **~er** (सेन्डर) *a.* प्रेषक।

senile • सिनाइल • *a.* जराग्रस्त, जराजीर्ण, सठियाया (वैसे आजकल अस्सी-नब्बे की उम्र में भी प्रायः लोग 'सठियाते' नहीं)।

senility • सेनिलिटी • *n.* जराग्रस्तता, बुढ़ापे के कारण बुद्धिभ्रष्टता।

senior • सीनिअॅर • *a.* ज्येष्ठ, अग्रज, वरीय, सीनियर, **~ity** (सीनिअॅरिटी) *n.* वरिष्ठता, वरीयता।

sensate • सेन्सेट • *v.* संवेदन होना, *a.* संवेदित।

sensation • सेन्सेशॅन • *n.* संवेदन, अनुभूति, 2. सनसनी, **~al** (सेन्से-शॅनॅल) *a.* सनसनीखेज़।

sensitive • सेंसिटिव • *a.* संवेदनशील, भावुक।

sensor • सेन्सॅर • *n.* संवेदक।

sensual • सेन्सुअॅल • *a.* विषयासक्त, कामुक, इन्द्रिय लोलुप।

sensuous • सेन्सुअॅस • *a.* इन्द्रियगत।

sent • सेन्ट • *send* का भूतकालिक रूप, *v.* भेजा, *n./a.* भेजा गया, भेजा हुआ।

sentence • सेन्टेन्स • *n.* वाक्य, 2. न्यायालय का फ़ैसला, *vt.* सज़ा सुनाना।

sentiment • सेन्टिमेंट • *n.* भावना, मनोवेग, **~al** (सेन्टिमेन्टॅल) *a.* भावुक।

sentinal • सेन्टिनॅल • *n.* संत्री, पहरेदार।

sentry • सेन्ट्री • *n.* संत्री, पहरेदार।

separate • सेपरेट • *a.* अलग, भिन्न, *vt.* अलग करना, अलग हो जाना।

separation • सेपरेशॅन • *n.* वियोग, पार्थक्य, विभाजन।

September • सेप्टेम्बर • *n.* अंग्रेज़ी कैलेन्डर का नवाँ महीना, सितंबर।

septic • सेप्टिक • *a.* पका हुआ (जैसे घाव), (घाव) जिसमें पीव पड़ गई हो, **~tank** (सेप्टिक टैंक) *n.* सेप्टिक टैंक।

septuagenarian • सेप्टुअजेनेरिअॅन • *a.* सत्तर-अस्सी वर्ष की आयु का।

sequel • सिक्वेल • *n.* परिणाम, (कहानी का) बाद का अंश।

sequence • सिक्वेन्स • *n.* कथा क्रम, कहानी, टी.वी. सीरियल या फ़िल्म का कथा भाग या घटना, 2. ताश के रमी खेल में ताश के कम-से-कम तीन पत्तों का क्रम से होना।

serene • सिरीन • *a.* शांत, स्वच्छ।

serf • सर्फ़ • *n.* कृषि दास।

serge • सर्ज • *n.* सर्ज, एक प्रकार का ऊनी कपड़ा।

sergeant • सर्जेन्ट • *n.* सार्जन्ट।

serial • सीरिअॅल • *a.* क्रमानुसार, *n.* धारावाहिक (कहानियों, टी.वी. आदि में)।

sericulture • सेरिकल्चर • *n.* रेशम के कीड़ों का पालन।

series • सिरीज़ • *n.* शृंखला, सिलसिला।

serious • सिरीअॅस • *a.* गंभीर।

sermon • सर्मन • *n.* धर्मोपदेश।

serpent • सर्पेन्ट • *n.* साँप, **~ine** (सर्पेन्टाइन) *a.* घुमावदार।

servant • सर्वेन्ट • *n.* सेवक, नौकर, **public ~** (पब्लिक सर्वेन्ट) *n.* जनसेवक (जैसे नेता, सरकारी अफसर से लेकर चपरासी तक)।

serve • सर्व • *vi./vt.* सेवा करना, 2. परोसना (खाना आदि), 3. खेल में गेंद दूसरी ओर फेंकना या मारना।

servile • सर्वाइल • *a.* दासवत्।

servility • सर्विलिटी • *n.* दासता।

servitude • सर्विट्यूड • *n.* गुलामी, दासता।

sesame • सिसेम • *n.* तिल, **open ~** (ओपॅन सिसेम) *n.* अलिफ़ लैला की कहानी में एक वाक्य जिससे गुफ़ा

का मुँह खुल जाता था।

session • सेशॅन • *n.* पढ़ाई का सत्र, 2. अधिवेशन।

set • सेट • *vi./vt.* छिपना (जैसे सूर्य या चंद्रमा का), डूबना (सूर्य या चांद का), 2. रख देना, 3. बिठाना (नग का), *a.* नियत, निश्चित, *n.* एक पूरा (यंत्र या वस्तु, आदि), **~square** (सेट स्क्वायर) *n.* गुनिया।

settee • सेटी • *n.* लंबा सोफा।

setting • सेटिंग • *n.* गहने में नग बिठाने की क्रिया, 2. सूर्य आदि अस्त होना।

settle • सेटॅल • *vi./vt.* बस जाना, 2. किसी चीज का ताल की तह में बैठ जाना, 3. झगड़ा निपटाना, 4. तय करना (शर्त आदि), समझौता करना, **~d** (सेट्ल्ड) *a.* निश्चित, तयशुदा, **~ment** (सेटलमेंट) *n.* फैसला, समझौता, 2. नया उपनिवेश, **~r** (सैटलॅर) *n.* नया बसने वाला।

seven • सेवॅन • *a.* सात, **~th** (सेवन्थ) *a.* सातवाँ, सप्तम।

sever • सेवॅर • *v.* काटना (रिश्ता आदि)।

several • सेवरॅल • *a.* अनेक, एकाधिक, **~ly** (सेवरलि) *adv.* अलग-अलग।

severe • सीविअॅर • *a.* गंभीर, सख़्त, 2. कठोर।

sew • सीउ • *vt.* सीना (अब इस अर्थ में सिलना शब्द का भी प्रचलन हो गया है), **~ing machine** (सीउइंग मैशीन) *n.* सिलाई मशीन।

sex • सेक्स • *n.* लिंग (स्त्री या पुरुष), भेद, जातिभेद, 2. काम, यौन भावना, कामुकता, कामवासना, मैथुन, संभोग, **~instinct** (सेक्स इन्सटिन्क्ट) *n.* कामवृत्ति. **~appeal** (सेक्स अपील) *a.* यौनाकर्षण, **~y** (सेक्सी) *a.* सेक्स संबंधी, 2. यौनाकर्षक, यौनोत्तेजक, **fair~** (फ़ेअर सेक्स) *n.* नारी जाति, **~organ** (सेक्स ऑर्गन) *n.* यौनांग (पुरुषेन्द्रिय और योनि), **~ual** (सेक्सुअॅल) *a.* यौन, लैंगिक, **~uality** (सेक्सुऐलिटी) *n.* कामुकता, **~less** (सेक्सलेस) *a.* नपुंसक या कामशीतल (नारी), **~ology** (सेक्सोलॉजी) *n.* यौन विज्ञान।

sextant • सेक्सटैन्ट • *n.* सूर्य की ऊँचाई नापने का यंत्र।

shabby • शैबी • *a.* फटेहाल, फटीचर, फटा-पुराना, जीर्ण-शीर्ण।

shack • शैक • *n.* झोंपड़ी।

shackle • शैकॅल • *n.* हथकड़ी, 2. बाधा।

shade • शेड • *n.* छाया, साया, *vi./vt.* धूप से बचाना, 2. पेंसिल से काला करना।

shadow • शैडो • *n.* छाया, साया, *vt.* छिपाना, **~play** (शैडो प्ले) *n.* छाया-नाटक।

shady • शेडी • *a.* छायादार।

shaft • शॉफ़्ट • *n.* बरछा, वाण, नीर, डंडा, 2. धुरा, 3. प्रकाश किरण।

shake • शेक • *vi./vt.* काँपना, झक-

झोरना, *n.* कंपन, **milk ~** (मिल्क शेक) *n.* सुगंधित दुग्ध पेय।

Shakespear • शेक्सपीऑर • *n.* संसार के सर्वश्रेष्ठ नाटककारों में पहला नाम–अंग्रेजी का नाटककार, **~ ean** (शेक्सपीरिअन) *a.* शेक्सपीअर संबंधी।

shaky • शेकी • *a.* चंचल, अस्थिर।

shall • शैल • *v. aux.* भविष्य काल सूचक क्रिया (गा, गी, गे)।

shallow • शैलो • *a.* छिछला, 2. ओछा, सामान्य।

shamble • शैम्बॅल • *n.* बेढंगी चाल, पैर घसीट कर चलना, **~ s** (शैम्बल्स) *n.* गड़बड़-घोटाला, 2. कसाईखाना, 3. रणक्षेत्र।

shame • शेम • *n.* लज्जा, लाज, शर्म, 2. कलंक, बदनामी, **~ less** (शेम-लेस) *a.* निर्लज्ज।

shampoo • शैम्पू • *vt.* बाल धोना, *n.* बाल धोने का साबुन, शैम्पू।

shanty • शैन्टी • *n.* झोंपड़ी।

shape • शेप • *n.* आकार, रूप, शक्ल, *v.* गढ़ना, बनाना, आकार देना, **~ ly** (शेपली) *a.* सुघड़, सुंदर।

share • शेऑर • *n.* हिस्सा, भाग, अंश, 2. (कंपनी का) हिस्सा, *vt.* भाग करना, हिस्सा लेना, 2. हाथ बँटाना, 3. साथ देना।

shark • शार्क • *n.* शार्क मछली।

sharp • शार्प • *a.* तेज, पैना, 2. बेईमान, **~ edged** (शॉर्पएज्ड) *a.* पैना, तेज़, **~ ness** (शार्पनेस) *n.* तीखापन।

shatter • शैटॅर • *vi./vt.* चूर-चूर करना।

shave • शेव • *vi./vt.* दाढ़ी बनाना, सर मूंडना, 2. छीलना।

shawl • शॉल • *n.* शाल, दुशाला।

she • शी • *pron.* वह (स्त्री), **~ goat** (शीगोट) *n.* बकरी।

sheaf • शीफ़ • *n.* पुलिंदा, काग़ज़ (खुले)।

shear • शीऑर • *vt.* बाल या ऊन कतरना (भेड़ के)।

sheath • शीथ • *n.* म्यान, 2. आवरण, **~ e** (शीद) *v.* म्यान में रखना, खोल चढ़ाना।

shed • शेड • *v.* बहाना, *vt.* झाड़ना, *n.* छप्पर, सायबान, *vi.* झड़ना।

sheen • शीन • *n.* चमक।

sheep • शीप • *n.* भेड़, **~ ish** (शीपिश) *a.* शर्मीला।

sheer • शिऑर • *a.* विशुद्ध, 2. मात्र।

sheet • शीट • *n.* (काग़ज़ का) ताव, 2. चादर, 3. परत।

shelf • शेल्फ़ • *pl.* **shelves** (शेल्वॅज़) ताक, आल्मारी का खाना।

shell • शेल • *n.* खोल, छिलका, 2. तोप का गोला, *v.* छिलका हटाना, 2. गोलाबारी करना।

shellac • शॅलैक • *n.* चपड़ा।

shelter • शेल्टर • *n.* शरण स्थल, आश्रय, पनाह, *v.* रक्षा करना, 2. शरण देना।

shepherd • शेफॅर्ड • *n.* गड़ेरिया, चरवाहा, *v.* चराना।

shield • शील्ड • *n.* ढाल, कवच, *vt.* रक्षा करना, 2. *n.* खेल आदि में जीत पर दिया जाने वाला एक तोहफ़ा।

shift • शिफ्ट • *vi./vt.* हटाना, बदलना, एक स्थान से अन्य स्थान में जाना, 2. स्थानांतरित करना, *n.* पाली।

shimmer • शिमर • *v.* टिमटिमाना, झिलमिलाना, *n.* झिलमिलाहट।

shin • शिन • *n.* पिंडली की हड्डी, 2. नली।

shine • शाइन • *v.* चमकना, *n.* आभा, 2. दीप्ति।

shingle • शिंगॅल • *n.* सागर किनारे पाए जाने वाले पत्थर के छोटे टुकड़े, **~s** (शिंगॅल्स) *n.* चर्म रोग।

ship • शिप • *n.* जहाज, पोत, 2. भाववाचक संज्ञा बनाने के लिए प्रत्यय (जैसे **friendship, lordship**)।

shirk • शर्क • *vi./vt.* जी चुराना, काम से बचना।

shirt • शॅर्ट • *n.* कमीज़।

shiver • शिवॅर • *vi.* डर या ठंड आदि से काँपना, *n.* कंपकंपी।

shoal • शोल • *n.* एक साथ तैरती मछलियों का दल, *vi.* छिछला होना।

shock • शॉक • *n.* झटका, धक्का, **electric ~** (इलेक्ट्रिक शॉक) *n.* विद्युत् आघात, **electric ~ therapy (E.S.T.)** (एलेक्ट्रिक शॉक थेरैपी) *n.* (अनेक मानसिक रोगों की चिकित्सा हेतु लगाया जानेवाला) विद्युत् आघात, (इसे **E.C.T. = Electric Convulsive Therapy** भी कहते हैं), **~er** (शॉकर) *n.* दहलाने वाला उपन्यास।

shoddy • शॉडी • *n.* पुराना कपड़ा, मोटा कपड़ा, रद्दी माला, *a.* घटिया, 2. नकली।

shoe • शू • *n.* जूता, **~ lace, ~ string** (शूलेस, शूस्ट्रिंग) तस्मा, जूते का फीता, **~ string budget** (शूस्ट्रिंग बजट) *n.* कम लागत में काम करना (जैसे कम पैसे के बजट में फ़िल्म बनाना), **~ maker** (शूमेकर) *n.* मोची।

shone • शोन • **shine** का भूतकालिक रूप, चमका।

shoot • शूट • *n.* पेड़ की शाख, *vt.* गोली चलाना (पिस्तौल, बंदूक आदि से), शिकार खेलना, 2. अंकुराना, 3. फ़िल्म के लिए चलचित्र बनाना, **~ ing** (शूटिंग) *n.* चलचित्र की फ़िल्म उतारना, आदि, **~ down** (शूट डाउन) *vt.* मार गिराना, **~ er** (शूटर) *n* गोली मारने वाला।

shop • शॉप • *n.* दूकान, *vt.* खरीदारी करना, **~ ping** (शॉपिंग) *n.* खरीदारी, **~ keeper** (शॉपकीपर) *n.* दूकानदार, **~ lifter** (शॉपलिफ़्टर) *n.* उचक्का, दूकान में चुपके से चोरी करना।

shore • शोर • *n.* समुद्र किनारा, सागर तट।

short • शॉर्ट • *a.* (**~ er, ~ est**) लघु, 2. नाटा, ठिंगना, 3. अल्पकालिक, 4. संक्षिप्त, 5. अपर्याप्त, **~ hand** (शॉर्ट हैंड) *n.* आशुलिपि, **~ age**

(शॉर्टेज) *n.* कमी, न्यूनता, ~ **en** (शॉर्टेन) *vt.* छोटा करना, ~ **s** (शॉर्ट्स) *n.* जांघिया।

shot • शॉट • *n.* मार, 2. गोली चलाने का काम, 3. फोटो (का हर बार का बिंब) 4. चलचित्र का हर चित्र, *v.* **shoot** का भूतकालिक रूप।

should • शुड • **shall** का भूतकालिक रूप।

shoulder • शोल्डॅर • *n.* कंधा, *v.* बोझ उठाना।

shout • शाउट • *vi.* शोर मचाना, जोर से चिल्लाना, *n.* पुकार।

shovel • शोवेल • *n.* बेलचा।

show • शो • *v.* दिखाना, प्रदर्शित करना, *n.* तमाशा, खेल, ~ **case** (शो केस) *n.* दूकानों में वस्तुओं को प्रदर्शित करने की आल्मारी।

shower • शॉवर • *n.* वर्षा, वृष्टि, बौछार, ~ **bath** (शावर बाथ) *n.* फुहारा स्नान।

shred • श्रेड • *n.* टुकड़ा, 2. धज्जी।

shrew • श्रू • *n.* कर्क शास्त्री, 2. छछूंदर, ~ **d** (श्रूड) *a.* सयाना, ~ **ish** (श्रूइस) *a.* लड़ाका, झगड़ालू।

shriek • श्रीक • *v.* चीखना।

shrill • श्रिल • *a.* तीखा, तीक्ष्ण, कर्णभेदी।

shrine • श्राइन • *v.* मंदिर।

shrink • श्रिंक • *v.* सिकुड़ना, 2. संकोच करना।

shroud • श्राउड • *n.* कफ़न, *vt.* कफ़न में लपेटना।

shrub • श्रब • *n.* झाड़ी।

shrug • श्रग • *(p. pp.* **shrugged***)* कंधे उचकाना, कंधे हिलाना।

shudder • शॅडॅर • *vi.* थर्राना, भय से काँपना, *n.* कंपकंपी।

shuffle • शफ़ॅल • *vt.* फेंटना (ताश के पत्ते, आदि)।

shun • शॅन • *vt.* बचना, अलग रखना।

shunt • शॅन्ट • *n.* (रेलगाड़ी आदि का) पटरी बदलना, 2. एक तरफ़ कर देना।

shut • शॅट • *vi./vt. (p.pp.* **Shut***)* बंद करना, ~ **down** (शट डाउन) समाप्त करना, ~ **up** (शट अप) बातें बंद करना, ~ **ter** (शटॅर) *n.* दूकान के आगे लगने वाला किवाड़।

shuttle • शटॅल • *n.* फिरकी (कर्घे की), ~ **cock** (शटॅल कॉक) *n.* बैडमिंटन खेलने की चिड़िया।

shy • शाइ • *a.* शर्मिला, लजालु, लज्जा, ~ **ness** (शाइनेस) संकोचशीलता, *vi.* चौंकना, बिचकना, 2. कतराना।

sick • सिक • *a.* बीमार, अस्वस्थ, ~ **ness** (सिकनेस) *n.* बीमारी, ~ **leave** (सिक लीव) *n.* बीमारी की छुट्टी, ~ **en** (सिकेन) *v.* बीमार होना, ~ **ly** (सिकली) *a.* बीमार।

sickle • सिकॅल • *n.* हंसिया, हंसुआ।

side • साइड • *n.* बग़ल, पार्श्व, ओर, पक्ष, तरफ़, *a.* बग़ल का, *v.* तरफ़दारी करना।

siege • सीज • *n.* फौजियों द्वारा घेरा, *vt.* घेरा डालना।

sieve • सीव • *n.* चलनी, छलनी, *vt.* छानना।

sift • सिफ्ट • *vi./vt.* चालना, छानना, 2. छानबीन करना।

sigh • साइ • *vt.* आह भरना, *n.* आह।

sight • साइट • *n.* दृष्टि, 2. दृश्य, *v.* देखना, **second ~** (सेकंड साइट) *n.* दिव्य दृष्टि।

sign • साइन • *n.* चिह्न, प्रतीक, 2. इशारा, संकेत, 3. दस्तखत, हस्ताक्षर, **~board** (साइन बोर्ड) *n.* सूचना पट्ट, 2. सगुन का चिह्न, *v./vt.* हस्ताक्षर करना, 2. चिह्न लगाना, **~ature** (सिग्नेचॅर) *n.* हस्ताक्षर।

signatory • सिग्नेटॅरि • *n.* हस्ताक्षर करने वाला।

signal • सिग्नल • *n.* चिह्न, निशाना, संकेत, 2. रेलगाड़ी आने-जाने का संकेतक, **traffic ~** (ट्रैफिक सिग्नल) *n.* यातायात का संकेत।

signet • सिग्नेट • *n.* मुहर।

significance • सिग्निफ़िकैन्स • *n.* सार्थकता।

signify • सिग्निफ़ाई • *v./vt.* बतलाना, सूचना देना, 2. अर्थ रखना।

silence • साइलेन्स • *n.* चुप्पी, खामोशी, निस्तब्धता, सन्नाटा, *vt.* ज़बान बंद कर देना, **~r** (साइलेन्सर) *n.* गाड़ियों आदि में लगा ऐसा उपकरण जो उसकी कर्कश आवाज़ को कम (या बंद) कर दे।

silent • साइलेन्ट • *a.* चुप, मौन, ख़ामोश।

silhoutte • सिलुएट • *n.* छायाचित्र (ऐसा चित्र जिसे प्रकाशित दीखना चाहिए किंतु वह अंधेरा या काला दीखता है)।

silica • सिलिका • *n.* बालू।

silk • सिल्क • *n.* रेशम, **~worm** (सिल्क वॅर्म) *n.* रेशम का कीड़ा, **~y** (सिल्की) *a.* रेशमी, रेशम जैसा या रेशम का।

silly • सिली • *a.* मूर्ख, बेवकूफ़।

silo • साइलो • *n.* (अनाज रखने का) कोठा।

silt • सिल्ट • *n.* (नदी, तालाब आदि की तह में बैठने वाला) मल, पंक या गाद।

silvan • सिल्वन • *a.* ग्रामीण।

silver • सिल्वर • *n.* चाँदी, **~screen** (सिल्वर स्क्रीन) *n.* सिनेमा का पर्दा, **~jubilee** (सिल्वर जुबिली) *n.* रजत जयंती।

similar • सिमिलॅर • *a.* समान, समतुल्य, मिलता-जुलता, **~ ity** (सिमिलैरिटी) *n.* समानता, समरूपता।

simile • सिमिलि • *n.* उपमा।

similitude • सिमिलिट्यूड • *n.* समानता, सादृश्य।

simmer • सिमॅर • *v.* खदबदाना, *n.* खदबदाहट।

simple • सिम्पल • *a.* सादा, 2. सहज, 3. साधारण, **~ interest** (सिंपल इन्टरेस्ट) *n.* साधारण ब्याज।

simpleton • सिम्प्लटन • *a.* बेवकूफ़, उल्लू, बुद्धू।

simplicity • सिम्प्लीसिटी • *n.* सरलता, सादगी।

simulate • सिम्युलेट • *vi.* की नकल करना, बनना।

simulation • सिम्युलेशॅन • *n.* अनुकरण, नकल।

simultaneous • साइमलटेनिअॅस • *a.* समकालिक, एक ही समय का।

sin • सिन • *n.* पाप, गुनाह, 2. अपराध, *vi.* पाप करना, गुनाह करना, ~ **ner** (सिनॅर) *n.* पापी, ~ **ful** (सिनफ़ुल) *a.* पापपूर्ण, **original ~** (ओरिजिनल सिन) *n.* आदि पाप (प्रथम संभोग, शायद आदम और हव्वा का)।

since • सिन्स • *adv.* (तब, उस समय) से अब तक, 2. क्योंकि, चूँकि।

sincere • सिन्सिअॅर • *a.* निष्कपट, सच्चा।

sincerely • सिन्सिअॅरलि • *adv.* सच ही।

sincerity • सिन्सिअॅरिटि • *n.* निष्कपटता, सच्चाई, ईमानदारी।

sinew • सिन्यू • *n.* नस, 2. बाहुबल, ताक़त।

sing • सिंग • *v.* गाना, ~ **er** (सिंगॅर) *n.* गवैया, गायक।

singe • सिंज • *vi./vt.* झुलसना, *n.* झुलसन।

single • सिंगॅल • *a.* अकेला, एक, एकमात्र, 2. अविवाहित।

singular • सिंगुलॅर • *a.* एकवचन (**gram.** व्याकरण), 2. बेजोड़, अद्वितीय, ~ **ity** (सिंगुलैरिटी) *n.* विलक्षणता।

sinister • सिनिस्टॅर • *a.* भयानक।

sink • सिंक • *vi./vt.* डूबना, 2. घटना, कम होना, *vt.* गड्ढा करना, खोदना, 2. पूँजी लगाना, *n.* नाली, 2. हौज़।

sip • सिप • *vi./vt.* चुस्की लेना, *n.* घूँट।

siphon, syphon • साइफ़न • *n.* साइफन, 2. नली, *vt.* साइफन से निकालना।

Sir • सर • *n.* श्रीमान, महोदय।

siren • साइरॅन • *n.* साइरन, भोंपू।

sissy • सिसी • *v.* ज़नानी लड़का, जनख़ा, मेहरा।

sister • सिस्टॅर • *n.* बहन, भगिनी, **elder ~** (एल्डर सिस्टर) *n.* दीदी, बड़ी बहन, 2. अस्पताल की परिचारिका का संबोधन, ~ **in-law** (सिस्टर-इन-लॉ) *n.* साली, भौजाई, ननद, भावज, ~ **hood** (सिस्टरहुड) *n.* बहनापा।

sit • सिट • *v.* बैठना, ~ **down** (सिट डाउन) *v.* बैठ जाना, ~ **up** (सिट अप) *v.* उठ जाना, रात देर तक जगना, ~ **down strike** (सिट डाउन स्ट्राइक) *n.* धरना।

sitar • सिटॉर • *n.* सितार।

sitcom • सिटकॉम • *n.* टी.वी. आदि में धारावाहिक हास्य-नाटिका।

site • साइट • *n.* स्थान।

situated • सिचुएटेड • *a.* स्थित।

situation • सिचुएशॅन • *n.* स्थिति, हालत, सिनेमा आदि में स्थिति (का दृश्य), 2. नौकरी।

six • सिक्स • *n.* छः, 6 की संख्या, ~ **er** (सिक्सर) क्रिकेट का छक्का।

size • साइज़ • *n.* आकार, कद, ~ **able** (साइज़ेबल) *a.* काफ़ी बड़ा।

sizzle • सिज़ॅल • *vi.* तलने की कड़कड़ आवाज़ होना।

skate • स्केट • *n.* बर्फ (या फिसलनदार जगह) पर फिसलने के लिए पहने जाने वाला जूता, स्केट।

skating • स्केटिंग • *n.* (बर्फादि पर) फिसलना, ~ **rink** (स्केटिंग रिंक) *n.* स्केटिंग करने की काठ का फर्श।

skeleton • स्केलेटॅन • *n.* कंकाल।

skeptic, skeptical • स्केप्टिक, स्केप्टिकल • *a.* संशयात्मा, संशयात्मक।

sketch • स्केच • *n.* कच्चा नक्शा, ख़ाका, *vt.* रूपरेखा बनाना, ~ **y** (स्केची) *a.* अपूर्ण, स्थूल।

skew • स्क्यू • *n.* टेढ़ा, तिरछा।

ski • स्कि • *n.* बर्फ पर फिसलने वाली गाड़ी।

skilful • स्किॅलफ़ुल • *a.* होशियार।

skill • स्किल • *n.* निपुणता, कुशलता।

skim • स्किॅम • *v./vt.* सरसरी निगाह दौड़ाना, जल्दी से पढ़ जाना।

skimp • स्किम्प • *vi./vt.* जरूरत से कम देना, जरूरत से कम उपभोग करना।

skin • स्किन • *n.* त्वचा, चर्म, चमड़ा।

skip • स्किप • *vi./vt.* (*p., pp.* ~ **ped**) छलांग लगाना, उछलना, ~ **per** (स्किपर) *n.* जहाज का कप्तान।

skirmish • स्कर्मिश • *n.* झड़प।

skirt • स्कॅर्ट • *n.* लहंगा, घाघरा, स्कर्ट।

skulk • स्कल्क • *vi.* छिपना, 2. काम से जी चुराना।

skull • स्कॅल • *n.* खोपड़ी, कपाल।

sky • स्काई • *n.* आकाश, आसमान, ~ **blue** (स्काई ब्लू) *a.* आसमानी रंग का, *n.* आसमानी रंग, ~ **scraper** (स्काई स्क्रेपर) *n.* गगन-चुंबी इमारत।

slab • स्लैब • *n.* पत्थर का चौकोर टुकड़ा।

slack • स्लैक • *n.* व्यवसाय में मंदी, *vi.* काम में ढील देना, ~ **en** (स्लैकेन) *vi./vt.* ढीला पड़ना।

slag • स्लैग • *n.* ज्वालामुखी का लावा, 2. धातु मल।

slain • स्लेन • *pp.* **of slay** *a.* कत्ल किया हुआ।

slam • स्लैम • *v.* ज़ोर से बंद करना, ज़ोर से बंद होना (जैसे दरवाज़ा)।

slander • स्लैन्डर • *n.* निंदा, बदनामी, *vt.* बदनाम करना।

slang • स्लैंग • *n.* बाज़ारू भाषा, गंवारु भाषा।

slant • स्लान्ट • *n.* तिरछी स्थिति, 2. ढाल, *vt.* ढालू होना।

slap • स्लैप • *n.* तमाचा, थप्पड़, *vt.* तमाचा जड़ना, थप्पड़ मारना।

slash • स्लैश • *n.* तलवार, छुरी, आदि से लगा हुआ घाव, *vi./vt.* चाबुक

मारना, काट गिराना।

slat • स्लैट • *n.* लकड़ी की पतली पटरी।

slate • स्लेट • *n.* स्लेट, एक भूरा पत्थर।

slaughter • स्लॉटर • *n.* पशुओं को काटना, पशुओं को काटकर मारना, नरसंहार, ~**house** (स्लॉटर हाउस) *n.* बूचड़ख़ाना, कसाईखाना।

slave • स्लेव • *n.* गुलाम, दास, ~**ry** (स्लेवॅरी) *n.* गुलामी, दासता।

slay • स्ले • *vt.* वध करना, क़त्ल करना, ~**er** (स्लेऑर) *n.* क़ातिल, हत्यारा।

sledge • स्लेज • *n.* बर्फ पर चलनेवाली गाड़ी।

sleek • स्लीक • *a.* चमकीला, चिकना, *vt.* चिकना बनाना।

sleep • स्लीप • *v.* सोना, नींद लेना, ~**y** (स्लीपी) *a.* निद्रालु।

sleeve • स्लीव • *n.* आस्तीन, बाँह (कमीज़ की)।

slender • स्लेंडर • *a.* लंबा और पतला।

slew • स्लू • *pt.* **of slay** स्ले का भूतकालिक रूप।

slice • स्लाइस • *n.* कतला, पतला, चौड़ा टुकड़ा।

slick • स्लिॅक • *a.* फिसलनेवाला, चिकना।

slide • स्लाइड • *vi./vt.* फिसलना, **land**~ (लैंड स्लाइड) *n.* भू-स्खलन।

slight • स्लाइट • *a.* साधारण, थोड़ा।

slim • स्लिम • *a.* छरहरा, पतला।

slime • स्लाइम • *n.* कीचड़।

sling • स्लिंग • *n.* गुलेल, *vt.* जोर से फेंकना।

slink • स्लिंक • *vi.* (*p, pp.* **slunk**) चुपचाप खिसकना।

slip • स्लिप • *n.* फिसलन, *v.* गिरना, फिसलना, ~ **of tongue** (स्लिप ऑफ टंग) *n.* भूल से कोई बात ज़बान से निकल जाना, ~**per** (स्लिपर) *n.* चप्पल, ~**pery** (स्लिपरी) *a.* फिसलनदार।

slit • स्लिट • *n.* संकरी दरार, *vt.* पतली पट्टी काटना।

slobber • स्लॉबर • *vi./vt.* लार टपकना।

slogan • स्लोगॅन • *n.* स्लोगन, नारा।

slope • स्लोप • *n.* ढालू ज़मीन, ढलान।

slot • स्लॉट • *n.* छेद, खाँचा।

sloth • स्लॉथ • *n.* आलस, काहिली, ~**ful** (स्लॉथफुल) *a.* आलसी, काहिल।

sloven • स्लोवन • *n.* मैला-कुचैला।

slow • स्लो • *a.* सुस्त, ~**ly** (स्लोली) *adv.* सुस्ती से, धीमी चाल से।

sludge • स्लॅज • *n.* कीचड़।

sluggish • स्लगिश • *a.* धीमे चलने वाला।

slum • स्लम • *n.* गंदी बस्ती।

slumber • स्लम्बर • *vi./vt.* बेफ़िक्री से सोना, *n.* नींद।

slump • स्लम्प • *n.* व्यापार में मंदी, 2. धम्म से गिरना।

slung • स्लंग • *pt., pp.* **of sling** फेंका।

slur • स्लर • *v.* महत्व कम करना,

2. पर ध्यान न देना, *n.* कलंक, 2. अस्पष्ट उच्चारण।

slush • स्लश • *n.* गलती हुई बर्फ।

slut • स्लट • *n.* फूहड़ स्त्री, 2. कुलटा, 3. कुतिया, ~ **tish** (स्लटिश) *a.* फूहड़।

sly • स्लाई • *a.* चालाक, धूर्त।

smack • स्मैक • *n.* स्वाद, 2. तमाचा, 3. एक प्रकार का विषैला नशा (जो अफ़ीम, तंबाकू, आदि द्वारा बनाया जाता है)।

small • स्मॉल • *a.* छोटा, ~ **letters** (स्मॉल लेटर्स) *n.* अंग्रेज़ी के छोटे अक्षर (जैसे **a, b, c** आदि), ~ **pox** (स्मॉल पॉक्स) *n.* चेचक।

smart • स्मार्ट • *a.* चुस्त, फुर्तीला, 2. तेज, चालाक, 3. देखने में चुस्त-दुरुस्त, *vt.* कष्ट पहुँचाना।

smash • स्मैश • *vi./vt.* तोड़ना, टुकड़े करना, चूर करना, टक्कर मारना।

smear • स्मिअर • *vt.* कोई चिकना पदार्थ लगाना, 2. फैलाना।

smell • स्मेल • *v.* महकना, गंध लेना, गंध देना, *n.* गंध, महक।

smile • स्माइल • *vi./vt.* मुस्कराना, *n.* मुस्कान, मुस्कराहट।

smirch • स्मर्च • *vt.* गंदा करना, मैला करना, धब्बा डालना, *n.* धब्बा, कलंक।

smite • स्माइट • *(p., pp.* **smote)** *vi./vt* . मारना।

smith • स्मिथ • *n.* धातु का काम करने वाला, **iron** ~ (आइरनस्मिथ) *n.* लोहार, **gold** ~ (गोल्डस्मिथ) *n.* सोनार, स्वर्णकार।

smock • स्मॉक • *n.* चोगा।

smoke • स्मोक • *vi./vt.* धूम्रपान करना, धुआँ निकलना, धुआँ निकालना, (सिगरेट, बीड़ी आदि) पीना, *n.* धुआँ, धूम्र।

smooth • स्मूथ • *a.* चिकना, मसृण, 2. बराबर, 3. मृदु।

smother • स्मॉदर • *n.* धूल-धक्कड़, गर्द-गुबार, घना धुँआ, *v.* गला घोंटना, 2. दबा लेना।

smoulder • स्मॉल्डॅर • *vi./vt.* (आग) सुलगना, सुलगाना।

smudge • स्मॅज • *n.* दाग, धब्बा।

smug • स्मॅग • *a.* आत्म कष्ट।

smuggle • स्मॅगॅल • *vt.* तस्करी करना, चोरी से माल लाना-ले जाना।

smut • स्मट • *n.* काजल, 2. धब्बा, *vt.* धब्बा डालना।

snack • स्नैक • *n.* नाश्ता, हल्का खाना।

snail • स्नेल • *n.* घोंघा।

snake • स्नेक • *n.* साँप, सर्प, ~ **charmer** (स्नेकचार्मर) *n.* सपेरा।

snap • स्नैप • *vi./vt.* काट लेना, काटना, 2. छीनना, 3. तड़कना, तड़काना।

snare • स्नेअॅर • *n.* जाल, फंदा, *vt.* फंसाना।

snarl • स्नार्ल • *n.* गुर्राने की आवाज़, *v.* गुर्राना।

snatch • स्नैच • *vt.* छीनना, झपट

लेना, *n.* झपट्टा।

sneak • स्नीक • *v.* आँख बचाकर आना-जाना, खिसकना, 2. छिपकर ले आना या ले जाना।

sneer • स्निअँर • *v.* हँसी उड़ाना, *n.* उपहास, हँसी।

sneeze • स्नीज़ • *v.* छींकना, *n.* छींक।

snick • स्निक • *n.* खाँचा, छोटा कटाव, *v.* खाँचा काटना।

snide • स्नाइड • *a.* अपमानजनक।

sniff • स्निफ़ • *vi./vt.* नाक से साँस खींचना।

snigger • स्निगर • *vi.* ठीठी कर हँसना।

snip • स्निप • *n.* कैंची से काटना, *vi./vt. (p./pp.* **snipped***)* कैंची से कतरना।

snood • स्नूड • *n.* (बाल या जूड़ा बाँधने का) फीता।

snooze • स्नूज़ • *n.* झपकी, *v.* झपकी लेना।

snore • स्नोर • *v.* खर्राटा लेना, *n.* खर्राटा।

snort • स्नौर्ट • *vi./vt.* फुफकारना, *n.* फुफकार।

snout • स्नाउट • *n.* थूँथन।

snow • स्नो • *n.* बर्फ़, बरफ, हिम, ~ **fall** (स्नोफॉल) *n.* हिमपात, ~ **storm** (स्नोस्टॉर्म) *n.* बर्फानी तूफ़ान, ~ **white** (स्नोव्हाइट) *a.* बर्फ की तरह गोरा, गोरी, 2. हिमश्वेत।

snub • स्नॅब • *vt.* झिड़कना, नीचा दिखाना।

snuff • स्नॅफ़ • *vt.* सुड़कना, *n.* सुँघनी, नस, नसवार।

snug • स्नॅग • *a.* सुखद, 2. चुस्त।

so • सो • *adv.* इस प्रकार, ऐसे, इतना, इस हद तक, ~**-called** (सो-कॉल्ड) *a.* तथाकथित, ~**-so** (सो-सो) *a.* न अच्छा, न बुरा, बस ऐसा ही।

soak • सोक • *vi./vt.* भिगोना, भिगाना, तर-बतर कर देना, 2. चूस लेना, 3. आत्मसात् करना।

soap • सोप • *n.* साबुन, ~**y** (सोपी) *a.* साबुन-भरा।

soar • सोर • *vt.* ऊँचा उड़ना, *n.* ऊँची उड़ान।

sob • सॉब • *v.* सिसकना, *n.* सिसकी।

sober • सोबर • *a.* सौम्य, परहेज़गार, जिसने शराब नहीं पी रखी है।

sobriety • सोब्राइटी • *n.* संयम, संतुलन, शान्ति।

soccer • सॉकर • *n.* फुटबॉल।

social • सोशॅल • *a.* सामाजिक, 2. मिलनसार, ~ **science** • (सोशॅल साइंस) *n.* समाज विज्ञान, ~ **welfare** (सोशॅल वेलफ़ेअर) *n.* सामाजिक कल्याण, ~ **service** (सोशॅल सर्विस) *n.* समाज सेवा।

sociable • सोशेबॅल • *a.* मिलनसार।

socialism • सोशलिज़्म • *n.* समाजवाद।

society • सोसाइटी • *n.* समाज, 2. संस्था, 3. संघ, 4. साहचर्य।

sociologist • सोशिअलॉजिस्ट • *n.* समाजशास्त्री।

sociology • सोशिअलॉजी • *n*. समाज-शास्त्र।

sock • सॉक • *n*. जुर्राब, मोज़ा।

socket • सॉकेट • *n*. सॉकेट, कोटर, घर।

Socrates • सोक्रैटिज़ • *n*. सुकरात।

soda • सोडॅ • *n*. सोडा, सोडियम ऑक्साइड।

sodden • सॉडेन • *a*. तर-बतर, 2. नशीला, *vi./vt*. तर-बतर कर देना।

sodomite • सोडोमाइट • *n*. लौंडेबाज़।

sodomy • सोडोमी • *n*. लौंडेबाज़ी।

sofa • सोफ़ा • *n*. सोफ़ा।

soft • सॉफ़्ट • *a*. मुलायम, चिकना, **~ly** (सॉफ़्टॅली) *adv*. कोमलता से, **~en** (सॉफ़न) नम्र या कोमल करना।

soil • सॉयल • *n*. मिट्टी, 2. ज़मीन, *v*. गंदा करना, मैला होना।

sojourn • सोजॅर्न • *vt*. थोड़े वक्त के लिए कहीं ठहर जाना।

solace • सोलॅस • *n*. तसल्ली, आराम।

solar • सोलॅर • *a*. **(of sun)** सूर्य संबंधी, सौर, **~ energy** (सोलॅर एनर्जी) *n*. सौर ऊर्जा, **~system** (सोलॅर सिस्टम) *n*. सौर मंडल।

sold • सोल्ड • **sell** का भूतकालिक रूप, बेचा, बेचा गया, बेचा हुआ, *(p., pp.* **sold**)।

solder • सोल्डॅर • *n*. रांगा, *v*. रांगा से टाँकना।

soldier • सोल्जॅर • *n*. सैनिक, सिपाही।

sole • सोल • *a*. एकमात्र, *n*. तल्ला (जूते का)।

solemn • सॉलमॅ • *a*. गंभीर, पवित्र, **~ly** (सॉलेमली) *adv*. धूमधाम से, पवित्रतापूर्वक, **~ity** (सॉलमनिटी) *n*. उत्सव, समारोह, 2. गंभीरता, **~ize** (सोलॅमनाइज़) *vt*. औपचारिक रूप से पूरा करना, विधिवत पूरा करना।

solicit • सॉलिसिट • *vt*. प्रार्थना करना, विनयपूर्वक मांगना, **~ or** (सॉलिसिटॅर) *n*. कानूनी प्रतिनिधि।

solid • सॉलिड • *a*. ठोस, सुदृढ़, **~arity** (सॉलिडैरिटि) *n*. एकता, **~ify** (सॉलिडिफ़ाई) *vt*. ठोस बनाना।

soliloquy • सॉलिलॅकी • *n*. स्वागत भाषण।

solitary • सॉलिटरि • *a*. अकेला, 2. एकांत।

solitude • सॉलिट्यूड, सॉलिचूड • *n*. एकांत।

solo • सोलो • *n*. एकल गायन या वादन।

soluble • सॉल्यूबॅल • *a*. घुलनशील।

solution • सॉल्यूशॅन • *n*. 1. घोल, 2. समाधान।

solve • सॉल्व • *vt*. हल करना।

solvent • सॉल्वेन्ट • *n*. जो अपना कर्ज़ खुद चुका सके, 2. वह तरल पदार्थ जो अन्य वस्तुओं को घुला सके।

sombre • सॉम्बर • *a*. निरानंद, धुंधला, फीका।

some • सॅम • *a*. कुछ, थोड़ा, कोई, **~body** (सॅमबॅडी) *pron*. कोई, **~how** (समहाउ) *adv*. किसी तरह, **~thing** (सॅमथिंग) *n*. कोई चीज़,

~**times** (सॅमटाइम्स) *adv.* कभी-कभी, ~**what** (समव्हाट) *adv.* कुछ-कुछ, ~**where** (सॅमव्हेअर) *adv.* कहीं।

somersault • सॉमरसॉल्ट • *n.* कलाबाज़ी, *vt.* कलाबाज़ी खाना।

somnambulate • सॉम्नैम्ब्युलेट • *v.* नींद में चलना।

son • सॅन • *n.* बेटा, ~**-in-law** (सन-इन-लॉ) *n.* दामाद।

sonata • सोनॉटा • *n.* सोनाटा, वाद्य संगीत।

song • सॉन्ग • *n.* गीत, गाना, ~**ster** (सॉन्गस्टॅर) *n.* गायक, गायिका, गवैया।

sonic • सोनिक • *a.* ध्वनि संबंधी।

sonnet • सॉनेट • *n.* चतुष्पदी (कविता), सोनेटा।

soon • सून • *adv.* तुरंत, तुरत, जल्दी, फ़ौरन।

soot • सूट • *n.* कालिख।

soothe • सूद • *v.* शांत करना, खुश करना।

soothing • सूदिंग • *a.* शामक, प्रशांतक।

soothsayer • सूथसेअॅर • *n.* ज्योतिषी, भविष्यवक्ता।

sophistry • साफ़िस्टरी • *n.* वाक्छल, तर्क-कुतर्क।

sophisticated • सॉफ़िस्टिकेटेड • *a.* परिष्कृत, दुनियादार।

sophistication • सॉफ़िस्टिकेशॅन • *n.* कृत्रिमता, सौजन्य।

sorcerer • सोर्सरर • *n.* जादूगर।

sorceress • सोर्सरिस • *n.* महिला जादूगर, जादूगरनी।

sorcery • सोर्सरी • *n.* जादू, टोना, जादूगरी।

sordid • सॉर्डिड • *a.* नीच, अधम, 2. गंदा।

sore • सोर • *a.* दर्दीला, 2. चिड़चिड़ा, 3. फोड़ा, घाव।

sorrow • सॉरो • *n.* ग़म, दुख, 2. शोक।

sorry • सॉरी • *a.* खेदयुक्त, 2. घटिया, 3. दुखी, मुझे खेद है (कुछ ग़लत हो जाने पर कहा जाने वाला शब्द, **I am sorry** का संक्षिप्त रूप)।

sort • सॉर्ट • *n.* किस्म, प्रकार, *vt.* सुव्यवस्थित करना, छाँटना।

sortie • सॉर्टी • *n.* धावा (आम तौर पर वायुयानों द्वारा किया जानेवाला), 2. उड़ान।

soul • सोल • *n.* आत्मा, अंतःकरण, रूह, 2. व्यक्ति, ~**ful** (सोलफ़ुल) *a.* भावपूर्ण, ~ **less** (सोललेस) *a.* भावशून्य, निर्दय।

sound • साउंड • *n.* आवाज़, शब्द, *a.* तंदुरुस्त, पक्का, *v.* आवाज़ करना।

soup • सूप • *n.* सूप, शोरबा।

sour • साउअॅर • *a.* खट्टा, *v.* खट्टा करना।

source • सोर्स • *n.* ज़रिया, 2. स्रोत।

south • साउथ • *n.* दक्षिण (दिशा), ~**-east** (साउथ-ईस्ट) *n.* दक्षिण-पूर्व, *a.* दक्षिण-पूर्वी, ~**-west** (साउथ-वेस्ट)

n. दक्षिण-पश्चिम, *a*. दक्षिण पश्चिमी, **~ern** (सदर्न) *n*. दक्षिणी।

souvenir • सूवेनिअॅर • *n*. निशानी, यादगार, स्मृति चिह्न, स्मारिका।

sovereign • सॉवेरिन • *a*. प्रधान, सर्वश्रेष्ठ, प्रभुसत्ता संपन्न, **~ ty** (सॉवरेन्टी) *n*. प्रभुसत्ता संपन्नता।

sow • सो • *vi./vt*. बोना (बीज), 2. रोपना, **~ing** (सोइंग) *n*. बोआई।

soyabean • सोयाबीन • *n*. सोयाबीन (प्रोटीन का सबसे बड़ा ज़रिया जो लगभग पूर्ण खाद्य्य माना जाता है)।

spa • स्पा • *n*. स्पा, खनिज झरने की जगह।

space • स्पेस • *n*. आकाश, अंतरिक्ष, 2. स्थान, 3. समय, 4. दो टाइपों के बीच लगाई गई दूरी, 5. अंतराल, **~craft** (स्पेस क्रॉफ्ट) अंतरिक्ष यान, **~suit** (स्पेस सूट) *n*. अंतरिक्ष उड़ान में पहनी जाने वाली पोशाक।

spade • स्पेड • *n*. फावड़ा, कुदाल, **~work** (स्पेड वर्क) *n*. तैयार करने का काम, *vt*. फावड़े से फोड़ना।

span • स्पैन • *n*. विस्तार, 2. चौड़ाई, फैलाव, *vt*. पुल बाँधना।

spaniel • स्पैनिअॅल • *n*. स्पैनियल, एक तरह का विलायती कुत्ता।

Spanish • स्पैनिश • *a*. स्पेन देश का, स्पेनवासी, 2. स्पेन की भाषा।

spar • स्पारॅ • *n*. डंडा, 2. मस्तूल, 3. मतभेद, 4. मुक्केबाज़ी।

spare • स्पेअॅर • *a*. अतिरिक्त, 2. फ़ालतू (जैसे **spare time**), **~part** (स्पेअर पार्ट) *n*. (गाड़ियों आदि के) अतिरिक्त पुर्ज़े, *vi./vt*. क्षमा करना, छोड़ देना।

spark • स्पार्क • *n*. चिन्गारी।

sparking • स्पार्किंग • *a*. चमकदार।

sparkle • स्पार्कल • *v*. चमकना, चिन्गारी फेंकना, *n*. चिन्गारी।

sparrow • स्पैरो • *n*. गोरैया, गरवइया, चिड़िया।

sparse • स्पॉर्स • *a*. विरल, बिखरा हुआ, 2. अपर्याप्त।

Spartan • स्पार्टन • *n*. यूनान के स्पार्टा नगर का या वहाँ का नागरिक।

spasm • स्पैज़्म • *n*. ऐंठन, मरोड़, दौरा।

spastic • स्पैस्टिक • *n*. ऐसा व्यक्ति जिसे ऐंठन के दौरे पड़ते हों।

spasmodic • स्पैस्मोडिक • *a*. माँस-पेशियों के ऐंठन संबंधी।

spat • स्पैट • *p., pp*. **spit** का भूतकालिक रूप, थूका, *vi./vt*. झगड़ा करना, *n*. सामान्य झगड़ा।

spate • स्पेट • *n*. बाढ़।

spatter • स्पैटॅर • *vi./vt*. छिटकना, छिड़कना।

speak • स्पीक • *v*. बोलना, **~able** (स्पीकेबॅल) *a*. बोलने लायक, कहने योग्य, **~er** (स्पीकर) *n*. बोलने वाला, 2. लोकसभा, विधान सभा आदि का अध्यक्ष।

spear • स्पीअॅर • *n*. भाला।

spec • स्पेक • **speculation** का लघु रूप, सट्टा, अनुमान।

special • स्पेशॅल • *a*. विशेष, ख़ास,

~ist (स्पेशलिस्ट) *a.* विशेषज्ञ, **~ity** (स्पेशलिटी) *n.* विशेषज्ञता, **~isation** (स्पेशलाइजेशॅन) *n.* विशेषज्ञता प्राप्ति।

species • स्पीसिज़ • *n.* जाति, वर्ग (जैसे **human species**)।

specific • स्पेसिफ़िक • *a.* निश्चित, **~ation** (स्पेसिफ़िकेशॅन) *n.* विशेष विवरण।

specify • स्पेशिफ़ाई • *v.* सही-सही बताना।

specimen • स्पेसिमेन • *n.* नमूना।

specious • स्पेशॅस • *a.* ऊपर से आकर्षक, सत्याभाषी।

speck • स्पेक • *n.* दाग़, निशान।

spectacle • स्पेक्टैकॅल • *n.* नज़ारा, दृश्य, शानदार प्रदर्शन, 2. तमाशा, मजाक, 3. **~s** *(pl.)* चश्मा, ऐनक।

spectacular • स्पेक्टैक्युलर • *a.* द्रष्टव्य, दर्शनीय, भव्य।

spectator • स्पेक्टेटॅर • *n.* दर्शक।

spectre • स्पैक्टॅर • *n.* भूत, प्रेत।

speculate • स्पेक्युलेट • *v.* अनुमान लगाना, 2. सट्टेबाज़ी करना, फाटका खेलना।

speculator • स्पेक्युलेटर • *n.* सट्टेबाज़।

speculation • स्पेक्युलेशॅन • *n.* अनुमान।

speech • स्पीच • *n.* वाणी, 2. भाषण।

speed • स्पीड • *n.* चाल, गति, *v.* अधिक तेज़ चलना।

spell • स्पेल • *n.* जादू, सम्मोहन, **~bound** (स्पेल बाउंड) *a.* सम्मोहित, मोहित, **~ing** (स्पेलिंग) *n.* वर्तनी, हिज्जे।

spend • स्पेंड • *vt.* खर्च करना, बिताना (जैसे समय), **~thrift** (स्पेंडथ्रिफ्ट) *n.* अपव्ययी, फिजूलखर्च।

sperm • स्पर्म • *n.* शुक्राणु।

spew • स्प्यू • *v.* उगलना।

sphere • स्फ़ीअॅर • *n.* गोल, गोला, 2. क्षेत्रफल।

Sphnix • स्फिंक्स • *n.* स्फिंक्स (जो मिस्र देश में हैं)।

spice • स्पाइस • *n.* मसाला, *vt.* छौंकना, मसाला डालना।

spider • स्पाइडॅर • *n.* मकड़ा।

spike • स्पाइक • *n.* नोक, 2. कांटी, *v.* कांटी ठोंकना।

spill • स्पिॅल • *vi./vt.* छलकना, छलकाना, *vt.* बहाना, खून बहाना, **~over** (स्पिल ओवर) ऊपर से बह जाना।

spin • स्पिन • *vt.* कातना, सूत कातना, 2. घूमना, चक्कर खाना, **~ning** (स्पिनिंग) सूत कताई, **~ning wheel** (स्पिनिंग व्हील) *n.* चर्खा।

spindle • स्पिंडॅल • *n.* धुरी, 2. तकली।

spine • स्पाइन • *n.* रीढ़, मेरुदंड।

spinal • स्पाइनॅल • *a.* रीढ़ संबंधी, **~cord** (कॉर्ड) *n.* मेरुरज्जु।

spinster • स्पिंस्टॅर • *n.* कुमारी, अविवाहिता (आमतौर पर बड़ी उम्र की औरतों के लिए प्रयुक्त), **~hood** (स्पिंस्टरहुड) *n.* अविवाहितावस्था, कुमारीपन, कौमार्य।

spiral • स्पाइरॅल • *a.* पेंचदार, सर्पिल, *vi.* गिरना।

spirit • स्पिरिट • *n.* आत्मा, 2. भूत-प्रेत, 3. दृष्टिकोण, 4. जोश, 5. अर्क, सुरासार, मद्‌य, शराब, ~ **away** (स्पिरिट अवे) *v.* उड़ा ले जाना, ~ **ism** (स्पिरिटिज़्म) *n.* प्रेतात्मवाद, ~ **ual** (स्पिरिचुअल) *a.* आत्मिक, आध्यात्मिक, ~ **ualism** (स्पिरिचुॲलिज़्म) *n.* अध्यात्मवाद, ~ **uality** (स्पिरिचुऐलिटी) *n.* आध्यात्मिकता।

spit • स्पिॅट • *vi./vt.* थूकना, ~ **tle** (स्पिटॅल) *n.* थूक, ~ **toon** (स्पिटून) *n.* पीकदान, थूकदान।

spite • स्पाइट • *n.* द्वेष, ~ **ful** (स्पाइटफ़ुल) *a.* विद्वेषी।

splash • स्पलैश • *vi./vt.* छींटना, छिड़कना, छपछपाना, *n.* छपाका, ~ **headlines** (स्प्लैश हेडलाइन्स) *n.* मोटे अक्षरों में छपाई।

spleen • स्पलीन • *n.* प्लीहा, तिल्ली, 2. झुंझलाहट।

splendid • स्प्लेन्डिड • *a.* शानदार, भव्य।

splendour • स्प्लेंडॅर • *n.* वैभव, शान।

splinter • स्प्लिंटॅर • *n.* चैली, *vi./vt.* अलगाना, छिपटियाँ उतारना।

split • स्प्लिट • *vt.* चीरना, फाड़ना, टुकड़े करना, विभाजित करना, 2. दरार, 3. विभाग।

splutter • स्प्लटॅर • *n.* बड़बड़ाना, 2. छितराना, *n.* बड़बड़ाहट।

spoil • स्प्यॉल • *v.* बिगाड़ना, खराब करना, *n.* लूट, ~ **sport** (स्प्यॉल स्पोर्ट) *n.* रंग में भंग डालने वाला।

spoke • स्पोक • *n.* डंडा, अर, आरा, **speak** का भूतकालिक रूप।

spokesman • स्पोक्समैन • *n.* प्रवक्ता, ~ **woman** (स्पोक्सवूमन) *n.* महिला प्रवक्ता।

sponge • स्पॉन्ज • *n.* स्पंज, *v.* स्पंज से पोंछना या साफ करना, 2. ठगना।

sponsor • स्पॉन्सॅर • *n.* जामिनदार, प्रतिभू, *vt.* प्रतिभू करना, प्रवर्तित करना।

spontaneous • स्पॉन्टेनिॲस • *a.* सहज, स्वतःस्फूर्त।

spontaniety • स्पॉन्टिनाइटी • *n.* स्वतः, प्रवर्तिता, सहजता।

spoon • स्पून • *n.* चम्मच।

sporadic • स्पारैडिक • *a.* छिटपुट, ~ **ally** (स्पोरैडिकॅली) *adv.* कभी-कभी, जहाँ-तहाँ।

sport • स्पोर्ट • *n.* खेल, मनोरंजन, खेल-कूद, ~ **s** (स्पोर्ट्स) *n.* खेल-कूद, क्रीड़ा, ~ **sman** (स्पोर्ट्समैन) *n.* खिलाड़ी, ~ **woman** (स्पोर्ट्सवूमन), स्त्री खिलाड़ी।

spot • स्पॉट • *n.* जगह, स्थान, 2. धब्बा, 3. कलंक, 4. पित्ती, *v.* धब्बा डालना, ~ **light** (स्पॉटलाइट) *n.* बिंदु-प्रदीप, 2. लोकप्रसिद्धि, ~ **ted** (स्पॉटेड) *a.* धब्बेदार, चित्तीदार।

spouse • स्पॉउज़ • *n.* पति या पत्नी।

spout • स्पॉउट • *vt.* फुहारे की तरह छूटना, *n.* फुहारा, 2. टोंटी।

sprain • स्प्रेन • *n.* मोच, *vt.* मोच आना।

sprawl • स्प्रॉल • *v.* पसर जाना, फैल जाना, *n.* भद्दा प्रसार।

spray • स्प्रे • *n.* फुहार, *v.* छिड़कना।

spread • स्प्रेड • *vt.* फैलना, *vt.* फैलाना।

spree • स्प्री • *n.* रंगरलियाँ।

sprig • स्प्रिग • *n.* टहनी।

spring • स्प्रिंग • *v.* उछलना, 2. लपकना, झपटना, *n.* वसंत (ऋतु), बहार, 2. सोता, झरना, 3. स्प्रिंग, कमानी, 4. लचक, ~**board** (स्प्रिंग बोर्ड) *n.* उछल-तख्ता।

sprinkle • स्प्रिंकल • *v.* छिड़कना, बुरकना, 2. झींसी पड़ना।

sprinkling • स्प्रिंक्लिंग • *n.* छिड़काव।

sprint • स्प्रिंट • *vi.* तेज़ी से दौड़ना, *n.* दौड़ना।

sprout • स्प्रॉउट • *v.* अंकुर निकलना, अंकुरित होना, *n.* अंकुर।

spur • स्पॅर • *n.* प्रेरणा, प्रेरक, *vt.* एड़ लगाना, प्रेरित करना।

spurious • स्पुरिअॅस • *a.* नकली, जाली।

spurn • स्पॅर्न • *v.* तिरस्कार करना, ठुकराना, *n.* तिरस्कार।

spurt • स्पॅर्ट • *n.* लहर, झोंक, *vt.* फुहारा छूटना।

sputnik • स्पुटनिक • *n.* स्पुतनिक, कृत्रिम उपग्रह।

sputum • स्पुटॅम • *n.* थूक, लार।

spy • स्पाई • *n.* जासूस, *vt.* जासूसी करना।

squabble • स्क्वेबल • *n.* कहा-सुनी, *v.* टंटा खड़ा करना।

squad • स्क्वॉड • *n.* दस्ता, ~**ron** (स्क्वैड्रॅन) *n.* दस्ता, टुकड़ी।

squalid • स्क्वैलिड • *a.* गंदा, कुत्सित।

squall • स्क्वॉल • *vi.* चीख मारना, *n.* चीख़।

squander • स्क्वैंडर • *vt.* उड़ाना, माल बर्बाद करना, गंवाना।

square • स्क्वॉअॅर • *n.* वर्ग, 2. चौकोर टुकड़ा, 3. चौक, *n.* भवन-समूह, 5. कोनिया, गोनिया, *a.* ईमानदार, वर्गाकार, आयताकार, ~ **deal** (स्क्वॉअॅर डील) *n.* खरा सौदा, ~**ly** (स्क्वॉअॅरली) *adv.* उचित रूप से, ~**meal** (स्क्वॉअॅरमील) *n.* भरपेट भोजन, ~**root** (स्क्वॉअॅर रूट) *n.* वर्गमूल।

squash • स्क्वैश • *v.* कुचलना, *n.* शर्बत, 2. लुगदी।

squat • स्क्वैट • *v.* पाल्थी लगाकर बैठना।

squeak • स्क्विॅक • *v.* चरमराना, चूँ-चूँ करना।

squeal • स्क्विल • *v.* चिल्लाना।

squeamish • स्क्विमिश • *n.* सुकुमार, तुनकमिजाज़।

squeeze • स्क्विॅज़ • *v./vt.* निचोड़ना, दबाना, भींचना, *n.* दबाव।

squint • स्क्विन्ट • *vi.* तिरछी नज़रों से देखना, 2. भेंगापन।

squirm • स्क्वर्म • *v.* छटपटाना।

squirrel • स्क्वाइरल • *n.* गिलहरी।

stab • स्टैब • *vt.* छुरा मारना, छुरा भोंकना या घोंपना, ~ **bing** (टैबिंग) *n.* छुरा मारना।

stabilize • स्टैबिलाइज़ • *vt.* स्थिर करना, दृढ़ करना।

stable • स्टैबॅल • *a.* स्थिर, *n.* अस्तबल, घुड़साल।

stack • स्टैक • *n.* गड्डी, अनाज का ढेर। *vt.* गड्डियों में लगाना, सजाना।

stadium • स्टेडिॲम • *n.* मैदान (खेल-कूद का), स्टेडियम।

staff • स्टाफ • *n.* लंबा डंडा, 2. कार्यालय के कर्मचारी।

stag • स्टैग • *n.* हिरण, हरिन।

stage • स्टेज • *n.* रंगमंच, मंच, 2. घोड़ागाड़ी, *vt.* नाटक करना, मंचित करना (नाटक)।

stagger • स्टैगॅर • *vi./vt.* लड़खड़ाना, लड़खड़ाते हुए चलना, 2. भिन्न-भिन्न समय रखना (कार्यालय में काम आदि का), *n.* लड़खड़ाना।

stagnant • स्टैगनैन्ट • *a.* स्थिर, खड़ा (पानी आदि)।

stagnate • स्टैग्नेट • *vi.* स्थिर होना, बहाव का रुकना।

stagnation • स्टैग्नेशॅन • *n.* प्रवाह-हीनता, रुका रहना।

stain • स्टेन • *n.* धब्बा, *vt.* धब्बा लगाना।

stair • स्टेॲर • *n.* सीढ़ी, ज़ीना।

stake • स्टेक • *n.* खूँटा, दाँव, दाँव पर लगाया जानेवाला धन, *vt.* दाँव लगाना।

stale • स्टेल • *a.* बासी, ~ **mate** (स्टेलमेट) *n.* शतरंज में मात, हार, (राजनीति में) रुकावट।

stalk • स्टॉक • *n.* शाखा, डाली।

stall • स्टॉल • *n.* जानवरों के बाड़े में एक जानवर का स्थान, 2. छोटी दूकान।

stalwart • स्टॉलवॉर्ट • *a.* बलवान, हट्टा-कट्टा।

stamina • स्टैमिना • *n.* ताक़त, शक्ति, काम करने की शक्ति।

stammer • स्टैमॅर • *vi./vt.* तुतलाना, हकलाना।

stamp • स्टैम्प • *n.* मुहर, डाक-टिकट, *vi./vt.* ज़ोर से पांव पटकना, 2. मुहर लगाना।

stampede • स्टैम्पीड • *n.* भगदड़, *vi./vt.* भगदड़ में पड़ना।

stand • स्टैंड • *n.* निश्चल स्थिति, 2. वाहन खड़े करने की जगह, *vi.* खड़ा होना, ~ **up** (स्टैंडअप) खड़ा होना, ~ **by** (स्टैंडबाई) *v.* समर्थन करना, *n.* आपात स्थिति में व्यवहार में आने वाली वस्तु।

standard • स्टैंडॅर्ड • *n.* मानक, 2. स्तर, 3. आदर्श।

standing • स्टैंडिंग • *n.* ख्याति, शोहरत, 2. अवधि।

stanza • स्टैन्ज़ा • *n.* कविता-खंड।

staple • स्टैपल • *a.* समझौते से निश्चित किया गया, 2. मुख्य।

star • स्टार • *n.* तारा, 2. सिनेमा का मुख्य अभिनेता, *v.* सिनेमा में अभिनय करना, ~**board** (स्टार बोर्ड) *n.* जहाज़ का दाहिना भाग।

starch • स्टॉर्च • *n.* माँड़, *vt.* माँड़ डालना या लगाना।

stare • स्टेअॅर • *n.* टकटकी, *vt./vi.* घूरना, टकटकी लगाकर देखना।

stark • स्टॉर्क • *a.* अत्यंत, पूरा।

start • स्टॉर्ट • *vi./vt.* चलना, चलाना, शुरू करना, शुरू होना।

startle • स्टॉर्टल • *vt.* चौंकाना।

starvation • स्टार्वेशॅन • *n.* भुखमरी।

starve • स्टार्व • *vi.* भूखों मरना।

state • स्टेट • *n.* अवस्था, हालत, दशा, 2. राज्य, 3. सरकार, 4. दर्जा, *vt.* वर्णन करना, कहना, ~**ly** (स्टेटॅली) *a.* राजसी, ~**ment** (स्टेटमेंट) *n.* विवरण, कथन, वक्तव्य, ~ **sman** (स्टेट्समैन) *n.* राजनेता।

tatic • स्टैटिक • *n.* रेडियो में आनेवाली करकर आवाज़, *a.* निश्चल, निष्क्रिय।

ation • स्टेशॅन • *n.* गाड़ियों के ठहरने का स्थान और रेलवे स्टेशॅन, **radio** ~ (रेडियो स्टेशॅन) *n.* रेडियो प्रसारण ेन्द्र, **police** ~ (पोलिस स्टेशॅन) *n.* थाना, ~**ary** (स्टेशॅनरी), *a.* स्थिर, अचल।

stationery • स्टेशॅनरि • *n.* लिखने की सामग्री।

statistic • स्टैटिस्टिक • *n.* आँकड़े, ~**s** (स्टैटिस्टिक्स) *n.* सांख्यिकी।

statue • स्टैचू • *n.* मूर्ति, बुत।

stature • स्टेचॅर • *n.* कद, ऊँचाई, बड़प्पन।

status • स्टेटॅस • *n.* पद, दर्जा, प्रतिष्ठा, ~***quo*** (स्टेटॅसकूओ) *n.* यथापूर्व स्थिति, ~**symbol** (स्टेटॅस सिम्बॅल) *n.* प्रतिष्ठा का प्रतीक (कोई वस्तु आदि)।

stutute • स्टैट्यूट • *n.* कानून, संविधि, 2. अध्यादेश, 3. अधिनियम।

staunch • स्टॉन्च • *a.* पक्का, विश्वस्त।

stay • स्टे • *n.* स्थान, ठिकाना, प्रवास, *vi.* ठहरना, कुछ समय बिताना।

S.T.D. • एस.टी.डी. • *n.* **(subscriber trunk dialling)** का संक्षेप, एक शहर से दूसरे शहर को फ़ोन।

stead • स्टेड • *n.* किसी की जगह पर, ~**fast** (स्टेडफ़ास्ट) *a.* सुदृढ़, सुस्थिर, ~**y** (स्टेडी) *a.* स्थिर, *vt.* सुस्थिर बनाना।

steal • स्टील • *v.* चोरी करना, चुराना, ~**th** (स्टेल्थ) *n.* दुराव, छिपाव, ~**thy** (स्टेल्थी) *a.* गुप्त।

steam • स्टीम • *n.* भाप, वाष्प, 2. जोश, उत्साह, *vi.* भाप छोड़ना, *vt.* भाप से पकाना, ~**engine** (एन्जिन) *n.* भाप गाड़ी, ~ **er** (स्टीमर) *n.* स्टीमर, अग्निबोट।

steed • स्टीड • *n.* घोड़ा।

steel • स्टील • *n.* इस्पात, फ़ौलाद।

steep • स्टीप • *a.* खड़ा (जैसे खड़ी चढ़ाई), 2. अत्यधिक।

steeple • स्टीपल • *n.* मीनार, शिखर।

steer • स्टीअॅर • *vt.* चलाना, ~ **ing**

(स्टीअॅरिंग) *n.* परिचालन, ~ **ing wheel** (स्टीअॅरिंग व्हील) *n.* चालन-चक्र, मोटर आदि की दिशा सही रखने का चक्के जैसा यंत्र।

stem • स्टेम • *n.* तना, डंठल।

stench • स्टेन्च • *n.* दुर्गंध, बदबू।

stencil • स्टेन्सिल • *n.* स्टेन्सिल का कागज़।

sten gun • स्टेन गन • *n.* स्टेनगन, तेज़ गति से गोलियाँ छोड़ने वाली बंदूक।

stenography • स्टेनोग्रेफ़ी • *n.* आशु-लिपि में लिखने की कला।

step • स्टेप • *n.* चाल, कदम, *vt.* (*p., pp.* ~**ped**) पांव रखना।

step • स्टेप • *prep.* विमाता का संबंध, ~**son** (स्टेप सॅन) *n.* सौतेला बेटा, ~**brother** (स्टेप ब्रदॅर) *n.* सौतेला भाई, ~**sister** (स्टेप सिस्टॅर) *n.* सौतेली बहन, ~**father** (स्टेप फ़ादॅर) *n.* सौतेला बाप, ~**mother** (स्टेप मदर) *n.* सौतेली माँ, विमाता।

steppe • स्टेप • *n.* घास का मैदान।

stereo • स्टिरिओ • *a.* द्विपार्श्विक।

sterile • स्टेराइल • *a.* बांझ, 2. बंजर, ऊसर।

sterilization • स्टेरिलाइज़ेशॅन • *n.* बंध्याकरण, जीवाणुनाशन।

sterility • स्टेरिलिटि • *n.* बांझपन।

sterling • स्टर्लिंग • *n.* इंग्लैंड की बीस सिलिंग की मुद्रा (पौंड)।

stern • स्टॅर्न • *a.* सख़्त, कठोर, दृढ़, 2. जहाज़ का पिछला भाग।

stethoscope • स्टेथोस्कोप • *n.* डाक्टरी जाँच का आला।

stew • स्ट्यू • *vt.* धीमी आँच में पकाना।

steward • स्टिवॉर्ड • *n.* प्रबंधक, कारिंदा, खिदमतदार।

stick • स्टिक • *n.* छड़ी, 2. टहनी।

stick • स्टिक • *vi./vt.* (*p., pp.* **stuck**) चिपका रहना, चिपकाना, ~ **er** (स्टिकर) *n.* चिपकने वाला, ~ **y** (स्टिकी) *a.* चिपकने वाला।

stiff • स्टिफ़ • *a.* सख़्त, कड़ा।

stifle • स्टाइफ़ल • *vt.* गला घोंटना, 2. दबाना।

stigma • स्टिग्मा • *n.* कलंक का टीका, ~**ta** (स्टिग्माटा) *n.* क्षत चिह्न।

still • स्टिल • *a.* निश्चल, स्थिर, अचल, *adv.* तथापि, अब तक, अधिक, फिर भी, ~**life** (स्टिल लाइफ़) *n.* स्थिर वस्तुचित्र।

stimulant • स्टिमुलेन्ट • *a.* उद्दीपक, उत्तेजक।

stimulate • स्टिमुलेट • *vt.* प्रोत्साहित करना।

stimulation • स्टिमुलेशॅन • *n.* प्रोत्साहन, उद्दीपन।

sting • स्टिंग • *vt.* डंक मारना, *vi.* दर्द अनुभव करना, *n.* डंक।

stink • स्टिंक • *vi.* दुर्गंध करना, *n.* बदबू, दुर्गंध।

stint • स्टिंट • *vt.* कम देना, *n.* प्रतिबंध, 2. सीमा, नियत काम की सीमा।

stipend • स्टाइपेंड • *n.* छात्रवृत्ति, वज़ीफ़ा।

stipulate • स्टिपुलेट • *vi.* शर्त लगाना, अनुबंध करना।

stir • स्टॅर • *n.* आन्दोलन, हंगामा, *vt.* हिलाना, *vi.* हिलना, उत्तेजित होना।

stirrup • स्टिरॅप • *n.* रकाब।

stitch • स्टिॅच • *n.* टांका, *vt.* (कपड़ा) सीना, टांका लगाना।

stock • स्टॉक • *n.* माल, 2. कंपनी के शेयर, 3. प्रतिष्ठा, 4. मवेशी, 5. भंडार, 6. वंश, कुल, ~**book** (स्टॉक बुक) *n.* स्कंध पंजी, ~**ing** (स्टॉकिंग) *n.* जुर्राब, मोज़ा, ~**yard** (स्टॉक याडी) *n.* बाड़ा।

stoic • स्टोइक • स्टोइक दार्शनिक (सुख-दुख उपेक्षी दार्शनिक), ~**ism** (स्टोइसिज़्म) स्टोइकवाद।

stoke • स्टोक • *vt.* कोयला झोंकना।

stole • स्टोल • *n.* दुपट्टा।

stole • स्टोल • *n.* **steal** का भूत-कालिक रूप चुराया हुआ।

stomach • स्टॉमॅक • *n.* पेट, आमाशय, **ache** (स्टॉमेक) *n.* पेट दर्द।

stone • स्टोन • *n.* पत्थर, 2. गुठली, *v.* पत्थर मारना, 2. गुठली निकालना, ~**blind** (स्टोन ब्लाइंड) *a.* एकदम अंधा, ~ **deaf** (स्टोन डेफ़) *a.* वज्र वधिर।

stool • स्टूल • *n.* चौकी, स्टूल, 2. पाखाना।

stoop • स्टूप • *vi.* झुकना।

stop • स्टॉप • *vt.* रोकना, *vi.* रुकना, ठहरना, *vt.* बंद करना, *vi.* बंद होना ठहरना, **full** ~ (फ़ुल स्टॉप) *n.* पूर्ण विराम, ~**gap** (स्टॉप गैप) *a.* स्थानापन्न, ~**page** (स्टॉपेज) *n.* रुकाव, रोक, अवरोध, ~ **press** (स्टॉप प्रेस) *n.* छपते-छपते (अख़बार में अचानक आ जाने वाली ख़बर)।

storage • स्टोरेज • *n.* संग्रहण।

store • स्टोर • *n.* भंडार, सामान, 3. दूकान, *vt.* रखना, संयम करना।

storey • स्टोरि • *n.* तल्ला, मंज़िल।

stork • स्टॉर्क • *n.* जांघिल (पक्षी)।

storm • स्टॉर्म • *n.* तूफ़ान, झंझावात, आँधी, *vt.* हमला करना, ~**y** (स्टोर्मी) *a.* तूफ़ानी, प्रचंड।

story • स्टोरी • *n.* कहानी, क़िस्सा, 2. समाचार, ~**teller** (स्टोरी टेलर) *n.* कथक, 2. गप्पी, ~**writer** (स्टोरी राइटर) *n.* कहानीकार।

stout • स्टाउट • *a.* तगड़ा, स्थूलकाय।

stove • स्टोव • *n.* अंगीठी, स्टोव।

stow • स्टो • *vt.* सजाकर रखना।

straddle • स्ट्रैडॅल • *v.* टाँगें फैलाकर बैठना।

straight • स्ट्रेट • *a.* सीधा, सच्चा, खरा, ~**en** (स्ट्रेटन) *vt.* सीधा करना, ~**forward** (स्ट्रेट फॉर्वर्ड) *a.* निष्क-पट, सीधा।

strain • स्ट्रेन • *v.* कसकर तानना, *n.* तनाव, घोर परिश्रम, ~**er** (स्ट्रेनर) *n.* छन्ना, चलनी, छलनी।

strand • स्ट्रैन्ड • *n.* लड़ी, रेशा।

strange • स्ट्रेंज • *a.* बेगाना, पराया,

अनोखा, ~**r** (स्ट्रेन्जर) *n.* विदेशी, अनजान।

strangle • स्ट्रैंगॅल • *vt.* गला घोंटना।

strangulate • स्ट्रैंगुलेट • *vt.* दबाना, गला घोंटकर मारना।

strap • स्ट्रैप • *n.* पट्टा, तस्मा।

strata • स्ट्राटा • *n.* स्तर, ~ **gem** (स्ट्रैटैजेम) युक्ति, चाल, ~ **gic** (स्ट्रैटैजिक) *a.* युद्ध नीतिक, ~ **gist** (स्ट्रैटैजिस्ट) *n.* युद्धनीतिज्ञ।

stratosphere • स्ट्रैटोस्फ़िअॅर • *n.* समताल मंडल।

stratum • स्ट्रैटम • *n.* स्तर।

straw • स्ट्रॉ • *n.* पुआल, ~**berry** (स्ट्रॉबेरी) *n.* हिसालू, स्ट्राबेरी, ~ **board** (स्ट्रॉबोर्ड) *n.* गत्ता।

stray • स्ट्रे • *vi.* घूमना, पथ भ्रष्ट होना, बहक जाना।

streak • स्ट्रीक • *n.* धारी, प्रवृत्ति, झुकाव।

stream • स्ट्रीम • *n.* नदी, 2. धारा, *v.* बहना।

street • स्ट्रीट • *n.* गली, ~**walker** (स्ट्रीटवाकर) *n.* वेश्या।

strength • स्ट्रेंग्थ • *n.* बल, ताक़त, शक्ति, ~ **en** (स्ट्रेंग्थेन) *vt.* बल बढ़ाना।

strenuous • स्ट्रेन्युअॅस • *a.* कठोर, सख़्त।

stress • स्ट्रेस • *n.* दबाव, तनाव।

stretch • स्ट्रेच • *vt.* तानना, खींचना, कसना, ~ **er** (स्ट्रेचॅर) *n.* स्ट्रेचर, (रोगियों को ले जाने वाला) डोला।

stricken • स्ट्रिइकॅन • *a.* से आक्रांत, अभिभूत।

strict • स्ट्रिक्ट • *a.* सख़्त, कठोर, ~ **ure** (स्ट्रिकचर) *n.* कटु आलोचना।

stride • स्ट्राइड • *v.* लंबे डग भरना।

strife • स्ट्राइफ़ • *n.* संघर्ष।

strike • स्ट्राइक • *vt.* प्रहार करना, मारना, हड़ताल करना, *n.* हड़ताल।

string • स्ट्रिंग • *n.* सुतली, डोरी, 2. लड़ी, माला, 3. तस्मा, ~**er** (स्ट्रिंगर) *n.* संवाद प्रेषक।

stringent • स्ट्रिंजेन्ट • *a.* सख़्त, कठोर।

strip • स्ट्रिप • *v.* उतारना (कपड़े), *n.* पट्टी, ~ **ped** (स्ट्रिप्ड) *a.* नंगा, ~ **tease** (स्ट्रिपटीज़) *n.* एक प्रकार का यूरोपियन नृत्य जिसमें नर्तकी एक-एक कर कपड़े उतार देती है और अंत में पतली पैंटी तक उतारकर अंदर भाग जाती है।

strive • स्ट्राइव • *v.* प्रयास करना।

stroke • स्ट्रोक • *n.* प्रहार, आघात, 2. सहलाना।

stroll • स्ट्रॉल • *v.* टहलना।

strong • स्ट्रॉन्ग • *a.* मजबूत, ताक़तवर, हट्टा-कट्टा, 2. तेज़, ज़ोरदार, ~**box** (स्ट्रॉन्ग बॉक्स) *n.* तिजोरी, ~ **minded** (स्ट्रॉन्ग माइन्डेड) *a.* दृढ़ चेता।

struck • स्ट्रक • *a.* प्रभावित।

structural • स्ट्रकचरॅल • *a.* संरचनात्मक, इमारती।

structure • स्ट्रक्चॅर • *n.* बनावट,

ढाँचा, इमारत।

struggle • स्ट्रगॅल • *v.* संघर्ष करना, हाथ-पैर मारना, *n.* संघर्ष।

strumpet • स्ट्रम्पेट • *n.* वेश्या, रंडी।

strung • स्ट्रंग • *a.* उत्तेजित।

strut • स्ट्रट • *v.* इठलाना, अकड़कर चलना।

stub • स्टॅब • *n.* (सिगरेट का) टुकड़ा।

stubble • स्टबॅल • *n.* खूँटी।

stubborn • स्टबॅर्न • *a.* ज़िद्दी, हठीला।

stuck • स्टॅक • *a.* रुका हुआ, अटका हुआ।

stud • स्टॅड • *n.* बटन, 2. थोड़ा।

student • स्टूडेन्ट • *n.* छात्र, विद्यार्थी, छात्रा।

study • स्टॅडी • *v.* पढ़ना, अध्ययन करना, *n.* पठन-पाठन।

stuff • स्टॅफ़ • *n.* उपादान, सामान, ~**y** (स्टॅफी) *a.* घुटन-भरा।

stumble • स्टम्बॅल • *v.* ठोकर खाना, लड़खड़ाना।

stump • स्टम्प • *n.* ठूँठ।

stun • स्टॅन • *v.* अचेत करना, अचेत होना, ~ **ning** (स्टनिंग) *a.* विलक्षण, ~ **ner** (स्टनॅर) *n.* सर्वांग सुन्दरी।

stunt • स्टंट • *n.* करतब, कमाल।

stupendous • स्टूपेंडॅस • *a.* विस्मय-कारक, आश्चर्यजनक।

stupid • स्टूपिड • *a.* बेवकूफ़, मूर्ख, नासमझ।

stupor • स्टूपॅर • *n.* व्यामोह, भाव शून्यता, विस्मय।

sturdy • स्टॅर्डी • *a.* मज़बूत, हट्टा-कट्टा।

stutter • स्टटॅर • *v.* हकलाना।

sty • स्टाइ • *n.* गुहांजनी (आँख की), बिरबिनी, **pig** ~ (पिग स्टाइ) *n.* सूअर-बाड़ा।

style • स्टाइल • *n.* शैली, ढंग, पद्धति, 2. फ़ैशन, ~**stylish** (स्टाइलिश) *a.* फ़ैशनेबुल, बना-ठना, ~**stylist** (स्टाइलिस्ट) *a.* शैलीकार।

stylus • स्टाइलॅस • *n.* सुई।

suave • स्वेव • *n.* मनोहर, सौम्य, सुरुचिपूर्ण।

sub • सब • *pref.* अधो, उप, अधः, ~**judice** (सबजुडिस) *a.* विचाराधीन।

subaltern • सॅबल्टर्न • *a.* अधीनस्थ, छोटा अफसर।

sub-committee • सब-कमिटि • *n.* उपसमिति।

sub-conscious • सब-कॅन्शॅस • *a.* अचेत, *n.* अवचेतन, अचेतन।

sub-divide • सब-डिवाइड • *v.* प्रविभाजित करना।

subject • सब्जेक्ट • *a.* अधीन, पराधीन, *n.* प्रजा, 2. विषय, 3. कर्ता, 4. प्रयोगवस्तु, ~**ion** (सब्जेक्शॅन) *n.* अधीनीकरण, वशीकरण, परतंत्रता, ~**ive** (सब्जेक्टिव) *a.* आत्मगत, आत्मपरक, व्यक्तिसापेक्ष, ~**-matter** (सब्जेक्ट-मैटॅर) *n.* कथावस्तु, विषय-वस्तु।

subjugate • सबजुगेट • *v.* अधीन करना।

sub-lease • सबलीज़ • *n.* शिकमी पट्टा।
sub-station • सब-स्टेशन • *n.* उपकेन्द्र।
substitute • सब्सटीट्यूट • *v.* के स्थान पर रखना, के बदले में इस्तेमाल करना।
subterfuge • सॅब्टॅरफ़्यूज • *n.* बहाना, चालबाज़ी।
subtle • सॅटॅल • *a.* सूक्ष्म, गूढ़।
subtract • सबट्रैक्ट • *v.* घटाना।
suburb • सबर्ब • *n.* उपनगर, ~ **an** (सबर्बन) *a.* उपनगरीय।
subversion • सॅबवॅर्शन • *n.* विनाश।
subvert • सबवॅर्ट • *v.* उलट देना, विनाश करना।
subway • सबवे • *n.* तल मार्ग।
succeed • सक्सीड • *v.* कामयाब होना, सफलता पाना, 2. उत्तराधिकारी होना।
success • सक्सेस • *n.* सफलता, कामयाबी, ~ **ful** (सक्सेसफ़ुल) *a.* कामयाब, सफल, ~ **ion** (सक्सेशॅन) *n.* राज्य प्राप्ति, 2. दाय प्राप्ति, 3. उत्तराधिकार, ~ **ive** (सक्सेसिव) *a.* क्रमिक, निरंतर, ~ **or** (सक्सेअॅर) *n.* उत्तराधिकारी।
succinct • सकसिंक्ट • *a.* सारगर्भित, संक्षिप्त।
succour • सकॅर • *n.* (गाढ़े वक्त पर) सहायता।
succumb • सकंब • *v.* वशीभूत होना, पराजित होना।
such • सॅच • *a.* ऐसा, इस तरह का, ~ **and** ~ (एच ऐंड सच) *a.* अमुक, फ़लां।
suck • सॅक • *v.* चूसना, ~ **er** (सकॅर) *n.* स्तन पीने वाला बच्चा, 2. चूषक, ~ **ing** (सकिंग) *a.* दूध मुँहाँ, ~ **le** (सकॅल) *vt.* दूध पिलाना, स्तन पिलाना, ~ **ling** (सकॅलिंग) *n.* दूध पीता बच्चा।
suction • सक्शॅन • *n.* चूषण।
sudden • सडॅन • *a.* आकस्मिक, अचानक होने वाला, ~ **ly** (सडॅनॅली) *adv.* अचानक, एकाएक।
sue • स्यू • *v.* मुकदमा करना।
suede • स्वेद • *n.* सिझाया हुआ चमड़ा।
suffer • सफ़ॅर • *v.* भोगना, भुगतना, झेलना, हानि उठाना, ~ **ance** (सफ़रेन्स) *n.* बर्दास्त, सहन, ~ **er** (सफ़रॅर) *n.* हानि उठाने वाला, ~ **ing** (सफ़रिंग) *n.* कष्ट, दुखभोग, वेदना, पीड़ा।
suffice • सफ़ाइस • *n.* काफ़ी होना, पर्याप्त होना।
sufficiency • सफ़िशिएन्सी • *n.* पर्याप्त मात्रा।
sufficient • सफ़िशिएन्ट • *a.* काफी, पर्याप्त मात्रा।
suffix • सफ़िक्स • *n.* प्रत्यय।
suffocate • सफ़ोकेट • *v.* दम घुटना, *vt.* दम घोंटना।
suffocation • सफ़ोकेशन • *n.* घुटन, दम घुटना।
suffrage • सॅफ़रेज • *n.* मत, मताधिकार, ~ **tte** (सॅफराजेट) *n.* महिला

मताधिकार आन्दोलनकत्री।

suffuse • सफ़्यूज़ • *v.* फैल जाना, *vt.* व्याप्त करना।

sugar • शूगॅर • *n.* चीनी, शक्कर, शर्करा, ~ **coated** (शूगॅर कोटेड) *a.* चीनी लगा, मीठा।

suggest • सजेस्ट • *v.* सुझाव देना, प्रस्ताव करना या रखना, सुझाना, ~ **ibility** (सजेस्टिबिलिटी) *n.* सम्मोहनीयता, ~ **ible** (सजेस्टिबॅल) *a.* सम्मोहनीय, ~ **ion** (सजेश्चॅन) *n.* सुझाव, ~ **ive** (सजेस्टिव) *a.* विचारोत्तेजक, उद्दीपक।

suicidal • सुइसाइडॅल • *a.* आत्मघाती।

suicide • सुइसाइड • *n.* आत्महत्या, आत्मघात, .ख़ुदकुशी।

suit • सूट • *n.* सूट, 2. दरखास्त, प्रार्थना, 3. मुकदमा, ~ **ability** (सूटेबिलिटी) *n.* उपयुक्तता, ~ **able** (सूटेबॅल) *a.* उपयुक्त, परिजन, वाद्य संगीत रचना, ~ **case** (सूटकेस) *n.* सूटकेस, ~ **e** (स्वीट) *n.* कमरों का सेट, ~ **or** (सूटॅर) *n.* (मुकदमे में) वादी, मुद्दई, 2. आवेदक, 3.विवाहार्थी।

sulk • सल्क • *n.* रूठन, *v.* रूठना, खीजना, अप्रसन्न होना।

sullage • सलेज • *n.* कूड़ा-कचरा।

sullen • सलेन • *a.* रूखा, चिड़चिड़ा।

sully • सली • *v.* (पर) कलंक लगाना।

sulfate • सल्फ़ेट • *n.* तूतिया।

sulphide • सल्फ़ाइड • *n.* सल्फाइड।

sulphur • सल्फॅर • *n.* गंधक।

sultan • सल्टॅन • *n.* सुल्तान।

sultry • सल्ट्री • *a.* उमसदार।

sum • सॅम • *n.* जोड़, योग, योगफल, 2. रकम, राशि, 3. सार, सारांश, 4. गणित का प्रश्न, ~ **up** (सॅम अप) *v.* जोड़ना, सारांश निकालना।

summary • सॅमरी • *n.* संक्षेप, सार, *a.* संक्षिप्त।

summer • समॅर • *n.* गर्मी का मौसम, ग्रीष्म ऋतु, *a.* ग्रीष्मकालीन, ~ **sault** (समॅरसॉल्ट) *n.* कलाबाज़ी।

summit • समिट • *n.* चोटी, शिखर।

summon • समॅन • *v.* बुलाना, सम्मन भेजना (मुकदमे में), ~ **s** (समन्स) *n.* सम्मन, बुलावा, आह्वान।

summum bonum • समॅम बोनॅम • *n.* परमार्थ।

sun • सॅन • *n.* सूर्य, सूरज, आफ़ताब, रवि, *v.* धूप खिलाना, ~ **bath** (सॅन बाथ) *n.* धूप स्नान, ~ **beam** (सॅन बीम) *n.* सूर्य किरण, ~ **shine** (सॅन शाइन) *n.* धूप, ~ **stroke** (सॅन स्ट्रोक) *n.* आतप आघात, लू लगना।

sup • सॅप • *v.* शाम का नाश्ता करना, *n.* घूँट।

super • सुपॅर • *prep.* अधिक, उपरि, अति।

superannuate • सुपॅरऐनुएट • *v.* सेवानिवृत्त करना, ~ **d** (सुपॅरऐनुएटेड) *a.* सेवानिवृत्त।

superb • सुपॅर्ब • *a.* भव्य, आलीशान।

superficial • सुपरफ़िशॅल • *a.* सतही, ओछा, उथला।

superfine • सुपॅरफ़ाइन • *a.* अत्युत्तम,

बहुत महीन, बहुत बढ़िया।

superfluous • सुपॅरफ्लुअॅस • *a.* फ़ालतू, अनावश्यक, ग़ैरज़रूरी।

superhuman • सुपॅरह्यूमॅन • *a.* अति मानवीय, अलौकिक।

superintend • सुपरिन्टेन्ड • *v.* अधीक्षण करना, **~ent** (सुपरिन्टेन्डेन्ट) *n.* अधीक्षक।

superior • सुपिरिअॅर • *a.* प्रवर, उच्च, **~ity** (सुपिरिअॅरिटी) *n.* उच्चता, प्रवरता, श्रेष्ठता, वरीयता।

superlative • सुपॅरलेटिव • *a.* सर्वोत्तम, अत्युत्तम।

super natural • सुपॅर नैचुरॅल • *a.* अलौकिक, लोकातीत।

supernormal • सुपॅर नॉर्मल • *a.* असामान्य, असाधारण।

super power • सुपॅर पावॅर • *n.* अत्यंत शक्तिशाली राष्ट्र।

supersede • सुपॅरसीड • *vt.* किसी का पद ग्रहण करना।

supersonic • सुपॅरसोनिक • *a.* आवाज़ की गति से भी तेज़।

superstition • सुपॅरस्टिशॅन • *n.* अंध-विश्वास।

superstitious • सुपरस्टिशॅस • *a.* अंध विश्वासी।

super-structure • सुपॅर-स्ट्रक्चॅर • *n.* बुनियाद के ऊपर निर्माण।

supertax • सुपॅरटैक्स • *n.* अधिकर।

supervise • सुपॅरवाइज़ • *v.* देखभाल।

supervision • सुपॅरवीज़ॅन • *n.* देख-भाल, अधीक्षण।

supervisor • सुपॅरवाइज़ॅर • *n.* अधीक्षक।

supper • सॅपअॅर • *n.* रात्रि भोजन।

supple • सॅपल • *a.* लचीला।

supplement • सॅप्लीमेंट • *n.* परिपूरक, 2. अखबार या पत्रिका का परिशिष्ट, **~ary** (सॅप्लीमेन्टरी) *a.* परिपूरक।

suppliant • सप्लिअॅन्ट • *n.* प्रार्थी।

supplicate • सप्लिकेट • *v.* विनय सहित प्रार्थना करना।

supply • सॅप्लाई • *vt.* आपूर्ति करना।

support • सॅपोर्ट • *vt.* सहारा देना, *n.* सहारा।

suppose • सॅपोज़ • *v.* कल्पना करना, *n.* मानना।

supposition • सॅपोज़ीशॅन • *n.* कल्पना, अनुमान।

suppress • सॅप्रेस • *vt.* दबाना, **~ion** (सप्रेशॅन) *n.* दमन।

supreme • सुप्रीम • *a.* सर्वोच्च, श्रेष्ठ-तम।

supremacy • सुप्रिमेसी • *n.* सर्वोच्चता।

surcharge • सरचॉर्ज • *n.* अधिभार, अधिकर।

sure • शुअॅर • *a.* निश्चित, निःसंदेह, **~ly** (शुअॅरली) *adv.* निश्चित रूप में, **~ty** (श्योरॅटी) *n.* ज़मानती।

surf • सॅर्फ़ • *n.* लहरों का फेनिल पानी।

surface • सॅर्फेस • *n.* सतह, बाह्य तल।

surfeit • सॅर्फ़िट • *n.* अति तृप्ति, अतिरेक।

surge • सॅर्ज • *v.* लहरें मारना, *n.* लहर, हिलोरा।

surgeon • सॅर्जन • *n.* शल्य चिकित्सक।

surgery • सॅर्जरी • *n.* शल्य क्रिया, चीरफाड़।

surmise • सॅर्माइज़ • *vt.* अनुमान लगाना, *n.* अनुमान।

surmount • सॅर्माउन्ट • *vt.* पार करना, जीतना।

surname • सॅर्नेम • *n.* उपाधि, कुलनाम।

surpass • सॅर्पास • *vt.* बढ़ जाना, श्रेष्ठ होना, 2. मात कर देना।

surplus • सॅर्पल्स • *n.* बेशी, अतिरिक्त, फ़ालतू।

surprise • सॅर्प्राइज़ • *vt.* आश्चर्य-चकित करना, 2. अचरज, आश्चर्य, आश्चर्यजनक घटना।

surrender • सॅरेन्डर • *vt.* आत्म-समर्पण करना, हार मानना, छोड़ देना, *n.* आत्म-समर्पण।

surreptitious • सरेप्टीशॅस • *a.* गुप्त।

surround • सॅराउन्ड • *vt.* घेरना, ~ **ing** (सराउन्डिंग) *a.* आसपास का, *n.* पास-पड़ोस।

surveillance • सॅर्विलेन्स • *n.* निगरानी।

survey • सॅर्वे • *vt.* पर्यावलोकन करना, सर्वेक्षण करना, *n.* सर्वेक्षण।

survine • सॅर्वाइन • *vi.* बचना, जीवित रहना।

survival • सॅर्वाइवॅल • *n.* उत्तरजीविता।

susceptible • सॅसेप्टिबॅल • *a.* सुप्रभाव्य, आसानी से प्रभावित होने वाला।

suspect • सॅस्पेक्ट • *vt.* शक करना, संदेह करना, अपराधी समझना।

suspicion • सॅस्पिशॅन • *n.* संदेह।

suspend • सॅस्पेन्ड • *vt.* लटकाना, निलंबित करना, स्थगित करना।

suspense • सॅस्पेन्स • *n.* अनिश्चय, 2. कुतूहल।

suspension • सॅस्पेन्शॅन • *n.* निलंबन।

sustain • सॅस्टेन • *vt.* थामना, बनाए रखना, संभालना।

sustenance • सॅस्टेनैन्स • *n.* आहार।

suture • स्यूचॅर • *n.* टांका, सीवन।

suzerainty • सूज़ॅरैन्टि • *n.* अधिराज्य।

swab • स्वॉब • *n.* झाड़न, पोंछा (का कपड़ा), *vi.* पोंछा लगाना।

swagger • स्वैगॅर • *vi.* अकड़कर चलना, 2. डींग मारना।

swallow • स्वॉलो • *n.* अबाबील (पक्षी), *vt.* निगलना।

swamp • स्वॉम्प • *n.* दलदल।

swan • स्वॉन • *n.* हंस।

swap • स्वैप • *vi./vt.* अदला-बदली करना, **wife ~ ing** (वाइफ़ स्वैपिंग) *n.* पत्नी अदल-बदल करना।

swarm • स्वॉर्म • *n.* झुंड, दल।

swat • स्वैट • *vt.* मक्खी मारना, *n.* मक्खी मारने की थापी।

sway • स्वे • *v.* झूलना, *vt.* झुलाना, प्रभावित करना।

swear • स्वेअॅर • *v.* शपथ खाना, कसम खाना।

sweat • स्वेट • *v.* पसीना बहना, 2. श्रम करना, *n.* पसीना, ~ **er** (स्वेटॅर) *n.* स्वेटर।

sweep • स्वीप • झाड़ू मारना, साफ करना, ~**er** (स्वीपर) *n.* मेहतर, जमादार।

sweet • स्वीट • *a.* मीठा, मधुर, ~**heart** (स्वीटहार्ट) *n.* प्रेमिका, प्रेमी, ~**meat** (स्वीटमीट) *n.* मिठाई।

swell • स्वेल • *v.* फूलना, सूजना, ~**ing** (स्वेलिंग) *n.* सूजन।

swelter • स्वेल्टॅर • *v.* गर्मी से पसीने पसीने होना।

swerve • स्वॅर्व • *vi.* मुड़ना, घूमना।

swift • स्विफ्ट • *a.* तेज़, तीव्र, शीघ्र-गामी।

swim • स्विम • *vi.* तैरना, ~**ming pool** (स्विमिंग पूल) *n.* तैरने का तालाब।

swindle • स्विन्डॅल • *vt.* ठगना, धोखा देना, ~ **r** (स्विन्डलर) *n.* धोखेबाज़।

swine • स्वाइन • *n.* सूअर।

swing • स्विंग • *v.* झूलना, झूला, हिंडोला।

swirl • स्वॅर्ल • *v.* चक्कर खाते हुए बहना, *n.* भंवर।

swish • स्विॅश • *v.* सरसराना, बेंत मारना।

switch • स्विच • *n.* खटका, स्विच, 2. भारी परिवर्तन, ~**off** (स्विॅश ऑफ़) *vt.* बंद करना (जैसे बत्ती), ~**over** *vt.* एक जगह से दूसरी जगह चला जाना।

swoon • स्वून • *vi.* मूर्च्छित होना, *n.* बेहोशी।

sword • सोर्ड • *n.* तलवार, शमशीर, कृपाण, ~**sman** (सोर्ड्समैन) *n.* तलवारबाज़।

sycophancy • साइकोफैन्सी • *n.* चापलूसी।

sycophant • साइकोफैन्ट • *a.* चापलूस।

syllable • सिलेबॅल • *n.* अक्षर।

syllabus • सिलेबॅस • *n.* पाठ्यक्रम।

symbol • सिम्बॅल • *n.* प्रतीक, ~**ism** (सिम्बॉलिज़्म) *n.* प्रतीकीकरण।

symmetry • सिमैट्री • *n.* सुडौलपन, एक-सा होना, संतुलन।

sympathetic • सिम्पैथेटिक • *a.* सहानुभूतिशील।

sympathy • सिम्पैथी • *n.* सहानुभूति, समवेदना।

symphony • सिम्फ़ैनी • *n.* स्वर संगति।

symposium • सिम्पोज़िअॅम • *n.* विचारगोष्टी, परिचर्चा, परिसंवाद।

symptom • सिम्पटॅम • *n.* लक्षण, रोग लक्षण।

synagogue • साइनागॉग • *n.* यहूदियों का प्रार्थना घर।

synchronise • सिन्क्रोनाइज़ • *vt.* समकालीन होना, समक्रमिक होना।

syndrome • सिन्ड्रॅम • *n.* लक्षण समूह।

synonym • सिनोनिम • *n.* पर्याय, समार्थी, समानार्थक, ~**ous** (सिनॉ-

निमॅस) *a.* पर्यायवाची, समानार्थी।
synopsis • सिनॉप्सिस • *n.* सारांश, 2. रूपरेखा।
syntax • सिन्टैक्स • *n.* वाक्य-विन्यास।
synthesis • सिन्थेसिस • *n.* संश्लेषण।
syntheitc • सिन्थेटिक • *a.* कृत्रिम, बनावटी।
syndicate • सिन्डिकेट • *n.* व्यवसाय-संघ।
syphilis • सिफ़िलिस • *n.* उपदंश, गरमी (रोग)।
syringe • सिरिन्ज • *n.* पिचकारी, सुई (टीका) लगाने की पिचकारी।
syrup • सिरॅप • *n.* शर्बत।
system • सिस्टॅम • *n.* सिद्धांत, तंत्र, समूह, समुदाय, ~**atic** (सिस्टेमैटिक) *a.* सुव्यवस्थित, क्रम से लगाया हुआ।

T

T/t • टी • अंग्रेज़ी वर्णमाला का बीसवाँ अक्षर।
table • टेबॅल • *n.* टेबुल, मेज़, 2. सारणी, तालिका, **multiplication** ~ (मल्टीप्लिकेशन टेबॅल) *n.* पहाड़ा, *vt.* प्रस्तावित करना, ~**cloth** (टेबॅल क्लॉथ) *n.* मेज़पोश, ~**land** (टेबॅल लैंड) *n.* पठार, ~**spoon** (टेबॅल स्पून) *n.* बड़ा चम्मच।
tableau • टेबलॉ • *n.* चित्र, सजीव चित्र, 2. झाँकी।
tablet • टैबलेट • *n.* गोली, टिकिया, 2. पटिया।
tabloid • टैब्लॉयड • *n.* पत्रिका, 2. टिकिया।
taboo, tabu • टैबू • *a.* वर्जित, *n.* वर्जना।
tabula rasa • टेब्युला राजा • *n.* कोरी पटिया, सादी प्लेट।
tabulate • टैबुलेट • *vt.* सारणीबद्ध करना।
tabulation • टैबुलेशॅन • *n.* सारणीयन।
tachycardia • टैकिकार्डिआ • *n.* हृद्-प्रवेग, दिल का ज़ोर-ज़ोर से धड़कना।
tacit • टेसिट • *a.* अनकहा।
taciturn • टेसिटर्न • *a.* अल्पभाषी, चुप्पा, ~**ity** (टेसिटर्निटि) *n.* अल्प-भाषिता।
tack • टैक • *n.* कच्चा टाँका, तोपा, ~**le** (टैकल) *v.* सामना करना, मुकाबला करना।
tact • टैक्ट • *n.* व्यवहारकुशलता, ~**ful** (टैक्टफ़ुल) *a.* व्यवहारकुशल, ~**ical** (टैक्टिकॅल) *a.* निपुण, 2. सामरिक, ~**ics** (टैक्टिक्स) *n.* रण कौशल, ~**ile** (टैक्टाइल) *a.* स्पर्श संबंधी, स्पर्शिक, ~ **less** (टैक्टलेस) *a.* नासमझ, अनाड़ी।
tag • टैग • *n.* घुंडी।
tail • टेल • *n.* दुम, पूँछ, ~**light** (टेल

लाइट) *n.* पिछली बत्ती, ~**piece** (टेल पीस) *n.* अंत्य रचना, अंतिम टिप्पणी।

tailor • टेलॅर • *n.* दर्जी।

taint • टेन्ट • *n.* दोष, *vt.* दूषित करना।

take • टेक • *vt.* लेना, ~**place** (टेक प्लेस) *vi.* घटित होना, ~**away** (टेक अवे) *vt.* छीन लेना, ~**down** (टेक डाउन) लिख लेना, ~**up** (टेक अप) *vt.* अपनाना, ~**off** (टेक ऑफ़) *vi./vt.* ऊपर चढ़ना, (हवाई जहाज़ का) उड़ना।

tale • टेल • *n.* कहानी, क़िस्सा।

talent • टैलेन्ट • *n.* प्रतिभा, क्षमता, ~**ed** (टैलेन्टेड) *a.* प्रतिभाशाली।

talisman • टैलिस्मन • *n.* तावीज़।

talk • टॉक • *vt.* बातचीत करना, 2. गप्प करना, *n.* बातचीत, ~**ative** (टॉकेटिव) *a.* बातूनी, वाचाल।

tall • टॉल • *a.* ऊँचा, लंबा।

tallow • टैलो • *n.* चर्बी।

tally • टैली • *n.* हिसाब, *vt.* मिलाना, से मेल खाना।

tamarind • टैमेरिन्ड • *n.* इमली।

tame • टेम • *vt.* पालना, *a.* पालतू।

tamper • टैम्पॅर • *vt.* हस्तक्षेप करना, *n.* थापी।

tan • टैन • *a.* भूरा।

tanner • टैनॅर • *n.* चर्मशोधक, ~**y** (टैनरी) *n.* चर्मशोधशाला।

tang • टैंग • *n.* तीखा स्वाद।

tangent • टैन्जेन्ट • *n.* स्पर्श रेखा।

tangible • टैन्जिबॅल • *a.* वास्तविक, साकार।

tangle • टैंगॅल • *n.* उलझन।

tank • टैंक • *n.* टैंक, टंकी, हौज, 2. तालाब, ~ **ard** (टैंकर्ड) *n.* बड़ा प्याला।

tantalize • टैन्टलाइज़ • *vt.* तरसाना, ललचाना।

tantrum • टैन्ट्रॅम • *n.* झल्लाहट।

tap • टैप • *n.* टोंटी।

tape • टेप • *n.* फीता।

taper • टेपॅर • *n.* पतली मोमबत्ती, 2. धीमी रोशनी, *v.* क्रमशः पतला होते जाना।

tapestry • टैपेस्ट्री • *n.* दीवारदरी।

tapeworm • टेपवर्म • *n.* टेपवर्म, फीताकृमि।

tar • टार • *n.* तारकोल, अलकतरा।

tardy • टार्डी • *a.* मंद, धीमा, 2. अनिच्छुक।

target • टार्गेट • *n.* चाँद, लक्ष्य, निशाना।

tariff • टैरिफ़ • *n.* शुल्क, सीमा शुल्क।

tarnish • टार्निश • *vi./vt.* बदरंग बनना, बदरंग बनाना।

tarry • टैरी • *v.* ठहरना।

tart • टार्ट • *n.* कुल्टा, *a.* चरपरा।

task • टास्क • *n.* कार्य, काम, नियत कार्य, ~**master** (टास्क मास्टर) *n.* कठोर अधिकारी।

taste • टेस्ट • *n.* स्वाद, मज़ा, *v.* स्वाद लेना, चखना, ~**less** (टेस्टलेस) *a.* बेस्वाद, स्वादहीन।

tasty • टेस्टी • *a.* स्वादिष्ट, ज़ायकेदार।

tatoo • टैटू • *n.* गोदना।

taunt • टॉन्ट • *n./v.* ताना (मारना)।

taut • टाउट • *a.* तना हुआ, कसा हुआ।

tavern • टैवॅर्न • *n.* मधुशाला।

tawdry • टॉड्री • *a.* भड़कीला।

tax • टैक्स • *n.* कर, टैक्स, **~ ation** (टैक्सेशन) *n.* करारोपण, **~ free** (टैक्स फ्री) *a.* कर मुक्त, **~ payer** (टैक्सपेअर) *n.* करदाता।

taxi • टैक्सी • *n.* टैक्सी, भाड़े पर चलने वाला वाहन (खास कर मोटरगाड़ी)।

tea • टी • *n.* चाय, **~ party** (टी पार्टी) *n.* चाय पार्टी, **~ spoon** (टी स्पून) छोटा चम्मच, **~ stall** (टी स्टॉल) *n.* चाय घर।

teach • टीच • *vt.* सिखलाना, पढ़ाना, अध्यापन करना, **~ er** (टीचर) *n.* शिक्षक, अध्यापक।

teak • टीक • *n.* सागवान।

team • टीम • *n.* दल, टीम।

teapoy • टीपॉय • *n.* तिपाई।

tear • टीअॅर • *n.* आँसू, **~ gas** (टीअर गैस) आँसू गैस।

tear • टीअॅर • *vt.* फाड़ना।

tease • टीज़ • *vt.* तंग करना, उत्तेजित करना, **strip ~** (स्ट्रिप टीज़) *n.* एक-एक कर कपड़े उतारना (खास कर लड़की के)।

teat • टीट • *n.* चूंची, चुच्चुक।

technical • टेक्निकल • *a.* तकनीकी, प्राविधिक, यांत्रिक।

technician • टेक्निशिअॅन • *n.* तकनीशियन, शिल्पी।

technique • टेक्नीक • *n.* तकनीक, प्रविधि।

technological • टेक्नोलॉजिकॅल • *a.* शिल्पवैज्ञानिक।

tedious • टीडिअॅस • *a.* उबाऊ, थकाऊ।

teem • टीम • *n.* से भरा-पूरा होना।

teenage • टीनएज • *n.* किशोर, **~ r** (टीन एजर) *n.* किशोर, किशोरी।

teens • टीन्स • *n.* 13 से 16 वर्ष तक की आयु।

teeth • टीथ • **tooth** का बहुवचन, एक से अधिक दाँत।

teetotal • टीटोटल • *a.* मादक द्रव्य न लेने वाला, **~ lar** (टीटोटलर) *n.* मद्यादि न लेने वाला।

telegram • टेलिग्रॉम • *n.* तार।

telegraph • टेलिग्रॉफ • *n.* तार द्वारा संवाद भेजने की कला।

telepathic • टेलिपैथिक • *a.* दूरसंवेदी।

telepathy • टेलिपैथी • *n.* दूरबोध (बिना ज्ञानेन्द्रियों की सहायता के किसी के मन की बातें जानना या किसी को मन की बातें बताना)।

telephone • टेलिफोन • *n.* दूरभाष, टेलिफोन, **~ exchange** (टेलिफोन एक्सचेन्ज) *n.* दूरभाष केंद्र।

telepriter • टेलिप्रिन्टर • *n.* बिजली द्वारा परिचालित मुद्रणयंत्र।

telescope • टेलिस्कोप • *n.* दूरबीन।

tele typewriter • टेलि टाइपराइटर • *n.* तार के संदेश को छापनेवाली मशीन।

television • टेलिविज़ॅन • *n.* टी.वी., दूरदर्शन।

telex • टेलेक्स • *n.* टेलिप्रिंटर द्वारा संदेश भेजने की शैली।

tell • टेल • *vt.* कहना, **~er** (टेलॅर) *n.* कहनेवाला आदमी।

temper • टेम्पॅर • *n.* मिज़ाज, तबीयत, मनःस्थिति, *v.* पर पानी चढ़ाना।

temperament • टेम्परामेन्ट • *n.* प्रकृति, स्वभाव, 2. तुनकमिज़ाजी, **~al** (टेम्परामेंटॅल) *a.* तुनक मिज़ाज।

temperance • टेम्परेन्स • *n.* आत्म संयम।

temperate • टेम्परेट • *a.* आत्मसंयमी, 2. सम, न अधिक, न कम, **~zone** (टेम्परेट ज़ोन) *n.* समशीतोष्ण कटिबंध।

temperature • टेम्परेचॅर • *n.* तापमान।

tempest • टेम्पेस्ट • *n.* आँधी, तूफ़ान।

temple • टेम्पॅल • *n.* मंदिर, 2. कनपटी।

tempo • टेम्पो • *n.* लय।

temporal • टेम्पोरॅल • *a.* सांसारिक, 2. कालसूचक।

temporary • टेम्परॅरी • *a.* अस्थायी।

tempt • टेम्प्ट • *v.* लुभाना, प्रलोभन देना, **~ation** (टेम्पटेशॅन) *n.* प्रलोभन, लालच।

ten • टेन • *a.* दस।

tenacious • टेनेशॅस • *a.* ज़िद्दी।

tenant • टेनेन्ट • *n.* किरायेदार, असामी।

tend • टेंड • *n.* की ओर झुकाव होना।

tendency • टेंडेन्सी • *n.* झुकाव।

tender • टेंडॅर • *a.* नाज़ुक।

tender • टेंडर • *n.* निविदा, **legal ~** (लिगल टेंडर) *n.* वैध मुद्रा।

tender • टेंडर • *vt.* देना, भेंट करना, 2. पेश करना।

tenement • टैनेमेंट • *n.* निवास स्थान।

tenet • टेनेट • *n.* उसूल, सिद्धांत।

tennis • टेनिस • *n.* टेनिस (का खेल), **~ball** (टेनिस बॉल) *n.* टेनिस बॉल।

tenor • टेनर • *n.* गति, दिशा, 2. जीवनप्रवाह।

tense • टेन्स • *a.* तना हुआ, कसा हुआ, काल, तनावदार, **~ ness** (टेन्सनेस) तनाव।

tensile • टेन्साइल • *n.* तनना।

tension • टेन्शॅन • *n.* तनाव।

tent • टेन्ट • *n.* तंबू, खेमा।

tentative • टेन्टेटिव • *a.* प्रायोगिक, आजमाइशी।

tenuous • टेनुअॅस • *a.* पतला, बारीक, कच्चा।

tenure • टेन्योर • *n.* काश्तकारी, 2. धारण अधिकार।

tepid • टेपिड • *a.* गुनगुना, 2. निरुत्साह।

term • टर्म • *n.* अवधि, 2. शब्द।

terminal • टर्मिनॅल • *a.* सीमावर्ती, 2. अंतिम।

termination • टर्मिनेशॅन • *n.* समापन, खत्म करना।

terminology • टर्मिनोलॉजी • *n.* पारिभाषिक शब्दावली।

terminous • टर्मिनस • *n.* अंतिम स्टेशन, 2. लक्ष्य।

termite • टर्माइट • *n.* दीमक।

terms • टर्म्स • *n.* शर्तें।

terrace • टैरेस • *n.* टीला, 2. बारजा, छज्जा, खुली छत।

terracotta • टेराकोटा • *n.* मृण्मूर्ति, मिट्टी की मूर्ति।

terrain • टैरेन • *n.* भूभाग, मैदान।

terrestrial • टेरेस्ट्रिअॅल • *a.* पार्थिव, सांसारिक।

terrible • टेरिबॅल • *a.* भयानक, डरावना।

terrific • टेरिफ़िक • *a.* डरावना, भीषण।

territory • टेरिटॅरी • *n.* क्षेत्र, प्रदेश, राज्य क्षेत्र।

terror • टेरॅर • *n.* आतंक, दहशत।

terse • टर्स • *a.* सारगर्भित।

tertiary • टर्शिअरी • *a.* तीसरा।

test • टेस्ट • *n.* परीक्षा, कसौटी, प्रयोग, **~tube** (टेस्ट ट्यूब) *n.* परखनली।

testament • टेस्टामेंट • *n.* विधान, **new~** (न्यू टेस्टामेंट) *n.* नव विधान, **old~** (ओल्ड टेस्टामेंट) *n.* पूर्व विधान, 2. वसीयत, वसीयतनामा।

testate • टेस्टेट • *a.* बा-वसीयत।

testicle • टेस्टिकॅल • *n.* अंडग्रंथि।

testify • टेस्टिफ़ाई • *vt.* गवाही देना।

testimonial • टेस्टिमॉनिअॅल • *n.* प्रमाणपत्र।

testimony • टेस्टिमॅनी • *n.* सबूत, प्रमाण।

tetenus • टेटेनॅस • *n.* धनुष्टकार (रोग)।

text • टेक्स्ट • *n.* मूल पाठ, 2. अवतरण, **~book** (टेक्स्टबुक) *n.* पाठ्य पुस्तक।

textile • टेक्सटाइल • *n.* वस्त्र, कपड़ा।

textual • टेक्सचुअॅल • *a.* मूलपाठ विषयक, शाब्दिक।

texture • टेक्सचॅर • *n.* बुनावट।

than • दैन • से, की अपेक्षा।

thank • थैंक • *v.* धन्यवाद देना, शुक्रिया अदा करना, **~ful** (थैंकफ़ल) *a.* कृतज्ञ, **~less** (थैंकलेस) *a.* अकृतज्ञ, कृतघ्न, **~s** (थैंक्स) धन्य-वाद, शुक्रिया।

that • दैट • *a.* वह, जो, जिसे।

thatch • थैच • *n.* छाजन।

thaw • थॉ • *n.* पिघलना।

the • द, दि • *a.* वह, वही।

theatre • थियेटर • *n.* रंगशाला, थियेटर, नाट्यशाला, 2. नाट्य-साहित्य, 3. स्थल।

thee • दी • *pron.* तू, तुझे।

theft • थेफ्ट • *n.* चोरी।

theism • थीइज़्म • *n.* ईश्वरवाद।

theist • थीइस्ट • *a.* ईश्वरवादी।

them • देम • *pron.* इन्हें, इनको, उन्हें, उनको, **~selves** (देमसेल्वज़) अपने-आप, स्वयं।

theme • थीम • *n.* विषय-वस्तु, प्रसंग, **thematic** (थिमैटिक) *a.* विषयक।

then • देन • *adv.* तब, *a.* तबका, तत्कालीन, ~**ce** (देन्स) वहां से, उस जगह से।

theocracy • थियोक्रैसी • *n.* धर्म तंत्र।

theocratic • थियोक्रैटिक • *a.* धर्म तंत्रवादी।

theology • थियोलॉजी • *n.* धर्म शास्त्र।

theorem • थियोरम • *n.* प्रमेय।

theory • थिअॅरी • *n.* सिद्धांत, परिकल्पना।

therapist • थेरैपिस्ट • *n.* चिकित्सक।

therapy • थेरैपी • *n.* चिकित्सा, 2. चिकित्साविज्ञान।

there • देअॅर • *adv.* वहाँ, उस जगह पर, ~**abouts** (देअरअबाउट्स) *adv.* वहाँ, वहीं, ~**after** (देअरआफ्टर) *adv.* उसके बाद, ~**fore** (देअरफ़ोर) *adv.* अतः, इसलिए।

thermal • थर्मल • *a.* ऊष्मीय, ताप संबंधी, ~**energy** (थर्मल एनर्जी) *n.* ऊष्मीय ऊर्जा।

thermometer • थर्मोमीटॅर • *n.* ताप मापक, थर्मामीटर।

thermos flask • थर्मस फ्लास्क • *n.* थर्मस।

these • दीज़ॅ • *pron.* ये।

thesis • थीसिस • *n.* शोधप्रबंध, 2. सिद्धांत, प्रमेय।

they • दे • *pron.* वे।

thick • थिक • *a.* मोटा।

thicket • थिकेट • *n.* झाड़ी।

thief • थीफ़ • *n.* चोर।

thigh • थाइ • *n.* जाँघ।

thin • थिन • *a.* पतला, महीन, ~**ness** (थिननेस) *n.* पतलापन, कृशता।

thing • थिंग • *n.* चीज़, सामान।

think • थिंक • *v.* सोचना।

third • थर्ड • *a.* तीसरा।

thirst • थर्स्ट • *n.* प्यास, ~**y** (थर्स्टी) *a.* प्यासा।

thirteen • थर्टीन • *a.* तेरह, *n.* तेरह।

thirty • थर्टी • *a.* तीस, *n.* तीस।

this • दिस • *n.* यह, *a.* इस, ऐसा।

thistle • थिसॅल • *n.* भटकटैया।

thorax • थोरैक्स • *n.* छाती, वक्ष, सीना।

thorn • थॉर्न • *n.* काँटा।

thorough • थॉरो • *a.* संपूर्ण, पूरा, ~**fare** (थॉरोफ़ेअर) *n.* आम रास्ता, ~**going** (थॉरो गोइंग) *a.* पक्का, कट्टर।

those • दोज़ • *pron.* वे।

thou • दाऊ • *pron.* तू।

though • दो • *adv.* यद्यपि, अगरचे, भले ही।

thought • थॉट • *n.* विचार, सोच, ~**ful** (थॉटफ़ुल) *a.* विचारमग्न।

thousand • थाउज़ैंड • *n.* हज़ार, सहस्र, *a.* हजार।

thrash • थ्रैश • *v.* पीटना, खूब मारना।

thread • थ्रेड • *n.* धागा, सूत, 2. सिलसिला, क्रम, ~**bare** (थ्रेड बेअॅर)

a. फटा-पुराना, ~**worm** (थ्रेड वर्म) सूत्रकृमि।
threat • थ्रेट • *v.* धमकाना, डराना, *n.* धमकी, ~**ening** (थ्रेटनिंग) *n.* धमकाने वाला।
three • थ्री • *n.* तीन, *a.* तीन।
thresh • थ्रेश • *v.* दौना, ~**hold** (थ्रेश-होल्ड) *n.* देहरी।
thrice • थ्राइस • *a.* तिगुना।
thrift • थ्रिफ्ट • *n.* किफ़ायत, ~**y** (थ्रिफ्टी) *n.* मितव्ययी।
thrill • थ्रिल • *vt.* पुलकित करना, *n.* पुलक, सिहरन, रोमांच।
thrive • थ्राइव • *v.* फलना-फूलना, बढ़ना, उन्नति होना या करना।
thriving • थ्राइविंग • *a.* सफल, फलता-फूलता, बढ़ता।
throat • थ्रोट • *n.* गला, कंठ, ~**y** (थ्रोटी) *a.* फटा, कंठ का।
throb • थ्रॉब • *v.* धड़कना, *n.* धड़कन।
throne • थ्रोन • *n.* सिंहासन।
throng • थ्रॉन्ग • *n.* भीड़।
throttle • थ्रॉटॅल • *v.* गला घोंटना।
through • थ्रू • *prep.* के बाहर, की राह से होकर, के आर-पार, ~**out** (थ्रूआउट) *adv.* पूरी तरह, बिल्कुल, आद्योपांत।
throw • थ्रो • *vt.* फेंकना, उछालना, *n.* फेंक, उछाल।
thrust • थ्रस्ट • *v.* धकेलना, धक्का देना, *n.* धक्का।
thud • थॅड • *v.* धम से गिरना।
thug • ठॅग • *n.* ठग।
thumb • थम्ब • *n.* अँगूठा।
thunder • थंडर • *n.* गरज, गर्जन (बादल की), ~**bolt** (थंडर बोल्ट) *n.* वज्र, ~**cloud** (थंडर क्लाउड) *n.* गर्जनमेघ, ~**shower** (थंडर शॉवर) *n.* गरज के साथ बारिश, ~**storm** (थंडर स्टॉर्म) *n.* गरज के साथ तूफ़ान।
Thursday • थर्सडे • *n.* गुरुवार।
thus • दस • *adv.* इस तरह, ऐसे।
thwart • थ्वार्ट • *v.* विफल करना, बाधा डालना।
thy • दाइ • *a.* तेरा।
thyme • टाइम • अजवायन।
thyroid • थाइरॉयड • *n.* अवटुग्रंथि, टेंटुआ।
tick • टिक • *n.* घड़ी की आवाज़।
ticket • टिकेट • *n.* टिकट।
tickle • टिकॅल • *v.* गुदगुदाना।
ticklish • टिकलिश • *a.* नाज़ुक।
tidal • टाइडॅल • *a.* ज्वारीय।
tide • टाइड • *n.* ज्वार-भाटा, **high**~ (हाइटाइड) *n.* ज्वार, **low**~ (लोटाइड) *n.* भाटा।
tidiness • टाइडिनेस • *n.* सफाई, साफ-सुथरापन।
tidy • टाइडि • *a.* साफ-सुथरा।
tie • टाइ • *v.* बाँधना, *n.* टाई।
tier • टिअॅर • *n.* पंक्ति, कतार।
tiffin • टिफ़िन • *n.* दोपहर का नाश्ता।
tiger • टाइगॅर • *n.* बाघ, शेर।
tight • टाइट • *a.* कड़ा, चुस्त, ~**en** (टाइटॅन) *v.* कसना।
tigress • टाइग्रेस • *n.* बाघिन।

tile • टाइल • *n.* खपड़ा।

till • टिल • *n.* दराज, *prep.* तक, जब तक।

till • टिल • *v.* जोतना, हल चलाना।

tilt • टिल्ट • *n.* चंदोबा, वितान, 2. झुकाव।

timber • टिम्बर • *n.* लकड़ी।

time • टाइम • *n.* समय, वक्त, ~ **bomb** (टाइम बॉम्ब) *n.* नियत समय पर फटने वाला बम, ~ **deposit** (टाइम डिपॉज़िट) नियत समय तक की जमा राशि, ~ **keeper** (टाइम कीपर) *n.* समयपाल, ~ **piece** (टाइम पीस) *n.* घड़ी, ~ **table** (टाइमटेबल) *n.* समय-सारिणी, कार्यक्रम।

timid • टिमिड • *a.* भीरु, डरपोक, ~ **ity** (टिमिडिटी) *n.* भीरुता, डरपोकपन।

timorous • टिमोरॅस • *a.* भीरु, कातर।

tin • टिन • *n.* टीन, ~ **plate** (टिन प्लेट) *v.* कलई करना।

tincture • टिंक्चर • *n.* टींक्चर।

tinder • टिंडर • *n.* ईंधन।

tinge • टिंज • *n.* आभा, झलक।

tingle • टिंगॅल • *n.* झुनझुनी।

tinker • टिंकॅर • *n.* ठठेरा।

tinkle • टिंकॅल • *v.* टनटनाना।

tinsel • टिंसेल • *n.* पन्नी।

tint • टिन्ट • *n.* हल्का रंग, ~ **ed** (टिन्टेड) *a.* रंगीन।

tiny • टाइनि • *a.* बहुत छोटा।

tip • टिप • *n.* नोक, अग्र भाग, ~ **sy** (टिप्सी) *a.* हल्के नशे में।

tirade • टाइरेड • विषवमन, फटकार।

tire • टाअॅर • *v.* थक जाना।

tissue • टिशू • *n.* ऊतक, ~ **paper** (टिशू पेपर) *n.* पतला कागज़।

titillate • टिटिलेट • *v.* गुदगुदाना।

title • टाइटॅल • *n.* शीर्षक, 2. उपाधि, 3. स्वत्वाधिकार, ~ **deed** (टाइटल डीड) अधिकार पत्र, ~ **page** (टाइटल पेज) *n.* मुख पत्र, ~ **role** (टाइटल रोल) *n.* मुख्य भूमिका।

titular • टिट्युलॅर • *a.* नाममात्र का।

to • टू • *prep.* तरफ, ओर, तक, पर्यंत।

toad • टोड • *n.* बेंग, भेक।

toady • टोडी • *n.* खुशामदी।

toast • टोस्ट • *n.* डबलरोटी का सेंका हुआ टुकड़ा, किसी के सम्मान में पी जाने वाली शराब का जाम।

tobacco • टोबैको • *n.* तंबाकू, तमाखू।

today • टुडे • *adv.* आज, 2. वर्तमान काल।

toddle • टॉडॅल • *v.* लड़खड़ाते हुए चलना (बच्चे का), ~ **r** (टॉडलॅर) *n.* छोटा बच्चा जो अभी-अभी चलना सीख रहा है।

toddy • टॉडी • *n.* ताड़ी।

toe • टो • *n.* पैर की उँगली।

toffee • टॉफ़ी • *n.* एक तरह की मिठाई।

toga • टोगा • *n.* लबादा।

toil • टॉयल • *v.* परिश्रम करना, ~ **some** (टॉयलसम) *a.* श्रमसाध्य।

token • टोकॅन • *n.* प्रतीक, संकेत।

tolerable • टोलरेबॅल • *a.* सह्य, सहन करने योग्य।

tolerance • टॉलरेन्स • *n.* सहिष्णुता, सहनशीलता।

tolerant • टॉलरेन्ट • *a.* सहनशील, सहिष्णु।

toll • टॉल • *n.* यात्री अथवा मार्ग कर।

tomato • टोमैटो • *n.* टमाटर, विलायती बैंगन।

tomb • टूम्ब • *n.* कब्र, समाधि।

tomorrow • टुमॉरो • *n.* (आने वाला) कल।

ton • टॅन • *n.* टन, **metric** ~ (मीट्रिकटन) मीटरीटन (एक तौल जो एक हजार किलोग्राम के बराबर होता है)।

tone • टोन • *vi./vt.* स्वर मिलाना, *n.* स्वर।

tongs • टॉन्ग्स • *n.* चीमटा।

tongue • टॅन्ग • *n.* जीभ, 2. भाषा।

tonic • टॉनिक • *n.* शक्तिदायक, पौष्टिक।

tonsil • टॉन्सिल • *n.* टान्सिल, गलांकुर।

too • टू • *n.* भी, इसके अलावा, ज़्यादा।

tool • टूल • *n.* औज़ार, उपकरण।

tooth • टुथ • *n.* दांत, ~**ache** (टुथ-एक) *n.* दांत दर्द, ~**paste** (टुथपेस्ट) *n.* दंतमंजन।

top • टॉप • *n.* शिखर, चोटी, *vi./vt.* आगे बढ़ना, चढ़ना।

topic • टॉपिक • *n.* विषय।

topography • टोपोग्रैफ़ी • *n.* स्थलाकृति।

topple • टॉपल • *vi./vt.* लुढ़कना, लुढ़काना।

topsy-turvy • टॉप्सी-टर्वी • *a.* अस्त-व्यस्त।

torch • टॉर्च • *n.* मशाल, टॉर्च।

torment • टॉर्मेन्ट • *vt.* यंत्रणा देना, यातना देना, *n.* यातना।

torn • टॉर्न • **tear** का भूतकालिक रूप, फाड़ा हुआ।

torpedo • टॉर्पिडो • *n.* जहाज को तोड़ने का बम, टॉरपिडो।

torrent • टॉरेन्ट • *n.* पानी की तेज़ धार, प्रचंड धारा, ~**ial** (टॉरेन्शियल) *a.* वेगवान।

torrid • टॉरिड • *a.* अत्यंत गर्म, 2. सूखा।

torso • टॉर्सो • *n.* धड़।

tort • टॉर्ट • *n.* अन्याय, क्षति।

tortoise • टॉरटॉयस • *n.* कछुआ।

tortuous • टॉरचुअॅस • *a.* चक्करदार।

torture • टॉर्चर • *vt.* उत्पीड़ित करना, सताना, *n.* उत्पीड़न।

toss • टॉस • *vt.* फेंकना, उछालना, सिक्का, उछालना, 2. करवटें बदलना।

total • टोटॅल • *a.* कुल, सब मिलाकर, योग, जमा, *v.* जोड़ निकालना, जोड़ना।

totalitarian • टोटेलिटैरिअॅन • *a.* सर्वसत्तात्मक, ~**ism** (टोटैलिटेरिय-निज़्म) *n.* सर्वसत्तात्मवाद।

totality • टोटैलिटी • *n.* संपूर्णता।

totem • टोटेम • *n.* गणचिह्न।

totter • टॉटर • *v.* लड़खड़ाना।

touch • टच • *v./vt.* छूना, स्पर्श करना, *n.* स्पर्श, छुवन, ~ **stone** (टॅच स्टोन) *n.* कसौटी।

touchy • टॅची • *a.* भावुक, चिड़चिड़ा।

tough • टॅफ़ • *a.* मज़बूत, सख़्त, पक्का।

tour • टुअॅर • *n.* पर्यटन, भ्रमण, *v.* पर्यटन करना, भ्रमण करना, ~ **ism** (टुअरिज़्म) *n.* पर्यटन, ~ **ist** (टुअरिस्ट) *n.* पर्यटक।

tournament • टूर्नामेंट • *n.* खेल प्रतियोगिता।

tout • टाउट • *n.* दलाल, *vt.* ग्राहक जुटाना, दलाली करना।

tow • टो • *vt.* खींचना, *n.* खिंचावट।

towards • टुवार्ड्स • **toward** (टुवार्ड) *prep.* की ओर, की दिशा में।

towel • टॉवेल • *n.* तौलिया, *v.* तौलिए से पोंछना।

tower • टॉवर • *n.* टावर, मीनार, लाट, *v.* बहुत ऊँचा होना।

town • टाउन • *n.* शहर, नगर, ~ **hall** (टाउन हॉल) *n.* नगर भवन, ~ **ship** (टाउनशिप) *n.* नगर क्षेत्र।

toxic • टॉक्सिक • *a.* ज़हरीला, विषाक्त, विषैला।

toxicant • टॉक्सिकैन्ट • *a.* विषैला, *n.* विष।

toxicity • टॉक्सिसिटि • *n.* विषाक्तता।

toxin • टॉक्सिन • *n.* जीवविष।

toy • टॉय • *n.* खिलौना।

trace • ट्रेस • *v.* खोज निकालना, 2 खाका उतारना।

track • ट्रैक • *n.* पदचिह्न, पगडंडी।

tract • ट्रैक्ट • *n.* इलाका, क्षेत्र।

tractable • ट्रैक्टेबॅल • *a.* सीधा।

traction • ट्रैक्शॅन • *n.* खींचना।

tractor • ट्रैक्टॅर • *n.* ट्रैक्टर।

trade • ट्रेड • *n.* व्यवसाय, व्यापार, *vi.* व्यापार करना।

tradition • ट्रेडिशॅन • *n.* परंपरा, ~ **al** (ट्रेडिशनॅल) *a.* पारंपरिक।

traffic • ट्रैफ़िक • *n.* यातायात।

tragedian • ट्रैजेडियन • *a.* दुखांत नाटक लेखक।

tragedy • ट्रैजेडी • *n.* दुखांतक।

tragic • ट्रैजिक • *a.* दुखांत, शोक से भरा हुआ।

trail • ट्रेल • *n.* पगडंडी, रास्ता, ~ **er** (ट्रेलर) *n.* फ़िल्म के विज्ञापनार्थ बनाई गई छोटी फिल्म।

train • ट्रेन • *n.* रेलगाड़ी, 2. घटनाओं का क्रम, *vt.* शिक्षित करना, ~ **ee** (ट्रेनी) *n.* शिक्षार्थी, ~ **ing** (ट्रेनिंग) *n.* शिक्षा, शिक्षण।

trait • ट्रेट • *n.* लक्षण।

traitor • ट्रेटॅर • *n.* देशद्रोही, राजद्रोही।

tramp • ट्रैम्प • *n.* आवारा घूमने वाला, व्यक्ति, 2. पैदल घूमना, *vi.* थप-थप करते हुए चलना, ~ **le** (ट्रैम्पल) *vt.* पैरों से कुचलना।

tranquil • ट्रैन्क्विॅल • *a.* शांत, प्रशान्त, ~ **lize** (ट्रैन्क्विलाइज़) *vt.* शांत करना, ~ **lizer** (ट्रैन्क्विलाइज़र) *n.* प्रशामक, शामक।

transact • ट्रैन्ज़ैक्ट • *vt.* काम चलाना,

संपादित करना, ~**ion** (ट्रेन्ज़ैक्शॅन) *n.* कार्य संपादन, 2. मामला, 3. कार्य विवरण।

transcend • ट्रेन्सेन्ड • *vt.* श्रेष्ठ होना, बढ़कर होना, ~**ence** (ट्रेन्सेन्डेन्स) *n.* उत्कर्ष, लोकातीत्व, ~**ental** (ट्रेन्सेन्डेन्टॅल) *a.* भावातीत, लोकोत्तर।

transcontinental • ट्रान्सकॅन्टिनेन्टॅल • *a.* पार महाद्वीपी।

transcribe • ट्रेन्स्क्राइब • *vt.* प्रतिलिपि करना।

transcription • ट्रेन्स्क्रिपशॅन • *n.* प्रतिलिपि बनाना।

transfer • ट्रान्सफ़र • *vt.* एक जगह से दूसरी जगह ले जाना, तबादला करना, स्थानांतरित करना, ~**ee** (ट्रान्सफ़री) *a.* एक स्थान से दूसरे स्थान पर भेजा जानेवाला।

transform • ट्रेन्सफॉर्म • *vt.* आकार बदलना, स्वभाव बदलना, ~**ation** (ट्रेन्सफॉर्मेशॅन) *n.* परिवर्तन।

transfuse • ट्रेन्सफ्यूज़ • *vt.* रक्त आदान-प्रदान करना, खून एक के शरीर से दूसरे के शरीर में पहुँचाना।

transfusion • ट्रेन्सफ्यूज़ॅन • *n.* रक्त का आदान-प्रदान।

transgress • ट्रेन्सग्रेस • *v.* अतिक्रमण करना, ~**ion** (ट्रेन्सग्रेशॅन) अतिक्रमण।

tranship • ट्रेन्शिप • *v.* एक जहाज़ से दूसरे जहाज़ पर माल लादना, ~**ment** (ट्रेन्शिपमेन्ट) *n.* वाहनांतरण।

transience • ट्रेन्सिएन्स • *n.* क्षण भंगुरता।

transistor • ट्रेन्ज़िस्टर • *n.* ट्रांजिस्टर।

transit • ट्रेन्ज़िट • *n.* पारगमन, 2. वहन, परिवहन, 3. मार्ग, ~**ion** (ट्रेन्ज़िशॅन) *n.* परिवर्तन, 2. पारगमन, ~**ive** (ट्रेन्ज़िटिव) *n.* सकर्मक, ~**ory** (ट्रेन्जिटरि) *a.* क्षणिक, क्षण स्थायी।

translate • ट्रान्सलेट • *vt.* अनुवाद करना।

translation • ट्रांसलेशन • *n.* अनुवाद।

translator • ट्रांसलेटॅर • *n.* अनुवादक।

translucent • ट्रेन्सलूसेन्ट • *a.* पारदर्शक (थोड़ा)।

transmigration • ट्रान्समाइग्रेशॅन • *n.* पुनर्जन्म।

transmission • ट्रान्समीशॅन • *n.* किसी चीज़ (जैसे समाचारादि) का संप्रेषण।

transmit • ट्रान्समिट • *vt.* समाचार भेजना, भेजना, ~**ter** (ट्रान्समीटॅर) *n.* संप्रेषक।

transparent • ट्रान्सपेरेन्ट • *n.* पारदर्शक, स्पष्ट।

transpire • ट्रान्सपाअॅर • *v.* ज़ाहिर होना।

transplant • ट्रान्सप्लान्ट • *vt.* प्रतिरोपित करना, ~**ation** (ट्रान्सप्लान्टेशॅन) *n.* प्रतिरोपण।

transport • ट्रान्सपोर्ट • *vt.* ढोना, वहन करना, आनंदविभोर करना, 2. परिवहन, ~**ation** (ट्रान्सपोर्टेशॅन) *n.* देश निकाला।

trap • ट्रैप • *n.* फंदा, जाल, *vt.* पकड़ना, जाल में फंसाना।

trash • ट्रैश • *n.* कूड़ा-कर्कट।

trauma • ट्रॉमा • *n.* मानसिक आघात।

travail • ट्रैवेल • *v.* प्रसव पीड़ा होना, घोर परिश्रम करना, *n.* प्रसव पीड़ा।

travel • ट्रैवॅल • *vi.* यात्रा करना, ~**ler** (ट्रैवलॅर) *n.* यात्री।

traverse • ट्रैवर्स • *v.* पार करना, *n.* तिरछी चाल।

travesty • ट्रैवेस्टी • *n.* उपहास।

tray • ट्रे • *n.* ट्रे।

treacherous • ट्रेचरॅस • *a.* विश्वास-घाती।

tread • ट्रेड • *v.* चलना, 2. कुचलना।

treadle • ट्रेडॅल • *n.* पायदान।

treason • ट्रेज़ॅन • *n.* देशद्रोह, राजद्रोह, विश्वासघात।

treasure • ट्रेज़ॅर • *n.* खज़ाना, *vt.* संजोए रखना।

treasury • ट्रेज़ॅरि • *n.* खज़ाना, राजकोष।

treat • ट्रीट • *v.* बर्ताव करना, 2. मानना, 3. *vt.* चिकित्सा करना।

treatise • ट्रीटिज़ • *n.* शोध प्रबंध की पुस्तक, निबंध।

treatment • ट्रीटमेंट • *n.* व्यवहार, बर्ताव, 2. इलाज, चिकित्सा, 3. प्रतिपादन।

treaty • ट्रिटी • *n.* संधि।

treble • ट्रिबॅल • *adv.* तिगुना।

tree • ट्री • *n.* पेड़, वृक्ष, गाछ, ~**trunk** (ट्री ट्रंक) *n.* तना, ~**top** (ट्री टॉप) *n.* फुनगी।

trek • ट्रेक • *n.* लंबी यात्रा, *v.* लंबी यात्रा करना।

trellis • ट्रेलिस • *n.* जाली।

tremble • ट्रेंबॅल • *v.* काँपना, *n.* थरथराहट, कंपन।

tremendous • ट्रिमेन्डॅस • *a.* बहुत बड़ा, विशाल।

tremor • ट्रेमॅर • *n.* कंपकंपी।

tremulous • ट्रेमुलॅस • *a.* काँपता हुआ।

trench • ट्रेन्च • *n.* खाई।

trenchant • ट्रेन्चैन्ट • *a.* तीक्ष्ण, 2. ज़ोरदार।

trend • ट्रेन्ड • *n.* झुकाव, फ़ैशन।

trepidation • ट्रेपिडेशॅन • *n.* थरथराहट, चिंता।

trespass • ट्रेसपॉस • *n.* अनधिकार प्रवेश *v.* अनधिकार प्रवेश करना।

trial • ट्राअॅल • *n.* न्याय विचार, मुकदमा, 2. कोशिश, 3. जाँच, 4. संकट, *a.* परख।

triangle • ट्राइएंगॅल • *n.* तिकोन, त्रिकोण।

triangular • ट्राइएंगुलॅर • *a.* त्रिकोणीय, तिकोना।

tribal • ट्राइबॅल • *a.* जनजातीय।

tribe • ट्राइब • *n.* जनजाति।

tribulation • ट्रिबुलेशॅन • *n.* संकट, मुसीबत।

tribunal • ट्रिब्युनॅल • *n.* न्यायालय।

tributary • ट्रिब्यूटरि • *a.* गौण, *n.* सहायक नदी।

tribute • ट्रिब्यूट • *n.* कर, शुल्क, 2. उपहार, 3. प्रशंसा, श्रद्धांजलि।

trick • ट्रिक • *n.* चालाकी, दांव-पेंच, *v.* धोखा देना, **~ster** (ट्रिकस्टॅर) *n.* चालबाज़, **~y** (ट्रिकी) *a.* पेचीदा।

tricolour • ट्राइकलॅर • *n.* तिरंगा झंडा (हमारा राष्ट्रध्वज)।

trident • ट्राइडेन्ट • *n.* त्रिशूल।

trigger • ट्रिगॅर • *n.* घोड़ा (बंदूक का), *vt.* प्रेरित करना।

trigonometry • ट्रिगॅनोमेट्री • *n.* त्रिकोणमिति।

trinity • ट्रिनिटी • *n.* त्रयी, ब्रह्मा, विष्णु, महेश की त्रयी।

tripod • ट्राइपॉड • *n.* तिपाई।

trillion • ट्रिलिऑन • *n.* 1. **(Br)** दस शंख (की संख्या), एक करोड़ खरब, 2. **(Am)** दस खरब, एक लाख करोड़।

trim • ट्रिम • *vt.* साफ-सुथरा करना, छंटाई करना, कम करना, **~ming** (ट्रिमिंग) *n.* सजावट।

trinket • ट्रिंकेट • *n.* मामूली गहना।

trio • ट्रिओ • *n.* तीन का समूह।

trip • ट्रिप • *n.* ठोकर खाना, लड़खड़ाना, 2. यात्रा, भ्रमण।

triple • ट्रिपॅल • *a.* तिगुना।

trite • ट्राइट • *a.* घिसा-पिटा।

triturate • ट्रिट्यूरेट • *v.* पीसना।

triumph • ट्राऑम्फ़ • *n.* जीत, विजय, *vi.* जीतना, विजय पाना, **~ant** (ट्राऑम्फ़ैट) *a.* विजयी, सफल।

trivial • ट्रिविॲल • *a.* साधारण।

troika • ट्रोयका • *n.* तीन कर्मियों का समूह।

trolley • ट्रॉली • *n.* ठेला गाड़ी।

troop • ट्रूप • *n.* टोली, सैन्यदल, *v.* दल बाँध कर चलना।

trophy • ट्रॉफ़ी • *n.* पुरस्कार, 3. विजय पताका।

tropic • ट्रॉपिक • *a.* उष्णकटिबंधी, *n.* उष्णकटिबंध, **~of Cancer** (ट्रापिक ऑफ़ कैन्सर) *n.* कर्क रेखा (भारत में यह रांची से होकर गुज़रती है), **~of Capricorn** (ट्रॉपिक ऑफ़ कैप्रिकॉर्न) *n.* मकर रेखा, **~al** (ट्रॉपिकॅल) *a.* उष्ण कटिबंधीय।

trot • ट्रॉट • *vi./vt.* (घोड़े की) दुलकी चाल से चलना, *n.* दुलकी चाल।

troth • ट्रॉथ • *n.* विश्वास।

trouble • ट्रबॅल • *n.* कष्ट देना, तकलीफ देना, *n.* कष्ट, तकलीफ़, असुविधा, **~some** (ट्रबॅलसॅम) *a.* तकलीफदेह, असुविधाजनक।

trough • ट्रॅफ़ • *n.* नांद।

trounce • ट्राउन्स • *n.* निर्दयता से पीटना।

trousers • ट्राउज़ॅर्स • *pl., n.* पतलून।

trowel • ट्रॉवेल • *n.* करनी (राज मिस्त्री की)।

truant • ट्रुॲन्ट • *n.* स्कूल से अक्सर अनुपस्थित रहने वाला छात्र।

truce • ट्रूस • *n.* अस्थायी शांति।

truck • ट्रॅक • *n.* ट्रक, मालगाड़ी (मोटर)।

trudge • ट्रॅज • *vi.* पैर घसीटकर चलना।

true • ट्रू • *a.* सच, सत्य, यथार्थ।
truism • ट्रइज्म • *n.* स्वतःसिद्ध सत्य।
truly • ट्रूली • *adv.* सचमुच।
trump • ट्रम्प • *n.* तरुप का पत्ता (ताश के खेल में), **~ery** (ट्रम्पॅरि) *a.* निरर्थक।
trumpet • ट्रम्पेट • *n.* दुंदभी।
trunk • ट्रंक • *n.* वृक्ष का तना, धड़, 2. मानव धड़, 3. संदूक, 4. हाथी की सूंढ़।
truss • ट्रॅस • *n.* कैंची (इमारतों में), 2. घास का गट्ठर।
trust • ट्रॅस्ट • *n.* विश्वास, भरोसा, साख, 2. ट्रस्ट, व्यापारिक संघ, *v.* विश्वांस करना, धरोहर रखना, **~ee** (ट्रॅस्टी) *n.* ट्रस्टी, न्यासी।
truth • ट्रथ • *n.* सत्य, यथार्थ।
try • ट्राई • *v.* कोशिश करना, प्रयत्न करना, प्रयास करना, 2. मुकदमे की कार्रवाई करना।
tryst • ट्राइस्ट • *n.* गुप्त भेंट।
tub • टॅब • *n.* टब, कठौता।
tube • ट्यूब • *n.* ट्यूब (साइकिल या मोटर आदि की), 2. नली, **~well** (ट्यूबवेल) *n.* ज़मीन की सतह से नीचे से पानी खींचने वाला एक प्रकार का कुआँ (यंत्र द्वारा पानी खींचा जाता है)।
tuberculosis • ट्युबॅरक्यूलोसिस • *n.* टी.बी., यक्ष्मा, क्षय रोग, तपेदिक़, राजयक्ष्मा।
tuck • टॅक • *n.* तह, परत, 2. मिठाई, *v.* चढ़ाना, चुन्नट डालना, तह लगाना, तहाना।
Tuesday • ट्यूज़डे • *n.* मंगलवार।
tuff • टॅफ़ • *a.* कठोर, मुश्किल।
tuft • टॅफ़्ट • *n.* गुच्छा।
tug • टॅग • *v.* झटके से खींचना, घसीटना, **~ of war** (टग ऑफ़ वार) *n.* रस्सा-कशी।
tuition • ट्यूशॅन • *n.* (घर पर) पढ़ाना, **~fee** (ट्यूशॅन फ़ी) *n.* पढ़ाने का शुल्क।
tumble • टम्बल • *vi./vt.* लुढ़काना, *n.* गड़बड़ी की अवस्था, **~r** (टम्बलॅर) *n.* पानी पीने का गिलास।
tumid • ट्यूमिड • *a.* फूला हुआ, सूजा हुआ।
tumour • ट्यूमर • *n.* गांठ, गिल्टी।
tumult • ट्यूमॅल्ट • *n.* कोलाहल, **~uous** (ट्यूमॅलचुअॅस) *a.* शोर से भरा हुआ।
Tundra • टुन्ड्रा • *n.* आर्कटिक का मैदान (यहाँ पेड़-पौधे नहीं होते)।
tune • ट्यून • *n.* धुन, राग, *vt.* सुर मिलाना।
tuning • ट्यूनिंग • *n.* समस्वरण, ट्यून मिलाना।
tungsten • टंगस्टॅन • *n.* सलेटी रंग की एक धातु, टंगस्टन।
tunic • ट्यूनिक • *n.* कुर्ता, कंचुक।
tunnel • टनेल • *n.* सुरंग।
tup • टप • *n.* नर भेड़, भेड़ा।
turban • टर्बन • *n.* पगड़ी, फेंटा, साफ़ा।
turbine • टर्बाइन • *n.* माप या

जलशक्ति द्वारा परिचालित पहिया।

turbulent • टर्बुलेन्ट • *a.* दुर्दांत, उपद्रवी।

turf • टर्फ़ • *n.* घास का मैदान।

Turk • टर्क • *n.* तुर्की, तुर्क, **~ish** (टर्किश) *a.* तुर्की का, *n.* तुर्की भाषा।

turmoil • टर्मायल • *n.* उपद्रव, कोलाहल।

turn • टर्न • *n.* घुमाव, घूमना, 2. पारी, बारी, 3. परिवर्तन, *vi./vt.* घूमना, चक्कर लगाना, **~about** (टर्न-अबाउट) *v.* पूरी तरह घूम जाना, **~off** (टर्न ऑफ़) *vt.* बंद करना (जैसे बत्ती), **~out** (टर्न आउट) *v.* नतीजा निकलना, **~down** (टर्न डाउन) *v.* नामंज़ूर करना, **~up** (टर्नअॅप) *v.* हाज़िर होना, **~back** (टर्नबैक) *v.* वापस लौटना, **~er** (टर्नर) *n.* खराद पर काम करने वाला व्यक्ति, **~ing** (टर्निंग) *n.* घुमाव, मोड़।

turnip • टर्निप • *n.* शलजम, शलगम।

turpentine • टर्पेनटाइन • *n.* तारपीन, बिरोजा।

turpitude • टर्पिट्यूड • *n.* दुष्टता, नीचता।

turquoise • टरक्वाअॅज़ • *n.* फ़िरोज़, हरित-नीलमणि।

turret • टरेट • *n.* छोटी मीनार।

turtle • टर्टल • *n.* कछुआ।

tusk • टस्क • *n.* हाथी के बाहरी दाँत।

tussle • टसॅल • *n.* झगड़ा।

tutor • ट्यूटॅर • *n.* शिक्षक, निजी शिक्षक।

twain • ट्वेन • *n.* जोड़।

twang • ट्वैंग • *n.* टंकार।

tweed • ट्वीड • *n.* ट्वीड कपड़ा।

twelfth • ट्वेल्फ़्थ • *a.* बारहवाँ।

twelve • ट्वेल्व • *n.* बारह, *a.* बारह।

twenty • ट्वेन्टी • *n.* बीस, *a.* बीस।

twice • ट्वाइस • *a.* दुगना, दोबारा।

twing • ट्विग • *n.* टहनी।

twilight • ट्विलाइट, ट्वाईलाइट • *n.* उषाकाल, गोधूलि बेला।

twin • ट्विन • *n.* जुड़वाँ बच्चा।

twine • ट्वाइन • *n.* बटा हुआ डोरा।

twinkle • ट्विन्कल • *v.* टिमटिमाना।

twist • ट्विस्ट • *vi./vt.* ऐंठना, मोड़ना, *n.* ऐंठन, 2. एक नाच।

twit • ट्विट • *vi.* हँसी से किसी को तंग करना, **~ter** (ट्विटर) *n.* चिड़िया का चहचहाना।

two • टू • *a.* दो, *n.* दो, **~fold** (टू फ़ोल्ड) *a.* दोहरा।

type • टाइप • *n.* नमूना, चिह्न, 2. टाइप (मुद्रण के काम आने वाला), *vt.* टाइप करना, टंकण करना।

typist • टाइपिस्ट • *n.* टंकनकर्ता (=कर्त्री, टंकक)।

typhoid • टाइफ़ॉइड • *n.* टाइफाइड (रोग)।

typhoon • टाइफ़ून • *n.* प्रचंड आँधी।

typical • टिपिकॅल • *a.* आदर्श रूप में, प्रतीकात्मक।

typography • टाइपोग्रैफ़ी • *n.* मुद्रण कला।

tyranical • टिरैनिकॅल • *a.* अत्याचार-पूर्ण।

tyrannize • टिरैनाइज़ • *vi./vt.* क्रूरता से तंग करना।

tyranny • टिरैनी • *n.* अत्याचार।

tyrant • टाइरेन्ट • *a.* अत्याचारी।

tyre • टाइअॅर • *n.* टायर (मोटर, साइकिल आदि का रबर का पहिया)।

U

U/u • यू • अंग्रेज़ी वर्णमाला का इक्कीसवाँ अक्षर।

ubiquitous • यूबिक्विटॅस • *a.* सर्वव्यापी।

udder • अडॅर • *n.* थन (गाय, बकरी आदि का)।

ugly • अगॅली • *a.* बदसूरत।

ulcer • अल्सॅर • *n.* घाव, फोड़ा।

ulna • अल्ना • *n.* बाँह के अंदर की ओर वाली हड्डी।

ulterior • अल्टिरियर • *a.* गुप्त, अप्रत्यक्ष।

ultimate • अल्टीमेट • *a.* अंतिम, आखिरी, **~ly** (अल्टीमेटॅली) *adv.* आखिरकार।

ultimatum • अल्टीमेटॅम • *n.* आख़िरी चेतावनी।

ultimo • अल्टिमो • *a.* पिछले महीने का।

ultra • अल्ट्रा • *pref.* अति, परे, अत्यधिक के अर्थ में लगनेवाला उपसर्ग, **~modern** (अल्ट्रा मॉडर्न) *a.* अत्याधुनिक, **~violet** (अल्ट्रा वायलेट) *n.* पराबैंगनी।

umbilical • अम्बीलिकॅल • *a.* नाभि का।

umbrage • अम्ब्रेज • *n.* असंतोष, नाराज़गी।

umbrella • अम्ब्रेला • *n.* छाता, छतरी, 2. छत्रछाया।

umpire • अम्पाइअॅर • *n.* अम्पायर, निर्णायक, सरपंच, *vi./vt.* मध्यस्थ होना।

umpteen • अम्प्टीन • *pron.* बहुत-से।

un- • अन- • *pref.* निषेधात्मक अ, अन्, अन उपसर्ग।

unabashed • अनॅएबैश्ड • *a.* निर्लज्ज, बेशर्म।

unabridged • अनऐब्रिज्ड • *a.* असंक्षिप्त।

unacceptable • अनऐक्सेप्टेबॅल • *a.* अस्वीकार्य।

unaccompanied • अनएकॉम्पैनिड • *a.* अकेला।

unaccountable • अनअकाउन्टेबॅल • *a.* रहस्यमय।

unaccustomed • अनएकस्टॅम्ड • *a.* अनभ्यस्त।

unacknowledged • अनएक्नॉलेज्ड • *a.* अनुत्तरित।
unacquainted • अनएक्वेन्टेड • *a.* अपरिचित।
unadulterated • अनअडल्टरेटेड • *a.* शुद्ध, अमिश्रित।
unaffected • अनअफ़ेक्टेड • *a.* अप्रभावित।
unanswerable • अनऑन्सॅरेबॅल • *a.* अकाट्य।
unassailable • अनअसेलेबॅल • *a.* अविजय।
unassuming • अनअस्युमिंग • *a.* निरहंकारपूर्ण।
unattached • अनअटैच्ड • *a.* असंबद्ध, असंपृक्त।
unattended • अनअटेन्डेड • *a.* अरक्षित, अकेला।
unattractive • अनअट्रैक्टिव • *a.* अनाकर्षक।
unawares • अनवेअॅर्स • *adv.* अचानक।
unbearable • अनबिअरिबॅल • *a.* असह्य।
unbeaten • अनबीटॅन • *a.* लाजवाब।
unbelieving • अनबिलीविंग • *a.* अविश्वासी।
unbending • अनबेंडिंग • *a.* अटल, हठीला।
unbuttoned • अनबटॅन्ड • *a.* खुला, जिसके बटन लगे न हों।
uncalled for • अनकॉल्ड फ़ॉर • *a.* अकारण।
uncanny • अनकैनी • *a.* रहस्यपूर्ण।
uncaring • अनेकअॅरिंग • *a.* निश्चिंत।
unceasing • अनसीज़िंग • *a.* अविरल़।
uncensored • अन्सेन्सर्ड • *a.* सेंसर द्वारा अपरीक्षित, जिसे सेंसर नहीं किया गया।
unceremonious • अनसेरेमॉनिअॅस • *a.* अशिष्ट।
uncertain • अनसर्टेन • *a.* अनिश्चित, **~ty** (अनसर्टेनटी) *n.* अनिश्चितता।
uncharitable • अनचैरिटेबॅल • *a.* निर्दय, स्वार्थी।
unchecked • अनचेक्ड • *a.* अबाधित, अनजांचा।
uncle • अंकॅल • *n.* ताऊ, ताया, चाचा, काका, मामा, फूफा, मौसा, अंकल।
unclean • अनक्लीन • *a.* गंदा, दूषित।
unclouded • अनक्लाउडेड • *a.* साफ (आकाश), स्वच्छ।
uncomely • अनकमली • *a.* असुंदर, कुरूप।
uncomfortable • अनकमफ़र्टेबॅल • *a.* बेचैन, बेआराम।
uncommitted • अनकमिटेड • *a.* अप्रतिबद्ध।
unconditional • अनकन्डीशनॅल • *a.* बिलाशर्त।
uncongenial • अनकन्जीनिअॅल • *a.* अप्रिय, अरुचिकर।
unconnected • अनकनेक्टेड • *a.* असंबद्ध।
unconscious • अनकॅनशॅस • *a.* अचेतन, चेतनाहीन, बेहोश।

uncontrolled • अनकन्ट्रोल्ड • *a.* असंचालित, अनियंत्रित।

uncontrollable • अनकन्ट्रोलेबॅल • *a.* असंचालनीय।

unconventional • अनकन्वेन्शनॅल • *a.* उन्मुक्त, निर्द्वंद्व, स्वच्छंद।

uncover • अनकवॅर • *vt.* उघाड़ना, खोलना।

unction • ऍन्क्शॅन • *n.* मालिश, तेलमर्दन।

unctuous • ऍन्क्टुऍस • *a.* चिकना।

uncultivated • अनकल्टिवेटेड • *a.* अकृषित, अशिक्षित।

uncultured • अनकलचॅर्ड • *a.* असभ्य, असंस्कृत।

undecided • अनडिसाइडेड • *a.* जिसमें हिचकिचाहट हो।

undeclared • अनडिक्लेऑर्ड • *a.* अघोषित।

undeniable • अनडिनाएबॅल • *a.* सच्चा, जिससे इन्कार नहीं किया जा सकता।

under • अंडॅर • *adv.* से नीचे, *prep.* नीचे, भीतर, अल्प, न्यून।

underarm • अंडॅरआर्म • *a.* हाथ नीचे करके फेंकी गई (गेंद)।

undercharge • अंडॅरचार्ज • *vt.* कम करके दाम लगाना।

underdeveloped • अंडॅरडेवलॅप्ड • *n.* अविकसित, विकासशील।

underestimate • अंडॅरएस्टिमेट • *v.* कम मूल्य लगाना।

underfed • अंडॅरफ़ेड • *a.* अल्पपोषित।

undergarment • अंडॅरगार्मेन्ट • *n.* अधोवस्त्र।

undergo • अंडॅरगो • *v.* सहन करना, भुगतना।

undergraduate • अंडॅरग्रेजुएट • *n.* स्नातक होने जा रहा विद्यार्थी।

underground • अंडॅरग्राउंड • *a.* भूमिगत, छिपा हुआ।

undergrowth • अंडॅरग्रोथ • *n.* झाड़ी, झाड़-झंखाड़।

underhand • अंडॅरहैंड • *a.* चालक, *adv.* चोरी-छिपे।

underline • अंडरलाइन • *v.* रेखांकित करना।

undermentioned • अंडॅरमेन्शॅन्ड • *a.* अधोलिखित, निम्नलिखित।

undermine • अंडॅरमाइन • *v.* जड़ खोदना, नष्ट करना, गुप्त रूप से।

underneath • अंडॅरनीथ • *adv.* नीचे की ओर।

undernourished • अंडॅरनॉरिश्ड • *a.* अल्पपोषित।

underquote • अंडॅरकोट • *v.* कम मूल्य माँगना।

underrate • अंडॅररेट • *v.* कम मूल्यांकन।

under secretary • अंडॅर सेक्रेटरी • *n.* उप-सचिव।

undersign • अंडरसाइन • *v.* हस्ताक्षर करना, ~**ed** (अंडॅरसाइन्ड) *a.* अधोहस्ताक्षरी।

undersized • अंडॅरसाइज़्ड • *a.* छोटा, नाटा, ठिगना।

underskirt • अंडॅरस्कर्ट • *n.* पेटीकोट, साया।

understand • अंडरस्टैंड • *v.*समझना।

understate • अंडॅरस्टेट • *vt.* कम करके वर्णन करना।

understock • अंडॅरस्टॉक • *vt.* आवश्यकता से कम माल रखना।

undertake • अंडॅरटेक • *v.* बीड़ा उठाना।

undertaking • अंडरटेकिंग • *n.* व्यवसाय, कार्य, उद्यम, गारंटी।

undervalue • अंडरवैल्यू • *vt.* कम मूल्य लगाना।

undervaluation • अंडरवैलूएशन • *n.* कम मूल्यांकन।

underwear • अंडॅरविअॅर • *n.* अधो वस्त्र।

underworld • अंडॅरवर्ल्ड • *n.* अधोलोक, अपराधलोक।

undeserved • अनडिज़ॅर्वड • *a.* अपात्र।

undesirable • अनडिज़ाइअॅरबॅल • *a.* अवांछित।

undeveloped • अनडेवॅलप्ड • *a.* अविकसित।

undigested • अनडाइजेस्टेड • *a.* अनपचा।

undiluted • अनडाइलुटेड • *a.* अमिश्रित, विशुद्ध।

undisclosed • अनडिस्क्लोज़्ड • *a.* अघोषित, अप्रकट।

undisputed • अनडिस्प्यूटेड • *a.* निर्विवाद।

undivided • अनडिवाइडेड • *a.* अविभक्त।

undo • अनडू • *vt.* तबाह करना, ~ **ne** (अनडन) *a.* अकृत, जो किया न गया हो।

undress • अन्ड्रेस • *v.* नंगा करना, कपड़े उतारना या बदलना।

undue • अनड्यू • *a.* अनुचित।

undying • अनडाइंग • *a.* अमर।

unearth • अनअॅर्थ • *vt.* खोदकर निकालना, प्रकट करना, पता लगाना।

uneasy • अनईज़ी • *a.* बेचैन, अशांत।

uneconomic • अनइकोनॉमिक • *a.* अलाभकर।

uneducated • अनएड्यूकेटेड • *a.* अशिक्षित, अनपढ़।

unemployed • अनएम्प्लॉयड • *a.* बेकार, बेरोज़गार।

unemployment • अनएम्प्लॉयमेंट • *n.* बेरोज़गारी, बेकारी।

unenlightend • अनएनलाइटेन्ड • *a.* अप्रबुद्ध।

unequal • अनइक्वॅल • *a.* असमान।

unequivocal • अनइक्विवोकॅल • *a.* असंदिग्ध।

unerring • अनएरिंग • *a.* अचूक, निर्भ्रांत।

unfailing • अनफ़ेलिंग • *a.* अक्षत, अचूक।

unfair • अनफ़ेअॅर • *a.* अनुचित।

unfaithful • अनफेथफ़ुल • *a.* विश्वासघाती।

unfamiliar • अनफ़ेमिलिअॅर • *a.* अनजान, अपरिचित।

unfashionable • अनफ़ैशनेबॅल • *a.* जो फ़ैशन के मुताबिक न हो, अनगढ़।

unfasten • अनफ़ास्टन • *v.* खोलना।

unfavourable • अनफ़ेवरेबॅल • *a.* प्रतिकूल।

unfeeling • अनफ़ीलिंग • *a.* संगदिल, बेरहम।

unfertilized • अनफर्टिलाइज्ड • *a.* अननिषेचित, जिसमें बीज नहीं डाला गया हो।

unfetter • अनफ़ेटॅर • *v.* मुक्त करना।

unfinished • अनफ़िनिश्ड • *a.* अपूर्ण, अधूरा।

unfit • अनफ़िट • *a.* अनुपयुक्त।

unfold • अनफ़ोल्ड • *v.* खोलना, फैलाना।

unforeseen • अनफ़ोरसीन • *a.* अप्रत्याशित।

unforgettable • अनफ़ॉरगेटेबॅल • *a.* अविस्मरणीय, जिसे भूला न जा सके।

unforgivable • अनफ़ॉरगिवेबॅल • *a.* अक्षम्य, जिसे माफ न किया जा सके।

unfortunate • अनफ़ॉर्च्युनेट • *a.* अभागा, बदनसीब।

unfounded • अनफ़ाउन्डेड • *a.* निराधार।

unfrequented • अनफ्रिक्विन्टेड • *a.* एकांत, निर्जन।

unfruitful • अनफ्रूटफ़ुल • *a.* निष्फल, व्यर्थ, बंजर।

unfurl • अनफ़र्ल • *v.* खोलना, फहराना (झंडा)।

unfurnished • अनफ़र्निश्ड • *a.* असुसज्जित।

ungainly • अनगेनॅली • *a.* भद्दा, बदशक्ल।

ungenial • अनजिनिअॅल • *a.* अननुकूल।

ungettable • अनगेटएबॅल • *a.* अप्राप्य, अगम्य (जैसे कोई लड़की)।

ungifted • अनगिफ्टेड • *a.* प्रतिभाहीन।

ungovernable • अनगवर्नेबॅल • *a.* बेकाबू, दुर्दमनीय।

ungraceful • अनग्रेसफ़ुल • *a.* भद्दा।

ungrammatical • अनग्रैमेटिकॅल • *a.* व्याकरण-विरुद्ध।

ungrateful • अनग्रेटफ़ुल • *n.* नमकहराम, कृतघ्न।

ungrudging • अनग्रजिंग • *a.* मुक्तहस्त, उदार।

unguarded • अनगार्डेड • *a.* अरक्षित।

unhampered • अनहैम्पर्ड • *a.* अबाधित।

unhappily • अनहैपिली • *adv.* दुखपूर्वक।

unhappiness • अनहैपिनेस • *n.* दुख।

unhappy • अनहैपी • *a.* दुखी, अभागा।

unharmed • अनहार्म्ड • *a.* अक्षत, सकुशल।

unhatched • अनहैचेड • *a.* अंडे से न निकला हुआ।

unhealthy • अनहेल्दी • *a.* अस्वस्थ, अस्वास्थ्यकर।

unheard • अनहर्ड • *a.* अनसुना, विलक्षण।

unhelpful • अनहेल्पफुल • *a.* बेकार, असहायक।

unhinge • अनहिन्ज • *v.* कब्ज़े पर से उतारना।

unhistorical • अनहिस्टोरिकॅल • *a.* अनैतिहासिक।

unhitch • अनहिच • *v.* खोलना।

unholy • अनहोली • *a.* दुष्ट।

unhonoured • अनऑनर्ड • *a.* असम्मानित।

unhook • अनहुक • *v.* कंटिया खोलना, छुड़ाना।

unhurt • अनॅहर्ट • *a.* अक्षत, जिसे चोट न लगी हो।

uniform • युनिफ़ॉर्म • *n.* वर्दी, *a.* एक तरह का, अपरिवर्ती।

unify • युनिफ़ाई • *v.* एक करना।

unilateral • युनिलैटरॅल • *a.* एक-पार्श्वी।

unimaginable • अनइमैजिनेबॅल • *a.* अकल्पनीय, कल्पनातीत।

unimpaired • अनइम्पेऑर्ड • *a.* अक्षुण्ण।

unimpeachable • अनइम्पीचेबॅल • *a.* निर्दोष, अनिंद्य।

unimposing • अनइम्पोज़िंग • *a.* प्रभाव शून्य।

unimpressed • अनइम्प्रेस्ड • *a.* अप्रभावित।

unimpressive • अनइम्प्रेसिव • *a.* अप्रभावोत्पादक।

unimproved • अनइम्प्रूव्ड • *a.* अपरिष्कृत।

uninformed • अनइंफ़ॉर्म्ड • *a.* अनभिज्ञ।

uninhabitable • अनइनहैबिटेबॅल • *a.* अवासयोग्य, जो बसने के लायक न हो।

uninitiated • अनइनिशिएटेड • *a.* अदीक्षित।

uninspired • अनइंस्पाऑर्ड • *a.* निरुत्साह।

uninsured • अनइंश्योर्ड • *a.* जिसका बीमा न हुआ हो।

unintelligible • अनइन्टेलिजिबॅल • *a.* अबोधगम्य, जिसे समझा न जा सके।

unintended • अनइन्टेंडेड • *a.* अनभिप्रेत, जिसकी मंशा नहीं रही हो।

uninterested • अनइन्टरेस्टेड • *a.* उदासीन, जिसकी दिलचस्पी न हो।

uninteresting • अनइन्टरेस्टिंग • *a.* नीरस, अरुचिकर।

uninterrupted • अनइन्टरप्टेड • *a.* अबाध, निरंतर।

uninvited • अनइन्वाइटेड • *a.* अनिमंत्रित।

union • युनियन • *n.* मेल-मिलाप, एकता, संयोजन, संघ।

unique • यूनीक • *a.* अद्वितीय।

unit • यूनिट • *n.* इकाई।

unite • युनाइट • *v.* जोड़ना, मिलाना, **~d** (यूनाइटेड) *a.* संगठित।

unity • युनिटी • *n.* मेल, एकता।

universal • युनिवर्सल • *a.* व्यापक, वैश्विक।

university • यूनिवर्सिटी • *n.* विश्व-विद्यालय।

unkind • अनकाइंड • *a.* निर्दयी।

unknowing • अननोइंग • *a.* अज्ञानी, **~ly** (अननोइंगली) *adv.* अनजाने में।

unknown • अननोन • *a.* अज्ञात, न जाना हुआ।

unlearn • अनलॅर्न • *v.* भूलना।

unless • अनलेस • *conj.* यदि...नहीं।

unlettered • अनलेटॅर्ड • *a.* अनपढ़।

unlike • अनलाइक • *a.* भिन्न।

unlisted • अनलिस्टेड • *a.* असूची-बद्ध।

unload • अनलोड • *v.* उतारना।

unmanly • अनमैनली • *a.* जनाना, स्त्रियोचित।

unmanned • अनमैन्ड • *a.* स्व-चालित।

unmannerly • अनमैनॅर्ली • *a.* अशिष्ट।

unmatched • अनमैच्ड • *a.* अद्वितीय।

unmentionable • अनमेन्शनेबॅल • *a.* अकथनीय।

unmindful • अनमाइन्डफ़ुल • *a.* की परवाह नहीं करना।

unmistakable • अनमिस्टेकेबॅल • *a.* सुस्पष्ट।

unmoved • अनमूव्ड • *a.* अप्रभावित।

unnumbered • अननंबॅर्ड • *a.* जिस पर संख्या नहीं लिखी हो।

unobserved • अनऑबज़र्व्ड • *a.* अलक्षित।

unofficial • अनऑफ़िशिअॅल • *a.* गैर-सरकारी।

unorthodox • अनऑर्थोडॉक्स • *a.* रूढ़िमुक्त।

unparalleled • अनपैरेलॅल्ड • *a.* अद्वितीय।

unparliamentary • अनपॉर्लिया-मेन्टरि • *a.* असंसदीय।

uupleasant • अन्प्लेज़ेन्ट • *a.* असुखकर, अरुचिकर।

unprecedented • अनप्रेसिडेन्टेड • *a.* अभूतपूर्व।

unprejudiced • अनप्रिजूडिस्ड • *a.* निष्पक्ष, पूर्वाग्रह रहित।

unprincipled • अनप्रिन्सिपॅल्ड • *a.* सिद्धांतहीन।

unprofessional • अनप्रोफ़ेसॅनल • *a.* अव्यावसायिक।

unqualified • अनक्वालिफ़ाइड • *a.* अयोग्य।

unquestionable • अनक्वेश्चनेबॅल • *a.* अविवाद्य, निश्चित।

unravel • अनरैवल • *vt.* सुलझाना।

unreasonable • अनरिज़नेबॅल • *a.* अनुचित, बेजा।

unreserved • अनरिज़ॅर्व्ड • *a.* अनारक्षित।
unrestrained • अनरेस्ट्रेन्ड • *a.* असंयत।
unrivalled • अनराइवॅल्ड • *a.* बेजोड़, अद्वितीय।
unruly • अनरूली • *a.* अनियंत्रित।
unsaid • अनसैड • *a.* अनकहा।
unscrupulous • ॲनस्क्रूपुलस • *a.* अनैतिक।
unseat • ॲनसीट • *vt.* हटा देना।
unseemly • ॲनसीम्ली • *a.* असंगत, नामुनासिब।
unseen • ॲनसीन • *a.* अनदेखा।
unsettle • ॲनसेटल • *vi.* अस्थिर करना।
unskilled • ॲनस्किल्ड • *a.* अकुशल।
unsociable • ॲनसोशेबॅल • *a.* असामाजिक।
unsophisticated • ॲनसोफ़िस्टि-केटेड • *a.* सरल, सीधा-सादा।
unsparing • ॲनस्पेॲरिंग • *a.* निष्ठुर, कठोर, 2. विपुल।
unsung • ॲनसंग • *a.* अकीर्तित, अप्रशंसित।
unthinkable • ॲनथिंकेबॅल • *a.* कल्पना से परे।
untidy • ॲनटाइडी • *a.* सदोष, गंदा।
until • ॲनटिल • *prep.* जब तक, तक।
untimely • ॲनटाइमॅली • *a.* असमय (का)।
untiring • ॲनटायरिंग • *a.* अथक, बिना रुके हुए।
unto • ॲनटू • *prep.* को।
untold • ॲन्टोल्ड • *a.* अकथनीय, अनकहा।
untouchable • ॲनटचेबॅल • *a.* अछूत।
untoward • ॲनटुवार्ड • *a.* दुर्भाग्य-पूर्ण।
untruth • ॲनट्रूथ • *a.* असत्य।
unused • ॲनयुज़्ड • *a.* जिसे काम में न लाया गया हो, अव्यवहृत।
unusual • ॲनयुज़ुॲल • *a.* असामान्य।
unveil • ॲनवेल • *vt.* प्रकट करना, पर्दा हटाना, नकाब हटाना।
unweildy • ॲनवेल्डी • *a.* न संभालने योग्य।
unwind • ॲनवाइंड • *vt.* नरम पड़ना, खोलना।
unwritten • ॲनरिटॅन • *a.* अनलिखा।
up • ॲप • *adv.* ऊपर को, *a.* ऊँचा।
upbringing • ॲपब्रिंगिंग • *n.* लालन-पालन।
upgrade • ॲपग्रेड • *vt.* ऊँचा दर्जा देना, पदोन्नति करना।
upheaval • ॲपहीवल • *n.* महा-परिवर्तन।
uphill • ॲपहिल • *a.* दुःसाध्य।
uphold • ॲपहोल्ड • *vt.* बचाव करना, समर्थन करना।
upkeep • ॲपकीप • *n.* रख-रखाव।
uplift • ॲपलिफ़्ट • *n.* सुधार, प्रगति।
upon • ॲपॉन • *prep.* ऊपर।
upper • ॲपर • *a.* ऊँचा, स्थान में ऊंचा, ~**storey** (ॲपरस्टोरी) *n.*

ऊपरी मंजिल, ~ **most** (अपरमोस्ट) *a.* सर्वोच्च।

upright • ऑपराइट • *a.* सीधा, सच्चा।

uproar • ऑपरोर • *n.* उपद्रव, शोर-शराबा।

uproot • ऑपरूट • *vt.* उखाड़ना, उजाड़ना।

upset • ऑपसेट • *vi./vt.* उलटना, व्याकुल होना।

upshot • अपशॉट • *n.* नतीजा।

upside down • अपसाइड डाउन • *adv.* औंधा, उलटा-पलटा।

upstairs • अपस्टेअॅर्स • *adv.* ऊपरी तल्ले में।

upstream • अपस्ट्रीम • *adv.* नदी की धारा के विपरीत।

up-to-date • अप-टु-डेट • *a.* आज तक का।

upturn • अपटॅर्न • *vi./vt.* गड़बड़ी पैदा होना या करना, उलटना।

upward • अपवॉर्ड • *a.* ऊपर की ओर, *adv.* और अधिक।

uranium • युरेनिअॅम • *n.* युरैनियम।

urban • अर्बन • *a.* शहरी।

urge • अर्ज • *n.* इच्छा, आवेग, प्रेरणा, *vt.* उत्साहित करना, उकसाना।

urgency • अर्जेन्सी • *n.* अत्यावश्यकता।

urgent • अर्जेन्ट • *a.* अत्यावश्यक।

urinate • यूरिनेट • *v.* पेशाब करना।

urine • यूरिन • *n.* मूत्र, पेशाब।

urn • अर्न • *n.* भस्म-कलश।

us • अस • *pron.* हमें, हमको।

usage • यूसेज • *n.* प्रयोग, इस्तेमाल।

use • यूज़ • *v.* इस्तेमाल करना, काम में लाना, *n.* इस्तेमाल, ~ **ful** (यूज़फ़ुल) *a.* काम लायक, उपयोगी, ~ **less** (यूज़लेस) *a.* बेकार, व्यर्थ, ~ **d to** (यूज़्ड टू) *a.* आदी होना।

usher • अशॅर • *n.* अंदर ले आने वाला, *v.* अंदर ले आना, की घोषणा करना।

usual • युजुअॅल • *a.* सामान्य, मामूली।

usurer • युजरर • *n.* सूदखोर।

usurp • यूज़ॅर्प • *v.* अधिकार छीन लेना।

utensil • युटेन्सिल • *n.* बर्तन-भाँड़ा।

uterine • युटरिन • *n.* गर्भाशय।

uterus • युटेरॅस • *n.* गर्भाशय।

utilitarian • युटिलिटैरिअॅन • *a.* व्यावहारिक।

utility • युटिलिटी • *n.* उपयोगिता।

utmost • अटमोस्ट • *a.* उच्चतम, परम।

utopia • युटोपिआ • *n.* आदर्शलोक, काशोता (काश ऐसा होता), ~ **n** (युटोरिअॅन) *a.* अव्यवहार्य, जो हो नहीं सकता।

utter • अटॅर • *a.* परम, चरम, निरा, *v.* उच्चारण करना, ~ **ance** (अटरेन्स) *n.* अभिव्यक्ति, ~ **ly** (अटरली) *adv.* पूर्णरूपेण, ~ **most** (अटरमोस्ट) *a.* उच्चतम।

uvula • यूवुला • *n.* अलिजिह्वा, कौआ।

V

V/v • वी • *n.* अंग्रेज़ी वर्णमाला का बाइसवाँ वर्ण।

vacancy • वेकेन्सी • *n.* रिक्तता, रिक्त पद, खाली स्थान।

vacant • वेकेन्ट • *a.* खाली।

vacate • वेकेट • *vt.* खाली करना।

vacation • वेकेशॅन • *n.* छुट्टियाँ, अवकाश 2. खाली करना।

vaccinate • वैक्सिनेट • *vt.* टीका लगाना।

vaccination • वैक्सिनेशॅन • *n.* चेचक या अन्य किसी रोग का टीका।

vaccum • वैकुअॅम • *n.* ख़ाली, शून्य।

vagabond • वैगाबॉन्ड • *n.* आवारा।

vagina • वजाइना • *n.* योनि।

vagrant • वैग्रेन्ट • *a.* खानाबदोश।

vague • वेग • *a.* अस्पष्ट।

vain • वेन • *a.* बेकार, निःसार, खोखला, 2. गर्वीला।

vale • वेलि • *n.* घाटी।

valentine • वैलेन्टाइन • *n.* प्रेमिका, प्रेमपत्र।

valet • वैलेट • *n.* नौकर।

valiant • वैलिएन्ट • *a.* साहसी।

valid • वैलिड • *a.* वैध।

validate • वैलिडेट • *vt.* सही बनाना, प्रामाणिक बनाना।

valley • वैली • *n.* घाटी, वादी।

valour • वैलॅर • *n.* साहस, वीरता।

valuable • वैलुएबॅल • *a.* बहुमूल्य, क़ीमती।

value • वैल्यू • *a.* मूल्य, दाम, क़ीमत।

valve • वॉल्व • *n.* वाल्व, कपाट।

vampire • वैम्पाअॅर • *n.* रक्त चूषक, एक काल्पनिक पक्षी जिसके बारे में कहा जाता है कि औरों का रक्त चूसकर उन्हें मार डालता है, 2. दुष्टा स्त्री।

van • वैन • *n.* बंद गाड़ी।

vandal • वैन्डल • *n.* कलाकृति, विध्वंसक, ~**ism** (वैन्डलिज़्म) *n.* कलाकृति विध्वंसन।

vanguard • वैन्गॉर्ड • *n.* सेना में अगुआ दस्ता।

vanish • वैनिश • *v.* गायब हो जाना।

vanity • वैनिटि • *n.* घमंड, गर्व।

vanquish • वैन्क्विॅश • *v.* हरा देना, पराजित करना।

vantage • वैन्टेज • *n.* लाभ, 2. श्रेष्ठता।

vapour • वेपर • *n.* वाष्प, भाप।

variable • वेरिएबॅल • *a.* चल, परिवर्तनशील।

varied • वैरिड • *a.* विविध।

variety • वेराइटी • *a.* विविधता।

various • वेरिअॅस • *a.* भिन्न, अनेक।

varnish • वार्निश • *a.* वार्निश, रोग़न।

varsity • वर्सिटी • *a.* यूनिवर्सिटी का संक्षिप्त रूप, विश्वविद्यालय।

vary • वेरी • *v.* भिन्न होना, तरह-तरह का होना।

vase • वाज़ • *a.* फूलदान, कलश।

vast • वास्ट • *a.* विशाल, बहुत बड़ा।

vagetable • वेजिटेबॅल • *a.* तरकारी, सब्जी।

vegetarian • वेजिटैरिअॅन • *a.* शाकाहारी।

vehement • वेहेमेन्ट • *a.* तीव्र, प्रचंड, उग्र।

vehicle • विहिकॅल • *a.* वाहन।

vehicular • विहिक्युलॅर • *a.* वाहन संबंधी।

veil • वेल • *n.* पर्दा, बुरक़ा, *vt.* छिपाना।

vein • वेन • *a.* शिरा, रग, नस।

velocity • विलॉसिटि • *n.* गति, शीघ्रता, तीव्रता।

velvet • वेलवेट • *n.* मखमल।

venal • वीनॅल • *n.* घूसखोर, भ्रष्टाचारी।

vend • वेन्ड • *vt.* बेचना, **~er, or** (वेन्डॅर) *n.* विक्रेता, **~ee** (वेन्डी) *a.* खरीदार।

venerable • वेनरेबॅल • *a.* आदरणीय।

venerate • वेनरेट • *v.* आदर करना।

veneration • वेनरेशॅन • *n.* आदर, सम्मान।

venereal • विनेरिअॅल • *a.* मैथुन संबंधी, **~disease** (विनेरिअॅल डिज़ीज़) *a.* यौन रोग।

vengeance • वेन्जेएन्स • *a.* प्रतिहिंसा, बदला।

vengeful • वेन्जफ़ुल • *a.* प्रतिहिंसक।

venial • विनिअॅल • *a.* क्षम्य, माफ़ करने लायक।

venom • वेनॅम • *n.* ज़हर, विष।

venous • वेनॅस • *a.* शिरा संबंधी।

vent • वेन्ट • *a.* निकास, 2. हवाकश, *vt.* छेद बनाना, हवा के आने-जाने के लिए खोलना।

ventilate • वेन्टिलेट • *vt.* वायु संचार करना।

ventilation • वेन्टिलेशॅन • *a.* वायु संचालन, 2. सार्वजनिक चर्चा।

venture • वेन्चरॅ • *n.* साहसिक काम, *v.* जोखिम में डालना, दाँव पर रखना, जोखिम उठाना।

venue • वेन्यू • *n.* सम्मेलन-स्थल।

venus • वीनॅस • *n.* सौंदर्य और प्रेम की देवी, वीनस।

veracious • वेरैशॅस • *a.* सत्यनिष्ठ।

verandah • वेरैन्डा • *n.* बरामदा।

verb • वर्ब • *n.* क्रिया (व्या.) **~al** (वर्बल) *a.* क्रिया से संबंधित, 2. मौखिक, **~ally** (वर्बली) *adv.* मौखिक रूप में।

verbatim • वर्बाटिम • *a.* यथाशब्द, जैसा कहा गया वैसा ही।

verdant • वर्डेन्ट • *a.* हरा-भरा।

verdict • वर्डिक्ट • *n.* निर्णय, फैसला।

verge • वर्ज • *n.* सीमा, किनारा।

verification • वेरिफ़िकेशॅन • *n.* जाँच, सत्यापन।

verify • वेरिफ़ाई • *vt.* सत्यापित करना, सच्चा, सिद्ध करना, जाँचना।

veritable • वेरिटेबॅल • *a.* खरा, पक्का।

verity • वेरिटि • *n.* सत्यता।

vermicelli • वर्मिसेलि • *n.* सेवई।

vermicide • वर्मिसाइड • *n.* कीट-नाशक।

vermilion • वर्मिलियॅन • *n.* सिन्दूर।

vermin • वर्मिन • *n.* कीड़े-मकोड़े।

vernacular • वर्नाक्यूलॅर • *n.* देशी भाषा।

versatile • वर्साटाइल • *a.* बहु-उपयोगी, सर्वतोमुखी।

verse • वर्स • *n.* पद्य, कविता।

versify • वर्सिफ़ाई • *vt.* कविता लिखना, पद्य लिखना या बनाना।

version • वर्सन • *n.* विवरण, व्याख्या, भाषांतर।

versus • वर्सस • *n.* बनाम।

vertebrate • वर्टिब्रेट • *a.* रीढ़दार।

vertex • वर्टेक्स • *n.* शिखर, त्रिभुज का शीर्ष।

vertical • वर्टिकॅल • *a.* खड़ा, सीधा।

vertigo • वर्टिगो • *n.* चक्कर, धुमरी, सर का चक्कर खाना।

verve • वर्व • *n.* उमंग, उत्साह, जोश।

very • वेरि • *a.* वही, यही, अत्यंत, ~**well** (वेरि वेल) बहुत अच्छा।

vesicle • वेसिकॅल • *n.* छाला, फफोला।

vespers • वेस्पर्स • *n.* सांध्य वंदना।

vessel • वेसल • *n.* बर्तन, बासन।

vest • वेस्ट • *n.* बंडी, पोशाक, वासकोट, *v.* प्रदान करना, में निहित होना।

vestal • वेस्टलॅ • *a.* पवित्र, शुद्ध।

vestibule • वेस्टिब्यूल • *n.* प्रकोष्ठ, ड्योढ़ी।

vestige • वेस्टिज • *n.* अवशेष।

vestment • वेस्टमेंट • *n.* परिधान।

vestry • वेस्ट्री • *n.* वस्त्रालय।

veteran • वेटरनॅ • *a.* अनुभवी, पुराना।

veterinarian • वेटेरिनैरिअॅन • *a.* शालिहोत्री, पशु चिकित्सा संबंधी, पशु चिकित्सक।

veterinary • वेटेरिनरि • *n.* शालीहोत्री, पशु चिकित्सा।

veto • वीटो • *n.* निषेधाधिकार, अधिकारपूर्ण निषेध।

vex • वेक्स • *vt.* तंग करना, कष्ट देना, परेशान करना, ~**ation** (वेक्सेशॅन) *n.* संतापन, उत्पीड़न, ~ **atious** (वेक्सेशॅस) *a.* संतापक, खिजाऊ।

via • वाया • *prep.* होकर, वाया।

viable • वायेबॅल • *a.* व्यवहार्यता।

vial • वाअॅल • *n.* शीशी।

via media • वाया मीडिया • *a.* मध्यम मार्ग।

vibrant • वाइब्रेन्ट • *a.* गुंजायमान।

vibrate • वाइब्रेट • *vi.* काँपना, कंपित होना।

vibration • वाइब्रेशॅन • *n.* कंपन।

vibrator • वाइब्रेटर • *n.* कंपन करने वाला।

vicar • विकॅर • *n.* पुरोहित।

vicarious • विकेरिअॅस • *a.* प्रति-नियुक्त, स्थानापन्न।

vice • वाइस • *n.* दुर्गुण, 2. शिकंजा, 3. *pref.* किसी की जगह काम करने

वाला, ~ **versa** (वाइस वर्सा) *adv.* ठीक उल्टा।

vicinity • विसिनिटी • *n.* पड़ोस।

vice-chancellor • वाइस-चांसॅलॅर • *n.* कुलपति।

vicious • विशॅस • *a.* बुरा, अनैतिक।

vicissitude • विसिसिट्यूड • *n.* परिवर्तन, उतार-चढ़ाव, (भाग्य का) उलट-फेर।

victim • विक्टिम • *n.* शिकार।

victor • विक्टॅर • *n.* विजेता।

Victorian • विक्टोरिअॅन • *a.* महारानी विक्टोरिया के राज्य काल का।

victory • विक्टॅरि • *n.* जीत, विजय।

vide • वाइड • *v.* देखिए।

video • वीडिओ • *n.* दृश्य (टेलिवीज़न आदि के प्रसारण में दीखने वाले दृश्य, इसका दूसरा पक्ष होता है **audio** (ऑडियो) यानी श्रव्य भाग)।

view • व्यू • *n.* दृष्टि, दृश्य, *vt.* जाँचना, देखना।

vigil • विजिल • *n.* रात्रि जागरण।

vigilance • विजिलैन्स • *n.* चौकसी।

vigilant • विजिलैन्ट • *a.* सावधान, चौकस।

vigour • विगॅर • *n.* बल (शारीरिक या और मानसिक), ~ **ous** (विगरॅस) *a.* शक्तिशाली।

vile • वाइल • *a.* बुरा।

villa • विला • *n.* बंगला, उपनगरीय निवास, देहाती बंगला।

village • विलेज • *n.* गाँव, देहात, ~ **er** (विलेजॅर) *n.* ग्रामीण, देहाती।

villain • विलॅन • *n.* खलनायक।

vindicate • विन्डिकेट • *vt.* दोषमुक्त करना, न्यायसंगत सिद्ध करना।

vindictive • विन्डिक्टिव • *a.* दंडात्मक, प्रतिशोधी।

vine • वाइन • *n.* लता, बेल।

vinegar • विनिगॅर • *n.* विनिगर, सिरका।

vintage • विन्टेज • *n.* द्राक्षा, संचयन, पुराना, 2. अंगूर की फसल।

violate • वाइलेट • *vt.* उल्लंघन करना।

violation • वाइअॅलेशॅन • *n.* बलात्कार, उल्लंघन।

violence • वाइअॅलेन्स • *n.* हिंसा।

violent • वाइअॅलेन्ट • *n.* उग्र, प्रचंड।

violet • वायोलेट • *a.* बैंगनी, *n.* बनफ़शा।

violin • वाइअॅलिन • *n.* बेहला।

virgin • वर्जिन • कुंवारा, कुंवारी, ~ **ity** (वर्जिनिटी) कुवांरापन, कुमारित्व।

virile • विराइल • *a.* पौरुषेय, पुरुषोचित, मर्दाना।

virtual • वर्चुअॅल • *a.* असली, वास्तविक।

virtuous • वर्चुअॅस • *n.* ईमानदार, अच्छा।

virtue • वर्च्यू • *n.* नैतिकता, सदाचार।

virulent • विरुलेन्ट • *a.* ज़हरीला।

virus • वाइरस • *n.* वाइरस, जीवाणु।

vis-a-vis • विज़-अ-विज़ • *pre.* की तुलना में।

visa • वीज़ा • *n.* प्रवेश पत्र, विज़ा।

viscera • विसेरा • *n.* आंतें, अंत्र।

visible • विज़िबॅल • *a.* दृष्टिगोचर।

vision • विश्ज़ॅन • *n.* दृष्टि, देखने की क्षमता, 2. स्वप्न दृष्टि, दिव्य दर्शन, 3. कल्पना शक्ति, *v.* कल्पना करना।

visit • विज़िट • *v.* मिलने जाना, *n.* भेंट, ~**or** (विज़िटॅर) *n.* अतिथि, मिलने आने वाला।

vista • विस्टा • *n.* दूर का दृश्य।

visualize • विजुअॅलाइज़ • *vt.* मन में देखना।

vital • वाइटॅल • *a.* अत्यावश्यक, मर्म स्थान, ~**ity** (वाइटैलिटी) *n.* जीवन शक्ति।

vitiate • विशिएट • *vt.* विकृत करना, दूषित करना।

vitriol • विट्रिऑल • *n.* तीखी आलोचना।

viva-voce • वाइवा वोसे • *adv.* मौखिक परीक्षा।

vivacious • विवेशॅस • *a.* ज़िन्दादिल।

vivacity • विवेसिटि • *n.* ज़िन्दादिली।

vivid • विविड • *a.* तेज़, ओजस्वी, चमकीला।

vivisection • विविसेक्शॅन • *n.* जीवोच्छेन, जीवित प्राणी की कांट-छांट।

viz • विज़ • *adv.* यथा, जैसे।

vocabulary • वोकाब्युलॅरी • *n.* शब्दावली, शब्द भंडार।

vocal • वोकॅल • *a.* वाचिक, मौखिक, ~**cord** (वोकॅल कॉर्ड) *n.* स्वरतंत्री।

vocation • वोकेशॅन • *n.* व्यवसाय, पेशा, ~**al** (वोकेशनॅल) *a.* व्यावसायिक।

vociferous • वोसिफेरॅस • *a.* कोलाहल भरा।

vodka • वोदका • *n.* रूसी शराब, वोदका।

vogue • वोग • *n.* प्रचलन।

voice • वॉयस • *n.* आवाज़, वाणी, स्वर, बोली, **active** ~ (ऐक्टिव वॉयस) *n.* कर्तृवाच्य, **passive** ~ (पैसिव वॉयस) कर्मवाच्य।

void • वॉइड • *a.* शून्य, खाली।

volatile • वोलाटाइल • *a.* चुलबुल, चलचित्त, अस्थिर, क्षणभंगुर।

volcano • वोलकैनो • *n.* ज्वालामुखी।

volley • वॉली • *n.* बौछार, *v.* झड़ी लगाना, ~**ball** (वॉलीबॉल) *n.* वॉली बॉल।

voluble • वॉल्युबॅल • *a.* धारा प्रवाह, वाचाल।

volume • वॉल्यूम • *n.* पुस्तक, ग्रंथ, 2. जिल्द, 3. मात्रा, परिमाण, 4. आयतन।

voluntary • वॉलन्टॅरि • *a.* स्वैच्छिक।

volunteer • वॉलिन्टयर • *a.* स्वयं-सेवक, वोलिन्टिअर, *v.* अर्पित करना।

voluptuous • वॉलपच्युअॅस • *a.* कामोत्तेजक, कामिनी, कामुक।

vomit • वॉमिट • *v.* उल्टी करना, कै करना, *n.* वमन।

voracious • वोरैशॅस • *a.* भुक्खड़, पेटू, खाऊ।

votary • वोटॅरि • *n.* उपासक, भक्त।

vote • वोट • *n.* मत, वोट, ~**r** (वोटॅर) *n.* मतदाता।

vouch • वाउच • *vt.* सच्चाई का आश्वासन देना, 2. उत्तरदायित्व लेना, ~**er** (वाउचर) *n.* खर्च करने का पुर्जा, वाउचर।

vow • वाउ • *n.* व्रत, प्रतिज्ञा, *v.* कसम खाना, व्रत लेना।

vowel • वॉवेल • *n.* स्वर।

voyage • वॉयज • *n.* यात्रा, समुद्र यात्रा।

voyeur • व्यॉर • *n.* दृश्यकामी।

vulgar • वल्गॅर • *n.* गंवारू, ग्राम्य, अशिष्ट, ~**ity** (वल्गैरिटि) *n.* गंवारूपन, अशिष्टता।

vulnerable • वलनरेबॅल • *a.* छेद्य, हरा देने योग्य, असुरक्षित, नाज़ुक।

vulture • वल्चॅर • *n.* गिद्ध।

vulva • वल्वा • *n.* योनि, भग, चूत।

vying • वाइंग • *n.* प्रतिस्पर्धा, होड़।

W

W/w • डब्ल्यू • अंग्रेज़ी वर्णमाला का तेईसवाँ अक्षर।

wad • वॉड • *n.* नोटों की गड्डी।

waddle • वॉडल • *v.* झूमते हुए चलना।

wade • वेड • *v.* पैदल पार करना।

wafer • वेफ़ॅर • *n.* पतला बिस्कुट।

waffle • वेफ़ॅल • *n.* पतली मीठी रोटी।

waft • वाफ़्ट • *v.* उड़ा ले जाना, बहा देना, बिखेरना।

wag • वैग • *n.* दिल्लगीबाज़, ठट्ठेबाज़, *v.* हिलना, हिलाना।

wage • वेज • *n.* वेतन, मजदूरी, *vt.* लड़ाई चलाना।

wager • वेजरॅ • *v.* शर्त लगाना, *n.* शर्त।

waggon, wagon • वैगनॅ • *n.* रेलगाड़ी का माल डिब्बा।

waif • वेफ • *n.* अनाथ बच्चा।

wail • वेल • *v.* विलाप करना, *n.* विलाप।

waist • वेस्ट • *n.* कमर।

wait • वेट • *v.* इंतजार करना, प्रतीक्षा करना, ~**er** (वेटॅर) *n.* होटल का बैरा, वेटर, ~**ress** (वेट्रेस) *n.* होटल की सेविका।

waive • वेव • *vt.* त्यागना, छोड़ना।

wake • वेक • *vi. (p.,pp.* **woke, woken***)* जागना।

walk • वॉक • *n.* पैदल चलना, *v.* चलना, सैर करना, ~**over** (वॉक ओवर) *n.* आसान जीत।

wall • वॉल • *n.* दीवार, दीवाल।

wallet • वैलेट • *n.* बटुआ।

wallow • वैलो • *v.* कीचड़ में लोटना।

walnut • वालनट • *n.* अखरोट।

walrus • वालरॅस • *n.* समुद्री घोड़ा।

wan • वैन • *a.* पीला।

wand • वान्ड • *n.* जादूगर की छड़ी।

wander • वॉन्डर • *v.* इधर-उधर, घूमना, आवारा की तरह घूमना, **~er** (वान्डरर) *n.* भटकनेवाला, बिना काम घूमने वाला।

wane • वेन • *v.* क्षीण होना, घटना।

want • वान्ट • *vi./vt.* यातना, *n.* ज़रूरत, **~ed** (वॉन्टेड) *n.* नौकरी के लिए जगह खाली है का विज्ञापन।

wanton • वॉन्टॅन • *a.* मनमौजी, विवेकहीन, उल्लासी, *n.* कुल्टा।

war • वॉर • *n.* युद्ध, संग्राम, **world ~** (वर्ल्ड वॉर) *n.* विश्व युद्ध, **~fare** (वॉरफ़ेअॅर) *n.* युद्ध।

warble • वॉर्बल • *n.* चहचहाहट, 2. सूजन, घट्टा, कूजन, *v.* गाना।

ward • वॉर्ड • *n.* आश्रित, अभिभावक का उल्टा, वह जो अभिवावक की देखरेख में रहता है, *n.* रोगी कक्ष, **~er** (वॉर्डर) *n.* जेलर, काराध्यक्ष, **~robe** (वॉर्डरोब) *n.* तोशाखाना, कपड़े।

ware • वेअॅर • *n.* माल, सामान, मिट्टी के बर्तन, **~house** (वेअॅरहाउस) *n.* गोदाम।

warm • वॉर्म • *a.* गरम, तप्त, 2. स्नेह करने वाला, *vi./vt.* गरम होना, गरम करना, **~th** (वार्म्थ) *n.* गर्मी।

warn • वार्न • *vt.* आगाह करना, चेतावनी देना, **~ing** (वार्निंग) *n.* चेतावनी।

warp • वॉर्प • *n.* ताना, 2. विकार, *vi./vt.* बुनना, 2. विकृत होना, 3. सिकुड़ना।

warrant • वॉरंट • *n.* आज्ञापत्र, वॉरंट, *vt.* औचित्य प्रमाणित करना, 2. आश्वासन देना, **~y** (वॉरंटी) *n.* आश्वासन।

warrior • वॉरिअॅर • *n.* योद्धा, सैनिक।

wart • वॉर्ट • *n.* मस्सा।

wary • वॉरी • *a.* सावधान।

wash • वॉश • *vi./vt.* साफ करना, धोना, **~basin** (वॉशबेसिन) *n.* चिलमची, **~erman** (वॉशरमैन) *n.* धोबी।

wasp • वॉस्प • *n.* बिरनी, बर्र, ततैया।

waste • वेस्ट • *a.* पड़ती, बंजर, वीरान, *v.* उजाड़ना, बिगाड़ना, *n.* रद्दी, छीजन, **~paper basket** (वेस्ट पेपर बॉस्केट) *n.* रद्दी का टोकरा, **~ful** (वेस्टफुल) फ़िज़ूल का खर्च।

watch • वॉच • *v.* देखना, ध्यानपूर्वक देखना, *n.* पहरा, 2. घड़ी, **wrist ~** (रिस्ट वाच) *n.* हाथघड़ी, **~man** (वाचमैन) *n.* पहरेदार।

water • वॉटर • *n.* पानी, जल, *v.* पानी छिड़कना या पटाना, **~colour** (वॉटर कलर) *n.* जल रंग, **~fall** (वॉटर फ़ॉल) *n.* जल प्रपात, **~melon** (वॉटर मेलन) *n.* तरबूज, **~proof** (वॉटर-प्रूफ़) *n.* जलसह, जो पानी में न भीगे ऐसी वस्तु, **~tight** (वॉटरराइट) *a.* जलरोधी, **~way** (वॉटर वे) *n.* जल मार्ग।

wave • वेव • *v.* झूमना, हिलाना, डुलाना, *n.* लहर, घूंघर।

wax • वैक्स • *n.* मोम, ~ **paper** (वैक्स पेपर) *n.* मोमी कागज़।

way • वे • *n.* रास्ता, मार्ग, 2. तरीका, ढंग, **milky** ~ (मिल्की वे) *n.* आकाश गंगा, ~ **farer** (वे फेअॅरर) *n.* पथिक, राही, ~ **lay** (वे ले) *vt.* की घात में रहना, ~ **ward** (वे वाडी) *a.* निरंकुश।

we • वी • *pron.* हम।

weak • वीक • *a.* कमज़ोर, निर्बल, ~ **ness** (वीकनेस) *n.* कमज़ोरी, अशक्तता, 2. दुर्गुण।

weal • वील • *n.* सुख-शांति, कल्याण।

wealth • वेल्थ • *n.* धन, दौलत, ~ **y** (वेल्दी) *a.* धनी, दौलतमंद।

wean • वीन • *vt.* (बच्चे का) दूध छुड़ाना।

weapon • वीपॅन • *n.* हथियार, अस्त्र-शस्त्र।

wear • वीअॅर • *v.* पहनना, 2. घिसना।

weather • वेदॅर • *n.* मौसम, ~ **report** (वेदॅर रिपोर्ट) *n.* मौसम की सूचना, ~ **forecast** (वेदॅर फोरकास्ट) *n.* मौसम की अग्र सूचना।

weave • वीव • *vt.* बुनना, ~ **r** (वीवर) *n.* बुनकर।

web • वेब • *n.* जाल।

wed • वेड • *v.* शादी करना, 2. जोड़ना, ~ **ding** (वेडिंग) *n.* विवाह, शादी, ~ **lock** (वेडलॉक) *n.* विवाह बंधन, ~ **ding** (वेडिंग) *n.* विवाहोत्सव, विवाह।

wedge • वेज • *n.* फन्नी, पच्चर।

wee • वी • *a.* बहुत छोटा।

weed • वीड • *n.* घास-पात।

week • वीक • *n.* सप्ताह, हफ्ता, ~ **end** (वीकएंड) *n.* सप्ताहांत, ~ **day** (वीक डे) *n.* सप्ताह में काम का दिन, ~ **ly** (वीकली) *a.* साप्ताहिक।

weep • वीप • *v.* रोना, क्रंदन करना, 2. रिसना।

weft • वेफ़्ट • *n.* भरनी (बुनाई में)।

weigh • वे • *vt.* तौलना, वज़न करना, 2. महत्त्व रखना, ~ **t** (वेट) *n.* वज़न।

weir • विअॅर • *n.* बांध।

weird • विअॅर्ड • *a.* अनोखा।

welcome • वेलकॅम • *vt.* स्वागत करना, *n.* आवभगत, स्वागत।

weld • वेल्ड • *vt.* झलाई करना, *n.* झलाइ।

welfare • वेलफ़ेअॅर • *n.* कल्याण।

well • वेल • *n.* कुआँ।

well • वेल • *a.* चंगा, स्वस्थ, अच्छा, ~ **bred** (वेल ब्रेड) *a.* सभ्य, अच्छे कुल का, ~ **-balanced** (वेल बैलेन्सड) *a.* सुसंतुलित, ~ **-conducted** (वेल कंडक्टेड) *a.* सुसंचालित, ~ **-known** (वेल नोन) *a.* सुपरिचित, सुख्यात, ~ **read** (वेलरेड) *a.* ज्ञानी, सुपठित।

welter • वेल्टॅर • *v.* कीचड़, धूल में लोटना।

wench • वेन्च • *n.* तरुणी, युवती।

wend • वेन्ड • *v.* सफर करना, रास्ता लेना।

wept • वेप्ट • *v.* **weep** का भूतकालिक रूप, रोया।

were • वॅर • थे (**was** का *pl.,* **are** का भूतकालिक रूप)।

west • वेस्ट • *n.* पश्चिम, ~**ward** (वेस्टवार्ड) *a.* पश्चिम की ओर, ~**erly** (वेस्टर्ली) *a.* पछवा (हवा), ~**ern** (वेस्टर्न) *a.* पश्चिम का, ~**erner** (वेस्टरनर) *n.* पश्चिमी देश का निवासी।

wet • वेट • *a.* भीगा, गीला, *vt.* गीला करना, *(p., pp.* **welted**)

whale • ह्वेल • *n.* ह्वेल मछली।

wharf • ह्वार्फ • *n.* घाट।

what • ह्वॉट • *a.* क्या ? कैसा ?, ~**ever** (ह्वॉटऐवर) *a.* किसी तरह का, 2. जो चाहे, जो भी, ~**soever** (ह्वाटसोऐवर) जैसा भी।

wheat • ह्वीट • *n.* गेहूँ।

wheal • ह्वील • *n.* पहिया, चक्का, चाक, *vi./vt.* घूमना, घुमाना, ~**barrow** (ह्वील बैरो) *n.* हाथ-गाड़ी, ठेला।

wheeze • ह्वीज़ • *n.* साँस की घर-घराहट।

whelp • ह्वेल्प • *n.* कुत्ते का पिल्ला।

when • ह्वेन • *adv.* कब, ~**ever** (ह्वेन एवर) चाहे कभी, जब चाहे, किसी भी समय, ~**ce** (ह्वेन्स) *adv.* कहाँ से।

where • ह्वेअॅर • *adv.* कहाँ, जहाँ, जिस जगह पर, ~**ever** (ह्वेअॅरएवर) *adv.* जहाँ कहीं भी, ~**abouts** (ह्वेअॅर-अबाउट्स) *n.* अता-पता, ठिकाना।

wherry • ह्वेरी • *n.* बड़ी नाव।

whet • ह्वेट • *vt.* पैनाना, तेज करना, धार बनाना, ~**stone** (ह्वेट स्टोन) *n.* धार बनाने का पत्थर।

whether • ह्वेदॅर • *conj.* यदि।

whey • ह्वे • *n.* छाछ, मट्ठा।

which • ह्विच • *interj. a.* कौन-सा, किस प्रकार का, ~**ever** (ह्विचएवर) कोई भी, ~**soever** (ह्विचसोएवर) *a.* जो कोई।

while • ह्वाइल • *n.* अरसा, समय, *v.* बिताना।

whim • ह्विम • *n.* सनक, मौज।

whimper • ह्विम्पॅर • *vi./vt.* पिन-पिनाना।

whimsical • ह्विमज़िकॅल • *n.* सनकी।

whine • ह्वाइन • *vi.* कराहना।

whip • ह्विप • *n.* कोड़ा, चाबुक, 2. संसद या विधान सभा में किसी दल द्वारा अपने सदस्यों को दिया गया आदेश, *vt.* पीटना, कोड़ा मारना, ~**ping** (व्हिपिंग) *n.* कोड़े लगाने की सज़ा, ~**per** (व्हिपर) *n.* कोड़ा मारने वाला।

whirl • व्हर्ल • *vi./vt.* तेज़ी से घूमना या घुमाना।

whisk • व्हिस्क • *n.* छोटी कूँची, *v.* अच्छी तरह फेंटना।

whisker • व्हिस्कॅर • *n.* गलमुच्छा।

whisky, whiskey • व्हिस्की • *n.* यव की शराब, व्हिस्की।

whisper • व्हिस्पॅर • *v.* फुसफुसाना, कानाफूसी करना, *n.* धीमी आवाज़।

whistle • ह्विसॅल • *n.* सीटी, *v.* सीटी

बजाना, ~r (ह्विस्लर) *n.* सीटी बजाने वाला।

whit • ह्विट • *n.* ज़रा-सा, कण, बिंदु, **not a ~** (नॉट अ ह्विट) बिल्कुल नहीं, **every ~** हर भाँति।

white • ह्वाइट • *a.* उजला, सफेद, **~ant** (ह्वाइट ऐन्ट) *n.* दीमक, **~elephant** (ह्वाइट ऐलिफैन्ट) *n.* सफेद हाथी, खर्चीली चीज़, **~collar** (ह्वाइट कॉलर) *n.* बाबू वर्ग वाला, **~wash** (ह्वाइट वॉश) *n.* पुताई, सफेदी, कलई।

whither • ह्विदॅर • *adv.* कहाँ पर।

whittle • ह्विटॅल • *n.* छोटी छुरी, *vi./vt.* छुरी से काटना।

whiz • ह्विज़ • *v.* सनसनाना।

who • हू • *pron.* कौन।

whole • होल • *a.* पूरा, संपूर्ण, **~heartedly** (होल हार्टेडली) *adv.* पूरे मन से, **~sale** (होलसेल) *n.* थोक बिक्री, **~some** (होलसॅम) *a.* उपयोगी, पुष्टिकर।

whom • हूम • *pron.* किसे, किसको।

whoop • हूप • *n.* ज़ोर की आवाज़, **~ing cough** (हूपिंग कफ़) *n.* कुकुर (काली) खाँसी।

whore • होर • *n.* रंडी, वेश्या।

whose • हूज़ • *pron.* किसका।

whosoever • हूसोएवर • *pron.* जो कोई भी।

why • व्हाई • *pron.* क्यों, किसलिए।

wh:ick • विक • *n.* बत्ती।

wicked • विकेड • *a.* दुष्ट, बदमाश।

wicker • विकॅर • *n.* टहनी।

wicket • विकेट • *n.* क्रिकेट का विकेट, **~keeper** (विकेट-कीपर) *n.* विकेट रक्षक।

wide • वाइड • *a.* चौड़ा, विस्तृत, **~spread** (वाइड स्प्रेड) *a.* व्यापक।

width • विड्थ • *n.* चौड़ाई।

widow • विडो • *n.* विधवा, बेवा।

wield • वील्ड • *vt.* चलाना।

wife • वाइफ़ • *n.* स्त्री, पत्नी, बीवी।

wig • विग • *n.* बालों की टोपी, नकली बाल।

wild • वाइल्ड • *a.* जंगली, 2. उजाड़, **~life** (वाइल्ड लाइफ़) *n.* वन्य जीवन, वन्य जन्तु, **~erness** (विल्डर्नेस) *n.* उजाड़, बीहड़।

wilful • विलफुल • *a.* हठी, ज़िद्दी।

will • विल • *v.* गा (जैसा-जाएगा) भविष्यसूचक, *n.* इरादा, इच्छा, *v.* चाहना, **~power** (विल पॉवर) *n.* इच्छा शक्ति; **~ing** (विलिंग) *a.* इच्छुक, तैयार, उत्सुक।

willow • विलो • *n.* शापत (वृक्ष)।

wilt • विल्ट • *v.* मुर्झाना।

wily • वाइली • *a.* धूर्त।

win • विन • *v.* जीतना, मनाना।

wince • विंस • *vi.* सिकुड़ना।

wind • विन्ड • *n.* हवा, (वाइंड) *v.* चाबी देना, 2. समापन करना (सभा आदि), **~ing** (वाइंडिंग) a. घुमावदार, **~up** (वाइन्ड अप) *v.* समाप्त करना, पूरा कर देना, **~fall** (विन्डफ़ॉल) *n.* अप्रत्याशित काम, **~mill** (विन्ड मिल)

n. पवन चक्की।

window • विंडो • *n.* खिड़की, जंगला, झरोखा, **~pane** (विंडो पेन) *n.* खिड़की का शीशा।

windstorm • विंडस्टॉर्म • *n.* आँधी।

wine • वाइन • *n.* शराब, अंगूरी शराब, द्राक्षासव।

wing • विंग • *n.* पंख, पर, 2. पक्ष, बाज़ू।

wink • विंक • *vi./vt.* पलक गिराना।

winhow • विनो • *vt.* ओसाना, फटकना, **~ing** (विनोविंग) *n.* ओसाई।

winsome • विनसम • *n.* आकर्षक, सुंदर।

winter • विंटर • *n.* जाड़े की ऋतु, शीतकाल।

wipe • वाइप • *vt.* साफ करना, पोंछना।

wire • वाऑर • *n.* तार, 2. टेलिग्राम, *v.* तार लगाना, 2. तार (टेलिग्राम) देना, **~less** (वाऑरलेस) *a.* बेतार, *n.* बेतार।

wisdom • विज़डॅम • *n.* बुद्धिमत्ता।

wise • वाइज़ • *a.* बुद्धिमान, अक्लमंद।

wish • विश • *v.* इच्छा करना, चाहना, **~ful** (विशफुल) *a.* इच्छुक, इच्छा-जनित, **~ful thinking** (विशफुल थिंकिंग) *n.* इच्छाजनित विचार।

wisp • विस्प • *n.* अंटी, लच्छा।

wistful • विस्टफ़ुल • *a.* उत्कंठित, 2. विचारमग्न।

wit • विट • *n.* समझ, हाज़िरजवाबी, प्रत्युत्पन्नमति वाला व्यक्ति, **~ticism** (विटिसिज़्म) *n.* मज़ाक।

witch • विच • *n.* डायन, **~craft** (विचक्रॉफ्ट) *n.* जादू-टोना।

with • विद • *pre.* के पास, के साथ, सहित, **~draw** (विदड्रॉ) *v.* वापस लेना, अलग हो जाना।

wither • विदॅर • *v.* मुर्झाना।

withhold • विदहोल्ड • *v.* रोक रखना, देने से मना करना।

within • विदिन • *adv.* भीतर, अंदर, *prep.* की सीमा के अंदर।

without • विदाउट • *adv.* बाहर, के बिना।

withstand • विदस्टैंड • *v.* विरोध करना।

witness • विटनेस • *n.* गवाह, *v.* देखना, गवाही देना, **~box** (विटनेस बॉक्स) *n.* कटघरा।

wizard • विज़र्ड • *n.* जादूगर।

wobble • वॉबल • *v.* लड़खड़ाना।

woe • वू • *n.* शोक, मुसीबत, **~begone** (वू बिगॉन) *a.* शोकग्रस्त।

wolf • वूल्फ़ • *n.* भेड़िया।

woman • वुमॅन • *n.* औरत, स्त्री, **~ize** (वूमॅनाइज़) *n.* छोकरीबाज़ी करना।

womb • वूम्ब • *n.* गर्भाशय, बच्चा-दानी।

wonder • वॅन्डॅर • *n.* ताज्जुब, आश्चर्य, चमत्कार, *v.* चकित होना, आश्चर्य करना, जानना, चाहना, **~ful** (वंडॅर-फ़ुल) *a.* आश्चर्यजनक।

woo • वू • *vt.* प्रेम जताना, प्रेम पाने का यत्न करना।

wood • वुड • *n.* काठ, लकड़ी, **~pecker** (वुडपेकर) *n.* कठफोड़वा (पक्षी), **~work** (वुडवर्क) *n.* बढ़ई-गीरी।

woof • वूफ • *n.* भरनी (बुनाई में)।

wool • वूल • *n.* ऊन, **~len** (वूलॅन) *a.* ऊनी।

word • वॅर्ड • *n.* शब्द, बात, कथन, हुक्म।

work • वॅर्क • *n.* काम, पेशा, 2. रचना, कलाकृति, **~able** (वॅर्केबॅल) *a.* व्यावहारिक, **~er** (वर्कर) *n.* श्रमिक, **~book** (वॅर्क बुक) *n.* कार्य-पुस्तिका, **~force** (वॅर्क फोर्स) *n.* श्रमिक संख्या।

working class • वॅर्किंग क्लास • *n.* श्रमिक वर्ग।

working committee • वॅर्किंग कमिटी • *n.* कार्यकारिणी समिति।

working order • वर्किंग ऑर्डर • *n.* काम का क्रम, चालू।

working partner • वर्किंग पॉर्टनर • *n.* सक्रिय साझेदार।

workman • वर्कमैन • *n.* मजदूर, **~ship** (वर्कमैनशिप) *n.* कारीगरी।

workshop • वर्कशॉप • *n.* कारखाना।

world • वर्ल्ड • *n.* दुनिया, संसार, **~power** (वर्ल्ड पावर) *n.* महा-शक्ति, **~wide** (वर्ल्ड वाइड) *a.* विश्व-व्यापी, **~ly** (वर्ल्डली) *a.* सांसारिक।

worm • वॅर्म • *n.* कीड़ा, *v.* आगे बढ़ना, **round ~** (राउंड वॅर्म) *n.* केंचुआ, **tape ~** (टेप वॅर्म) *n.* फीताकृमि।

worn • वॅर्न • *a.* फटा-पुराना, घिसा हुआ।

worry • वॅरि • *vi.* चिंता करना।

worse • वॅर्स • *a.* बदतर, अधिक बुरा।

worship • वॅर्शिप • *n.* प्रार्थना, पूजा, उपासना, *v.* प्रार्थना करना, पूजा करना, **~per** (वॅर्शिपर) *n.* उपासक।

worst • वॅर्स्ट • *a.* सबसे बुरा।

worsted • वॅर्स्टेड • *n.* ऊनी धागा।

worth • वॅर्थ • *prep.* के मूल्य का, *n.* गुण, योग्यता, **~less** (वॅर्थलेस) *a.* बेकार, मूल्यहीन, **~while** (वॅर्थ व्हाइल) *a.* सार्थक, काम का, **~y** (वॅर्दी) *a.* योग्य।

would • वुड • **will** का भूतकालिक रूप, गा, गे, गी।

wound • वुंड • *n.* ज़ख्म, घाव, *v.* घायल करना, **wind** का भूतकालिक रूप, लपेटा, **~ed** (वुंडेड) *a.* घायल, ज़ख्मी।

wrangle • रैंगॅल • *v.* बहस करना, लड़ना-झगड़ना।

wrap • रैप • *v.* लपेटना, *n.* गुलूबंद, **~per** (रैपॅर) *n.* आवरण, शाल।

wrath • रॉथ • *n.* गुस्सा, क्रोध, **~ful** (रॉथफुल) *a.* क्रुद्ध।

wreath • रैथ • *n.* माला, हार।

wreck • रेक • *n.* विध्वंस, विनाश, 2. खंडहर, 3. कमजोर आदमी, *v.* बर्बाद करना, **~age** (रेकेज) *n.* मलबा।

wrench • रेन्च • *v.* खींच लेना, *n.* ऐंठ।

wrest • रेस्ट • *v.* झटके से खींच लेना, कठिनाई से पाना।

wrestle • रेसॅल • *v.* कुश्ती लड़ना, **~r** (रेसॅलर) *n.* पहलवान।

wrestling • रेसलिंग • *n.* कुश्ती।

wretch • रेच • *n.* नीच, कमीना, **~ed** (रेचेड) *a.* अभागा।

wriggle • रिगॅल • *v.* छटपटाना, 2. रेंगना, *n.* कुलबुलाहट।

wring • रिंग • *v.* मरोड़ना, ऐंठना, निचोड़ना, *n.* मरोड़।

wrinkle • रिंकल • *v.* झुर्री, *n.* झुर्री पड़ना।

wrist • रिस्ट • *n.* कलाई, **~watch** (रिस्ट वॉच) *n.* कलाई घड़ी।

writ • रिट • *n.* न्यायालय का आज्ञापत्र, 2. सम्मन।

write • राइट • *v.* लिखना, **~off** (राइट ऑफ़) *v.* अंत कर देना, बट्टा खाते डालना।

writer • राइटॅर • *n.* लेखक।

writhe • राइद • *v.* कराहना।

writing • राइटिंग • *n.* लिखावट, **~paper** (राइटिंग पेपर) *n.* लिखने का कागज़, **~ink** (राइटिंग इंक) *n.* लिखने की स्याही।

written • रिटॅन • **write** का भूत-कालिक रूप, लिखा हुआ।

wrong • रॉन्ग • *a.* गलत, **~doer** (रॉन्ग डूअर) *n.* गलती करने वाला।

wrote • रोट • **write** का भूतकालिक रूप, लिखा।

wroth • रॉथ • *a.* क्रुद्ध।

wrought • रॉट • *p.,pp.* पीटकर बनाया हुआ, 2. उत्तेजित।

wrung • रंग • **wring** का भूतकालिक रूप, निचोड़ा, *a.* निचोड़ा हुआ।

X

X/x • एक्स • *n.* अंग्रेज़ी वर्णमाला का चौबीसवाँ अक्षर।

X-mas • एक्समस • **Christmas** का संक्षिप्त रूप, क्रिसमस, बड़ा दिन।

X-ray • एक्स-रे • *n.* एक्स-रे, एक्स किरण।

xeno • ज़ेनो • *a.* विदेशी, अज्ञात।

xerox • ज़ेरॉक्स • *v.* ज़ेरॉक्स मशीन से फोटो कापी बनाना।

xylo • ज़ाइलो • *n.* काठ, **~graphy** (ज़ाइलोग्रैफ़ी) *n.* काष्ठ चित्रकला।

Y

Y/y • वाई • अंग्रेज़ी वर्णमाला का पचीसवाँ अक्षर।

yacht • यॉट • *n.* सैर के लिए बनाई गई नाव।

yak • याक • *n.* याक नामक एक तरह की गाय।

yam • यैम • *n.* शकरकंद।

yard • यार्ड • *n.* गज (एक नाप), 2. बाड़ा, **~stick** यार्डस्टिक) *n.* मान-दंड।

yarn • यार्न • *n.* सूत, धागा, 2. किस्सा, गप्प।

yawn • यॉन • *vi.* जम्हाई लेना, उबासी लेना।

yea • ये • *adv.* हाँ।

year • यिअॅर • *n.* साल, वर्ष, **~book** (यिअॅर बुक) *n.* वार्षिकी, **leap~** (लीप यिअॅर) *n.* वह साल जिसके फरवरी मास में 29 दिन होते हैं, यह हर चौथे वर्ष पड़ता है, **financial~** (फ़िनान्शल यिअॅर) *n.* आर्थिक वर्ष, **~ly** (यिअॅर्ली) *a.* वार्षिक।

yearling • इअरलिंग • *n.* दो-एक साल का शिशु।

yearn • यर्न • *v.* तीव्र इच्छा होना, **~ing** (यर्निंग) *n.* तीव्र कामना।

yeast • यीस्ट • *n.* खमीर।

yell • येल • *v.* चीखना।

yellow • येलो • *a.* पीला, *n.* पीला (रंग), **~ish** (येलोइश) *a.* पीला-सा।

yelp • येल्प • *vi.* चीखना।

yen • येन • *n.* जापानी मुद्रा।

yeomen • योमेन • *n.* भूमिधर किसान।

yes • येस • *n.* हाँ, **~man** (येस मैन) *n.* चापलूस।

yesterday • येसटर्डे • *adv.* बीता हुआ कल।

yet • यट • *adv.* अब तक, अब भी, **as~** (ऐज़ येट) इस समय तक, **not~** (नॉट येट) अभी नहीं।

yew • यू • *n.* चीड़ की तरह का एक सदाबहार पेड़।

yield • यील्ड • *vi./vt.* देना, समर्पण करना, मान लेना।

yoga • योगा • *n.* योग।

yoke • योक • *n.* जुआ।

yokel • योकॅल • *n.* देहाती।

yolk • योक • *n.* अंडे की जर्दी।

yon • यॉन • *adv.* उधर, **~der** (यॉनडर) *a.* वहाँ का, उधर का।

yore • योर • *n.* प्राचीन काल।

you • यू • *pron.* तू, तुम, आप, तुमने, आपने, तुम्हें, तुमको, आपको, **~r** (योर) तेरा, तुम्हारा, आपका, **~rs** (योर्स) तुम्हारा, आपका।

young • यंग • *a.* तरुण, किशोर, अल्पवयस्क, 2. ताजा, **~ster**

(यंगस्टर) *n.* बच्चा।

Yule • यूल • *n.* क्राइस्ट की जयंती, **~tide** (यूल टाइड) *n.* बड़ा दिन, बड़ा दिन का त्योहार।

Z

Z/z • ज़ेड • अंग्रेज़ी वर्णमाला का छब्बीसवाँ और अंतिम अक्षर।

zamindar • ज़मींदार • *n.* ज़मींदार, **~i** (ज़मींदारी) *n.* ज़मींदारी, **~i abolition** (ज़मींदारी अबोलीशॅन) *n.* ज़मींदारी उन्मूलन।

zany • ज़ेनी • *n.* विदूषक।

zeal • ज़ील • *n.* उत्साह, जोश, **~ous** (ज़ीलॅस) *a.* उत्साही, **~ot** (ज़ीलॅट) *a.* कट्टरपंथी।

zebra • ज़ेब्रा • *n.* ज़ेब्रा, अफ्रीका का एक जानवर जो देखने में घोड़े जैसा होता है और जिसकी देह पर धारियाँ होती हैं।

zenana • ज़ेनाना • *n.* ज़नाना, *a.* ज़नाना, ज़नानी, स्त्रियोचित, *n.* ज़नानख़ाना।

zenith • ज़ेनिथ • *n.* चरम सीमा, शीर्ष बिंदु, पराकाष्ठा।

zero • ज़ीरो • *n.* शून्य, कुछ नहीं, **~hour** (ज़ीरो आवॅर) *n.* अभियान बेला, आक्रमण बेला।

zest • ज़ेस्ट • *n.* रस, आनंद, **~ful** (ज़ेस्टफ़ुल) *a.* उत्साही।

zinc • ज़िन्क • *n.* जस्ता।

zinia • ज़िनिया • *n.* इज़राइली धर्मतंत्र।

zip • ज़िप • *n.* जिप, *v.* जिप से बंद करना।

zodiac • ज़ोडिऐक • *n.* राशिचक्र।

zonal • ज़ोनॅल • *a.* क्षेत्रीय, कटिबंधीय।

zone • ज़ोन • *n.* क्षेत्र, मंडल, कटिबंध।

zoo • ज़ू • *n.* चिड़ियाखाना, चिड़ियाघर।

zoom • ज़ूम • *v.* तेज़ी से ऊपर जाना।

Zoroaster • जोरोऐस्टर • *n.* ज़रतुश्त।

Zoroastrianism • ज़ोरोऑस्ट्रिअनिज़्म • *n.* पारसी धर्म, ज़रतुश्त धर्म।

zygote • ज़ाइगॉट • *n.* युग्माणु।

●●●